Jane Casey

Spoorloos

Vertaald door
Iris van der Blom

Anthos|Amsterdam

Mixed Sources
Productgroep uit goed beheerde
bossen, gecontroleerde bronnen
en gerecycled materiaal.
www.fsc.org Cert no. CU-COC-803902
© 1996 Forest Stewardship Council

ISBN 978 90 414 1533 2
© 2010 Jane Casey
© 2010 Nederlandse vertaling Ambo|Anthos uitgevers,
Amsterdam en Iris van der Blom
Oorspronkelijke titel *Missing*
Oorspronkelijke uitgever Ebury
Omslagontwerp Studio Jan de Boer
Omslagillustratie © Douglas Black/Arcangel Images/Hollandse Hoogte
Foto auteur © Eliz Huseyin

Verspreiding voor België:
Veen Bosch & Keuning uitgevers n.v., Wommelgem

Voor mijn vader en moeder, in liefde

In die huizen, waar geesten rondwaren, is het heel stil tot de duivel ontwaakt

– Webster, *De hertogin van Malfi*

Een aantal gebeurtenissen kan ik me heel goed herinneren. Andere gedeelten staan me minder goed voor de geest. Door de jaren heen heb ik de stukjes die me niet goed zijn bijgebleven ingevuld, en nu weet ik niet meer zeker welke details echt zijn en welke ik heb bedacht. Maar ik geloof wel dat het zo is begonnen.

Volgens mij is het zo gegaan.

Beter kan ik het niet vertellen.

1992

Ik lig op een kriebelende plaid in de tuin en doe alsof ik lees. Het is halverwege de middag en de zon brandt op mijn kruin en mijn rug, en schroeit mijn voetzolen. Ik heb vandaag geen school, want de docenten hebben studiedag en ik ben al uren buiten. De deken ligt vol grassprietjes die ik uit het gazon heb getrokken; ze kriebelen als ze tegen mijn blote huid aan komen. Ik voel me loom; mijn oogleden zijn zwaar. De woorden marcheren als mieren over de bladzijde, hoe ik ook mijn best doe om ze keurig in het gelid te houden, en dan geef ik me er maar aan over. Ik duw het boek opzij en verberg mijn hoofd in mijn armen.

Onder de deken ritselt verschroeid gras; het is bruin en sterft af door de al wekenlang aanhoudende hitte. Tussen de zomerse rozen zoemen bijen, en niet ver weg snort een grasmaaier. In de keuken staat de radio aan: een vrouwenstem gaat op en neer in een afgemeten cadans, slechts af en toe onderbroken door een korte uitbarsting van muziek. De woorden zijn niet te verstaan en lopen in elkaar over. Het regelmatige plok-pom-pom komt van mijn broer, die aan het tennissen is tegen de zijgevel van het huis. Racket, muur, grond. Plok-pom-pom. Ik heb al gevraagd of ik mag meedoen. Hij speelt liever alleen dan met mij; zo is het nu eenmaal als je vier jaar jonger bent en nog een meisje ook.

Ik gluur tussen mijn armen door naar een lieveheersbeestje dat tegen een grashalm opklimt. Ik houd wel van lieveheersbeestjes; pas heb ik nog een project over ze gedaan op school. Ik steek mijn vinger uit, zodat het lieveheersbeestje eroverheen kan lopen, maar het heft

zijn vleugels op en vliegt weg. De kriebel op mijn kuit komt van een dikke zwarte vlieg; die zie je dit jaar overal, en ze gaan de hele middag al op me zitten. Ik verberg mijn hoofd dieper in de boog van mijn armen en sluit mijn ogen. De plaid ruikt naar warme wol en heerlijke zomerse dagen. Het zonlicht is warm en de bijen murmelen een wiegeliedje. Een paar minuten of een paar uren later hoor ik voetstappen aankomen over het grasveld. Bij elke stap wordt het droge, broze gras platgetrapt. Charlie.
'Zeg maar tegen mama dat ik gauw weer terug ben.'
De voetstappen verwijderen zich weer. Ik kijk niet op. Ik vraag niet waar hij naartoe gaat. Ik slaap meer dan ik waak. Misschien droom ik zelfs al.
Als ik mijn ogen open, weet ik dat er iets is gebeurd, maar niet wat. Ik weet niet hoe lang ik heb geslapen. De zon staat nog steeds hoog aan de hemel, de grasmaaier snort nog steeds, de radio ratelt door, maar er ontbreekt iets. Het duurt een ogenblik voordat ik besef dat de bal niet langer stuitert. Het racket ligt op de grond en mijn broer is weg.

I

Ik ging er niet op uit om haar te zoeken; ik kon het thuis gewoon niet langer uithouden. Ik was direct na het laatste lesuur van school vertrokken, had de docentenkamer gemeden en was rechtstreeks naar het parkeerterrein gelopen, waar mijn aftandse Renaultje na mijn eerste poging al startte. Dat was die dag het eerste wat goed ging.

Het was niet mijn gewoonte direct na de lessen te vertrekken. Ik had me aangewend een poosje in mijn stille klaslokaal te blijven zitten. Soms werkte ik dan aan een lesplan of corrigeerde ik huiswerk. Vaak zat ik alleen maar uit het raam te staren. Dan drukte de stilte op mijn oren alsof ik me meters onder de zeespiegel bevond. Er was niets wat me weer naar de oppervlakte dwong; ik had geen kinderen waar ik snel heen moest, geen echtgenoot om samen iets mee te doen. Het enige wat me thuis wachtte, was verdriet en leed.

Maar vandaag was het anders dan anders. Vandaag was ik het zat. Het was een warme dag, begin mei, en de middagzon verwarmde de lucht in mijn auto tot een onplezierig niveau. Ik draaide het raampje omlaag, maar in de spits met auto's vlak voor en vlak achter me had ik zo weinig vaart dat mijn haar nauwelijks in beweging kwam. Ik was het niet gewend me tussen het verkeer dat de school verliet door te moeten worstelen, en mijn armen deden zeer doordat ik het stuur te stevig vasthield. Ik zette de radio aan en deed hem na een paar seconden weer snel uit. Het was niet ver van school naar huis; meestal kostte het me een kwartier. Die middag heb ik me bijna vijftig minuten zitten opwinden in de auto.

Het was stil in huis toen ik binnenkwam. Te stil. Ik bleef even in het koele, schemerige halletje staan luisteren, en voelde dat de haartjes op mijn armen overeind gingen staan door de snelle temperatuurdaling. Mijn shirtje was klam onder de oksels en bij mijn ruggengraat, en ik bibberde lichtelijk van de kou. De deur naar de zitkamer stond open, exact zoals ik hem die ochtend had achtergelaten. Het enige geluid uit de keuken was de tweeklank van druppels uit de keukenkraan die in het mueslikommetje vielen dat ik na het ontbijt in de gootsteen had gezet. Ik zou er heel wat om hebben verwed dat niemand hierbinnen was geweest sinds ik naar mijn werk was vertrokken. Wat betekende...

Zonder veel enthousiasme liep ik de trap op; mijn tas zwaaide tegen de trappaal toen ik erlangs liep. 'Ik ben thuis.'

Daar kwam een vage reactie op, een schuifelend geluid vanuit de slaapkamer aan het eind van de gang. De kamer van Charlie. De deur zat dicht en ik aarzelde even op de overloop, twijfelend of ik al dan niet zou kloppen. Precies op het moment dat ik had besloten me uit de voeten te maken, bewoog de deurknop. Het was te laat om mijn slaapkamer te bereiken voordat de deur opening, dus wachtte ik gelaten af. Uit de eerste woorden zou ik alles kunnen opmaken wat ik moest weten over het verloop van haar dag.

'Wat wil je?'

Agressie, nauwelijks ingehouden.

Eigenlijk redelijk normaal.

'Hoi, mam,' zei ik. 'Alles goed?'

De deur, die slechts op een kier stond, ging iets verder open. Ik kon Charlies bed zien, met het beddengoed een beetje slordig op de plek waar mijn moeder had gezeten. Ze was nog in haar ochtendjas en slippers, hield zich stevig vast aan de deurknop en zwaaide licht heen en weer, als een cobra. Ze trok een diepe rimpel in haar voorhoofd in een poging haar ogen te focussen.

'Wat doe je daar?'

'Niks, hoor.' Ik was opeens heel moe. 'Ik ben net thuis van mijn werk en kwam even gedag zeggen.'

'Ik dacht dat je nog wel een poosje zou wegblijven.' Ze keek verbaasd en een beetje achterdochtig. 'Hoe laat is het?'

Alsof dat haar iets uitmaakte. 'Ik ben iets vroeger dan anders,' zei ik, zonder daarvoor een verklaring te geven. Dat had toch geen zin. Het zou haar niets kunnen schelen. Bijna niets kon haar iets schelen. Afgezien van Charlie dan. Haar Charlie. Charlie was haar lieveling. Zijn kamer was in ongerepte staat. In zestien jaar was er niets aan veranderd. Geen speelgoedsoldaatje was van zijn plek gekomen, geen poster aan de muur was het vergund ook maar enigszins om te krullen. Er lag een stapeltje opgevouwen kleren klaar om te worden opgeborgen in de ladekast. De klok op het nachtkastje tikte nog altijd. Zijn boeken stonden keurig gerangschikt op de planken boven het bed: schoolboeken, stripverhalen, dikke, gebonden naslagwerken over vliegtuigen uit de Tweede Wereldoorlog. Jongensboeken. Alles was nog precies zoals het was geweest toen hij verdween, alsof hij zomaar binnen kon lopen om verder te gaan met zijn bezigheden. Ik miste hem – ik miste hem nog elke dag – maar die kamer haatte ik.

Mama stond nu zenuwachtig te frummelen aan de ceintuur van haar ochtendjas. 'Ik was alleen maar even aan het opruimen,' zei ze.

Ik vroeg maar niet wat er precies opgeruimd moest worden in die kamer waar nooit iets veranderde. De lucht die er hing was muf, bedompt. Ik ving een zurig luchtje op van ongewassen lijf en deels afgebroken alcohol en voelde een golf van walging opkomen. Ik wilde alleen maar weg, weg hiervandaan, het huis uit, zo ver mogelijk weg zien te komen.

'Sorry. Ik wilde je niet lastigvallen.' Ik liep achteruit door de gang naar mijn kamer. 'Ik ga nog even hardlopen.'

'Hardlopen,' herhaalde mijn moeder, en ze kneep haar ogen tot spleetjes. 'Nou, laat mij je niet tegenhouden.'

Ik werd op het verkeerde been gezet door de verandering in de toon van haar stem. 'Ik... ik dacht dat ik je stoorde.'

'O, nee hoor, doe gerust waar je zin in hebt. Dat doe je toch altijd.'

Ik had hier niet op moeten reageren. Ik had mezelf niet in haar web moeten laten vangen. Meestal wist ik wel beter dan te denken dat ik aan het langste eind zou trekken.

'Wat bedoel je daar nu weer mee?'

'Dat weet je heus wel.' Gesteund door de deurknop trok ze zich op tot haar volle lengte, een centimeter korter dan ik was, en dat was dus niet lang.

'Je komt en gaat zoals het jou uitkomt. Het gaat er altijd om dat er gebeurt wat jij wilt, hè Sarah?'

Ik had wel tot een miljoen moeten tellen om me niet op te winden. Toch hield ik voor me wat ik eigenlijk wilde zeggen, namelijk: *houd je bek, egoïstisch kreng. Ik ben hier alleen nog vanwege mijn misplaatste loyaliteitsgevoel. Ik ben hier alleen nog omdat papa niet zou willen dat je alleen zou achterblijven, en dat is de enige reden, want je hebt alle liefde die ik voor je voelde al heel lang geleden tot de grond toe afgebrand, ondankbare trut vol zelfmedelijden die je bent.*

Wat ik wel zei, was: 'Ik had niet gedacht dat je er bezwaar tegen zou hebben.'

'Gedacht? Je hebt helemaal nergens aan gedacht. Dat doe je nooit.'

Het effect van haar hooghartige houding werd enigszins onderuitgehaald toen ze struikelde terwijl ze langs me heen beende naar haar slaapkamer. Ze bleef staan in de deuropening. 'Wil je me niet storen als je terugkomt? Ik ga vroeg naar bed.'

Alsof ik ook maar enigszins in haar buurt zou willen komen. Maar ik knikte alsof ik het begrepen had, en liet die beweging overgaan in een traag, sarcastisch hoofdschudden toen de deur eenmaal achter haar was dichtgeslagen. Met een gevoel van bevrijding sloot ik me op in mijn eigen kamer. Ze was echt ongelooflijk, zo liet ik de foto van mijn vader op mijn nachtkastje weten. 'Je staat bij me in het krijt,' foeterde ik. 'Werkelijk enorm in het krijt.'

Hij bleef onaangedaan glimlachen, en na een seconde of twee zette ik mezelf aan tot actie en ging ik onder het bed op zoek naar mijn sportschoenen.

Het was een heerlijk gevoel om mijn gekreukte, vochtige kleding uit te trekken en een hardloopbroekje en -shirt aan te doen, mijn dikke krullen samen te binden zodat ze niet in de weg zaten en de koele lucht in mijn nek te voelen. Na een moment van aarzeling trok ik een licht jack aan, me ervan bewust dat het 's avonds kil zou worden, ook al was het overdag warm geweest. Ik pakte mijn waterfles en mijn gsm en liep naar buiten. Dankbaar snoof ik de lucht op toen ik in de deuropening stond, en ik schudde de stijfheid uit mijn benen. Het was even na vijven en de zon scheen nog helder, het zonlicht was warm en goudgeel. In de tuinen kwetterden de merels naar elkaar, toen ik, aanvankelijk niet te snel, de straat in liep; mijn ademhaling versnelde, en nam vervolgens een ritme aan dat bij de lengte van mijn stappen paste. Ik woonde in een klein doodlopend straatje in Wilmington Estate, een woonwijk die was gebouwd ten behoeve van inwoners van Londen die in de jaren dertig droomden van een bestaan in een voorstad. Curzon Close was een verwaarloosd, achterafstraatje met twintig woningen, deels bewoond door mensen die er al jaren woonden, zoals mijn moeder en ik, en deels door nieuwkomers, op de vlucht voor de huizenprijzen in Londen. Een van die nieuwkomers stond in haar voortuin en ik glimlachte verlegen naar haar terwijl ik langs jogde. Geen reactie. Daarvan had ik niet moeten opkijken. We gingen eigenlijk niet veel om met de buren, zelfs niet met degenen die hier even lang woonden als wijzelf, of nog langer. Misschien juist niet met degenen die hier even lang woonden als wijzelf. Degenen die het zich wellicht herinnerden. Degenen die er wellicht van afwisten.

Ik versnelde mijn pas toen ik bij de hoofdweg kwam, in een poging harder te gaan dan mijn gedachten. Ik was de hele dag al lastiggevallen door lang onderdrukte herinneringen, die kwamen bovendrijven in mijn bewustzijn, olieachtig geborrel in een poel met stilstaand water. Het was raar; ik had geen greintje voorgevoel gehad toen er om vijf voor twaalf op de deur van mijn klaslokaal werd geklopt. Ik was alleen geweest, bezig me voor te bereiden op mijn achtste klas, en toen ik de deur opende zag ik Elaine Pennington staan, het felle en uiterst vervaarlijke hoofd van de Edgeworth School voor meisjes met achter zich een lange man, die me nors aankeek. Een van de ouders. Jenny Shepherds vader, besefte ik een seconde later. Hij zag er beroerd uit, diep ongelukkig, en ik wist direct dat er een probleem was.

Onwillekeurig liet ik de scène opnieuw door mijn gedachten gaan, zoals ik dat de hele dag had gedaan. Elaine gunde zich niet de tijd ons aan elkaar voor te stellen.

'Heb je het volgende uur de achtste?'

Ook na bijna een jaar voor haar gewerkt te hebben, liet ik me nog volledig door Elaine intimideren. Alleen al haar aanwezigheid zorgde ervoor dat mijn tong aan mijn verhemelte bleef plakken van angst. 'Eh... ja,' wist ik ten slotte uit te brengen. 'Naar wie bent u op zoek?'

'Naar allemaal.' Meneer Shepherd had gesproken, dwars door wat het ook was dat Elaine was begonnen te zeggen. 'Ik moet aan hen vragen of ze weten waar mijn dochter is.'

Toen waren ze de klas binnengekomen, allebei. Meneer Shepherd liep rusteloos te ijsberen. Ik had hem in november tijdens mijn eerste reeks ouderavonden ontmoet, toen hij luidruchtig vrolijk was geweest en grapjes had gemaakt waarop zijn knappe, elegante vrouw goedhartig haar ogen ten hemel had geslagen. Jenny had het slanke postuur en de ogen met de lange wimpers van mevrouw Shepherd, maar ze had haar vaders glimlach. Vandaag had die glimlach zich niet geopenbaard in mijn klaslokaal. Zijn bezorgdheid leek de lucht om hem heen te doen trillen, en hij had diepe groeven in zijn voorhoofd, boven zijn donkere, emotievolle ogen. Hij torende boven me uit, maar zijn lichaamskracht werd ondermijnd door zijn onmiskenbare angst. Hij liep tot een van de ramen en leunde tegen de vensterbank alsof zijn benen hem niet langer konden dragen. Alle hoop was verdwenen uit de blik die hij ons toewierp, en zijn armen hingen afwachtend langs zijn zij.

'Ik zal je alvast even op de hoogte brengen, Sarah, zodat je weet wat er speelt. Meneer Shepherd kwam vanochtend bij me om ons te vragen te helpen bij het zoeken naar zijn dochter, Jennifer. Ze is in het weekend van huis gegaan... zaterdag, toch?'

Shepherd knikte. 'Zaterdagmiddag. Om een uur of zes.'

Ik rekende het uit en beet op mijn lip. Zaterdagmiddag, en nu was het maandag, even voor twaalf uur. Bijna twee dagen. Niet zo lang; of een mensenleven te lang, het is maar van welke kant je het bekeek.

'Mevrouw en meneer Shepherd hebben gewacht, maar bij het vallen van de avond was er taal noch teken van haar, en ze nam haar mobiel niet op. Ze zijn haar gaan zoeken langs de route die ze dachten dat ze had genomen, maar ze was spoorloos. Bij terugkeer heeft mevrouw Shepherd de politie gebeld, maar daar was men niet erg hulpvaardig.'

'Ze zeiden dat ze vanzelf wel zou terugkomen.' Zijn stem klonk zacht, schor, doortrokken van pijn. 'Ze zeiden dat meisjes van die leeftijd geen notie van tijd hadden. Ze zeiden dat we haar mobieltje moesten blijven bellen, en dat we, als ze niet opnam, al haar vriendinnen moesten bellen en hun ouders moesten vragen of die haar hadden gezien. Ze zeiden dat ze langer vermist moest zijn, voordat ze iets zouden doen. Ze zeiden dat er elke vijf minuten een kind vermist raakt in Engeland – ongelooflijk, vindt u niet? – en dat ze geen mankracht kunnen inzetten voordat ze vermoeden dat het kind in gevaar is. Ze zeiden dat een twaalfjarige niet heel kwetsbaar was, dat ze waarschijnlijk zou komen opdagen en zich zou verontschuldigen voor het feit dat ze ons ongerust had gemaakt. Alsof ze van huis zou gaan en weg zou blijven zonder ons te vertellen waar ze was en dat alles in orde was. Die mensen kennen mijn dochter niet.' Hij keek me aan. 'U kent haar wel, hè? U weet dat ze nooit zomaar zou weggaan zonder ons in te lichten.'

'Ik kan me niet voorstellen dat ze dat zou doen,' zei ik behoedzaam, en ik overdacht wat ik wist van Jenny Shepherd. Twaalf jaar oud, knap meisje, een ijverige leerling, altijd een glimlach paraat. Er zat geen greintje rebellie in haar, niets van de boosheid die ik bij sommige oudere meisjes wel zag, meisjes die er een wraakzuchtig genoegen in leken te scheppen hun ouders ongerust te maken. Mijn keel zat dicht vanwege mijn ongerustheid om haar, vanwege de gruwelijke herkenning bij wat hij zei – twee dagen vermist – en ik moest mijn keel schrapen om iets te kunnen zeggen. 'Bent u erin geslaagd hen ervan te overtuigen dit serieus te nemen?'

Hij lachte humorloos. 'O, jawel. Ze namen me serieus toen de hond eenmaal was opgedoken.'

'De hond?'

'Ze was zaterdagavond de hond gaan uitlaten. Ze heeft een kleine Westie – een West Highland terriër – en een van haar taken is hem tweemaal daags uit te laten, tenzij ze een heel goede reden heeft om dat niet te doen. Dat was een van de voorwaarden die ze moest accepteren, voordat we de hond namen. Zij was voor hem verantwoordelijk.' Hij zeeg ineen tegen de vensterbank, opeens overmand door verdriet. 'En die verantwoordelijkheid nam ze ook. Ze kan enorm goed met dat beest overweg. Ze vindt het nooit een probleem om hem bij slecht weer of vroeg in de ochtend uit te laten. Volkomen toegewijd. Dus wist ik, direct toen ik die stomme hond zag, dat haar iets moest zijn overkomen.' Zijn stem stokte, hij knipperde zijn tranen weg. 'Ik had haar nooit alleen weg mogen laten gaan, maar ik dacht dat het geen kwaad kon...'

Hij sloeg zijn handen voor zijn gezicht en Elaine en ik bleven wachten tot hij weer was bedaard. We wilden geen inbreuk maken op zijn heel persoonlijke verdriet. Ik kon de gedachten van Elaine niet raden, maar ik vond het bijna ondraaglijk. Na een paar tellen sneed de bel die het einde van het lesuur aangaf dwars door de stille ruimte, en hij schrok op, uit zijn overpeinzingen gehaald.

'Dus de hond kwam gewoon weer thuis?' zei ik om hem op weg te helpen, toen het schrille geluid van de bel was weggestorven.

Hij leek heel even van zijn stuk gebracht. 'O... ja. Om een uur of elf. We deden de deur open en daar stond hij.'

'Was hij nog aangelijnd?' Ik merkte wel dat ze allebei dachten dat ik mijn verstand verloren had, maar ik wilde weten of Jenny de lijn van zijn halsband had gehaald en hem daarna uit het oog was verloren. Misschien was ze tot laat naar hem blijven zoeken en was haar toen een ongeluk overkomen. Aan de andere kant zou de lijn haar kunnen zijn ontglipt – misschien als iemand haar daartoe had gedwongen. Geen enkele hondenliefhebber zou uit zichzelf een hond los laten rondrennen met een lijn achter zich aan; die zou te makkelijk ergens in verstrikt kunnen raken, waardoor hij zich kon bezeren.

'Dat weet ik niet meer,' zei hij uiteindelijk, en hij wreef in verbijstering over zijn voorhoofd.

Elaine nam het verhaal over. 'Michael – meneer Shepherd – is toen persoonlijk naar het politiebureau gegaan en heeft gevraagd een onderzoek in te stellen, en rond middernacht zijn ze eindelijk begonnen met het invullen van de benodigde formulieren.'

'Toen ze dus al zes uur weg was,' vulde Shepherd aan.

'Dat is belachelijk. Ze weten toch zeker wel hoe belangrijk het is een vermist kind snel op te sporen?' Ik kon nauwelijks geloven dat ze zo hadden getreuzeld; ik kon nauwelijks geloven dat ze hadden afgewacht voordat ze zijn verklaring opnamen. 'De eerste vierentwintig uur zijn van het allergrootste belang, absoluut essentieel, en ze hebben er een kwart van verspild.'

'Ik wist niet dat je er zoveel van afwist, Sarah,' zei Elaine met een flauw glimlachje, en ik kon haar gezichtsuitdrukking maar al te makkelijk lezen. *Houd je mond en luister, dom wicht.*

'De politiehelikopter is om ongeveer twee uur opgestegen,' ging Michael Shepherd verder. 'Ze hebben hun infraroodcamera gebruikt om het bos af te zoeken waar ze Archie meestal uitliet. Ze zeiden dat ze zou oplichten, zelfs in het struikgewas, door haar lichaamswarmte, en dat ze haar zouden kunnen zien. Maar ze hebben niets gevonden.'

Dus óf ze was er niet óf haar lichaam gaf geen warmte meer af. Je hoefde geen expert te zijn om te bedenken welke kant dit op ging.

'Ze blijven maar zeggen dat het tijd kost om een weggelopen kind op te sporen. Ik heb tegen hen gezegd dat ze niet is weggelopen. Toen ze haar in het bos niet konden vinden, zijn ze beveiligingscamera's van de stations in de omgeving gaan bekijken, om te zien of ze naar Londen was gegaan. Dat zou ze nooit doen; ze vond het daar altijd eng, als we erheen gingen. Toen we vorig jaar kerstinkopen gingen doen, wilde ze mijn hand niet eens loslaten. Er waren zulke menigten op de been dat ze bang was ons kwijt te raken in het gedrang.'

Hulpeloos keek hij van Elaine naar mij en weer terug. 'Ze is ergens daarbuiten en ze is nog niet gevonden; ze is moederziel alleen.'

Ik voelde een steek van medelijden in mijn hart voor hem en zijn vrouw, en om hetgeen ze doormaakten, maar wat hij had gezegd bleef door mijn hoofd spoken; er was een vraag die moest worden gesteld. 'Waarom hebben ze geen oproep gedaan? Zouden ze het publiek niet moeten vragen of ze haar hebben gezien?'

'Daarmee wilden ze nog wachten. Ze zeiden dat het beter was als ze eerst zelf naspeuringen deden, voordat ze allerlei valse meldingen moesten natrekken en mensen zelf zoektochten op touw gingen zetten en daardoor in de weg zouden lopen. We wilden zelf gaan zoeken, maar ze zeiden dat we thuis moesten blijven wachten, voor het geval ze zou thuiskomen. In dit stadium kan ik gewoon niet geloven dat ze uit zichzelf binnen komt lopen.' Hij streek met zijn handen door zijn haar en duwde zijn vingers krachtig tegen zijn hoofdhuid. 'Gisteren hebben ze de oever van de rivier afgezocht, langs het spoor in de buurt van ons huis, het reservoir bij de A3 en de bossen doorzocht, en nog steeds is ze niet gevonden.'

Ik vroeg me af of de gruwelijke betekenis van de plekken waar men zich op concentreerde, wel tot hem doordrong. Wat haar ouders ook mochten denken, de politie leek er inmiddels van overtuigd dat ze op zoek waren naar een stoffelijk overschot.

Ongemerkt was ik bij de bosrand aangekomen. Ik versnelde even mijn tempo en glipte tussen twee eiken door, over een onduidelijk pad, dat zich vrijwel direct vertakte. Over de rechter aftakking stoof een chocoladebruine labrador mijn kant op; hij trok een slanke, wat oudere, tot in de puntjes opgemaakte vrouw in een keurige, lichte broek mee. Het leek niet het soort hond dat je zou opjagen, maar toch sloeg ik het linker pad maar in, waar ik niemand zou tegenkomen. Het pad dat ik nam, zag er uitdagender uit. Het liep naar het midden van het bos, waar de sporen smal en diep waren en vaak onverwacht uitliepen op warrige braamstruiken en struikgewas. De paden dichter bij de weg waren het meest in trek bij mensen die hun hond uitlieten; ze waren breed en vlak. Zo'n breed, gelijkmatig pad zou me niet afleiden van het duistere, monotone ritme van de zware, meedogenloze spanningshoofdpijn die me de hele dag al parten speelde. Ik liep tegen de heuvel op en mijn gedachten waren bij Jenny's vader.

De rust in het klaslokaal werd opnieuw doorbroken, nu door geschuifel achter de deur, luide voetstappen op de gang en stemmen. De klasgenoten van Jenny, 8A. Er klonk een kabbelend gelach en Michael Shepherd kromp ineen.

Ik liet ze binnen en zei dat ze snel op hun plaats moesten gaan zitten. Ze zetten grote ogen van nieuwsgierigheid op bij het zien van het schoolhoofd en een van de ouders; dit was heel wat beter dan een les over *Jane Eyre*. Michael Shepherd rechtte zijn schouders alsof hij zich voorbereidde op een ronde in de boksring, en ging voor de leeftijdgenoten van zijn dochter staan. De rol van slachtoffer paste hem niet. De wens om actie te ondernemen had hem naar de school doen komen. Hij zou niet blijven rondhangen tot de politie kwam; hij zou doen wat hem nuttig leek en de gevolgen later wel onder ogen zien.

Toen ze allen eenmaal afwachtend op hun plaats zaten, aandachtig en stil, nam Elaine het woord.

'Sommigen van jullie zullen meneer Shepherd wel kennen, maar voor de anderen: dit is de vader van Jennifer. Ik wil dat jullie allemaal heel goed luisteren naar wat hij te vertellen heeft. Als jullie hem op welke manier dan ook kunnen helpen, weet ik zeker dat jullie dat zullen doen.'

Rijen hoofden knikten gehoorzaam. Michael Shepherd ging op haar uitnodiging naast haar staan. Hij keek de klas rond en leek lichtelijk confuus.

'Jullie zien er allemaal zo anders uit in je uniform,' zei hij ten slotte. 'Ik weet dat ik sommigen van jullie al eens heb ontmoet, maar ik weet niet helemaal...'

Er trok een geamuseerd geroezemoes door de klas en ik verborg een glimlach. Ik had ooit precies hetzelfde ondervonden, maar dan andersom, toen ik in een weekend een aantal van mijn leerlingen in de stad zag. Ze leken veel ouder en wereldser als ze hun uniform niet droegen. Heel verwarrend.

Hij had twee meisjes gezien die hij herkende. 'Dag Anna. Rachel.'

Ze bloosden en mompelden hallo, even verheugd als geschrokken doordat ze er uitgepikt waren.

'Ik weet dat het heel raar klinkt,' begon hij, en probeerde te glimlachen, 'maar we zijn onze dochter kwijt. We hebben haar nu al twee dagen niet gezien, en ik vroeg me af of een van jullie van haar had gehoord of misschien enig idee heeft waar ze kan zijn.' Hij wachtte heel even, maar niemand zei iets. 'Ik weet dat het veel gevraagd is en ik begrijp wel dat Jenny haar eigen redenen zou kunnen hebben om niet thuis te komen. Maar haar moeder is erg ongerust, net als ikzelf, en we willen alleen maar weten of alles in orde is met haar. Als jullie haar niet hebben gezien, zou ik graag willen weten of iemand haar sinds zaterdagavond heeft gesproken of enige vorm van contact met haar heeft gehad: een sms'je of een e-mail of wat dan ook.'

In koor klonk er een gedempt 'nee' uit de klas.

'Oké, goed, dan wil ik jullie vragen na te gaan wanneer jullie Jenny voor het laatst hebben gezien of gehoord, en wat ze toen zei. Weet iemand of ze van plan was het afgelopen weekend ergens heen te gaan? Ze krijgt er geen problemen door; we willen alleen maar weten of ze ongedeerd is.'

De meisjes staarden hem zwijgend aan. Hij had hun medeleven, maar kreeg geen reactie waar hij iets aan had. Elaine nam het over.

'Ik wil dat jullie allemaal heel zorgvuldig nadenken over wat meneer Shepherd jullie heeft gevraagd, en als je je ook maar íéts herinnert – het maakt niet uit wat – waarvan je denkt dat we het moeten weten, wil ik graag dat je het ons vertelt. Jullie kunnen in volledig vertrouwen praten, met mij of mevrouw Finch, maar je kunt ook je ouders vragen me te bellen, als je liever met hen praat.' Haar gezicht betrok. 'Ik weet dat jullie allemaal veel te verstandig zijn om je mond te houden vanwege een misplaatst gevoel van solidariteit jegens Jennifer.' Ze wendde zich tot mij. 'Mevrouw Finch, we zullen u laten doorgaan met de les.'

Ik voelde wel dat Michael Shepherd het niet prettig vond het lokaal te moeten verlaten zonder iets uit de klasgenoten van zijn dochter te hebben losgekregen, maar er zat weinig anders voor hem op dan Elaine te volgen, die zich de klas uit spoedde. Bij het weggaan knikte hij me toe, en ik glimlachte terwijl ik zocht naar iets om te zeggen, maar hij was al weg voordat er iets bij me opkwam wat ook maar enigszins passend was. Hij liep met gebogen hoofd, zoals een stier die een slachthuis binnengeleid wordt, beroofd van alle kracht en doortastendheid, tot er slechts wanhoop over is.

Toen ik in het bos was aangekomen viel het verkeerslawaai weg, alsof er een geluidwerend scherm achter me was neergelaten. De vogels kwetterden en er waaide een zwak briesje door de boomtoppen met een geluid als van ruisend water. Het doffe, ritmische geluid van mijn voeten op de donkere, vaste bodem benadrukte het raspen van mijn ademhaling, en van tijd tot tijd klonk het geluid van de zwiepende terugslag van een dun, uitstekend takje dat zich even had vastgehaakt aan mijn mouw. Hoge, eroude bomen met knobbelige stammen spreidden hun felgroene nieuwe bladertooi als een overkapping boven mij uit. Zonlicht kierde in schuin invallende stralen en speldenprikjes licht door de schaduw, een duizelingwekkende schittering die kort ergens op weerkaatste en net zo snel weer was verdwenen. Ik voelde me, heel even, bijna gelukkig.

Ik zwoegde tegen een lange, steile helling op, waarbij de punten van mijn schoenen probeerden grip te krijgen op de rulle humusgrond en mijn hart bonsde terwijl mijn spieren verzuurden. De aarde was zo donker en vast van structuur als chocoladetaart en hij gaf net genoeg mee. Ik had de vorige zomer op keiharde, kurkdroge grond gelopen, dodelijk voor je enkels, en was op ijskoude dagen in hartje winter door glibberige modder gegleden, waarbij de achterkant van mijn benen onder de zwarte spetters kwamen te zitten, net teer. Nu waren de omstandigheden perfect. Geen smoesjes. Ik vocht door tot ik helemaal boven was, waar de beloning van de helling omlaag aan de andere kant wachtte, en daar kreeg ik het gevoel dat ik vloog.

Na een poosje nam de euforie natuurlijk af. Mijn benen begonnen te protesteren tegen de zware inspanning en de spieren van mijn dijen deden zeer. Dat soort irritant ongenoegen kon ik wel hebben, maar mijn knieën speelden ook op en dat was erger. Ik kromp ineen toen ik bij een onvoorzichtige stap op het ongelijke terrein mijn linkerknie verdraaide en er een pijnscheut langs de buitenkant van mijn dij trok. Ik keek op mijn horloge en zag tot mijn verbazing dat er al een halfuur was verstreken sinds ik van huis was gegaan; ik had ruim vijfenhalve kilometer gelopen. Dat was voldoende om bij terugkeer een behoorlijke afstand te hebben afgelegd.

Ik maakte een ruime bocht, keerde om en rende parallel aan de route die ik op de heenweg had genomen terug. Het had iets ontmoedigends om dezelfde weg terug te nemen; daar had ik een hekel aan. De nieuwe route voerde me over een rug van hoger gelegen grond tussen twee steile greppels. Het terrein was hier zacht en zat vol knoestige boomwortels. Ik ging een stuk langzamer lopen, uit angst om mijn enkel te verstuiken, en hield mijn ogen strak gericht op de grond voor me. Toch ging het fout, want ik gleed uit over een gladde wortel die in een scherpe hoek omlaag liep. Met een gesmoorde kreet vloog ik met uitgestrekte handen voorover tot ik languit in de modder lag. Ik bleef heel even in die houding liggen, met gierende ademhaling, terwijl het in het bos om me heen opeens doodstil was geworden. Traag en moeizaam haalde ik mijn handen van de grond en ging ik op mijn hielen zitten om de schade op te nemen. Geen botbreuken, geen bloed. *Mooi zo.* Ik veegde het ergste vuil van mijn handen en knieën. Kneuzingen, misschien een lichte schaafwond aan de muis van mijn rechterhand. Niet echt iets ergs. Ik stond op, me optrekkend aan een nabije boomstronk, en trok een gezicht toen ik mijn benen strekte, blij dat niemand me had zien vallen. Ik boog voorover en stretchte mijn hamstrings, liep daarna even in een klein kringetje rond en probeerde voldoende motivatie op te bouwen om door te gaan. Ik was juist van plan verder te gaan toen ik fronsend bleef staan. Iets trok mijn aandacht; ik had half uit mijn ooghoek iets vreemds gezien, iets wat er niet hoorde te zijn. Nog voelde ik geen bezorgdheid, terwijl ik toch de hele dag aan het vermiste meisje had gedacht.

Ik ging op mijn tenen staan en keek eens goed rond, tuurde tussen de toenemende schaduwen door. Daarbeneden in de kuil aan mijn linkerhand was een oude boom omgevallen, waardoor er een gat in het bladerdek was ontstaan, en een brede straal zonlicht verlichtte dat deel van de struiken alsof het een filmset was. De kuil stond helemaal vol grasklokjes, ze verdrongen zich rond de gevallen boom. Het poederig paarsblauw van de bloemetjes was een weerspiegeling van de heldere avondlucht boven me. Een ononderbroken rij zilverberken omzoomde de open plek. De boomschors was doortrokken van scherpe zwarte lijnen, de bladeren hadden zich nog maar pas geopend in de groene kleur van zure appelen. Het zonlicht accentueerde de minuscule vormen van vliegen en muggen, en kleurde ze goud terwijl ze in eindeloze cirkels boven de bloemblaadjes wervelden.

Maar dat was niet wat mijn aandacht had getrokken. Ik fronste, zette mijn handen in mijn zij en zocht de open plek af. Er klopte iets niet. Wat was er toch mis? Bomen, bloemen, zonneschijn, zo lieflijk allemaal; wat kon het dan zijn?

Daar. Iets wits tussen de grasklokjes. Iets bleeks achter de boomstam. Ik daalde omzichtig de helling af, probeerde dichterbij te komen, deed mijn best om er zicht op te krijgen. Terwijl ik langzaam vooruitliep knakten de stengels van grasklokjes en piepten de glanzende blaadjes onder mijn sportschoenen. Nu was ik dichterbij, kon ik het beter zien…

Een hand.

Er ontsnapte adem uit mijn longen alsof ik een stomp in mijn maag had gekregen. Ik denk dat ik direct al wist waarnaar ik stond te kijken, direct al wist wat ik had gevonden, en toch moest ik doorlopen, moest ik me een weg banen om die oude boomstronk heen, waarbij ik zorgvuldig over het versplinterde uiteinde stapte, dat door rotting bros en hol was geworden. Tegelijk met de schok overviel me een gevoel van onvermijdelijkheid, het gevoel dat ik op dit moment was afgestevend sinds ik had gehoord dat Jenny werd vermist. Toen ik neerhurkte bij de boomstam, bonsde mijn hart sneller dan toen ik eerder de steilste helling had beklommen.

Jenny lag in de beschutting van de omgevallen boom, bijna onder de boom zelfs, met één hand zorgvuldig midden op haar smalle borstkas geplaatst en haar benen netjes naast elkaar. Ze droeg een spijkerbroek, zwarte sportschoenen van Converse en een fleecetrui die lichtroze was geweest, maar nu grijs was aan de boorden. De hand die ik had gezien was haar linkerhand, die onder een hoek naast haar lichaam lag. Hij lag tussen de bloemen alsof iemand hem daar had laten vallen.

Van dichtbij was er in de bleekheid van haar huid een zweempje blauw te zien en vertoonden de nagels de paarsgrauwe kleur van een oude kneuzing. Ik hoefde haar niet aan te raken om te weten dat ze allang niet meer te redden was, maar ik stak toch mijn hand uit en streek met de bovenkant van één vinger langs haar wang. De kilte van haar levenloze huid deed me rillen. Ik dwong mezelf naar haar gezicht te kijken, haar gelaatstrekken, in een poging te bevestigen wat ik al wist, in de wetenschap dat ik nooit zou vergeten wat ik nu zag. Een asgrauw gezicht, omringd door warrig, vuil, blond haar, dof en sluik. Haar ogen waren gesloten, haar wimpers lagen als donkere waaiers op haar kleurloze wangen. Haar mond was grijs en bloedeloos; hij was opengevallen, neergetrokken door haar afhangende kaak. Haar lippen lagen strak en dun over tanden die meer vooruit leken te steken dan toen ze nog leefde. Er waren onmiskenbaar sporen van geweld op haar gezicht en hals te zien: vage schaduwen van kneuzingen her en der op haar wangen, en vage vegen over haar broze sleutelbeenderen. Er liep een dun, donker lijntje over haar onderlip, waar een streepje bloed zwart was opgedroogd.

Ze lag waar ze was gedumpt, waar iemand haar lichaam, toen hij met haar klaar was, in deze houding had neergelegd, zoals hij wilde dat ze zou worden gevonden. De pose was een groteske parodie op de wijze waarop een begrafenisondernemer een lichaam zou opbaren, een karikatuur van waardigheid. Die deed echter niets af aan de realiteit van hetgeen haar was aangedaan. Mishandeld, verwond, achtergelaten, dood. Nog maar twaalf jaar oud. Al haar onbegrensde mogelijkheden tot niets verworden, nog slechts een lege huls in een stil bos.

Ik had naar Jenny's lichaam staan kijken met een afstandelijkheid die grensde aan een klinische blik, had elk detail nauwkeurig bekeken zonder echt te beseffen wat ik zag. Nu leek het alsof er een dijkbreuk plaatsvond in mijn brein, en de enormiteit van deze verschrikking stortte ruw over me heen. Alles wat ik had gevreesd dat Jenny kon overkomen, was gebeurd, en het was erger dan ik me ooit had kunnen voorstellen. Het bloed suisde in mijn oren en de grond week onder mijn voeten. Ik kneep met beide handen krachtig in mijn waterflesje en het koele, ribbelige plastic voelde geruststellend vertrouwd aan. Ik baadde in het zweet, maar voelde me ijskoud en rillerig. Ik voelde golven van misselijkheid opkomen en stond te trillen op mijn benen. Ik duwde mijn hoofd tussen mijn knieën. Ik kon nauwelijks denken, kon me niet bewegen, en om me heen begon het bos onbeheersbaar te tollen. Heel even keek ik op en zag ik mezelf op die leeftijd; hetzelfde haar, dezelfde gelaatsvorm, maar ik was niet doodgegaan, ik was degene die in leven was gebleven…

Ik weet niet hoeveel tijd het me zou hebben gekost om te herstellen, als ik niet abrupt tot de realiteit zou zijn teruggekeerd. Ergens achter me, niet dichtbij, jankte een hond, eenmaal, heftig, waarna hij opeens stilviel alsof hem het janken werd belet, en met de kracht van een sneltrein kwam de realiteit weer bij me binnen.

Stel dat ik niet alleen was?

Ik stond op en keek met wijd open ogen de kleine open plek rond, alert op plotselinge bewegingen in de omgeving. Ik stond naast een lichaam dat daar door iemand was achtergelaten – waarschijnlijk door degene die haar had vermoord. En moordenaars keerden soms terug naar een lijk, had ik weleens gelezen. Ik slikte nerveus de angst weg die mijn keel dichtkneep. Er waaide opnieuw een briesje door de bomen, dat alle andere geluiden overstemde, en ik schrok toen ergens rechts van mij een vogel klapwiekend opvloog en als een speer tussen de takken door naar de vrijheid schoot. Wat had hem opgeschrikt? Moest ik om hulp roepen? Wie zou me hier midden in het bos horen, waar ik juist naartoe was gegaan om alleen te zijn? Domme, domme Sarah…

Voordat ik helemaal in paniek raakte, klemde mijn ijskoude gezonde verstand zich om de opkomende hysterie. Inderdaad, domme Sarah, die haar mobieltje klaar voor gebruik in haar zak had zitten. Ik haalde het tevoorschijn, bijna snikkend van opluchting, maar de paniek sloeg weer toe, toen het schermpje maar één streepje voor bereik liet zien. Niet genoeg. Ik klauterde de helling weer op met mijn telefoon stevig vast in mijn hand. Het was moeilijk zo'n steile helling te beklimmen en ik graaide met mijn vrije hand naar houvast, maar trok het gras en de wortels zo uit de zachte aarde, en in gedachten zei ik alleen maar: *toe nou, toe nou.* Zodra ik de top bereikt had verschenen er nog twee streepjes. Ik ging met mijn rug tegen een massieve, robuuste oude boom staan en toetste hardhandig het alarmnummer in. Al doende bekroop me een enigszins onwerkelijk gevoel, en mijn hart bonsde zo hard dat de dunne stof van mijn jasje ervan trilde.

'Alarmcentrale, welke dienst?' vroeg een licht nasale vrouwenstem.

'Politie,' hijgde ik, nog steeds buiten adem van de schok en van het beklimmen van de helling. Het leek alsof er een strakke band om mijn borstkas zat die mijn ribben samendrukte. Ik kon om de een of andere reden niet diep genoeg ademhalen.

'Dank u, ik verbind u door.' Ze klonk verveeld; ik moest er bijna om lachen. Ik hoorde een klik. Een andere stem. 'Goedemiddag, u bent doorverbonden met de politie.'

Ik slikte iets weg. 'Ja, ik… ik heb een dode gevonden.'

De telefoniste klonk volstrekt niet verbaasd. 'Een dode. Juist, ja. En waar bevindt u zich op dit moment?'

Ik deed mijn best de locatie te beschrijven en raakte even in verwarring toen de telefoniste aandrong op meer details. Het was bepaald niet eenvoudig om precies aan te geven waar ik was, zonder verkeersborden of gebouwen in de buurt als referentiekader; ik raakte volledig de kluts kwijt toen ze vroeg of ik me ten oosten van de hoofdweg bevond, en zei eerst ja, waarna ik mezelf tegensprak. Ik voelde me licht in het hoofd, alsof mijn gedachten werden verstoord door statische elektriciteit. De vrouw aan de andere kant van de lijn was geduldig, hartelijk zelfs, wat me een nog vervelender gevoel gaf over het feit dat er aan mijn verhaal geen touw was vast te knopen.

'Rustig maar, u doet het prima. Wilt u alstublieft uw naam zeggen?'

'Sarah Finch.'

'En u bent nog steeds bij het lichaam,' checkte de telefoniste.

'Ik ben er vlakbij,' zei ik, want ik wilde accuraat zijn. 'Ik… ik ken haar. Ze heet Jenny Shepherd. Ze wordt vermist… Ik heb haar vader vanochtend nog gezien. Ze…' Ik stokte, deed mijn best niet in huilen uit te barsten.

'Zijn er nog tekenen van leven? Kunt u voor me kijken of deze persoon nog ademhaalt?'

'Ze voelt koud aan. Ik weet zeker dat ze dood is.' *Bedek haar gezicht. Mijn blik is verbijsterd. Ze is jong gestorven.*

Opnieuw begon het bos om me heen te tollen, en terwijl mijn ogen zich met tranen vulden, reikte ik naar achteren, naar de boomstam. Hij voelde stevig en echt aan, geruststellend.

De telefoniste praatte door. 'Oké, Sarah, de politie is spoedig bij je. Blijf waar je nu bent en laat je mobiel aanstaan. Ze moeten je misschien nog bellen voor de route.'

'Ik kan wel wat dichter naar de weg toe gaan,' bood ik aan, opeens bedrukt door de stilte, in het gruwelijke besef van wat er daarbeneden in de greppel achter de boom verscholen lag.

'Blijf maar gewoon waar je bent,' zei de telefoniste streng. 'Ze vinden je wel.'

Toen ze had opgehangen, zakte ik ineen op de grond, met mijn mobiel, mijn reddingsboei, nog steeds stevig in mijn hand. Het briesje was sterker geworden en ondanks mijn jack was ik verkild tot op het bot en de volledige uitputting nabij. Maar het was goed zo. Ze waren onderweg. Ze zouden spoedig hier zijn. Ik hoefde alleen maar af te wachten.

1992

Drie uur vermist

Ik ren de keuken in zodra ik mama hoor roepen. Eerst is het raar om binnen te zijn: donker en koel, alsof je onder water zit. De tegels voelen koud aan onder mijn blote voeten. Ik ga zitten op een stoel aan de keukentafel, waar voor twee is gedekt: voor mij en voor Charlie. Mama heeft twee glazen melk ingeschonken en ik neem een flinke slok uit het glas dat voor me staat. De zoete, koude melk glijdt door mijn keel omlaag mijn maag in, en daardoor verspreidt zich een koud gevoel door mijn lijf waardoor ik even moet bibberen. Ik zet het glas voorzichtig neer, zonder geluid te maken.

'Heb je je handen gewassen?'

Ze heeft zich niet eens omgedraaid van het fornuis. Ik kijk naar mijn handpalmen. Te vies om erover te kunnen jokken. Met een zucht sta ik op van mijn stoel en loop naar de gootsteen. Ik laat het water een minuutje over mijn vingers stromen en maak een kommetje van mijn handen, dat ik laat vollopen tot het overstroomt. Omdat ik in een luie bui ben en mama niet kijkt, gebruik ik geen zeep, hoewel mijn handen plakken van het vuil en het zweet. Het water klettert in de gootsteen en overstemt mijn moeder. Pas als ik de kraan dichtdraai hoor ik haar.

'Ik zei: waar is je broer?'

De waarheid vertellen voelt als verraad. 'Ik heb hem niet gezien.'

'Sinds wanneer niet?' Ze wacht niet op antwoord, maar loopt naar de achterdeur om te gaan kijken. 'Hij zou toch echt beter moeten weten dan te laat komen voor het eten. Als jij maar niet in zo'n rebelse tiener verandert als je zo oud bent als Charlie.'

'Hij is geen puber.'

'Nog niet, maar soms gedraagt hij zich wel zo. Wacht maar tot je vader hiervan hoort.'

Ik schop tegen de stoelpoot. Mama zegt een woord dat ik zeker niet mag horen, iets wat ik in mijn geheugen opsla, al weet ik dat ik het absoluut niet moet nazeggen – althans niet als zij erbij is. Ze gaat terug naar het fornuis en schept er met snelle, nijdige bewegingen ovenpatat uit. Er glijden er een paar van het bakblik op de grond en ze gooit de lepel kletterend neer. Als ze mijn bord voor mijn neus zet, is het overvol. Twee eieren, glimmend van de olie, staren me aan, een berg patatten ernaast; ze liggen over elkaar heen als mikadostokjes. Voorzichtig trek ik een patatje weg van de bodem van de stapel en duw de harde punt in een rond, lillend ei. Er loopt een geel stroompje op het bord, dat zich vermengt met de ketchup die ik over alles heen uitknijp. Ik verwacht een standje te krijgen voor spelen met mijn eten, maar mama laat me alleen aan tafel achter en ik hoor haar aan de voorkant van het huis Charlie roepen. Ik werk me door de berg patat heen; het geluid van mijn kauwbewegingen weerklinkt te hard in de stille keuken. Ik eet tot ik pijn in mijn buik krijg, tot mijn kaken moe zijn. Als mama terugkomt denk ik dat ze wel boos zal zijn dat ik wat eten heb laten liggen, maar ze kiepert de restjes in de vuilnisbak en zegt niets.

Ik zit nog steeds aan tafel, rozig van het eten, als mama de gang in loopt om mijn vader te bellen. Haar stem klinkt schel van ongerustheid, zo schel dat ik er zenuwachtig van word, hoewel ik niet degene ben op wie ze boos is.

De wijzers van de keukenklok maken een rondje over de wijzerplaat en nog steeds is Charlie nergens te bekennen, en ik word bang. Bijna onwillekeurig, zonder echt te weten waarom, begin ik te huilen.

2

Het kostte het politiekorps van Surrey veel tijd om me uiteindelijk te vinden.

Ik zat met mijn rug tegen de boom en keek hoe het blauw van de hemel steeds vager werd naarmate de zon verder afdaalde in de richting van de horizon. De schaduwen werden langer en liepen rondom me in elkaar over. Onder de bomen begon het donker en koud te worden. Ik sloeg mijn armen om mijn knieën en hield ze strak om mijn lichaam, in een poging mezelf warm te houden. Ik keek zo ongeveer om de minuut op mijn horloge, eigenlijk zonder reden. De telefoniste was niet erg duidelijk geweest over de tijd die de politie nodig zou hebben om hier te komen. Het maakte me ook niet uit. Ik had immers niets belangrijkers te doen.

Ik geloofde niet echt dat de moordenaar van Jenny zou terugkeren naar dat rustige plekje in het bos, maar toch begon mijn hart bij elk onverwacht geluidje en elke vage beweging te bonzen. Nauwelijks hoorbare geluidjes overal om me heen suggereerden dat er onzichtbare dieren, niet gehinderd door mijn aanwezigheid, hun gang gingen; elk ruisen van de droge bladeren maakte dat ik zenuwachtig in elkaar dook. Ik kon in elke richting slechts een paar meter zien, omdat de bomen in dat deel van het bos zo dicht op elkaar stonden, en het was lastig om het gekriebel bij mijn nekharen af te schudden dat me ingaf: *je wordt bespied…*

Alles bij elkaar was het een grote opluchting toen ik in de verte stemmen en het gekraak en gekuch van politieradio's hoorde. Ik stond op en kromp ineen toen ik mijn stijf geworden ledematen uitstrekte. Ik riep: 'Ik ben hier!' Ik zwaaide mijn armen boven mijn hoofd heen en weer, terwijl ik het schermpje van mijn mobiele telefoon deed oplichten om hun aandacht te trekken. Ik kon ze nu zien, twee agenten, die doelgericht door het bos liepen; hun reflecterende jacks glansden in het wegstervende licht. Het waren twee mannen, de een gedrongen en van middelbare leeftijd, de ander jonger, slanker. De gedrongen agent liep voorop en had – zo werd algauw duidelijk – de leiding.

'Bent u Sarah Finch?' vroeg hij, terwijl hij bijna struikelend dichterbij kwam. Ik knikte. Hij bleef staan, zette zijn handen op zijn knieën en hoestte onrustbarend. 'Flink stuk van de weg af,' legde hij uiteindelijk naar adem snakkend uit, waarna hij iets onsmakelijks ophoestte wat hij naar links uitspuugde. 'Niet gewend aan zoveel lichaamsbeweging.'

Hij had zijn zakdoek gepakt en veegde zweet van zijn trillende wangen, die een netwerk van gesprongen adertjes lieten zien. 'Ik ben agent Anson en dat is agent McAvoy,' zei hij, wijzend naar zijn collega. Agent McAvoy glimlachte onzeker naar me. Hij was bij nader inzien heel erg jong. Het was een eigenaardige combinatie, die twee, en ik vroeg me af waarover ze praatten als ze met z'n tweeën waren, hoewel dat nergens op sloeg.

Anson was weer op adem gekomen. 'Mooi. En waar is dat lijk dat u hebt gevonden? We moeten het even controleren voordat de anderen komen. Niet dat we denken dat u een mafkees bent die niets beters te doen heeft dan voor de lol de alarmcentrale bellen, hoor.' Hij zweeg even. 'U zou er trouwens van opkijken als u wist hoeveel dat doen.'

Ik staarde hem aan, niet onder de indruk, en wees toen omlaag naar de greppel. 'Ze ligt daarbeneden.'

'Onder aan die helling? Kut. Mattie, klim jij eens naar beneden en neem even een kijkje, wil je?'

Het was duidelijk dat Anson een hekel had aan alles waar lichamelijke inspanning bij kwam kijken. McAvoy haastte zich naar de rand van de greppel en tuurde naar beneden.

'Waar moet ik zoeken?' Zijn stem klonk strak van ingehouden opwinding.

Ik deed een stap naar voren zodat ik naast hem kwam staan. 'Het lichaam ligt achter die boom. De makkelijkste manier om naar beneden te lopen is waarschijnlijk hier links,' zei ik, en ik wees naar het rudimentaire pad dat ik had gemaakt toen ik de helling was opgeklommen.

Maar hij was al over de rand gestapt. Onder zijn voeten knapten takjes terwijl hij steeds sneller de helling afrende. Ik zette me schrap en verwachtte dat hij onderaan hard zou neerkomen. Anson sloeg zijn ogen ten hemel alsof hij al heel wat met hem had meegemaakt. 'Jeugdig enthousiasme,' zei hij. 'Hij leert het nog wel. Sneller is niet altijd beter, hè?'

Zijn botte manier van spreken bezorgde me kippenvel.

McAvoy was onder aan de helling aangekomen en tuurde nerveus over de omgevallen boom. 'Hier ligt inderdaad iets,' riep hij, en bij het woordje 'iets' sloeg zijn stem even over.

'Ga eens wat beter kijken, Mattie, en kom dan weer naar boven,' bruide Anson. Hij had de radio in zijn hand, klaar om verslag uit te brengen. Ik keek toe hoe McAvoy de wirwar van boomwortels ontweek en zich bukte om te zien wat erachter lag. Zelfs van die afstand kon ik zien hoe het bloed uit zijn gezicht wegtrok. Hij draaide zich bruusk om, zijn schouders gingen heftig op en neer.

'Goeie genade,' zei Anson met afkeer. 'Dat is een plaats delict, Mattie. Ik heb geen zin te moeten uitleggen hoe er midden in een grote, vieze plek kots terecht is gekomen, hoor.'

McAvoy liep zonder te antwoorden een stukje verder. Even later draaide hij zich om en liep hij tegen de helling op, waarbij hij ervoor zorgde niet in de richting van Jenny's lichaam te kijken. 'Het is een jong meisje. Je kunt het rapporteren,' zei hij, terwijl hij met zijn blik strak op de grond gericht over de richel klom. Beschaamd was niet de juiste omschrijving van zijn gezichtsuitdrukking. Ik begreep het wel; ik vermoedde dat Anson dit vertoon van zwakte niet snel zou vergeten. Maar tot mijn verbazing had de oudere politieman geen commentaar toen hij McAvoy naar de auto stuurde om daar te wachten tot hij de andere politiemensen naar de plaats delict kon leiden.

'Ik ga dat hele stuk niet teruglopen. Maak maar voort, jongen.'

De uitdrukking op Ansons gezicht was minzaam terwijl hij Mc-

Avoy nakeek, die maakte dat hij weg kwam. 'Hij moet de tijd krijgen, dan went hij wel aan dat soort dingen,' zei hij, bijna tegen zichzelf. 'Het is een goeie knul.'
'Ik kan me voorstellen dat hij van streek is.'
Anson keek me koel aan. 'U zult helaas hier moeten blijven. De recherche zal met u willen spreken. Ze zouden me wat aandoen als ik u liet gaan.'
Ik haalde mijn schouders op en ging weer zitten waar ik op hen had gewacht. Ik nestelde me zo comfortabel mogelijk tegen de bekende boomstam, wat allesbehalve comfortabel was. Ik had geen zin in een gesprek met Anson en even later ging hij weg, met zijn handen diep in zijn zakken gestoken en zijn rug naar me toe. Hij liep zachtjes en op zijn gemak te fluiten, steeds hetzelfde wijsje. Het duurde even voordat ik op de tekst kwam.
Als je naar het bos gaat vandaag, dan word je zeker verrast...
Leuk, hoor.

Agent McAvoy had zijn werk goed gedaan. Binnen het uur waren ze er, in groten getale: geüniformeerde politie, mannen en vrouwen in witte papieren wegwerpoveralls met capuchons, mensen in blauwe overalls, een enkeling in vrijetijdskleding of kostuum. De meesten hadden bij aankomst van alles bij zich: tassen, kistjes, schermen van canvas, booglampen, een brancard compleet met lijkzak, een generator die al kuchend tot leven kwam en een brakke, mechanische lucht uitstootte. Sommigen bleven even bij me staan om vragen te stellen: hoe was het lichaam me opgevallen? Wat had ik aangeraakt? Had ik iemand anders gezien terwijl ik aan het hardlopen was? Was me iets eigenaardigs opgevallen? Ik antwoordde bijna zonder nadenken; ik vertelde hun waar ik had gelopen en gestaan, en wat ik had aangeraakt, en het bibberen van de kou ging over in beven van vermoeidheid. Anson en McAvoy waren verdwenen, teruggestuurd naar hun reguliere werk, vervangen door mensen wier werk het was om moorden te onderzoeken, mensen die nu het bosrijke gebied aan het uitkammen waren. Wat deden ze eigenlijk raar werk, dacht ik onwillekeurig. Ze gingen heel rustig en professioneel te werk, zo gestructureerd en methodisch alsof ze ergens op een kantoor met papieren bezig waren. Niemand wekte de indruk gehaast of onder de indruk te zijn, of iets anders te doen dan zich volledig te concentreren op het noodzakelijke werk. McAvoy was de enige geweest die had gereageerd op de gruwel van wat er op die kleine open plek lag en ik was hem er dankbaar voor. Anders zou ik mijn twijfels hebben gehad over de heftigheid van mijn eigen emoties. Aan de andere kant kenden zij Jenny weer niet. Ik had haar in leven meegemaakt, vitaal, lachend om een grap op de achterste rij in mijn klas, ernstig als ze haar vinger opstak om iets te vragen. Ik zou de open plek zien tussen haar klasgenoten, het niet-aanwezige gezicht op de klassenfoto. Zij zouden slechts een dossier, een stapel foto's, bewijsmateriaal in zakjes zien. Voor hen was ze een klus, meer niet.

Iemand had een ruwe deken gevonden en legde die over mijn schouders. Ik greep de randen vast, zó stevig, dat mijn knokkels wit zagen. De deken had een eigenaardig muffe geur, maar dat maakte me niets uit; hij was warm. Ik keek naar de bezigheden van de politiemensen; hun gezichten zagen er spookachtig uit in het harde, grijswitte licht van de booglampen, die nu op statieven rondom de open plek stonden. Het voelde vreemd, om zo neer te kijken op de mensen daarbeneden, die allemaal hun rol kenden en zich bewogen op een ritme dat mij ontging. Ik was doodmoe en ik wilde niets liever dan naar huis gaan.

Een vrouwelijke politieagent in burger maakte zich los van een groep mensen die zich hadden verzameld bij de plek waar Jenny's lichaam nog steeds lag. Ze klom tegen de helling op, recht op mij af.

'Agent Valerie Wade,' zei ze, met uitgestoken hand. 'Zeg maar Valerie.'

'Ik heet Sarah.' Ik werkte een arm onder de zware deken vandaan om haar een hand te geven.

Ze glimlachte naar me en haar blauwe ogen glansden in het kille schijnsel van de lampen. Ze had lichtbruin haar, een rond gezicht en was vrij mollig. Ik vermoedde dat ze ouder was dan ik, maar niet veel.

'Het ziet er vast allemaal erg verwarrend uit.'

'Ze lijken het heel druk te hebben,' zei ik tam.

'Ik kan je wel vertellen wat ze aan het doen zijn, als je wilt. Die mensen met die witte pakken daar zijn van de forensische recherche.

Dat betekent dat ze hun werk doen op de plaats delict. Zij vinden de aanwijzingen, net als op de tv, je weet wel, CSI.' Ze had een licht zangerige manier van spreken, alsof ze hun taak aan een kind uitlegde. 'En die man daar, die op zijn hurken bij...'

Ze zweeg abrupt, en ik keek haar aan. Haar gelaatsuitdrukking bevreemdde me, tot ik besefte dat ze elke verwijzing naar Jenny's lichaam probeerde te vermijden. Alsof ik kon vergeten dat het daar lag.

'Die man, die op zijn hurken zit, is de patholoog-anatoom. En die twee achter hem zijn rechercheurs, net als ik.'

Ze wees naar twee mannen die eveneens in burger waren, de een in de vijftig, de ander rond de dertig. De oudere man had staalgrijs met wit haar. Hij stond voorovergebogen, met zijn schouders gekromd en zijn handen diep in de zakken van de broek van zijn gekreukelde kostuum, te kijken naar de patholoog, terwijl die zijn werk deed. Zijn gezicht leek ingevallen van oververmoeidheid en hij keek nors. Hij was de enige die niet bewoog, te midden van de drukke activiteiten rondom de plaats delict. De jonge rechercheur was lang en aan de magere kant, breedgeschouderd en had lichtbruin haar. Hij straalde energie uit alsof er een elektrische stroom door hem heen liep.

'De man met het grijze haar is inspecteur Vickers,' zei zeg-maar-Valerie eerbiedig. 'En die andere is brigadier Blake.' De verandering in haar intonatie halverwege de zin deed komisch aan; ze had de eerbied laten varen en sprak nu met enigszins afgemeten afkeuring, en toen ik haar even aankeek, viel me op dat haar wangen kleur hadden gekregen. Het oude liedje, was mijn diagnose: ze vond hem leuk, hij had geen idee dat ze bestond, en ze raakte al in de war bij het noemen van zijn naam. Arme Valerie.

De patholoog keek op en gebaarde naar twee van de politiemensen die in de buurt stonden. Ze pakten de schermen van canvas die ergens terzijde waren gelegd en zetten ze zorgvuldig op hun plek, waardoor ik de voortgang niet meer kon volgen. Ik wendde me af en probeerde er niet aan te denken wat ze daar in die kuil deden. Ik hield mezelf voor dat Jenny er allang niet meer was. Wat er nog was, kon niet voelen wat er met haar gebeurde, kon zich niet druk maken over eventuele vernederingen. Maar ik maakte me er omwille van haar wel degelijk druk om.

Ik zou er alles voor over hebben gehad om de klok een paar uur terug te kunnen draaien en een andere route door het bos te kiezen. En toch… Ik wist heel goed dat het erger kon zijn hoop te koesteren. Nu Jenny's lichaam was gevonden, zouden haar ouders in elk geval iets weten van wat hun dochter was overkomen. Ze zouden in elk geval de zekerheid hebben dat ze geen pijn meer leed, niet bang meer was.

Ik schraapte mijn keel. 'Valerie, denk je dat ik gauw weg zal kunnen? Ik ben hier namelijk al een hele tijd en ik wil eigenlijk graag naar huis.'

Valerie keek verontrust. 'O, nee, we willen dat je blijft wachten tot de inspecteur even tijd heeft om met je te praten. We willen degene die een dode vindt altijd zo snel mogelijk horen. En in dit geval helemaal, omdat jij het slachtoffer kende.' Ze boog voorover. 'Trouwens, ik wil ook best het een en ander weten, over haarzelf en over de ouders. Ik zal voor de familie als contactpersoon van de politie fungeren. Het is altijd goed om van tevoren te weten met wie ik te maken krijg, althans, als dat mogelijk is.'

Daar was ze vast goed in, dacht ik afwezig. Haar mollige, zachte schouders leken gemaakt om ertegen uit te huilen. Ik besefte dat ze me afwachtend aankeek en ik nog geen antwoord had gegeven. Opeens had ik geen zin meer om met haar te praten; ik had het te koud, had te weinig kleren aan, voelde me vies en uit mijn doen. Ik haalde het elastiekje uit mijn haar, waarna ik mijn haar losschudde. 'Vind je het erg als ik daar nu niets over zeg?'

'Helemaal niet,' zei ze warm, na een korte aarzeling. Waarschijnlijk had ze dat in haar opleiding opgepikt: *laat een getuige nooit iets merken van je frustratie. Zorg dat je een band met hem of haar krijgt.* Ze legde haar hand op mijn arm. 'Je wilt echt naar huis, hè? Maar het duurt vast niet lang meer.' Haar blik gleed over mijn schouder en haar gezicht lichtte op. 'Daar zijn ze al.'

Inspecteur Vickers kwam recht op ons af en zijn borstkas ging zwaar op en neer van de klim tegen de helling op. 'Neem me niet kwalijk dat ik u hier heb laten wachten, mevrouw…'

'Finch,' vulde Valerie aan.

Van dichtbij wezen de wallen onder de ogen van de inspecteur op te veel nachtwerk, net als de diepe verticale groeven in zijn wangen. Zijn ogen waren roodomrand en zaten vol gebarsten adertjes, maar de irissen waren helderblauw, en ik voelde wel dat niets ze ontging. Hij had iets deemoedigs over zich, het tegengestelde van charisma, en ik mocht hem direct.

'Mevrouw Finch,' zei hij, en hij schudde me de hand. 'Ik denk dat brigadier Blake en ik eerst eens met u moeten praten voordat we verder gaan.' Zijn blik ging over de deken die ik strak om me heen getrokken had, en toen naar mijn gezicht, terwijl ik probeerde te verbergen dat ik stond te klappertanden. 'Maar laten we ergens naartoe gaan waar het warmer is. Ik denk dat we het best naar het bureau kunnen gaan, als u er geen bezwaar tegen hebt met ons mee te komen.'

'Helemaal niet,' zei ik, in de ban van de prettige manier van doen van de inspecteur.

'Zal ik rijden, chef?' vroeg Blake, en ik richtte mijn aandacht op hem. Hij was heel knap om te zien, had een welgevormd gezicht en een gevoelige mond. Ik had wel door dat zijn aanbod er alles mee te maken had dat ze zo snel mogelijk meer informatie over Jenny wilden krijgen. Valerie Wade kwam onverwacht heftig tussenbeide: 'Het is toch niet nodig dat jij je tijd verdoet als taxichauffeur, Andy. Ik kan haar wel brengen.'

'Goed idee,' zei Vickers, enigszins afwezig. 'Ik ga op het bureau een teambespreking houden, blijf jij dus maar bij mij, Andy. Ik wil onderweg alles met je doorpraten.' Hij richtte zich weer tot Valerie. 'Breng mevrouw Finch maar naar mijn kantoor, en geef haar een kop thee, wil je?'

Valerie leidde me snel het bos door en liet me voor in haar auto stappen. Ik vond het lichtelijk surrealistisch om in een vreemde auto – een politieauto nog wel – door de overbekende straten van mijn woonplaats te rijden. De radio braakte om de paar seconden iets onbegrijpelijks uit, en hoewel Valerie er prima in slaagde een oppervlakkig gesprek te voeren, wist ik dat ze in feite alleen aandacht had voor het statisch geladen gekwebbel waar ik niet wijs uit kon worden. De straatlantaarns waren aangegaan en terwijl Valerie reed en zich zo keurig aan de verkeersregels hield dat het leek alsof ik rijexaminator was, volgde ik het spel van licht en donker op de motorkap van de auto. Toen ze eenmaal stilhield voor het politiebureau was ik een beetje doezelig geworden. Ze ging me voor door de ontvangsthal met de balie en toetste met een zwierig gebaar een code in op een cijferpaneel, om een zware deur te ontsluiten. De deur was geverfd in een saaie tint groen en er zaten drie of vier flinke deuken in, alsof iemand die zich ernstig tekortgedaan voelde, had geprobeerd hem in te trappen.

Ik volgde Valerie door een smalle gang een te warm, rommelig kantoor in, en ging in de stoel zitten die ze me toewees, naast een met dossiers overladen bureau. De stoel was zuiver op doelmatigheid gefabriceerd en de zitting was bekleed met een ruwe oranje stof. Die had door jarenlang gebruik een grijzig waas gekregen, en iemand had ooit een gaatje in de bekleding gemaakt. Uit de rafelige stof puilden kruimeltjes geel schuim, die aan mijn hardloopbroek plakten. Ik veegde ze achteloos weg, maar gaf het snel op.

Zoals haar was opgedragen, kwam Valerie met thee, sterk en donker, in een mok met *Fun Run '03* erop, waarna ze haastig wegging, zodat ik achterbleef en de posters die iemand overal in het kantoortje had opgehangen kon bestuderen. Het silhouet van Florence vanaf het Belvedere gezien, dat uitzicht geeft over de stad. Een gracht met groen stilstaand water, schitterend aftakelende gebouwen aan beide zijden; *Venezia* stond er over de hele breedte onder, in een hysterisch cursief lettertype. Iemand hier hield van Italië, maar niet genoeg om de poster van Venetië netjes op te hangen. Een van de hoeken krulde op waar de gom zijn kleefkracht had verloren, en ook had hij nooit goed recht gehangen.

Er zaten nog hooguit twee slokjes thee in mijn mok toen de deur openzwaaide en rechercheur Blake binnenstormde.

'Sorry dat we u moesten laten wachten. We hadden op de plaats delict nog een paar dingen af te ronden.'

Hij was kortaangebonden, was er met zijn gedachten niet bij. Ik merkte wel dat zijn hersenen op volle toeren werkten en voelde me in zijn nabijheid nog lustelozer. Hij leunde tegen een radiator achter het bureau, staarde voor zich uit zonder verder iets te zeggen. Na een minuut of twee kreeg ik het gevoel dat hij vergeten was dat ik daar zat.

De deur sloeg opnieuw met een dreun open toen Vickers binnenkwam met een kartonnen map in zijn handen. Hij liet zich in de stoel tegenover mij vallen en leunde heel even voorover op het bureau, met één hand aan zijn voorhoofd. De inspanning die het vergde om zijn krachten te verzamelen was bijna zichtbaar.

'Oké. Ik heb gehoord dat u niet alleen het lichaam hebt gevonden, maar dat u ons slachtoffer ook kent,' zei Vickers uiteindelijk, terwijl hij met gesloten ogen in zijn neusbrug kneep.

'Eh, ja. Maar niet goed. Ik bedoel: ik geef haar les.' Zoveel tijd gehad om na te denken, weer bij zinnen te komen, en ziedaar: bij de eerste vraag al van mijn stuk gebracht. Ik haalde diep adem en blies langzaam uit, zo onopvallend mogelijk. Mijn hart ging hevig tekeer. Belachelijk gewoon. 'Ik ben haar docent Engels. Ik zie – zág – haar vier keer per week.'

'En dat vindt plaats op die chique meisjesschool op de heuvel, net achter de weg naar Kingston, klopt dat? De Edgeworth School? Kost wel een paar centen, nietwaar?'

'Dat klopt wel, ja.'

Vickers bekeek een vel papier uit de map. 'De familie woont niet in zo'n chique wijk. Morley Drive.'

Mijn wenkbrauwen schoten omhoog. 'Ik woon daar maar een paar straten vandaan. Ik had geen idee dat ze zo dicht bij me woonde.'

'Dus het verbaast u wel dat ze Jenny naar zo'n dure school hebben gestuurd?'

'Ik kreeg de indruk dat de heer en mevrouw Shepherd graag wilden investeren in schoolgeld. Ze wilden het beste voor Jenny. Ze stimuleerden haar om goed te presteren. Het was een slim meisje. Ze had alle kanten op gekund met haar leven.' Ik knipperde een paar keer snel met mijn ogen, geërgerd door de tranen die in mijn stem doorklonken. Terwijl ik wachtte tot Vickers een volgende vraag formuleerde, concentreerde ik me op het binnenste van mijn stoel. Zo had ik in elk geval iets te doen. Ik zag nu in hoe het gat was ontstaan. Als Vickers het al vervelend vond dat ik het groter maakte, zei hij er niets van.

'Wist u dat ze werd vermist?'

'Michael Shepherd is vanmorgen op school geweest om na te gaan of Jenny's klasgenootjes hem wijzer konden maken,' legde ik uit. 'Hij vond dat de politie hem niet…'

'… serieus had genomen.' Vickers maakte de zin af toen ik zweeg. Hij wuifde met zijn hand in mijn richting, alsof hij me wilde verzekeren dat hij het niet erg vond. 'Heeft hij iets bruikbaars te horen gekregen?'

'Hij was gewoon… ten einde raad. Volgens mij zou hij tot het uiterste zijn gegaan om zijn dochter te vinden.' Ik keek op naar Vickers, bijna bang om het te vragen. 'Weten ze het al? Meneer en mevrouw Shepherd?'

'Nee, nog niet. Binnenkort.' Die gedachte leek hem nog vermoeider te maken dan hij al was. 'Andy en ik gaan het hun zelf vertellen.'

'Wat zwaar voor u,' opperde ik.

'Hoort bij het werk.' Maar het klonk niet alsof dit een routinekwestie was, en Blake stond fronsend naar zijn voeten te kijken toen ik naar hem keek.

Vickers deed de map snel open en weer dicht. 'Dus jullie hadden geen relatie met elkaar buiten die van lerares en leerling, zoals u al zei. Geen persoonlijke band. U had buiten de les eigenlijk geen contact met haar.'

Ik schudde mijn hoofd. 'Dat wil zeggen: ik hield wel een oogje op haar. Dat hoort bij mijn werk, opletten of de meisjes zich wel prettig voelen, of ze problemen hebben, van welke aard dan ook. Met haar leek alles prima in orde te zijn.'

'Geen aanwijzing voor moeilijkheden?' vroeg Blake. 'Niets wat u reden tot bezorgdheid gaf? Drugs, vriendjes, onaangepast gedrag in de klas, spijbelen: dat soort dingen?'

'Absoluut niet. Ze gedroeg zich volkomen normaal. Probeer nu niet iets van Jenny te maken wat ze niet was. Ze was een meisje van twaalf. Een kind. Ze was… ze was onschuldig.'

'Denkt u?' Blake sloeg zijn armen over elkaar; zijn hele houding straalde cynisme uit.

Ik keek hem verstoord aan. 'Jazeker. Er is geen sprake van enig schandaal, oké? U zit helemaal fout.' Ik wendde me tot Vickers. 'Wordt het niet eens tijd dat jullie gaan zoeken naar degene die dit heeft gedaan? Beveiligingscamera's checken, of nagaan wat de plaat-

selijke pedofielen hebben uitgespookt.' Er loopt een kindermoordenaar vrij rond, en ik snap niet wat het ermee te maken heeft of Jenny al dan niet spijbelde. Het was vast een onbekende, een of andere griezel in een auto die haar een lift heeft gegeven of zoiets.'
Voordat Vickers iets kon zeggen, antwoordde Blake op sarcastische toon. 'Dank u voor het advies, mevrouw Finch. We hebben inderdaad agenten die in diverse richtingen onderzoek doen. Maar het zal u wellicht verbazen te horen dat de meeste moorden, statistisch gezien, worden gepleegd door bekenden van het slachtoffer. Heel vaak zijn de moordenaars zelfs gezinsleden.'
Hij bedoelde het niet kwaad. Hij wilde niet neerbuigend klinken. Hij kon niet weten dat je zoiets echt niet tegen mij moest zeggen.
'Alsof de familie Shepherd nog niet genoeg problemen heeft. Nu suggereert u ook nog dat ze verdacht worden? Ik hoop dat u straks iets beters te binnen schiet dan te beginnen met "statistisch gezien hebt u het waarschijnlijk gedaan", want anders zult u waarschijnlijk niet snel hun vertrouwen winnen.'
'Nou, om de waarheid…' begon Blake, maar hij zweeg toen Vickers zijn hand uitstak en hem op zijn mouw tikte.
'Rustig even, Andy,' mompelde hij. Toen glimlachte hij naar me. 'We moeten alle mogelijkheden onder de loep nemen, mevrouw Finch, ook degene waarover beschaafde mensen als u liever niet nadenken. Daarvoor worden we betaald.'
'Jullie worden betaald om misdadigers op te sluiten,' zei ik vinnig, nog steeds uit mijn doen. 'En omdat ik geen misdadiger ben, zou u me misschien naar huis kunnen laten gaan.'
'Natuurlijk,' zei Vickers, en hij wierp Blake met zijn lichtblauwe ogen een strakke blik toe. 'Breng mevrouw Finch maar naar huis, Andy. Dan zien we elkaar bij het huis van de familie Shepherd. Wacht buiten maar even op me.'
'Dat is niet nodig, hoor,' zei ik gehaast, terwijl ik opsprong. Dat kwam me op mijn beurt op een kille blik uit die blauwe stonewashed ogen te staan. Vickers hield het goed verborgen, maar onder die slordige grijze buitenkant zat een zeer ongedurig karakter.
'Je zult niet veel missen aan die bespreking, Andy,' zei hij beminnelijk. 'Trouwens, je weet al hoe ik erover denk.'

Blake haalde zijn autosleutels uit zijn zak en keek me zonder enig enthousiasme aan. 'Klaar om te vertrekken?'

Ik liep op de deur af zonder hem een antwoord te geven.

'Mevrouw Finch?' klonk het achter me. Vickers. De hoger geplaatste politieman leunde met een ernstig gezicht over zijn bureau; zijn voorhoofd vertoonde diepe rimpels. 'Mevrouw Finch, voordat u weggaat wil ik u even geruststellen: geweldsmisdrijven komen zeer zelden voor. De meeste mensen krijgen er nooit mee te maken. Voelt u zich alstublieft niet bedreigd door hetgeen u vandaag hebt meegemaakt. Het betekent echt niet dat u niet veilig bent.'

Ik voelde wel dat hij dit toespraakje al heel wat keren had gehouden. Ik glimlachte, een stil dankjewel. Ik had de moed niet hem te vertellen dat ik in zekere zin maar al te zeer betrokken was geweest bij een geweldsmisdrijf.

Blakes auto was een zilvergrijze Ford Focus die achter aan de parkeerplaats van het politiebureau geparkeerd stond. Ik liet me in de passagiersstoel vallen, aan het eind van mijn Latijn. Het klokje op het dashboard gaf 21.34 aan en ik keek er verbaasd naar. Ik was zo uitgeput dat het leek alsof het midden in de nacht was.

De rechercheur rommelde wat in de kofferbak. Terwijl hij me niet kon zien, keek ik eens goed om me heen. De auto was uitzonderlijk netjes, zonder de zooi die zich in de mijne opstapelde; geen papiertjes, geen lege waterflesjes, geen plastic tasjes of parkeerkaartjes. Het interieur was zo schoon alsof hij het pas had laten reinigen. Met enig schuldgevoel keek ik naar de vloermat onder mijn voeten, waar de modderige zolen van mijn sportschoenen twee vieze vlekken op de eerst brandschone mat hadden achtergelaten. Ik zette mijn voeten zorgvuldig neer op de vlekken die ik al had veroorzaakt. Het had geen zin het nog erger te maken. Trouwens, zo zou de modder volledig onzichtbaar zijn tot ik uitstapte.

Er waren maar twee aanwijzingen voor de levenswijze van de eigenaar van deze auto: de portofoon die op het dashboard lag en een geplastificeerde kaart met POLITIEVOERTUIG erop in het vakje bij de handrem. Er lag helemaal niets persoonlijks. Je hoefde niet over bovennatuurlijke gaven te beschikken om te concluderen dat rechercheur Blake voor zijn werk leefde.

Zelfs als hij niet iets tegen me had gemompeld en direct na het verlaten van het kantoor van Vickers rechtsomkeert had gemaakt, had ik geweten dat hij het vervelend vond me naar huis te moeten brengen. Ik hoorde: 'Inspecteur, kan Valerie niet...' voordat de deur dichtviel. De rest van de zin kon ik zelf wel bedenken. Het antwoord was duidelijk 'nee' geweest; hij zat met me opgescheept, en ik met hem, voor de duur van het ritje naar mijn huis. En ik mocht me er dan niet prettig bij voelen en hij mocht dan boos zijn, dat was niets vergeleken met de reactie die ik had gezien op het gezicht van een knappe agente, toen we haar op weg naar het parkeerterrein passeerden. Blake kreeg een innemende glimlach van haar; ik was langs een muur van afkeuring vermengd met jaloezie gelopen. Meer nog dan tevoren kreeg ik de indruk dat wat Blake deed en de persoon die hem vergezelde, groot nieuws waren op dit politiebureau.

Uiteindelijk ging hij achter het stuur zitten.

'Weet u waar u heen moet?' vroeg ik bedeesd.

'Yep.'

Geweldig. Dit zou een gezellig ritje worden.

'Hoor eens, ik vind het heel vervelend dat u dit moet doen. Ik heb echt geprobeerd om tegen inspecteur Vickers...'

Blake viel me in de rede. 'Geeft niks. Ik was er immers bij? Wat de baas wil, dat gebeurt. En ik ken Wilmington Estate redelijk goed; ik vind het vast wel.'

Niet echt hoffelijk, maar dat was te verwachten. Ik sloeg mijn armen over elkaar. Het was belachelijk, zei ik tegen mezelf, dat ik tranen voelde opkomen omdat iemand die ik niet kende – iemand wiens oordeel ik niet hoog hoefde aan te slaan – me had afgesnauwd.

Blake zette de auto abrupt in zijn achteruit, scheurde weg van de parkeerplek en liet de motor ongeduldig gieren bij de uitrit van het parkeerterrein terwijl hij stond te wachten om in te kunnen voegen. Toen hij schakelde kwam zijn elleboog tegen mijn mouw aan. Ik schoof een beetje opzij, bij hem vandaan. Hij keek afwezig opzij, terug, en keek me toen opnieuw aan.

'Gaat het wel?'

In plaats van te antwoorden, begon ik te sniffen. Hij keek verschrikt.

'Jezus... ik wilde je niet... hoor eens, je hoeft het je niet...'
Ik probeerde me te vermannen. 'Het komt niet door jou. Waarschijnlijk gewoon posttraumatische stress of zo. Ik heb alleen een heel lange, nare dag achter de rug. Ik snap niet hoe het jullie het aankunnen... als je voortdurend met dit soort dingen geconfronteerd wordt.'

'Niet voortdurend. Dit soort zaken komt niet zo vaak voor. Ik doe dit werk nu negen jaar en dit is een van de ergste zaken die ik behandeld heb.' Hij wierp me een snelle blik toe. 'Maar het is mijn werk, begrijp je? Ook al is het verschrikkelijk dat Jennifer Shepherd dood is, moet ik mijn emoties zo goed mogelijk opzijzetten. Ik word ervoor betaald het bewijsmateriaal te onderzoeken, en de beste manier om dat te doen is je hoofd koel te houden.'

Ik slaakte een zucht. 'Ik zou jouw werk niet kunnen doen.'

'En ik zou het jouwe niet kunnen doen. Ik kan me niets ergers voorstellen dan voor een klaslokaal vol pubers te staan en te proberen ze in toom te houden.'

'O, dat gevoel heb ik ook vaak genoeg, geloof me maar.' *Elke dag zelfs.*

'Waarom heb je dan besloten in het onderwijs te gaan?'

Ik keek hem verbaasd aan. Omdat ik een idioot ben en niet wist hoe moeilijk het zou zijn. Omdat het indertijd de beste optie leek en ik toen niet besefte dat het niet bij mijn aard paste. Omdat ik niet had beseft hoe wreed en rancuneus pubers konden zijn jegens mensen die ogenschijnlijk gezagsdragers zijn, zelfs als die volstrekt de vaardigheid misten om orde te houden, laat staan om les te geven. De afgelopen twee jaar waren de hel op aarde geweest.

Blake wachtte nog steeds op antwoord. 'O... het was eigenlijk gewoon een baan. Ik heb Engels gestudeerd aan de universiteit, want ik houd van de taal. En toen, ach, sommige vrienden van me gingen lesgeven en ik ben dat ook maar gaan doen.' Ik schoot in de lach, maar dat klonk me zelf broos en geforceerd in de oren. 'Het valt best mee, hoor. Je hebt lange vakanties.'

Hij keek sceptisch. 'Dat kan niet de enige reden zijn dat je het leuk vindt. Er moet meer achter zitten. Je bent echt betrokken bij je leerlingen... Dat kon ik merken aan de manier waarop je reageerde toen we het over Jenny hadden.'

In feite had ik me pas bij haar betrokken gevoeld toen ze eenmaal vermist werd. Toen ze nog leefde, kon ze me niets schelen – in elk geval niet genoeg om te weten dat ze bij me om de hoek woonde. Ik gaf geen antwoord; ik bleef naar de weg zitten kijken die zich in de buitenspiegel ontrolde als een eindeloos lint. Ik kon niet zeggen dat ik van mijn werk hield. Ik vond het niet eens leuk. Ik moest er niet aan denken het altijd te blijven doen, steeds weer dezelfde oude gedichten en toneelstukken te behandelen, die zinsneden die afgevlakt raakten door voortdurende herhaling. Ik wilde mijn leven niet doorbrengen voor het schoolbord en pogingen doen de gewenste antwoorden los te krijgen van ongeïnteresseerde tieners en hen te zien opgroeien en vertrekken terwijl ik op dezelfde plek mijn tijd bleef uitzitten.

De auto stopte langs de stoeprand. Blake keek me aan. 'Curzon Close. Welk nummer?'

Hij had de auto vlak bij de toegang tot de doodlopende straat neergezet, met draaiende motor.

'Het is prima zo,' zei ik gehaast, en ik maakte aanstalten om uit te stappen. Het was zelfs precies goed zo. We stonden naast een hoge haag die me aan het oog van eventuele gordijnschuivers zou onttrekken.

'Ik kan je net zo goed bij de voordeur afzetten.'

'Dat hoeft echt niet.' Ik zocht naar de greep van het portier.

'Ik heb geen haast, hoor. De baas is nog lang niet klaar met zijn bespreking. Op welk nummer woon je?'

'Veertien. Maar rij alsjeblieft niet door. Het is niet ver meer; ik kan best lopen. Ik wil gewoon niet... Ik wil niet dat iemand ziet dat ik door jou word afgezet.'

Hij haalde zijn schouders op, zette de motor af, maar liet de sleutels aan het contactslot bungelen. 'Je zegt het maar. Hoezo? Een jaloerse vriend?'

Was het maar waar. 'Het is alleen zo dat mijn moeder de auto zou kunnen horen. Ik woon bij haar in, en ze... nou ja, ze heeft niet veel op met de politie, en ik wil niet dat ze van streek raakt. En die hele kwestie dat ik Jenny vanavond heb gevonden... ik wil er niet meer over praten. Ik wil niet hoeven uitleggen waar ik geweest ben. Dus als ik gewoon zelf naar huis loop en zachtjes naar binnen ga, komt ze er niets van te weten.'

Ik riskeerde een blik in zijn richting om te zien of hij het begreep. Hij fronste zijn voorhoofd. 'Woon je bij je moeder?'

Fijn dat je luistert. 'Ja,' zei ik stijfjes.

'Hoe dat zo?'

'Het komt me goed uit.' Daar kon hij het mee doen. 'En jij?'

'Ik?' Blake keek verbaasd, maar antwoordde wel. 'Ik woon op mezelf. Geen vriendin.'

Geweldig. Nu zou hij denken dat ik aan het vissen was. De meeste vrouwen zouden dat ook doen. Het viel niet te ontkennen dat hij aantrekkelijk was. Onder andere omstandigheden zou ik het misschien zelfs leuk hebben gevonden te weten dat hij vrijgezel was.

'Ik bedoelde: waar woon je?'

'Ik heb een appartement in de oude drukkerij bij de rivier.'

'Niet gek, zeg,' zei ik. De drukkerij was een recent ontwikkeld, indrukwekkend chic project aan de rand van de stad, langs de weg naar Walton.

'Inderdaad. Niet dat ik er ooit ben. Mijn vader was er helemaal niet van gecharmeerd dat ik bij de politie ging, maar hij heeft me wel geholpen bij de koop van het appartement.' Hij geeuwde ongegeneerd, waarbij hij zijn witte, gelijkmatige gebit toonde. 'Sorry. Te veel nachtwerk.'

'Ik moest maar eens gaan,' zei ik, in het besef dat er geen enkele reden was om in de auto te blijven zitten. 'Bedankt voor de lift.'

'Altijd goed.' Ik vatte dit op als een automatisme, tot hij zijn arm uitstak en zijn hand op mijn arm legde. 'Nee, echt. Bel me gerust als je daar behoefte aan hebt.' Hij overhandigde me een visitekaartje. 'Achterop staat mijn mobiele nummer.'

Ik pakte het aan, bedankte hem nogmaals en stapte uit. Onverklaarbaar gegeneerd propte ik het kaartje in de zak van mijn jack en liep snel naar huis. De koele avondlucht voelde ijzig aan op mijn wangen. Achter me flitsten de lampen van Blakes auto aan, en mijn schaduw strekte zich voor me uit en verplaatste zich naar opzij toen hij keerde in de brede doodlopende straat. Ik luisterde naar het brullen van de motor, dat langzaam wegstierf toen hij wegreed. Terwijl ik doorliep ging ik met mijn duimnagel langs een hoekje van zijn kaartje; de laatste meters naar huis legde ik op een holletje af, waarna ik mezelf binnenliet. Het was stil en donker in de gang; alles was nog zoals ik het had achtergelaten. Ik bleef een seconde naar de stilte staan luisteren. Het was een vreemde en enerverende avond geweest en het was geen wonder dat ik van slag was. Maar voor dat gevoel van onbehagen, dat vage besef dat er iets niet klopte, leek geen enkele reden te bestaan. En waarom, vroeg ik me af toen ik de verlaten straat nog eens inkeek voordat ik de deur achter me sloot, had ik dan toch de indruk dat er buiten iemand naar me stond te kijken?

1992

Zes uur vermist

Ik kijk niet naar de klok op de schoorsteenmantel, maar toch weet ik dat het laat is, ver na mijn bedtijd. Ik zou dolblij moeten zijn; ik ben al heel lang bezig om voor elkaar te krijgen dat ik langer mag opblijven, maar nu ben ik moe. Ik zit tegen de rug van de bank geleund en mijn voeten komen niet tot de vloer. Ze steken vooruit en mijn kuiten liggen platgedrukt op de rand van de zitting. De stof van de bank is pluizig zacht, maar prikt in mijn vel.

Ik geeuw en kijk naar mijn handen, die in mijn schoot liggen, als lepeltjes tegen elkaar, bruin tegen het blauwe katoen van mijn rok. Als ik nu zou opkijken, zou ik mijn moeder zien ijsberen; haar sandalen maken kleine deukjes in het tapijt van de woonkamer. De vage vorm aan mijn rechterzijde is mijn vader, die achterover in een leunstoel zit, alsof hij zich ontspant. Er zitten vuile zwarte randjes onder al mijn vingernagels. Er loopt een bibberige kras over de rug van mijn linkerhand en de huid eromheen is roze verkleurd. Ik weet niet meer wanneer dat is gebeurd. Hij doet helemaal geen pijn.

'Het is niet leuk meer, Sarah. Dit is belachelijk. Vergeet maar wat je van Charlie moest zeggen... Ik wil de waarheid horen.'

Met moeite maak ik mijn blik los van mijn schoot en ik kijk mama aan. Ze heeft donkere vlekken onder haar ogen, alsof iemand zijn duimen in de inkt heeft gedoopt en ze ruw over haar gezicht heeft gestreken.

'Je krijgt geen straf,' zegt mijn vader zachtjes. 'Vertel het ons maar.'

'Vertel ons waar Charlie is.' Mama's stem klinkt gespannen. Zij is ook moe. 'Je kunt maar beter je mond opendoen, meisje. Maak het niet erger voor jezelf en voor je broer.'

Ik zeg niets. Ik heb al gezegd dat ik nergens van weet, dat Charlie zei dat hij gauw terug zou zijn en meer niet. Dit is de allereerste keer dat ik de waarheid heb verteld en niet word geloofd. Ik moet de hele avond al af en toe huilen, want ik wil dat Charlie thuiskomt en dat ze me met rust laten. Nu doe ik er het zwijgen toe.

Ik sla aandachtig de zoom van mijn katoenen rok om tot vouwen als die van een accordeon; eerst brede vouwen, dan smalle vouwen, en dan strijk ik ze weer glad en begin opnieuw. De stof glijdt terug over mijn knieën. Die steken uit; mijn huid ligt dun uitgerekt over het bot van mijn knieschijven. Soms vind ik het leuk om er gezichtjes op te tekenen of te doen alsof het bergen zijn, maar vandaag zijn het gewoon knieën.

'Toe nou, Sarah, in godsnaam. Vertel het toch.' Mama huilt alweer, en mijn vader staat op. Hij slaat zijn armen om haar heen en fluistert iets in haar oor, zo zachtjes dat ik niet kan verstaan wat hij zegt. Ik voel dat ze allebei naar me kijken, zoals ze dat de hele avond al doen, sinds mama merkte dat Charlie was verdwenen. Ergens in mij zit iets – iets heel kleins – wat maakt dat ik er bijna van geniet.

Op mijn rechterknie zit een blauwwit littekentje, zo groot als het pitje van een appel en met dezelfde vorm. Toen ik klein was, ben ik op een glasscherf gevallen. Mama en papa stonden naar Charlie te kijken die aan het voetballen was, en ze merkten pas wat er met me aan de hand was toen het bloed uit mijn knie mijn sok helderrood had gekleurd. Ik kreeg ervan langs omdat ik mijn nieuwe zomerschoenen vies had gemaakt, maar dat was niet mijn schuld geweest. Ze hadden gewoon niet opgelet.

Nu doen ze dat wel.

3

Als er ooit een dag was geweest om me ziek te melden, dan was het die dinsdag wel. Ik zat in mijn auto en keek in de achteruitkijkspiegel hoe ik eruitzag. Ik zag de groenige bleekheid en de donkere kringen onder mijn ogen, de gevolgen van een uitermate onrustige nacht. Ik had slecht geslapen, was ongeveer elk uur wakker geworden, waarna ik met wijd open ogen in het donker had liggen staren. Toen ik wakker werd van de wekker, leken de gebeurtenissen van de avond tevoren zo irreëel, dat ik zelfs naar mijn kledingkast was gelopen om in de zak van mijn jack te kijken; ik wist niet of ik opgelucht of teleurgesteld moest zijn, toen mijn vingers het langwerpige kaartje met de gegevens van rechercheur Blake vonden. Ik had naar het ochtendjournaal gekeken terwijl ik met moeite wat ontbijtvlokken naar binnen werkte, en daarop de Shepherds gezien, nog niet geïdentificeerd door de media, terwijl ze in het bleke ochtendgloren gingen kijken waar het lichaam van hun dochter had gelegen. Het haar van mevrouw Shepherd waaide alle kanten op en had meer weg van roodblonde rattenstaartjes dan van de gladde bob die ik me herinnerde. Toen ze de bosrand bereikten, keek Michael Shepherd achterom, recht in de camera, met roodomrande ogen en een gekwelde blik. Ik voelde me opeens misselijk en zette mijn kommetje ontbijtvlokken neer.

In de achteruitkijkspiegel zag ik dat mijn ogen ook roodomrand waren. Ik zag er absoluut ziek uit. Maar thuisblijven was nog minder aantrekkelijk dan naar mijn werk gaan. Gisteravond had mama geslapen toen ik thuiskwam, en ze was ook niet tevoorschijn gekomen toen ik opstond. Maar zo zou het niet blijven. Als ik thuisbleef, zou ik haar op een gegeven moment tegenkomen. En zelfs met haar moeten praten.

Ik startte de auto en zette hem in z'n achteruit, maar bleef toen onbeweeglijk zitten, met het stuur in mijn handen geklemd tot mijn knokkels wit zagen. Ik kon niet naar school gaan, maar ik moest wel, en op het laatst zei ik hardop: 'Kut. Wat een kutzooi.' Ik liet de handrem los en de auto rolde naar de lager gelegen straat. Een tel later trapte ik hard op de rem, toen er een motorrijder verontwaardigd en luid claxonnerend achter me langs raasde. Ik had hem niet eens gezien. Ik had niet eens gekeken. Mijn hart bonsde en ik voelde me slap toen ik de hoofdweg op draaide, en daarbij obsessief controleerde of ik niemand anders in gevaar bracht. *Beheers je... kom op nou... niet instorten...*

Wat het nog erger maakte – wat het verdomme absoluut ondraaglijk maakte – was dat ik precies wist wie die motorrijder was: Danny Keane, indertijd Charlies beste vriend. Ik kon me niet herinneren dat hij ooit níét tegenover ons had gewoond. Voor hetzelfde geld had hij op de maan kunnen wonen. We waren het punt ruim gepasseerd waarop ik nog een prettig gesprek met hem kon voeren; ik meed hem opzettelijk en hij wist dat, en hij was al lang opgehouden naar mij te glimlachen of te knikken, of op enigerlei wijze te laten merken dat hij van mijn bestaan op de hoogte was. Het was niet zijn schuld dat ik hem associeerde met een aantal van de pijnlijkste momenten uit mijn leven, dat ik niet in staat was op te houden met verband te leggen tussen Danny Keane en wanhoop. Meestal ging ik vroeg van huis en kwam ik pas laat thuis; onze wegen kruisten zich zelden, maar ik wist wie hij was, en hij herinnerde zich mij beslist ook. Hem van de sokken rijden zou geen goede manier zijn geweest om de vriendschap te hervatten.

Het was druk op straat en het verkeer schoot maar niet op, veel minder dan anders. Er stonden lange rijen auto's voor alle kruispunten, waardoor er ook in de zijstraten files ontstonden, en ik vroeg me af wat er aan de hand was. Het was een kwestie van de menselijke natuur, bleek later. Langs de hele hoofdstraat, rondom het bos, liepen diepe voren in de gehavende bermen waar de wielen van de busjes van de nieuwszenders de aarde hadden doorploegd. Via de satellietschotels op de daken werd het tragische lot van de Shepherds de hele wereld over gezonden. Elk busje had een eigen team medewerkers: een cameraman, een geluidsman en een verslaggever. Dit was de keerzijde van wat ik tijdens het ontbijt op de televisie had gezien. Het was nu ook de nieuwste toeristenattractie in Surrey. De automobilisten verminderden vaart tot ze stapvoets reden. Dit was beter dan een verkeersongeluk; je kreeg de kans echte beroemdheden te zien, in de persoon van een of twee van de bekendste verslaggevers. Je liep ook kans dat een cameraman die een panoramashot maakte, gedurende een paar seconden een langzaam rijdende automobilist in beeld kreeg. Eindelijk beroemd. Geen wonder dat het verkeer vrijwel stilstond. Ik reed zo dicht op de auto voor me als ik durfde en kroop verder zonder al te goed te kijken naar het tijdelijke nieuwsdorp, dat daar uit de grond was geschoten.

Bij het toegangshek van de school viel me op dat het aantal ouders dat zich daar had verzameld groter was dan anders; ze stonden ernstig met elkaar te praten, maar ik negeerde ze en reed voorbij zonder vaart te minderen. Zelfs een vluchtige blik in hun richting had me al doen beseffen dat de dood van Jenny hun enige gespreksonderwerp was, en ik had geen behoefte aan speculaties over wat er was gebeurd en wie het was geweest en of het waar was dat... Ik kon al van een kilometer afstand zien dat de geruchtenmachine inmiddels op volle snelheid werkte.

En dat gold ook voor de beroepsroddelaars. Op het terrein voor de staf parkeerde ik op een plek bij de muur. Toen ik de motor afzette, hoorde ik plotseling een driftig getik tegen mijn autoruit, waardoor ik me een ongeluk schrok. Ik draaide me abrupt om, klaar om degene die me had beslopen geducht de waarheid te zeggen, in de veronderstelling dat het een collega was. Maar het gezicht dat door het raampje naar me tuurde behoorde niet toe aan een van de andere docenten. Ik fronste mijn wenkbrauwen terwijl ik de vrouw die me aankeek probeerde te plaatsen. Ze was van middelbare leeftijd en had een opgeblazen gezicht dat was bedekt met een dikke laag gekleurde foundation. Door haar lichtroze lippenstift zagen haar tanden er gelig uit, en ze droeg een vaalbruine jas die haar gelaatskleur noch haar figuur goed deed uitkomen. Hoewel ze glimlachte, stonden haar ogen kil. Haar blik gleed over het interieur van de auto, inclusief mijzelf, en miste niets. Met grote tegenzin draaide ik het raampje open.

'Kan ik u van dienst zijn?'

'Carol Shapley, hoofdverslaggever van de *Elmview Examiner*,' zei ze, en ze leunde over de ruit heen, tot ze me bijna aanraakte. 'Bent u hier docent?'

Ik keek nadrukkelijk naar de muur drie meter verderop, waar op een bord stond te lezen: PARKEERTERREIN VOOR DOCENTEN in letters van ongeveer dertig centimeter hoog. 'Bent u op zoek naar iemand in het bijzonder?'

'Niet echt,' zei ze met een nog bredere glimlach. 'Ik doe verslag van de moord die is gepleegd, een van jullie leerlingen, en ik heb wat informatie die ik graag door u bevestigd zou zien.'

Ze sprak snel, stak razendsnel en zeer vloeiend haar verhaal af, en wekte de indruk dat ze alles wat erover te weten viel, al wist. Bij mij gingen de alarmbellen zo hard rinkelen, dat het me verbaasde dat zij ze niet kon horen. Het was me te binnen geschoten dat ik haar eerder had gezien bij diverse schoolvoorstellingen, avonden voor fondsenwerving en plaatselijke festiviteiten, waar ze gewichtig had rondgestruind. De *Elmview Examiner* was het sufste van alle lokale sufferdjes; het zou te veel eer zijn om het een parochieblaadje te noemen. En het was wel erg overdreven dat ze zich als hoofdverslaggever had voorgesteld. Voor zover mij bekend was ze de enige verslaggever.

'Het spijt me, maar ik denk niet dat ik u van dienst kan zijn,' zei ik zoetsappig, waarna ik het raampje begon dicht te draaien, ook al steunde ze op de rand. Heel even zag ik haar worstelen met het verlangen er bij me op aan te dringen het gesprek voort te zetten, maar toen deed ze een paar stappen naar achteren. Niet ver genoeg.

Ik pakte mijn spullen en opende het portier, waarbij ik merkte dat ze me maar net genoeg ruimte had gelaten om uit te stappen.

'Ik heb maar een paar vragen.'

Ik verhief me tot mijn volle lengte en ontdekte dat ze toch nog enkele centimeters groter was dan ik; niet voor het eerst betreurde ik het niet lang genoeg te zijn om op iemand te kunnen neerkijken. Maar ik had het voordeel van lengte niet nodig, nu ik moreel in het gelijk stond.

'Hoor eens even, ik moet naar binnen om met mijn leerlingen te gaan praten. Helaas heb ik op dit moment geen tijd om met u in gesprek te gaan.' Ik wist op de een of andere manier een glimlachje op mijn gezicht te toveren. 'Ik weet heus wel dat u uw werk moet doen, maar dat geldt ook voor mij.'

'Dat begrijp ik best. Wilt u mij uw naam zeggen?' Ze wapperde naar me met een A4'tje. 'Ik heb hier namelijk een lijst. Het is altijd prettig om een gezicht bij een naam te kunnen plaatsen.'

Ik kon niet bedenken hoe ik daar onderuit kon komen. 'Sarah Finch.'

'Finch…' Ze liep met haar pen langs de rij namen en vinkte de mijne af. 'Bedankt, Sarah. Misschien kunnen we een andere keer eens praten.'

Misschien ook niet.

Ik maakte aanstalten naar de school te lopen, maar ze was natuurlijk nog niet klaar met me. 'Ik heb uit bronnen bij de politie gehoord dat het lichaam is gevonden door een van de docenten van deze school. Dat was u toch zeker niet?'

Ik bleef staan en draaide me om; mijn hersenen draaiden op volle toeren. Uiteraard wilde ik niet dat ze te weten kwam dat ik het wél was geweest, maar ik was er niet zeker van dat ik zou kunnen wegkomen met een regelrechte leugen. 'God, wat verschrikkelijk,' zei ik ten slotte.

'Ja, afschuwelijk,' zei de journaliste, maar ze zag er allesbehalve aangedaan uit.

Ik wierp Carol nog een inhoudsloos glimlachje toe, trok vaag mijn schouders op en ging op weg naar de docentenkamer, me welbewust van haar ogen in mijn rug, terwijl ik het parkeerterrein overstak. Ik moest maar hopen dat Carol me zou categoriseren als nietszeggend, niet de moeite waard om te citeren, volkomen oninteressant, want als ze begon te snuffelen, was er een grote kans dat ze van twee en twee vier zou maken. En niet alleen wat betreft Jenny. Als ze op zoek was naar een insteek voor een vervolgartikel over wat ongetwijfeld het verhaal van het jaar zou worden, zou het wellicht bij haar opkomen de omstandigheden van Jenny's dood te vergelijken met andere plaatselijke moorden en mysteries. De verdwijning van Charlie was dan een voor de hand liggende zaak om uit de archieven op te vissen. Niet voor het eerst was ik blij dat ik een andere achternaam had aangenomen en dat geen van mijn collega's iets over Charlie wist. Carol zou niet zo makkelijk het verband kunnen leggen. En trouwens, waarom zou ze? Het enige wat die twee zaken gemeen hadden, was ik.

Hoewel de docentenkamer zo vol was als ik nooit eerder had meegemaakt, heerste er een bijna volledige stilte onder de verzamelde leraren en stafleden. Het zag ernaar uit dat alle werknemers van de Edgeworth School hier waren. Iedereen was vandaag op tijd gekomen. Ik keek naar de strakke, bezorgde gezichten om me heen en voelde me onuitsprekelijk miserabel. We waren hier nu allemaal bij betrokken; je eraan onttrekken was onmogelijk.

Elaine Pennington stond aan het andere eind van de kamer, met inspecteur Vickers aan haar zijde. Naast hem stond een perfect opgemaakte, jonge vrouw met een klembord, die zich had voorgesteld als de persvoorlichter van de politie. Het schoolhoofd was al een tijdje aan het woord over Jenny, samenwerking met de politie en het beantwoorden van vragen van ouders. Ze deed een dappere poging om even besluitvaardig en doortastend als anders over te komen, maar het velletje papier met aantekeningen trilde in haar handen. De ene helft van haar smalle gezicht leek bevroren, verlamd, en ze had een nerveuze tic aan haar ooglid. Ik hoopte dat ze van plan was uit de buurt van de media te blijven tot ze weer iets van haar zelfbeheersing had weten te hervinden. Haar stem klonk ongekend schril, en terwijl ze sprak gleed haar blik door de ruimte. Ik dwong mezelf ertoe aandachtig te luisteren naar wat ze te zeggen had.

'En daarom heb ik in overleg met de politie en met het oog op de ontwrichting die ons allen de komende dagen te wachten staat, besloten vooralsnog de lessen op te schorten.'

Er ging een golf van beroering door de gelederen van de aanwezige docenten. Er vormden zich roze vlekken in Elaines hals, het bekende teken dat ze op het punt stond haar geduld te verliezen.

Stephen Smith, een alleraardigste man die behoorde tot de oudere garde docenten van de school, stak zijn hand op.

'Elaine, denk je niet dat de meisjes misschien juist behoefte hebben aan de regelmaat van de lessen en het werk, om even niet te denken aan wat er gebeurd is?'

'Dat heb ik overwogen, Stephen, dank je wel. Maar ik ben tot de conclusie gekomen dat de komende twee dagen wat betreft concentratie niets zullen opleveren. Het is nu al onmogelijk te werken met alle herrie en de onrust die er heerst.'

Als één man wendden we onze blik naar het raam, waarachter de teams van de nieuwsprogramma's zich aan het installeren waren; hun busjes stonden langs de muur van de school geparkeerd. Ze hadden inmiddels het bos verlaten. De media zouden een nieuwe achtergrond nodig hebben voor de nieuwsberichten van het middaguur, en het zag ernaar uit dat de keuze op de school was gevallen.

'Ik weet niet wie van jullie vanochtend al op de administratie zijn geweest, maar het is daar op z'n zachtst gezegd chaotisch. Janet is, sinds ze binnen is, telefoontjes van ongeruste ouders aan het afhandelen. Ze zijn bezorgd over de veiligheid van hun kinderen, ook al is er helemaal niets wat erop wijst dat de school op welke manier dan ook iets te maken heeft met deze verschrikkelijke tragedie.' Elaines stem beefde licht bij die laatste woorden. Ik vroeg me af, misschien ten onrechte, of haar verdriet meer te maken had met de reputatie van de school dan met Jenny.

'We hebben de plicht de veiligheid van de meisjes te garanderen, en ik heb er moeite mee een dergelijke belofte aan de ouders te doen. Niet dat ik denk dat ze gevaar lopen te worden aangevallen. Ik ben me er gewoon van bewust dat de pers heel opdringerig zal zijn, en dergelijke publiciteit kan het verkeerde soort aandacht trekken. Ik wil hen niet blootstellen aan een dergelijke sfeer.'

Wat heel begrijpelijk was.

Elaine wierp een snelle blik op Vickers, die er nog uitgedroogder dan de avond tevoren uitzag. Zijn ogen waren geloken en ik vond het moeilijk zijn gedachten te raden. 'Ook heeft inspecteur Vickers gevraagd of hij gebruik kan maken van enkele faciliteiten van de school, en ik wil dan ook dat we hem vrije toegang tot de school kunnen verlenen.'

'Heel vriendelijk,' zei Vickers. Hij rechtte zijn rug enigszins en deed zijn best met luide stem te spreken, zodat iedereen hem kon horen. 'Ons centrale crisiscentrum bevindt zich op het politiebureau van Elmview, maar we zullen hier ook wat mensen horen. We willen graag met de vrienden, vriendinnen en klasgenoten van Jennifer praten, en gesprekken van dien aard voeren we niet graag op het bureau. Dat doen we liever in een vertrouwde omgeving. Ook zullen we de aula gebruiken voor een persconferentie later op de dag, want daar zijn alle faciliteiten die we nodig hebben aanwezig.'

Ik kon niet begrijpen wat Elaines beweegredenen waren. Als ik haar was, zou ik de school zo ver mogelijk uit de buurt van het onderzoek willen houden. Afgaande op de manier waarop ze rechercheur Vickers steeds met haar blik om steun vroeg, leek hij haar volledig te hebben ingepakt. Het was allemaal erg onaangenaam, vooral omdat ik buiten het onderzoek wilde blijven, onder de radar, buiten de ring.

'Kunnen we dan allemaal naar huis gaan of wat is de bedoeling?' Geoff Turnbull sprak van achter uit de ruimte, zo onaangedaan alsof het om een alledaagse kwestie ging, onbehouwen als altijd. Ik nam de moeite niet me om te draaien en hem aan te kijken, want ik zag hem zo wel voor me: onderuitgezakt, blauwe ogen, strakke biceps en zorgvuldig gekapt, zwart haar. Hij was een van de gymnastiekleraren van Edgeworth, en ik mocht hem helemaal niet.

Elaine zette haar stekels op. 'Nee, Geoff. Ik wil graag dat de docenten zich beschikbaar houden voor de politie en de meisjes, ook al zal er feitelijk geen les worden gegeven. Nu er een heleboel leerlingen zullen rondhangen, in afwachting van hun ouders die hen komen halen, is het belangrijker dan ooit dat jullie er zijn. We zullen de meisjes in groepjes indelen en op hen letten tot hun ouders of oppas ze afhalen. Ik moet jullie helaas vragen ook na afloop van de schooldag hier te blijven. Ik zal jullie steun vandaag kunnen gebruiken en daarom vraag ik jullie allen om wat geduld met me te hebben.'

Jules Martin zei: 'Hoe lang gaat dit duren? Wanneer wordt alles weer normaal? Een aantal meisjes bereidt zich op dit moment voor op examens en ik wil niet dat hun werk in de knel komt.'

Ik wierp haar een cynische blik toe en kreeg een mat glimlachje terug. Als ik al een maatje had in de docentenkamer, was het Jules, en zij was ongeveer even toegewijd als ik. Haar bezorgdheid was prijzenswaardig, en bijna zeker nep.

'Ik besef heel goed dat we examenkandidaten hebben,' zei Elaine. 'Voor hen wordt dit een studieweek. Janet zal helpen door repetitieschema's voor de betreffende klassen uit te delen, en ik verwacht van jullie dat je die nog voor de middagpauze hebt ingeleverd bij de administratie. En hoe lang dit alles gaat duren…' Ze wendde zich tot Vickers.

'Ik kan u op dit moment nog geen inschatting geven. Op basis van mijn ervaring uit eerdere onderzoeken weet ik dat de belangstelling van de media in de loop van de komende paar dagen zal afnemen, tenzij er belangrijke ontwikkelingen volgen. We zullen ons best doen u zo min mogelijk te storen, en hopelijk zal alles hier volgende week weer normaal verlopen. Onze verhoren zullen tegen die tijd in elk geval afgerond zijn. Ik heb hier een uitgebreid team, dus zullen we iedereen vrij snel hebben gesproken.'

Elaine keek op haar horloge. 'Oké, mensen. Ik wil graag dat jullie allemaal naar je eigen lokaal gaan, noteren wie aanwezig zijn, en vervolgens de meisjes naar de aula sturen. Ik zal ze vertellen wat er aan de hand is. Ik vind het belangrijk dat ze hierbij betrokken worden en op de hoogte worden gehouden.'

'Maar wat zeggen we als ze vragen stellen?' vroeg Stephen met een bezorgde blik.

'Bedenk maar wat,' zei Elaine met opeengeklemde kaken, duidelijk op het randje van een instorting.

De docentenkamer stroomde in recordtijd leeg. Ik gleed langs rechercheur Vickers naar buiten en maakte een fractie van een seconde oogcontact. Tot mijn opluchting knikte hij discreet – bijna onzichtbaar – terug. Het laatste wat ik wilde was dat de anderen in de gaten kregen dat ik rechercheur Vickers al eerder had ontmoet, en wel heel kort geleden. De identiteit van degene die het lichaam van Jenny had gevonden was het belangrijkste gespreksonderwerp toen ik de docentenkamer betrad. Carol Shapley ging in elk geval grondig te werk: ze had vrijwel iedereen ondervraagd voordat ze de kamer verlieten.

De aula zat bijna vol. Ik had een stoel ergens voorin bemachtigd, langs de kant, zodat ik de hele ruimte kon overzien. De meisjes, die in hun hele leven nog nooit volkomen stil waren geweest, waren even zwijgzaam als de docenten eerder geweest waren. Hun aandacht, door geen enkele beweging afgeleid, was volledig gericht op het podium waar Elaine stond te spreken, ook nu weer geflankeerd door de inspecteur en de persvoorlichter. In het tussenliggende uur had Elaine een paar zwakke punten van haar presentatie gladgestreken. Ze hield haar toespraak zonder één enkel zenuwtrekje.

De aula was veel minder gevuld dan die zou moeten zijn; ik keek de rijen meisjes langs en vermoedde dat ongeveer de helft thuis was gehouden of alweer naar huis was gegaan. Dat kwam overeen met wat ik had gemerkt bij het noteren van de namen van de leerlingen in mijn klas; hun aantal was flink geslonken. Inmiddels was al bekend dat het dode meisje een scholiere van Edgeworth was. Ze wilden nu de details nog horen.

'Dit zal voor ons allen een moeilijke periode worden,' zei Elaine met een monotone stem, 'maar ik verwacht van jullie dat jullie je waardig en gepast gedragen. Respecteer alsjeblieft de privacy van de familie Shepherd. Mochten jullie worden benaderd door de media, geef dan geen commentaar over Jenny, de school of wat dan ook met betrekking tot het onderzoek. Ik wil niet zien dat een leerling van Edgeworth met een journalist praat. Wie dat wel doet, zal worden geschorst. Of erger.'

Een paar oudere meisjes leken meer van slag door het spreekverbod dan door het nieuws over Jenny. Hun luide gesnik had hun onberispelijk aangebrachte make-up geenszins aangetast, zag ik.

'De secretaresse van onze school is op dit moment bezig contact op te nemen met jullie ouders,' ging Elaine verder. 'We verzoeken hun jullie te komen ophalen of iets anders te regelen, zodat jullie de komende uren onderdak zijn. De school zal de rest van de week gesloten zijn.'

Rechercheur Vickers wekte de indruk licht geschokt te zijn door het opgewonden geroezemoes dat zich door de aula verspreidde. Ik was dat niet. De meisjes konden, zoals alle pubers, egocentrisch en onvoorstelbaar wreed zijn. Ze waren vast wel oprecht van slag door Jenny's dood, maar hadden ook oog voor wat dit alles hun opleverde. Een onverwachte week vrij was, ongeacht de aanleiding, niet iets om je neus voor op te halen.

Elaine hief haar handen op en het werd weer stil. 'Dit is inspecteur Vickers. Hij leidt het onderzoek naar dit zo trieste sterfgeval, en hij wil graag een paar dingen tegen jullie zeggen.' Weer klonk er geroezemoes door de aula. Ik vroeg me af of Vickers ooit eerder zoveel aandacht van uiterst opgewonden vrouwen had gekregen. Voor mijn ogen kleurden zijn oren heel langzaam donkerroze, wat ik wel grappig vond. Hij deed een stap vooruit en boog zich naar de microfoon. Hij zag er verfomfaaid, bleek, lichtelijk sjofel uit, wat zijn ongeduldige aard verdoezelde.

'Dank u wel, mevrouw Pennington.' Hij was te dicht bij de microfoon gekomen en de 'p' van Pennington kwam als een luid ploppend geluid uit de versterker. 'Ik wil eenieder die informatie, van welke aard ook, over Jenny Shepherd kan verstrekken, vragen om met mij of iemand van mijn team te komen praten.' Hij knikte naar een plek achter in de aula. Evenals alle anderen keek ik om, en ik schrok toen ik Andrew Blake tegen de deurpost geleund zag staan, met naast hem twee geüniformeerde politieagenten. Valerie was waarschijnlijk in gesprek met meneer en mevrouw Shepherd.

'Maar als je dat prettiger vindt, kun je ook met een van jullie docenten gaan praten,' zei Vickers. Iedereen in de aula draaide het hoofd weer terug, precies tegelijk, zoals de toeschouwers van een tenniswedstrijd dat doen. 'Zij zijn in staat je te helpen. Denk niet dat iets wat je weet niet de moeite waard is om ons te vertellen. Wij stellen wel vast of het bruikbaar is of niet. Waar we in geïnteresseerd zijn is allerlei informatie over Jenny – vooral wie haar vrienden waren op school en daarbuiten, en wat je eventueel van haar of over haar hebt gehoord en vreemd hebt gevonden, alles wat anders dan anders is. Maakte ze zich ergens zorgen over? Had ze problemen? Had ze onenigheid met andere leerlingen of met wie dan ook? Was er iets aan de hand wat ze geheim hield voor volwassenen? Als je iets, wat dan ook, te binnen schiet, houd het dan alsjeblieft niet voor je. Maar één ding: ga er niet met elkaar over kletsen voordat je met ons hebt gesproken. Als je er namelijk over gaat praten, kan het makkelijk gebeuren dat je op een gegeven moment niet meer zeker weet of je iets al wist of dat je het hebt van horen zeggen.' Hij keek opnieuw de zaal rond. 'Ik weet dat het heel verleidelijk zal zijn om hierover met de media te praten. Journalisten zijn er erg goed in om mensen informatie te ontfutselen, soms zelfs beter dan de politie. Maar jullie kunnen ze niet vertrouwen, en moeten echt niet met hen praten, zoals jullie directrice al heeft gezegd. Als je iets te zeggen hebt, zeg het dan tegen ons.'

Gebiologeerd knikten de meisjes. Voor een man die op de glamour-schaal een puntje of duizend lager scoorde dan Inspector Morse, had Vickers het er heel behoorlijk van afgebracht.

Hij had natuurlijk géén antwoord gegeven op de vragen die ze allemaal eigenlijk graag hadden gesteld. En dus probeerde ik de rest van de dag, tussen het supervisie geven aan studiegroepen en het opstellen van nood-repetitieschema's voor de eindexamenkandidaten door, de speculaties die door de school raasden het hoofd te bieden.

'Mevrouw, was haar hoofd afgehakt? Iemand zei dat haar hoofd verdwenen was of zo?'

'Ik heb gehoord dat ze honderden keren is gestoken, is dat waar? En al haar darmen hingen eruit, en je kon haar botten zien en alles.'

'Mevrouw, hebben ze haar gemarteld? Ik heb gehoord dat ze helemaal was verbrand en vol met snijwonden zat.'

'Hebben ze haar verkracht, mevrouw?'

'Wie heeft haar vermoord, mevrouw?'

Ik deed mijn uiterste best heel streng te zijn. 'Doorwerken, meiden. Jullie hebben meer dan genoeg te doen. De politie zal er wel achter komen wie de dader is.'

Ik had zowaar met hen te doen. Ondanks hun stoere houding waren de meisjes bang. Het was een grimmige kennismaking met de sterfelijkheid. Welke tiener denkt er nu niet dat ze het eeuwige leven heeft? Het was schokkend dat een van hen zo gewelddadig om het leven was gekomen, en ze moesten er gewoon over praten. Ik begreep het best. Maar de dag werd er wel vermoeiend door.

Ik was om halfzes nog steeds op school, zoals Elaine had voorspeld. Het laatste meisje van het groepje dat ik onder mijn hoede had, was zojuist opgehaald door haar vader, een man met een dikke nek en een duur pak aan die in een Jaguar reed. Hij had de gelegenheid aangegrepen om me te vertellen wat een tijdverspilling het voor hem was dat we hem zijn dochter hadden laten ophalen, en dat de school, zoals gebruikelijk, volstrekt overdreven had gereageerd. Ik vroeg me af wat er precies gebruikelijk was aan de moord op een meisje dat even oud was als zijn dochter, maar slaagde erin mijn mond te houden terwijl het meisje in de auto stapte, zwijgend en met haar ogen groot van ellende. Ik kon haar bijna horen smeken of ik het niet erger wilde maken door tegen hem in te gaan, en daarom glimlachte ik liefjes.

'We doen alleen ons best ervoor te zorgen dat de meisjes in veiligheid zijn. Dat is het belangrijkste, dat zult u met me eens zijn.'

'Het is nu een beetje laat om bezorgd te zijn over de veiligheid van de meisjes. Het kalf en de put, dat is de situatie. En jullie houden er nog een leuke korte vakantie aan over ook, door de school de rest van de week te sluiten. Geen enkele consideratie met de ouders, die de komende vier dagen voor oppas moeten zorgen.' Zijn gezicht, dat al rood aangelopen was, werd nog een tint donkerder. 'U kunt uw directrice vertellen dat ik een week van het schoolgeld voor deze periode aftrek. Dat zal haar leren eens goed over haar prioriteiten na te denken.'

'Ik zal het doorgeven,' zei ik en deed snel een stap achteruit toen hij de motor liet loeien en wegschoot met opspattend grind van onder de wielen. Ik had het niet de moeite gevonden hem erop te wijzen dat de Shepherds alles wat ze bezaten zouden willen geven om in zijn schoenen te staan, maar de gedachte ging wel door me heen.

Toen ik me omdraaide om de school weer binnen te gaan, riep iemand mijn naam en ik keek om. *O, nee!* Geoff Turnbull liep joggend over het parkeerterrein, recht op me af. Weglopen was beneden mijn waardigheid. Bovendien liep hij erg snel. Ik zou dit moeten ondergaan.

'Ik heb je de hele dag nog niet gezien.' Hij ging veel te dicht bij me staan en streek zorgzaam met zijn hand over mijn arm. 'Wat verschrikkelijk, hè? Hoe ben jij eronder?'

Tot mijn afgrijzen schoot ik vol door zijn vraag. Helemaal vanzelf, als gevolg van uitputting en spanning. 'Het gaat wel.'

'Hé,' zei hij, en hij schudde mijn arm zachtjes heen en weer. 'Je hoeft tegen mij niet te doen alsof. Laat je maar gaan, hoor.'

Ik wilde me niet laten gaan, en al helemaal niet met hem erbij.

Geoff was de flirt van de docentenkamer en zat al achter me aan sinds ik op Edgeworth was komen werken. De enige reden dat hij nog steeds belangstelling had, was dat ik die niet had voor hem. Terwijl ik probeerde een aardige manier te bedenken om hem kwijt te raken, merkte ik dat hij me in zijn armen trok voor wat een geruststellende omhelzing moest voorstellen. Geoff ging zo staan dat zijn hele lichaam in contact kwam met het mijne; hij duwde zich tegen me aan. Ik griezelde ervan. Ik klopte hem zachtjes op zijn rug in de hoop dat hij me zou loslaten, terwijl ik de betrekkelijke voordelen van een snel knietje in zijn kruis afwoog tegen het pakken van een van zijn grijpgrage handen, om vervolgens zijn vingers achterover te buigen. Te beleefd om tot een van beide acties over te gaan staarde ik mat over zijn schouder – recht in de ogen van Andrew Blake, die ook juist de parkeerplaats overstak, op weg naar de aula.

'Geoff,' zei ik, en ik probeerde me los te maken. 'Geoff, laat me los. Zo is het genoeg.'

Zijn greep verslapte, zodat hij me kon aankijken. Hij zag er nog steeds intens oprecht uit, een gezichtsuitdrukking die hij vermoedelijk had ingestudeerd voor de spiegel. 'Die arme, kleine Jenny. Het is geen wonder dat je zo van slag bent. Heb je het gehoord? Ze zeggen dat iemand van ons haar heeft gevonden. Ik vraag me af wie dat kan zijn geweest. Wie gaat er hier in de buurt joggen?'

Hij wist donders goed dat ik hardliep om in conditie te blijven; hij had meer dan eens aangeboden samen met mij te gaan lopen. Ik haalde mijn schouders op en slaagde erin niet te reageren. Ik deed een stap achteruit om een paar belangrijke centimeters lucht tussen ons te krijgen. 'Het is echt afschuwelijk. Maar serieus, het gaat best. Het werd me alleen heel even te veel.'

'Daar hoef je je niet voor te schamen, hoor.' Hij zocht mijn hand met de zijne. 'Je bewijst ermee hoe zorgzaam je bent.'

Jakkes.

'Misschien zouden we hier samen eens over moeten praten bij een drankje. Dat heb je wel verdiend. Je hebt je plicht gedaan. Laten we hier weggaan.'

Ik dacht net zo snel na als dat ik mijn hand lostrok. 'Sorry, Geoff. Ik ga naar de persconferentie. Ik wil op de hoogte blijven van de ontwikkelingen. Dat snap je wel.'

Zonder op antwoord te wachten liep ik naar de school, recht op de deur af die Blake had genomen. De persconferentie zal wel begonnen zijn, dacht ik, terwijl ik op mijn horloge keek. Ik was niet van plan geweest erheen te gaan, maar alles liever dan dat Geoff me in een of andere smoezelige bar het hemd van het lijf vroeg, terwijl ik slokjes nam van een lauwe cola en al zijn bewegingen in de gaten moest houden.

Ik sloop achter in de aula naar binnen en sloot de deur achter me. De zaal was afgeladen vol: journalisten van de geschreven pers vooraan, fotografen in de gangpaden en cameramensen achterin. Er was een aantal andere docenten; ze stonden langs de kant. Ik vond een plekje naast Stephen Smith, die me zwijgend toeknikte. Hij zag er uitgeput en ontdaan uit. Opnieuw voelde ik woede opborrelen jegens degene die dit had gedaan.

Helemaal vooraan zat rechercheur Vickers aan het midden van een lange tafel. Jenny's ouders zaten naast hem en ik zag Valerie Wade niet al te ver daarvandaan naast Blake staan. Aan de andere kant van Vickers zat de persvoorlichter die de persconferentie leidde, en naast haar Elaine. Ik vermoedde dat ze erop had gestaan de school te vertegenwoordigen, voor het geval er vragen zouden komen die ons in een negatief daglicht zouden stellen. Ze zag er ontzettend nerveus uit. Vickers overigens ook, dat moet gezegd worden. Terwijl de persvoorlichter hem introduceerde, rommelde hij met zijn papieren en klopte hij op de zakken van zijn jasje.

'Oké,' zei hij. 'Ik zal de voorlopige resultaten geven van de schouwing die vandaag is uitgevoerd, en dan de heer en mevrouw Shepherd aan het woord laten, die een oproep om informatie willen doen. De patholoog-anatoom heeft ons verteld dat Jennifer Shepherd gisteren op enig moment is verdronken.'

Verdronken?

Na zijn woorden staken alle journalisten in de zaal hun hand omhoog. Vickers, die geen enkel gevoel voor dramatiek had, zat zijn papieren alweer te bestuderen. Mijn blik was strak gericht op de Shepherds, die zich aan elkaar vastklampten. Mevrouw Shepherd huilde zachtjes, terwijl haar man eruitzag alsof hij in de afgelopen zesendertig uur tien jaar ouder was geworden.

De persvoorlichter koos een van de zwaaiende journalisten uit om de vraag te laten stellen die iedereen in zijn hoofd had. 'Hoe is ze verdronken? Is het mogelijk dat het toch een ongeval is geweest?'

Vickers schudde zijn hoofd. 'Nee. Dit overlijden heeft onder verdachte omstandigheden plaatsgevonden, en we zijn ervan overtuigd dat we niet met een ongeval te maken hebben. Dit zijn de voorlopige resultaten van de lijkschouwing, maar de patholoog is heel zeker van de doodsoorzaak.'

Mijn gedachten vlogen terug naar het bos, naar Jenny, die daar geheel gekleed in een kuil lag, met in de wijde omgeving geen water te bekennen. Ik had daar in de buurt nog geen plasje zien liggen. Waar ze ook was verdronken, het was niet gebeurd op de plek waar ik haar lichaam had gevonden.

Vickers was nog steeds aan het woord en ik ging op mijn tenen staan. Ik moest mijn uiterste best doen om te verstaan wat hij zei. 'We weten nog niet waar Jenny is gestorven en onder welke omstandigheden, en daarom heeft haar vader, Michael Shepherd, erin toegestemd een oproep voor informatie te doen, voor het geval dat iemand in het land ons kan vertellen waar Jenny is geweest tussen ongeveer zes uur zaterdagavond en zondagavond.'

'Zondagavond,' herhaalde een andere journalist. 'Dus volgens u is ze toen gestorven?'

Vickers schudde langzaam zijn hoofd. 'Daar zijn we in dit stadium nog niet zeker van. We verwachten nog meer informatie van de patholoog, maar op dit moment is dat de tijdsspanne die onze belangstelling heeft. We willen weten waar Jenny in die periode is geweest, en met wie ze eventueel samen is geweest. We willen weten of iemand haar heeft gezien. We willen het weten als iemand zich verdacht gedraagt, of zich eigenaardig heeft gedragen sinds het weekend. We willen alle informatie hebben die ons naar haar moordenaar kan leiden, hoe onbeduidend die ook mag lijken.'

Precies op het moment waarop Vickers het woord 'moordenaar' uitsprak, snikte Diane Shepherd. Onmiddellijk lichtten er cameralampen op in de zaal. Haar man wierp een korte blik op haar en legde toen een vel papier voor zich neer, dat hij met zijn handen gladstreek. Zelfs achter in de aula kon ik het trillen van zijn vingers zien. Na een knikje van de persvoorlichter begon hij te spreken, enigszins hortend en stotend, maar ogenschijnlijk toch zeer beheerst.

'Ons dochtertje Jenny was nog maar twaalf jaar oud. Ze is… ze was een prachtige kleine meid, die altijd glimlachte, altijd lachte. Ze is te vroeg van ons weggenomen. Dit is een onvoorstelbare nachtmerrie voor ons, zoals het dat voor elke ouder zou zijn. Alstublieft, als u informatie over dit misdrijf hebt, wat dan ook, geeft u die dan alstublieft door aan de politie. Niets zal haar terugbrengen, maar we kunnen op z'n minst proberen gerechtigheid te krijgen voor haar. Dank u wel.'

Hij slikte krampachtig toen hij klaar was, draaide zich naar opzij en sloeg zijn armen om zijn vrouw heen, die nu hysterisch zat te huilen. Het stel volgde Valerie naar de zijdeur van de aula. Terwijl de deur zich achter hen sloot, begonnen de verzamelde verslaggevers chaotisch door elkaar heen te praten.

'Is dit het werk van een pedofiel?' riep een van hen boven de anderen uit, en Vickers leunde achterover in zijn stoel om krachten te verzamelen, voordat hij antwoord gaf.

'We weten nog niet…' hoorde ik, toen ik de deur achter in de aula opende en wegglipte. Ik kon die speculaties niet meer aanhoren. De journalisten deden gewoon wat ze moesten doen, maar de sfeer in de zaal gaf me een onprettig gevoel. Ik had enorm te doen met de Shepherds en voelde me intens vermoeid. De rest van de persconferentie zou me te veel zijn.

In gedachten verzonken had ik niet in de gaten dat de Shepherds op me af kwamen, met Valerie voorop, tot ze me bijna voorbij waren. Ik stond naast de hoofduitgang, die uitkwam op de parkeerplaats, waar hun auto stond te wachten.

'Meneer Shepherd,' zei ik impulsief, 'ik wil u graag condoleren met uw verlies.'

Hij draaide zich om en keek me aan met ogen die diep zwart van vijandigheid waren; ik deinsde terug tegen de muur. Valerie trok hem mee met een kloek knikje in mijn richting en ik keek hen met open mond na. Toen besefte ik het… natuurlijk. Hij wist precies wie het lichaam had gevonden; dat was hem uiteraard verteld. Ik was degene die het sprankje hoop had weggenomen dat ze gezond en wel zou worden teruggevonden. Ik begreep wel dat hij boos was op me, hoewel ik het uitermate onredelijk vond.

Ik slikte en probeerde me te vermannen. Ik kan er wel tegen, hield ik mezelf voor, met een licht, onterecht gevoel van afkeer, ook al deed het pijn.

'Gaat het?'

Ik keek op en zag Andrew Blake met een bezorgde blik op me neerkijken.

'Ja hoor, prima. Ik begrijp alleen niet waarom die arme mensen niet wat meer privacy kunnen krijgen. Was het echt nodig om ze hierheen te slepen en ze zo voor de pers neer te zetten?'

'We moeten in dit stadium ons voordeel doen met de interesse van de media, voordat de kritiek losbarst dat we de moordenaar nog niet hebben gevonden. De ouders doen het goed voor de tv. We worden zo het eerste item in de nieuwsbulletins.'

'Even praktisch als anders,' zei ik.

'Nou en? We komen op dit moment nu eenmaal niet toe aan nuttig werk. Mijn baas probeert daarbinnen nog steeds die horde aasgieren van zich af te houden. Steeds als ik probeer erop uit te gaan en wat echt politiewerk te doen, word ik lastiggevallen. En dan heb ik het nog niet eens over het feit dat ze hun eigen onderzoek aan het doen zijn. Ze praten met meer mensen dan wij. Ik heb van de mensen die het huis-aan-huisonderzoek doen gehoord dat de roddelpers hun al was voor geweest. Ze banjeren overal overheen, lopen in de weg, en straks zijn zij de eersten die ons gaan vertellen dat we er een puinhoop van hebben gemaakt, terwijl zij nota bene de problemen hebben veroorzaakt.' Hij sprak inmiddels met stemverheffing. Hij streek met zijn handen door zijn haar en liep een paar keer heen en weer, voordat hij zich weer tot mij wendde. 'Sorry. Ik moet niet zo tegen je uitvallen. Jij kunt er ook niets aan doen.'

'Daar ben ik wel aan gewend,' zei ik luchtig. 'Geen punt.' Hij keek me vragend aan, maar ik schudde mijn hoofd. Ik ging het niet uitleggen.

'Het is alleen zo frustrerend. De eerste paar dagen van het onderzoek zijn de belangrijkste, en waar zijn we mee bezig? Ons kunstje vertonen voor de media in plaats van grondig onderzoek te doen. En als we de aandacht van de pers willen voor iets waarbij ze echt zouden kunnen helpen, kunnen we ernaar fluiten.' Hij zuchtte diep voordat hij verderging.

'Maar toch moeten we het zo doen, voor het geval dat er toch iets uitkomt. En als we hun geen informatie of toegang tot de familie gaven, zou het nog tien keer zo erg zijn.'

'Je denkt niet dat de oproep van de Shepherds iets bruikbaars zal opleveren?'

'Dat gebeurt nooit, is mijn ervaring. Welke moordenaar zal zich melden, alleen omdat hij de ouders in hun wanhoop heeft gezien? Als je het lef hebt om een kind te vermoorden, maak je mij niet wijs dat een paar tranen op tv je eraan herinneren dat je zoiets als een geweten hebt.'

'Maar misschien de familie van de moordenaar… zijn vrouw, zijn moeder…'

Blake schudde zijn hoofd. 'Kom nou. Kijk eens wat ze te verliezen hebben. De meeste mensen zou het geen reet interesseren als het zou inhouden dat ze iemand uit het gezin bij de politie moesten aangeven.'

'Echt waar?' Ik kon het niet geloven. 'Zouden ze liever samenleven met een moordenaar?'

'Denk eens na,' zei Blake, en hij tikte de punten af op zijn vingers. 'Absolute ontreddering: je hele gezin wordt binnenstebuiten gekeerd. Verlies van inkomsten: het kan de kostwinner zijn die de gevangenis in draait, en dan zul je als gezin van een uitkering moeten rondkomen. Je krijgt stenen door je ruiten, graffiti, mensen die over je staan te fluisteren als je boodschappen doet. De buren hoeven je niet meer, dus is het afgelopen met de praatjes bij het tuinhek. En dan heb ik het nog niet eens over het feit dat de potentiële getuigen van wie je verwacht dat ze de moordenaar aanwijzen, hoogstwaarschijnlijk met hem verwant zijn. Zou jij iemand aangeven van wie je houdt?'

'Maar Jenny is vermoord! Ze was een meisje van twaalf dat niets verkeerds had gedaan. Hoe kun je in vredesnaam loyaal zijn jegens iemand die zo'n moord op zijn geweten heeft?'

Hij schudde zijn hoofd. 'Loyaliteit is een krachtige emotie. Het is moeilijk daartegen in te gaan en te doen wat juist is. Het is begrijpelijk dat iemand er de voorkeur aan kan geven de andere kant op te kijken.'

Ik dacht terug aan de vragen van de journalisten. Nu Blake in zo'n mededeelzame bui was, moest ik hem iets vragen. 'Die lijkschouwing… hebben ze… was ze… aangerand?'

Hij aarzelde heel even. 'Niet als zodanig.'

'Wat houdt dat in?'

'Niet recentelijk,' zei hij langzaam. Zijn mond versmalde zich tot een grimmige lijn, terwijl ik mijn ogen opensperde.

'Dus je kon zien… er waren tekenen…'

'We konden zien dat ze vier maanden zwanger was. Dat maakte het makkelijk.' Zijn stem klonk zacht, afgemeten, nuchter. Ik kon niet eens doen alsof ik het niet goed had gehoord.

'Maar ze was een kínd,' bracht ik uiteindelijk uit. Er zat niet voldoende lucht in mijn longen; ik kon niet diep genoeg ademhalen.

'Bijna dertien.' Hij fronste zijn wenkbrauwen. 'Ik had je dat niet mogen vertellen… niets ervan. Je bent de enige die het weet, op de politie na. Als het naar buiten komt, weet ik dat jij hebt gelekt.'

'Je hoeft me niet te bedreigen. Ik zal heus niets zeggen.' Ik kon me niet voorstellen dat ik iemand zou vertellen wat Blake me zojuist had gezegd. De implicatie ervan was te afschuwelijk om over na te denken.

'Ik probeerde je niet te bedreigen. Ik zou alleen in de grootste problemen raken, omdat ik te veel heb losgelaten, begrijp je?'

'Waarom heb je het me dan eigenlijk verteld?' vroeg ik gepikeerd.

Hij haalde zijn schouders op. 'Ik denk omdat ik niet tegen je wilde liegen.'

Ik zei niets terug. Dat kon ik niet. Mijn gezicht was vuurrood. Ik kende deze rechercheur nauwelijks, maar hij had er een groot talent voor mij op het verkeerde been te zetten.

Hij keek meelevend op me neer. 'Ga hier toch weg. Er is toch geen enkele reden om te blijven rondhangen?'

Ik schudde mijn hoofd en hij draaide zich om, om terug te gaan naar de aula. Hij bleef even staan met zijn hand aan de deurknop en vermande zich. Toen trok hij de deur open en was hij verdwenen.

1992

Acht uur vermist

Mijn wang zit verborgen in een van de kussens die tegen de rugleuning van de bank liggen. Als ik ademhaal, komt de zijdeachtige stof een klein stukje naar mijn mond toe en wordt hij weer teruggeblazen. Door mijn wimpers heen kijk ik ernaar. In. Uit. In. Uit.

Ik heb zo een poosje liggen slapen, niet lang. Mijn nek is stijf door mijn ongemakkelijke houding en ik heb het koud. Ik wil naar bed. Ik vraag me af waardoor ik wakker ben geworden. Ik hoor stemmen: mijn ouders en twee vreemden, een man en een vrouw. Ik houd me doodstil en blijf regelmatig ademen terwijl ik naar hen luister. Ik wil niet dat ze me nog meer vragen stellen. Ik zit in de problemen en daarom ben ik woedend op Charlie.

'Waren er moeilijkheden op school, voor zover u weet? Werd hij gepest? Maakte hij zijn huiswerk niet?'

Mijn moeder geeft antwoord, het klinkt zwak en ver weg. 'Charlie is een lieve jongen. Hij vindt school leuk.'

'We maken vaak mee dat er thuis ruzie is geweest als er een kind vermist raakt; onenigheid met ouders, broers of zussen, dergelijke dingen. Heeft hier misschien zoiets gespeeld?' Een vriendelijker vraag nu, op meelevende toon gesteld door de vrouw.

'Beslist niet,' antwoordt mijn vader. Hij klinkt gespannen en boos.

'Nou ja, er zijn wel wat ruzies geweest. Hij komt in de puberteit. Een beetje opstandig. Maar niets ernstigs.'

Als mama ophoudt met praten, valt er een stilte. Mijn neus kriebelt. Ik denk erover om mijn hand op te tillen en langs mijn neus te wrijven om de jeuk te verdrijven, maar dan zou ik me verraden. In plaats daarvan begin ik te tellen. Als ik bij dertig kom, is de jeuk bijna weg.

'U denkt dus dat deze jongedame weet waar hij uithangt?' Er trekt een schok door me heen; bijna maak ik een schrikachtige beweging. 'Wilt u haar even wakker maken zodat we met haar kunnen praten?'

Iemand raakt mijn blote been aan, even onder mijn knie, en schudt het zachtjes heen en weer. Als ik mijn ogen open, verwacht ik mijn moeder te zien, maar mijn vader staat naast me. Mama zit zijwaarts op een eetkamerstoel aan de andere kant van de kamer, met haar ogen op de vloer gericht. Haar arm ligt in een hoek over de rugleuning van de stoel en ze bijt op de nagel van haar duim, zoals ze altijd doet wanneer ze nerveus of boos of allebei is.

'Toe, word eens wakker,' zegt mijn vader. 'De politie is er.'

Ik wrijf in mijn ogen en kijk steels naar de twee vreemden. Ze zijn in uniform, met opgerolde witte hemdsmouwen, gekreukelde donkere broeken die slap hangen van het urenlang dragen op deze hete dag. De vrouw glimlacht naar me. 'Gaat het?'

Ik knik.

'Hoe heet je, liefje?'

'Sarah,' zeg ik, met een verlegen, zacht stemmetje dat een beetje hees klinkt, omdat ik zo lang niet heb gepraat.

'Je ouders zeggen dat je broer zoek is en dat je hun niet hebt kunnen vertellen waar hij is. Klopt dat, Sarah?'

Ik knik weer.

De stem van de politievrouw klinkt hoger, nu ze tegen mij praat. Haar koningsblauwe mascara is doorgelopen in de rimpeltjes rond haar ogen. De blauwe lijntjes trekken zich strak samen als de politievrouw vooroverleunt en naar me glimlacht. 'Denk je dat je mij kunt vertellen waar hij is?'

Ik schud ernstig mijn hoofd. *Ik zou dat anders heus wel doen,* denk ik, maar dat zeg ik niet hardop. De politievrouw en haar collega kijken elkaar aan. Heel even wordt zijn kille blik in haar ogen weerkaatst, maar dan wendt ze zich weer glimlachend naar mij. 'Zou je me de kamer van je broer eens willen laten zien?'

Ik kijk mijn moeder vragend aan. 'Ga dan,' zegt ze, en ze wendt haar blik af. 'Schiet eens een beetje op.'

Ik sta op en loop langzaam de kamer uit, dan de hoek om naar de trap, gevolgd door de politievrouw. Ik heb haar nooit eerder ontmoet, maar ik weet nu al dat ze er prat op gaat goed met kinderen overweg te kunnen, dat ze zal bukken zodra de deur achter ons is dichtgegaan, oogcontact zal maken en me opnieuw zal vragen of ik weet waar mijn broer naartoe is gegaan. Ik loop langzaam de trap op met mijn hand aan de leuning en ik hoop dat ik straks, bij Charlies kamer aangekomen, de deur opendoe en hem daar zie zitten.

4

Op het moment dat ik de voordeur opende en naar binnen liep, rinkelde de telefoon. Ik haastte me om op te nemen, wetende dat mijn moeder die moeite niet zou doen. Mijn kaak voelde gespannen aan toen ik de hoorn opnam; het laatste waar ik zin in had was die dag nog met iemand te praten, maar ik kon het aanhoudende, schelle geluid van de telefoon niet negeren zoals mijn moeder. Het zou wel weer een verkooppraatje zijn.

'Hallo?'

'Sarah?' De stem aan de andere kant klonk warm en heel bezorgd. 'Gaat het wel goed met je, lieverd?'

'Ja hoor, tante Lucy,' zei ik, en terwijl ik op de onderste tree van de trap ging zitten, voelde ik de spanning uit mijn lichaam wegvloeien. Tante Lucy was de oudere zuster van mijn moeder. Ze scheelden maar drie jaar, en toch had ze altijd over mama gemoederd. Op alle kinderfoto's van hen duwt ze mama's kinderwagen of trekt ze haar mee aan de hand. Zonder klagen, zonder aan zichzelf te denken, was tante Lucy er voor mijn moeder geweest toen Charlie was verdwenen. Zij was de enige uit de hele vriendenkring geweest die mijn moeder niet had weten af te stoten. Al had ik geen enkele andere reden gehad om van tante Lucy te houden, dan zou alleen het feit dat ze nog altijd even loyaal tegenover haar zuster was, hoe moeilijk ze ook was geworden, voldoende zijn geweest. Tante Lucy had het nooit opgegeven.

'Ik moest aan jullie denken zodra ik het hoorde van dat arme meisje. Hoe is het met je moeder?'

Ik leunde opzij om me ervan te verzekeren dat er niemand in de keuken was. 'Ik heb haar nog niet gezien. Vanochtend ook niet. Ik weet niet eens of ze weet wat er is gebeurd.'

'Het lijkt me het beste om haar niet van streek te maken als ze nog van niets weet.' Tante Lucy klonk bezorgd. 'Ik weet niet hoe ze hierop zal reageren. Ik kon het haast niet geloven, toen ik het journaal zag. De plek waar ze is gevonden… die ligt toch vlak bij jullie huis?'

'Ja,' zei ik, en hoe ik me ook probeerde groot te houden, mijn ogen schoten vol tranen. Ik schraapte mijn keel. 'Jenny zat op de Edgeworth School. Ze was een van mijn leerlingen, tante Lucy.' *O ja, en ik heb haar trouwens gevonden.* Ik kon mezelf er niet toe zetten die woorden uit te spreken.

Haar adem stokte. 'Ik had me niet gerealiseerd dat je haar misschien zou kennen. Wat vreselijk. Dat zal het vast alleen maar erger maken voor je moeder.'

Ik hield de telefoon zo stevig vast dat het plastic van de hoorn krakend protesteerde, en ik verwierp de eerste drie dingen die als antwoord in me opkwamen omdat ze te pijnlijk zouden zijn voor mijn arme, goedbedoelende tante. Het was niet de schuld van tante Lucy. We waren allemaal voortdurend bezig ons zorgen te maken over mama's mogelijke reactie op van alles, zozeer waren we in haar emotionele invloedssfeer terechtgekomen door de enorme aantrekkingskracht van haar zelfmedelijden. Ik wilde tante Lucy erop aanspreken dat ze alleen aan mama dacht en niet aan de Shepherds of Jenny's vriendinnen, of zelfs aan mij. Maar ik deed het niet. Uiteindelijk slaagde ik erin mijn irritatie grotendeels uit mijn stem te bannen, toen ik in enigszins stugge bewoordingen reageerde. 'Natuurlijk zal ik niets tegen haar zeggen wat haar van streek kan maken. Het zou niet bij me opkomen iets over het verband te zeggen.'

Het bleef heel even stil voordat tante Lucy weer iets zei, en ik voelde me een hork. Ze kende me goed genoeg om te hebben gemerkt dat ik geërgerd was, ook al wist ze niet waardoor. Dat verdiende ze niet.

'Hoe gaat het momenteel met je moeder?'

'Ongeveer hetzelfde.'

Er klonk even een meelevend en bezorgd geluidje door de telefoon en ik moest glimlachen toen ik tante Lucy voor me zag, zittend op de rand van haar bed, een kleinere versie van mama, maar onberispelijk gekapt en opgemaakt; soms dacht ik dat ze met mascara op sliep. Ze belde altijd vanuit de slaapkamer om oom Harry niet te storen. Hij was erg op zijn rust gesteld. Ik vroeg me weleens af of dat de reden was dat er geen kinderen waren gekomen, of dat ze ze gewoon niet hadden kunnen krijgen. Ik had er nooit naar durven vragen. Daardoor had ze wel haar handen vrij gehad om een fantastische tante voor mij te zijn, en soms zelfs een moeder.

'Het is allemaal niet makkelijk voor je, hè?' vroeg mijn lieve tante nu en, zoals gewoonlijk, voelde ik me direct getroost.

'Om je de waarheid te zeggen zie ik haar niet vaak. Ik blijf op afstand.'

'Heb je er nog eens over nagedacht om het huis uit te gaan?'

Ik sloeg mijn ogen ten hemel. *Wat een geweldig idee, tante L. Fijn dat je daaraan denkt.* 'Volgens mij is dit niet het juiste moment om daarover te beginnen, gezien alles wat er nu speelt.'

Tante Lucy snoof. 'Als je blijft wachten op het juiste moment, zul je nooit weggaan. Er zal altijd wel een goede reden zijn om het niet te doen. Maar heus, jijzelf bent de enige die je ervan weerhoudt.'

Die lieve tante Lucy met haar missie om de laatst bekende overlevende van de familiecatastrofe te redden. Zij was degene geweest die me had aangemoedigd mijn moeders meisjesnaam aan te nemen in plaats van Barnes, om me af te schermen van terugkerende nieuwsgierigheid en speculaties; ze was in mijn laatste schooljaar met stapels prospectussen van universiteiten gekomen, en had me geholpen mijn inschrijfformulieren in te vullen. Toen ik mijn graad en mijn lesbevoegdheid had gehaald, had ze alles in het werk gesteld om me ervan te weerhouden terug naar huis te gaan en bij mijn moeder in te trekken. Maar wat tante Lucy ook zei, het was mijn eigen verantwoordelijkheid.

Ik schrok op van een geluid achter me, en draaide me om. Mijn moeder, boven aan de trap. Ze luisterde mee. 'Mama,' riep ik uit, en ik liep in gedachten na wat ik had gezegd, voor zover ik me dat kon herinneren, om te zien of er iets kwetsends tussen had gezeten.

'Je moet het loslaten, Sarah. Zet haar uit je hoofd,' kwetterde tante Lucy, die niet doorhad wat er aan mijn kant van de lijn gebeurde.

'Ik ben dol op je moeder, maar ze is een volwassen vrouw en ze moet leven met de beslissingen die ze heeft genomen. Jij hebt je eigen leven; dat kun je haar niet ook nog eens geven. En het is niet goed voor haar dat ze in een... een... muséum leeft. Ik heb haar gezegd dat ze hierheen moet verhuizen en een nieuw leven moet opbouwen. Dan zou ik een oogje op haar houden, hoor. Ze zou in een mum van tijd weer op eigen benen staan.'

'Eh, nee, tante Lucy...' begon ik met mijn blik strak op mijn moeder gericht. Ze liep op blote voeten en had haar nachtpon en een afgedragen en door mot aangetast vest aan.

'Lucy!' Mama kwam wankelend de trap af lopen, met haar hand uitgestoken naar de telefoon. 'Ik wil haar spreken.' Haar blik was onvast en schoot van links naar rechts, en ik vermoedde dat ze al wat borrels ophad, maar ze leek redelijk beheerst. Ik gaf haar de hoorn en stond op, mompelde iets over eten klaarmaken. Toen ik naar de keuken liep, hoorde ik haar zeggen: 'O, Luce. Heb je het nieuws gezien? Ik weet echt niet of ik dit kan verdragen.'

Ik sloot de keukendeur heel zachtjes achter me en bleef midden in de keuken staan. Mijn handen hadden zich tot vuisten gebald en ik dwong mezelf mijn vingers te strekken, een voor een. Ik wachtte terwijl het deel van mijn hersenen waar de goede dochter zich bevond, het deel waar de slechte dochter zat ertoe had overgehaald de keuken niet aan gruzelementen te trappen. Het zou te veel zijn geweest te verwachten dat mama in de eerste plaats aan Jenny of haar ouders zou denken. Zoals altijd draaide alles ook nu weer volledig om haarzelf.

Uiteindelijk maakte ik een avondmaaltijd van witte bonen in tomatensaus op geroosterd brood klaar. Er lag niet veel in de koelkast. Ik moest nodig boodschappen doen, was de conclusie waar ik niet omheen kon, toen ik een stronk buigzame, vergeelde bleekselderij en een zakje inmiddels vloeibaar geworden tomaten uit de groentela had weggegooid, maar ik moest er nog even niet aan denken. We moesten het maar doen met bonen in tomatensaus. Misschien was het maar goed dat we geen van beiden echt honger hadden. Ik prikte wat in de bonen die in de troebele, gestolde saus lagen. Ze waren keihard en hadden zwarte plekjes waar ik ze had laten aanbranden in de pan. Ik was er begrijpelijkerwijs niet goed met mijn hoofd bij geweest toen ik stond te koken. Mama deed niet eens alsof ze wat at. Ze zat in het niets te staren, tot ik besloot dat we klaar waren en haar onaangeroerde bord pakte. 'Ga maar televisie kijken, mam. Ik doe de vaat wel.'

Ze schuifelde weg naar de woonkamer. Voordat ik de kraan openzette, hoorde ik de televisie explosief tot leven komen, midden in een dom reclamespotje. Het maakte haar niet echt uit wat er op tv was. Het was meer om iets te doen te hebben terwijl ze haar dagelijkse dosis calorieën in vloeibare vorm innam.

Afwassen was een goedkope vorm van therapie; zonder aan iets speciaals te denken, boende ik de plakkerige steelpan tot elk spoortje tomatensaus was verdwenen. Ik voelde me prikkelbaar, zonder daar echt reden toe te hebben. Vanuit het keukenraam zag ik de tuin vager worden en in het duister verdwijnen. De avond leek van parelmoer, met blauwe en paarse tinten, stil en sereen. Onvoorstelbaar dat ik me vierentwintig uur eerder in het centrum van een storm van activiteiten had bevonden, toen de politie luisterde naar het weinige wat ik wist, alsof ik en alleen ik de sleutel was voor de oplossing van de zaak; het was niet te verkroppen dat we allemaal te laat in het bos waren aangekomen, dat het vinden van de moordenaar van Jenny triest genoeg het enige was wat ons restte, nu we haar niet levend hadden gevonden. Ik droogde mijn handen af aan een keukenhanddoek en slaakte een zucht; ik besefte dat ik gedeprimeerd was. Of dat kwam doordat ik aan de zijlijn stond – waar ik tenslotte ook had willen staan – of dat het een uitgestelde emotionele verwerking van de vorige dag was, kon ik niet zeggen. En wat wilde ik nu eigenlijk? Nogmaals de kans krijgen om met rechercheur Blake te bekvechten? Nogmaals in de schijnwerpers komen te staan? De zaak intern volgen? Ik moest mezelf vermannen en mijn leven weer oppakken, hoe saai dat vooruitzicht ook was.

Mijn blik vertroebelde van vermoeidheid en ik deed het licht uit. Ik sleepte me naar de woonkamer en het late journaal, dat net was begonnen. Ik ging naast mijn moeder op de bank zitten en leunde opzettelijk diep in de kussens, zodat ze mijn gezicht niet kon zien zonder haar hoofd om te draaien. Ik wilde in alle rust kijken, zonder me druk te maken over wat er in haar hoofd omging.

De titels rolden over een foto van Jenny, een schoolfoto die een paar maanden eerder was gemaakt. Haar stropdas in een keurige knoop, zoals die normaal nooit had gezeten, en haar haren netjes achterovergekamd in een paardenstaart. Een gekunsteld glimlachje; het was een vervelende, kregelige fotograaf geweest, herinnerde ik me, en hij had de meisjes behandeld alsof ze debiel waren. Niemand had hem aardig gevonden. Ik staarde naar het beeld op het scherm en probeerde het te rijmen met wat Blake me had verteld. *We konden zien dat ze vier maanden zwanger was...* maar het gezicht op de televisie was dat van een kind. En ik wist immers dat dat de echte Jenny was? Ik had haar bijna elke schooldag gezien sinds ze op school zat; ik had honderden keren met haar gesproken. Dit was niet zo'n geval waarbij de foto die aan de pers is verstrekt dateert van ver voor de tijd dat een slachtoffer aan de drugs was gegaan of opstandig was geworden voordat ze ongelukkig aan haar eind kwam. Ze had er werkelijk uitgezien als het lieve, blijmoedige kind op de foto. Ik had haar ingeschat als onschuldig, rustig, recht door zee. Hoe kon ik het zo mis hebben gehad?

De ernstig kijkende nieuwslezer met zijn gedekte kleding gaf een korte samenvatting van wat er over Jenny's dood was vrijgegeven. Het verslag opende met een deel van de persconferentie: eerst Vickers, daarna de Shepherds zelf. De felle lampen van de camera's accentueerden de donkere kringen onder hun ogen en de groeven aan weerszijden van Michael Shepherds mond. Ik hoopte maar dat iemand hierna contact met de politie zou opnemen, wat Blake ook mocht hebben gezegd. Er werd overgeschakeld naar de verslaggever buiten, met de school op de achtergrond. Ik herkende haar van de persconferentie; ze had ergens vooraan gezeten. Ik vond toen dat ze er aantrekkelijk uitzag, met haar donkere, gebogen wenkbrauwen, haar hoge jukbeenderen en haar brede mond. Ook op het scherm kwamen haar rode blouse en glanzend zwarte haar goed uit, heel helder onder de lampen. Haar stem was zorgvuldig gemoduleerd, klasseloos, met een neutraal accent. Ik dwong mezelf te luisteren naar wat ze zei.

'We kennen nu dus de identiteit van het slachtoffer, Jenny Shepherd, en we weten ook hoe ze is gestorven, maar als de politie al iets meer weet, dan vertellen ze het ons niet. Er zijn vragen gerezen over de plaats waar ze is verdronken en hoe ze uiteindelijk in het bos hier niet ver vandaan is terechtgekomen, en de belangrijkste vraag is natuurlijk: wie heeft haar vermoord?'

Er volgden nog meer opgenomen beelden, nu van de Shepherds, die het schoolgebouw binnenliepen. Valerie, die zich als een krachtige, kleine ijsbreker voor hen uit een weg baande door de menigte. De stem van de verslaggeefster ging verder: 'Voor de ouders en Jenny's verwanten een gruwelijke beproeving. Voor haar medeleerlingen,' – en nu was er een beeldwisseling naar een stel meisjes dat samen stond te snikken – 'een afschrikwekkende herinnering aan het geweld in de wereld. En voor allen die Jenny hebben gekend een verschrikkelijk verlies.' Terwijl ze die laatste drie woorden zei, was er opnieuw een beeldwisseling. Ik staarde er met open mond naar, want ik herkende Geoff Turnbull, met zijn armen om een jonge vrouw met blond krullend haar tot op haar rug – een kleine, slanke vrouw die er overstuur uitzag. Ik. Elke spier in mijn lichaam verkrampte van pure gêne. Van alle shots die ze hadden kunnen gebruiken, van alle emotionele beelden die ze hadden kunnen uitzenden, hadden ze juist dit beeld gekozen. Ik wist nog wat er in me omging; ik probeerde uit alle macht aan zijn greep te ontsnappen. 'Ongelooflijk,' zei ik geluidloos, hoofdschuddend. Mijn moeder staarde wezenloos naar het scherm.

'Louisa Shaw in Surrey, dank je wel,' zei de nieuwslezer, terwijl hij zich naar een andere camera draaide en er een beeld van een lopende kraan achter hem verscheen.

Ik wachtte af tot mijn moeder iets zou zeggen over het feit dat haar dochter zojuist op het nieuws was geweest, maar ze staarde nog steeds versuft naar het scherm, zo te zien in de ban van een verhaal over de prijs van drinkwater. Misschien had ze me niet herkend. Ach, dan hoefde ik in elk geval niets uit te leggen. Ik was ontzettend moe. Ik had genoeg van die dag, die week, van alles. 'Ik ga maar eens naar bed, mam.'

'Welterusten,' zei ze automatisch, zonder te merken dat het buiten nog maar nauwelijks donker was en ik ongeveer twee uur op mijn normale schema voorliep. Ik liet haar achter, starend naar het scherm. Als ik een weddenschap had moeten afsluiten, zou ik hebben gewed dat ze aan niets en niemand anders dan aan Charlie dacht.

Het lampje in de fitting boven de wastafel in de badkamer was kapotgegaan. De plafonnière verspreidde een grijzig licht dat mijn huid er dood liet uitzien, waardoor mijn lippen een blauwe zweem kregen en mijn ogen er dof en donker uitzagen door de schaduwen die rond mijn ogen vielen. Ik staarde mezelf aan in de spiegel en Jenny kwam weer in mijn gedachten. Een ogenblik lang zag ik haar zoals ze tijdens haar leven was geweest, en daarna zoals ze was toen ik haar in het bos vond. Er ontbrak iets aan het tweede beeld – datgene wat haar maakte tot wie ze was. *Doe het licht uit en doe dan het licht uit.* Daar had Shakespeare de spijker op z'n kop geslagen, met zijn arme, verbijsterde, moordlustige Moor. *Als ik uw roos heb geplukt, kan ik haar geen groeikracht meer teruggeven. Ze moet dan wel verleppen...* Ik deed het badkamerlicht uit, zocht me in het halfduister van mijn kamer een weg naar het bed en kroop met een zucht tussen de lakens. Ik lag naar het plafond te staren, wachtend op de slaap die moest komen. Ik had woede moeten voelen, of verdriet, of een zekere vastberadenheid. Maar ik voelde me voornamelijk verdoofd.

De volgende ochtend ging ik niet echt met plezier naar school. Ik moest er wel heen; Elaine had ons duidelijk te verstaan gegeven dat de docenten dienden te komen opdagen, ook al deden de scholieren dat niet. Ik verwachtte dat verscheidene collega's het nieuws zouden hebben gezien, en ik kreeg kippenvel bij de gedachte hoe ik me zou generen. Maar toen ik bij het hek van de school aankwam, waren de eerste bekenden drie klasgenootjes van Jenny: Anna Philips, Corinne Summers en Rachel Boyd. Ze droegen vrijetijdskleding, een spijkerbroek en een sweater met capuchon. Toen ik kwam aanrijden, stonden ze wat ongemakkelijk met de armen om elkaar heen geslagen voor de talrijke cameraploegen en verslaggevers die de school nog steeds belaagden. Maar hun emotionele vertoon had ook iets oprechts, iets waarachtigs; ze hadden vlekkerige, roze gezichten van het huilen, en ze waren niet opgemaakt en klaar om voor de camera te verschijnen. Ik draaide mijn auto de eerste de beste parkeerplaats op en liep terug om mijn plicht te doen als lijfwacht, raadsvrouw of vriendin, al naar gelang hun behoefte.

Ze hadden bloemen neergelegd, besefte ik, toen ik dichterbij was gekomen. Er was een geïmproviseerd gedenkmonument verschenen dat het hele hek rond de school besloeg, met kaarten, teddyberen – zelfs ballonnen – en posters met plaatjes uit de krant. Jenny's gezicht kwam keer op keer terug op vage, slecht gereproduceerde krantenfoto's. En natuurlijk waren er ook boeketten, bonte bloemen gewikkeld in felgekleurd papier. Kaarsen flakkerden flets in het heldere zonlicht. Terwijl ik wachtte tot de meisjes klaar waren met hun bescheiden wake, liep ik heen en weer langs de hekken en las ik een paar van de kaarten en posters. *Een engeltje dat te vroeg is weggenomen. We zullen je niet vergeten, Jennifer. Hoewel ik je niet heb gekend, zul je altijd in mijn herinnering blijven...* De verzameling getuigde van de wanhopige behoefte die men voelde om een rol te spelen in deze tragedie, om te laten merken hoe sterk die hen had geraakt. Het was spectaculair futiel.

Ik had me niet druk hoeven maken over de vraag hoe ik het drietal zover kon krijgen met me te praten: de meisjes kwamen direct op me af toen ze in de gaten hadden dat ik er was. En dat was het verschil tussen kinderen en tieners, bedacht ik. Een jaar later zouden ze de andere kant op zijn gelopen, alleen maar om niet met een docent te hoeven praten. Deze meisjes waren ongekunsteld, nog vol vertrouwen. Een makkelijke prooi. Jenny was net zo geweest.

'Hoe gaat het met jullie?' vroeg ik meelevend, terwijl ik hen naar een bank leidde die veilig buiten het bereik van de media stond, ruim binnen de schoolhekken.

Corinne, een slungelige bonenstaak met een donkere huid, trok één mondhoek op tot een glimlach. 'Het gaat wel. Het is gewoon erg moeilijk te geloven.'

'Heeft de politie al met jullie gepraat?' vroeg ik. Drie hoofden schudden gelijktijdig van nee.

'Als ze met jullie gaan praten,' begon ik, en ik koos mijn woorden met zorg, 'als ze het nodig vinden met jullie te praten, zul je wel merken dat ze van alles over Jenny's leven willen weten.'

Drie hoofden knikten.

'Ze zullen jullie mogelijk vragen stellen over mensen die Jenny kende – met wie ze bevriend was.'

Opnieuw knikten ze.

'Misschien over mensen van wie haar ouders niets afwisten,' opperde ik.

Nu sperden Corinne en Anna hun ogen open. Ik kon er niets aan doen, maar Anna's ronde gezicht en haar stevige bouw deden me denken aan een hamster. Rachels blauwe ogen waren op de grond gericht en bleven omlaag kijken. *Interessant.*

'Weet je, als Jenny misschien geheime vrienden had, zou dat de politie kunnen helpen degene die haar heeft vermoord, op te sporen,' zei ik, en ik lette goed op of Rachel erop reageerde. Haar mondhoeken hingen van nature neer, waardoor haar gezicht in neutrale stand een nukkige uitdrukking had; op andere momenten was dat bedrieglijk, maar vandaag misschien niet. Ze vertrok geen spier, en haar blik was nog steeds strak gericht op het gras aan onze voeten.

Anna schraapte haar keel. Ze leek nog meer van slag dan tevoren. 'Jenny was onze vriendin, mevrouw, maar we weten echt niets over wie haar heeft vermoord, echt niet…'

Ik haastte me haar gerust te stellen. 'Niemand denkt dat je er iets mee te maken hebt, Anna. Alleen, als ze het over een vreemde heeft gehad, iemand die haar misschien heeft gevraagd iets te doen, of heeft gevraagd met hem iets te gaan doen, dan zouden jullie dat toch nog wel weten? Iemand van buiten de school? Een vriendje misschien?'

Corinne schudde haar hoofd. 'Ze had absoluut geen vriendje. Honderd procent zeker.'

'Ben je daar echt zeker van?' drong ik aan. 'Niemand? Rachel?'

Rachel dwong zichzelf op te kijken en keek me toen recht aan, met zo'n directe en onschuldige blik dat ik, nog voordat ze haar mond opendeed, wist dat ze zou liegen. 'Nee. Niemand.'

'En zouden jullie het weten als ze thuis problemen had? Zat haar iets dwars?'

Driemaal nee. Ik zuchtte zachtjes. Dit had geen zin. 'Oké,' zei ik neutraal. 'Maar als jullie iets te binnen schiet, wees dan niet bang om met iemand te gaan praten. Je krijgt er echt geen problemen door.'

'Ja, dank u wel, dag mevrouw,' klonk het in koor, en toen sprongen de meisjes op van de bank. Ik keek hen na terwijl ze wegliepen en om de hoek van de school verdwenen. Ik had mijn best gedaan, maar het was lastig om geen teleurstelling te voelen. Ik moest iemand over Rachel vertellen, Vickers of iemand anders melden dat ik vermoedde dat ze iets wist wat wellicht van belang was. Maar wie zou er naar me luisteren? En hoe kon ik er zeker van zijn dat ik het bij het rechte eind had?

Ik bleef nog een paar minuten op de bank zitten nadenken over hetgeen er was gebeurd. Uiteindelijk kwam ik tot de conclusie dat ik niets kon doen. Ik zou gewoon moeten afwachten of ze naar me toe zou komen. En toen ik zover was, keek ik op en zag ik een klein figuurtje vanaf het parkeerterrein aan komen lopen. Rachel, nu ongehinderd door haar vriendinnen. Ze had haar neutrale masker laten vallen en haar ronde, nog kinderlijke gezicht stond bezorgd toen ze op me afkwam.

'Mevrouw Finch, ik weet niet goed, maar… eh…' Ze keek achterom over haar schouder. 'Ik wilde niets zeggen toen de anderen erbij waren, want Jenny had gezegd dat ik het aan niemand mocht vertellen.'

Ik ging rechtop zitten en probeerde rustig over te komen. 'Waar gaat het om, Rachel?'

Het meisje zag er steeds nerveuzer uit. 'U vroeg toch of ze iemand kende? Iemand van buiten de school? Nou, ze heeft me ooit een foto laten zien; ze had een foto van haarzelf en… en haar vriend.'

'Haar vríénd? Weet je het zeker?' Ik klonk veel te opgewonden; Rachel keek me aan met twijfel in haar blik, en ik besefte dat ze op het punt stond weg te rennen, zonder wat voor geheim dan ook te hebben verteld. Ik haalde diep adem en vroeg heel vriendelijk: 'Wie was het?'

'Ik weet het niet. Het was iemand met wie ze na schooltijd omging.'

'Elke dag?'

Rachel schudde haar hoofd. 'Nee. Ze had een vriendje, een jongen die ze kende. Daar ging ze een keer of twee per week heen.'

'En hij stond op die foto?'

'Nee!' Rachel begon haar geduld te verliezen. 'Daar was ze gewoon bevriend mee. Ze vond zijn oudere broer leuk.'

'Oké,' zei ik rustig. 'En hoe heette die broer dan?'

Ze haalde haar schouders op. 'Dat heeft ze nooit gezegd.'

'En hoe heette die vriend van Jenny?'

'Dat heeft ze ook nooit gezegd. Ik weet verder niks over ze, alleen… alleen…'

Ik wachtte af.

'Haar vriend – degene op de foto – die was óúd, mevrouw Finch. Volwassen. Ik kon alleen de zijkant van zijn gezicht zien, want hij gaf haar een zoen, maar het was absoluut een volwassene.'

'Volwassen zoals jullie ouders of volwassen zoals ik?' Het had geen zin haar te vragen wat specifieker te zijn; in de ogen van twaalfjarigen waren we allemaal stokoud, maar ik vermoedde dat ze wel onderscheid kon maken tussen mensen van begin twintig en mensen van midden dertig en ouder.

'Volwassen zoals u,' zei ze. 'Mevrouw, denkt u echt dat hij… denkt u dat hij misschien weet wie Jenny heeft vermoord?'

De volwassen vriend van een twaalfjarig kind, een meisje dat toevallig is vermoord en in een verlaten stukje bos is gedumpt? Ik denk het wel, dacht ik, maar ik zei iets anders: 'Misschien wel. Maar maak je geen zorgen. Je hebt er goed aan gedaan me dit te vertellen. En de politie heeft haar vriend vast al gevonden.'

Ik zei dit zonder er echt bij na te denken, zo was ik bezig met mijn eigen gedachtegang. Zo eenvoudig lag het dus: een verkeerd begrepen verliefdheid die heeft geleid tot een ongepaste verhouding, die is uitgelopen op een rampzalige zwangerschap met als resultaat een lompe, gewelddadige oplossing. Alle puzzelstukjes vielen op hun plaats. De politie had hem waarschijnlijk al gearresteerd. Ik zou zorgen dat ze met Rachel gingen praten, en zij zou bevestigen wat ze al wisten, en dan zou het allemaal grotendeels voorbij zijn. Het recht zou zijn loop hebben, Jenny zou gewroken worden, de Shepherds en alle anderen zouden rouwen, maar in principe zou alles weer normaal worden. En ik zou er iets aan hebben bijgedragen. Een verschil hebben gemaakt, ook al was het te laat om Jenny nog te redden.

Ik zag opeens dat Rachel op de buitenkant van haar voeten balanceerde, in opperste opwinding; ik had iets gemist, iets belangrijks. 'Maak je geen zorgen,' herhaalde ik. 'Ze weten vast wie het is en waar ze hem kunnen vinden. Jenny's ouders zullen het wel vertellen.'

Toen ze begon te praten, klonk haar stem hoog en schril van de tranen. 'Dat is het 'm nu juist. Ze heeft haar ouders nooit verteld waar ze heen ging. Ze zei altijd dat ze bij mij thuis was, en ze geloofden haar dan ook. Ik weet niet wie haar vriend was, en ik heb voor haar gelogen, en nu is ze dood.'

Iets minder dan een uur later liep ik Elaines kantoor in met Rachel en haar moeder achter me aan. Daar trof ik rechercheur Vickers aan, die somber uit het raam zat te staren. Ik nam aan dat hij de beuken daarbuiten niet echt zag. De algehele indruk die hij maakte was die van een diep wanhopige man. Het zag er beslist niet naar uit dat het onderzoek vorderde, zoals zijn persvoorlichter die ochtend op het journaal had gesuggereerd. Aan de andere kant was dit de derde of vierde keer dat ik hem zag, en hij had er elke keer moedeloos uitgezien, alsof hij op het punt stond ineen te zijgen, dus was het waarschijnlijk beter er niet al te veel waarde aan te hechten.

'Dag,' zei ik rustig, en ik klopte zachtjes op de open deur, waarop hij zich omdraaide en zijn neerslachtige houding enigszins liet varen. Een fractie van een seconde later kreeg hij Rachel in het oog, die vlak achter me stond, nog steeds met een gekwelde blik en een rode neus. Ze trok dwangmatig de mouwen van haar sweatshirt over haar handen. Hij keek me verwachtingsvol aan, en de bijzondere scherpzinnigheid die me al eerder was opgevallen, had zijn vermoeidheid verdreven.

'Dit is Rachel, een van Jenny's vriendinnen,' zei ik. 'Ze heeft me zojuist een paar dingen verteld over het leven van Jenny buiten school, waarvan ik dacht dat ze u zouden interesseren.' Ik wilde niet overdrijven. Toen ik mevrouw Boyd had gebeld met het verzoek naar school te komen, was ik met opzet nogal terughoudend geweest, want ik wilde niet dat ze de indruk kreeg dat haar dochter de belangrijkste getuige was, waardoor ze misschien geneigd zou zijn al te beschermend op te treden. Ik hoopte dat Vickers dit tussen de regels door kon lezen.

Hij glimlachte naar haar en alle lijnen in zijn gezicht krulden op. 'Dus jij bent Rachel? Fijn dat je met me komt praten, Rachel. Is dit je moeder? Mooi zo. Laten we maar naar de kleine spreekkamer lopen, en dan gaan we daar even samen praten, goed?'

Ogenschijnlijk zonder enige haast had hij het tweetal een kamer met leunstoelen en een salontafel binnengeloodst, die was ingericht voor de verhoren. Een van zijn vrouwelijke agenten verscheen uit het niets en ging met haar notitieboekje in de aanslag ergens opzij zitten. Ik bleef dralen op de gang en vroeg me af of ik aan Vickers zou proberen uit te leggen dat ik Rachel toevallig tegen het lijf was gelopen, dat ik niet de bedoeling had gehad me met het onderzoek te bemoeien.

De inspecteur liep de kamer door met de bedoeling de deur te sluiten, maar bleef staan toen hij me zag. Hij leunde naar buiten en mompelde zo zachtjes dat niemand in de kamer het kon horen: 'Bedankt, Sarah. Je hebt ons enorm geholpen. Ik zal je niet langer ophouden.'

En daarmee sloot hij de deur. Ik bleef een tijdje verbijsterd staan kijken naar de blinde houten deur. Ik had sterk het gevoel dat ik was weggestuurd.

1992

Drie dagen vermist

'We willen dat u nog een televisieoproep doet.'
De grote politieman zit aan de keukentafel. Zijn overhemd is donker onder zijn armen en op zijn borst zitten twee vochtige halvemanen. Het is heet in de keuken en buiten is het ook heet, maar verder zweet er niemand. Af en toe veegt de politieman zijn gezicht af en dept hij de druppeltjes die uit zijn haren naar zijn kaak lopen. Hij fluistert heel zachtjes terwijl hij het zweet wegveegt – *godallemachtig* – en daarom kijk ik aandachtig naar hem. Ik zie de druppels parelen op zijn huid, waarna ze opzwellen en zich met elkaar verbinden tot ze zo zwaar zijn dat ze omlaag glijden, als regen op een ruit.

'Nog een?' vraagt papa, en zijn gezicht ziet grauw. 'Wat is het probleem? Was één keer niet genoeg?'

De politieman spreidt hulpeloos zijn handen. 'We hebben ermee bereikt wat we wilden, maar…'

'We hebben er ieders tijd mee verspild. Ik zei immers al dat die flauwekul van "Kom alsjeblieft naar huis, we zijn niet boos" geen enkele zin had? Alsof Charlie hier niet zou zijn als hij hier kón zijn. Alsof hij weg zou blijven als het aan hem lag.'

'Ik ben het met u eens: we zijn er niets mee opgeschoten.'

'Wat heeft het dan voor zin het nog eens te doen?'

'We gaan de focus van de publiciteit verleggen. We willen nu een beroep doen op iemand die Charlie misschien bij zich heeft. We maken ons er nu zorgen over dat hij misschien gevangen wordt gehouden.'

Papa slaat zijn armen over elkaar. 'Aha, dus jullie zijn eindelijk tot de conclusie gekomen dat hij is ontvoerd?'

'We denken inderdaad dat dat heel goed mogelijk is.' Hij dept, dept, dept. 'O, jezus…' fluistert hij en kijkt dan medelijdend de tafel rond. 'We moeten afgaan op de mening van de psychologe. Zij weet hoe ze opereren. Pedofielen, bedoel ik. Ze zegt dat we de betreffende persoon duidelijk moeten maken dat Charlie een mens van vlees en bloed is, iemand die deel uitmaakt van een gezin. Volgens haar zien dergelijke lieden een kind als Charlie meestal als een ding, en we moeten hem er dus van doordringen dat hij meer is dan dat.'

Mama slaakt een kreetje, heel zachtjes. Ze heeft haar ogen gesloten en wiegt heen en weer in haar stoel. Ik loop om de tafel heen en ga naast haar staan, leun tegen haar aan. Ze voelt tenger aan – broos bijna, alsof ik haar zou kunnen breken. Ik duw mezelf tegen haar aan, als een jong geitje, maar ze reageert niet.

'Wat wilt u dat we doen?' vraagt papa.

'We willen dat u voor de camera iets over Charlie vertelt. We willen hem in de gezinssfeer plaatsen, eventueel met behulp van familiefoto's waar hij op staat. We willen nog wat foto's van hem aan de media geven, en ook een cameraploeg hier laten komen om een filmpje te maken van u als gezin. Van jullie alle drie.'

Ik schiet overeind, en er gaat een vlaag van opwinding door me heen bij de gedachte dat ik op de tv kom. Op mijn gezicht verschijnt een brede glimlach die ik niet kan tegenhouden. Ik hoop dat de meisjes uit mijn klas me zullen zien.

'Ik wil niet dat zij erbij betrokken wordt.'

Ik begrijp niet direct wat mama bedoelt. Dan kijkt iedereen die om de tafel zit mij aan.

'Ik weet dat u uw dochter tegen publiciteit wilt beschermen, maar dit is echt heel erg belangrijk, mevrouw Barnes,' zegt de politieman met een ernstig gezicht.

Mama trekt haar mond tot een dunne streep. 'Ik denk dat het niet goed is om haar op de tv te laten komen.'

Ze wil gewoon niet dat ik op de tv kom, omdat ze weet hoe graag ik het wil. Ze wil niet dat ik iets leuks meemaak, omdat ik het niet verdien. Mijn knieën bibberen zo erg dat ik bijna niet kan gaan staan.

'Maar mama…' begin ik.

Papa komt tussenbeide. 'Laura, we moeten dit echt doen.'

Ze geeft geen antwoord, schudt alleen haar hoofd. Ze blijft naar haar schoot kijken, waar haar samengebalde handen voortdurend in beweging zijn. Haar gezicht is gesloten, uitdrukkingloos.

Papa probeert het opnieuw. 'We moeten dit echt doen. Omwille van Charlie.'

Dat zegt hij de hele tijd. Eet toch iets, omwille van Charlie. Praat met de politie, omwille van Charlie. Ga nu wat rusten, omwille van Charlie. Alleen dan kan ze niet weigeren.

De tv-ploeg installeert de apparatuur in de tuin. Ze vertellen ons waar we moeten gaan zitten en wat we moeten doen. Ik zit tussen mijn ouders in en de ruches van mijn lievelingsjurk bollen als schuim tussen ons op. We doen alsof we een fotoalbum bekijken: foto's van Charlie als baby, dan als peuter op een rood driewielertje dat ik herken. Ik heb er ook op gefietst. Het staat nog in het tuinschuurtje, maar de verf is nu afgebladderd en dof.

Ik wacht op de eerste foto van mezelf, waarop Charlie over de rand van de wieg hangt om mij te bekijken. Ik weet precies op welke bladzijde hij staat. Ik heb er heel wat keren naar gekeken, en dan probeerde ik mijn eigen gelaatstrekken te herkennen in dat ronde bundeltje met het rode gezicht dat in een dekentje gewikkeld ligt, waaruit één mollig handje tevoorschijn komt. Mama slaat de bladzijden langzaam om, te langzaam. Af en toe blijft ze ergens hangen en dan slaakt ze een diepe zucht. Als ik opkijk, zie ik dat haar gezicht is vertrokken van verdriet.

Vanachter de camera klinkt: 'Sarah, leg je hand maar even op je moeders arm.'

Ik gehoorzaam en klop zachtjes op haar arm. Haar huid voelt koud aan, ook al zitten we pal in de middagzon. Ze trekt haar arm weg alsof ze zich heeft gebrand aan mijn hand. Voor het eerst dringt het tot me door dat ik haar nooit zal kunnen troosten. Ik zal haar nooit gelukkig kunnen maken. Ik zal nooit genoeg zijn.

Dan komen de tranen, zomaar ineens. Ik zit daar en begin hevig te snikken; ik huil alsof ik nooit meer zal ophouden. 's Avonds op het journaal lijkt het alsof ik om Charlie huil. Alleen ik weet dat ik om mezelf huil.

5

Het was al na enen toen Andrew Blake naar de administratie kwam, waar Elaine me aan het werk had gezet bij gebrek aan lestaken. Mijn collega's hielden zich schuil in de docentenkamer en deden daar achterstallig papierwerk. Dat was ik zelf ook van plan geweest. Ik had de pech gehad Elaine tegen het lijf te lopen, en nog meer pech toen ik geen smoes wist te bedenken om niet te hoeven helpen, maar echt vervelend vond ik het ook weer niet. Het was niet bepaald belastend geweest om de hele ochtend de post open te maken en telefoontjes te beantwoorden. Eigenlijk was het enige minpuntje de aanwezigheid van Janet, de secretaresse van de school. Janet was een gratenpakhuis van begin vijftig, en hing al sinds mijn eerste dag op de Edgeworth School tegen een zenuwinzinking aan. Onder normale omstandigheden was ze al totaal ongeschikt voor haar functie, maar de situatie van dit moment had het haar volstrekt onmogelijk gemaakt iets anders te doen dan over haar vroegere en huidige medische problemen te praten, en te huilen. Toen ik het kantoor binnen kwam lopen en haar opgezette oogleden en haar rode neus zag, wist ik al dat het geen enkele zin had naar haar te luisteren. Ik wist haar aanwezigheid met succes uit te bannen door me in mijn eigen wereld terug te trekken, en me ondertussen werktuiglijk door een stapel reclamedrukwerk en telefoonnotities heen te werken. Het was heel therapeutisch om van alles uit te zoeken. Janets monoloog ging maar door op de achtergrond, even onmogelijk te stoppen als een rivier. Als je niet naar de woorden luisterde, had hij bijna een rustgevend effect.

Toen de deur openging en Blake zijn hoofd om de deur stak, had ik even een seconde nodig om weer terug te keren naar de realiteit. Janet zei net: 'Natuurlijk wist ik direct dat het een verzakking was, want het was al eerder gebeurd... Kan ik u helpen?'

Hij keek haar breed glimlachend aan, had de charmeknop helemaal opengedraaid. 'Op dit moment niet, hoor. Ik moet mevrouw Finch even hebben.'

Ik stond op en streek, om tijd te rekken, met mijn handen de kreukels uit mijn jurk. Waarom wilde hij mij spreken? Het moest wel iets met Rachel te maken hebben. Ik liep naar de deur en door mijn hoofd tolde een wervelwind van half onthouden dingen die ik eerder al tegen Vickers had willen zeggen.

'Blijf je lang weg?' klonk het achter me. Janets stem had een geïrriteerde bijklank. 'Want een van ons moet tijdens de lunchpauze echt hier blijven, hoor. Nu het zo druk is.'

Ik bleef beduusd staan en keek van haar naar Blake en weer terug.

'Ik hoop dat u er geen bezwaar tegen hebt,' zei Blake minzaam, maar zonder de geringste aanwijzing dat er ruimte voor onderhandeling was. 'We hebben niet veel tijd nodig.'

Janet snoof. 'Prima. Dan ga ik wel wat later lunchen. Ik heb de laatste tijd toch niet zoveel trek.'

Met mijn rug naar haar toe trok ik een gezicht naar Blake, die de hele weg door de gang half lachend, half kuchend aflegde, buiten het gezichtsveld van Jane. Zodra de deur veilig achter me was gesloten, zei hij: 'Wat was dát?'

'Wat, Janet? Een portret, hè?'

'Zeg dat wel. Ze is ongeveer zo vrolijk als de vrouwen die vroeger aan de voet van de guillotine zaten te breien. Waarom heb je je daar zo laten opsluiten?'

'Geen leerlingen om les te geven en ik was op het verkeerde moment op de verkeerde plek. Het is beter dan nietsdoen, maar toch bedankt dat je me eruit hebt gered.' Ik aarzelde een moment. 'Wat wilde je met me bespreken?'

Blake keek uitermate ernstig en ik wachtte enigszins onderdanig af tot hij zou zeggen wat hij op zijn hart had. 'Ik vroeg me af of je trek hebt. Want als je zo harteloos zou zijn om op een moment als dit iets te willen eten, zou ik je met plezier een van deze sandwiches aanbieden,' – hij hield een papieren zak omhoog – 'op een locatie naar keuze. Het is een mooie dag. Is er een plek, ergens buiten, waar we naartoe kunnen gaan?'

Ik knipperde verbaasd met mijn ogen en bemerkte toen dat mijn stemming opeens verbeterde. Het was inderdaad een mooie dag. Er was geen enkele reden om voor martelaar te spelen en de lunchpauze door te brengen in het benauwde secretariaat op school, of, erger nog, in de docentenkamer, waar ik zou moeten aanhoren hoe Stephen Smith met zijn kunstgebit klapperde als hij at. Dat was nergens voor nodig, vooral nu me een veel aantrekkelijker optie werd voorgehouden. Zou ik er spijt van krijgen als ik Blake zou afwijzen? In één woord: ja.

'Ik weet het niet,' zei ik, en ik spiegelde het ernstige gezicht van Blake. 'Wat voor sandwiches heb je gehaald?'

'Eén met ham en sla, één met kaas en tomaat.'

Ik dacht even na. 'Mag ik die met kaas?'

'Zeker weten.'

'In dat geval: volg me maar.' Ik ging hem voor naar de deur die uitkwam op het parkeerterrein. 'Een rustig plekje in de buitenlucht, is dat de opdracht?'

Blake maakte vaart om als eerste de deur te bereiken en hield hem voor me open. 'Ergens ver weg van dat circus, als het even kan.' Hij wees met een hoofdknik naar de verslaggevers die bij het hek van de school rondhingen.

'Geen probleem.' Ik liep langs de zijmuur van de school, voorbij het hockeyveld, naar de kleine schooltuin met de hoge muren eromheen. Hier werden de meisjes aangemoedigd groene vingers te ontwikkelen, met diverse gradaties van succes. Het groentetuintje lag er treurig bij, vol verlepte slaplantjes die de strijd met florerend onkruid hadden verloren, maar de muren waren bedekt met geurige kamperfoelie, en twee grote appelbomen verspreidden vlekjes schaduw op het gras. Het prettige van de tuin was dat hier niet werd gesurveilleerd, wat tot gevolg had dat het normaal gesproken de eerste keus was voor meisjes die in de lunchpauze graag clandestien een sigaretje rookten. Op dit moment was hij echter verlaten.

'Perfect,' zei Blake over mijn schouder heen, terwijl hij door het hek de tuin inkeek. Hij stond vlak achter me en ik was me intens van zijn aanwezigheid bewust. Het duurde even voordat ik weer besefte wat ik aan het doen was. Ik maakte het hek los en liep de treetjes af naar het gras, en hij volgde.

'Er gaat toch niets boven een particuliere school, hè?'

'Waarschijnlijk niet.' Ik keek hem weifelend aan; hij had nogal een net pak aan. 'Wil je op een bankje gaan zitten of lig je liever op het gras?'

Hij hurkte neer en drukte even met zijn handen op het gazon. 'Kurkdroog. Op het gras dan maar.'

Hij trok zijn jasje uit, deed zijn stropdas af, en rolde zijn hemdsmouwen op, waarna hij op zijn rug ging liggen. Ik keek geamuseerd toe toen hij de muis van zijn handen tegen zijn oogkassen duwde. 'Moe?'

'Een beetje maar,' zei Blake en hij was slecht te verstaan, zo slaperig klonk hij.

Hij had ervoor gekozen in de zon te gaan liggen, maar vlakbij was een stukje schaduw. Daar maakte ik het me gemakkelijk en bekeek ik de inhoud van de zak die hij had meegebracht eens goed. Toen het een poosje stil bleef, begon ik me wat ongemakkelijk te voelen.

'Hoe gaat het nu eigenlijk?' vroeg ik ten slotte.

Hij schrok wakker en knipperde met zijn ogen. Hij keek me aan alsof ik een volkomen vreemde was. 'Sorry… ben ik ingedut?'

In plaats van te antwoorden nam ik een hap van mijn sandwich. Blake hees zich iets overeind tot hij op zijn elleboog steunde en wroette rond in de zak. 'Ik weet de laatste dagen niet meer of ik honger heb of moe ben. We zijn sinds maandag aan één stuk door aan het werk.'

'En hebben jullie al vorderingen gemaakt?'

Met een mond vol brood zei hij: 'Een beetje. Het hielp wel dat jij met dat vriendje op de proppen kwam. Hoe is dat eigenlijk gegaan?'

Ik haalde mijn schouders op. 'Ik kwam Rachel toevallig tegen. Ze wilde het dolgraag aan iemand kwijt, en ze kent mij, dus…'

Hij knikte. 'Ze vertrouwen jou waarschijnlijk omdat je jong bent. Je staat dichter bij hen dan de meeste andere docenten hier.'

'Daar zou je nog van opkijken. Ik lijk in jouw ogen misschien jong, maar ik denk niet dat ze me als een van hen zien. Ik ben wat hun betreft absoluut een volwassene.' Ik zuchtte. 'Die hele toestand met Jenny... ik heb het gewoon niet in de gaten gehad. Totaal niet.'

'Verwijt jezelf niets. Niemand wist ervan. Zelfs haar ouders hadden geen idee. Hoe had jij het dan moeten weten?'

Ik legde mijn sandwich weer neer en sloeg mijn armen om mijn knieën. 'Toch had ik iets moeten merken. Het blijft maar malen. Ze bleef na de les weleens achter om een praatje met me te maken, niet over iets specifieks. Gewoon even babbelen. Ik heb er nooit echt iets achter gezocht, maar misschien wachtte ze haar kans af om te praten over wat er gaande was. En dan zei ik dat ze moest opschieten, om op tijd bij haar volgende les te zijn.' Ik legde mijn voorhoofd op mijn knieën om mijn gezicht voor hem te verbergen, bang dat ik een veroordeling in zijn blik zou zien. Maar de beslistheid in zijn stem toen hij begon te praten, deed me opkijken.

'Gelul. Als ze met je had willen praten, zou ze een manier hebben gevonden. Niet dat ik je oordeel over haar wil beïnvloeden, maar dat meisje gedroeg zich wel heel sluw, hoor. We hebben haar slaapkamer helemaal overhoop gehaald – bergen spullen afgevoerd voor forensisch onderzoek – maar we hebben nog niets bruikbaars gevonden. De enige met wie ze lijkt te hebben gepraat is die Rachel, en zelfs haar heeft ze niet veel verteld. Kun je iemand anders bedenken die ze misschien in vertrouwen heeft genomen?'

'Nee,' zei ik spijtig. 'Om je de waarheid te zeggen vermoed ik dat Jenny het er alleen met Rachel over heeft gehad omdat ze iemand nodig had die haar een alibi verschafte, en niet omdat ze er behoefte had met iemand over haar vriendje te praten.'

'Hoe heeft Rachel haar een alibi bezorgd?' vroeg Blake belangstellend.

'Ze was de enige van de klas die betrekkelijk dicht bij Jenny woonde, ongeveer tien minuten fietsen bij haar vandaan. Volgens Rachel mocht Jenny naar haar huis fietsen, zodat ze samen huiswerk konden maken. Maar ze ging uiteraard niet naar Rachels huis; ze ging ergens anders heen, naar dat vriendje van haar en zijn broer.'

'En haar ouders hebben nooit iets vermoed?'

'Dat is het mooie van mobiele telefoons. Diane Shepherd belde

Jenny of stuurde haar een sms'je als ze thuis moest komen. De familie Boyd belde ze nooit, dus bestond er geen risico dat ze erachter zou komen dat Jenny daar niet was. Maar Jenny had Rachel ingelicht, zodat ze haar een alibi kon verschaffen voor het geval mevrouw Shepherd haar ooit op school zou spreken.'

'Dat is slim. Het lijkt erop dat ze iedereen in haar zak had.'

'Daar ziet het wel naar uit.' Dat beeld was zo anders dan mijn eerdere indruk van Jenny, dat ik me er onprettig bij voelde. 'Maar misschien kwam het idee van haar vriend.'

'Mmm,' zei Blake neutraal. 'Zou kunnen.'

Hij zei verder niets en ik ook niet. Een koerende houtduif in de bomen verdreef de stilte. Blake keek, in gedachten verzonken, omlaag naar het gras, en ik nam de gelegenheid te baat om hem eens goed op te nemen. Het heldere zonlicht glansde in de haartjes op zijn armen en zijn wimpers, die tot op zijn wangen reikten. Ik had nog nooit zulke lange wimpers gezien bij een man en ze waren ook absoluut het enige vrouwelijke aan hem. Zijn overhemd zat slordig in zijn broek en er was een driehoekje huid te zien boven zijn riem, strak en bruin, met een streepje donker haar dat mijn fantasie naar plaatsen leidde waar die niet hoorde te komen. Hij zat zo stil als op een foto. De enige beweging was die van de secondewijzer op zijn horloge. Ik trok mijn armen stevig rond mijn knieën en merkte dat er binnen in me iets onbekends opborrelde, iets wat ik al snel, min of meer tot mijn verbazing, herkende als een geluksgevoel.

Blake keek naar me op en ik voelde dat mijn maag een sprongetje maakte. 'Ga je je sandwich nog opeten?'

De tweede helft van mijn sandwich zat nog verpakt in het vetvrije papier van de broodjeswinkel. 'Sorry, ik heb niet zo'n honger.'

'Als jij hem niet neemt, eet ik hem op.'

Ik reikte hem de sandwich aan. Hij hapte hem in ongeveer drie happen weg en ging toen weer liggen, met één arm over zijn gezicht om zijn ogen te beschermen tegen het zonlicht. 'Hoe is het met je moeder?'

'Met mijn moeder?' Tot dat moment was ik totaal vergeten dat ik Blake over haar had verteld. Ik probeerde me te herinneren wat ik had gezegd, waarna ik besloot het vaag te houden: 'O, zo'n beetje hetzelfde.'

'Heb je haar verteld waar je maandagavond bent geweest? Dat je je tijd hebt doorgebracht met snode politiemannen?'

Ik schoot in de lach. 'Nee, daarover hoefde ik niets te zeggen. Ze sliep al toen ik thuiskwam.'

'Waarom heeft ze eigenlijk zo'n hekel aan de politie?' Hij tilde even zijn arm op van zijn gezicht en keek me met half toegeknepen ogen aan. 'Dat vraag ik me al af sinds je het vertelde.'

'Ach, ze is de enige niet.' Ik wendde mijn hoofd af. 'We hebben er ooit mee te maken gehad en toen waren ze niet erg behulpzaam. Laat ik het zo maar zeggen.'

'Waar ging het toen om?'

Ik aarzelde even, in de verleiding gebracht hem over Charlie te vertellen, maar het was een te lang verhaal, en bovendien zou het hem niet echt interesseren. Ik hield mezelf voor dat hij gewoon vragen stelde, zoals het een goede politieman betaamt.

'Het is al zó lang geleden. Je weet hoe dat gaat. De prioriteiten van de politie van Surrey liepen niet synchroon met de hare. Ze voelde zich nogal in de kou gezet. Als ze er niet de persoon naar was om mensen dingen na te dragen, zou ze er nu vast en zeker overheen zijn.'

'Wonen jullie daar met z'n tweeën? Geen vader?'

'Mijn vader is overleden,' zei ik, en volgens mij klonk mijn stem niet anders dan eerst, maar toch ging hij overeind zitten.

'Wanneer is dat gebeurd?'

'Toen ik veertien was. Tien jaar geleden. Goh, het lijkt veel korter dan dat.'

'Hoe is hij gestorven?'

Ik was eraan gewend geraakt te vertellen wat er was gebeurd zonder emotioneel te worden. 'Een auto-ongeluk. Ze waren toen al uit elkaar. Hij was verhuisd. Hij was onderweg van Bristol om me op te zoeken en... nou ja, het was gewoon een stom ongeluk.'

En zeker geen zelfmoord. Wat anderen er ook van hadden gedacht.

'Dat moet heftig zijn geweest.'

'Mm,' zei ik, zonder hem aan te kijken. 'Het werd er thuis behoorlijk ingewikkeld door. Mama was er niet al te best aan toe na de scheiding, en daarom was ik ook bij haar gebleven. Toen papa overleed...'

Ik moest iets wegslikken. 'Ze moest een poosje worden opgenomen. Ze redde het gewoon niet.'

Het was veel erger geweest. Ze was van verdriet psychotisch geworden, krankzinnig, ze vormde een gevaar. Ze was gedwongen opgenomen, voor haar eigen veiligheid en de mijne, en als een engel uit de hemel was tante Lucy gekomen en had me een paar maanden meegenomen naar Manchester. Ik had elke dag naar mama geschreven en van haar nooit iets teruggehoord.

'Toen ze uit het ziekenhuis kwam, was ze eerlijk gezegd nog steeds een beetje een wrak. En eigenlijk is ze nooit volledig hersteld. We zijn maar met z'n tweeën, en daarom zorg ik voor haar. Het is ongeveer het minste wat ik kan doen.'

'Wat er met je vader is gebeurd...' Hij stak zijn hand uit en raakte mijn enkel aan. 'Dat was jouw schuld niet, hoor.'

'Zei ik dat dan?' Mijn stem klonk vinnig; ik had jarenlang van mijn moeder moeten horen dat ik ervoor verantwoordelijk was. 'Ik weet heus wel dat het gewoon domme pech was. Het had niet mogen gebeuren, maar het is wél gebeurd. En je zou denken dat het mama niet zou hebben geraakt, gezien het feit dat ze al twee jaar uit elkaar waren. Maar ze was totaal ontredderd.'

'Misschien hield ze nog van hem. Hoe waren ze uit elkaar gegaan?'

'Papa is weggegaan. Maar zij heeft hem ertoe gedwongen.' Ik schudde mijn hoofd. 'Ik heb gehoord op welke manier ze tegen hem praatte. Ik heb gehoord wat ze allemaal over hem zei. Ze háátte hem.'

'Heeft ze haar trouwring afgedaan?'

'Wat?'

'Droeg ze haar trouwring niet meer, na de scheiding?'

'Nee, hoor. Ze draagt hem zelfs nog steeds.'

Blake haalde zijn schouders op. 'Dan houdt ze nog steeds van hem.'

Ik dacht hier heel even over na. Ik had er moeite mee mijn moeder iets na te geven. Maar misschien had hij wel een punt. En voor het eerst sinds jaren had ik echt medelijden met mijn moeder, die ook niet had gewild dat haar leven op deze manier zou verlopen, die de shit die haar was overkomen niet aankon, die alleen maar wilde dat alles en iedereen zou verdwijnen.

Blake was weer op zijn rug gerold en had zijn ogen gesloten. Mijn enkel tintelde op de plek waar zijn hand had gerust. Zonder na te denken, zonder zelfs de bedoeling het hardop te zeggen, flapte ik eruit: 'Waarom heb je geen vriendin?'

Hij draaide zijn hoofd om tot hij me kon aankijken en grijnsde. 'Ik heb vreselijke werktijden, weet je wel? Ze blijven nooit bij me.'

'O, ja natuurlijk.' Het was waarschijnlijker dat hij ze snel afwerkte, want hij zou geen gebrek hebben aan gewillige kandidates. Maar ík had daarvoor te veel zelfrespect. Ik zou niet in de rij gaan staan.

'Over werk gesproken, ik moest maar eens teruggaan. Janet moet woedend zijn.'

Ik verwachtte dat hij in de lach zou schieten, maar dat deed hij niet. Hij fronste en ging toen overeind zitten. 'Sarah… over deze zaak. Beloof me dat je voorzichtig zult zijn. Beloof me dat je buiten het onderzoek zult blijven.'

Ik voelde dat mijn blik onbegrip uitstraalde. 'Wat bedoel je?'

'Hoor eens, je bent een prima mens. Je neemt je verantwoordelijkheid, ook als je dat misschien niet zou moeten doen. Maar dit… dit is iets waar je beter niet bij betrokken kunt raken.'

'Ik begrijp niet waar je het over hebt.' Ik begon de verpakking van de sandwiches op te vouwen om maar iets te doen te hebben.

'Niet dat je ons niet hebt geholpen, hoor. Je bent fantastisch geweest. Maar vanaf het begin heb je iets te dicht op deze zaak gezeten. Ik mag je graag, Sarah, en ik wil niet dat je iets overkomt.'

Ik was deels geërgerd, deels bezig te achterhalen wat hij bedoelde, toen hij zei dat hij me graag mocht. Mocht hij me écht graag of mocht hij me gewoon graag? Ik zette die vraag uit mijn gedachten en keerde terug naar het onderwerp. 'Hoe zou me iets kunnen overkomen?'

'Op heel wat manieren.' Blake ging nu staan en torende hoog boven me uit. De zon stond achter hem en zijn silhouet stak af tegen de heldere hemel. Ik kon de uitdrukking op zijn gezicht niet zien. 'Er is in zo'n zaak als deze altijd iemand die de zwartepiet krijgt toegeschoven. Het is nog niet begonnen, maar als we niet snel resultaat boeken, zal men vragen gaan stellen, zal men zich gaan afvragen wie had moeten zien wat er aan de hand was. En geloof me, je wilt echt niet in de buurt zijn als ze op zoek gaan.'

'Ik kan me nauwelijks voorstellen dat er zoiets zal gebeuren.'

'Ik heb het meegemaakt,' zei Blake. 'Ga gewoon weer aan het werk, Sarah. Probeer niet ons werk voor ons te doen, en blijf uit de gevarenzone.'

Ik keek hem sprakeloos aan. Opeens verlegen, keek hij op zijn horloge. 'Ik moest maar eens gaan. Bedankt dat je met me hebt willen lunchen.'

Ik zag hem met gebogen hoofd over het grasveld weglopen. Mijn keel schrijnde, alsof ik op het punt stond te gaan huilen, maar toen werd ik boos. Híj was míj tenslotte komen opzoeken. Door met Rachel te praten had ik de Shepherds alleen maar willen helpen. Het kon toch zeker geen kwaad om te willen doen wat ik kon?

Omdat er niemand was die mijn onbeantwoordbare argumenten kon horen, kwam ik na verloop van tijd weer bij zinnen en stond ik op om te gaan. Toen ik klaar was met rommel opruimen, duidde niets er meer op dat we hier waren geweest, behalve wat geplet gras.

Het was een vergissing geweest te denken dat mijn nieuwe gevoelens van medeleven voor mijn moeder een een-op-een confrontatie met haar zouden overleven. Ik was nog geen twee minuten thuis of mijn medelijden verpieterde en stierf weg.

Ik was plakkerig, oververhit en vermoeid thuisgekomen en werd verwelkomd door de geur van bedompte lucht en muffe stoffen die karakteristiek was voor ons huis. De geur verschilde hemelsbreed van die van versgebakken brood of koffiebonen. Op de bank lag mama te bladeren in een groot plakboek met een nepleren omslag dat ik direct herkende.

Die plakboeken waren mijn oma's idee geweest. Ze had in de weken en maanden na de verdwijning van Charlie gestaag stapels kranten doorzocht en elke verwijzing naar hem die ze kon vinden, uitgeknipt. Er sprak een pervers soort trots uit, alsof dit Charlies grootste prestatie was geweest, iets om in ere te houden, zoals goed zijn in sport of uitstekende schoolprestaties. Waarom ze dacht dat ze zouden helpen, had ik nooit begrepen. Mama had ze geërfd na het overlijden van mijn oma: drie zware albums, die kraakten als je de met lijm verstevigde bladzijden omsloeg. Ik had ze vaak gezien, maar nooit echt bekeken. In de eerste plaats had ik er geen behoefte aan, en in de tweede plaats bewaakte mijn moeder ze met haar leven. Ze hield ze weggestopt op een veilige plek, volgens mij onder haar bed, maar ik had nooit de moeite genomen te gaan kijken. De recente gebeurtenissen leken voor haar aanleiding te zijn geweest ze tevoorschijn te halen om erin te gaan zwelgen, ter herinnering aan vroeger.

'Ik ben er weer,' zei ik overbodig, terwijl ik door de woonkamer naar de keuken liep, waar ik een glas pakte, dat ik onder de kraan vulde met water. Het water was lauw en smaakte een beetje naar metaal, maar ik stierf van de dorst en dronk het hele glas in één teug leeg. Ik vulde het nog eens en liep terug tot naast de bank. Mama keek heel even op en vestigde toen haar aandacht weer op de bladzijde voor zich. Ik strekte mijn nek in een poging de krantenkop ondersteboven te lezen. Met een doffe klap, zo hard dat ik ervan schrok, sloeg ze het boek dicht. Ze staarde me aan.

'Wat is er?'

Ik haalde mijn schouders op. 'Niks. Ik keek alleen maar.' Ik ging aarzelend op de leuning van de bank zitten. 'Ben je over Charlie aan het lezen?'

Er schoot een soort elektrische schok door me heen toen ik de lettergrepen uitsprak. Ik noemde zijn naam nóóit. En zeker niet tegen mama. *Er zijn twee dingen,* had een oude leraar van me ooit in de klas verteld, *die je niet kunt terughalen: een afgeschoten pijl en het gesproken woord.* Ik wachtte, licht ineengedoken, op haar reactie.

Even later en heel kalm zei mama: 'Ik zit deze even door te kijken.' Ze tikte op het album dat op haar knie lag.

'Mag ik ook eens kijken?' Zonder op antwoord te wachten leunde ik voorover om een van de andere plakboeken van de salontafel te pakken. We zouden ze samen kunnen bekijken. Misschien zou dat ons helpen elkaar beter te leren begrijpen. Ik begon te geloven dat ik haar helemaal niet kende. Misschien was dat het probleem.

Het plakboek lag net te ver weg om het makkelijk te kunnen pakken. Ik slaagde erin mijn vinger achter de rug te krijgen en trok eraan, probeerde het zo mijn kant op te bewegen. Het bleef plakken aan het boek eronder, dus gaf ik er een rukje aan om ze van elkaar los te krijgen. Met een krakend geluid scheurde de plastic boekband in, lelijk en onregelmatig, een centimeter of vijf onder aan de rug. De papieren voering was door de scheur heen te zien, en stak helderwit af tegen het chocoladebruin van het omslag. Ik verstijfde.

Mama boog zich voorover en pakte het plakboek, wreef met haar vingers over de schade en zei geen woord.

'Het... het spijt me,' begon ik, maar ze keek naar me op met een woedende blik in haar ogen.

'Dit is weer typisch iets voor jou. Typisch. Je wilt ook echt álles kapotmaken wat belangrijk voor me is, hè?'

'Het ging per ongeluk. Die boeken zijn oud. Ze waren trouwens ook niet zo duur. Het plastic moet zijn vergaan.'

'Nou, voor jou zijn ze nauwelijks van belang, dat zie ik wel. Maar voor mij zijn ze wel belangrijk, Sarah.' Haar stem klonk steeds luider en hoger. 'Kijk nu eens. Er is niets meer van over.'

Niets meer van over was wat overdreven. 'We kunnen het wel plakken,' zei ik, en ik kon het niet uitstaan dat ik iets verkeerds had gedaan.

'Nee, wíj kunnen dat niet. Jij raakt deze boeken nooit meer aan.' Ze nam ze allemaal in haar armen en keek me strak aan. 'Je bent een destructief, onattent meisje. Dat ben je altijd geweest. Vooral als het om je broer gaat.'

'Wat bedoel je daar nu weer mee?'

'Het zou niet nodig moeten zijn je dat uit te leggen,' zei mama. Ze stond wat moeizaam op, met de boeken nog in haar armen. 'Je hebt altijd al iets tegen hem gehad. Altijd al.'

'Dat is absoluut niet waar. Ik...'

'Het kan me niets schelen, Sarah!' Haar woorden waren als zweepslagen, en ik kromp zelfs ineen. 'Je bent een enorme teleurstelling voor me. Mijn enige troost is dat je vader niet meer hoeft te zien wat er van je geworden is. Hij zou het vreselijk vinden als hij dat wist.'

'Als hij wat wist?' Ik stond ook op en ik beefde van top tot teen. 'Als hij wist dat ik hier woonde om als jouw babysitter te fungeren in plaats van een eigen leven te leiden? Als hij wist welke kansen ik heb laten schieten om jou niet alleen te laten?'

'Ik heb je nooit gevraagd hier terug te komen,' brieste mama. 'Dit heeft niets met mij te maken, en alles met het feit dat je geen verantwoordelijkheid voor je eigen leven neemt. Het is veel makkelijker om hier te blijven en mij de schuld te geven van jouw manier van leven dan een eigen leven op te bouwen. Maar mij kun je daar niet op aankijken. Ik wilde je hier niet eens hebben. Ik ben veel liever alleen.'

'O, omdat je je zo goed redde toen ik op de universiteit zat? Je zou het nog geen week uithouden,' zei ik kil. 'Tenzij je natuurlijk dood wilt. Ik snap wel dat het onhandig is om mij hier te hebben rondlopen als je je probeert dood te drinken.'

'Hoe dúrf je!'

'Hoe durf jíj? Je kunt me echt beter niet aansporen te vertrekken, hoor. Ik zou je raad weleens kunnen opvolgen.'

'Dat zal helaas nooit gebeuren,' zei mijn moeder mat.

Ik bleef haar een lange minuut aankijken. 'Je hebt echt een hekel aan me, hè?'

'Ik heb geen hekel aan je. Ik heb je gewoon niet nodig.'

Twee leugens voor de prijs van één. Maar zij wist, evengoed als ik, dat het niet uitmaakte. Ze kon zeggen wat ze wilde. Ik kon hier niet weg, en zij ook niet.

Zonder nog een woord te zeggen liep ik langs haar heen naar boven, naar mijn slaapkamer, waar ik de deur met kracht dichtsmeet. Met mijn rug tegen de deur geleund keek ik de kamer rond. Voor het eerst nam ik hem eens goed in me op. Het was deprimerend te zien hoe weinig die sinds mijn jeugd veranderd was. De kamer was klein en het tweepersoonsbed dat ik van mijn eerste salaris had gekocht, met het gevoel eindelijk volwassen te zijn, was dominant aanwezig. Ik had talloze tentamens voorbereid aan het bureautje dat onhandig in de erker was gestouwd, en had daar urenlang zitten blokken, met mijn voeten op de radiator. Naast mijn bed stond een boekenkast, propvol boeken die ik tijdens mijn studie aan de universiteit, en daarvoor al, had gelezen, voornamelijk de klassieken; de ruggen hadden witte breuklijntjes van het lezen en herlezen. Afgezien van mijn ladekast en het nachtkastje stond er verder niets in de kamer. Er was niets waaraan mijn eigen smaak was af te lezen. Er was niets waarvan ik niet voorgoed afscheid kon nemen als ik zou weggaan, met uitzondering van de foto van mijn vader.

Ergens in de kamer zoemde een vlieg. Ik liep naar het raam en zette het open, en bleef even staan bij het bureautje. Doelloos opende en sloot ik de laden, niet op zoek naar iets specifieks. De laden zaten vol bankafschriften, bonnetjes en oude ansichtkaarten die ik nooit had weggegooid, van vrienden uit mijn studietijd. *Op het strand in slaap gevallen en mijn rug verbrand! Griekenland is prachtig – ik kan nu al niet wachten om nog eens te gaan!* Of: *Alain is een schat en kan geweldig skiën... Ik wou dat je met ons was meegegaan!* Ik stond bij niemand meer op het lijstje voor ansichtkaarten of kerstkaarten. Het was lastig om vriendschappen aan te houden als je antwoord op 'Heb je nog nieuws te melden?' steeds 'Nee' was.

De vlieg schoot langs me heen het open raam uit. Klopte het, wat mama had gezegd? Gaf ik haar de schuld van mijn eigen fouten? Er borrelde een gevoel bij me op, een gevoel dat ik al lang niet meer had gehad, een soort roekeloosheid voortkomende uit frustratie en vermoeidheid en het gewoon zat te zijn. Over het algemeen liet ik mijn emoties niet snel de vrije loop, en de kracht van wat ik nu voelde, verraste me.

De planken vloer van de overloop kraakte en ik verstijfde en wachtte tot ik de deur van mijn moeders slaapkamer hoorde dichtgaan. Zij had zich ook verschanst. Wij bleven na een ruzie altijd een paar dagen uit elkaars buurt, een stilzwijgende overeenkomst. Er werd nooit iets opgelost, of vergeten, maar de tijd verstreek. De tijd verstreek en het einde was niet in zicht.

Ik ging op de rand van mijn bed zitten en dacht na over van alles en nog wat, over Charlie en Jenny en papa en de rest, en kwam tot geen enkele conclusie, behalve dat er iets moest gebeuren, en snel ook. Ik vroeg me af wat ik nu eigenlijk precies wilde. Ik keek naar de wolken en liet ideeën door mijn hoofd spelen tot ik er een vasthield: een verlangen, iets wat ik, toen het eenmaal in mijn gedachten zat, niet meer kon loslaten, iets wat binnen mijn bereik lag, als ik de signalen niet verkeerd had geïnterpreteerd. Ik zocht mijn telefoon op, vond het nummer dat ik moest hebben en stuurde een kort bericht zodat ik geen tijd had om op mijn plan terug te komen. En toen het antwoord kwam, was het simpelweg 'ja'.

Het licht vloeide langzaam weg van de hemel toen ik mijn kamer uit kwam en de badkamer in glipte, waar ik mijn kleren uittrok en de douche helemaal opendraaide. Ik ging eronder staan terwijl de straal nog koud was en hield mijn hoofd achterover, zodat het water een poosje door mijn haren kon stromen. Ik waste mijn haar langzaam, doelbewust en zorgvuldig, tot het piepende geluidjes maakte. Het water liep langs mijn lichaam en mijn huid begon te tintelen. Toen ik klaar was, wikkelde ik mijn haar in een handdoek en masseerde ik vochtinbrengende crème op elke vierkante centimeter van mijn lichaam tot mijn huid glansde als satijn.

Weer terug in mijn slaapkamer trok ik een minuscuul setje ondergoed van zwarte chiffon aan, dat ik voor mijn gevoel een eeuwigheid geleden in Parijs had gekocht op aandringen van een van mijn vriendinnen, en dat ik nooit eerder had gedragen. Er was geen aanleiding toe geweest. Sinds Ben was er nooit meer iemand geweest om het voor aan te trekken. Maar ik stond mezelf nooit toe om aan Ben te denken. En dit was beslist niet het moment om ermee te beginnen.

Achter in een lade vond ik een nauwsluitend zwart topje met een diep decolleté en dat trok ik aan, evenals mijn favoriete spijkerbroek, een heel oude, zo zacht als suède. Platte sandalen aan mijn voeten en een brede armband om een van mijn polsen waren de laatste details. Ik oordeelde dat ik de juiste balans had gevonden tussen er goed uitzien en te veel mijn best doen, toen ik mezelf kritisch in de spiegel bekeek alvorens aan mijn haar te beginnen. Nadat ik mijn haar had geföhnd streek ik het helemaal achterover en bond het samen tot een laagzittend knotje in mijn nek. Ik zette het vast met een haarspeld. Aan beide kanten van mijn gezicht hingen een paar losse pijpenkrullen. Die liet ik zo zitten. Ik had wat kleur op mijn wangen door de warmte van de föhn, maar inwendig voelde ik ook warmte, een aanhoudend, smeulend vuur van wilskracht en verlangen.

Ik nam de tijd voor mijn make-up, accentueerde mijn ogen met behulp van een donkere eyeliner en mascara, waardoor ze heel groot leken, en stipte mijn lippen aan met een klein beetje lipgloss. In de spiegel kwam mijn blik kalm maar alert over. Ik zag er, ook in mijn eigen ogen, anders uit. Ik zag eruit als iemand die ik heel lang niet meer was geweest. Ik zag eruit als degene die ik al die tijd had moeten zijn, niet als de bleke schaduw die ik was geworden.

Het was al na tienen toen ik klaar was. Ik greep mijn tas en haastte me naar beneden, zonder de moeite te nemen stil te doen, en smeet de voordeur achter me dicht. Iets kinderachtigs in me hoopte dat mama het had gehoord, dat ze zich afvroeg waar ik op dat uur naartoe ging, en waarom.

Mijn mond was droog van de zenuwen toen ik de auto parkeerde, en ik weigerde naar het stemmetje in mijn hoofd te luisteren dat zei dat ik mezelf belachelijk maakte, dat hij zich terughoudend zou opstellen. Hij zou wel moeten, wist iets in mij. Wat ik van plan was, was op vele fronten een slecht idee. Ik stapte uit en liep vastberaden het gebouw in, waar ik de lift naar de bovenste verdieping nam, alsof ik het volste recht had hier te zijn. Ik liep naar zijn deur, waar ik heel vaag muziek hoorde. Ik klopte zachtjes aan en sloot even mijn ogen. In mijn borstkas ging mijn hart tekeer als een gevangen vogel.

Toen Blake de deur opende, keken we elkaar aan en het was alsof ik een klap had gepareerd, zo fysiek was mijn reactie daarop. Hij liep op blote voeten, droeg een spijkerbroek en een T-shirt, en zijn haar was een beetje in de war, alsof hij had liggen slapen. Gedurende een ogenblik dat zich tot uren leek te rekken keek hij me onbewogen aan, glimlachte toen en deed een stap achteruit.

'Kom binnen.'

'Dank je.'

Ik liep langs hem heen de gang in en liet mijn tas op de grond vallen voordat ik doorliep. Rechts was het woongedeelte, een zitkamer met een open keuken, zacht verlicht door een paar lampen. De ramen, die van de vloer tot aan het plafond reikten, hadden geen gordijnen en kwamen uit op een balkon over de volle lengte van de kamer. De kamer was ondefinieerbaar mannelijk, functioneel. Er hingen geen schilderijen aan de roomwit geschilderde wanden en de inrichting was minimaal: een grote bruine bank, een eettafel met stoelen, een indrukwekkende geluidsinstallatie en planken met platen en cd's. Er waren ook boeken, en daar liep ik op af. Ik liet mijn blik langs de ruggen gaan op zoek naar titels die ik kende. Het was allemaal non-fictie: geschiedenis, biografieën, zelfs politiek. Ik glimlachte; Blake was iemand die van feiten hield. Het was geen wonder dat hij plezier had in zijn vak. De keuken was kraakhelder; ik vroeg me af of hij daar ooit iets had gekookt.

'De slaapkamers en de badkamer zijn aan de andere kant,' zei hij vanuit de gang, waar hij naar me stond te kijken. Zijn gebruikelijke zelfbeheersing maskeerde zijn gedachten. Die was, om me buiten te sluiten, even effectief als een stalen rolluik.

'Mooi, hoor.' Ik liep terug door de kamer in zijn richting. 'Je ouders zijn royaal geweest.'

'Wat dat betreft kan ik mijn vader niets kwalijk nemen,' zei hij grijnzend. 'Als het om geld ging, heeft hij zich nooit ingehouden. Naar emotionele steun kon je fluiten, maar poen was er altijd in overvloed.'

'Bofkont.'

'Als jij het zegt.' Hij keek om zich heen, alsof hij het appartement voor het eerst zag. 'Hoe dan ook, dit is het dus. Mijn erfenis. Meer een investering dan een thuis.'

Het zag er inderdaad onpersoonlijk uit, als een toneeldecor of een hotelsuite. Een plek die Blake vermoedelijk op stel en sprong zou kunnen verlaten.

'Het is hier erg netjes.'

Hij haalde zijn schouders op. 'Ik houd mijn spullen graag op orde. En omdat ik er nooit ben, kan ik er ook geen rommeltje van maken.'

'Dan had ik geluk dat je vanavond wel thuis was,' zei ik luchthartig. 'Ik verwachtte dat je zou zeggen dat je geen tijd had, toen ik je dat sms'je stuurde.'

'Vickers heeft me vanavond vrij gegeven. Hij zei dat mijn aanwezigheid geen zin had als ik te moe was om na te denken.'

'Je ziet er inderdaad vermoeid uit.'

'Nou, bedankt.' Hij liep een paar stappen door, de woonkamer in. 'Ben je alleen gekomen om hier rond te kijken of kan ik je een drankje aanbieden?'

Ik schudde mijn hoofd. 'Ik ben niet gekomen om iets te drinken.'

'Oké. Dus je bent hierheen gekomen om gezellig wat te keuvelen.'

'Dat zou ik ook weer niet willen zeggen.'

Inmiddels stonden we nog maar een meter van elkaar af. Ik kwam iets dichter naar hem toe, tot hij binnen mijn bereik was. De lucht tussen ons in leek te knetteren. Ik deed nog een stap naar voren en stond nu zo dicht bij hem dat ik de warmte van zijn huid door het dunne katoen van zijn T-shirt kon voelen. Ik keek hem strak aan, hij was aan zet. Langzaam, doelbewust, liet hij zijn vingers van het kuiltje onder aan mijn hals tot in de diepe V van mijn topje glijden, een vederlicht contact dat me deed sidderen van begeerte. Ik boog me naar hem toe, liet mijn handen over zijn borst glijden en hief mijn gezicht op voor een kus die aarzelend begon, en daarna intenser werd, gepassioneerd. Hij liet zijn hand op mijn achterhoofd rusten en bevrijdde mijn haar uit de speld, zodat het langs mijn rug omlaag viel. Hij speelde er met zijn vingers doorheen, pakte een handvol vast onder aan mijn nek, zodat ik niet weg kon, zelfs al had ik dat gewild. Ik drukte mijn lichaam tegen het zijne, zuchtte toen hij mijn hals kuste en zijn andere hand op onderzoek uitging; ik proefde zijn smaak nog in mijn mond en voelde hoe zijn hart tegen het mijne bonsde.

Ik weet niet waarom hij stopte. Zonder aankondiging pakte hij mijn bovenarmen stevig vast en hield hij me van zich af. Ik voelde me licht in mijn hoofd, alsof ik was gewekt uit een diepe slaap. Hij haalde zwaar adem en aanvankelijk kon hij me niet in de ogen kijken.

'Wat is er?'

'Sarah… Ik mag dit niet doen.'

'Waarom niet?'

Hij keek me recht aan, kennelijk boos. 'Doe niet zo onnozel. Je weet best waarom niet. Het is onprofessioneel.'

'Dit heeft niets te maken met professionaliteit. Het is privé.'

'Het is gewoon…' Hij brak zijn zin af, zoekend naar de juiste woorden. 'Het kan gewoon niet.'

Ik wachtte heel even af of hij weer door zou gaan en stapte toen naar achteren. 'Oké, ik snap het. Maar dan had je me wel even mogen vertellen dat ik niet hoefde te komen.'

Ik hield de klank van mijn stem luchtig, niet confronterend, maar hij sloeg zijn armen over elkaar en staarde me aan alsof ik hem had aangevallen. 'Ik neem niet altijd de juiste beslissingen. Vooral niet als het om jou gaat, blijkbaar. Je bent getuige in de grootste zaak uit mijn carrière. Ik kan dit niet doen, hoe graag ik het ook wil. Ik zou er mijn baan door kunnen verliezen.'

Ik slaagde erin een scheef glimlachje te produceren. 'Het is in elk geval fijn om te weten dat je er wel zin in hebt.'

'Hou op, zeg. Doe niet zo deemoedig.' Zijn stem klonk scherp. 'Ik heb al zin in je sinds de eerste keer dat ik je zag. Je hebt, geloof ik, geen idee hoe mannen naar je kijken, hè?'

Hij strekte zijn arm naar me uit, liet zijn vinger langs mijn gezicht glijden, de lijn van mijn wang volgend, en ik sloot heel even mijn ogen. Ik voelde tranen achter in mijn keel prikken en slikte ze weg; ik zou niet gaan huilen in aanwezigheid van Andy Blake. Ik had mijn trots.

Ik wendde me van hem af en liep naar het raam, terwijl ik mijn haar uit mijn gezicht streek. Mijn wangen voelden verhit aan. Een seconde lang staarde ik naar mijn gezicht, dat tegen de donkere achtergrond leek te zweven, vaag en onduidelijk. Toen leunde ik voorover tegen het glas, legde mijn handen rond mijn ogen, en tuurde naar de tegenoverliggende gebouwen en de lichtjes die in de rivier werden weerkaatst. 'Het uitzicht is inderdaad geweldig,' zei ik op een absurde conversatietoon, alsof niets ons gesprek over het appartement had onderbroken.

'Het uitzicht zal me een rotzorg zijn,' zei Blake heftig, waarna hij de kamer met een paar stappen doorkruiste en me omdraaide zodat ik hem aankeek. Hij keek op me neer met iets van wanhoop op zijn gezicht. Toen lag zijn mond weer op de mijne en gaf ik mezelf gewillig aan hem over. Hij tilde me op en ik sloeg mijn benen om hem heen, terwijl hij me naar zijn slaapkamer droeg. Ik hielp hem mijn kleren en de zijne uit te trekken. De wereld werd gereduceerd tot zijn huid tegen de mijne, zijn handen, zijn mond, en toen ik mijn rug kromde en het uitschreeuwde, had ik geen enkele gedachte in mijn hoofd, niet één, en het was hemels. En naderhand hield hij me stevig vast, en ik wist niet eens dat ik huilde tot hij mijn tranen wegveegde.

1992

Twee weken vermist

Als ze me vertellen dat we naar het politiebureau gaan, weet ik meteen dat ik in de problemen zit. Elke andere keer dat papa en mama daarheen gingen sinds Charlie is verdwenen, lieten ze me achter bij tante Lucy. Ik zit op de achterbank van de auto, achter mijn moeder, en ik overweeg te zeggen dat ik pijn in mijn buik heb. Dat is geen leugen. Maar ik betwijfel of het voldoende zou zijn om ervoor te zorgen dat papa en mama van mening veranderen. Ik zie iets aan hun gezichten waardoor ik denk dat ik hier niet onderuit zal komen, en bij die gedachte gaat mijn buik nog meer pijn doen.

Op het bureau staat iemand ons op te wachten. Als we naar binnen gaan, houdt mijn vader mijn hand vast. Er komt een kleine vrouw met kort haar op ons af hollen.

'Fijn dat jullie zijn gekomen, Laura, Alan. En jij moet Sarah zijn. We gaan eventjes samen babbelen, Sarah... vind je dat wat?'

Als ik dapperder was geweest, zou ik nee zeggen, maar mijn vader knijpt in mijn hand en ik piep iets wat klinkt als ja.

'Brave meid. Wil je met me meelopen?'

Mijn vader duwt mijn hand naar voren, zodat de vrouw hem kan vastpakken; ze loopt weg en trekt mij achter zich aan. Ze stapt op een gladde, witte deur af. Ik kijk over mijn schouder naar de plek waar mama en papa staan. Ze raken elkaar niet aan en kijken me na. Papa's gezicht staat bezorgd. Mama ziet er uitgeblust uit, alsof ik niets voor haar beteken. Opeens ben ik bang dat ze zullen weggaan, en ik probeer mijn hand uit de greep van de vrouw los te wringen; ik hel achterover, van haar af, naar waar mijn ouders staan, en ik huil: 'Mama, ik wil niet mee.'

Papa doet een stap naar voren en blijft dan staan. Mama beweegt geen centimeter.

'Doe nu niet zo kinderachtig,' zegt de vrouw opgewekt. 'Ik wil alleen even met je praten in een speciale kamer. Je ouders gaan je bekijken op een klein tv'tje. Kom maar mee.'

Ik geef me gewonnen en volg haar door de deur, een gang in tot aan een kamertje met een leunstoel en een heel oude, doorgezakte bank. Er ligt een berg speelgoed in de hoek – poppen, teddyberen, een Action Man met vilten haar, en met zijn armen uitgestrekt boven zijn hoofd.

De vrouw zegt: 'Weet je wat, kies maar een pop uit om vast te houden terwijl we aan het praten zijn.'

Ik loop naar de berg en kijk naar de wirwar van armen en benen. Eigenlijk wil ik ze geen van alle aanraken. Uiteindelijk pak ik degene die bovenop ligt, een lappenpop met een glimlachend gezicht en felrood haar van wol die een bloemetjesjurk vol ruches aan heeft. Haar gezicht is opgeschilderd, en rondom haar mond en op haar wangen is de verf grijs geworden.

Ik loop terug en ga op de bank zitten; de pop houd ik stijfjes vast. De vrouw zit in de leunstoel en kijkt me aan. Ze heeft geen make-up op en haar mond is kleurloos, haar lippen zijn bijna onzichtbaar tot ze glimlacht. Maar ze glimlacht vaak.

'Ik heb me nog niet voorgesteld, hè? Ik ben van de politie, van de recherche. Ik heet rechercheur Helen Cooper, maar je mag gewoon Helen zeggen, hoor. Ik heb je vandaag hierheen laten komen, zodat je even met me kunt praten over je broer, want we hebben hem immers nog niet gevonden. Ik wilde alles nog één keer met je doornemen, voor het geval je je nog iets herinnerd hebt sinds de eerste keer dat de politie met je heeft gepraat.'

Ik wil haar vertellen dat ik me helemaal niets heb herinnerd, dat ik het heus wel heb geprobeerd, maar ze geeft me de kans niet iets te zeggen.

'Dit is een speciale kamer met camera's die alles opnemen wat jij en ik tegen elkaar zeggen. Daarboven in de hoek zit er een,' en ze wijst met haar balpen naar een witte camera, net een doos, die vlak bij het plafond hangt, 'en nog eentje daar, op een statief. En wat we zeggen wordt opgenomen, zodat andere mensen kunnen luisteren naar wat je te zeggen hebt. Maar daarover hoef je je niet druk te maken, praat maar gewoon tegen me, want we gaan alleen maar even een gesprekje voeren. Er is dus niets om bang voor te zijn.'

Ik begin met mijn vingers de draden die het haar van de pop zijn te kammen. Hier en daar plakken ze aan elkaar met iets wat misschien wel opgedroogd snot is.

'Vind je het leuk op school, Sarah?'

Ik knik zonder op te kijken.

'Wat is je lievelingsvak?'

'Taal,' fluister ik.

Ze glimlacht breed. 'Ik vond taal ook leuk. Ik houd van verhaaltjes, jij ook? Maar weet je het verschil tussen een verhaal dat iemand heeft verzonnen en iets wat echt is gebeurd?'

'Ja, hoor.'

'Hoe noemen we het als iemand net doet alsof er iets is gebeurd, terwijl dat niet het geval is?'

'Een leugen.'

'Goed zo, meisje. Stel dat ik de kamer uit zou gaan en deze papieren hier zou laten liggen, en dan zou er een andere politieagent binnenkomen en ze kapot scheuren – als ik dan terugkwam en vroeg: "Wie heeft mijn papieren verscheurd?" en de politieagent zei: "Sarah", wat zou dat dan zijn?'

'Een leugen,' zei ik opnieuw

'Maar als de politieagent zou zeggen: "Ik heb ze verscheurd", wat zou het dan zijn?'

'De waarheid.'

'Heel goed. En als wij met elkaar praten, zijn we alleen geïnteresseerd in de waarheid, hè? We willen alleen horen wat er echt is gebeurd?'

Maar zij willen dat niet. Ze willen niet horen dat ik niets weet. Ze willen niet geloven dat ik in slaap was gevallen, dat ik niet aan Charlie heb gevraagd waar hij naartoe ging. Iedereen wil dat ik de waarheid vertel, maar ze willen een betere versie horen dan die ik hun kan vertellen, en daar kan ik niets aan veranderen.

De vragen zijn allemaal weer dezelfde: wat ik heb gezien, wat ik heb gehoord, wat Charlie zei, wanneer hij wegging, of er nog iemand anders aanwezig was. Ik antwoord mechanisch, zonder al te lang na te denken over wat ik zeg.

Dan buigt Helen zich opeens voorover en vraagt: 'Probeer je iets te verbergen, Sarah? Probeer je iemand te beschermen?'

Ik kijk op; ik heb het koud. Wat bedoelt ze?

'Als iemand tegen je heeft gezegd dat je ons iets moet vertellen wat niet waar is, kun je me dat rustig zeggen.' Haar stem klinkt zacht, vriendelijk. 'Je bent hier veilig. Je krijgt er geen problemen mee.'

Ik staar haar aan zonder iets te zeggen. Ik kan geen antwoord geven.

'Soms vragen mensen ons weleens om een geheim te bewaren, hè, Sarah? Misschien heeft iemand van wie je houdt je gevraagd iets geheim te houden. Heeft je mama je gevraagd ons niets te vertellen?'

Ik schud mijn hoofd.

'En je papa? Heeft hij je gevraagd te doen alsof er iets is gebeurd wat niet is gebeurd, of dat iets niet is gebeurd terwijl het wel zo is?'

Weer schud ik mijn hoofd, en ik blijf haar aanstaren. Ze knippert niet met haar ogen, zie ik. Ze kijkt me doordringend aan.

Na een minuut of twee leunt ze achterover. 'Oké. Laten we opnieuw beginnen, goed?'

Ik beantwoord Helens vragen zo goed als ik kan, terwijl ik van de rode wol twee keurige vlechtjes maak. Steeds als ik ermee klaar ben, maak ik de vlechtjes los, zodat ik opnieuw kan beginnen en ze helemaal goed krijg, perfect. Tegen de tijd dat Helen het opgeeft, vind ik de lappenpop met haar vervaagde, lieve gezichtje bijna leuk. Ik vind het jammer dat ik haar in dat bedompte kamertje moet achterlaten, en ik zet haar boven op de berg speelgoed, terwijl Helen bij de deur staat en ongeduldig met haar balpen klikt. Haar glimlach is al lang verdwenen.

6

Later, veel later, lag Blake te slapen. Hij zag er in zijn slaap even beheerst uit als in het dagelijks leven: zijn gezicht ernstig, kalm. Ik kwam overeind, rustend op mijn elleboog en bleef een poosje naar hem kijken. Ik had nog geen zin om te gaan slapen. Ook wilde ik de volgende ochtend niet wakker worden en in het kille ochtendlicht het gevoel krijgen dat ik niet welkom was. Het was beter te vertrekken voordat hij vond dat ik maar moest gaan.

Ik sloeg het dekbed terug en gleed voorzichtig het bed uit om hem niet te storen. Daarna ging ik op zoek naar mijn kleren in het halfduister van de slaapkamer. Ik stond wat onvast op mijn benen; ik voelde me duizelig, lichtelijk aangeschoten. Ik vond mijn spijkerbroek en mijn slipje waar ik ze had uitgetrokken – of had hij dat gedaan? Ik kon het me niet meer goed herinneren, maar mijn bh was nergens te vinden. Ik zocht het vloerkleed af, streek met mijn handen in steeds grotere kringen over de vloer, maar vond niets op het zachte, gladde tapijt behalve een vlindervormig knopje van een oorsteker dat niet van mij was. Ik glimlachte wrang; het was onzin te denken dat dit de eerste keer was dat Blake vrouwelijk gezelschap in zijn slaapkamer had ontvangen. Ik liet het knopje liggen en kroop de gang in, waar mijn topje verfrommeld op de vloer lag. Nog steeds geen spoor van mijn bh. Ik zou zonder moeten vertrekken. De dunne zijden stof van mijn topje voelde koel aan en er ging een rilling door me heen toen ik het over mijn oververhitte bovenlichaam aantrok. Ik huiverde toen ik voorover boog om mijn tas van de vloer te pakken; sommige plekken van mijn lichaam begonnen wat gekneusd aan te voelen. Aanvankelijk was hij teder geweest, en daarna had hij zijn zelfbeheersing iets laten varen, wat ik als een compliment had opgevat. Onwillekeurig liep ik alles in gedachten nog eens af, vooral omdat ik niet verwachtte dat dit meer was dan een eenmalige gebeurtenis. Hoe zou het ook ooit meer kunnen worden? Hij had gelijk gehad; hij had zich niet met mij mogen inlaten. Er zou geen tweede keer volgen.

Op weg naar de voordeur zag ik in de hal mijn reflectie in de spiegel en ik herkende mezelf niet: mijn eyeliner was uitgelopen en mijn haar zat helemaal in de war. Ik ging er met mijn vingers doorheen en schudde de krullen los. Ik kon er niets aan doen, en moest maar blij zijn dat het onwaarschijnlijk was dat iemand me op dat uur naar huis zou zien gaan. Het was na enen, zag ik enigszins verrast, en ik vroeg me af waar de tijd was gebleven, terwijl ik donders goed wist dat ik die had doorgebracht in de armen van Andy Blake, tijdens de eerste of misschien de tweede keer.

Ik trok de voordeur achter me dicht, maar durfde hem niet goed in het slot te laten vallen voor het geval hij wakker zou worden van het geluid, en ik gokte er maar op dat de kans erg klein was dat er zou worden ingebroken. Ik liep de trap af, te opgewonden om op de lift te wachten. Ik voelde hem nog steeds op me, in me, toen ik mijn auto van het slot deed. Voordat ik de motor startte, bleef ik even zitten kijken naar mijn handen op het stuur, alsof ik ze nooit eerder had gezien. Ik had iets moeten zeggen voordat ik wegging – nu ik was weggeslopen zou het zeker gênant zijn als we elkaar de volgende keer tegenkwamen. Maar ik kon de werkelijkheid nu even niet aan. Ik kon het niet aan spijt op zijn gezicht te zien als hij wakker werd. Niemand had iets te maken met wat we hadden gedaan. Zolang hij het maar voor zich hield, zou ik dat ook doen. En dan hoefde niemand er ooit achter te komen.

Toen ik vanaf de hoofdstraat Wilmington Estate indraaide, besloot ik zomaar nog niet direct naar huis te gaan. Er was iets wat ik tot nu toe vermeden had, waarvan ik vond dat ik het doen moest, en er zou geen beter moment komen om het onbespied te doen. Ik reed mijn straat voorbij en bleef op de hoofdstraat rijden die in een bocht door de wijk liep. De huizen aan beide zijden van de straat maakten een verlaten indruk in het harde oranje licht van de straatlantaarns. Er bewoog niets en een ogenblik had ik het gevoel dat ik het enige levende wezen was in de hele wijk, in heel Elmview. Ik ging rechtsaf, daarna weer rechtsaf, een route volgend die ik me vaag herinnerde, naar een kleine open plek omgeven door huizen, waar de planologen uit de jaren dertig met toekomstvisie ruimte hadden opengelaten voor kinderen om te spelen. Mijn ouders hadden ons daar ooit mee naartoe genomen voor een vuurwerk; we hadden sterretjes gekregen en ik moest huilen door het lawaai van de vuurpijlen. Daar vlakbij lag, voor zover ik wist, Morley Drive. Ik moest even zoeken en reed een paar keer de verkeerde kant op, maar de richting klopte ongeveer en uiteindelijk vond ik het. Ik reed de smalle straat in en tuurde naar beide kanten, tot ik de politieauto op de stoep zag staan. Die zou wel voor Jenny's huis staan, redeneerde ik, terwijl ik uitkeek naar een parkeerplaats. Ik vond er een, een paar auto's voorbij de politieauto aan de overkant van de straat, en parkeerde daar.

Het huis van rode baksteen kende ik van het journaal; het was vreemd om het in werkelijkheid te zien. De gordijnen waren allemaal gesloten; daar was niets aan af te zien, en ik vroeg me af of de Shepherds daar nog woonden of dat ze naar neutraal terrein waren gevlucht, weg van de media. Het huis zag er onberispelijk uit in de oranje gloed van de straatlantaarns; het was keurig geschilderd, de haag was geknipt en in de voortuin stond een kersenboom, nog vol bloesem. Maar toen ik wat beter keek, zag ik een groot opgebonden boeket op de veranda staan, en op de vloer ernaast lag nog een bos bloemen. Het gras viel over de stoeprand langs de oprit, alsof ze het grasmaaien een paar keer hadden uitgesteld. Wanneer zou dat weer prioriteit voor de Shepherds hebben? Als het ooit nog prioriteit zou hebben. Wie zou zich nog druk maken over het aanzien van zijn huis als de belangrijkste bewoner nooit meer zou terugkeren?

Ik bleef in de auto naar het huis zitten kijken. Ik wist niet wat ik had gehoopt te zullen zien. Ik had er gewoon even willen zijn, met eigen ogen willen zien hoe dicht bij mij in de buurt Jenny haar korte leven had doorgebracht, mijn respect willen betuigen, het verdriet van de Shepherds willen peilen en het willen voelen zoals ik mijn eigen verdriet voelde. De kleine tekenen van verwaarlozing die ik kon zien vanwaar ik zat, waren als beurse plekken op een overrijpe peer, tekenen van een rotting die tot in het klokhuis reikte. Er waren geen uiterlijke aanwijzingen voor de bezoedeling van de dochter van de Shepherds, maar desondanks was die er wel geweest, en als de pers er lucht van kreeg, zo dat nog niet was gebeurd, zouden de Shepherds Jenny opnieuw verliezen. Ik rilde bij de gedachte aan de droom van de roddelpers en de nachtmerrie van een moeder uit de middenklasse: een knap jong meisje met een dubbel leven. Arme Jenny, met haar onschuldige gezichtje en haar volwassen problemen. Ze was enig kind geweest. Zou dat de kans nog kleiner maken dat de Shepherds hier ooit overheen kwamen? Zou het voor hen uitmaken dat ze elkaar hadden? Misschien zou het helpen als ze erachter kwamen wat er met haar was gebeurd, en wie daarvoor verantwoordelijk was. Het niet weten was wat ons gezin zo ernstig had aangetast. Het had mijn ouders uiteengedreven in plaats van samengebracht, en ik was in het ravijn tussen hen in gevallen.

Ergens begon in mijn hoofd een gedachte post te vatten – een idee. Ik had heel lang elke gedachte aan Charlie buitengesloten, hem geen deel laten uitmaken van mijn leven. Ik had geprobeerd hem te vergeten, en dat maakte het des te moeilijker te leven met het verlies. Ik moest de confrontatie aangaan met hetgeen hem was overkomen. Niemand anders zou dat doen. De politie zou vast niet willen helpen bij een zaak die zestien jaar geleden al geen enkele aanwijzing meer had opgeleverd. Ik kon niet verwachten dat het iemand iets kon schelen. Maar het kon mij wel iets schelen, moest ik nu toegeven. De dood van Jenny resoneerde in mijn eigen leven. Ik moest antwoorden vinden, of op z'n minst kunnen zeggen dat ik dat had geprobeerd. Ik had de Shepherds willen helpen, terwijl ik eigenlijk mezelf moest helpen. En niemand zou me vertellen dat ik dat niet mocht doen, dacht ik, en mijn wangen gloeiden bij de herinnering aan de waarschuwing van Blake eerder die avond. Het was zeker de moeite waard om wat onderzoek te doen. Oké, ik zou de zaak waarschijnlijk niet oplossen, maar ik zou dan tenminste begrijpen wat er met mijn broer was gebeurd. De kale feiten waren me goed bekend, maar er waren ongetwijfeld heel wat nuances, en indertijd was ik te jong om die te begrijpen. Afgezien van het feit dat er sinds 1992 veel tijd was verstreken. Het kon geen kwaad eens te kijken of er misschien een verband kon worden gelegd tussen de verdwijning van Charlie en andere misdaden die sindsdien in de buurt waren gepleegd. Misschien zou ik iets tegenkomen wat alle anderen over het hoofd hadden gezien.

Dat ik dit besluit had genomen deed me goed; voor de tweede keer die avond had ik het gevoel dat ik het heft in handen had genomen. Ik had genoeg gezien in Morley Drive. Het was tijd om naar huis te gaan. Ik wierp nog een laatste blik op het huis van de familie Shepherd en draaide vervolgens de sleutel om in het contactslot. Met een natte plof weigerde de motor dienst. Ik vloekte zachtjes en probeerde het nog eens, en toen nog eens, en ik voelde me vreselijk opgelaten vanwege de herrie die ik veroorzaakte. De motor ratelde een paar keer vergeefs en viel toen stil. Niets. Gefrustreerd gaf ik het stuur een harde klap, en ook al had dit volstrekt geen effect op de auto en was het nog flink pijnlijk ook, toch voelde ik me er iets beter door. Het was niet voor het eerst dat mijn auto me in de steek liet, maar het gebeurde nu wel op een heel vervelend moment. Op dat uur van de nacht kon ik de wegenwacht zeker niet bellen. Dat zou in deze stille straat een hoop ophef veroorzaken, en de aandacht op mij vestigen, aandacht die ik absoluut niet kon gebruiken. Maar ik was niet ver van huis. Ik kon best gaan lopen. Het was tenminste niet bij Blake voor de deur gebeurd. Ik stelde me even voor hoe ik vijf minuten na mijn heimelijke vertrek weer zou zijn teruggegaan naar zijn appartement met het verzoek of hij me even thuis wilde brengen. Het woord gênant zou de lading niet hebben gedekt.

De nachtlucht streek met koude vingers over mijn blote armen. Ik had er niet aan gedacht een jasje mee te nemen. Ik sloot de auto af, hoewel er niets van waarde in zat en er weinig kans was dat hij zou worden gestolen, tenzij iemand hem zo graag wilde hebben dat hij hem zou wegslepen. Nou, dan mocht hij hem hebben, dacht ik misnoegd terwijl ik de sleutels in mijn tas liet vallen, maar ik meende het niet echt. Ik was verknocht aan mijn auto, al was hij nog zo onbetrouwbaar en versleten. Ik putte enige troost uit de gedachte dat er een politieauto vlakbij stond, dat iemand er een oogje op zou houden tot de volgende ochtend, als ik hem weer aan de gang zou krijgen. Ik weigerde zelfs maar de mogelijkheid te overwegen dat het geluid dat ik zojuist had gehoord, een laatste ademteug voor een wisse dood was geweest. Ik moest hem weer aan de praat krijgen. En tot hij het weer deed, kon ik eigenlijk geen kant op.

Mijn voetstappen klonken onnatuurlijk luid op het wegdek toen ik snel terugliep door de straat en me afvroeg of er een treuriger geluid bestond dan dat van iemand die in de kleine uurtjes alleen over straat ging. Door een ijle waas van condens vervaagde mijn spiegelbeeld in de ruiten van de auto's die ik passeerde, en ik vouwde mijn armen over mijn borst om zo warm mogelijk te blijven. Als ik uitademde verscheen er een fractie van een seconde een wolkje voor mijn gezicht. De ijswitte maan scheen in kille volmaaktheid, hoog en afstandelijk. De heldere nacht had de warmte van de dag doen verdwijnen. Terwijl ik liep, sloeg mijn tas ritmisch tegen mijn heup; ik maakte evenveel herrie als een karavaan volledig bepakte kamelen in de woestijn. Ik verwachtte elk moment dat iemand de gordijnen zou opentrekken en me zou aanstaren als ik passeerde.

Het duurde voor mijn gevoel lang om bij de hoofdstraat te komen. Ik stak over, keek automatisch naar rechts en naar links, ook al zou ik alles al van verre hebben horen aankomen. De weg strekte zich voor me uit tot in de verte; vanwaar ik me bevond, was het ruim tien minuten lopen tot Curzon Close. Ik liep verder over de berm en niet over de weg, zodat mijn voetstappen niet meer hoorbaar waren. De dauw werd door de pijpen van mijn spijkerbroek opgezogen en mijn voeten gleden weg in mijn natte sandalen. Aan mijn rechterhand lag een verlaten en donker speelveld, en ik moest even slikken en mezelf voorhouden dat ik niet bang was. Mijn kippenvel, droge mond en vochtige handpalmen hadden een heel andere oorzaak.

Ik was er bijna. Bijna thuis.

Toen ik Curzon Close in liep, knerpte er iets onder mijn voeten. Overal lag gebroken glas, en ik zag een oranje schittering waar het licht van de straatlantaarn op een bergje scherven van een wijnfles viel. Er hing een doordringende, muskusachtige lucht van zoete, goedkope wijn. Ik ging wat langzamer lopen en probeerde de plekken waar het meeste glas lag, te omzeilen, in het besef dat mijn tenen onbeschermd in mijn sandalen zaten. Het was een rustige nacht, zonder een briesje dat de geur deed vervliegen en die fles had al uren eerder gevallen kunnen zijn. Er liep niemand achter me, er hield zich niemand op in de schaduw; niets kon verklaren waarom de haartjes in mijn nek overeind stonden. Toch kon het geen kwaad het even te controleren. Ik bleef staan en draaide me half om, net alsof ik zomaar achterom keek, maar ik had me schrap gezet om, indien nodig, weg te rennen. Ik zag helemaal niets wat het bonzen van mijn hart in mijn keel kon verklaren. Ik schudde geërgerd mijn hoofd en zocht in mijn tas naar mijn sleutels. Terwijl ik over het paadje naar de voordeur liep, voelde ik alleen nog opluchting. Ik weet nog dat ik geen enkel geluid hoorde, en maar half zag hoe iemand zich losmaakte uit de woekerende struiken toen ik erlangs liep. Zonder dat ik me goed realiseerde wat er gebeurde, dook ik zuiver instinctief opzij, zodat de klap die op mijn achterhoofd was gericht, op mijn schouder terechtkwam. De klap kwam keihard aan, ik viel en belandde op mijn knie. De pijn flitste vlammend omhoog tot in mijn heup.

Ik geloof niet dat ik bewusteloos raakte, maar ik was verre van alert in de minuten nadat hij me had neergeslagen. Ik zweefde, verdwaasd in een zee van heftige pijn, te zeer geschrokken om ook maar enigszins coherent te kunnen nadenken, en toen ik handen voelde die me onder mijn oksels pakten en me overeind trokken, werkte ik niet tegen. Ik hing tegen het warme lichaam achter me aan, slap als een lappenpop. Mijn linkerarm hing langs mijn lichaam, onbruikbaar en gevoelloos. Vreemd afstandelijk vroeg ik me af hoe dat kwam, terwijl ik ook besefte dat er iets veel belangrijkers was waarover ik me zorgen diende te maken. Traag en pijnlijk kwamen de alarmbellen die ik in de verte hoorde naderbij; ze klonken luider en luider, tot ze mijn hoofd vulden met hun gerinkel en al het andere hadden weggeduwd. *Ik ben in gevaar,* dacht ik. *Daar moet ik iets aan doen.*

Terwijl het kleine beetje denkvermogen dat ik nog had de rest van mijn lichaam tot een reactie probeerde aan te sporen, was ik me er vaag van bewust dat mijn aanvaller in beweging was gekomen. Hij – ik wist dat het een man was door zijn kracht en zijn geur, een mengeling van sigaretten, motorolie en vurige, bittere opwinding – sleepte me tot in de beschutting van de struiken, uit het zicht van mogelijke passanten. Toen voelde ik een golf van paniek opkomen, en ik deed mijn mond open om te gillen, maar hij sprong als een kat boven op me en duwde zijn vuist hard tegen mijn strottenhoofd. Ik kon niet schreeuwen. Ik kon niet eens ademhalen. Er krioelden en explodeerden witte lichtjes achter mijn oogleden en ik voelde mijn knieën knikken. Als hij me niet overeind had gehouden, zou ik zeker zijn gevallen.

Na wat een eeuwigheid leek nam de druk op mijn keel af en nam hij zijn hand weg. Ik zoog met grote, gierende teugen lucht in mijn longen. Toen ik weer kon praten, zei ik schor: 'Wat… wil… je… van me?'

Ik verwachtte eigenlijk geen antwoord en dat kreeg ik ook niet. Ik voelde eerder dan dat ik hoorde dat hij lachte; met zijn hete adem langs de zijkant van mijn gezicht blies hij mijn haar opzij. Hij streek met een vingertop langs mijn wang, en het stiksel van zijn handschoen schuurde langs mijn huid. Hij pakte me bij mijn kin en duwde mijn hoofd achterover, zodat de pezen in mijn nek werden uitgerekt, terwijl hij met zijn andere hand over mijn bovenlichaam ging en mijn linkerborst omvatte, eerst zachtjes, daarna zo hard dat me een geluidje ontsnapte, deels uit angst, deels van de pijn. Ik voelde dat hij even verbaasd reageerde; hij moest hebben gemerkt dat ik niets aanhad onder mijn dunne topje. Zijn hand ging naar zijn gezicht en hij trok met zijn tanden zijn handschoen uit; ik had nauwelijks de tijd om het te beseffen, voordat hij zijn hand onder mijn topje liet glijden en me opnieuw begon te betasten. Zijn vingers voelden klam aan tegen mijn huid. De tranen sprongen me in de ogen. Ik kon niet geloven dat dit me overkwam, op mijn eigen tuinpad, nog geen twee meter van de voordeur. Ik kon proberen me te verzetten, maar op dat moment had ik geen idee hoe. Als hij tegenover me had gestaan… als mijn linkerarm niet uitgeschakeld was geweest… als ik niet een veel zwaardere en sterkere tegenstander had gehad… had ik misschien een kans gehad.

'Alstublieft,' zei ik, maar meer wist ik niet te zeggen. *Alstublieft, vermoord me niet. Alstublieft, verkracht me niet. Alstublieft, doe me geen pijn.* Als hij daar zin in had, zou hij het doen. Zo eenvoudig lag het.

Met een klein zuchtje liet hij zijn greep verslappen. Even dacht ik dat hij me zou omdraaien, zodat mijn gezicht naar hem toe was gericht, toen hij zijn handen op mijn schouders legde. Daarna dwong hij me naar de grond, duwde hij me op mijn knieën. Het gewicht op mijn rechterknie was bijna ondraaglijk en ik was bijna blij toen hij me hard tussen mijn schouderbladen duwde, zodat ik voorover op mijn handen viel, met mijn gezicht een paar centimeter boven de aarde. Hij stapte naar voren, legde zijn hand op mijn achterhoofd en duwde me tegen de grond. Ik inhaleerde kleine korreltjes aarde en kokhalsde. Ik voelde opnieuw paniek opkomen en vocht om op te staan, maar hij duwde mijn hoofd weer hardhandig omlaag.

'Blijf,' klonk het achter me, alsof ik een hond was. Zijn stem was niet meer dan een fluistering, onherkenbaar, angstaanjagend. Ik was niet van plan ertegen in te gaan. Ik voelde meer dan dat ik hoorde dat hij wegliep; er klonk alleen een licht schuifelend geluid toen hij bleef staan om iets op te rapen. Mijn horloge tikte onder mijn wang: tien seconden, twintig, een hele minuut, en toen hoorde ik hem niet meer. Ik bleef trillend liggen waar ik lag, tot ik zeker wist dat hij weg was, en toen ik me opdrukte en om me heen keek, was dat het moedigste wat ik ooit had gedaan. Ik voelde opluchting door me heen trekken, die vrijwel onmiddellijk werd gevolgd door een schok van ontzetting: mijn aanvaller was verdwenen, maar mijn tas ook.

Het leek stompzinnig om me zorgen te maken om een handtas terwijl ik nog maar een paar minuten eerder voor mijn leven had gevreesd, maar de ontdekking dat hij weg was, maakte me nijdig – nee, sterker: woedend. Mijn hele leven zat in die tas, niet alleen maar vervangbare dingen als bankpassen en creditcards. Er zaten foto's van mijn ouders en mijn broer in, mijn agenda en een notitieboekje waar ik mijn lijstjes in opschreef. Hij zat vol visitekaartjes, papiertjes met telefoonnummers en adressen, en andere nuttige informatie die nu voorgoed verdwenen was. Sleutels, zowel van mijn huis als van de auto: weg. Er zaten niet eens echt waardevolle dingen in mijn tas; mijn mobieltje was oeroud, beschadigd en eigenlijk waardeloos. Ik had hem dat kunnen vertellen als hij ernaar had gevraagd. Ik zou hem het contante geld en de pasjes hebben gegeven, en hem er veel plezier mee hebben gewenst. Het was niet nodig geweest geweld te gebruiken, absoluut niet. En toch raakte ik het gevoel maar niet kwijt dat hij er genoegen aan had beleefd me aan te raken, me pijn te doen, en dat hij pas op het laatst aan die tas had gedacht. Mijn gezicht gloeide van schaamte toen ik terugdacht aan zijn handen op mijn lijf; ik voelde me smerig.

Traag en moeizaam stond ik op. De wereld tolde en ik sloot mijn ogen en hield me vast aan wat takken, zodat ik niet weer voorover zou vallen. Ik wist dat het beter zou worden als ik even bleef wachten, maar dat was onmogelijk. Stel dat hij terugkwam? Ik dwong mezelf de struiken los te laten en naar de muur van het huis te lopen, en daar kwam ik waggelend als een dronkaard aan. Niet elegant, maar ik was waar ik wezen wilde. Ik bleef even staan, me vastklampend aan de bakstenen. Ik voelde me krachteloos en vroeg me af of mijn moeder heel misschien nog op was. Het raam van de woonkamer bevond zich vlak naast me en er zat een kier tussen de gordijnen, waar wat blauwig licht doorheen scheen; dit wees erop dat de tv aanstond. Ik liep voorzichtig langs de muur en gluurde naar binnen. Mama lag languit op de bank en haar gezicht had een grijsblauwe tint in het flikkerende licht van de tv. Ze was diep in slaap. Er stond een leeg glas op de salontafel voor de bank. Ik tikte zachtjes op het raam, wetend dat ze niet zou reageren, maar hopend dat ik ongelijk had. Geen enkele beweging.

Ik bleef daar even staan en probeerde te bedenken wat ik moest doen. Toen draaide ik me heel langzaam om en keek achter me. Ik was immers op zoek geweest naar mijn huissleutel? En ik had hem gevonden op het moment dat ik het tuinhek passeerde, net voordat die schaduwen zo kwaadaardig tot leven waren gekomen. Ik ging op mijn hurken zitten en zocht turend naar de grond het hele tuinpad af, waarop ik werd beloond door een metalige glans onder de struiken, op de plek waar de sleutel uit mijn hand was gevallen. Hij was door een voet, de mijne of de zijne, in de aarde getrapt, en alleen het glimmende kettinkje aan de sleutelring was nog te zien. Ik veegde de aarde eraf met een bescheiden gevoel van triomf. Wat hij verder ook van me had gestolen, mijn sleutel had hij in elk geval niet te pakken gekregen.

Ik sleepte mezelf weer terug naar de voordeur en stak de sleutel in het slot. Mijn knie deed nu echt zeer. Ik viel bijna toen ik de gang in strompelde en de deur achter me sloot. Ik draaide hem direct op slot en deed de grendel erop. Vanuit de woonkamer klonk de schrille muziek van een nachtprogramma op de televisie; ik kon hem echt niet aan laten staan, hoeveel pijn ik ook had. Ik hobbelde naar binnen en zette hem uit. In de stilte die volgde klonk de schurende ademhaling van mama. Ik keek neer op haar uitdrukkingloze gezicht, haar verslapte mond en de glimp van een wittige oogbol, waar haar linkeroog niet helemaal dichtzat, en ik voelde er niets bij: geen haat, geen liefde, geen medelijden. Niets. Zonder genegenheid trok ik een deken van de rugleuning van de bank, omdat die er nu eenmaal lag, en spreidde hem over haar uit. Ze bewoog zich niet.

In mijn linkerarm begon het gevoel weer terug te komen. Ik boog en strekte mijn vingers behoedzaam en raakte een paar keer mijn schouder aan met mijn hand. Ik dacht niet dat er iets gebroken was, hoewel ik mijn arm niet boven schouderhoogte kon tillen, en die beweging was zo pijnlijk dat ik weinig zin had het nog eens te proberen. Ik strompelde de keuken in en dronk met grote slokken een glas water leeg. Mijn keel deed pijn. Mijn knie bonsde. In een la vond ik twee stoffige ibuprofentabletten en slikte ze door. Het was alsof je een eierdopje water op een kampvuur gooit.

Tijd voor wat crisismanagement: ik belde de nummers om mijn pasjes te blokkeren en de provider van mijn mobiele telefoon. Het werd me heel makkelijk gemaakt. Alles kon binnen een paar dagen worden vervangen. Ik zou een upgrade van mijn mobiel krijgen; ze zouden de nieuwe met de post sturen. Alles was in een minuut of tien geregeld, midden in de nacht, via callcenters in India. Er werden geen vragen gesteld. Afgezien van de persoonlijke spulletjes die ik kwijt was, vormde mijn auto het enige echte probleem. De reservesleutels lagen bij tante Lucy in Manchester, veilig uit de buurt van mijn moeder, want ze had al twee keer midden in de nacht mijn auto gepakt, toen ze beslist niet in staat was om te rijden. Ik kon het risico niet nemen een extra setje sleutels in huis te bewaren. Als het ochtend werd, zou ik tante Lucy moeten bellen om haar te vragen de sleutels op te sturen. Intussen zou mijn auto moeten blijven staan waar hij stond. Hij stond daar in elk geval legaal geparkeerd. Een stapel parkeerbonnen zou de druppel zijn geweest.

Ik vulde mijn glas nog eens en ging voorzichtig aan de keukentafel zitten. Terwijl ik aan het lauwe water nipte, overdacht ik het volgende: als ik de politie belde, zouden ze vragen waar ik was geweest, en waarom ik op dat nachtelijke uur door de wijk had gewandeld. Blake zou niet blij zijn als uitkwam dat ik bij hem was geweest. Ik zou me doodschamen als ik moest uitleggen wat ik in de straat van de Shepherds had gedaan. Geen politie dus. En waarschijnlijk zouden ze degene die me had overvallen toch niet vinden. Voor zover ik wist, slaagden ze er nooit in iemand voor dergelijke misdrijven te arresteren, tenzij ze de dader op heterdaad betrapten.

Bovendien was het van belang niet overdreven te reageren. Iemand had dus mijn tas gestolen. Nou, nou. Hij had waarschijnlijk de inhoud willen verpatsen om drugs te kunnen kopen. Dat was zelfs in de buitenwijken niet ongewoon. Het was een gelegenheidsdief geweest. Niet iets om je zorgen over te maken. Een eenmalige gebeurtenis. Ik kon er meer achter zoeken als ik dat wilde, maar het zou me niets opleveren. Oké, hij had dus voor mijn huis gestaan. Maar dat was toch zeker gewoon domme pech? Hij kon immers niet speciaal op mij hebben gewacht. Ik was stomtoevallig op zijn weg gekomen en hij had er zijn voordeel mee gedaan. Ik besloot mezelf niet gek te laten maken. Ik zou mezelf oppeppen en gewoon doorgaan.

Met die gedachte moest ik nu maar eens in beweging komen. Ik voelde een enorme behoefte aan een langdurige douche en een goede nachtrust. Voordat ik de trap opliep, bleef ik met tegenzin in de gang staan om de schade op te nemen. Ik deed de plafonnière aan, die wel erg helder en onnodig fel licht gaf, en liep naar de spiegel die naast de deur hing. Ik zette me schrap en keek toen langdurig en vol ontzag naar mijn spiegelbeeld: de aarde in mijn haar en op mijn gezicht, de make-up die strepen had gevormd op mijn wangen, de plek op mijn jukbeen waar hij mijn gezicht meedogenloos in de aarde had geduwd.

Vervolgens deed ik het licht uit en ging ik naar bed.

1992

Vier weken vermist

Ik sta naast mama te kijken naar blikjes met stukjes tomaat. Ze staan in eindeloze rijen in de schappen, verschillende merken, verschillende soorten tomaat. Ik weet niet welke ik zou moeten kiezen en mama ook niet, zo te zien. Ze blijft maar naar de etiketten staan kijken. Dit is de eerste keer sinds Charlies verdwijning dat we in de supermarkt zijn. We deden altijd hetzelfde als we naar de supermarkt gingen. Charlie duwde het karretje, mama besloot wat we kochten en ik legde het in de kar. Naderhand namen we dan een broodje met iets te drinken erbij in het cafeetje tegenover de supermarkt. Mama dronk koffie. Ik vind koffie niet lekker smaken, maar de geur vind ik heerlijk, en ik genoot ervan om in het café te zitten en te kijken naar alle mensen die de supermarkt in en weer uit liepen.

Vandaag gaat het niet zoals anders. Ik leg dingen in het karretje en loop er dan snel omheen om het verder te duwen, maar mama lijkt het niet te merken. Ze is langs dingen gelopen die we anders altijd kopen, en heeft spullen gepakt die we normaal nooit eten: diepvriespizza's, gegrilde kip in een zak van papier met folie vol donkere vetvlekken, een netje limoenen, vacuüm verpakte knakworstjes die eruitzien als zweterige vingers. Ik durf er niets van te zeggen. Ze is vandaag heel rustig, een beetje dromerig, alsof ze in haar eigen wereldje zit. Ik heb dat liever dan die prikkelbare buien van haar; dan durf ik haast niets tegen haar te zeggen.

Ik sta naast haar en houd de stof van haar rok vast, heel losjes, zodat ze het niet voelt, en ik doe net alsof alles normaal is. Charlie staat vlak om de hoek. Hij komt er zo aan met dozen cornflakes en mama geeft hem een standje omdat hij die met een chocoladelaagje heeft genomen, en dan gaan we naar het café, drinken iets, lachen we om domme grapjes en kijken we naar de mensen die komen en gaan.

Een grote vrouw rijdt vanaf de andere kant haar karretje het gangpad in. Het karretje ziet er zwaarbeladen uit en het gezicht van de mevrouw is rood. Ze blijft plotseling staan als ze ons daar ziet, blijft staan en staart ons aan. Ik staar terug en vraag me af wat ze wil. Mama kijkt nog steeds besluiteloos naar de blikjes en is zich niet bewust van de blik van de vrouw of van de uitdrukking op haar gezicht. De mevrouw trekt haar karretje iets naar achteren, buigt zich naar opzij en zegt iets wat ik niet kan verstaan tegen iemand om de hoek van de schappen, die ik nog niet kan zien. Even gebeurt er niets en dan verschijnt er nog een vrouw, klein en mager, ook met een karretje. Ze gaat naast de dikke vrouw staan en ze zien er raar uit, klein en groot, allebei met precies dezelfde uitdrukking op hun gezicht. Verbazing, nieuwsgierigheid en afkeuring. Ze blokkeren samen het gangpad met hun karretjes, en ik vraag me af hoe we langs hen heen kunnen komen. Ze fluisteren tegen elkaar en blijven naar ons kijken. Ik weet dat ze ons hebben herkend, ik hoor zeggen 'dat arme joch' en 'hun eigen schuld', en mama moet het ook hebben gehoord, want ze heft met een ruk haar hoofd op, alsof ze wakker schrikt. Ze ziet ze in het gangpad staan, en ik kijk even op naar haar gezicht. Haar mond staat strak. Ze ziet er boos uit.

'Kom mee,' zegt ze tegen me en ze grijpt de kar en draait hem snel om, zodat we kunnen ontsnappen via het gangpad waarlangs we gekomen waren. Haar hakken slaan tegen de vloer, tik tik tik, en ik loop haastig achter haar aan, tot in het volgende pad, waar we niet stoppen om iets te pakken, en het pad erna, waar mama nauwelijks aarzelt als ze een pot oploskoffie grijpt en hem zonder te kijken in de kar laat vallen. Ik ben blij dat we die vrouwen kwijt zijn, maar ik merk wel dat mama woedend is. Ik loop achter haar aan, af en toe op een holletje om haar bij te houden. De felle kleuren van de verpakkingen op de schappen vloeien in elkaar over als we door de laatste paden zigzaggen, langs de schoonmaakartikelen en de cosmetica, en uiteindelijk enigszins buiten adem bij een kassa komen.

De vrouw achter de kassa begroet ons met een glimlach zonder ons werkelijk te zien en begint onze boodschappen langs de scanner te halen, waarna ze ze naar het uiteinde duwt waar de plastic tasjes hangen. Mama prikt me in mijn rug. 'Ga maar inpakken.'

Ik had liever het boodschappenkarretje uitgeladen. Ik vind het leuk om alles in groepjes op de band neer te zetten, zodat er geen tussenruimten zijn. Mama gooit alles wat we voor het eten hebben uitgezocht slordig op de band. De bananen hangen over de rand en elke keer dat de band gaat lopen, rollen de potten luidruchtig heen en weer. Ik neem een plastic tasje van de houder en begin het vol te stoppen. Ik hááát mama echt. Inpakken is helemaal niet leuk. Ik leg expres zware blikken boven op het verse fruit en prop te veel in het dunne plastic tasje, zodat het uitrekt en een beetje inscheurt. Als ik opkijk, is mama verdwenen; ze heeft het lege karretje schuin aan het begin van de band laten staan. Ik schrik me dood.

De caissière haalt nog een pot langs de scanner en er klinkt weer een piep. 'Maak je geen zorgen, ze is nog even iets gaan halen.' Ze ziet het tasje in mijn handen en reikt opzij naar de houder. 'Wil je er nog een?'

Ik knik en kijk dan vol weerzin toe hoe ze haar vingers aflikt en ermee over de bovenkant van het tasje wrijft om het open te krijgen. Ik wil het niet aanraken, want het zit vol met haar spuug, maar ik kan niet bedenken hoe ik het kan weigeren. Ik stop het vol, en nog een, en mama is nog steeds niet terug. De caissière kijkt me nu een beetje fronsend aan. Mijn wangen gloeien. Als mama niet terugkomt, kan ik de boodschappen niet betalen. En dan kan ik ze ook niet mee naar huis nemen.

En dan opeens is ze er weer, met haar armen vol flessen. Ze zet ze rechtop aan het andere eind van de band neer: drie glazen flessen met een heldere vloeistof, elk met een zilveren dop en een blauw etiket, dat ik van mijn kant niet kan zien. De vrouw scant ze snel en mama stopt ze zelf in een tasje, waarbij ze mij opzij duwt. Ze betaalt met haar pasje. Als de caissière de naam ziet staan, kijkt ze op. Haar mond vormt een kleine O van verbazing. Ik kijk haar recht in de ogen, waarmee ik haar uitdaag om iets te zeggen, terwijl mama op de bon wacht.

We lopen de supermarkt uit en ik help met het inladen van de boodschappen. Mama rijdt zwijgend naar huis. Als we thuis zijn, gaat ze naar de kofferbak en haalt daar één tasje uit. Het rinkelt als een muziekje. Flessen.

'Ik help wel om de tasjes naar binnen te dragen.'

'Ga maar gewoon naar binnen, alsjeblieft.'

Ze doet de voordeur open en duwt me voor zich uit naar binnen. Ze loopt meteen door naar de keuken en pakt een glas uit de kast. Ik kijk vanuit de deuropening toe hoe ze aan tafel gaat zitten en het zegel van de eerste fles uit de boodschappentas verbreekt. Het lijkt net water als ze het inschenkt. Ze drinkt het glas in één teug leeg en blijft daarna met gesloten ogen zitten. Haar gezicht vertrekt heel even. Dan schenkt ze nog een glas in en doet ze hetzelfde weer. En weer.

De rest van de boodschappen blijft in de auto liggen, en ik blijf in de deuropening staan. Ik kijk toe en wacht af, terwijl mijn moeder voor de allereerste keer voor mijn ogen drinkt, en drinkt, en drinkt, alsof niemand het ziet, alsof ik er helemaal niet bij ben.

7

Toen ik het licht had uitgedaan en in bed was gaan liggen deed ik enorm mijn best om mijn hoofd leeg te maken, maar met het duister kwamen de herinneringen, de versplinterde beelden van de laatste dagen. Een dode tak op de grond in het bos, een bleke hand in het gras ernaast. Een omgekrulde poster van een groene gracht. Blake, liggend op het gras met zijn ogen gesloten. Glasscherven op asfalt. Een man met gewelddadige bedoelingen die uit de schaduwen vandaan kwam. Het laatste beeld bleef hangen en ik raakte het maar niet kwijt. Ik kon hem geen gezicht geven, had geen flauw idee wie me had aangevallen. Ik moest het gewoon uit mijn hoofd zetten. Maar dat lukte me niet.

Ik kon het niet laten te denken aan de dingen die me waren opgevallen, ook al wilde ik het niet, en probeerde erachter te komen of ik hem kende, of hem zou herkennen. Hij was langer dan ik, zoals de meeste mannen. Ik kon er niet meer van maken dan dat hij tussen de 1,70 en 1,80 meter lang was. Hij was slank, maar sterk. Donkere schoenen, waarschijnlijk sportschoenen; hij had nauwelijks geluid gemaakt toen hij wegliep. Donkere broek. Een jack van een of ander waterdicht materiaal. Leren handschoenen. Niets bijzonders, niets waardoor hij zou opvallen. Ik kon hem op straat voorbijlopen zonder hem te herkennen.

Het enige bijzondere aan hem wat ik me kon herinneren was de combinatie van geuren: sigaretten en motorolie. Niet bepaald een combinatie die maar op één bepaalde persoon kon duiden. Die motorolie kon overal vandaan komen; het was bepaald niet moeilijk op straat een olievlek te vinden waar een auto geparkeerd had gestaan. Als hij op zo'n vlek had getrapt, was het heel goed mogelijk dat de geur krachtig was blijven hangen. Dat was mij ook weleens overkomen.

Wat me het ergst bleef kwellen, was niet angst, maar irritatie jegens mezelf, omdat ik niet had opgelet, niet beter op mijn hoede was geweest. Waardoor zou hij zich hebben laten weerhouden, als hij me had willen verkrachten of vermoorden? Door mij in elk geval niet; ik was niet eens in staat geweest me te verzetten. Als ik hem had gezien, had ik er misschien vandoor kunnen gaan of had ik zo hard kunnen gillen dat de buren wakker waren geworden. Het was zinloos om te overwegen wat ik eventueel had kunnen doen, maar ik deed het toch, en al die tijd hield dat nare kloppende gevoel in mijn arm aan. De lichtgevende wijzers van de wekker op mijn nachtkastje kropen vooruit over de wijzerplaat en ik piekerde maar door, methodisch en monotoon, over het wie en het waarom van het gebeurde, zonder ook maar iets dichter bij een antwoord te komen.

Tegen de ochtend gleed ik weg in een diepe, droomloze slaap, en ik werd lang na mijn normale tijd van opstaan wakker met zand in mijn ogen, een zere keel en een gezicht dat aanvoelde alsof iemand het met een kartelschaar had afgeknipt en het ongeveer op de juiste plek weer had vastgeniet. Ik liep mank, merkte ik toen ik naar de badkamer ging. Mijn knie was stijf en ik kon hem niet goed buigen. Hij was paarsblauw en week van de zwelling, maar zag er lang niet zo uitgesproken luguber uit als mijn schouder. Ik kon mijn arm nog steeds niet optillen tot boven mijn schouder en beide waren bont en blauw, met tinten variërend van paars tot bijna zwart op de pijnlijkste plek. De bloeduitstorting reikte tot ongeveer halverwege mijn schouder en mijn elleboog; het leek wel de tatoeage van een dokwerker, en hij was intens pijnlijk.

Mijn gezicht in de spiegel zag er akelig uit. Ik voelde me doodmoe; ik was er te beroerd aan toe om te overwegen naar school te gaan.

Ik strompelde naar de telefoon beneden en belde de administratie van school in de verwachting Janet aan de lijn te krijgen, maar ik kreeg Elaine. Stamelend bracht ik de reden voor mijn afwezigheid over en ik hoopte dat die niet al te leugenachtig klonk, wetende dat

Elaine niet met zich liet spotten en er hoe dan ook niets van zou geloven. Ik probeerde haar het zinnetje over *mijn afschuwelijke, verlammende hoofdpijn, ik denk echt dat ik vandaag niet kan komen* te verkopen alsof mijn leven ervan afhing. Ze schraapte haar keel. Iets zei me dat ik niet de eerste was die zich vandaag had ziekgemeld. Ik dikte de deerniswekkende siddering in mijn stem nog eens aan en toen ik er ook nog eens misselijkheid bij haalde, wist ik haar instemming te ontfutselen, duidelijk tegen haar zin.

'Maar ik wil wel dat je vanavond naar de St. Michaelskerk komt, hoor. Er wordt een gebedsdienst gehouden voor Jenny Shepherd en ik wil dat alle docenten erbij zijn.'

'Hoe laat begint die?'

'Om zes uur. Ik hoop van harte dat je hoofdpijn tegen die tijd over is.'

Ik verkoos het sarcasme in haar stem te negeren, beloofde er te zullen zijn en hing op, terwijl ik me afvroeg hoe ik mezelf in vredesnaam binnen tien uur toonbaar kon maken. De beste optie leek nog wat te gaan slapen. Ik schreef een briefje voor mijn moeder, waarin ik uitlegde dat ik niet naar mijn werk hoefde, en of ze me alsjeblieft niet wilde storen, waarna ik op mijn tenen de woonkamer in liep. Ze lag daar nog steeds opgekruld op de bank en verroerde zich niet. In de kamer hing de zure lucht van een drankkegel; het was er donker en erg warm. Ik liet het briefje op een opvallende plaats achter en sloop weer weg.

De trap leek langer en steiler dan anders en ik trok mezelf aan de leuning omhoog. Mijn ledematen deden pijn en al mijn gewrichten protesteerden. Ik had het gevoel dat ik naast mijn kneuzingen ook nog een zware griep onder de leden had, en het enige wat me de kracht gaf mijn slaapkamer te bereiken was het vooruitzicht van rust, koele lakens en de komende uren alleen te kunnen doorbrengen. Ik klauterde terug in bed. In slaap vallen ging even makkelijk – en snel – als van een steil klif vallen.

Uiteindelijk werd ik wakker van de regen. Het weer was halverwege de middag omgeslagen; de eerste broze zomerwarmte werd weggedrukt door een zwoel lagedrukgebied dat vanuit het Atlantische gebied kwam aanzetten en een reeks zware buien voor zich uitduwde. Ik had mijn raam op een kier laten staan en toen ik mijn ogen opende, zag ik donkere plekken op de roze vloerbedekking en spikkeltjes die zich hadden verspreid over mijn bureaublad nadat er dikke regendruppels op de vensterbank waren neergekomen die daar als kleine granaatjes waren ontploft. Ik stond op, nog versuft van de slaap, en strekte mijn linkerhand uit om het raam te sluiten. Er schoot een stekende pijn door mijn arm en mijn adem stokte. Hoe had ik het kunnen vergeten? Ik gebruikte mijn andere arm om het raam omlaag te trekken en liet het een paar centimeter open, zodat er zuivere, door de regen schoongewassen lucht naar binnen kon komen. De regen roffelde op het dak en hing als een bijna strak gordijn voor de huizen aan de overkant, waardoor ze veranderden in vage, zachtgetinte beeltenissen van zichzelf, aquarellen geschilderd met vuil water. Ik bleef een paar minuten wat staan staren naar het regenwater dat van het straatoppervlak opsprong en in beekjes over de stoep liep. De zware regenbui had iets fascinerends, iets hypnotiserends. Vooral als je de deur niet uit hoefde.

Bijna met een schok besefte ik dat ik er wel degelijk op uit moest, en nog wel lopend ook. Ik was veel te bang voor Elaine om niet te komen opdagen bij de gebedsdienst. Ik keek op mijn horloge en huiverde toen ik zag dat het al halfvijf was. Mijn enige hoop was gevestigd op Jules. Ik had haar telefoonnummer; dat stond in mijn agenda van vorig jaar. Ze had het zelf opgeschreven, in een groot, rond handschrift dat twee regels besloeg. Ik hobbelde de trap af naar de telefoon en hoopte moedeloos dat die vent die mijn tas had gejat maar veel plezier van mijn Nokia mocht hebben. Het zou een stuk makkelijker zijn geweest als hij me mijn telefoon had laten houden. En mijn sleutels. En mijn portemonnee. Maar ja, dan zou het geen beste overval zijn geweest.

'Hallo?'

'Jules, met mij, Sarah.'

'Sarah! Ik herkende het nummer niet. Jeetje, ik had hem bijna niet eens opgenomen. Hoe gaat het met je?'

'Gaat wel,' zei ik snel. 'Hoor eens, ik heb pech met mijn auto. Zou je mij misschien kunnen ophalen op weg naar de St. Michaelskerk voor de gebedsdienst?'

'De wat?' Jules klonk vaag. 'O, dat. Sorry, meid, ik ga niet.'
'Maar we moesten er toch heen?'
'Niets voor mij, zoiets. Ik heb tegen Elaine gezegd dat ik familieverplichtingen had waar ik niet onderuit kon.'
'Oké,' zei ik, en wenste dat ik ook zoiets had bedacht. 'Mooi geregeld.'
'Elaine was rázend. Niet dat ik daarmee zit. Ze kan me niet ontslaan als ik niet ga. Maar ik vind het wel vervelend voor je. Kun je iets anders regelen?'
Het was niet ver, een paar kilometer maar. Zonder die gekneusde knie, zou ik er geen enkel probleem mee hebben gehad te gaan lopen. Ik lachte. 'Natuurlijk. Ik was gewoon lui vanwege de regen.'
'Ik kom net van de kapper,' zei Jules met een zacht stemmetje. 'Tegen de tijd dat ik in het café aankom, ziet het er niet meer uit.'
'Heb je daar je familieverplichtingen?' vroeg ik, en ik moest even grinniken toen Jules dit beantwoordde met iets uitgesproken grofs, voordat ze ophing.
Toen ik de hoorn neerlegde, verdween mijn glimlach. Ik kon er nu wel om lachen, maar ik had niemand anders die ik om een lift kon vragen. Als ik wilde gaan, zou ik moeten gaan lopen, en ik was er niet van overtuigd dat ik het zou redden, zoals ik er momenteel aan toe was.

Wonderbaarlijk genoeg was ik op tijd, en uiteindelijk was ik best blij met het slechte weer. Aan de overkant van de straat stond een groot aantal camera's op een kluitje om de mensen die naar binnen gingen te filmen, maar onder mijn paraplu bleef ik veilig anoniem. De paraplu schermde mijn gezicht af van iedereen die de blauwe plek op mijn jukbeen toch zou signaleren, ook al had ik hem met lagen foundation bedekt.
Na mijn druipende paraplu in een paraplubak in het voorportaal te hebben achtergelaten tussen een hele bos andere, sloop ik de kerk in en keek om me heen. Ik was hier al lang niet meer binnen geweest. De fundamenten van de St. Michael waren al honderden jaren oud, maar de kerk ging soepel om met haar geschiedenis. Aan de wanden vochten antieke koperen gedenkplaten en monumenten voor lang

vergeten parochieleden om een plekje met posters over christelijke naastenliefde en armoede in ontwikkelingslanden. Ergens in de jaren zeventig was er een zeer felgekleurd glas-in-loodraam toegevoegd, dat slecht paste bij de oude grijze stenen eromheen. Een deel van de linker zijbeuk was ooit afgebakend met glazen wanden om luidruchtige kinderen en hun lijdende ouders tijdens de dienst afgezonderd te houden. Maar de oude, gesloten kerkbanken stonden er gelukkig nog en op de verweerde stenen vloer, die door de eeuwen heen door de voeten van de gelovigen was gladgeschuurd, klonken mijn voetstappen gedempt toen ik rechts de zijbeuk in strompelde, op zoek naar een onopvallende zitplaats. Die zou niet eenvoudig te vinden zijn. De dienst zou pas over een kwartier beginnen, maar de kerkbanken zaten al bijna vol.

Ik herkende ouders van school en de klasgenoten van Jenny tussen de belangstellenden, maar slofte langs voordat ze mij opmerkten, wat ik ondanks mijn nieuwe huppel-stap manier van lopen aardig snel deed. Ik had een verhaal bedacht voor het geval iemand zou vragen waarom ik met mijn been trok, maar ik wilde mijzelf noch mijn verhaal blootstellen aan al te veel kritische vragen en blikken. Buiten had de regen het licht zodanig gedimd dat het eerder een winteravond dan een namiddag in de vroege zomer leek, en de kerk was niet goed verlicht. Dat was een geschenk uit de hemel. Ik schoof een kerkbank ergens vooraan in, naast een stel oude dametjes die druk met elkaar zaten te praten. Ze gingen iets opzij om plaats voor me te maken, maar leken mijn aanwezigheid verder niet op te merken. Prima.

Toen ik om me heen keek, zag ik in het midden van het schip een groepje collega's zitten, die met elkaar in gesprek waren. Ze zagen er moe en ongelukkig uit, eerder omdat ze plichtmatig aanwezig waren dan van verdriet, vermoedde ik. Vanwaar ik zat kon ik hen op hun horloge zien kijken, met een frons van ergernis op hun voorhoofd.

Elaine zat zelf op de eerste rij in de kerk, naast de conrector, die voor de gelegenheid een stropdas had opgesnord. Elaine was naar de kapper geweest en had lippenstift op; het was duidelijk dat ze dit beschouwde als een kans om indruk te maken. Het oude dametje naast me had een enkel A4'tje met het programma in haar hand; ik was vergeten er eentje te pakken bij binnenkomst in de kerk. Ik vroeg me af of die arme Janet alles zelf had moeten kopiëren en vouwen. Elaine zou een voordracht houden en het schoolkoor zou ook optreden.

Toen ik de kerk binnenkwam had ik een beleefd briefje zien hangen, waarin de media werd gevraagd de privacy van de betrokkenen te respecteren, teneinde hen ervan te weerhouden de dienst bij te wonen. Op z'n minst een van hen had zich niets van het briefje aangetrokken, hoewel ik moest erkennen dat ze tevens deel uitmaakte van de betrokken leefgemeenschap. Carol Shapley zat op de derde rij voor in de kerk, vlak achter de bank die was gereserveerd voor de familie Shepherd zelf. Ze had haar arm om twee tieners geslagen, vermoedelijk haar eigen kinderen, en zag er volkomen onschuldig uit, maar ik kon zien dat ze elk detail van de kerk en de aanwezigen in zich opnam. Door de wijze waarop haar hoofd ronddraaide, leek ze wel een uil. Ze zou niets missen, die vrouw, en het plaatselijke krantje zou een exclusief verslag hebben.

Van achter uit de kerk kwam een zacht gemompel opzetten. Ik rekte mijn nek om te zien wat er aan de hand was en besefte dat de politie was gearriveerd, samen met de Shepherds. Inspecteur Vickers voerde de processie door de kerk aan, en leek in niets op een bruidje. Hij ging op de kerkbank voor de journaliste zitten en keek haar daarbij aan. Ze boog haar hoofd en er verspreidde zich een blos over haar gezicht. Ik had niet de indruk dat hij haar had aangesproken; misschien was dat niet nodig geweest.

Niet ver achter hem volgden de Shepherds, die opliepen met de dominee. Diane Shepherd leek niet te weten waar ze was; ze keek om zich heen met een star, halfslachtig glimlachje om haar lippen. Haar man sleepte zich met gebogen hoofd voort. Hij was heel wat gewicht kwijtgeraakt in de dagen sinds Jenny's verdwijning; zijn kleding hing om zijn lijf. De kraag van zijn overhemd stond open, maar hij was keurig gekleed; dit was een man die waarde hechtte aan zijn verschijning, en zelfs nu hij gebukt ging onder verdriet was hij zich bewust van zijn kleding. Valerie liep achter hen aan; ze had haar overdreven, pompeuze loopje maar heel licht aangepast aan de omstandigheden. En achter in de kerk: Blake. Natuurlijk was hij er ook. Hij positioneerde zich naast de deur, geflankeerd door twee collega's. Ze stonden met hun rug tegen de muur en met hun handen voor zich ineengeslagen, de klassieke pose van de voetballer. Ze wekten een indruk van afstandelijkheid, alsof het hun niets aanging wat er aan de gang was, maar hun ogen gleden over de aanwezigen. Ik vroeg me af wat ze zochten, en op dat moment keek Blake mij recht aan. Hij trok één wenkbrauw een millimeter op en ik draaide me snel om naar de voorzijde van de kerk, beschaamd dat ik betrapt was op staren, toen de dominee begon met zijn openingsbede. Die ging over in een soort preek, kennelijk even verrassend voor hemzelf als voor alle anderen. Zijn adamsappel ging op en neer in zijn keel tussen frasen die nergens toe leidden. Hij was onontkoombaar de weg kwijt, de preek ging alle kanten op en hij raakte steeds meer verstrikt in zijn woorden.

'Want waar kunnen we troost vinden zonder God? Maar met God bij ons, wat kan er anders zijn dan troost, de troost die van God is en van God komt. De troost die... die de enige ware God is. En Jennifer is bij God, in de heiligheid van de hemel, als een van Zijn kinderen, zoals we allen zijn... en voor haar ouders moet dat vertroosting bieden. Dat moet vertroosting bieden, want...'

Hij rommelde wat met zijn papieren, keek ernaar om het antwoord te vinden, en toen hij geen conclusie voor zijn gedachtegang, noch een nieuwe gedachtegang om te ontvouwen kon vinden, gaf hij het op en kondigde hij op nogal tamme wijze het schoolkoor aan. Het koor zette een gezang in, een luide en enthousiaste uitvoering van 'Be Thou My Vision'. Ik staarde zonder iets te zien naar de gezangenbundel voor me, zonder de woorden te lezen, terwijl ik me afvroeg of Jenny nog had gebeden voordat ze stierf en of haar gebeden waren verhoord.

Te zeggen dat mijn aandacht verslapte tijdens de dienst zou een understatement zijn. De stem van Elaine klonk helder, ze sprak de woorden van een passend stukje uit het boek Prediker in een afgemeten ritme uit, en ik ontspande me en vestigde mijn aandacht op het fraaie gewelfde plafond boven mijn hoofd en de gotische boog die naar de dwarsbeuk leidde. Er kwamen gedachten bij me op en ik liet ze daar zweven, zonder me erop te concentreren.

Maar iemand anders concentreerde zich op mij. Toen ik gelijk met de rest van de aanwezigen opstond om 'De Heer is mijn herder' te zingen, keek ik zomaar even om me heen; mijn blik bleef hangen bij Geoff, die me stond aan te staren. Zodra hij oogcontact met me had gemaakt stak hij zijn hand op. Hij maakte een beweging met zijn hand alsof hij een glas vasthield en tilde het op, het universele gebaar voor 'heb je zin om iets te gaan drinken?' Ik fronste mijn wenkbrauwen om hem te ontmoedigen en boog mijn hoofd over de gezangenbundel, alsof ik de woorden van de psalm nog nooit eerder had gelezen.

Toen de laatste tonen van het orgel waren weggestorven, boog de dominee zich naar voren en probeerde hij de microfoon los te trekken uit de standaard. Er kwamen korte, blaffende, statische geluiden uit en gegalm, terwijl de aanwezigen met uitgestreken gezicht toekeken hoe hij stond te zwoegen. Toen zette hij opnieuw een eindeloos, onsamenhangend, geïmproviseerd gebed in, kennelijk zonder erover te hebben nagedacht, en ik merkte dat mijn aandacht weer verslapte.

'Nu nodig ik de rest van Jennifers klas uit om naar het altaar te komen en het laatste gezang te zingen,' galmde hij uiteindelijk, met veel ademgeruis, en hij wachtte terwijl er vanuit de hele kerk meisjes kwamen aanlopen, verlegen en ingehouden om niet de eerste te zijn die bij het altaar aankwam. Enkelen van hen waren al tot hun volwassen lengte opgeschoten en zagen er jaren ouder uit dan hun klasgenootjes, zowel wat hun kleding als hun houding betrof, met hun gladgestreken haar en emo-eyeliner. Maar er waren er ook die hun kinderlijke broosheid en aandoenlijkheid nog bezaten, net als Jenny, meisjes met een babyface en de bouw van een kind. Ze hadden allemaal dezelfde gelaatsuitdrukking: gespannen en verward.

'Als jullie allemaal elkaars hand willen vasthouden...' opperde de dominee, en gehoorzaam pakten Jenny's klasgenoten elkaar bij de hand. De dirigente van het schoolkoor liep tactvol tot voor het altaar en knikte naar de organist. Een lang aangehouden toon vervloeide tot de beginmaten van 'Amazing grace'. De meisjes kenden het allemaal uit het hoofd. Ze hadden het een paar maanden eerder ingestudeerd voor een schoolconcert. Ik vroeg me af wat hun ouders voelden terwijl ze naar hen keken. Misselijk van angst bij de gedachte dat het hun eigen dochter had kunnen zijn die ontbrak in dit groepje? Zouden ze stiekem een dankgebedje doen omdat zij het niet was? Wie kon hun dat kwalijk nemen?

Terwijl het zingen nog aan de gang was, begeleidden Vickers en Valerie de Shepherds naar buiten, voordat iemand anders van de aanwezigen de kans had zich te verroeren. Ik vroeg me af wie de dienst eigenlijk precies tot steun had moeten zijn. De Shepherds zagen er bij het verlaten van de kerk nog net zo verbijsterd en bedroefd uit als bij binnenkomst.

Er werd aan mijn mouw getrokken; het bleken de oude dametjes te zijn die graag de bank uit wilden, en ik stond op zodat wij gedrieën weg konden glippen. Het was een goed plan, maar het werd op twee fronten gesaboteerd. Ten eerste begaf mijn knie het vrijwel direct toen ik probeerde te lopen, en moest ik tegen een pilaar geleund wachten tot de wereld niet meer om me heen zou draaien. Ten tweede zag Geoff zijn kans schoon, en stortte hij zich op me toen ik daar stond.

'Hé, hallo,' mompelde hij, en hij kwam veel te dichtbij. Ik voelde me als het zwakste dier van de kudde, kwetsbaar en niet in staat zich te verdedigen; het leek alsof hij het aanvoelde. Hij sloeg zijn armen om me heen in een overenthousiaste omhelzing. De druk op mijn arm veroorzaakte pijnscheuten van mijn schouder naar mijn nek en mijn adem stokte. Geoff keek met een peilende blik omlaag. 'Werd het je een beetje te veel? Al die emoties?'

'Het gaat prima,' zei ik met opeengeklemde kaken; ik trok mezelf los van de pilaar en wilde naar de deur lopen. Alle andere aanwezigen waren inmiddels echter op hetzelfde idee gekomen, dus zag ik me gedwongen te blijven wachten, terwijl de menigte akelig traag door de dubbele deuren naar buiten liep, als vee op de markt. Geoff volgde me natuurlijk en stond zo dicht achter me dat ik zijn adem in mijn nek voelde. Ik wrong me door een niet-bestaande opening heen en bleef tegen de menigte aan duwen, om enige afstand tussen ons te creëren.

'Ik denk dat je behoefte hebt aan een drankje,' zei hij in mijn oor, terwijl ook hij verder schuifelde. Mijn winst: nul. 'Kom nou, we zoeken een gezellig plekje op.'

'Nee, dank je wel. Ik ga naar huis.' Mijn knie deed zeer en ik voelde me beroerd. Ook al had ik iets willen gaan drinken – in het zeer onwaarschijnlijke geval dat ik zou hebben overwogen samen met Geoff dat drankje te doen dan zou ik er echt niet toe in staat zijn geweest. Een tel later sprong ik bijna uit mijn vel toen twee zware handen neerdaalden op mijn schouders en ze vervolgens begonnen te kneden. Het leek wel alsof hij onweerstaanbaar werd aangetrokken tot de plek die mij het meest pijn deed; ik dook weg en draaide me snel om, met mijn hand beschermend tegen mijn schouder voor het geval hij het nog eens zou proberen. 'Geoff, jezus man!'

'Je bent zo gespannen,' fluisterde hij. 'Rustig maar.'

'Houd op! Je doet me pijn!'

Hij hield zijn handen omhoog. 'Oké, jij je zin. Wat is je probleem? Heb je last van je rug?'

'Het valt wel mee,' zei ik, toen ik zag dat anderen in de menigte ons vreemde blikken toewierpen. 'Laat maar.'

Inmiddels stonden we bij de deuropening. De dikke regendruppels die op het pad voor het portaal neer kletsten brachten me in herinnering dat ik mijn paraplu moest pakken. Ik manoeuvreerde naar de andere kant, waar ik hem had achtergelaten, en ontdekte dat de paraplubak inmiddels leeg was. Iemand anders had hem meegenomen. Ik bleef daar dom staan staren naar de plek waar hij had moeten staan, tot een man zich met een geïrriteerd gesis langs me heen drong.

'Geen paraplu?' Geoff klonk meevoelend. 'Hoe ver weg staat je auto?'

'Thuis,' zei ik, zonder erbij na te denken. Het zou een lange wandeling worden, gezien mijn been, dat steeds stijver werd, en de onheilspellende regen, die zo te zien niet zou afnemen. De plassen die zich eerder op straat hadden gevormd, zouden inmiddels wel vijvers zijn.

'Met dit weer kun je niet gaan lopen,' zei Geoff vastberaden, en hij pakte me bij de arm en trok me uit de menigte. 'Ik breng je wel even naar huis.'

Ik wilde net nee zeggen, toen ik Blake op ons af zag komen met een bezorgde uitdrukking op zijn gezicht. Hoe ik hem ook weer had willen ontmoeten, zo absoluut niet.

'Je loopt moeilijk,' zei hij abrupt. 'Wat is er gebeurd?'

'Ik bleef met mijn hak haken en ben van de trap gevallen.'

Hij keek me sceptisch aan. Voordat hij nog iets kon zeggen, zei Geoff: 'We moesten maar eens gaan, Sarah.' Hij klonk bazig en bezitterig, en Blake staarde hem aan.

'Hoe zei u dat u heette?'

'Dat heb ik niet gezegd. Geoff Turnbull.' Hij stak zijn hand uit en Blake schudde hem kort, terwijl hij zich voorstelde met zijn volledige rang en zonder enig enthousiasme.

'Ik heb u niet ontmoet op school.'

'Een van uw collega's heeft me ondervraagd. Leuke meid.' Geoff klonk ontspannen, maar hij tikte herhaaldelijk met een van zijn voeten tegen de grond en ik besefte dat hij onder zijn ogenschijnlijke kalmte toch gespannen was.

Nu de formaliteiten achter de rug waren, staarden ze elkaar met openlijke vijandigheid aan. Een patstelling.

Ik wendde me tot Geoff. 'Nou, als het niet te veel moeite is, zou ik heel graag een lift van je krijgen. Waar stond je ook alweer?'

'Om de hoek, maar je kunt hier blijven wachten. Ik wil niet dat je doorweekt raakt. Ik ga de auto halen.' Hij stoof weg, het pad af.

Blake keek hem na. 'Ga je met hem mee? Waarom wacht je niet even? Dan kan ik je thuisbrengen.'

'Dat lijkt me geen goed idee.' Ik bedoelde: in zijn belang, voor het geval iemand vermoedde dat er iets tussen ons was, maar hij leek even gekwetst. Toen stond zijn gezicht ineens strak, niet te peilen, het masker zat weer op z'n plek.

'O, sorry hoor. Neuk je hem ook?'

'Jezus,' siste ik, en ik greep hem bij zijn arm en trok hem weg van de laatste mensen die de kerk verlieten. 'Praat niet zo hard. Dit is daar niet de tijd, noch de plaats voor.'

'Wanneer zou het jou uitkomen? Het is me opgevallen dat je gisteravond niet bent gebleven.'

'Ik kan er nu niet over praten,' zei ik mat. 'En juist jij zou in het openbaar uit mijn buurt moeten blijven. Ik kan me niet voorstellen dat je baas het prettig zou vinden als hij wist wat we hebben gedaan.'

Blake fronste. 'Dat is mijn probleem.'

'Ja, dat klopt, dus ik wil voorstellen dat je je daar druk om maakt

en mij zonder toestanden gewoon laat vertrekken met mijn collega.'
Ik draaide me om om weg te lopen, maar bedacht me. 'Eh... meer is hij trouwens niet. Gewoon een collega.'

'Wel erg vriendelijk voor een collega. Was hij niet degene om wiens nek je hing, laatst voor de school? Ik wist wel dat ik hem ergens had gezien.'

'Híj hing om míjn nek,' zei ik geërgerd. 'Maar ik ben geen... Ik bedoel, zoiets doe ik... Ik bedoel: met jou is het anders.' Ik voelde mijn gezicht gloeien toen ik bloosde en me afvroeg wat ik in godsnaam had gezegd.

Blake trok met zijn mondhoek, maar voordat hij kon reageren, werd er getoeterd. Ik tuurde door de regen en zag dat er een Volkswagen Golf voor het hek stond.

'Daar is hij. Ik moet gaan.' Ik hobbelde van Blake weg en hoopte dat hij niet de moeite zou nemen nog eens naar mijn manke been te vragen.

Zoals dat een echte heer betaamt, leunde Geoff opzij om de passagiersdeur open te duwen en ik schoof in de auto. Voor de tweede keer in drie dagen was ik me ervan bewust hoe weinig ruimte er in de gemiddelde auto tussen de passagier en de bestuurder zit. Ik had waarschijnlijk beter voor Blake kunnen kiezen, hoewel hij vast had willen weten wat er met mijn been was gebeurd en ik niet wilde dat iemand erachter kwam wat we de avond tevoren hadden gedaan. Geoff draaide zich naar me toe en bood me het zicht op zijn helderblauwe ogen. 'Oké?'

'Prima. Bij de stoplichten linksaf en dan leg ik het verder wel uit,' zei ik kortaf, vastbesloten de conversatie tot een minimum te beperken. Geoff dacht daar anders over.

'Hoe komt het dat je nooit iets met mij wilt ondernemen, Sarah?' Dat ging vergezeld van een verdrietige blik.

'Ik weet niet waar je het over hebt. Hier weer linksaf.'

Geoff draaide het stuur soepel naar links. 'Ik begon al te denken dat je me niet mocht.'

'Welnee,' zei ik met de bedoeling beleefd te blijven. 'Je bent... eh... heel aardig. Een heel aardige collega.'

'Ik hoopte iets meer dan een collega te kunnen zijn.'

Ik begroef mijn nagels in mijn handpalmen. *Jezus, zeg, alsjeblieft niet*. Als hij probeerde me te versieren, zou ik het begeven. Het gewoon begeven. Het ironische was dat hij juist zo obsessief achter me aan zat omdat ik niet wilde dat hij me leuk vond. Er waren vrouwen die het verschrikkelijk vonden dat hij hen niet zag staan en anderen die dagenlang liepen te stralen nadat hij hen had getrakteerd op een van zijn glimlachjes. Waarom kon hij niet achter een van hen aan gaan?

Hij wierp me nog een blik toe. 'Ik moet hier in, toch?'

Ik knikte verbaasd. *Hoe weet jij eigenlijk zo goed de weg, Geoff?*

Alsof hij me had gehoord, zei hij rustig: 'Je hebt ooit gezegd dat je in Wilmington Estate woonde. Je bent toch niet verhuisd?'

'Nee.' Ik probeerde me uit alle macht te herinneren wanneer ik me dat had laten ontvallen. Alsof hij van onderwerp wilde veranderen bleef hij maar doorratelen, met allerlei onbenullig geklets over andere docenten. Ik reageerde met nietszeggende geluidjes en was met mijn gedachten heel ver weg. En toen keek ik omlaag en zag ik iets wat me opeens terugbracht in het hier en nu. Ik bukte me en haalde het voorwerp onder mijn stoel vandaan. Ik had al aan het hoekje van de bekende rood-witte verpakking gezien dat het een pakje Marlboro was.

'Geoff, wat moet jij hier nu mee?'

Hij wierp er een blik op. 'Je gaat toch niet moeilijk doen, hoop ik? Ik rook er soms een, als ik er even tussenuit moet.'

'Maar je bent gymnastiekleraar,' zei ik.

'Inderdaad, maar ik ben geen monnik. Ik drink redelijk veel, rook af en toe... nou en? Je hoeft echt geen atleet te zijn om gymles te geven op een meisjesschool, dat kan ik je wel vertellen.' Hij keek me weer aan. 'Elaine weet er niets van, en dat wil ik graag zo houden.'

'Uiteraard.' Het duizelde me. Ik had nooit gedacht dat Geoff degene zou kunnen zijn die me had aangevallen, misschien omdat ik zeker wist dat de overvaller rookte. Maar nu...

Ik moest aan dat oude grapje denken: *ik mag dan paranoïde zijn, maar dat wil nog niet zeggen dat ze niet achter me aan zitten.*

'Vanaf hier moet je me de weg wijzen,' zei hij terwijl hij de wijk in reed en vaart minderde tot hij stapvoets reed.

Ik kreeg sterk de behoefte uit de auto te stappen. 'Hiervandaan kan ik het wel lopend af. Stop hier maar.'

'Absoluut niet. Het is geen enkele moeite. Waar moet ik heen?' Hij drukte licht op het gaspedaal, waardoor we harder gingen rijden en het te gevaarlijk zou zijn om het portier te openen. Geoff had alle troeven in handen en hij genoot ervan.

Verslagen noemde ik de straatnaam en vertelde ik hem hoe hij er moest komen. Toen hij voor mijn huis stopte bekeek hij het taxerend.

'Geen gek huis, maar zo te zien moet er wel wat aan gedaan worden.'

Daar had hij gelijk in. Er groeide onkruid in de dakgoot. De verf van de raamkozijnen en de voordeur bladderde als dode huid.

'Ik ben dol op doe-het-zelven,' zei Geoff, terwijl hij zijn vingers strekte zodat de spieren van zijn zeer bruinverbrande onderarmen zich spanden. 'Overhemd uit, de ladder op, raamkozijnen schilderen in het zonnetje: er bestaat niets mooiers. Ik wil de jouwe graag doen, als je wilt.'

'Dat is heel aardig van je,' zei ik, terwijl ik mijn gordel afdeed. 'Maar daar is geen sprake van. Ik wil niet dat je zoveel moeite doet.'

'Dat is geen moeite; ik zou het juist leuk vinden,' zei hij snel. Ik deed te aardig. Het was tijd voor duidelijkheid.

'Geoff, hoor eens. Het maakt me niet zoveel uit hoe het huis eruitziet, oké? Laat maar zitten.'

Hij haalde zijn schouders op. 'Ook goed.' Ik zocht even naar de deurkruk, waarop zijn hand voor me langs schoot en hij de hendel vastpakte. Hij drukte zijn arm tegen me aan, waardoor ik terug in de stoel werd geduwd. 'Sarah,' zei hij schor. 'Wacht even.'

'Blijf van me af!' Ik kreeg het benauwd en voelde hoe mijn keel zich samenkneep. Ik snakte naar adem. 'Geoff, laat me los!'

'Ik wil alleen maar even praten,' fluisterde hij, terwijl hij zijn gordel afdeed. 'Sarah...'

Hij liet de deurhendel los, zodat hij mijn gezicht met beide handen kon omvatten en het dichter bij het zijne kon brengen. Hij was veel sterker dan ik. Ik besefte, alsof het niet mezelf betrof, dat hij me zou gaan kussen en dat ik er niets tegen kon doen. Zijn mond kwam neer op de mijne en ik hield mijn lippen stijf dicht, walgend van die zuigende lippen en de uitgestoken, natte tong die ze uit elkaar probeerde te krijgen. Ik reikte achter hem naar de toeter en sloeg er zo hard op als ik kon. Het getoeter klonk oorverdovend luid en de geluidsgolven trilden door de auto.

'Jezus,' brulde hij, en hij schrok terug. 'Waarom doe je dat nou, verdomme?'

'Laat me met rust, Geoff,' zei ik rustig. 'Ik meen het. Ik ben niet in je geïnteresseerd.' *Laat hem niet met een rotgevoel achter,* beval een stemmetje in mijn hoofd. *Je hebt immers geen behoefte aan drama's in de docentenkamer?* 'Luister nu eens goed: ik ben op dit moment niet in staat een stapje verder te gaan. Ik heb even geen behoefte aan een relatie.'

'Nou, dat had je alleen maar hoeven zeggen.'

Ik onderdrukte de opwelling om mijn ogen ten hemel te slaan. Hij keek voor zich uit naar buiten en zuchtte. 'Mag ik je er dan in ieder geval van proberen te overtuigen dat ik een goede vriend kan zijn, als er niet meer inzit?'

Ik kon wel door de grond zakken. 'Geoff, je hoeft niet…'

'Maar dat wil ik graag,' zei hij.

En alles draait natuurlijk om jou, hè? Nu was het mijn beurt om te zuchten. 'Wat je wilt.' Ik pakte mijn tas. 'Geoff, ik ben doodop. Bedankt voor de lift. Ben je niet boos?'

'Ik ben niet boos.'

Terwijl ik uitstapte, keek ik naar het huis aan de overkant, waar Danny Keane woonde. Iets daar had mijn aandacht getrokken. Een beweging. Het opzijschuiven van een gordijn, zo kenmerkend voor het leven in de buitenwijken. Ik draaide me om en liep hinkend de oprit op, zo snel als ik kon.

Alsof Geoff al niet voldoende de aandacht van de buren had getrokken, draaide hij ook nog eens zijn raampje open en riep me na: 'Je bent een bijzondere vrouw, Sarah. Tot gauw.'

Ik durfde me niet om te draaien. Ik was al binnen, bezig de deur op slot te draaien en te vergrendelen, toen hij eindelijk met getoeter als afscheidsgroet wegreed. Ik leunde tegen de deur en slaakte een kreet van pure frustratie. Nu wist hij precies waar ik woonde, als hij dat al niet had geweten. Een van ons beiden had zich versproken. Ik, als ik ooit in zijn bijzijn had gezegd dat ik in Wilmington Estate woonde, maar als hij op een andere manier achter mijn adres gekomen was, had híj zich daarnet verraden. Ik wist echt niet of ik zijn zin 'vanaf hier moet je me de weg wijzen' wel geloofde. Hij was het type dat nooit opgaf tot hij alles wist wat er te weten viel. *Hij kende het huis al*, dacht ik. Hij had het eerder gezien. Misschien had hij me wel begluurd. Ik rilde; ineens had ik het koud, en mijn vochtige kleren plakten aan mijn lichaam. Ik had Geoff altijd al een enge, maar in principe ongevaarlijke vent gevonden. Maar stel dat ik het mis had? Stel dat hij precies had geweten wat hij moest doen om een reactie bij me uit te lokken? Stel dat hij verantwoordelijk was voor mijn blauwe plekken? Stel dat hij wist dat ik geen autosleutels had en een lift naar huis nodig zou hebben?

Ik slikte even en probeerde te kalmeren. Een collega, geen bedreiging, zo stelde ik mezelf gerust. Belangstelling is nog geen obsessie. Vriendelijkheid is nog geen stalken. Zelfs al had hij me overvallen, dan nog kon hij niet hebben geweten dat ik geen setje reservesleutels had. Hij had er niet zeker van kunnen zijn dat ik geen lift van iemand anders zou krijgen.

Ik moest echt ophouden me zorgen te maken over Geoff, want ik was er hoe dan ook niet in geslaagd van hem af te komen. Op de een of andere manier had ik zelfs beloofd vriendschappelijker met hem om te gaan. Op de een of andere manier had ik hem tot vlak bij mijn voordeur gebracht. Misschien stak mijn paranoia weer de kop op, maar toch had ik het gevoel dat hij dit vanaf het begin zo had gepland.

1992

Zes weken vermist

Ik geef de deur van Charlies kamer een duwtje en hij zwaait open. Ik sta op de overloop en luister. Ik heb mijn drie barbiepoppen bij hun benen vast. Mama zit beneden televisie te kijken. Het weer is vandaag koud en nat, te koud om buiten te spelen. Ik hoef pas over een week weer naar school, maar ik kijk er al naar uit. De dagen zijn saai en lang sinds Charlie is verdwenen. Ik mis de dagelijkse routine van school, de gezelligheid. Ik mis mijn vriendinnetjes. De regen spat tegen de ramen en er rijdt een auto door de plassen langs ons huis, het ene moment is hij er, het volgende is hij alweer weg. Ik zet een voet in Charlies kamer, dan nog een. De vloerbedekking voelt raar aan, anders dan die op de overloop en in mijn kamer. Dikker, verend onder mijn voeten. Dat was ik vergeten; ik ben hier al weken niet meer geweest. Ik weet best dat ik hier eigenlijk niet mag komen, maar dat kan me niet schelen. Als ik stil ben, komt mama er nooit achter.

Ik loop op mijn tenen door de kamer en bekijk Charlies spullen. De slaapkamer ruikt nog steeds naar hem, zo'n jongenslucht van vuil en sokken. Het is fijn om hem te ruiken; ik mis hem. Ik ga lekker op de vloer zitten, met mijn rug tegen het bed, en ik zet mijn poppen naast me neer.

Zo zit ik daar een poosje te spelen. Ik speel modeshow en laat mijn liefste Barbie over mijn benen heen en weer lopen, terwijl de andere toekijken. Ik ben vergeten waar ik ben, en als ik een geluid bij de deur hoor, kijk ik eerst niet eens op.

'Waar ben jíj mee bezig?'

Daar staat mama, ze kijkt op me neer en de blik in haar ogen

maakt me bang. Ze ziet wit en haar ogen staren. Ik leg mijn poppen neer zonder mijn blik van haar af te wenden.
'Ik ben gewoon aan het spelen, mama.'
'Spelen?' Ze strekt haar hand uit, grijpt een pluk van mijn haar, en trekt me op tot ik sta.
Ik schreeuw het uit: 'Mama, je doet me pijn.'
Ze schudt me door elkaar, heeft me nog steeds vast bij mijn haar. 'Je mag hier niet komen, hoor je? Je mag hier niet komen.'
'Dat weet ik, mama, het spijt me. Ik zal het nooit meer doen.' Nu huil ik, maar dat lijkt ze niet te merken. Ze kijkt naar de poppen op de grond.
'Raap op.'
Ik gehoorzaam met mijn ogen vol tranen.
'Geef hier.'
Ze houdt haar hand uitgestoken en wacht af. Ik weet niet waarom ze mijn poppen wil hebben. Ik kan niet anders dan ze aan haar geven. Met haar andere hand grijpt ze mijn arm en trekt ze me Charlies kamer uit. Dan duwt ze me mijn kamer in.
'Je blijft hier tot ik zeg dat je eruit mag,' zegt ze, en ik ruik opeens de zoetzure geur, die aangeeft dat ze weer heeft gedronken. Ze trekt de deur dicht en ik ga op de rand van mijn bed zitten brullen, tot schreeuwens toe. Ik ben nu zover dat ik denk dat ik misschien moet overgeven als ik buiten een geluid hoor. Hoestend sta ik op om uit het raam te kijken.
Mama staat bij de vuilnisbakken op de stoep. Ze haalt het deksel van onze bak en propt mijn poppen, met de hoofdjes vooruit, tussen alle vuilniszakken. Ze gooit het deksel er weer op, loopt terug naar huis, en knalt de voordeur dicht. Er komt snot uit mijn neus en ik moet plassen, maar ik kan de deur van mijn kamer niet opendoen; ik ben te bang voor wat ze zou doen als ze mij op de overloop ziet staan, en ik dus weer ongehoorzaam ben. Ik kan nauwelijks geloven dat ze mijn poppen bij het vuilnis heeft gestopt. Ik kan niet geloven dat ze ze niet zal terughalen voordat de vuilnismannen komen. Maar in mijn hart weet ik dat ze voorgoed verdwenen zijn.
Het is al laat als ik wakker word, en heel even weet ik niet waarom ik pijn in mijn keel heb. Ik voel iets zwaars aan de rand van mijn bed.

Mijn vader zit daar, met één hand op mijn rug en de andere onder zijn kin.

'Gaat het een beetje, apie?'

Ik knik en opeens schiet me te binnen wat er is gebeurd. 'Mijn poppen...'

'Sorry, Sarah. Die zijn er niet meer.' Papa buigt voorover en geeft me een kus op mijn wang. 'Ik weet wel dat je niets verkeerds wilde doen. Zaterdag gaan we naar de winkel en dan kopen we een paar nieuwe poppen. Goed? Nog mooiere poppen.'

Ik wil geen nieuwe poppen. Ik hield van mijn oude. Ik stel me voor hoe ze in de vuilniswagen liggen, helemaal gemangeld en gebroken, of op de vuilnisbelt met viezigheid in hun haar, tussen allemaal troep.

Papa kijkt me bezorgd aan; ik kom overeind en sla mijn armen om zijn nek. Ik laat hem in de waan dat hij alles weer goed heeft gemaakt, dat ik niet meer verdrietig ben. Ik laat hem blij zijn dat hij mij blij heeft gemaakt.

Want dat wil hij graag.

8

Toen ik de volgende dag onderweg was naar de bibliotheek, dwong ik mezelf niet vaker dan twee keer om te kijken. Ik had me weer ziek gemeld en kon de angst niet van me afschudden dat iemand van school me in het centrum van Elmview zou zien lopen, overduidelijk prima in staat om in een lege school te zitten. Janet had gezegd dat de school maandag weer normaal open zou gaan, wat betekende dat ik deze dag ten volle moest benutten. Uiteindelijk zou alles weer vanzelf normaal worden, hoewel een gewoon dagelijks bestaan op dit moment wel erg ver van mijn bed was.

De borden voor de kiosken van Elmview die de kranten aanprezen, waren de opvallendste aanwijzingen dat de omstandigheden niet normaal waren. Op een ervan stond: JACHT OP JENNY'S MOORDENAAR. Op een ander: GESTOLEN ENGEL, met de gebruikelijke foto van haar ernaast. Ze zag er inderdaad engelachtig uit. Vickers was erin geslaagd haar zwangerschap tot nu toe uit de media te houden. Het zag er niet naar uit dat de belangstelling voor de moord aan het afnemen was. Het was nog steeds groot nieuws, te oordelen naar de nieuwsploegen die de straten van het stadje bevolkten. Er was nog meer wat me rillingen bezorgde: politieposters op de ruiten van vrijwel elke winkel, waarin opgeroepen werd informatie te verschaffen, en bloemen die waren neergelegd buiten de kerk waar de herdenkingsdienst was gehouden. De mensen die langs me heen liepen zagen er nerveus uit, gekweld, en ik had het gevoel dat iedereen die ik passeerde erover sprak.

Het was rustig in het stadje, maar dat was niet ongebruikelijk. De bewoners van Elmview verdeelden hun klandizie over Guildford en Kingston als ze gingen winkelen; het kleine stadscentrum was er uitsluitend voor de dagelijkse boodschappen. Het kwijnde langzaam weg; wekelijks verdwenen er kleine zaakjes en er kwam niets voor in de plaats. Het enige verrassende eraan was dat het hele proces zo lang duurde.

Toch was de gemeente niet van plan zich zomaar gewonnen te geven. De bibliotheek was pas verbouwd; de geur van verse verf hing nog in de lucht en prikte in mijn neus. Er stond een rij mensen voor me, maar toen ik eenmaal voor de balie van de bibliothecaresse stond, had ik nog steeds niet bedacht wat ik zou zeggen. De bibliothecaresse was jong en had kennelijk erg haar best gedaan zich te onderscheiden van het stereotype met het slobberende vest: ze was tot in de puntjes opgemaakt, had supersteil haar met highlights, droeg een nauwsluitend topje en een strakke zwarte broek, waarvan de pijpen in laarzen met sleehakken zaten. Het naamplaatje dat ze droeg was te zwaar voor de stof van haar topje, waardoor dat was afgezakt en een ravijn van knokig borstbeen had blootgelegd. Ik keek steels naar het naamplaatje en stelde uiteindelijk vast dat ze Selina heette. Ik had nauwelijks uitgelegd dat ik het krantenarchief wilde bekijken, of ze sprong al op vanachter de balie.

'We hebben alle uitgaven van de plaatselijke krant op cd-rom staan, vanaf 1932. Wat zoek je precies?'

'O, nou, lokaal nieuws eigenlijk,' zei ik, en ik bedacht dat ik een geloofwaardig verhaal had moeten verzinnen voordat ik er met iemand over ging praten. 'Ik zou willen beginnen in... laten we zeggen: 1992.'

'Ben je toen hier komen wonen of zo?' vroeg de bibliothecaresse, terwijl ze me voorging naar een beeldscherm. Ik volgde haar zonder antwoord te geven.

'Dit is echt een geweldig systeem. Ze hebben het voor de millenniumwisseling opgezet. Als je een paar jaar geleden was gekomen, had je alles op microfiche moeten bekijken. Dat was vreselijk; het apparaat ging steeds kapot en het gaf een hoop herrie,' kwebbelde Selina, waarmee ze zelf ook behoorlijk wat herrie produceerde. Ze tikte een wachtwoord in. 'En daar weer voor hadden we allemaal gebonden papieren exemplaren van de krant, grote, in leer gebonden boeken. Die namen ontzettend veel ruimte in beslag. Zo, je zoekt dus 1992...'

Ik vond het wel grappig dat een bibliothecaresse iets tegen echte boeken had, maar dat zei ik niet tegen Selina, die in een dossierkast naast het beeldscherm aan het zoeken was. Ze trok een lade open en liep met de snelheid van het licht door de inhoud heen. De la zat vol cd's in plastic hoesjes.

'Op deze cd staat het plaatselijke nieuws van 1992, en ik kan je ook het landelijke nieuws geven, als je wilt.'

'Plaatselijk en landelijk zou geweldig zijn, dank je wel. Als ik nog andere jaren wil bekijken, kan ik die dan zelf opzoeken?'

'Jazeker, als je er maar aan denkt te noteren wat je pakt.' Ze liet me een klembord zien dat op de dossierkast lag. 'Schrijf hier datum en tijd, je naam en het serienummer van de cd op. En probeer ze niet terug te stoppen als je klaar bent; breng ze gewoon naar de balie. Dan berg ik ze weer op. Het is geen ingewikkeld systeem, maar je zou ervan opkijken hoeveel mensen het niet lijken te snappen. Ik zeg niet dat jij ze verkeerd zou opbergen, maar we hebben nu eenmaal die regel, begrijp je? O ja, er staat een printer onder het bureau; je kunt alles printen wat je maar wilt; we rekenen vijf pence per bladzijde, te betalen als je klaar bent. Dat is geen gekke prijs. We maken er geen winst op of zo. In een internetcafé betaal je twee keer zoveel, hoewel ze daar natuurlijk wel moeten uitkijken dat ze er niet bij inschieten.'

Ze kletste maar door met luide stem en ik keek om me heen, hopend dat niemand er last van had. De andere gebruikers van de bibliotheek leken zich echter voor haar te kunnen afsluiten. Ik was blij dat ik me wat terughoudend had opgesteld over wat ik zocht; ik zag al voor me hoe alle bijzonderheden door de hele zaal zouden hebben geschald.

'Roep me maar als je hulp nodig hebt,' zei ze, voordat ze weer naar haar balie snelde. Gezien haar eigen opvatting van stemvolume, vermoedde ik dat ze dit letterlijk bedoelde.

Ik ging zitten en klikte langs introductieschermen en bestandslijsten. De datum van Charlies verdwijning – 2 juli – zit in mijn hart gegraveerd. Ik klikte op de bestanden van die dag in 1992 en mijn hart sloeg over toen het volledige scherm werd gevuld met de voorpagina van de *Elmview Examiner*. Het hoofdartikel ging over de plannen van de gemeente om de riolering van de hoofdstraat te vervangen en over de verkeerschaos die daarvan het gevolg zou zijn. Er was geen enkele aanwijzing dat er die dag iets buitengewoons zou gebeuren. De krant kwam indertijd nog wekelijks uit; ik klikte met een intens slecht voorgevoel op de week die volgde. Charlie had de krantenkoppen gehaald.

GROEIENDE BEZORGDHEID OM VERMISTE JONGEN

Er heerst groeiende bezorgdheid om de veiligheid van Charlie Barnes, de vermiste scholier uit Elmview. Een week is verstreken sinds de twaalfjarige jongen voor het laatst is gezien, en de politie doet haar uiterste best hem op te sporen. Charlie (foto onder) is op donderdag 2 juli verdwenen uit zijn woning in het Wilmington Estate. Eenieder die Charlie sindsdien heeft gezien, of zijn huidige verblijfplaats kent, wordt verzocht zich direct te melden bij het politiebureau in zijn of haar woonplaats. Charlies vader, Alan Barnes, zei gisteren: 'We zijn erg ongerust over onze zoon en willen dolgraag dat hij thuiskomt. We willen niets anders dan hem terugzien en tegen hem zeggen hoeveel we van hem houden.'

Ik liep snel door de kranten heen, de plaatselijke en de landelijke, en volgde het verhaal zoals zich dat de dagen en weken erna ontwikkelde. De koppen sprongen haast op me af van de gescande bladzijden. *The Sunday Times*, 5 juli 1992: ZOEKTOCHT NAAR VERMISTE JONGEN VOORTGEZET. *The Daily Mail*, 7 juli 1992: WIE HEEFT CHARLIE ONTVOERD? *The Sun*, 9 juli 1992: GEEF ONS ONZE ZOON TERUG.

Ik bleef even hangen bij de foto's. Een ervan toonde mijn moeder, met haar blik van de camera afgewend; haar gezicht was ingevallen en gerimpeld van spanning en ongerustheid. Ze hield haar hand tegen haar hals, haar andere arm om haar middel. Ze zag er heel mooi uit – diep verdrietig, dat wel, maar toch mooi. Kleinere foto's van Charlie en mijzelf bij de kerstboom, van een paar jaar eerder, met cadeautjes in onze armen; Charlie op zijn fiets; Charlie in zijn schooluniform, met een gekke grijns en zijn overhemd open zodat zijn malle kettinkje zichtbaar was, een leren koord met drie kralen eraan. Hij moest en zou het om hebben; hij kon behoorlijk koppig zijn als hij wilde.

Mijn aandacht werd getrokken door krantenknipsels waarin de afschuwelijke, zinloze procedure werd beschreven waarmee men mijn broer, of degene die hem had ontvoerd, niet had weten te vinden.

De politie van Surrey heeft ooggetuigenverklaringen met betrekking tot een man van middelbare leeftijd die zich rond het tijdstip van de verdwijning van Charlie Barnes verdacht ophield in Wilmington Estate, naast zich neergelegd. Uitgebreid onderzoek heeft de politie geen enkele aanwijzing opgeleverd voor de verblijfplaats van de vermiste schooljongen. Inspecteur Charles Gregg, de rechercheur die het onderzoek leidt, zegt: 'We weten dat het publiek zeer bereid is op welke wijze dan ook te helpen bij het opsporen van Charlie. We zijn blij met de informatie die we inmiddels hebben, maar helaas heeft die niets opgeleverd. Als iemand zich iets herinnert wat nuttig kan zijn voor onze zoektocht naar Charlie, laat hij of zij dan niet aarzelen contact op te nemen met de politie.'

De commissaris van politie van Surrey reageerde gisteren tijdens een persconferentie geërgerd op de vraag of de politie geen ideeën meer had met betrekking tot het opsporen van Charlie Barnes. In de afgelopen weken is een gebied van acht kilometer rond de woning van de jongen volledig uitgekamd, met teleurstellend resultaat. Sinds Charlies verdwijning tien dagen geleden zijn er geen geloofwaardige berichten gekomen dat hij zou zijn gezien...

De politie ontkent dat er een onderzoek naar Charlie Barnes' vader Alan is ingesteld in relatie tot de verdwijning van zijn zoon. Buurtbewoners menen echter dat het onderzoek nu is gericht op het gezin zelf, en wijzen erop dat Alan Barnes recentelijk opnieuw is verhoord en dat de politie hem heeft gevraagd opgave te doen van zijn gangen op de dag in kwestie.

Ik rilde opnieuw. Toen er dagen waren gepasseerd zonder taal of teken van Charlie, was het medeleven geleidelijk overgegaan in achterdocht. Statistisch gezien was in geval van molestatie van een kind de kans het grootst dat een familielid en niet een vreemde hiervoor verantwoordelijk was, zoals Blake had gezegd. Zonder geloofwaardige verdachte had men de aandacht weer op ons gevestigd. De toon van de verslagen veranderde toen de journalisten begonnen te speculeren over het huwelijk van mijn ouders. Ze schreven wat eerder niet gedrukt kon worden.

Laura en Alan Barnes zijn volgens eigen zeggen slachtoffers van een fluistercampagne waarmee roddels over hen worden verspreid. Bijna een maand nadat Charlie voor het laatst is gezien, groeit de verdenking dat zijn ouders op de hoogte kunnen zijn van wat hem is overkomen. Een van de buren, die anoniem wil blijven, zei: 'Je gaat je vanzelf dingen afvragen. Niemand weet waar dit kind is gebleven, en zij komen maar op de tv en in de krant, en geven interviews alsof ze beroemde mensen zijn. Je zou bijna denken dat ze maar al te graag in het centrum van de aandacht staan.' Een andere buurtbewoner vertelde: 'Hun verhaal klopt niet. Dit is zo'n drukke wijk. Als iemand hierheen was gekomen om een kind te kidnappen, kan ik me niet voorstellen dat niemand hem heeft opgemerkt.' De ouders zijn verontwaardigd en ontkennen dat ze genoegen scheppen in alle media-aandacht, en zeggen dat ze de media juist gebruiken om de aandacht op Charlie gevestigd te houden, zodat hij zal worden herkend als iemand hem ziet. De vraagtekens zullen echter nog lang niet verdwijnen.

Mijn ouders waren loslopend wild, amusement voor de massa.

Bijna met tegenzin zocht ik verder naar de namen van mijn ouders. Ik verwisselde cd's om te zien wat er in 1996 was geschreven. Daar stond het, vier jaar na Charlies verdwijning: een kort berichtje met een kop die eruit sprong. OUDERS CHARLIE UIT ELKAAR. Ook hier weer versluierde toespelingen en hergebruikte citaten. In het artikeltje was een nietszeggend commentaar van een relatietherapeut verwerkt, over het effect dat stress kon hebben op een huwelijk, en wat droge statistische gegevens over gestrande huwelijken na traumatische ervaringen. De afschuwelijke tragiek ervan werd niet eens aangestipt.

Ik begon moe te worden en mijn ogen brandden van het turen naar het scherm. Ik rekte me uit en keek om me heen, en besefte dat ik langer had zitten lezen dan ik had gedacht. Selina zat geanimeerd te bellen en de bibliotheek was inmiddels leeg. Het was bijna lunchtijd, maar ik had absoluut geen honger.

Ik gooide het over een andere boeg, terug naar de cd's met de vroege jaren negentig. De eerste gleed erin en ik klikte op het zoekvenster en tikte 'Wilmington Estate' in. Toen bekeek ik de resultaten: plaatselijke activiteiten, kleine criminaliteit, een stijging van het aantal inbraken en autodiefstallen in de buurt. Ik was op zoek naar pogingen tot ontvoering of veroordelingen wegens pedofilie. Ik aarzelde bij een verslag over kindermishandeling aan de andere kant van de wijk, maar er kon eigenlijk geen verband bestaan tussen een ondervoede baby en wat mijn broertje was overkomen.

Ik was algauw weer terug bij 1992. Charlie werd vermeld op de eerste pagina met treffers. Op de tweede pagina stond: '… actie om fondsen te werven voor Laura en Alan Barnes door bewoners van het Wilmington Estate…' Dat was aan het begin geweest, voordat de mensen uit de buurt van mening waren veranderd over ons. Ik verving de cd door die van 1993, en daarna bekeek ik die van 1994. Steeds hetzelfde liedje – kleine criminaliteit, graffiti-rages, vandalisme en een poging tot brandstichting. Steeds weer dezelfde verhalen. Ik hield vol en scrolde hardnekkig langs de treffers, terwijl ik de eerste kille steken van teleurstelling al voelde. De treffers van 1994 zorgden even voor opwinding, met een reeks verslagen over een man uit de buurt die was veroordeeld wegens kindermishandeling, maar hij was pas in 1993 in de wijk komen wonen. Bovendien leek hij geïnteresseerd in zeer jonge meisjes.

Ik zat met mijn hand onder mijn kin in het wilde weg door de bestanden te scrollen, en de maanden en jaren schoven voorbij, toen me opeens een naam opviel. '… Derek Keane, 41, wonende Curzon Close 7, is voor de rechter verschenen na een aanklacht wegens doodslag…' Die naam kende ik. Derek Keane was de vader van Danny. Ik klikte de link snel aan.

MAN ONTKENT SCHULD AAN DOODSLAG

Derek Keane, 41, wonende Curzon Close 7, is voor de rechter verschenen na een aanklacht wegens doodslag op zijn vrouw Ada, 40. Keane heeft alleen zijn naam en adres opgegeven, en verklaard niet schuldig te zijn. Ada Keane is afgelopen zaterdag overleden na een val van de trap in haar woning in Wilmington Estate. Ze laat twee zoons achter, Daniel, 18, en Paul, 2. Buren hebben verklaard voor het incident geruzie te hebben gehoord, en de politie heeft Keane maandag gearresteerd. De zaak zal in oktober dienen.

In 1998 was ik veertien en volledig gefocust op mijn eigen ellende. Bovendien had ik het grootste deel van dat jaar in Manchester gezeten, bij tante Lucy en oom Harry, toen mijn moeder was opgenomen. Het was geen wonder dat ik me Ada's dood niet herinnerde. Op een gegeven moment moet iemand me wel iets hebben verteld, want ik wist dat ze was overleden, maar niet wat daarvan de oorzaak was. Ik drukte op Print, ging terug naar het zoekvenster en tikte 'Derek Keane' in.

KEANE VEROORDEELD VOOR DOODSLAG OP ECHTGENOTE

Het proces tegen Derek Keane voor de strafrechter in Kingston, dat een week heeft geduurd, is gisteren afgesloten met het unanieme oordeel 'schuldig'. De rechtbank had getuigenissen van forensische deskundigen gehoord waaruit kon worden opgemaakt dat Ada Keane vlak voor de val die haar het leven kostte, in een worsteling verwikkeld was. Keane, 41, gaf toe dat hij ruzie met zijn vrouw had gehad, maar ontkende dat hij haar tijdens het meningsverschil had geslagen.

De officier van justitie beweerde dat Keane zijn veertigjarige echtgenote had geslagen, waarbij een kneuzing aan de zijkant van haar gezicht is ontstaan, die volgens de deskundigen in vorm en afmeting zeer veel overeenkomsten had met de hand van Derek Keane. Hoofdofficier van justitie Edward Long zei tegen de jury: 'U moet het schuldig uitspreken als u van mening bent dat zijn handelingen rechtstreeks hebben geleid tot de tragische dood van zijn echtgenote, ook indien u niet denkt dat dit zijn bedoeling is geweest.' Keane hield vol dat de val van zijn vrouw een ongeluk was, maar de jury geloofde de versie van justitie over wat er is gebeurd op de avond van 20 juni jl. Keane is veroordeeld tot vijf jaar gevangenisstraf.

De foto bij het artikel liet een forsgebouwde man met grijzend haar zien; hij hield zijn geboeide handen omhoog om zijn gezicht te beschermen tegen de camera's buiten het gebouw van de rechtbank. Ik probeerde te ontdekken of hij gelijkenis vertoonde met Danny, maar het was lastig iets van zijn gezicht te zien. Toch maakte ik een afdruk. Ik kon me meneer Keane nauwelijks herinneren. Charlie en Danny speelden altijd bij ons thuis of op straat, maar nooit bij Danny thuis. En Danny's moeder... een magere vrouw, met kort haar, en vrijwel nooit zonder sigaret, waarvan de as trilde als ze hem op haar onderlip liet balanceren. Ik had haar veel ouder dan veertig geschat.

Danny was dus op zijn achttiende zonder moeder achtergebleven, met een vader in de gevangenis en een tweejarig broertje om voor te zorgen. Onze tragedie was niet de enige geweest in Curzon Close. Het leek erop dat 1998 voor iedereen een slecht jaar was geweest. Ik ging terug naar het zoekvenster en tikte 'Alan Barnes' in. Ik wist wat er zou verschijnen en ik vond het afschuwelijk het daar in zwart-wit op het scherm te zien staan. TRAGISCHE DOOD VADER VAN VERMISTE CHARLIE. Mijn keel kneep zich samen en ik slikte, terwijl de cursor bij de link bleef knipperen.

Ik had geen flauw idee dat er iemand over mijn schouder meekeek, tot er een hand op de mijne werd gelegd, die voor mij op de muis klikte. Terwijl het scherm wit werd en de cd zoemde, sloot ik het programma. Ik hoopte dat hierdoor de opdracht om het bestand over de dood van mijn vader te openen, zou worden onderbroken. Ik had de dikke, bleke hand die op de mijne lag herkend. Sterreporter Carol Shapley, op het spoor van een groot verhaal.

'Ik ben klaar,' zei ik, en ik begon de cd's en de afdrukken bij elkaar te zoeken.

'O, geeft niet. Ik heb geen haast. En je kunt die wel cd's laten liggen.' Ze had een humorloos glimlachje op haar gezicht. 'Het lijkt erop dat we belangstelling voor hetzelfde onderwerp hebben, hè?'

'Ik heb geen idee,' zei ik stijfjes en ik hield de cd's stevig tegen mijn borst geklemd. 'Helaas heeft de bibliothecaresse me gevraagd de cd's bij haar in te leveren. Ze werken volgens een bepaald systeem.'

Carol wierp een snelle blik op de balie van de bibliothecaresse. 'Selina? Ze vindt het heus niet erg als je ze aan mij geeft, hoor. Ze weet dat ik er goed mee omga.'

Ik schudde mijn hoofd. 'Sorry. Dat vind ik geen prettig idee.' Ik zou me niet laten overtroeven door Carol Shapley. Ik keek haar strak aan met een zorgvuldig neutraal gehouden gezicht, terwijl ze mij een norse, starre blik toewierp.

Nu ze merkte dat ik niet zou toegeven, geeuwde ze even. 'Goed, hoor. Breng ze maar terug. Maar Selina heeft tijd nodig om die cd's weer op te bergen. Misschien kun je me ondertussen even helpen.'

'Daar voel ik niet veel voor.' Ik pakte mijn tas, hing hem over mijn gezonde schouder en hinkte naar de balie van de bibliothecaresse. Ik merkte dat mijn handen trilden toen ik de afdrukken door mijn vingers liet gaan om te berekenen hoeveel ze van me kreeg.

'Vijf bladzijden?' zei Selina opgewekt. 'Dat is dan vijfentwintig pence. Nou, je hebt niet veel geprint, hè? Terwijl je daar toch een poos bezig bent geweest. Ik dacht dat je met hele stapels zou aankomen.'

'Ze is heel selectief,' zei Carol, die zich van achteren om me heen boog voordat ik iets kon zeggen. 'Ze wist precies wat ze zocht.'

'Goed zo,' zei Selina opgewekt, even nietszeggend als altijd. Ik wist niet hoe ik het had.

Selina deed er een eeuwigheid over om mijn munt van vijftig pence te wisselen, en vervolgens moest ik haar ervan verzekeren dat ik geen verstevigde envelop nodig had om de kopieën te beschermen.

'Heb je alles gevonden wat je zocht?' Ze keek me aan, terwijl ze met haar ogen knipperde.

Ik verzekerde haar dat ik alles had en bedankte haar voor haar hulp, stopte de opgevouwen papieren in mijn tas en liep zo snel ik kon naar de uitgang. Carol liep vlak achter me aan.

'Ik wil eigenlijk al een paar dagen even met je praten, Sarah, en ik denk dat je wel weet waarom,' zei ze, nadat ze als eerste de uitgang had bereikt. 'Je hebt de eerste keer dat we elkaar spraken een beetje tegen me gejokt, is het niet?'

'Ik heb geen idee waar je het over hebt,' zei ik, en ik baalde ervan dat ik geen auto had. Ik keek rechts en links of ik een ontsnappingsmogelijkheid zag, maar ik wist geen uitweg te vinden.

'Een muisje heeft me ingefluisterd dat jij degene bent die Jenny's lichaam heeft gevonden, Sarah,' kirde Carol in mijn oor. 'En dat was niet wat je mij liet denken, hè?'

'Moet je eens goed luisteren. Ik wil hier niet over praten.' Mijn hersenen draaiden op volle toeren. Wie had haar in vredesnaam verteld dat ik Jenny had gevonden? De Shepherds niet, Vickers niet, Blake zeker niet... maar Valerie Wade was wel een mogelijkheid. Zij zou de vleierij van Carol niet kunnen weerstaan. Maar het deed er niet toe; het ging erom dat Carol het wist.

En als ze dit wist, wist ze misschien nog veel meer, zoals de stand van zaken binnen het onderzoek. Ik hield ermee op te bedenken hoe ik aan haar kon ontkomen en begon me af te vragen hoe ik erachter kon komen wat ze wist. Ik had een nieuwe informatiebron nodig als ik op de hoogte wilde blijven: Blake had me heel duidelijk gezegd dat ik me overal buiten moest houden, dus hij zou me zeker niet vertellen wat er speelde. Afgezien daarvan hadden hij en ik wel andere dingen aan ons hoofd. Uit het niets kwam er een reeks niet geheel welkome beelden bij me op; Blake, die op me lag en bewegingen maakte, geconcentreerd kijkend. Zijn handen, traag en doelgericht, donkerder getint dan mijn huid. Een rilling schoot door me heen. Dit was daar niet het juiste moment voor. Ik sloot een halve tel mijn ogen en sleurde mezelf op tijd uit het bed van Blake om Carol te horen zeggen: 'Kom nou, Sarah. Off the record. Ik zal niet schrijven over dingen waarvan jij niet wilt dat ze gepubliceerd worden.'

'En je zult ook mijn naam niet noemen?' vroeg ik, in een poging de indruk te wekken dat ik nog steeds overwoog met haar te praten; ik hoopte van harte dat ze niet had gemerkt dat mijn gedachten even waren afgedwaald.

'Absoluut niet. Ik houd je buiten schot.' Ik zag aan de glans in haar ogen dat Carol dacht dat ze haar overwinning al binnen had.

'Goed dan,' zei ik met gemaakte tegenzin, en ik volgde haar naar een nabijgelegen café. Ze bestelde voor ons allebei een sandwich en betaalde er opzichtig voor. De bal lag bij haar en dat liet ze me merken.

Het café was klein en donker. Carol ging me voor naar een tafeltje bij het raam en haalde een cassetterecorder tevoorschijn. 'Heb je geen bezwaar?' Ze controleerde of het ding werkte. 'Ik ben graag heel accuraat.'

Ja, vast, dacht ik.

'Oké,' zei ze toen de serveerster twee porseleinen mokken boordevol donkerbruine thee op ons tafeltje neer had gezet. 'Laten we bij het begin beginnen. Vertel eens wat over Jenny.'

Met zo min mogelijk emoties en ophef beschreef ik hoe ik het lesgeven aan Jenny had ervaren, en mijn algehele indruk van haar. Ik probeerde wat ik vertelde zo vlak en weinig citeerbaar mogelijk te houden. 'Ze was een heel aardig meisje, dat erg hard werkte. Ze deed altijd goed haar best.'

Carol boog voorover. 'En wat gebeurde er toen? Ze was niet op school, hè?'

Ik schudde mijn hoofd.

'Wist je dat ze werd vermist?'

'Pas toen haar vader maandagochtend op school kwam,' gaf ik toe. 'Hij maakte zich natuurlijk zorgen omdat ze vanaf zaterdag al vermist was, en wilde met haar klasgenootjes praten. Maar niemand wist er iets van.'

'Aha.' Carol knikte bemoedigend. Volgens mij had ze tot dan toe niets nieuws gehoord. 'En toen ging je hardlopen.'

'Inderdaad.'

'En toen vond je haar,' vulde ze aan.

'Ja.' Ik keek uit het raam.

'Vertel daar eens wat over,' zei Carol na een paar seconden, toen haar duidelijk was geworden dat ik niet van plan was erover uit te weiden.

'Nou ja, het is moeilijk me te herinneren wat er precies gebeurde. Ik zag iets vreemds, besefte dat het een lichaam was en belde de politie. Die kwam en de rest is je bekend.'

'En wanneer besefte je dat je haar kende? Op welk moment herkende je Jenny?'

'Dat weet ik niet zeker.'

'Heb je het lichaam goed bekeken toen je het had gevonden?'

Ik had het wegstervende daglicht op haar bleke, koude huid gezien. Ik had het rijtje droge halvemaantjes gezien; de afdrukken van haar tanden in haar onderlip.

'Zo dichtbij ben ik eigenlijk niet geweest,' zei ik rustig.

De tijd was gekomen om Carol een koekje van eigen deeg te geven; ze was genoeg van mij te weten gekomen. 'Je moet wel veel van de gang van zaken afweten als je erachter bent gekomen dat ik degene was die het lichaam heeft gevonden.'

'Ik heb zo mijn bronnen.' Carol nam zelfvoldaan kleine slokjes van haar thee.

'Hoe staat het er nu voor? Hebben ze al een verdachte?'

'Ze zijn bezig met een paar mensen, maar ik geloof eerlijk gezegd niet dat ze weten hoe het zit. Van het lichaam zijn ze niets wijzer geworden. Niets bruikbaars voor forensisch onderzoek. Het meisje was volkomen schoon.'

Dat was interessant. 'Zijn ze er al achter hoe ze is gestorven?'

Carol keek me scherp aan. 'Ze hebben toch bekendgemaakt dat ze is verdronken?'

'O ja,' zei ik, en ik besefte dat ik een fout had gemaakt.

'Vond je het er niet uitzien als een verdrinkingsgeval? Want jij hebt het lichaam gezien. Waarom vind je verdrinking vreemd? Lag ze niet bij een meertje?'

Ik haalde mijn schouders op. 'Het moet me zijn ontschoten.'

Carol schudde geërgerd haar hoofd. 'Nee, je wist dat er iets raars aan was. Ik heb de indruk dat je me om de tuin probeert te leiden.'

'Welnee,' zei ik en ik liet iets van beledigde onschuld in mijn ontkenning doorklinken, waar Carol echter volstrekt niet intrapte.

'Sarah, je weet heel goed dat het lichaam niet in de buurt van water lag. Ja, toch? Omdat ze daar niet is gestorven. Ze hebben kunnen aantonen dat ze is verdronken in water dat met chemicaliën was gezuiverd.'

'Wat bedoel je daarmee?' Ik had echt geen idee.

'Kraanwater. Ze is ergens binnenshuis verdronken. In een bad of een gootsteen, zoiets.' Carols stem klonk zakelijk. Ze dumpte een volle lepel suiker in haar thee en roerde er stevig in; het metaal tikte tegen het dikke porselein van de mok.

Ik kneep mijn handen ineen onder de tafel, zodat Carol ze niet zou zien trillen. Iemand had op kille wijze een einde aan Jenny's leven gemaakt, in een badkamer of een keuken, had een huiselijke, veilige plek in een slachthuis veranderd.

'Hoe zijn de Shepherds eronder?' vroeg ik, want ik realiseerde me opeens dat er een stilte was gevallen.

'Haar moeder is uiteraard radeloos,' zei ze, met een mond vol brood met bacon. 'Óf ze zit zwaar onder de pillen, óf ze is in tranen. Ik denk ook niet dat de politie iets wijzer van haar is geworden. Haar vader… haar vader is een ander verhaal. Hij is kwaad. Ik heb nooit iemand gezien die zo stijf staat van woede.'

Toen ik hem de eerste keer zag, hadden zijn ogen vol angst gestaan. De woede was pas later gekomen. Ik prikte in mijn brood. 'Iedereen reageert weer anders op zoiets.'

'Tja, jij weet daar natuurlijk alles van,' zei Carol.

Ik keek op, ineens achterdochtig. De journaliste keek me recht aan; haar blik was bikkelhard.

'Ik was wat aan het speuren in de dossiers; ongeveer wat jij daar in de bibliotheek deed, stel ik me zo voor. En weet je wat ik ontdekte? Nog een kind dat vermist werd, een hele tijd geleden. Vijftien jaar geloof ik?'

'Zestien jaar,' zei ik. Ik zag wel in dat het geen zin had eromheen te draaien.

Ze glimlachte humorloos. 'Klopt. Want jij was toen nog maar een klein meisje, nietwaar? Ik keek er zelfs van op dat ik je herkende. Maar het kwam direct weer bij me boven. Stel je voor hoe verbaasd ik was, Sarah, toen ik je foto in de krant zag, met die arme ouders van je. Ik werd niet op het verkeerde been gezet door de naamsverandering; het was doodsimpel om dat na te gaan. Je moeders meisjesnaam, hè?'

Ik zei niets. Dat was niet nodig.

'En dus bedacht ik,' zei Carol, nadat ze nog een enorme hap van haar sandwich nam en verder sprak met een mond vol witbrood, bacon en ketchup, waardoor haar woorden werden gedempt, 'dat ik er maar eens een stukje over moest schrijven wat een gezin in zo'n geval doormaakt. Je weet wel, wat er gebeurt met degenen die achterblijven.'

Onwillekeurig ontschoot me een geluidje dat aangaf dat ik het daar niet mee eens was. Carol ging er meteen op in. 'O, maar ik vraag je niet om je medewerking te verlenen, hoor. Ik vertel je dit gewoon. Dacht je dat ik niet had gemerkt dat je informatie van binnenuit krijgt over het onderzoek? Dacht je dat je eraan zou ontkomen me daarvoor iets terug te geven? Volgens mij zou het een geweldig humaninterestverhaal kunnen worden. Twee tragedies op één plek, en jij bent de bindende factor. Het is bijna… nou ja, eigenlijk bijna gríézelig. En ik ben de enige die de link heeft gelegd, waardoor het een zeer verkoopbaar idee is.'

'Luister eens,' zei ik zwakjes, 'ik wil er echt niets over kwijt.'

'Nee, luister jij nu maar eens naar míj. We kunnen dit op twee manieren doen. Ik kan met jouw hulp een fraai stukje in elkaar zetten dat de lezers van het ochtendblad snotterend zullen lezen, of ik kan zelf iets schrijven waarin elk roddelpraatje dat ooit is rondgegaan over jou, je familie en je arme overleden vader aan bod komt, want iedereen is immers gaan denken dat hij meer wist dan hij wilde toegeven. En nu dit weer. Ik denk toch dat het een beetje vreemd is dat jij hier zo bij betrokken bent. Je hebt blijkbaar wat met tragedies, hè? Je zult de aandacht die je vroeger kreeg wel missen. Iedereen is Charlie immers vergeten? Vind je dat eigenlijk wel eerlijk? Wil je niet dat hij in ieders herinnering blijft?'

Ik zei niets en ze boog zich voorover, waarbij haar borsten op het vettige formica tafelblad kwamen te liggen en zich daar uitspreidden. 'Jij mag het zeggen, Sarah. Je kunt met me praten of niet. Ik kan het met of zonder jou schrijven. Of…' Ze glimlachte. 'Ik zou ook je moeder kunnen benaderen hierover.'

'Nee, niet doen,' zei ik angstig. 'Laat haar erbuiten.'

'Waarom zou ik? Misschien heeft ze wel wat waardevolle inzichten.' Carol leunde achterover in haar stoel. 'Je weet nog wel hoe je vader zich van het leven heeft beroofd, Sarah…'

'Dat was een ongeluk.'

Ze ging er direct op in. 'Een ongeluk dat jou en je moeder voldoende opleverde voor de rest van jullie leven. Een flinke som verzekeringsgeld. Je moeder heeft sindsdien nooit meer hoeven werken.'

Dat klopte, ze had niet meer hoeven werken, en dat had haar geen goed gedaan. Ik stond op en griste mijn tas mee, te kwaad om nog iets te zeggen.

'Voordat je zo haastig wegloopt, moet je hier eens over nadenken,' zei Carol. 'Als je met mij samenwerkt, babbelen we even wat, en laat ik je overkomen als een engel. Dan maak ik niet eens je nieuwe naam bekend. Jij krijgt de kans om met alle leugens af te rekenen; ik krijg een fraai stukje human interest, dat het goed zal doen in de zondagskranten. Ik denk dat het prima zou passen in *The Sunday Times*. Of misschien in *The Observer*. In elk geval in een kwaliteitskrant.'

Ik aarzelde, stond in tweestrijd. Ik vertrouwde Carol niet. Anderzijds wist ik zeker dat ze me in een kwalijk daglicht zou plaatsen. 'Ik heb erg mijn best gedaan mijn privacy te waarborgen. Ik wil niet worden gefotografeerd. Ik wil niet dat iemand uit het artikel kan opmaken wie ik ben.'

'Uiteraard, dat zal geen enkel probleem zijn. Toe nou,' vleide ze. 'Het is aan jou.'

Dat was natuurlijk niet waar. Ik moest nu eigenlijk zeggen dat ze de pot op kon. Ik wist dat het slecht zou aflopen als ik met haar zou praten. Maar ik kon het risico niet nemen.

Verslagen ging ik weer op het puntje van de stoel zitten. 'Wat wil je weten?'

1992

Zeven weken vermist

De geur van school op de eerste dag na de vakantie: krijtstof, nieuwe verf, een desinfecterend middel, nieuwe boeken. Voor de klas staat mijn nieuwe juf; nieuw in de klas en nieuw op school. Ze is lang en slank, heeft heel kort, donker haar en groene ogen, en ze heet juffrouw Bright.

Terwijl de laatste kinderen van de klas binnenkomen zit ik opgewonden en een beetje zenuwachtig te schuifelen op mijn stoel. Mijn vader heeft een schooltas voor me gekocht met een bijpassend penetui met Beauty uit *Beauty and the Beast* erop, en ik zie hoe Denise Blackwell ernaar kijkt als ze vlak achter me gaat zitten. Ik draai me om en glimlach naar haar. Ik heb altijd al vriendinnetjes met haar willen zijn. Denise heeft bijna wit, blond haar en piepkleine oorknopjes die glimmen in haar oren, en ze staat altijd heel elegant met haar tenen naar buiten.

In plaats van terug te glimlachen blijft Denise me wel een minuut lang strak aankijken, waarna ze wegkijkt en begint te smoezen met Karen Combes; Karen, die altijd een snotneus heeft en op onze eerste schooldag in haar broek heeft geplast. Ik weet dat ze over mij zitten te smoezen: Karen leunt voorover, zodat ze me kan aankijken terwijl Denise iets tegen haar zegt. Ik frons en houd mijn hand bij mijn hoofd, zodat ze mijn gezicht niet kan zien.

Er komt iemand aan; ze blijft bij mijn tafeltje staan: juf Bright. 'Ach, jee. Zit je je nu al te vervelen? Geen best begin, hè? Het lijkt wel alsof je bijna zit te slapen. Kom, ga eens rechtop zitten. Bij de les blijven.'

Iedereen in de klas moet lachen, een beetje te hard, in de hoop dat juf Bright hen aardig zal vinden. Mijn gezicht is knalrood. Ik staar omlaag naar mijn schoot en mijn haar hangt voor mijn gezicht.

'Hoe heet je, slaapkop?'

'Sarah Barnes,' zeg ik heel zacht.

Juf Bright blijft heel even staan zonder iets te zeggen. Dan raakt ze mijn arm aan. 'Geeft niks, hoor. Maar probeer wel op te letten. Afgesproken?'

Ik kijk op en zie haar weglopen. Haar gezicht is roodaangelopen, alsof ze zich geneert. Ik snap even niet waarom, maar dan schiet het me te binnen. Ze hebben tegen haar gezegd dat ze aardig tegen me moet zijn vanwege Charlie.

Ik ben niet meer zoals de anderen. Ik ben anders.

In de pauze vraag ik of ik in de klas mag blijven. Ik zeg tegen juf Bright dat ik me niet lekker voel en ze vindt het goed dat ik met mijn hoofd op mijn armen blijf zitten, terwijl alle anderen buiten gaan spelen. Met mijn adem maak ik wolkjes op het glanzende blad van mijn tafeltje. Het is stil in het lokaal, afgezien van het getik van de klok aan de muur. Ik blijf er tussen de middag weer. Alle anderen gaan naar de kantine om te eten, en daarna gaan ze buiten spelen. Ik hoor ze buiten lachen en schreeuwen.

Als aan het eind van de dag de bel gaat, sta ik op en loop ik naar de anderen, die bij de deur in de rij staan. Ik voel dat iedereen naar me kijkt. Ik kijk omlaag naar mijn handen, die zich om het handvat van mijn nieuwe schooltas hebben geklemd, totdat juf Bright de deur opendoet.

Mama is te laat. Andere ouders zijn ook te laat, en overal om me heen doen kinderen tikkertje en springen ze in het rond, lachend en roepend, zo hard ze kunnen. Ik houd mijn blik op het hek van het schoolplein gericht, waar mama hoort te staan. Steeds als ik daar een donker hoofd zie, begint mijn hart sneller te kloppen, maar het is haar nooit. Uiteindelijk loop ik naar het hek, zodat ik meer van de straat kan zien, en dan glip ik naar buiten. Het is te lawaaiig op het schoolplein; mijn hoofd doet zeer.

Zodra ik het hek uit ben, besef ik dat ik iets verkeerds heb gedaan. Er hangen daar kinderen rond zonder toezicht, ook klasgenoten.

Denise komt op me af, met Karen achter zich aan. Ik kan niet terug naar het schoolplein, en kan ook niet wegrennen. Daarvoor is het te laat. Denise buigt zich naar me toe, te dicht, en zegt heel zacht: 'Jij denkt dat je bijzonder bent, hè?'

Ik schud mijn hoofd.

'De school heeft een brief over je rondgestuurd. Daarin stond dat we aardig voor je moesten zijn.' Denises gezicht staat gemeen; ze heeft haar ogen toegeknepen. 'Heb je gehuild toen je broer wegliep?'

Ik weet niet wat het juiste antwoord is. 'Ja,' zeg ik uiteindelijk.

'Huilebalk,' sist Denise, en Karen begint te lachen.

'Nee, ik heb niet gehuild,' zeg ik wanhopig. 'Ik heb niet gehuild, niet echt.'

'Geef je dan niets om je broer?' Dit keer Karen. 'Mis je hem dan niet?'

Achter in mijn neus voel ik tranen prikken, maar ik ga niet huilen met hen erbij, dat doe ik niet.

Denise komt nog dichterbij. 'Mama zegt dat jouw vader weet waar hij is. Mama zegt dat jouw mama en papa verbergen wat er met hem is gebeurd. Ze doen alleen maar alsof hij is weggelopen. Papa zegt dat hij waarschijnlijk dood is.'

Er staan inmiddels nog meer kinderen om ons heen te dringen. Iemand geeft me een harde duw in mijn rug, waarop iedereen begint te lachen. Ik draai me om om te kijken wie dat deed. Michael Brooker staat het dichtst bij me. Hij ziet knalrood van opwinding, maar vertrekt geen spier. Ik weet gewoon dat hij het heeft gedaan – ze kijken allemaal van hem naar mij en weer terug.

'Jij hebt me geduwd,' zeg ik ten slotte, en zijn ogen gaan wijd open. 'Ik? Ik? Nee, hoor, ik zweer van niet. Waar heb je het over? Ik jou geduwd? Dat was ik niet, hoor.'

Er klinkt gesmoord gelach. Iemand anders duwt me vanaf de andere kant en ik draai me om. Ik raak in paniek, nu ik tegenover zo'n grote groep sta. Als ik om me heen kijk, zie ik alleen maar venijn in hun ogen. Voordat ik kan bedenken wat ik moet doen, steekt iemand een lange arm door de menigte kinderen naar mij uit, en word ik vastgepakt.

'Sodemieter op, allemaal,' klinkt het ruw, en ik herken Danny, de beste vriend van Charlie. Danny, die op de middelbare school op de heuvel zit. Danny, die op dat moment mijn reddende engel is. 'Kom mee, Sarah. Ik breng je wel naar huis.'

Ik baan me een weg door de menigte klasgenoten en niemand probeert me tegen te houden.

'Ik moet op mama blijven wachten.'

'Maak je daar maar niet druk om. We komen haar waarschijnlijk op weg naar huis wel tegen.'

Ik voel een golf van dankbaarheid voor Danny, die altijd aardig tegen me is, ook toen Charlie tegen hem had gezegd dat hij me moest negeren. 'Bedankt dat je me tussen die groep uit hebt gehaald.'

'Kutkinderen, dat zijn het. Ik liep net van school naar huis toen ik je zag staan.' Danny bukt zich, tot zijn gezicht vlak bij het mijne is. 'Hoor eens, Sarah. Als iemand je ooit narigheid bezorgt vanwege Charlie, zeg je gewoon dat ze moeten opsodemieteren. Als ze je dan nog niet met rust laten, kom je naar mij toe, en dan zorg ik dat je geen last meer van ze hebt.' Hij balt zijn handen tot vuisten. 'Ik zal ze leren. Ik zorg wel voor je.'

'Tot Charlie terug is,' zeg ik, en heb meteen spijt als ik Danny's teleurgestelde gezicht zie.

'Ja, tot Charlie terug is.' Danny kijkt voor zich uit en geeft me een elleboogstootje. 'Daar is je moeder. Ga maar snel naar haar toe.'

Voordat ik nog iets kan zeggen – al was het maar 'tot ziens' – is Danny ervandoor. Zonder om te kijken steekt hij de straat over. Mama staat op de hoek, met gefronste wenkbrauwen. Als ik bij haar ben aangekomen, zegt ze: 'Je hoort op me te blijven wachten.'

Ik ruik dat ze weer heeft gedronken. Ik haal mijn schouders op. 'Ik wist niet of je wel zou komen.'

Ik verwacht dat ze nog iets gaat zeggen, maar nee, ze slaakt een zucht. Zwijgend lopen we de rest van de weg naar huis, terwijl ik nadenk over Danny en dat hij zei dat hij voor me zou zorgen, en voor het eerst in lange tijd krijg ik een warm gevoel vanbinnen.

9

Uiteindelijk moest ik lopend naar huis. Toen Carol klaar was, pakte ze haar spullen en haastte ze zich het café uit, zonder om te kijken en al helemaal zonder me een lift aan te bieden. Onderweg werd ik steeds chagrijniger naarmate de pijn in mijn knie erger werd. Ik hoopte maar dat ik niet te veel had gezegd.

Op de hoek bij Curzon Close bleef ik even staan kijken naar het huis van Danny Keane. Ik beet op mijn lip. Het begon tot me door te dringen dat ik hem niet langer uit de weg kon gaan. Hij vormde een belangrijke schakel met Charlie. Het was tijd – de hoogste tijd – dat ik met hem ging praten, wat er ook tussen ons was gebeurd, hoewel ik bij de gedachte daaraan een blos naar mijn wangen voelde stijgen. Ik schudde mijn hoofd, alsof ik daarmee de herinnering uit mijn geheugen kon wissen. Ik kon niet toelaten dat de gevoelens van een gekrenkte puber tussen mij en de waarheid bleven staan. Nu ik had gelezen wat de familie Keane had doorgemaakt, was het ook makkelijker. We waren beiden vechters. Hij zou beter dan wie ook begrijpen wat me dreef.

Het huis van de familie Keane verkeerde in een erbarmelijke staat van onderhoud. Op de tegels in de voortuin had een auto olie gelekt, waardoor er een vettige vlek in de vorm van Australië was achtergebleven. Tussen de stenen tierde het onkruid welig. De deurbel was ontmanteld en de manier waarop de elektrische bedrading uit de kapotte huls hing leek niet echt veilig. In overeenstemming met de fatsoensnormen van de voorstad hing er vitrage voor alle ramen, maar die zag grijs van het vuil en vertoonde hier en daar scheuren.

Het huis oogde intens slecht onderhouden, en dat had het gemeen met het huis waar ik in woonde. Beide huizen zagen eruit als levenloze wrakken.

Danny's motorfiets stond niet buiten, maar er was een kleine kans dat hij thuis was en daarom besloot ik toch maar aan te kloppen. De deur was van goedkope kunststof en toen ik aanklopte, klonk dat mat en dof. Er was geen andere manier om te laten weten dat ik daar stond; de openingen voor deurbeslag waren nooit opgevuld. Iemand had er toiletpapier ingestopt tegen de tocht. Ik voelde me daar op de stoep niet helemaal op mijn gemak, en hoopte maar dat mijn moeder me niet had gezien. Ik vroeg me af hoe lang ik zou wachten voordat ik nog eens zou kloppen of het zou opgeven. Na een minuut wachten klonk er vanachter de deur een schuifelend geluid, maar de deur ging niet open. Ik klopte opnieuw, met hetzelfde resultaat, waarna ik me bukte tot brievenbushoogte.

'Hallo… Sarah hier. Sarah van de overkant. Sorry voor het storen. Ik… ik wilde alleen even met Danny praten, als dat mogelijk is…'

Bij het noemen van Danny's naam zwaaide de deur open en werd een hal vol kartonnen dozen en niet identificeerbare machineonderdelen zichtbaar. Het was er lichtelijk chaotisch en niet erg schoon. Om de hoek van de deur verscheen een vettige bos haar en een klein wantrouwig oog.

'Hallo,' probeerde ik nog eens. 'Ik ben Sarah.'

De bos haar gaf geen antwoord.

'Eh… ben jij Paul?'

'Ja,' zei de bos haar blozend.

'Ik woon aan de overkant,' zei ik, en ik wees naar het huis achter me. 'Ik, eh, was vroeger een kennis van je broer.'

'Ik weet best wie je bent,' zei Paul.

Ik wilde doorgaan met mijn uitleg, maar bleef met open mond staan. Iets aan Pauls stem had me verrast. Hij klonk vlak, zonder intonatie, maar op de een of andere manier betekenisvol. Het was behoorlijk verontrustend.

'Mooi zo,' zei ik tam. 'Maar wij kennen elkaar nog niet, hè?'

Er verscheen een schouder, kennelijk met het doel hem zichtbaar te kunnen ophalen.

'Leuk je te leren kennen, Paul. Is Danny er ook?'

'Hij is op z'n werk,' zei Paul langzaam, en zijn intonatie grensde aan onbeschaamdheid. Dom van mij. Het was natuurlijk ook halverwege de middag. Normale mensen waren dan aan het werk. Ik niet, omdat de school gesloten was. Wat me meteen op mijn volgende vraag bracht.

'Waarom ben jij eigenlijk thuis op dit tijdstip op een doordeweekse dag? Hoor jij niet op school te zitten?'

Ik had mijn docentenstem opgezet, die werd beantwoord met een brutale grijns.

'Ik ga niet meer naar school.'

Ik moet er verbijsterd hebben uitgezien, want de jongen maakte de deur verder open en schoof in mijn gezichtsveld. Hij leed aan ernstig overgewicht. Hij was niet dik, hij was gigantisch. Hij was langer dan gemiddeld voor zijn leeftijd, maar ook dan zag hij er volstrekt niet goed geproportioneerd uit. Zijn vlees hing in vetrollen van zijn armen omlaag, met plooien rond de gewrichten. Zijn romp vertoonde ringen die zacht uitpuilden onder een T-shirt van tentformaat. Hij droeg een joggingbroek vol vlekken en liep op blote, gezwollen, vervormde voeten. Zijn teennagels waren lang en gescheurd, en staken gelig af tegen zijn blauwgrijze huid, wat wees op een slechte bloedsomloop – een lichaam dat te zwaar belast was om effectief te functioneren. Ik wendde mijn blik met moeite af en keek hem weer in de ogen. Zijn gezicht stond uitdagend, maar ik zag ook iets van pijn.

'Ik werd gepest,' legde hij uit. 'Ik doe mijn schoolwerk nu thuis.'

'O, ik snap het,' zei ik begripvol. Toch leek het me niet erg makkelijk om alleen te moeten leren in een huis als dit. 'Hoe bevalt je dat?'

'Gaat wel.' De jongen haalde zijn schouders op. 'Ik heb een hoog IQ, dus… Het was trouwens toch saai op school.'

'Mooi. Dat is geweldig.' Ik glimlachte. 'Nou, zoals ik al zei, kwam ik voor Danny. Weet je hoe laat hij thuiskomt?'

'Nee. Hij komt als hij zin heeft.'

'Oké.' Ik stapte weg van de deur. 'Leuk je ontmoet te hebben, Paul. Ik zie Danny een andere keer wel. Misschien wil je hem laten weten dat ik naar hem heb gevraagd.'

Paul keek teleurgesteld. 'Wil je niet binnenkomen?'

Ik wilde dat huis niet binnengaan. Paul kon eigenlijk niets van Charlie afweten, en vanwege hem had ik aangeklopt; ik had geen idee wanneer Danny zou thuiskomen, en of ik wel het lef zou hebben met hem te praten als hij kwam. Bovendien was het ongelooflijk smerig in dit huis. Maar ik zag wel dat Paul eenzaam was. Als hij niet naar school ging en Danny de hele dag weg was, sprak hij waarschijnlijk maar weinig mensen. Ik had hem nog nooit van of naar huis zien gaan – niet dat dat veel zei. Ik was thuis altijd nogal op mezelf en kwam en ging niet op de geijkte tijden. Maar ik had het gevoel dat Paul helemaal nooit buitenshuis kwam. En hoe oud zou hij zijn? Twaalf? Te jong om zo opgesloten te zitten. Ik wist dat ik me schuldig zou voelen als ik nu wegliep. Dan zou ik hem in de steek laten. Wij vechters moesten elkaar steunen.

'Graag,' zei ik opgewekt. Ik stapte de drempel over en slaagde er maar net in mijn adem niet in te houden. Het huis rook als de kleedkamer van een sportvereniging: vuile sokken en vochtige kleding en zweet. Paul deed de deur achter me dicht en ging me door de gang voor naar de keuken. Het huis was een exacte kopie van het onze, maar de gang leek anders, donkerder. Ik keek om me heen en zag dat de deur naar de woonkamer geen licht doorliet. Die bij mij thuis had glazen panelen; deze was massief. Daardoor leek de gang kleiner. Ik was blij toen ik in de keuken stond, waar het middagzonnetje elk stofje dat in de lucht hing, deed oplichten. De ruimte was warm en eigenlijk heel comfortabel; tegen een van de muren stond een sofa, en midden in de keuken een tafel met een rommeltje van boeken en losse velletjes papier rond een laptop. Kennelijk werd de keuken tevens als woonkamer gebruikt, en hoewel het er een vreselijke bende was, zag het er toch best gezellig uit. Het afdruiprek stond vol borden en pannen, maar ze waren schoon. De bergruimte bleef beperkt tot twee kasten, overblijfselen van een inbouwkeuken die sporen had achtergelaten op de muren, waar het grootste deel ervan was weggebroken. Een van de deuren hing scheef in de scharnieren, waardoor vele rijen blikken met bonen en dozen cornflakes, in grote hoeveelheden aangeschaft, zichtbaar waren. In de hoek stond een gehavende magnetron, die er zo op het oog vele jaren van zware arbeid op had zitten. In een andere hoek stond een enorme vriezer te zoemen naast een grote, gebutste koelkast. Maar boven op de koelkast stond een duur uitziend docking station voor een iPod, en tegenover de sofa was een gigantische tv aan de muur bevestigd. Danny leek zijn geld eerder aan huiselijk amusement dan aan huiselijk comfort te besteden.

'Ga maar zitten,' zei Paul, wijzend op de tafel, en ik liep erheen en schoof een van de stoelen met een zitting van vinyl naar achteren. Hij helde sterk naar opzij zodra ik hem losliet, en ik zag dat hij op drie poten balanceerde.

Vanachter me klonk gegrinnik. 'Die niet. Kijk, daar ligt de poot.' Paul wees naar het aanrecht, waar de stoelpoot lag, met een versplinterde bovenkant. 'Danny heeft hem laatst gebroken, en...'

Hij brak zijn zin af zonder dat ik begreep waarom, maar hij zag er ineens geagiteerd uit. Ik deed alsof ik het niet zag, pakte een andere stoel en ging zitten.

'Thee?' Paul dribbelde naar de fluitketel.

'Ja, graag.' Ik hoopte maar dat de mok die ik kreeg vrij van botulisme zou zijn, en keek toe hoe hij door de keuken liep en mokken en theezakjes pakte. Ondanks zijn overgewicht was hij snel en behendig, hoewel hij wel moest hijgen door de lichte inspanning van het theezetten. De manier waarop hij zich gedroeg liet een zeker zelfvertrouwen doorschemeren, iets wat ik niet zou hebben verwacht bij een jongen van zijn leeftijd. Ik begon mijn buurjongen aardig te vinden. Hij merkte dat ik naar hem keek en glimlachte onbeschaamd; ik had de indruk dat hij het leuk vond dat ik had willen binnenkomen, maar ik begreep niet goed waarom.

'Melk?' vroeg hij. Hij trok met een zwaai de koelkast open, waardoor ettelijke tweeliterpakken volle melk, een kratje bier, chocoladetoetjes en pakjes kaas en gesneden ham in het zicht kwamen. Geen groenten. Geen fruit.

Paul wachtte op antwoord, terwijl hij een pak melk schuin boven een van de mokken hield.

'Een klein beetje,' zei ik snel.

'Suiker?'

'Nee, dank je.'

Paul schepte vier volle theelepels suiker in zijn mok en roerde erin. Ik huiverde en kreeg plotseling het gevoel het glazuur op mijn tanden te moeten beschermen. Hij schoof wat papier opzij en zette mijn mok voor me neer, waarna hij naar opzij stoof om een rol chocoladekoekjes uit een kast te pakken. Ik schudde van nee toen hij ze me aanbood. Hij zeeg neer op de stoel tegenover me en nam drie koekjes uit de verpakking. Vervolgens doopte hij ze even in zijn mok, waarna hij ze als één kleverige plak in zijn mond stouwde. Ik keek gefascineerd toe: zijn wangen puilden uit als de buik van een python die vol zit met een levende prooi.

Toen hij weer kon praten, zei hij: 'Je moet ze er in één keer in zien te krijgen.'

Ik knikte. 'Goeie techniek.'

'Ik heb ook geoefend.'

Ik glimlachte achter mijn mok. Het was een intelligent joch, zoals hij zelf al had gezegd. Er lag een stapel dikke boeken voor hem op tafel, die ik verschoof, zodat ik de ruggen kon lezen. Programmeren. Computertaal. Theorieën van computergebruik. Hogere wiskunde. De filosofie van de technologie. Dat ging me boven de pet; ik kon de titels al nauwelijks begrijpen.

'Houd je van computers?' vroeg Paul, terwijl hij het bovenste boek van de stapel opende en de bladzijden snel omsloeg. Zijn gezicht was opgeklaard toen hij het woord uitsprak, en heel even zag ik de jonge jongen die verstopt zat in dat omhulsel van uitgerekte huid.

'Ik weet er niet veel van,' zei ik verontschuldigend. 'En jij?'

'Ik ben er gek op.' Hij was begonnen met lezen, zijn blik strak op de bladzijde gericht. 'Ze zijn helemaal te gek.'

'Kun je... goed met computers overweg?' Ik wist niet eens welke vragen ik moest stellen.

'Jazeker,' zei Paul, op een toon die eerder gewoon dan opschepperig klonk. 'Ik heb de mijne zelf gebouwd. Heb ook mijn eigen besturingssysteem; wel met Linux als basis, maar ik heb het zelf aangepast. Ik wil later met computers gaan werken.' Hij keek even op van zijn boek en zijn ogen glommen van enthousiasme. 'Ik ben er nu al mee bezig.'

'Hoe bedoel je?'

Hij haalde zijn schouders op. 'Alles gaat toch via internet? Niemand weet dat ik pas twaalf ben. Ik test af en toe wat voor mensen, probeer dingen uit. Maak websites voor mensen. Werk aan van alles. Ik heb een vriend in India; die zit daar op de universiteit. We proberen een vergelijking op te lossen die nog nooit iemand heeft weten uit te vogelen.'

Ik had het bij het verkeerde eind gehad, toen ik dacht dat hij hier gevangenzat. Zolang zijn breedband functioneerde, kon hij overal naartoe, iedereen ontmoeten, zichzelf zijn zonder veroordeeld te worden.

'Hoe kom je aan je boeken?'

'Voornamelijk via internet. Je kunt ze tweedehands kopen, zo duur zijn ze niet. Soms bestel ik boeken uit de bibliotheek; dan haalt Danny ze voor me op. Maar dat vind ik niet zo prettig. Je kunt ze niet zo lang houden als je wilt. Dat is vervelend.'

'Houdt Danny zich met computers bezig?'

Paul schudde zijn hoofd. 'Hij snapt er niets van. Danny is goed in alles wat mechanisch is, auto's en zo. Hij gebruikt wel graag computers, maar hij gééft er niet om.'

Het was vrij duidelijk dat Paul medelijden had met zijn broer.

Net als Danny wist ik ook niet goed hoe computers eigenlijk functioneerden – veel meer dan e-mailen en aankopen doen via internet kon ik eigenlijk niet – maar ik wilde niet dat Paul me op één hoop zou gooien met halve digibeten als zijn broer. Het was belangrijk voor me zijn vertrouwen te winnen. Ik begon al te denken dat ik Paul misschien zou kunnen helpen. Ik zou hem kunnen redden, hem weer op de rails kunnen krijgen. Wat aanmoediging, meer had hij niet nodig.

'Dus Danny gaat naar zijn werk buitenshuis en jij blijft hier, klopt dat?' vroeg ik vriendelijk, en ik vermeed zorgvuldig elk spoortje kritiek in mijn stem te laten doorklinken.

'Klopt. Ik hoef niet meer naar buiten. Ik doe de boodschappen en zo via internet en dan wordt alles bezorgd. Danny haalt alles wat we verder nog nodig hebben. Hij zorgt voor me.'

Je kon op verschillende manieren voor iemand zorgen. Danny had zijn broertje een dak boven het hoofd gegeven en had hem onderhouden toen hij van school was gegaan. Hij moedigde de jongen overduidelijk aan bij zijn computerstudie. Hij had de vaderrol waarschijnlijk beter vervuld dan zijn eigen vader. Maar daar stond die catastrofale toename in gewicht tegenover, waartegen hij niets had ondernomen. Paul had zo kunnen weglopen voor de problemen op school, en niet geleerd ermee om te gaan. Het was geen ideale situatie.

Ik keek toe hoe Paul nog twee koekjes naar binnen propte, terwijl hij de bladzijden van het boek dat hij vasthield omsloeg tot aan de index; hij ging er volledig in op. Misschien was het niet eerlijk Danny te bekritiseren. Paul had iets onbuigzaams, wat werd verdoezeld door zijn zachte, opgezwollen verschijning. Als hij wilde eten, zou hij zich dan ooit door iemand laten weerhouden? Tenslotte had ik mijn moeder er ook nooit van kunnen weerhouden te drinken. Kon ik dan verwachten dat Danny zijn broertje beter zou aanpakken?

Ik zat al een poosje met mijn kin op mijn hand toe te kijken hoe Paul zat te lezen. Ik moest een lichte beweging hebben gemaakt, want mijn elleboog gleed weg over een los stukje papier en kwam hard tegen een stapel boeken aan, waarna ze met een plof op de vloer vielen. Ik sprong op van mijn stoel en begon ze op te rapen. Ik streek verkreukelde bladzijden glad en maakte er een keurig stapeltje van. Moeizaam boog Paul voorover om twee volgeschreven foliovellen te pakken, die onder zijn stoel waren gegleden. Hij kreunde daarbij van de inspanning als een oude man en wat het ook mocht zijn dat hem ertoe had aangezet troost in voedsel te zoeken, ik betreurde het van ganser harte. Het was niet goed dat een jongen van twaalf nauwelijks kon bukken om een stukje papier op te rapen.

Toen ik ten slotte weer opstond met het stapeltje boeken en ze op tafel legde, zag ik een exemplaar van de plaatselijke krant, dat onder de stapel boeken had gelegen. Onder de naam Carol Shapley stond een verslag over Jenny's dood, met daarnaast een grote kleurenfoto van het meisje. Ik pakte de krant op en legde hem opzij, want ik wilde de boeken niet boven op de foto van Jenny leggen. In zekere zin leek dat niet respectvol. Paul staarde ook naar de krant, met een eigenaardige uitdrukking op zijn gezicht.

'Jij gaf haar les.'

Ik was verbaasd. 'Aan Jenny? Dat klopt, ja. Hoe weet je dat?'

'Ik kende haar van de basisschool.' Bij nader inzien had hij, anders dan ik had verwacht, geen varkensoogjes. Zijn ogen waren heel mooi en donkerbruin. Ze lagen bijna verzonken in twee ravijnen van vlees die bij zijn slapen in rimpels eindigden, en terwijl ik hem aankeek, gleed er vocht langs de plooien. Met zijn smoezelige hand wreef hij het weg. 'Weet je hoe het is gebeurd?'

Ik schudde mijn hoofd. 'Maar de politie is met het onderzoek bezig. Ik ben ervan overtuigd dat ze degene zullen vinden die haar dit heeft aangedaan.'

Hij wierp me een snelle blik toe en staarde vervolgens weer naar de krant. 'Ik kan gewoon niet geloven dat ze er niet meer is.'

'Had je veel contact met haar?' vroeg ik.

Hij haalde zijn schouders op. 'Af en toe. Ik hielp haar weleens met wiskunde als dat nodig was. Ze was heel aardig. Zei nooit iets naars over me. Ze gaf helemaal niets om... om dit.' Hij gebaarde naar zijn lichaam, bewoog zich opeens schutterig. Ik beet op mijn lip toen zijn gezicht vertrok en hij zijn hoofd verborg in zijn armen. Zijn schouders schokten. Ik stak mijn hand over de tafel naar hem uit en pakte zijn arm in een poging hem te troosten. Na een minuut of twee keek hij naar me op, met een rood gezicht, dat glom van de tranen.

'Ik... ik mis haar zo.'

'Ik ook,' fluisterde ik, zelf bijna in tranen. 'Ik ook.'

Toen ik het huis verliet, zei ik tegen Paul dat hij meer moest gaan doen dan de hele dag achter de computer zitten.

'Je moet echt overwegen weer naar school te gaan.'

'School is saai.'

'School is de beste plek voor je,' ging ik ertegen in. 'Er zijn meer dingen in het leven dan computers. Wanneer heb je voor het laatst een boek gelezen dat niet over wiskunde of computers ging?'

Hij sloeg zijn ogen demonstratief ten hemel. 'Oké, juf. Ik zal weleens wat anders gaan lezen.'

'Echt doen, hoor.' Ik zwaaide en stak de straat over, terwijl ik overdacht welke romans hem zouden boeien; ik zou ze kunnen lenen van de schoolbibliotheek. Hij was overduidelijk een slim joch, maar hij moest zijn horizon verbreden. Ik besloot dat ik het er met Danny over zou hebben. Dan kon ik hem daarna naar Charlie vragen. Wie weet zou na al die levens die verwoest waren – dat van Charlie, het mijne, dat van Danny, misschien zelfs dat van mijn moeder – Paul nog een goed leven kunnen krijgen.

De geur van het huis van de Keanes bleef nog urenlang in mijn kleren en mijn haar hangen. Zonder echt bij de reden stil te staan, ging ik het hele huis dwangmatig poetsen; stoffen, stofzuigen, vegen, alles wat ik maar kon bedenken. Ik maakte de badkamer en mijn slaapkamer schoon, maar de woonkamer niet, waar mama de godganselijke dag tv zat te kijken, terwijl het glas voor haar als bij toverslag gevuld raakte zodra er nog maar één teug in zat. Toen ik mijn hoofd om de deur stak, schonk ze me een blik waarop Medusa jaloers zou zijn. Ik trok me terug.

Pas toen ik op mijn knieën de oven zat schoon te maken, kwam het bij me op dat dit mijn reactie was op het smerige huis aan de overkant, waar overal kruimels lagen, en alles wat ik aanraakte bedekt was met een laagje vet. Ik kon me niet neerleggen bij de gedachte dat ons huis er voor een buitenstaander ook zo uit zou zien; onverzorgd, verwaarloosd, levenloos. Ik gaf de planten op de vensterbank in de keuken water, hoewel ze halfdood waren en er afschuwelijk uitzagen. Ik liet de ramen glanzen en de vloer glimmen, en ik verjoeg de mufheid van stilstaande lucht met behulp van chemicaliën met citroengeur en een bries van buiten, die te koud was voor het jaargetijde. Ik haalde zelfs de keukenkastjes leeg, en sopte die helemaal uit. Keukengerei dat me niet erg bekend voorkwam, laat staan dat ik wist hoe het te gebruiken, lag nu opgestapeld op het aanrecht, met stekkers die aan rafelige snoeren bungelden. Ik betwijfelde of ze een hedendaagse veiligheidskeuring zouden doorstaan; ze zagen eruit alsof ze in brand zouden vliegen zodra je de stekker in het stopcontact deed. Ik vond blenders, mixers, en tot mijn ongeloof zelfs een apparaat dat een yoghurtmachine bleek te zijn. Zonder aarzelen vulde ik een doos met gedateerd keukengerei. We hadden een blaadje van een charitatieve instelling in de bus gekregen, waarin om spullen werd gevraagd. Ze zouden zaterdagochtend vroeg in de wijk komen inzamelen en wilden graag overtollige huishoudelijke artikelen hebben. Deze dingen verdienden absoluut het stempel overtollig. Eerlijkheidshalve moet ik zeggen dat ik me niet kon voorstellen dat ze ergens anders niet overtollig zouden zijn, maar dit was vast beter dan ze gewoon weg te gooien. In een volgend keukenkastje vond ik, achter een stapel borden met roze bloemen die ik niet herkende en naar mijn beste weten ook nooit in gebruik had gezien, een plastic bordje en een bekertje versierd met aardbeien. Ik bleef op mijn hurken bij het open deurtje zitten en draaide ze een paar keer om. Ik had ze in jaren niet gezien. Dit was het enige eetgerei dat ik wilde gebruiken tot ik naar school ging. In het fotoalbum zat zelfs een foto van mama en mij in de tuin, waarop ik een jaar of drie ben. Ik zit een boterham te eten van mijn eigen bordje, terwijl zij een speelgoedparasol boven mijn hoofd houdt om me tegen de zon te beschermen, en ze lacht erbij. Het moet hoogzomer zijn geweest; ze draagt een gestreepte zonnejurk met spaghettibandjes. Ik herinnerde me heel duidelijk hoe ik samen met mama op het gras zat. Liefde, toegeeflijkheid, zorg, tederheid: ze waren alle ooit mijn deel geweest. Jammer genoeg was aan mijn geluk tegelijk met dat van Charlie een einde gekomen.

Ik knipperde om mijn tranen tegen te houden. Om de een of andere reden trof het me diep dat mama het bordje en het kopje had bewaard. Ze had natuurlijk een heleboel dingen in ons huis obsessief gelaten zoals ze waren, maar dat had met Charlie te maken, met haar pogingen te doen alsof er niets was veranderd sinds de dag van zijn verdwijning. Dit lag anders. Dit ging om mij. Meer nog: het was iets wat een normale moeder had kunnen doen. Het was een heel kleine, broze schakel tussen mij en een vrouw die ik nooit had gekend, iets waarover ik misschien met haar had kunnen lachen als alles anders was gelopen. Als ons leven niet uiteen was gevallen. Ik zuchtte, zette het bordje en de beker terug in het kastje en ging door met mijn werk.

Toen ik eenmaal klaar was, begon het donker te worden. Ik droeg de doos met fossiele elektrische apparaten naar het eind van het pad, waar de ophaaldienst van de charitatieve instelling hem niet kon missen. Toen ik weer overeind kwam en mijn handen op mijn heupen zette, hoorde ik een autoportier dichtslaan. Ik draaide me snel om, met bonzend hart, in de overtuiging dat er iemand achter me stond. De adrenaline ebde weg toen ik de verlaten straat zag, de huizen met de blinde vensters, net als de valse voorgevels in al die stadjes in het Wilde Westen. Niets wat bewoog. Niemand die iets zei. Ik tuurde naar links en rechts, kneep mijn ogen tot spleetjes en tuurde of iemand zich in de schaduwen verborgen hield, en liep toen weer op huis aan. Ik voelde me nogal dwaas, toen ik het uitzicht vanaf de stoep nog eens helemaal in me opnam voordat ik de deur sloot en vergrendelde, maar ik had tenslotte de kneuzingen nog van de vorige keer dat ik zo stom was geweest de durfal uit te hangen. Ik had besloten dat ik van nu af aan zou reageren zoals het hoorde, als ik me bedreigd voelde. De vorige keer had ik mijn intuïtie genegeerd, en dat had mijn dood kunnen zijn.

Het maakt natuurlijk niet uit hoeveel sloten en grendels je op je deur hebt, als je gewoon opendoet als er iemand aanbelt. Dat wist ik best. Maar desondanks, en hoewel het na tienen was en ik geen bezoek verwachtte, haastte ik me naar de voordeur terwijl de lucht nog natrilde van de bel. Het geluid had me op de zenuwen gewerkt en mijn hart bonsde toen ik de deur opendeed, met de ketting er nog op, want ik was nog steeds op mijn hoede. Door de smalle opening zag ik een enorme bos lelies met rozen, verpakt in cellofaan met een gekruld bloemistenlint eraan. De bloemen trilden uitnodigend en de persoon die ze vasthield bleef erachter verscholen.

'Ja?' zei ik, en ik was eigenlijk niet verbaasd, maar wel teleurgesteld, toen het boeket omlaagging en Geoffs gezicht tevoorschijn kwam.

'Niet het onthaal waarop ik hoopte, maar goed.' Zijn ogen stonden helder van opwinding en hij grinnikte naar me alsof we plezier hadden om een grap, hij en ik samen. 'Ik wilde je dit geven.'

Ik staarde onbewogen terug, bepaald niet gecharmeerd. 'Hoezo?'

'Moet er altijd een reden zijn?'

'Als jij bloemen voor me koopt? Nou, ik zou denken van wel.'

Geoff slaakte een zucht. 'Goed dan. Ik zag ze en bedacht dat ze even mooi zijn als jij.' Hij duwde tegen de deur en de ketting rinkelde. Hij fronste zijn wenkbrauwen. 'Doe je de deur niet gewoon open?'

'Ik denk dat ik het zo laat,' zei ik, en ik bedwong de neiging de deur op zijn hand dicht te gooien.

Hij lachte wat gespannen. 'Maar de bloemen kunnen niet door

die opening, Sarah. Tenzij je wilt dat ik ze stuk voor stuk aangeef.'

'Alsjeblieft niet. Luister eens, Geoff, ik wil niet ondankbaar overkomen, maar ik heb echt geen behoefte aan bloemen.'

'Niemand heeft behóéfte aan bloemen, Sarah. Maar iedereen vindt het leuk om ze te krijgen.'

Ik bleef de deurknop vasthouden en probeerde krachtig over te komen. 'Ik niet.'

'Wat jammer. Nou, dan maar niet.' Voordat ik nog iets kon zeggen, gooide hij het boeket zomaar over zijn schouder. Ik hoorde de bloemen op de grond naast hem neerploffen. Ik opende mijn mond om iets te zeggen en deed hem verbijsterd weer dicht.

Nu hij zijn handen vrij had, ging hij tegen de deurpost staan. Voordat ik kon reageren, had hij zijn hand door de opening gewurmd en streek hij ermee langs mijn heup, waarna hij me naar zich toe trok. 'Nogal ongebruikelijk, maar als je het spelletje zo wilt spelen, vind ik het best...'

Ik stapte snel achteruit, buiten zijn bereik. 'Ik wil helemaal geen "spelletje spelen". Waar ben je in godsnaam mee bezig?'

Hij duwde opnieuw tegen de deur, hard nu. Zijn gezicht was rood aangelopen. 'Jezus, ik wil gewoon vriendelijk zijn, meer niet. Waarom doe je alsof ik je bedreig?'

'Misschien omdat ik me bedreigd voel?'

'Ik wilde je gewoon bloemen geven,' ging hij verder, alsof ik niets had gezegd. 'Gewoon een bos bloemen. Daar hoef je niet zo krengerig over te doen, hoor. Jij was degene die wilde dat we als vrienden met elkaar omgaan. Dat heb je zelf gezegd. Dit is niet zo aardig, Sarah.'

'Nou, misschien had ik het mis en kunnen we beter geen vrienden zijn.' Ik besefte met een wee gevoel dat ik er met een vriendelijke aanpak niet in zou slagen van Geoff af te komen en te zorgen dat hij me niet langer zou lastigvallen. Ik had geprobeerd hem te negeren. Ik had geprobeerd vriendelijk maar standvastig te zijn. Het moment was gekomen om grof te worden. 'Het spijt me dat ik niet duidelijk ben geweest Geoff. Ik ben gewoon niet in je geïnteresseerd. Eerlijk gezegd mag ik je niet eens erg graag. Ik wil dat je me met rust laat.' Dat kon hij toch nauwelijks verkeerd interpreteren, dacht ik.

Hij beet op zijn lip en gaf de deurpost vervolgens zo'n harde klap met zijn vuist dat hij zijn hand wel moest hebben bezeerd, maar het scheen hem niet te deren. Ik liep terug tot onder aan de trap en klampte me vast aan de trapstijl. Mijn hart bonsde hevig in mijn borstkas.

'Alles moet ook altijd om jou draaien. Nooit om wat ík wil.'

'Alles draait juist altíjd om jou! Je luistert gewoon niet. Ik heb je nooit aangemoedigd in je gevoelens voor mij. Ik zou nooit met een collega uitgaan. En al werkte je niet op school, dan nog zou ik geen belangstelling voor je hebben. We hebben niets gemeen.' Ik schudde mijn hoofd. 'Jezus, Geoff, je kent me niet eens.'

'Nee, want elke keer dat ik bij je in de buurt probeer te komen, loop je hard weg.' Hij slaakte een zucht. 'Houd toch op met die vijandigheid, Sarah. Waarom wil je niet dat ik dichterbij kom? Omdat je niet alleen met me durft te zijn? Bang bent dat je eindelijk eens wat zult gaan voelen?' Zijn stem daalde nu. 'Ik weet heus wel dat die houding van ijskoningin maar een pose is. Ik kan je gelukkig maken. Ik weet wat vrouwen prettig vinden. Ik kan je leren van jezelf – en van je lichaam – te gaan houden, zoals ik doe.'

Ik kon mijn lachen niet inhouden. 'Denk je echt dat ik frigide ben, enkel en alleen omdat ik niet met jou naar bed wil?'

'Wat is dán je probleem?' Hij klonk beledigd. Hij kon er echt niet bij dat ik hem niet aantrekkelijk vond.

'Ik mag je niet. Ik voel niets voor je. En eerlijk gezegd vertrouw ik je ook niet.'

'Dat is leuk, zeg. Alleraardigst. Hoe denk je dat ik me nu voel? Ik doe alle moeite om je vriendelijk te bejegenen, ik doe mijn uiterste best om er voor je te zijn, en ik krijg er niets voor terug. Ik heb je altijd graag gemogen, Sarah, ook al kun je soms een arrogant kreng zijn, maar ik ben het zat, om je de waarheid te zeggen.'

Ik sloeg mijn armen over elkaar. Zou hij eindelijk het breekpunt hebben bereikt? Ik vond het prima als hij de indruk had dat hij het laatste woord had gehad, als het ook maar het laatste woord was dat ik over dit onderwerp hoefde aan te horen.

'Je vindt waarschijnlijk dat ik me als een klootzak heb gedragen. Nou, prima, hoor. Dat verbaast me niets.' Geoff liep even driftig heen en weer. 'Ik wist dat je van slag was door de dood van dat meisje, en ik dacht dat ik je kon helpen erdoorheen te komen, Sarah. Als je gewoon mijn hulp zou accepteren…'

'Ik heb je hulp niet nodig, Geoff,' zei ik rustig.

Hij wees naar me door de kier van de deur. 'Nee, je weet gewoon niet dat je die nodig hebt, maar ík weet het wel. Ik laat je dit niet alleen doormaken, of je dat nu wilt of niet.'

Ik ging op de onderste traptree zitten en legde mijn hoofd in mijn handen. 'Waarom laat je me toch niet met rust?'

'Omdat ik om je geef, Sarah.'

Het ging hem helemaal niet om mij. Het ging erom dat hij mijn naam kon doorstrepen op zijn lijstje. Hij was competitief en kon niet tegen zijn verlies, dat was alles. Ik kon het niet verdragen hem aan te kijken.

Hij sloeg zacht met zijn hand tegen de deur. 'Kun je niet even opendoen? Ik zou liever normaal met je willen praten.'

'Liever niet. Ik ben erg moe, Geoff. Ga maar liever naar huis.'

'Ach, laat me nou even binnen. Wat kan ik zeggen om je over te halen?'

'Daar gaat het niet om,' zei ik. Ging hij maar weg. 'Ik heb gewoon wat tijd voor mezelf nodig. Je hebt me… eh… heel wat stof tot nadenken gegeven.'

Hij knikte. 'Oké, oké, dat klinkt plausibel.'

'Dus je gaat nu naar huis?'

'Ja. Zometeen.'

'Zometeen?'

Hij gebaarde naar achteren. 'Ik blijf hier nog even wachten. Checken of alles veilig is. Ik heb het gevoel dat je iemand nodig hebt die een oogje in het zeil houdt. Ik ben blij dat je een goede, stevige ketting aan je voordeur hebt zitten. Er lopen heel wat rare types rond. Je bent heel kwetsbaar, Sarah, besef je dat wel? Zoals je hier alleen woont met je moeder?'

Ik fronste mijn wenkbrauwen terwijl ik zijn stemmingswisseling probeerde te volgen, en ik vroeg me af of Geoff me angst wilde aanjagen. Ik was inderdaad bang, hoewel ik dat niet liet blijken. Hij was niet ontmoedigd maar juist gestimuleerd geraakt door onze woordenwisseling. Ik vond het maar niets en ik vertrouwde hem niet, en opnieuw had ik het sterke gevoel dat hij het weleens kon zijn geweest, eergisteravond op het tuinpad. Ik dwong mezelf tot een korte lach. 'Ik voel me niet kwetsbaar. Wel moe. Ik ga naar bed, Geoff. Blijf alsjeblieft niet lang daarbuiten rondhangen.'

'Heel even maar. Ik zie je morgen, misschien.'

'Oké,' zei ik, inwendig vloekend.

Hij stapte van het stoepje af en zwaaide me vrolijk gedag. Voordat hij het pad af liep, zat hij alweer in zijn rol van aardige man. Ik deed de deur dicht, waarna ik alle sloten omdraaide en elke grendel op zijn plaats schoof. Hij zat op het muurtje aan het eind van de tuin en stak een sigaret op, toen ik naar buiten gluurde. Het leek wel alsof het zijn eigen huis was.

Ik schrok op door een geluid achter me; ik draaide me om en zag mijn moeder in de deuropening van de woonkamer staan.

'Wie was dat?'

'Niemand.'

'Je hebt anders behoorlijk lang met hem staan praten.' Ze nam een slok uit haar glas. Haar ogen glommen vervaarlijk. 'Waarom heb je hem niet binnen gevraagd? Schaam je je voor mij? Was je bang dat je vriend jou vanwege mij zou veroordelen?'

'Dat was geen vriend van me, mama,' zei ik. Ik voelde me ontzettend moe. 'Ik wilde hem niet binnen hebben. Dat had niets met jou te maken.' Ik kreeg een ingeving, een ingeving die zich vervormde tot een angstbeeld. 'Praat niet met hem, als je hem ziet. En doe niet open, oké?'

'Ik doe in mijn eigen huis open als ik dat wil,' zei mama afgemeten. 'Jij schrijft mij niet voor wat ik moet doen.'

'Prima, hoor.' Ik stak mijn handen omhoog. 'Laat hem dan maar binnen, als je wilt. Wat kan mij het schelen.'

Nu de kans op een ruzie haar ontglipte, verloor ze haar belangstelling en wendde ze zich af om naar boven te gaan. Ik zag hoe langzaam en onvast ze de trap op liep en kon wel janken. Ik had geen idee wat ik met Geoff aan moest, en ik had niemand met wie ik erover kon praten. Ik wist niet of mijn reactie overdreven was geweest of niet. Meer dan verdenkingen had ik niet. Het enige wat ik zeker wist, was dat hij me graag mocht, meer was er niet. Het feit dat ik van hem griezelde zou de politie niet interesseren.

Hoewel: er was één politieman die zich er misschien iets van zou aantrekken. Als ik durfde, zou ik Blake kunnen vragen me van hem te verlossen. Hij had Geoff al niet gemogen toen hij hem bij de kerk had ontmoet. De twee mannen hadden om elkaar heen gedraaid als twee honden met schrap gezette poten die hun kansen bij een gevecht stonden in te schatten, en ik zou mijn geld op Blake hebben gezet als winnaar van het gevecht.

Ik liep de woonkamer in en onderdrukte een geeuw terwijl ik op de bank ging zitten. Ik zou na een lekker nachtje slapen wel bepalen wat ik het best kon doen. Geoff was nu veilig buiten en wij waren veilig binnen. En de volgende ochtend zou alles vast een stuk overzichtelijker zijn.

1992

Drie maanden vermist

'Je loopt langs een prachtig strand en de zon staat hoog aan de hemel,' zegt de stem achter me. De lettergrepen zijn lang en zangerig. Loooopt. Praaaachtig. Ik verveel me. Ik moet heel stil zijn en me niet bewegen en mijn ogen niet opendoen en ik moet naar die mevrouw luisteren die het nog steeds over dat strand heeft.

'En het zand is zuiver wit met fijne korrels, lekker warm onder je blote voeten.'

Ik denk terug aan de laatste keer dat ik op een strand was. Ik wil de mevrouw, Olivia, erover vertellen. Het was in Cornwall. Ik moest van Charlie vlak bij de zee gaan staan en toen groef hij een gracht om me heen. Die geul was breed en diep en toen het vloed werd, liep het water er snel in tot hij vol was, en met elke golf kwam het water hoger te staan. Ik begon pas bang te worden toen het eiland van zand onder me weg begon te spoelen. Papa moest me redden. Hij rolde zijn broekspijpen op en waadde door het water om me op te tillen en me naar de plek te dragen waar mama stond te wachten. Hij noemde Charlie een gevaarlijke idioot.

'Idioot,' zeg ik nu, heel zacht, nog zachter dan fluisteren.

Olivia's stem praat nu nog langzamer. Ze luistert geconcentreerd naar zichzelf. Ze hoort me niet.

'En nu ga ik je terugbrengen, Sarah.' Ik krijg opeens de kriebels, wil lachen, of met mijn voeten stampen. 'Je bent hier absoluut veilig, Sarah.'

Ik weet best dat ik veilig ben. Ik open mijn ogen een klein beetje en kijk door een kiertje de kamer rond. De gordijnen zijn dicht, hoewel het midden op de dag is. De muren zijn roze. Achter een bureau dat vol ligt met papieren zie ik planken met boeken erop. Niet erg interessant allemaal. Ik doe mijn ogen weer dicht.

'Laten we eens teruggaan naar de dag waarop je broer verdween,' kirt Olivia. 'Het is een zomerse dag. Wat zie je?'

Ik weet dat het de bedoeling is dat ik nu aan Charlie denk. 'Mijn broer,' opper ik.

'Mooi, Sarah. En wat is hij aan het doen?'

'Hij speelt een spelletje.'

'Wat voor een spelletje?'

Ik heb iedereen al verteld dat Charlie aan het tennissen was. Ze verwacht dat ik tennis zeg. 'Hij tennist,' zeg ik.

'Is hij alleen?'

'Nee,' zeg ik.

'Wie is er verder nog, Sarah?'

'Ik.'

'En wat ben jij aan het doen?'

'Ik lig op het gras,' zeg ik vol overtuiging.

'En wat gebeurt er dan?'

'Dan val ik in slaap.'

Er valt een korte stilte. 'Oké, Sarah, je doet het heel goed. Wat ik nu graag wil, is dat je terugdenkt aan het moment voordat je in slaap viel. Wat gebeurt er?'

'Charlie is aan het tennissen.' Ik begin me te ergeren. Het is erg warm in het kantoor. De stoel waarop ik zit, heeft een glimmende, plastic zitting die aan mijn benen plakt.

'En wat gebeurt er verder?'

Ik weet niet wat ze wil dat ik zeg.

'Komt er iemand aan, Sarah? Praat er iemand met Charlie?'

'Dat... dat weet ik niet,' zeg ik ten slotte.

'Denk goed na, Sarah!' Ik hoor opwinding in Olivia's stem. Ze vergeet kalm te blijven.

Ik heb heus wel nagedacht. Ik herinner me wat ik me herinner. Meer is er niet.

'Ik heb honger,' zeg ik. 'Mag ik weg?'

Achter me klinkt een zucht en het geluid van een notitieboekje dat wordt dichtgeslagen. 'Je was helemaal niet onder hypnose, hè?' zegt ze, en ze staat op en loopt om me heen zodat ze me kan bekijken. Haar gezicht is roze en haar lippen zien er droog uit.

Ik haal mijn schouders op.

Ze strijkt met haar handen door haar haar en slaakt een zucht.

Op de gang springen papa en mama op als we naar buiten komen.

'Hoe ging het?' vraagt papa, maar hij heeft het tegen Olivia. Haar hand ligt in mijn nek.

'Prima. Ik denk echt dat we vooruitgang boeken,' zegt Olivia, en ik kijk verbaasd op naar haar. Ze glimlacht naar mijn ouders. 'Breng haar volgende week maar langs en dan proberen we het nog eens.'

Ik heb wel in de gaten dat ze teleurgesteld zijn. Mama wendt haar gezicht af en papa slaat met zijn handen op zijn zakken. 'Ik moet afrekenen...' begint hij.

'Geen probleem,' zegt Olivia snel, 'u kunt de rekening na het laatste consult voldoen.'

Hij knikt en doet zijn best naar haar te glimlachen. 'Kom maar, Sarah,' zegt hij dan, en hij steekt me zijn hand toe. Olivia schudt me even licht heen en weer voordat ze mijn nek loslaat. Het voelt aan als een waarschuwing. Eenmaal los ren ik naar mijn vader. Mama is al halverwege de gang.

Onderweg naar huis in de auto, terwijl de regen langs de raampjes stroomt en op het dak tikt, zeg ik tegen mijn ouders dat ik er niet meer heen wil.

'Ik zal maar doen alsof ik dat niet heb gehoord,' zegt mama. 'Je gaat erheen, of je nu wilt of niet.'

'Maar...'

'Als ze er niet meer heen wil, Laura...'

'Waarom kies je toch altijd partij voor haar?' Mama's stem klinkt schel, boos. 'Je verwent haar. Het kan je niets schelen hoeveel dit voor mij betekent. Zelfs je zoon kan je niets schelen.'

'Doe niet zo belachelijk,' zegt papa.

'Het is niet belachelijk om alles te proberen wat we kunnen om hem terug te vinden.' Ze wijst met haar duim naar de achterbank, in mijn richting. 'Zij is de enige link die we hebben met wat Charlie is overkomen. Het zal haar óók helpen.'

Dat is niet waar. Dat weet ik heel goed.

'Het is nu al maanden geleden,' zegt papa. 'Als ze iets bruikbaars heeft gezien of gehoord, zouden we dat inmiddels wel weten. Je moet hiermee stoppen, Laura. We moeten verder gaan met ons leven.'

'En hoe zouden we dat in godsnaam moeten doen?' Mama's stem breekt; ze trilt helemaal. Ze draait zich om in haar stoel en kijkt me aan. 'Sarah, ik wil geen gezeur meer horen. Je gaat er gewoon weer heen om met Olivia te praten en dan vertel je haar wat er is gebeurd – vertel je haar wat je hebt gezien –, want als je dat niet doet… als je dat niet doet…'

Het raampje naast me is helemaal beslagen. Ik gebruik mijn mouw om een kijkgaatje te maken, zodat ik de wereld die langsglijdt kan zien. Ik kijk naar de auto's en de mensen, en ik probeer niet te luisteren naar het gehuil van mijn moeder. Dat is het droevigste geluid dat er bestaat.

10

De ochtend kwam veel eerder dan ik had verwacht. Door de gordijnen heen knipperde licht en het duurde heel even voordat ik besefte dat het een helderder licht was dan het kille blauw van het ochtendgloren; bovendien had het ochtendgloren geen regelmatige cyclus van twee flitsen per seconde.

Ik kwam steunend op mijn elleboog overeind, en het diffuse geluid van buiten veranderde, als een kaleidoscoop die je even hebt geschud, in duidelijk te onderscheiden elementen. In de bomen bij mijn raam slaakten vogels schrille, hortende waarschuwingskreten en kwetterden ze humeurig, omdat ze door iets waren opgeschrikt. Als in antwoord daarop kraakten en piepten er radio's, en klonk er zacht gemompel, met een urgente ondertoon. Draaiende motoren; meer dan één auto. Terwijl ik ernaar luisterde, reed er nog een auto het doodlopende straatje in, gierend door het hoge toerental voordat er werd geremd en de motor afsloeg. *Iemand die haast had*, dacht ik. Ik kwam overeind en streek mijn haar uit mijn gezicht. Vervolgens voetstappen, gelijkmatig en doelgericht, akelig dicht bij ons huis. Er stuiterden opgespatte kiezelstenen over straat en ik rilde. Ineens had ik niet meer zoveel zin om te gaan kijken wat er aan de hand was. De neiging om me nog eens om te draaien en het dekbed over mijn hoofd te trekken was bijna onweerstaanbaar.

Toch deed ik het niet. Een seconde later stond ik naast mijn bed; met twee stappen was ik bij het raam en schoof ik het gordijn iets opzij om naar buiten te gluren. Het was nog nacht, of de nacht liep op z'n eind. Aan de overkant van de straat stonden twee politiewagens. De zwaailichten flitsten in dat slepende ritme dat mijn slaap had verstoord. Recht voor het huis stond een ambulance. De achterdeuren stonden open en door de half doorschijnende zijruiten zag ik iets bewegen. Aan de achterkant van de ambulance stond een groepje politieagenten, en tot mijn schrik herkende ik een van hen als Blake. De auto die ik de straat in had horen rijden, was de zijne; hij had hem een paar meter verderop schuin tegen de stoep neergezet en in zijn haast om uit te stappen het portier open laten staan. Vickers zat op de passagiersplaats en beschermde zijn ogen tegen het licht van bovenaf. De groeven in zijn gezicht waren donkerder en dieper, zag ik, maar of die verandering in zijn uiterlijk door de lichtinval kwam, door het vroege tijdstip of door knagende ongerustheid kon ik niet zeggen. Misschien door alle drie.

Ik liet het gordijn los en leunde tegen de muur. Ik snapte niets van wat ik zojuist had gezien. Ik kon het ook eigenlijk niet geloven; als ik het gordijn opnieuw opzij had geschoven en had gezien dat de straat totaal verlaten was, had me dat niet verbaasd. Al die mensen bij mij op de stoep te zien staan had iets surrealistisch – in letterlijke zin, merkte ik, toen ik nog eens naar buiten keek en onder me de kruin van een man zag, die vanaf ons stoepje naar de straat liep. Wat had hij daar gedaan? Wat was er aan de hand? Waarom was de politie hier zo prominent aanwezig?

De elektrische melkkar van de zuivelwinkel uit de buurt stond aan het eind van de weg geparkeerd. En daar was ook de melkman, goed ingepakt tegen de nachtelijke kou in een reflecterend jack, die met een ernstig gezicht iets zei tegen een van de agenten. De geüniformeerde politieagent luisterde geduldig; hij knikte, maar schreef niets op en hield zijn radio voor zijn mond, alsof hij zijn kans om iets te zeggen afwachtte. Ik hoopte maar dat de melkman niet in de problemen zat. Het was een aardige man die zijn werk deed in de kleine uurtjes, tussen de thuiskomst van de laatste nachtbrakers en het vertrek van de eerste vroege vogels, en die stilletjes door zijn wereld in de schaduwen hobbelde. Ik kon niet bedenken wat hij gedaan kon hebben dat de belangstelling van zo'n politiemacht zou wekken. En dan was daar ook nog die ambulance.

Het raam voor mijn gezicht raakte beslagen; ongeduldig stapte ik opzij, en die beweging was voldoende om de aandacht van Vickers te trekken. Hij was uitgestapt en hing over het open portier met Blake te praten. Toen ik me bewoog, keek ik hem recht in de ogen. Hij bleef zonder merkbare reactie doorpraten, maar keek niet weg. Blake wierp me over zijn schouder een blik toe, zo snel en achteloos dat ik het als een belediging ervoer, toen draaide hij zijn hoofd weer om en knikte. Ik voelde wel aan dat ik dit schouwspel niet ongestoord zou kunnen blijven gadeslaan. Met tegenzin maakte ik me los van de onderzoekende blik in Vickers' lichtblauwe ogen en liep ik naar mijn kast om wat kleren te pakken. Ik wilde beneden zijn voordat iemand aanbelde en mijn moeder wakker maakte; ze hadden al genoeg problemen zonder dat zij hysterisch tekeer zou gaan over al die politie voor ons huis.

Ik haalde een paar Uggs van de onderste plank van de kledingkast en trok ze aan. De pijpen van mijn pyjama propte ik erin; toen vond ik een fleecetrui, die ik over mijn hoofd trok zonder de moeite te nemen hem open te ritsen. De mannen die zich buiten hadden verzameld leken het koud te hebben: ze wreven hun handen terwijl ze praatten, en hun adem vormde pluimpjes in het licht van de koplampen van hun auto's. Ik moest me in laagjes hullen.

Het duurde eindeloos voordat ik de voordeur had ontsloten; ik stond te stuntelen met de sleutels en de grendels werkten niet mee. Ik vloekte zachtjes terwijl ik ermee bezig was. Buiten doemde een bekend silhouet op en ik hoopte tegen beter weten in dat Blake zou begrijpen dat ik bezig was de deur open te krijgen en dat het niet nodig was aan te bellen of de deurklopper te gebruiken, dat mijn moeder beslist wakker zou worden als hij dat deed... De laatste grendel schoof met een ruk opzij en ik trok de deur open. In een fractie van een seconde veranderde Blakes gezicht van professioneel in geamuseerd, toen hij mijn onderlichaam bekeek, dat was gehuld in koeiendessin.

'Leuke outfit.'

'Ik verwachtte geen bezoek. Wat is er aan de hand? Vanwaar die heisa?'

'We kregen een melding...' begon hij, maar hij zweeg geïrriteerd toen ik hem tot stilte maande. 'Wat is er?'

'Ik wil niet dat mijn moeder weet dat jullie hier zijn.'
Met een duistere blik in mijn richting reikte Blake naar binnen en haalde de voordeursleutels uit het slot, waarna hij mijn arm greep en me het huis uit trok. De deur liet hij achter me dichtvallen. Ik volgde hem schoorvoetend het pad af, niet langer op mijn gemak nu ik zag hoeveel mensen er buiten naar ons stonden te kijken. Toen we bij het tuinhek waren aangekomen, zei ik: 'Dit is ver genoeg. En ik zou graag mijn sleutels terughebben, als dat niet te veel gevraagd is.'

'Oké dan.' Hij liet ze in mijn hand vallen; ik sloot mijn vingers eromheen en stopte ze in mijn zak, uit het zicht. 'Ik zal je vertellen waarom we hier zijn als je mij vertelt wat je makker Geoff hier te zoeken had. Hij woont hier niet eens in de buurt en toch treffen we hem hier midden in de nacht aan. Heeft dat toevallig iets met jou te maken?'

Ik kon wel door de grond zakken. 'Hij heeft toch geen problemen veroorzaakt? Ik dacht dat hij wel zou afkoelen en naar huis zou gaan.'

Er flikkerde iets in Blakes ogen, maar hij vertrok geen spier; hij trok dat koele, geamuseerde gezicht dat ik herkende als zijn pokerface. 'Dus hij was hier wel degelijk om jou te bezoeken.'

Ik voelde me enorm ongemakkelijk. 'Hij is langs geweest. Ik wilde dat niet… ik bedoel: ik wist niet dat hij zou komen, en ik heb hem ook niet binnengelaten.'

Blake wachtte zwijgend af. Ik beet op mijn lip.

'Hij had bloemen voor me bij zich. Een behoorlijke bos. Ik… ik wilde ze niet hebben.'

'Zijn het toevallig die bloemen?'

Ze lagen stilletjes midden in de voortuin, waar Geoff ze had neergegooid, een lelijke kluwen gebroken stengels en geplette knoppen. Op het cellofaan zaten druppeltjes condens.

'Ik wil niet dat Geoff door mij narigheid krijgt,' zei ik naar waarheid, tot mijn eigen verrassing. 'Hij is gisteravond enigszins over de schreef gegaan. Hij had vast geen kwaad in de zin. Hij was een beetje gefrustreerd dat ik niet… dat het niet…'

'Wederzijds was,' opperde Blake.

'Dank je. Ja. En daarom liet ik hem buiten staan om af te koelen.'

'Oké. Hoe laat was dat?'

'Halfelf misschien?' Ik fronste mijn voorhoofd en probeerde het me te herinneren. 'Het was al na tienen toen hij aanbelde, en toen hebben we een poosje staan praten. Ik kreeg hem niet weg.'

'Maar je hebt hem niet binnengelaten.'

'Ik heb de ketting niet eens van de deur gehaald,' zei ik alleen maar. 'Hij was in een rare bui.'

'Heeft hij je bang gemaakt?'

Ik keek Blake aan en zag opeens in dat hij boos was – woedend. Maar niet op mij.

'Eigenlijk wel. Ik weet niet of het terecht was dat ik me bedreigd voelde, maar die hele toestand met Geoff… het was gewoon een beetje uit de hand gelopen. Hij accepteerde mijn afwijzing niet.' Ik pinkte mijn tranen weg en viel stil. Ik probeerde me te vermannen. 'Je kunt het maar beter zeggen. Wat heeft hij gedaan?'

Op dat moment sprong een van de verpleegkundigen uit de achterkant van de ambulance, waarna hij de deuren sloot en haastig naar voren liep. Hij keerde de ambulance heel vaardig met zo min mogelijk bewegingen en reed Curzon Close uit, nog steeds met zwaailicht, gevolgd door een van de politieauto's, eveneens met de lichten aan. Toen het motorgeronk wegstierf in de richting van de hoofdweg, hoorde ik dat de sirenes begonnen te loeien. Ik kan het mis hebben, maar ik zag mededogen op Blakes gezicht. Voordat hij iets zei, keek hij langs me heen, met een neutrale uitdrukking op zijn gezicht, en rechtte hij zijn rug. 'Dag chef. Sarah vroeg me net naar de heer Turnbull.'

Ik draaide me om. Zo van dichtbij leek Vickers meer dan ooit op een schildpad, gerimpeld en stokoud.

'Kwalijke zaak,' zei hij. 'Heb je iets gehoord, Sarah? Iets bijzonders?'

Ik schudde van nee, kreeg het ineens koud en sloeg mijn armen om mijn lichaam. 'Wat is er aan de hand? Wat zou ik gehoord moeten hebben?'

De rechercheurs wisselden een blik en uiteindelijk nam Blake het woord, nadat Vickers hem daartoe met een blik had aangespoord. 'Er kwam een melding binnen van Harry Jones, de melkman uit de wijk, ongeveer…' – een blik op zijn horloge – 'drie kwartier geleden. Hij had iets aangetroffen.'

In plaats van door te gaan met zijn uitleg, legde Blake opnieuw zijn hand op mijn arm en trok hij me mee; deze keer verzette ik me niet. Ik liep langs het tuinhekje het trottoir op. Links van mij stond Geoffs auto met twee wielen op de stoep geparkeerd, met de neus naar de andere kant. De achterband rechts was opengesneden, en de rubberen flarden lagen als een plas op het plaveisel. De achterruit was een nevel van gebarsten glas en er lag nog meer glimmend glas op straat. Ik had van schrik mijn hand voor mijn mond geslagen. Ik deed nog een paar stappen vooruit en merkte dat ik wat onvast op mijn benen stond. Vanuit deze hoek kon ik zien dat de zijraampjes donker en leeg waren, want het glas lag aan gruzelementen, en er zaten nog wat grillige punten in het kozijn.

'Maar waarom zou Geoff zijn eigen auto vernielen?' vroeg ik aan Blake, nog in het duister tastend.

'Dat heeft hij niet gedaan. De melkman heeft hem voorin aangetroffen. Degene die deze schade aan de auto heeft toegebracht, heeft met hem helaas hetzelfde gedaan.'

'Wát?' Mijn hart bonsde in mijn keel, mijn luchtpijp leek te worden dichtgeknepen. Ik draaide me om naar de twee rechercheurs. 'Hij is toch niet…'

'Niet dood, nee.' Vickers sprak met opeengeklemde kaken; zijn stem klonk schor en vermoeid. 'Maar hij is er niet best aan toe, meisje.'

'Hoofdwonden,' legde Blake uit. 'Het lijkt erop dat zijn aanvaller hem van dichtbij heel hard met een of ander stomp voorwerp te lijf is gegaan. Je kunt wel zien welke schade hij aan de auto heeft toegebracht.'

Dat kon ik inderdaad, en ik kon me niet voorstellen hoe iemand zo'n aanval kon overleven.

Alsof hij mijn gedachten had gelezen, knikte Vickers naar de auto. 'Hij heeft misschien zijn leven te danken aan het feit dat hij in de auto zat. De carrosserie zal hem nog enigszins hebben beschermd. Een afgesloten cabine, begrijp je? Geen ruimte om goed uit te halen.' Hij gebaarde alsof hij een klap uitdeelde en mijn maag protesteerde.

Ik wankelde en voelde het zweet uitbreken op mijn rug en tussen mijn borsten. Mijn handen en voeten voelden ijskoud aan en mijn hoofd tolde. Ik deed mijn ogen dicht om de auto niet te hoeven zien, alsof ik kon zorgen dat hij verdween als ik er niet naar keek. Het duister was zo dichtbij; het zou heel makkelijk zijn erin weg te glippen, weg van alles. Handen waarvan ik wist dat ze van Blake waren pakten mijn schouders en knepen er hard in.

'Rustig maar. Diep ademhalen.'

Met gesloten ogen snoof ik mijn longen een paar keer goed vol frisse nachtlucht, in het vage besef dat hij me wegleidde van de auto, weg van de straat, die glanzend glad was van een zwartige vloeistof, een vloeistof die, begreep ik nu, bloed was. Hij manoeuvreerde me naar het tuinmuurtje en duwde me omlaag, zodat ik erop kon gaan zitten. Hij bleef me vasthouden tot ik in staat was hem te gebaren me los te laten en hem te verzekeren dat ik echt niet zou omvallen.

Van heel veraf hoorde ik hem Vickers vertellen dat Geoff in Curzon Close bij me langs was geweest, maar dat ik hem na halfelf niet meer had gezien. Er viel een stilte tussen de twee rechercheurs. Ik kon de hersenen van Vickers bijna horen kraken.

'Oké,' zei hij ten slotte. 'De man kwam hier dus aan en werd onverrichter zake weggestuurd. Maar hij is niet ver gekomen. Waarom niet?'

Ik was voldoende hersteld om iets te kunnen zeggen. 'Hij zei dat hij even wilde blijven wachten. Hij zei… Hij zei dat er rare types rondhingen.'

'Zei hij het precies zo?' vroeg Vickers direct.

Ik knikte.

'Wat zou hij daarmee hebben bedoeld?' vroeg Vickers zich af.

'Misschien had hij iets gezien.'

'Misschien was het gewoon een smoesje om in de buurt te blijven,' zei Blake.

Ik voelde een blos opkomen. 'Dat dacht ik zelf ook. Ik dacht dat hij even moest afkoelen voordat hij weer naar huis ging. Toen ik naar buiten keek, zat hij een sigaret te roken.'

Vickers wreef met zijn handen over zijn gezicht, wat een droog, raspend geluid veroorzaakte door de baardhaartjes die zich als rijp op zijn kaaklijn begonnen af te tekenen. 'Onze vriend is dus flink geagiteerd, over zijn toeren en besluit hier buiten tot rust te komen.'

'Volgens mij was het deels om mij te laten voelen dat hij heus niet zou weggaan omdat ik hem dat had gevraagd.'

Vickers knikte. 'Heel waarschijnlijk. Hij zit hier dus, voor zover we weten zonder dat iemand last van hem heeft... jij gaat nog wel het een en ander na, als de tijd waarop we kunnen aanbellen is aangebroken, Blakey? Gewoon vragen of iemand in de kleine uurtjes iets vreemds heeft gehoord. Hoewel dit huis het dichtst bij de plaats delict staat.' Hij keek me aan. 'Is dat jouw slaapkamer, daar voor? Nou, als jij niets hebt gehoord, vraag ik me af wie dan wel. Wonen er in deze straat moeders met een pasgeboren baby?'

Ik schudde mijn hoofd, ondanks alles geamuseerd, en hij was kennelijk teleurgesteld. 'Die moeders zijn de allerbeste getuigen. Zijn wakker op tijden waarop niemand anders wakker is, en hebben niets anders te doen behalve hun baby voeden en uit het raam kijken. Moeders die hun baby voeden en gepensioneerden zijn mijn twee favoriete soorten getuigen.'

Er schoot me iets te binnen. Ik keek naar de dozen en de plastic zakken die aan de weg stonden en fronste mijn wenkbrauwen.

'Wat is er?' vroeg Blake met een waakzame blik in zijn ogen.

'Niets, behalve dat er vanochtend spullen voor het goede doel worden opgehaald. Ik dacht een poosje terug dat ik ze herrie hoorde maken. Ik sliep half; ik weet niet precies hoe laat dat was. Maar ook nu is het daarvoor nog te vroeg, denk ik.' Ik keek afwezig naar mijn pols en besefte dat ik mijn horloge niet had omgedaan. Ik keek weer op en zag dat Blake en Vickers veelzeggende blikken wisselden. 'Jullie denken toch niet... Ik heb het toch zeker niet gehóórd?'

Geen van beiden reageerde; ze lieten me zelf tot de conclusie komen. 'Jezus.'

Blake schraapte zijn keel. 'Als u het goedvindt, chef, ga ik even babbelen met de mensen van de uniformdienst. We moeten iets regelen voor het transport van de auto.'

Vickers knikte en zei: 'Die kan hier niet blijven staan. Maar laat wel voldoende foto's maken voordat ze hem weghalen, en zorg dat de forensische recherche deze kwestie serieus neemt. Het is tenslotte een poging tot moord.'

Ik keek van hem naar Andrew Blake, en las van hun gezichten wat ze geen van beiden hardop zeiden. Ze gingen dit aanpakken alsof het een moordonderzoek was. Wat inhield dat er een aanzienlijke kans bestond dat Geoff zou overlijden.

Blake stak de straat over naar de plaats waar een van de politieauto's nog steeds geparkeerd stond, en de twee inzittenden hesen zich eruit om hem te woord te staan. Ik keek toe hoe ze stonden te kletsen en grapjes maakten, terwijl Vickers maar tegen me bleef praten, woorden zo droog als stof op me afvuurde, meer ten behoeve van zichzelf dan van mij.

'Hij zit daar dus, in het holst van de nacht. Misschien heeft hij wat rondgelopen om te kalmeren van dat ruzietje met jou. Heeft hij zich belachelijk gemaakt? Hij denkt van wel. Heeft zich flink aangesteld tegenover het meisje dat hij leuk vindt, en nu begint hij weer tot zichzelf te komen. Hij heeft een Golf. Leuk autootje, maar je overvalt niet iemand om diens Golf te stelen. Een Mercedes of een Jaguar, een BMW misschien, maar geen klein model Volkswagen. Bovendien val je niet iemand aan in zijn auto, als je op de auto uit bent. Dat levert alleen maar bloed en allerlei troep op. Wie wil daar nu mee rondrijden? Je sleurt hem eruit, geeft hem een pak slaag zodat hij niet opstaat met alle gevolgen van dien, en dan rij je probleemloos weg.'

Vickers slaakte een zucht; zijn blik was gericht op de achterkant van de auto. Ik wist dat hij niet het autowrak dat op straat stond zag, maar de auto zoals hij uren tevoren was geweest, in uitstekende staat, met zorg onderhouden, schoon en glanzend. 'Ik kom aanlopen met de bedoeling schade toe te brengen,' zei hij zachtjes. 'Dan begin ik met de bestuurder, hè? Ik zorg dat hij niet kan wegrijden. Ik doe het portier open en begin te meppen. Hij verzet zich, of krijgt de kans niet, maar dan schuift hij opzij naar de passagiersstoel, en kan ik niet meer goed uithalen. Ik denk dat ik wel genoeg heb gedaan om de bestuurder uit te schakelen, maar ik ben nog steeds kwaad. Ik heb nog geen voldaan gevoel. Maar ik heb de auto nog. Daarop kan ik mijn emoties uitleven. Dus sla ik de ruit aan mijn kant van de auto in en loop ik terug om de achterruit te grazen te nemen. Mooi groot doel is dat. Dan haal ik mijn mes tevoorschijn en hak ik op de banden in. Om de een of andere reden voel ik me niet geroepen naar de linkerkant van de auto te lopen. Hoe dat zo?'

'Niet genoeg ruimte?' stel ik voor. De haag van de buren moest gesnoeid worden; hij hing tot over het trottoir. Er was nauwelijks ruimte om tussen de geparkeerde auto en de overhangende struiken heen te lopen.

Vickers fronste zijn voorhoofd. 'Mogelijk. Maar het is ook mogelijk dat ik die kant van de auto niet zie. Ik zie hem al die tijd vanaf de rechterkant; misschien heb ik ernaar staan staren. Ik identificeer hem sterk met de persoon die ik aanval.' Hij draaide zich om naar de huizen aan de overkant. 'Het lijkt alsof iemand de boel hier in de gaten hield. Ik vraag me af of een van je buren een vreemd individu heeft zien rondscharrelen.'

Ik keek in dezelfde richting en zag ineens de voortuinen als potentiële schuilplaatsen, kreeg het prikkelende gevoel dat me al dagenlang plaagde, het gevoel dat iemand me bespiedde. Ik vroeg me af of ik er iets over tegen Vickers moest zeggen. Ik vroeg me af of ik gek aan het worden was.

Voordat ik iets kon zeggen, ging Vickers verder. 'Wat deze plaats delict me wel duidelijk maakt, is dat de aanvaller zijn slachtoffer kende en wist dat de auto veel voor hem betekende. We kunnen de heer Turnbull dus vragen naar de mensen met wie hij omgaat, zodra hij weer in staat is met ons te praten.' De klank van zijn stem verried wat hij eigenlijk dacht: áls hij ooit nog in staat is met ons te praten.

Geoff was altijd nogal pietluttig als het om zijn auto ging. Hij liep hem even na voordat hij instapte, veegde dode bladeren en vuil onder de ruitenwissers vandaan, inspecteerde de voor- en achterkant op sporen van schade. 'Die auto was in perfecte staat. Je kon wel zien dat hij er gek op was,' zei ik langzaam. 'Daarvoor hoefde je hem niet te kennen.'

'Maar je moet hem wel kennen, of iets over hem weten om hem op deze manier aan te vallen, begrijp je?' pareerde Vickers. 'Ik heb heel wat gewelddadige acties van allerlei aard gezien, en deze plaats delict is het gevolg van rauwe emoties.' Hij keek nog eens naar de auto, met zijn handen op zijn heupen, en schudde zijn hoofd. 'Ik wou dat ik wist hoe dit in het plaatje past.'

'In het plaatje past? Welk plaatje?'

Vickers wierp me een blik toe. 'Heb jij dan niet het gevoel dat er een verband is met wat die arme kleine Jenny Shepherd is overkomen? Waarom denk je anders dat Blake en ik hier zijn?'

'Maar ik snap niet…' begon ik. Hij legde zijn hand op mijn arm.

'Sarah, kijk eens naar de feiten. We hebben een jong meisje dat dood is. Deze man, die ze kende, die een van haar docenten was, duikt op in een straat ver van zijn huis, een straat die hemelsbreed echt niet ver van Jenny's huis vandaan ligt. Hij is half doodgeslagen door een of meer onbekende personen. Jenny is een gewelddadige dood gestorven. Om zoveel toevalligheden kan ik niet heen. Alles wat hier in de buurt gebeurt – alles – kan iets met de moord op Jenny te maken hebben. Ik heb nu twee zeer gewelddadige misdrijven, die ver uitsteken boven het normale niveau van criminele activiteiten in deze wijk. Als ik ze elk afzonderlijk onder de loep neem, boek ik misschien hier en daar enige vooruitgang; misschien heb ik geluk en loop ik een getuige tegen het lijf of zit mijn moordenaar te wachten op een kans om te bekennen. Niet erg waarschijnlijk, maar dat komt een enkele keer voor. Als ik ze los van elkaar blijf zien, wacht ik op een doorbraak die in beide gevallen wellicht nooit zal plaatsvinden. Maar als ik ze naast elkaar leg, begin ik allerlei patronen te zien, snap je? Punten die elkaar raken. Het is net algebra: je moet twee delen van de opgave kennen om het derde te vinden.' Het gezicht van de rechercheur straalde van enthousiasme voor zijn werk; hij hield echt van zijn vak. Ik werd heel even afgeleid door zijn verwijzing naar algebra en mijn gedachten gingen terug naar het moment waarop me werd verteld dat ik totaal geen aanleg voor wiskunde had, echt geen enkele…

Vickers praatte verder. 'Nu moet je niet denken dat ik al heb uitgemaakt dat degene die Jenny heeft vermoord, ook hiervoor verantwoordelijk is. Het is een mogelijkheid, en die moet worden onderzocht, maar ik staar me er niet blind op, hoor. Er zijn vele manieren waarop deze twee misdrijven met elkaar in verband kunnen staan, Sarah. Vele manieren.'

Ik ving een zijdelingse blik uit die alleszïende ogen op en kwam als een brave leerling met een suggestie. 'Wraak?'

'Heel goed.' Hij keek me vaderlijk glimlachend aan. 'Onze vriend

Geoff zou tot over zijn oren verwikkeld kunnen zijn in wat er met Jenny is gebeurd; je hoeft niet geniaal te zijn om dat in te zien. Het is nogal een haantje, heb ik gehoord. We weten dat Jenny seksuele omgang met iemand had, en hij heeft zeker de gelegenheid gehad haar te leren kennen, haar te vertellen dat ze bijzonder was, en haar te laten doen wat hij van haar vroeg. Het zou immers niet voor het eerst zijn dat een leraar misbruik pleegde?'

'Maar dat klopt niet met wat Jenny aan Rachel heeft verteld,' bracht ik ertegen in. 'En ook niet met de foto die ze haar heeft laten zien.'

'Ik geloof niet elk woord dat Rachel ons heeft verteld,' zei Vickers omzichtig. 'Jenny kan tegen haar hebben gelogen, om haar op een dwaalspoor te brengen. En Rachel kan ons hebben voorgelogen, zelfs nu nog. Het is best mogelijk dat iemand ons een verkeerde richting probeert op te sturen. We hebben die foto niet gevonden, weet je, en ook niets anders waaruit blijkt dat Rachel ons de waarheid heeft verteld.'

Ik kon niet geloven dat Geoff met Jenny naar bed was geweest; dat was niets voor hem, maar ik wist dat de inspecteur net zomin naar mij als naar Rachel zou luisteren. 'Jenny was zwanger. Jullie kunnen toch DNA-onderzoek doen om erachter te komen of hij de vader was?'

'Wees maar gerust, dat doen we ook. Maar het duurt even voordat we de uitslag binnen hebben. Trouwens, het gaat er nu niet om of Geoff Turnbull schuldig was aan misbruik van Jenny Shepherd, maar of iemand misschien dácht dat hij dat was. Iemand trekt een conclusie. Wie weet beschikt die persoon over iets meer informatie dan wij. Of het is maar een ingeving. Maar wat het ook is, hij heeft het gevoel dat hij moet handelen om te zorgen dat Jenny wordt gewroken, en is niet bereid af te wachten tot de rechtbank daar aan toekomt.'

Ik zag Michael Shepherd voor me, een man die volledig was veranderd door zijn verdriet, een man met een duistere blik in zijn ogen, en ik wist dat Vickers hetzelfde beeld voor zich zag. Ik kon me zo voorstellen wat een explosieve kracht er kon worden ontketend als hij een doel zou vinden voor die combinatie van razernij, schuldgevoel en verdenking.

'Andy,' zei Vickers met een knikje in de richting van Blake, 'gaat te zijner tijd praten met de betrokken partijen. We kunnen mensen niet midden in de nacht uit hun bed bellen zonder over bewijzen te beschikken, maar een praatje kan zeker geen kwaad, vind je niet?'

Ik begreep dat alles netjes in elkaar paste, maar bleef sceptisch. Het was in mijn ogen onmogelijk dat Geoff een kind zou misbruiken, en niet alleen door de hardnekkigheid waarmee hij mij was blijven achtervolgen. Het klopte gewoon niet met wat ik van hem wist, met zijn vurige belangstelling voor vrouwen, en niet voor jonge meisjes. Ik vond het lastig me voor te stellen dat hij haar had misbruikt, en onmogelijk om te accepteren dat hij haar zou hebben vermoord. Aan de andere kant had ik hem een paar uur eerder in geagiteerde toestand meegemaakt, en kon ik de twijfel die me toen had overvallen, niet van me afschudden. Ik wist niet met zekerheid waartoe Geoff in staat was. Ik moest wel aannemen dat hij érgens schuldig aan was, want waarom zou iemand hem anders de schedel in hebben geslagen?

Ik voelde me ook schuldig om mijn eigen rol. Ik vermoedde dat Vickers graag zou weten dat er nog een gewelddadig incident had plaatsgevonden: de aanval op míj. Ik deelde zijn geloof in de macht van het samenvallen van gebeurtenissen niet, maar hij zou het inpassen in het beeld dat hij zich vormde. Maar toen ik mijn mond opendeed om het hem te vertellen, stokte mijn stem. In de allereerste plaats waren mijn redenen om geen aangifte te doen, nog steeds van kracht. Ten tweede zou hij die redenen wellicht niet begrijpen. En ten derde bleef ik van mening dat het gebeurde niet relevant was. Als ik al die tijd gelijk had gehad, en Geoff dus degene was geweest die me had aangevallen, nou, dan was hij nu compleet van het toneel verdwenen. Ik zou me over hem geen zorgen hoeven te maken, zolang hij in het ziekenhuis lag.

Maar de belangrijkste reden om niets tegen Vickers te zeggen was fundamenteler: ik vertrouwde hem niet. En ik was er vrij zeker van dat hij mij ook niet vertrouwde. Of het nu was dat hij mijn verwarring wat betreft Geoff had opgepikt of dat het uit hemzelf kwam: er zat voor het eerst een scherp randje aan alles wat hij tegen me zei. En met dat in mijn achterhoofd, leek het me raadzaam om op mijn hoede te blijven. Met moeite bracht ik mezelf weer terug naar het heden, naar de realiteit van koude voeten en een enorme behoefte te geeuwen, klaar om de politieman van repliek te dienen.

Vickers was stilgevallen, maar keek me nu weer aan met zijn glanzende, schrandere ogen. 'Als je iets weet wat, in het kader van wat ik heb gezegd, relevant kan zijn – of als je wist dat er verbanden liggen waarvan ik op de hoogte moet zijn, bedoel ik –, dan zou je me dat toch wel vertellen?'

'U hebt de meest voor de hand liggende verdachte nog niet genoemd,' zei ik stug, wetende dat Vickers me deze richting op had geduwd, wetende dat niets zeggen meer verdenking zou opwekken dan wegnemen. 'Ik kende Jenny ook. Ik heb haar lesgegeven. Ik heb haar lichaam gevonden. En dit alles,' – ik zwaaide naar de auto, maar wilde er niet over nadenken wat het inhield – 'is vlak voor mijn deur gebeurd. En dus zit ik midden in uw samenloop van omstandigheden, vindt u niet?'

Vickers glimlachte zuinig en ik zag tot mijn spijt dat ik terecht wantrouwig was geweest. *Maar ik mocht je graag...* Ik verzamelde alle logica die ik tot mijn beschikking had. 'Maar toch denk ik dat uw redenering een zwakke plek heeft.'

Hij trok zijn wenkbrauwen op.

'Dit heeft niets met mij te maken. Ik heb geen idee wat er met hen beiden is gebeurd.' Mijn stem klonk wat dunnetjes en onvast, een teken van uitputting. 'Soms is een samenloop van omstandigheden precies wat de uitdrukking al zegt. Waarom zou er een verband tussen die twee zaken moeten zijn?' *Of zelfs tussen die drie zaken?* Meer dan ooit was ik ervan overtuigd dat het terecht was dat ik Vickers dat kleine stukje munitie niet had gegeven.

'Er hoeft geen verband te bestaan, maar voorlopig neem ik aan dat het er wel is. Het feit dat jij dat verband niet wilt of kunt zien, laat onverlet dat je misschien iets weet wat voor mij van belang kan zijn. Twee misdrijven als deze – twee gewelddadige overvallen –, natuurlijk zie ik een verband.'

'Volgens mij zoekt u naar patronen die er niet zijn, omdat u geen flauw idee hebt wat Jenny is overkomen. Betrek dat maar eens bij uw algebraïsche vergelijking.'

'We hebben diverse onderzoekslijnen lopen. We zijn niet vrij om die op dit moment met buitenstaanders te bespreken, maar het onderzoek is in volle gang.'

'Nou, zo klinkt het anders niet,' zei ik giftig. 'Het klinkt alsof jullie geen ideeën hebben en geen bewijzen, en dat jullie bezig zijn deze kwestie in te passen in een of andere hypothese waar jullie van uitgaan sinds Jenny's lichaam is gevonden. Ik weet heus wel hoe de politie te werk gaat. Als jullie geen bewijzen hebben, worden jullie creatief.' Het gezicht van mijn vader, de arme ziel, die keer op keer werd verhoord, doemde bij me op. De wolk van wantrouwen die ons gezin had omgeven, de wolk die de verantwoordelijke rechercheur makkelijk had kunnen verdrijven, als hij maar had gewild. Ik sprak verder, zachtjes en gepassioneerd. 'Als u denkt dat ik u ga vertellen dat ik hierbij betrokken ben, kunt u dat wel vergeten. Ik heb er niets mee te maken, en ik weet niet waarom de omstandigheden zodanig zijn dat u denkt dat ik er wel iets mee te maken heb. Ik weet alleen dat ik vanaf het begin mijn best heb gedaan mijn medewerking te verlenen. Ik weet niet waarom Geoff dit is overkomen, of waarom Jenny is vermoord, en als ik het wel had geweten, had ik het u allang verteld.'

'We zullen zien,' zei Vickers met een kille blik. 'We zullen zien.'

'Bent u klaar met mij?'

'Voorlopig wel. Maar houd er rekening mee dat we nog contact opnemen.' Vickers wandelde weg naar de auto van Blake. 'Ga niet lang op vakantie, oké?'

Ik beende terug naar huis. In de gangspiegel zag ik dat mijn ogen gloeiden van woede en dat mijn haar in de war zat. Mijn lippen waren samengeperst tot een strakke lijn, en ik kon ze maar met moeite ontspannen. Ik was me ervan bewust dat Vickers had geprobeerd me uit mijn evenwicht te brengen, en dat was hem gelukt. Maar ik had ook het idee dat ik niets wist waar hij iets mee kon. Die overval op mij was een dwaalspoor, maar ik kon het hem nu niet meer vertellen, want ik had genoeg kansen gehad het te melden. Nu hield ik dus iets achter voor de politie, en daar voelde ik me schuldig over, waardoor ik er ook schuldig uitzag. Als ik niet oppaste, zou dit alles helemaal verkeerd aflopen.

Het enige waarover ik niet wilde nadenken was Geoff, maar zodra ik dat had vastgesteld, kon ik aan niets anders denken. Ik keek op de keukenklok – bijna vijf uur – en zette het idee om mijn bed weer op te zoeken uit mijn hoofd. Terwijl ik een mok thee zette, liet ik de feiten langzaam de revue passeren. Geoff lag in het ziekenhuis. Dat was erg. Heel erg. Hij was gewond aan zijn hoofd. Mijn maag trok samen bij de gedachte. Misschien zou hij doodgaan. Misschien bleef hij leven, maar tenauwernood. Misschien hield hij er voor altijd iets aan over. Misschien werd hij weer helemaal de oude. Ik wilde graag geloven dat de laatste mogelijkheid de waarschijnlijkste was, maar zeker was ik er niet van. Blake en Vickers leken somber toen ze het over hem hadden. Ik deed een scheutje melk in mijn thee, ook al had ik niet meer zoveel zin om hem op te drinken, maar ik dwong mezelf er toch toe. Waren ze eropuit me een schuldgevoel te bezorgen, zodat ik hun alles zou vertellen wat ik wist?

Ik ging aan de keukentafel zitten en keek naar de damp die uit de mok omhoog kringelde. De ironie wilde dat ik geneigd was het met Vickers eens te zijn, hoewel ik hem had afgeblaft. Ik voelde me inderdaad schuldig. Als ik een klein beetje aardiger voor Geoff geweest was – als ik iets had gedaan met het gevoel dat er iemand naar me gluurde, als ik hun had gevraagd uit te zoeken wie me had overvallen – dan zou alles misschien anders zijn gelopen. Hoewel ik er zelf niets aan had gedaan om de aandacht op me te vestigen, was dat toch gebeurd. Het zou prettig zijn als ik begreep waarom.

1993

Tien maanden vermist

Op een zonnige avond in april zit een merel in het gazon te pikken. Ik zit op de drempel en wriemel met mijn tenen in mijn schoenen. De regels zijn heel duidelijk: ik heb toestemming om hier te zitten, maar mag de tuin niet uit. Als iemand me aanspreekt, moet ik naar binnen gaan en mama roepen. Ik ben erg verlegen geworden, sinds ik steeds gewaarschuwd word voor andere mensen.

Het is een mooie merel, een glanzende vogel met ronde, amberkleurige ogen, die me zonder te knipperen aanstaren terwijl hij door de tuin hipt en het gras bewerkt, zodat er polletjes mos loskomen. Hij is bezig een nestje te bouwen in de hulststruik van de buren, en versleept zoveel als hij kan dragen naar de plek waar zijn bruingevederde vrouwtje de bouw overziet. Ze blijft zingen in een bemoedigend gekweel. Ik scherm mijn ogen af voor de zon en probeer haar te ontwaren tussen de takken, als ik een stem hoor die hallo zegt. De merel stuift op van het gazon, in een wirwar van fladderende vleugels. Ik spring overeind om snel naar binnen te rennen, maar de man die aan het eind van de oprit staat, ziet er vriendelijk uit. Hij heeft een hond aan de lijn, een rode setter, en die springt opgewonden en kwispelend in het rond.

'Mooie avond, hè?'

'Ja,' zeg ik, bijna zonder geluid te maken.

'Is dit jouw huis?'

Ik knik.

'Wij zijn hier pas komen wonen, iets verderop in de straat. Nummer zeventien.' Hij knikt in die richting. 'Ik heb een dochtertje van

ongeveer jouw leeftijd, Emma. Ze is negen. Hoe oud ben jij?'
'Ik ben ook negen,' zeg ik.
'Wat leuk. Misschien kun je eens langskomen om met haar te spelen. Ze is op zoek naar een nieuw vriendinnetje.'
Ik knik stralend. Een nieuw vriendinnetje. Nu al stel ik me een meisje voor dat even donker is als ik blond ben, een meisje dat geen hoogtevrees heeft en niet bang is voor spinnen, een meisje dat van dierenverhalen houdt en van ballet en verkleedpartijtjes waarbij we oude kleren aantrekken en stukjes uit boeken naspelen.
Achter me gaat de voordeur zo hard open dat hij binnen tegen de muur aan knalt.
'Ga weg!' Het verwrongen gezicht van mijn moeder is bijna onherkenbaar. 'Laat mijn dochter met rust!'
De man zet verstijfd van schrik een stap naar achteren en trekt de hond achter zich. 'Sorry... ik... ik had beter na moeten denken. Alleen... we zijn pas hier verderop komen wonen en...'
'Hij heeft een dochtertje,' zeg ik tegen mama, want ik wil dat ze het begrijpt, wil dat ze ophoudt met hem zo aan te kijken.
'Leert u haar niet om niet met vreemden te praten? Bent u dan niet bezorgd om haar veiligheid?' Haar stem is te hard.
De man verontschuldigt zich snel en loopt weg. Hij zegt niet gedag. Ik hoop dat hij terugkomt met zijn dochter, dat we toch vriendschap kunnen sluiten, als ik eenmaal heb kunnen uitleggen hoe het zit met mijn moeder en Charlie en de regel.
Mama wacht tot de man uit het zicht is verdwenen en pakt dan heel ruw mijn arm vast. 'Naar binnen en naar je kamer! Ik had je gezegd dat je met niemand mocht praten.'
'Maar...' begin ik, want ik wil mezelf graag verdedigen.
'Naar binnen!' Ze trekt me het huis in en geeft me een zwiep in de richting van de trap. Ze laat mijn arm los terwijl ik mijn evenwicht kwijt ben en daarom val ik en sla ik met mijn hoofd tegen de trapleuning. Ik begin te huilen, te huilen om mijn vader, om mijn moeder, om getroost te worden, hoe dan ook.
Mama staat met haar rug naar de voordeur; ze leunt ertegenaan en heeft haar handen voor haar mond geslagen. Haar ogen staan wijd open en ik zie hoe haar rok trilt omdat ze staat te beven. Links van mij

zie ik iets bewegen. Mijn vader staat in de deuropening van de woonkamer en zijn blik is niet op mij maar op mama gericht. Ik stop met schreeuwen, maar blijf zachtjes snikken om papa te laten weten dat ik hier op de vloer lig en pijn lijd.

'Laura,' zegt hij met een stem die anders dan anders klinkt, 'dit gaat zo niet langer. Je doet mensen pijn, je doet Sarah pijn. Je moet hier echt mee ophouden.'

Mama glijdt langs de deur omlaag en maakt zich heel klein; haar schouders schokken. Ze fluistert zo zacht dat ik haar nauwelijks kan horen: 'Ik kan het niet...'

Papa heft zijn handen naar zijn hoofd. 'Dit kan niet zo doorgaan,' zegt hij opnieuw. 'Zo kan ik niet leven.' Dan draait hij zich om, slaat de deur van de woonkamer hard achter zich dicht en loopt weg van ons beiden.

Ik kom overeind en ga naar boven, laat mama achter in de gang. Ik ga naar de slaapkamer van mijn ouders, waar ik in de spiegel zie hoe rood en verdrietig mijn gezicht eruitziet. Mijn ogen zijn groot en glanzen van de tranen. Boven mijn rechteroog heb ik al een bult, die steeds groter wordt, en er zitten vijf rode striemen om mijn arm heen, met aan de uiteinden vijf paarse halvemaantjes, waar mijn moeder haar nagels in mijn vel heeft gezet. Achter in mijn keel schrijnt het pijnlijke besef dat ze niet van me houdt, dat ik haar weer heb teleurgesteld. Ik slik het weg, zodat het als een zware bal in mijn maag terechtkomt. Ik weet niet goed wat er tussen mijn ouders is gebeurd, maar ik weet wel dat het mijn schuld was. Ik had mama niet gehoorzaamd, en niet gedaan wat ze van me verwachtte. Van nu af aan zal ik gehoorzaam zijn. Ik zal meer dan gehoorzaam zijn. Ik zal perfect zijn. En ik zal haar nooit meer teleurstellen.

II

Hoewel ziekenhuizen nooit sluiten, belde ik pas na achten het St. Martin's Hospital, waarheen Geoff volgens de politie was overgebracht. Het was het grootste ziekenhuis in de omgeving, van oorsprong gesticht in de negentiende eeuw, en in de jaren zestig geheel verbouwd in de stijl van het brutalisme. Het besloeg een uitgestrekt terrein vlak bij een vierbaansweg en had een grote afdeling spoedeisende hulp en talloze aparte gebouwen, waarin specialistische afdelingen waren ondergebracht. Geoff zou daar een kans hebben, hoe ernstig zijn verwondingen ook waren. Ik zat aan de keukentafel te kijken naar de wijzers die over de wijzerplaat van de keukenklok schoven; ik wilde bellen maar durfde niet echt, voor het geval er slecht nieuws was, voor het geval hij was overleden. Mijn hoop dat hij zou blijven leven was niet hypocriet. Ik had nooit gewild dat Geoff zou sterven, alleen dat hij me met rust zou laten.

Hoe hoog het niveau van de medische faciliteiten ook mocht zijn, de telefooncentrale van het St. Martin's Hospital was verre van modern. Toen ik eindelijk was doorverbonden met de afdeling spoedeisende hulp, zat ik te beven. Een vrouw met een slepend Zuid-Afrikaans accent vertelde me ja, Geoff Turnbull was opgenomen, en nee, hij was nog niet bij bewustzijn. Ze kon me op dat moment verder niets over zijn toestand meedelen.

'Ach, alstublieft...' zei ik, verdoofd door een overdosis cafeïne en spanning.

'Dat gaat niet, want ik ben nog maar net met mijn dienst begonnen, zeg,' zei ze geïrriteerd. 'Ik heb u alles wat ik zelf weet al verteld.'

'Oké,' zei ik gedwee. 'Mag ik hem bezoeken?'

Er viel een heel korte stilte. 'Als u dat wílt,' sprak de stem, en het klonk alsof dit het meest bizarre verzoek was dat ze ooit had gehoord. Door haar accent werd de 'i' uitgerekt, waardoor er iets van ongeloof in doorklonk. Als u dat wi-ilt.

Ik bedankte haar en hing op met een dwaas gevoel van opluchting. Zolang Geoff niet dood was, was er hoop. En als ik naast zijn bed ging zitten, deed ik toch iets, ook al kwam hij niet meteen bij. Wie weet zou ik me dan ook wat minder schuldig gaan voelen.

Het ziekenhuis was zo ver weg dat ik er niet lopend heen kon gaan. In plaats van een taxi te nemen of de busverbinding uit te zoeken, belde ik Jules. Dat ging sneller. Daar kwam nog bij dat ze bij me in het krijt stond. Ik had haar een paar keer opgehaald als een avondje uit fout was afgelopen. Ze zou op z'n minst zoiets eens voor mij kunnen doen.

Toen ze voor mijn huis stopte, had ik direct in de gaten dat ze geen beste bui had. Ze glimlachte niet toen ik haastig naar de auto liep. Geen make-up. Dof haar, achterovergekamd tot een paardenstaart. Een sweater met een capuchon en een joggingbroek. Dit was Jules als ze niet hoefde te werken, zo uit bed.

'Ik ben hier heel blij mee,' zei ik, toen ik naast haar ging zitten. Ze reed in een Toyota die betere tijden had gekend. Over de achterbank lagen dozen tissues en losse cd's verspreid. Over de vilten stof boven haar hoofd liepen strepen mascara, het resultaat van haar gewoonte zich op te maken als ze voor een verkeerslicht moest wachten; ze veegde dan onwillekeurig met het borsteltje langs het dak als ze de roller weghaalde om haar wimpers met haar vingernagel te spreiden. Het zag eruit alsof ze er spinnen op had doodgedrukt.

'Dat is je geraden ook. Ik kon het bijna niet geloven toen ik zag hoe vroeg het nog was.'

'Sorry,' zei ik, maar ik meende het maar half.

'Hoe laat heb je die afspraak eigenlijk?'

'Eh... halftien.' Ik had haar verteld dat ik een afspraak in het ziekenhuis had en dat mijn auto bij de garage stond. Dat leek me makkelijker dan proberen uit te leggen waarom ik Geoff ging opzoeken, terwijl ze wist hoe ik over hem dacht. Bij de gedachte aan het gesprek dat zou zijn gevolgd, was mijn stressniveau een graadje gestegen. Een leugen had de enige optie geleken. Maar nu we hier samen zaten, vroeg ik me af of ik Jules toch in vertrouwen zou nemen. Ze was tenslotte mijn vriendin. Het enige probleem was dat ik geen idee had waar ik moest beginnen. Mijn vertrouwen in haar was nooit groot genoeg geweest om haar de waarheid over ons gezin te vertellen – datgene wat me had gemaakt tot de persoon die ik was – en daarvoor was dit niet het moment.

'Die auto van jou is rijp voor de sloop,' zei Jules. De versnelling kraakte bij het schakelen en ze vloekte. 'Je hebt dringend een nieuwe nodig.'

Ik had dringend mijn reservesleutels nodig, maar tante Lucy had ze nog niet opgestuurd. Ze had me beloofd dat ik ze maandag in de bus zou hebben. Ondertussen nam ik maar aan dat mijn auto nog steeds bij het huis van de Shepherds geparkeerd stond. Ik had weinig zin om dat te gaan controleren.

'Ben je zenuwachtig?' Jules keek me aan met verlate, maar gemeende belangstelling. Ik besefte dat ik op mijn lip zat te kauwen.

'Eigenlijk niet; het is alleen maar een controle voor mijn rug.'

'Ik had geen idee dat je last van je rug had. Wist je dat lange mensen daar het meest last van hebben? Ik zag wel dat je een beetje mank liep toen je daarnet je huis uit kwam lopen. Hoe lang heb je al last?'

'Al een poosje,' zei ik vaag, terwijl ik uit het raam keek. Het ziekenhuis was niet meer ver weg. Het was erg druk op straat; veel mensen waren op deze mooie zaterdagochtend onderweg naar de winkels. Jules sloot achteraan in een file auto's en keek op het dashboardklokje.

'Tijd zat.'

'Eh, ja.'

Meer zei ik niet en Jules zette de radio aan, waarop ze meegalmde met een popsong die ik niet kende. '*Oh, because you lied to me... Don't try to deny me...*'

Ten slotte waren we zo ver vooruit gekropen dat ze uit de rij auto's kon glippen om de door een bord aangegeven afrit voor het ziekenhuis te nemen. We reden door de poort en bleven staan bij een bord met richtingaanduidingen voor ongeveer twintig afdelingen.

'Welke kant op?'

Ik keek wezenloos naar de aanwijzingen en begon met de moed der wanhoop te lezen. De spoedeisende hulp was linksaf.

'Linksaf graag.'

De auto bleef staan. 'Weet je het zeker?' Jules had haar wenkbrauwen gefronsd. 'Ik denk dat je naar de poliklinieken moet.'

Op het bordje voor de poliklinieken stond een pijl met een bocht als een vraagteken, en het zag ernaar uit dat die weg ons ver van waar ik moest zijn zou brengen.

'Nee, hoor. Mijn specialist heeft zijn spreekkamer vlak bij de spoedeisende hulp,' zei ik schutterend. 'Eigenlijk moet ik daar dus heen.'

'Echt waar? Wat vreemd. Meestal houden ze die toch helemaal gescheiden?'

Ik knikte en hoopte dat ze zou ophouden met vragen stellen en me er gewoon naartoe zou rijden.

Ze keek me aan en slaakte een zucht. 'Oké, omdat jij het bent, zal ik de rest van mijn ochtend opgeven.'

'Hè?'

'Ik ga met je mee. Je ziet er niet uit, Sarah. Ik weet niet of dat zenuwen zijn of zo, maar je ziet eruit alsof je geen oog dicht hebt gedaan en je bent ook zo stil.' Ze klopte me zachtjes op mijn knie. 'Maak je geen zorgen; ik vind het geen punt. Ik zet de auto even weg en dan gaan we samen naar binnen.'

'Nee!' zei ik paniekerig. 'Jules, alsjeblieft. Ik wil graag alleen gaan.'

'O, sorry, hoor. Ik wilde je alleen maar helpen.' Ze stopte bij het uitstappunt bij de inham voor de ambulances. Ze had een gezicht als een donderwolk. 'Ik neem aan dat je dan zelf ook wel thuiskomt na je "doktersbezoek".'

'Ja, hoor, prima.' Ik verkoos de nadruk die ze op het laatste woord had gelegd te negeren; ik vermoedde dat ze me niet geloofde. Ze was een betere vriendin dan ik verdiende. Maar op dit moment was het belangrijkste dat ik te weten kwam hoe het met Geoff ging, en te weten kwam wat er was gebeurd. Ik pakte mijn tas en opende het portier. 'Bedankt voor het brengen.'

'Ik weet niet waar je allemaal mee bezig bent, Sarah,' antwoordde

Jules terwijl ze recht voor zich uit keek, 'maar ik vind het niks. Wat het ook mag zijn, zorg dat je ermee in het reine komt voordat we weer aan het werk gaan, oké?'

Ik gaf daar geen antwoord op, maar bleef wel even staan op weg naar de ingang om haar weg te zien rijden, en ik hoopte dat ze zou zwaaien, hoopte dat ze me zou vergeven.

Eenmaal binnen sloot ik achter aan de rij met patiënten die de vrouw achter de balie belegerden met een verbazingwekkend scala aan klachten, die allemaal leken te vereisen dat men op een oranje plastic stoel plaatsnam om te wachten op een consult. Achter een stel dubbele deuren lag het beloofde land waar medische behandelingen werden uitgedeeld, maar hoewel het ziekenhuispersoneel als een groep werkbijen op een zonnige dag heen en weer vloog, leek geen van de mensen in de wachtkamer daarheen te worden meegenomen. Bijna alle stoelen waren nu bezet. Ik voelde een overweldigende tegenzin om daar te gaan zitten, en hoopte dat ze me niet zouden laten wachten. Deze afdeling spoedeisende hulp was groter dan die in het kleinschalige ziekenhuis waar ik gewoonlijk met mijn moeder naartoe ging, maar efficiënter waren ze hier, zo te zien, niet.

De baliemedewerkster fleurde op achter haar beschermende glaswand toen ik ten slotte aan de beurt was. Anders dan de meesten uit de rij, was ik niet overdekt met bloed en was ik ook niet onverstaanbaar aan het raaskallen. Ik had zelfs een duidelijk verzoek: ik wilde alleen Geoff bezoeken. Desondanks begon ze haar standaardpraatje af te steken over plaatsnemen op de plastic stoelen links van mij, toen er een arts in een verkreukeld blauw operatiepak uit de gang met de dubbele deuren op haar afstoof en haar onderbrak.

'Karen, heb je Geoff Turnbulls naaste familie nog te pakken weten te krijgen?'

'Daar heb ik nog geen tijd voor gehad,' zei ze koeltjes. Ze zwaaide met haar hand naar de rij mensen. 'Ik heb het een beetje druk.'

De dokter streek met zijn vingers door zijn erg slordige haar en slaakte een zucht. 'We moeten ze inlichten als een operatie noodzakelijk blijkt.'

Dit was een mazzeltje. 'Ik kan u misschien van dienst zijn.'

'Wie bent u?' De dokter keek met een strakke blik op me neer. Hij had een lange, puntige neus. Ik voelde me als een kever die wordt bekeken door een hongerige vogel.

'Ik ben een collega van Geoff. Ik bedoel… Ik ben met hem bevriend. Ik zou het nummer van zijn ouders kunnen opvragen bij de school waar we werken. Als u wilt.'

De dokter, die enorme wallen onder zijn ogen had, wuifde met zijn hand naar Karen. 'Ach, laat maar. Dat is haar taak, als ze er tenminste wat tijd voor kan vinden.'

Daarvoor kreeg hij een giftige blik van de baliemedewerkster, maar dat leek hem niet te deren. 'Geef haar het nummer van de school maar even,' zei hij met een lichte grijns. 'Maak het haar gemakkelijk.'

Ik krabbelde het neer op een kaartje dat de vrouw achter de balie onder het glas had doorgeschoven. 'Als u die optie kiest, wordt u rechtstreeks verbonden met het huisadres van de secretaresse van school,' legde ik uit. Een van de dingen waar Janet zich over opwond, was dat ze in het weekend spoedtelefoontjes moest aannemen. In mijn ogen was dit zeker een spoedgeval.

'Dank u wel.' Karen glimlachte innemend toen ik het kaartje weer onder het scherm door schoof. Direct daarna keek ze de dokter chagrijnig aan.

Hij wendde zich weer tot mij.

'Bent u hier voor meneer Turnbull?'

'Eh, ja… als ik hem mag zien.'

De dokter knikte en beende naar de dubbele deuren. Zonder om te kijken hield hij er een open, in de verwachting dat ik hem zou volgen. Ik rende erop af.

'Ik moet ook naar de IC. Ik ben trouwens dokter Holford.'

'Sarah Finch,' zei ik enigszins buiten adem. Hij was lang en slungelig, en liep snel; het kostte me moeite hem bij te houden. We passeerden de ene na de andere zijgang terwijl we ons door de afdeling spoedeisende hulp haastten. Pijlen op de vloer wezen de weg naar Radiologie, de volgende naar Hematologie. Dokter Holford leek een geheel eigen kortere route naar de intensive care te nemen. Ik zou de weg terug nooit vinden. Ik begon spijt te krijgen dat ik Jules niet had meegebracht. Of een bol wol.

'Hij is er niet best aan toe. We houden hem de komende vierentwintig uur in de gaten. Als de zwelling in zijn hersenen niet afneemt, zullen we moeten opereren.' Dokter Holford had een abrupte manier van spreken; hij spuugde de woorden uit, alsof ze zich binnen in hem verzamelden en vervolgens werden afgevuurd. 'En u bent zijn vriendin, zei u?'

Ik aarzelde, uit angst dat ik Geoff niet zou mogen zien als mijn relatie met hem niet hecht genoeg was. 'Nou... een heel goede vriendin,' was mijn uiteindelijke besluit.

'Het is hachelijk. Ik ga u niet voorliegen. De komende paar uren zijn doorslaggevend. U zult hem niet rechtop in bed aantreffen, in staat om een praatje met u te maken.'

Ik probeerde me voor te stellen hoe ik me zou voelen als ik emotioneel bij Geoff betrokken was, als hij mijn vriend was, als ik verliefd op hem was. Zou ik de bruuske manier van doen van dokter Holford dan als geruststellend hebben ervaren? Zou ik me eraan hebben geërgerd? In tranen zijn uitgebarsten?

Dokter Holford bleef staan bij een deur met de letters IC erop. Er hing een plaatje van een mobiele telefoon met een streep erdoor naast de ingang, dus zocht ik in mijn tas naar mijn mobiel, terwijl de jonge arts de code om de deur te openen intoetste. Toen we de gang in liepen, leek het geluidsniveau direct te dalen. De verlichting hier was gedimd, in tegenstelling tot de tl-buizen die de rest van het ziekenhuis zo kil maakten. Rondom de centrale afdelingspost, waar twee verpleegkundigen patiëntenkaarten zaten in te vullen, bevonden zich zes afgeschoten ruimten. Beide verpleegkundigen glimlachten toen ze dokter Holford in het oog kregen.

'Hou je het nog een beetje vol?' vroeg een van hen.

'Amper.' Vervolgens legde hij me uit: 'Dubbele dienst. Het zit er bijna op. Vijfentwintig minuten slaap in de afgelopen tweeëntwintig uur.'

Dat verklaarde zijn rode ogen en het feit dat hij zo kortaf was geweest. Ik knikte en glimlachte flauw, niet langer geïnteresseerd in dokter Holford, want aan het andere eind van de zaal had ik een man gezien die ik herkende. Hij zat op een stoel buiten een van de afgeschotte ruimten een krant te lezen. De vorige keer dat ik hem had gezien, was in de kerk bij de herdenkingsdienst voor Jenny. Hij stond toen naast Blake. Het was een grote, zwaargebouwde man met een boksersneus, die zich hier overduidelijk niet op zijn gemak voelde, zoals hij daar op dat kleine stoeltje zat, met één been voor zich uitgestrekt. Dokter Holford stapte er voorzichtig overheen; hij begon steeds meer op een ooievaar te lijken.

'Hier ligt uw vriend,' zei hij, terwijl hij me voorging naar binnen. Ik liep steels en zonder iets te zeggen langs de politieman, bang dat hij me zou tegenhouden of zou vragen wat ik hier deed. Ik maakte geen oogcontact, maar voelde wel dat hij me nakeek toen ik het kamertje binnenging. Ik liep naar het voeteneind van het bed, en verwachtte eigenlijk steeds dat hij me zou tegenhouden om hem mijn aanwezigheid uit te leggen. Dokter Holford controleerde de apparaten die aan beide kanten van het bed voor zich uit stonden te bliepen, waardoor ik Geoff ongestoord kon observeren. Ik was blij dat ik even de tijd had om tot mezelf te komen, want wat ik zag was verschrikkelijk.

Als de dokter me niet had verteld dat degene die daar lag Geoff was, zou ik hem niet hebben herkend. Zijn gezicht was opgezet en zijn huid glom vanwege de kneuzingen. Zijn oogleden waren zwart en overdekt met bloed. Er zat een zuurstofslangetje in zijn neus, en hij had nog een slangetje in zijn mond, waardoor zijn mondhoek werd scheefgetrokken. Zijn hoofd zat helemaal in het verband; boven op zijn hoofd stak er één plukje dof haar uit. Het contrast met de rest van zijn lichaam was schokkend: door Geoffs obsessieve streven naar een perfect lichaam, was hij gezond en slank als een atleet. Zijn armen lagen roerloos op de lakens, met de handpalmen omlaag. Zijn bovenlijf was ontkleed en de dekens waren tot aan zijn oksels opgetrokken.

Er moet me een geluidje zijn ontsnapt, want dokter Holford keek om.

'Ik heb u gewaarschuwd. Hij ziet er niet best uit, hè?'

Ik schraapte mijn keel. 'Hoe is hij eraan toe? Gaat hij... vooruit?'

'Geen verandering.' De dokter keek me aan en ik zag zijn gelaatstrekken verzachten. Afgezien van zijn intelligentie had hij dus ook een vriendelijke inslag. 'Blijf maar even rustig een poosje bij hem zitten. Als je wilt kun je tegen hem praten.'

'Zou dat helpen?'
'Misschien helpt het jou.' Hij beende het kamertje uit en mompelde onderweg naar buiten iets tegen de verpleegkundigen.
Het was heet op de intensive care, verstikkend heet. Ik deed mijn jasje uit en legde het over mijn arm. Ik had er op de een of andere manier moeite mee om op de stoel bij het voeteneind van het bed te gaan zitten. Ik was een bedrieger. Die stoel was voor degenen die de dokters en verpleegkundigen in hun strijd bijstonden, door middel van gebed en gefluisterde beloften, en probeerden te bedingen dat degene van wie ze hielden niet zou wegglippen. Het was voor het eerst dat ik uit vrije wil tijd met Geoff doorbracht. Ik kon niet ontkennen dat het feit dat hij in coma lag, het wel makkelijker maakte.
Ik liep voorzichtig om het bed heen naar de stoel en legde mijn tas en mijn jasje op de grond, en lette er steeds op of ik enige reactie op het geluid zag. Helemaal niets.
Ik hoorde hoe een van de verpleegkundigen de politieman achter de deur een standje gaf. Ze had een sterk West-Indisch accent. 'Nee, lieverd. Geen mobieltjes hierbinnen. Je kent de regels toch?'
Behoedzaam ging ik op de stoel zitten. Ik kon daarvandaan het enorme lijf van de politieman over de balie van de afdelingspost zien hangen; hij was daar aan het bellen, met één hand tegen zijn oor. Zijn leren jack zat in plooien over de ronding van zijn rug, en bij de naden stond het strak als een canvas zeil bij krachtige wind.
Terwijl ik zo zat te kijken, kwam er een verpleegster binnen, die mij het uitzicht benam. 'Je mag zijn hand best vasthouden, hoor, lieverd,' zei ze. 'Wees maar niet bang.'
Geoffs hand vasthouden was ongeveer het laatste waar ik zin in had, maar dat kon ik de verpleegster niet opbiechten. Ze stond te wachten met een bemoedigende glimlach op haar gezicht. Ik stak aarzelend mijn hand uit en raakte de hand die vlak bij me lag aan, bedekte hem met mijn eigen hand. Zijn hand was warm en droog, maar voelde toch plakkerig aan. Ik draaide zijn hand heel voorzichtig om en zag zwart vuil diep in de groefjes van zijn handpalm en zijn vingertoppen zitten, waardoor de kringetjes en de ribbeltjes van zijn vingerafdrukken extra uitkwamen. Het was deels vuil en deels donker, opgedroogd bloed. Zijn nagels zaten er vol mee. Ik rilde en

legde enigszins onpasselijk zijn hand weer neer.

Dit was vlak voor mijn huis gebeurd. Misschien was het wel om mij gebeurd.

Ik leunde achterover in de stoel en sloeg mijn armen over elkaar. Ik balde de hand waarmee ik Geoffs hand had vastgehouden samen tot mijn nagels zich diep in mijn huid hadden geboord, in een poging de herinnering aan zijn warme, enigszins plakkerige huid tegen de mijne te verdrijven. Ik bleef hem maar voelen, als iemand wiens ledemaat was geamputeerd en die leed aan fantoompijn, pijn aan een lichaamsdeel dat er niet meer is, pijn die onmogelijk genegeerd kan worden. Ik staarde naar de wand tegenover me en wenste dat er een raam in zat. Ik vroeg me af wie voor deze afdeling juist de tint beige had uitgekozen die het meest op babypoep leek. Ik vroeg me af wat ik daar eigenlijk deed. Ik vroeg me af of Geoff weer beter zou worden, of hij me ooit zou vergeven, of ik mezelf ooit zou vergeven.

Ik weet niet hoe lang ik daar al zat toen ik de stem van Andy Blake hoorde; al vrij lang, maar het was lastig om de tijd in te schatten op de intensive care, waar zintuiglijke prikkeling zoveel mogelijk werd uitgebannen. Hij praatte met de politieman aan de andere kant van de deur, heel zachtjes, zodat ik alleen de toon van zijn stem kon horen, die ernstig klonk. Ik herkende zijn stem voordat ik hem zag, en toen ik achteroverleunde om een glimp op te vangen, keek ik beide politiemannen recht in het gezicht. Op het gehavende gezicht van de oudste las ik openlijke vijandigheid. Blake had zijn wenkbrauwen gefronst. Zonder blijk te geven van herkenning stootte hij de andere politieman aan en ging hij hem voor de intensivecareafdeling af. Ik wond me hierover op, voelde een kinderachtig soort ergernis en wilde hen achterna rennen en roepen: 'Ik zat heus niet mee te luisteren! Het kan me niets schelen wat jullie over me te zeggen hebben. Het interesseert me geen bal!'

Naast me lag Geoff nog in diepe rust. Zijn ouders hadden ingestemd met een operatie, en dokter Holford was met een chirurg langs geweest om zijn conditie te beoordelen. Ik was even weggelopen en stond nu alleen in de gang. Ik kon er alleen maar aan denken dat Geoff hier niet zou hebben gelegen, als ik het anders had aangepakt.

Als ik beter nee had kunnen zeggen. Als ik hem had binnengelaten en met hem had gepraat. Als hij iemand anders had gevonden om achterna te lopen. Als ik op een andere school had lesgegeven. Als ik nooit het onderwijs ingegaan zou zijn. Mijn schuldgevoel lag als een gewicht op mijn schouders. Praten was onmogelijk. Ik stond al een poosje tegen de muur geleund en de verpleegkundigen deden gewoon hun werk, zonder me lastig te vallen. In het kamertje ernaast lag iemand die van grote hoogte van een steiger was gevallen; zijn leven hing aan een zijden draadje. Iemand die een zware beroerte had gekregen tijdens het avondeten lag nu veilig aan de bewakingsapparatuur aan de andere kant van de afdeling. Beide kamertjes waren overvol met bezoekers, die asgrauw van schrik en angst zagen, of een blos van opluchting op de wangen hadden. Voor Geoff was buiten mij niemand aanwezig. Ik kende zijn vrienden niet. Zijn ouders hadden een te zwakke gezondheid om bij hem langs te komen, hadden de verpleegkundigen gezegd. Ik wist niet of hij broers of zusters had. Ik wist helemaal niets van hem, behalve dat hij me leuk vond en had gewild dat ik hem leuk vond en me wilde dwingen hem leuk te vinden, en dat we het allebei verkeerd hadden aangepakt. Ik begon ervan overtuigd te raken dat ik te heftig had gereageerd. Ik liep in gedachten alles nog eens na wat hij tegen me had gezegd – alles wat hij had gedaan – en zag het in een nieuw licht. Het was goed bedoeld geweest, dacht ik. Hij had niets kwaads in de zin gehad.

Ik schrok op van een zacht tikje op de deur achter me.

'Sorry dat ik stoor... Kan ik je even spreken?' Blake, met een ernstig gezicht.

Ik stond langzaam op en rekte me uit, stijf van het zitten. Zijn woordkeuze irriteerde me direct al. Hoezo storen? En wat wilde hij trouwens van me? Ik voelde de woede zich langzaam in me opbouwen als een donderwolk, terwijl ik hem over de afdeling volgde tot aan een deur met het bordje FAMILIE KAMER erop. Iemand had met Tipp-ex het streepje tussen familie en kamer weggehaald. De glazen ruit in de deur was zorgvuldig afgedekt met een vaalgroen gordijntje om de privacy te waarborgen. De kamer was klein en stond propvol meubelen, maar had in elk geval een raam, hoewel dat uitzag op de schoorsteen van de verbrandingsinstallatie, die donkergrijze rook uitstootte naar de helderblauwe hemel.

Blake bleef bij de deur wachten en deed hem goed achter me dicht. Ik liep behoedzaam tussen de stoelen door, om een salontafel heen, op weg naar het raam, om naar buiten te kunnen kijken.

'Nogal verrassend om jou hier aan te treffen.'

Ik draaide me niet om. 'Hoezo verrassend?'

'Ik dacht dat je hem niet mocht,' zei hij rustig.

'Dat klopt ook.'

'Zou je je misschien willen omdraaien?'

Dit leek op het eerste gezicht misschien een vraag, maar het was absoluut een bevel. Ik draaide me om en leunde tegen de vensterbank. Blake ging naast de salontafel zitten. Ik realiseerde me opeens dat het meubilair was verschoven om er een geïmproviseerde verhoorruimte van te maken. Daarom stonden de stoelen zo dicht op elkaar en was de indeling van de kamer zo rommelig.

'Kom hier eens zitten,' zei Blake. Hij wees op de stoel tegenover hem.

Ik weigerde obstinaat. 'Ik blijf liever staan. Ik heb net heel lang gezeten.'

'O ja?'

'Ja,' zei ik stijfjes. 'Ik kwam kijken hoe het met Geoff was. Hij… hij heeft verder niemand.'

Blake leunde achterover in de fauteuil en legde zijn handen achter op zijn hoofd. 'O, ik begrijp het al. Hij is zeker de volgende voor wie je je nu verantwoordelijk voelt? Geen wonder dat je hier de Florence Nightingale aan het uithangen bent.'

'Waar heb je het over?' Ik was blij dat ik met mijn rug naar het licht stond; het bloed was me naar het hoofd gestegen.

'Dit is typisch iets voor jou, nietwaar? Iemand die je kent overkomt iets, en jij moet zorgen dat alles in orde komt.'

Ik keek Blake fronsend aan. 'Zoals…?'

'Die affaire met je broer bijvoorbeeld?' Hij pakte iets vanonder zijn stoel vandaan: de krant die zijn collega had zitten lezen. Het was een sensatieblad met dikke zwarte koppen. Vanwaar ik stond, kon ik de krantenkop, die twee pagina's besloeg, lezen: TREURIGE LERARES: IK HEB JENNY GEVONDEN MAAR MIJN BROER NIET. Met daaronder een foto, een close-up van mij voor de school, wegkijkend van de camera, met een frons op mijn gezicht.

'Wanneer had je gedacht ons hierover in te lichten?' vroeg Blake. Hij bood me de krant aan.

Ik ging bij het raam vandaan en liep door de kamer om de krant te pakken, zonder mijn ledematen bewust tot bewegen aan te zetten. Carol Shapley, dat kutwijf. Ze moest wel heel hard hebben gewerkt om ons interview zo snel gedrukt te krijgen. Een verhaal vol medeleven – niet dus.

> Die arme Sarah Finch kreeg het te kwaad toen ze me vertelde hoe ze het lichaam van haar favoriete leerling had gevonden. Doordat ze zelf ooit een tragedie heeft meegemaakt, weet ze maar al te goed hoe het is iemand te verliezen. 'Ik weet hoe de ouders van Jenny zich moeten voelen,' zei ze, in tranen. 'Maar zij hebben tenminste een lichaam dat ze kunnen begraven.'

'Dat heb ik nooit gezegd,' mompelde ik, voornamelijk tegen mezelf, terwijl ik razendsnel de alinea's las. Het stond er allemaal: de verdwijning van Charlie, de zenuwinstorting van mama, het fatale ongeval van papa, de dood van Jenny; maar het verhaal was nauwelijks te herkennen, zo gladjes was het opgeschreven, opgedeeld in makkelijk te verteren brokjes voor een gretig lezerspubliek. Ik las door tot op de derde bladzijde, waar het verhaal verzandde in speculaties over wat Jenny kon zijn overkomen, en wat volgens Carol mijn goedbedoelde wensen voor Jenny's ouders waren voor de toekomst: 'Ik hoop dat ze bij elkaar zullen blijven en elkaar zullen steunen. Ze zullen er wel doorheen komen, maar ze zullen het nooit vergeten.' Nadat ik de laatste regels had gelezen, sloot ik heel even mijn ogen. Ik hoefde het artikel niet nog eens te lezen – ik had het waarschijnlijk regel na regel kunnen opzeggen –, maar toch ging ik terug naar het begin en keek ernaar zonder de woorden te zien. Ik zag er enorm tegen op om de krant neer te leggen en de strakke blik te zien waarvan ik wist dat die op me gericht was.

'Het spijt me dat ik niets over mijn broer heb verteld, maar ik dacht niet dat het er iets mee te maken had,' zei ik uiteindelijk. Ik ging zitten en zocht troost door mijn armen om mijn knieën te slaan.

Zijn wenkbrauwen schoten omhoog. 'Meen je dat nou? Ik had dit liever geweten voordat de media erachter kwamen. Hoe zijn ze er trouwens achter gekomen?'

Met vlakke stem vertelde ik hem over Carol en haar vasthoudendheid. Ik legde uit dat ik het gevoel had gehad geen andere keus te hebben dan met haar mee te werken.

'Ze heeft me voorgelogen,' zei ik, terwijl ik met mijn nagel op de geopende krant tikte. 'Ze zei dat ze mijn nieuwe achternaam niet zou vermelden, of andere details waaraan iemand mij zou kunnen herkennen. Daarom heb ik ook niet voor een foto geposeerd. Ik weet niet wanneer ze deze hebben genomen. Waarschijnlijk op de dag dat ze allemaal buiten de school stonden opgesteld – de dag nadat Jenny was gevonden.'

'De dag nadat jíj haar had gevonden,' zei Blake bits.

Ik keek op. 'Nou en?'

Hij gaf geen rechtstreeks antwoord, keek alleen maar langs me heen met een verstoorde uitdrukking op zijn gezicht.

'Hoor eens even,' zei ik, want ik begon me weer kwaad te maken, 'laat je hierdoor niet wijsmaken dat er sprake is van meer dan toeval. Ik heb nooit iemand iets over Charlie verteld. Ik praat nooit over hem. Het is niet iets wat je makkelijk in een gesprek naar voren brengt. En ik kan van anderen niet verwachten dat het hun iets kan schelen dat mijn broer ooit is verdwenen en dat ik daar nooit overheen ben gekomen. Het is nu eenmaal gebeurd. Ik heb ermee moeten leren leven toen ik opgroeide en ik moet er nog steeds mee leven, maar het verschil is dat de meeste mensen het zijn vergeten of dat het ze niets kan schelen. Zo kan ik tenminste mijn gevoelens privé houden.' Bovendien was ik zo gewend ze weg te duwen, dat ik zelfs geen idee had hoe ik er openlijk over zou moeten praten. Tegenwoordig hield ik dingen verborgen zonder het in de gaten te hebben.

Hij haalde zijn schouders op. 'Waarom ben je dan eigenlijk gebleven? Het moet vreselijk zijn om nog steeds in hetzelfde huis te wonen.'

'Mijn moeder,' zei ik alleen maar, en ik legde hem uit dat het voor haar noodzakelijk was geweest te blijven waar we altijd hadden gewoond, voor het geval Charlie op wonderbaarlijke wijze zou terugkeren.

Hij schudde zijn hoofd. 'Dat is precies wat ik bedoelde, Sarah. Als zij niet wil verhuizen, prima. Laat haar dan blijven. Maar waarom moet jij daar bij haar blijven wonen? Ze is volwassen. Alleen omdat zij haar eigen leven heeft verziekt, hoef jij het jouwe nog niet te verzieken.'

'Ik kan haar niet alleen laten.' Gedachteloos ging ik met mijn nagel keer op keer langs de zoom van mijn spijkerbroek. 'Dat heeft verder iedereen al gedaan. Ik kan haar dat niet aandoen.'

'Precies zoals je Geoff ook niet alleen in coma kunt laten liggen,' zei Blake somber. 'Ik kan niet zeggen dat ik verbaasd was je hier aan te treffen.' Hij boog zich voorover. 'Je beseft toch wel dat hij in aanmerking was gekomen voor een aanklacht omdat hij je lastigviel, als alles anders was gelopen, als jij me had verteld over zijn gedrag?'

Ik keek niet op.

'Dit is niet iemand met wie je medelijden hoeft te hebben,' zei Blake, half geïrriteerd, half meelevend. 'Je zou zelfs kunnen zeggen dat hij zijn verdiende loon heeft gekregen.'

'Dat meen je niet.'

Blake slaakte een zucht. 'Hij heeft zich gedragen als een brutale klootzak, Sarah, die niet begreep wat "nee" betekent. Er wordt aan alle kanten misbruik van je gemaakt. Je moet eens voor jezelf opkomen.'

Toen ik de tranen die achter in mijn neus prikten probeerde weg te snuiven, pakte Blake een doos tissues van een tafeltje en reikte hem me aan.

'Is dat je professionele opvatting?' Ik deed geen moeite het sarcasme uit mijn stem te weren.

'Het spijt me,' zei hij stijfjes. 'Ik merk dat ik er moeite mee heb professioneel te blijven als ik met jou praat.'

Er volgde een korte, onhandige stilte terwijl we allebei terugdachten aan de vorige keer dat hij in mijn bijzijn volkomen onprofessioneel was geweest. Ik durfde hem niet aan te kijken.

'Ik had me voorgenomen dit niet te doen,' zei Blake, bijna in zichzelf, 'maar het punt is dat ik je gewoon niet begrijp. Ik weet niet waardoor je met je been trekt, of hoe je aan die blauwe plek op je gezicht komt. Die zag ik vanochtend al, dus het heeft geen zin te proberen hem nu te verbergen. Ik snap niet hoe dit…' – en hij wuifde met zijn hand naar de kamer – 'valt te rijmen met het feit dat je laatst voor mijn deur stond.'

Ik snoot mijn neus voordat ik antwoord gaf, en verkoos met het tweede punt te beginnen. 'Sorry daarvoor. Dat had ik niet moeten doen. Het was gewoon… Ik moest gewoon iets impulsiefs doen. Eens iets voelen voor de verandering. Die avond had ik het gevoel dat ik wegzonk in drijfzand. Jij was iets waaraan ik me kon vastgrijpen.' Ik riskeerde het hem even aan te kijken. 'Ik dacht dat je het niet erg zou vinden.'

Hij haalde zijn schouders op. 'Nou, nee. Maar daar gaat het niet om.'

'Hoor eens, wat er die avond is gebeurd… was geweldig. Maar zo zit mijn normale leven niet in elkaar. Mijn normale leven is dag in dag uit naar school gaan en hopen dat ik mijn werk goed genoeg doe. 's Avonds ga ik naar huis en weet ik nooit wat ik aantref. Op de goede avonden blijf ik thuis en doe ik correctiewerk terwijl mijn moeder drinkt tot ze erbij neervalt. Op de slechte… ach, dan doe ik eigenlijk ongeveer hetzelfde. Leuk vind ik het niet, maar zo is het nu eenmaal. Een paar avonden geleden had ik heel even zin om ertussenuit te gaan, en was ik dapper en dom genoeg om het ook te doen. En ik had waarschijnlijk iemand moeten zoeken die niet bij de zaak betrokken was om mee naar bed te gaan, maar ik had gewoon…' Ik brak mijn zin af. Ik kon de volgende drie woorden niet uitspreken in dit vale, doodse kamertje. *Zin in jou.* Dat was te veel van het goede.

'Zoals ik al zei: ik vond het helemaal niet erg.' Blake klonk alsof hij met zijn gedachten elders was.

Ik leunde achterover in mijn stoel. 'Je moet me waarschijnlijk maar gewoon mijn gang laten gaan.' Wat ik bedoelde was: *probeer me niet te begrijpen. Probeer niet aan me te sleutelen. Daarvoor ben ik er veel te slecht aan toe.*

Hij dacht duidelijk dat ik het over Geoff had. 'Je gaat toch niet weer terug om de flauwvallende maagd uit te hangen?' Zijn gezicht drukte afkeer uit. 'Ik had je hoger ingeschat, Sarah. Je bent erin geslaagd alle verpleegsters te laten denken dat dit een groot drama voor je is, terwijl je alleen maar geniet van alle aandacht.'

'Dat is niet waar,' zei ik verontwaardigd. 'Ik wilde alleen...'

'Je wilde alleen nog een reden vinden om niet je eigen leven te hoeven leiden. En als hij herstelt, word jij dan zijn belangrijkste verzorger? Ga je hem voortdurend volgen en laat je hem dan bepalen hoe je leven eruit gaat zien, zoals altijd al zijn bedoeling is geweest? Gaat hij de rol van de baas over je spelen van je moeder overnemen?'

'Ik maak mijn eigen keuzes,' zei ik woedend, terwijl ik opstond. 'Jij mag ze dan niet begrijpen, maar het zijn míjn keuzes. Niemand maakt me tot wie ik ben. Dit ben ik. En dit is de juiste handelwijze.'

Hij stond op en liep snel om de tafel heen. Hij ging zo dicht bij me staan dat zijn gezicht slechts een paar centimeter van het mijne vandaan was. 'Blijf me maar voorliegen, hoor, en jezelf ook, en ooit komt dan misschien de dag dat je jezelf ervan hebt kunnen overtuigen dat je gelukkig bent. Maar vroeg of laat zul je er spijt van krijgen.'

'Dat is mijn probleem en niet het jouwe.'

Zijn ogen waren donker. Ik voelde me licht in het hoofd, alsof ik zou vallen. 'Wat er die avond is gebeurd,' zei hij mat, 'dat is echt. Dat is zoals je zou moeten leven. Daarmee.' En hij streek met zijn vingertoppen over mijn borst, net boven mijn hart.

Ik ergerde me aan hem en was woest op mezelf, maar bij zijn aanraking vergat ik alles. Ik drukte me tegen hem aan, moest hem voelen, en ik hief mijn gezicht op naar zijn mond. Hij straalde geen warmte uit toen we elkaar kusten, alleen frustratie en boosheid. Dat deed me niks. Het maakte me niet uit. Niets maakte me iets uit.

Een seconde later klonk er een obligaat klopje, gelijktijdig met het opengaan van de deur. We sprongen direct weg van elkaar, wetend dat we al gezien waren en dat het dus te laat was.

'Sorry dat ik stoor,' zei de West-Indische verpleegster op zeer sarcastische toon. 'Ik heb uw chef aan de lijn.'

Blake vloekte zachtjes en griste zijn stapel papieren mee, ook de krant, en haastte zich, zonder verder iets tegen mij of de verpleegster te zeggen, langs haar heen de kamer uit. Ik keek haar aan, me pijnlijk bewust van de kleur op mijn gezicht, en zei ook niets.

'Mm-hm,' zei ze opzettelijk betekenisvol, en toen liep ze weg.

Hierna kon ik onmogelijk aan Geoffs ziekbed blijven zitten. Ik sloop terug naar zijn kamertje om mijn spullen te pakken. Voordat ik weer naar buiten glipte, mompelde ik een excuus naar hem. Wat Blake ook had gezegd, ik bleef het gevoel houden dat ik Geoff zou moeten toevoegen aan mijn lijstje met verplichtingen; ik was het hem in zekere zin verplicht, of ik het leuk vond of niet. Het was niet overdreven. Blake had het mis. Echt iets voor hem om te denken dat hij wist wat goed voor me was. Behalve dat ik het gênant had gevonden dat de verpleegster mij had betrapt in zijn armen, was ik ook boos op mezelf omdat ik me weer aan hem had opgedrongen, omdat ik maar zo weinig zelfrespect had. Mijn lichaam zinderde nog steeds van opwinding en frustratie, dat verraderlijke lijf van me.

Onderweg naar de uitgang van het ziekenhuis liep ik een paar keer verkeerd; ik kon me zonder de hulp van die slungelige dokter niet oriënteren. Toen ik uiteindelijk een deur had gevonden die uitkwam op de buitenwereld, rende ik naar buiten met het gevoel ontsnapt te zijn, zo blij was ik dat ik weer in de frisse lucht stond. Het was een heerlijke dag, helder en warm. Ik schermde mijn ogen af, verblind door het zonlicht dat werd weerkaatst in de voorruiten van auto's op de parkeerplaats van het ziekenhuis, en vroeg me af welke kant ik op moest, waardoor ik eerst niet in de gaten had dat er een auto naast me tot stilstand kwam.

'Sarah,' zei een opgewekte stem vanaf de bestuurdersplaats. 'Waar moet je heen?'

Ik bukte me en zag dat inspecteur Vickers me aankeek. Tussen ons in zat Blake, die door de voorruit naar buiten staarde en mij geen blik waardig keurde.

'Eh... Ik ga gewoon naar huis,' zei ik aarzelend.

'Wij gaan weer terug naar jouw wijk, dus je kunt een lift krijgen,' zei Vickers. 'Stap maar in.'

Ik zag niet goed in hoe ik kon weigeren. Het was een paar kilometer lopen langs de vierbaansweg, geen lekker wandelingetje door de natuur. Vickers zou me nooit geloven als ik zei dat ik liever ging lopen.

'Dank u wel,' zei ik ten slotte, en ik nam plaats achter Vickers op de achterbank. Blake had rode randjes aan zijn oren en hij keek niet om naar mij. Ik trof Vickers' blik in de achteruitkijkspiegel. Ik herkende de berekenende blik die hij in zijn ogen had toen we in de vroege uurtjes van die ochtend met elkaar hadden gepraat.

'Oké, ik had jullie over mijn broertje moeten vertellen,' zei ik neutraal.

De rimpeltjes bij zijn ogen werden dieper en ik besefte dat hij glimlachte. 'Inderdaad. Maar je had vast een goede reden om het niet te doen.'

'Ik hield niet expres iets achter, hoor. Ik dacht alleen dat jullie het niet hoefden te weten.'

'Ik wist het trouwens al,' zei Vickers, waarna hij een forse hoestbui kreeg, die minstens twintig seconden duurde. 'Sorry,' wist hij uiteindelijk uit te brengen. 'Roken. Nooit aan beginnen, hoor.'

Dit was kennelijk een dag waarop ik recht had op gratis adviezen van de politie. Ik glimlachte beleefd, terwijl mijn hersenen kraakten. 'U… wist het dus al?'

'Het is niet voor het eerst dat ik zo'n onderzoek leid,' zei Vickers, en hij wierp me opnieuw een blik vol ironie toe via de achteruitkijkspiegel. 'Ik heb je nagetrokken toen je je getuigenverklaring had afgelegd. Het was niet moeilijk er alles over te weten te komen. Uiterst trieste kwestie.'

'En… en u vindt het niet erg dat ik er niets over heb gezegd?' Ik wilde Blake niet noemen, niet nu hij daar zat, maar hij had er nogal wat stennis over gemaakt. Waarom had Vickers er geen problemen mee? En waarom had hij niet de moeite genomen zijn teamleden erover in te lichten?

De inspecteur zei met schorre stem: 'Een van de dingen die ik in de loop der tijd heb geleerd, Sarah, is dat iedereen wel een paar geheimpjes heeft die hij niet aan de politie kwijt wil. Sommige zijn voor ons de moeite waard, andere niet. Je ervaring zegt je welke geheimen van belang zijn. Niet alles doet ertoe, en ik probeer te bepalen wat mijn team moet weten en wat niet. Mijn oordeel was dat de kwestie met je broertje niet relevant was voor dit onderzoek.'

'Zo dacht ik er ook over,' zei ik, enorm opgelucht.

'Maar je zou het ons toch wel vertellen,' zei Vickers terwijl hij de hoofdweg op draaide, 'als er nog iets anders was wat je hebt achtergehouden? Verder geen geheimen meer, oké?'

Onze blikken kruisten elkaar opnieuw in de spiegel, en deze keer keek ik als eerste weg. Ik had het die nacht niet misgehad. Ondanks al zijn warmte en oppervlakkige vriendelijkheid straalde de blik uit die kille, blauwe ogen geen vertrouwen uit. Vickers koesterde verdenking, en ik had geen idee waarover. Ik gaf geen antwoord, en de rest van de rit bleef het stil in de auto. Het was een van de luidste stiltes die ik ooit had gehoord.

1994

Een jaar en acht maanden vermist

'Mevrouw Barnes! Mevrouw Barnes!'
Ik ken de stem achter ons; het is mijn juf, mevrouw Hunt. Ik kijk op naar mama, want ik vraag me af of ze haar heeft gehoord, en zo ja, of ze zal blijven staan. Onwillig draait ze haar hoofd om.
'Ja?'
Mevrouw Hunt is buiten adem. 'Zou ik u even... mogen vragen terug te komen... en even een kort gesprekje met me te hebben... heel even maar?' Ze kijkt me aan, met één hand op haar borst. 'Jij ook, Sarah.'
Mama draait zich om en loopt achter haar aan over het schoolplein, en ik sjok achter ze aan met mijn ogen gericht op mama's voeten. Links, rechts, links, rechts. Ik weet al wat mevrouw Hunt gaat zeggen. Mevrouw Hunt heeft grijs haar en is een beetje dik, en ze is nu al een paar maanden mijn juf, lang genoeg om te weten hoe ik in elkaar zit. Ik heb al twee keer een waarschuwing gekregen. Ik neem me voor er niet meer aan te denken en maak mijn hoofd leeg. Dat is een kunstje dat ik mezelf heb aangeleerd. Ik kan mijn gedachten gewoon uitschakelen als ik er genoeg van heb. Dat doe ik vaak. Terug in de klas, het domein van mevrouw Hunt, schuift ze een stoel voor mama aan en gebaart ze dat ik op de eerste rij moet plaatsnemen. Ik ga langzaam zitten, op de plek van Eleanor Price. Ik doe alsof ik Eleanor ben, met haar dikke brillenglazen en haar felrode haar. Eleanor is het lievelingetje van de juf. Ze vindt het fijn om vooraan te zitten, zo dicht bij mevrouw Hunt dat ze haar kan laten zien op welke bladzijde van ons geschiedenisboek we waren gebleven, dicht genoeg om

aan te bieden een bericht naar een andere leraar te brengen.

'Mevrouw Barnes, ik wilde het even met u over Sarah hebben, want ik maak me nogal zorgen over haar prestaties van de laatste tijd. Ik heb gesproken met de collega's die haar eerder in de klas hebben gehad en we hebben allemaal de indruk dat ze gewoon haar best niet doet. Ze maakt haar huiswerk niet, mevrouw Barnes. Ze zit te dromen in de klas. Ze kan heel onaardig doen tegen haar klasgenoten en tegen mij is ze vaak kortaf.'

Daaraan ergert ze zich dus, denk ik met enige voldoening. Mevrouw Hunt is een van de meest geliefde leraressen; ze is warm en vrolijk, iedereen is dol op haar. Ik neem haar niet in vertrouwen. Ik vraag niet om hulp. Ik glip de klas uit, voordat ze de kans krijgt iets tegen me te zeggen.

Mama doet haar best om met haar op één lijn te komen. 'Dat is heel zorgwekkend. Maar ik denk dat ze vanaf nu beter haar best zal doen. Ja toch, Sarah?'

Ik staar nietsziend voor me uit. Ik ben Eleanor Price. Dit gaat helemaal niet om mij.

'Ze lijkt zo in zichzelf gekeerd,' fluistert mevrouw Hunt, en haar blik glijdt gretig over mama's gezicht. 'Zijn er thuis misschien problemen waarvan ik zou moeten weten?'

Vertel het dan, wil ik uitschreeuwen. Vertel haar over dat drinken en de ruzies daarover.

Ongekunsteld tilt mama haar hand op en strijkt ze haar haar van haar voorhoofd. Als haar mouw omhoog schuift, is op mevrouw Hunts gezicht opeens ontsteltenis en nieuwsgierigheid te zien. Mama's onderarm ziet blauwzwart door een bloeduitstorting. Ze heeft nog andere kneuzingen, weet ik, andere blauwe plekken. Ze is onhandig als ze drinkt. Vaak valt ze.

Ik wacht af tot ze het gaat uitleggen, maar voordat mama iets kan zeggen, buigt de juf zich voorover. 'Er zijn instanties waar u terecht kunt, hoor. Opvanghuizen. Ik kan u een adres geven...'

'Dat is niet nodig,' zegt mama.

'Maar als er sprake is van huiselijk geweld... Als uw echtgenoot...'

'Alstublieft, zeg,' zegt mama, en ze steekt haar hand op om haar de mond te snoeren. 'Niet waar Sarah bij is.'

Nu begin ik op te letten, echt op te letten. Ze kan mevrouw Hunt toch niet laten denken dat papa verantwoordelijk is voor haar verwondingen? Nee, toch?

'Er zijn dingen die ik me moet laten welgevallen, maar die hou ik verre van haar,' zegt mama met zachte stem. 'Ze heeft er geen idee van…'

'O, maar ze moet ervan afweten!' zegt mevrouw Hunt. Haar vingers zinken weg in haar wangen, alsof die van deeg zijn. 'Hoe kunt u haar daar nu buiten houden?'

Mama schudt haar hoofd. 'We werken aan een oplossing, mevrouw Hunt. We redden het uiteindelijk wel. Het gaat al beter tussen ons, echt waar. En met Sarah zal het ook beter gaan. Ik dank u wel, dat u de tijd hebt genomen om met mij over haar te praten.' Ze staat op en pakt haar tas. 'Ik kan u verzekeren dat Sarah voor ons de hoogste prioriteit heeft.'

Mevrouw Hunt knikt; haar ogen zijn vochtig. 'Als ik ooit iets voor u kan doen…'

'Dan zal ik het u laten weten.' Mama wendt zich met een dapper glimlachje tot mij. 'Kom maar, Sarah. We gaan naar huis.'

Ik zeg niets tot we de school uit zijn en weer terug naar de weg zijn gelopen, weg van de menigte bij de poort.

'Waarom heb je mevrouw Hunt niet de waarheid verteld?'

'Het gaat haar niets aan,' zegt mama kortaf.

'Maar nu denkt ze vast dat papa… Ik bedoel, ze zei eigenlijk dat ze dacht dat hij dat had gedaan.'

'Nou, en?' Mama draait zich abrupt om en kijkt me aan. 'Weet je, je vader is echt niet volmaakt, al denk jij dat misschien.'

'Hij heeft dat niet gedaan,' zeg ik, en ik wijs naar haar arm. 'Dat heb je zelf gedaan.'

'Ooit zul je begrijpen,' zegt mama zachtjes, 'dat je vader mij heel wat heeft aangedaan, ook al zijn de sporen ervan niet zichtbaar.'

'Ik geloof je niet.'

'Dat moet je zelf weten. Het is waar.'

Mijn ogen staan nu vol tranen en mijn hart bonst. 'Ik wou dat je dood was,' zeg ik, en ik meen het.

Mama schrikt even en begint dan te lachen. 'Als er iets is wat je moet weten, Sarah, dan is het dat wensen nooit uitkomen.'

En dat weet ik maar al te goed. Wat dat betreft heeft ze gelijk, ook al heeft ze verder echt nergens gelijk in.

12

Voor de tweede keer die dag stond Curzon Close vol politiewagens, zag ik toen we de straat in reden, en ik slaakte een kreet van verbazing.

Zonder zijn hoofd om te draaien zei Blake kortaf: 'We gaan een inval doen.'

'Een inval? Ik dacht dat jullie dergelijke dingen altijd om vijf uur 's ochtends deden.'

'Alleen als we vermoeden dat we dan iemand misschien slapend aantreffen,' zei Vickers over zijn schouder toen hij de auto aan de kant van de weg parkeerde. 'We zijn er vrij zeker van dat het huis nu leeg is.'

Het nare gevoel bekroop me dat ik wist over welk huis hij het had.

'De agenten kregen geen reactie toen ze aanklopten om te vragen naar wat er afgelopen nacht is gebeurd,' ging Vickers verder. 'Niet dat anderen ons wel konden helpen, eerlijk gezegd. De mensen in deze straat hebben geen slaapproblemen, maar ze deden wel hun best onze vragen zo goed mogelijk te beantwoorden. Het protocol schrijft onder andere voor dat we alle buren natrekken om te zien of er iemand bij zit die... onze belangstelling verdient, zal ik maar zeggen. En toen kwam je overbuurman bovendrijven, ene Daniel Keane. Ken je hem?'

Ik schudde even mijn hoofd, maar hield daar meteen mee op. 'Een beetje,' zei ik ten slotte. 'Ik heb hem in geen jaren gesproken. Nee, ik ken hem eigenlijk niet. Vroeger wel.' Ik zat onzin te kletsen. Ik zweeg en beet op mijn lip.

Vickers en Blake zaten me beiden aan te kijken. Ze hadden dezelfde uitdrukking op hun gezicht, die erop wees dat ze meer wilden weten.

Ik zuchtte. 'Hij was bevriend met Charlie, oké? Toen Charlie was verdwenen, mocht ik niet meer met hem praten. We zijn opgegroeid. Ik heb hem toen nooit gesproken. Af en toe zie ik hem wel, maar ik kan echt niet zeggen dat ik hem ken.'

Vickers was zo te zien tevredengesteld. 'Juist, ja. In dat geval weet je misschien niets af van het verleden van de heer Keane. Een paar jaar geleden heeft hij heel wat problemen gehad. Veroordelingen wegens mishandeling, wat min of meer neerkwam op vechtpartijen op straat voor de kroeg en dergelijke, wat diefstalletjes, verkeersovertredingen, dat soort dingen. Kleinschalig wangedrag. Hij is opgepakt na een zeer ernstig geval van mishandeling, waarbij een arme sloeber een schedelbasisfractuur had opgelopen, maar er was niet voldoende bewijs om een aanklacht tegen hem in te dienen. En toen volgden er, opmerkelijk genoeg, geen overtredingen meer. Hij veroorzaakte geen problemen meer, vond werk en wij hielden hem niet langer in de gaten. Tot nu toe. We hebben gebeld met de garage waar hij werkt, en ze hebben hem daar vandaag niet gezien; hij werd vanochtend verwacht zoals gewoonlijk, en hij heeft niets van zich laten horen. Ze hebben overigens geen klachten over hem. Hij was zelfs nooit eerder te laat op zijn werk gekomen.'

Blake zat rusteloos te draaien op de passagiersstoel. 'We moesten maar eens opschieten. De jongens staan op ons te wachten.'

Het drong tot me door dat ze door mij werden opgehouden. In verwarring gebracht pakte ik mijn tas en mijn jas en mompelde een bedankje voor de lift tegen Vickers. Ik keek niet naar Blake toen ik haastig naar mijn voordeur liep, me vaag bewust van de mannen die zich begonnen te positioneren voor Danny's huis. Toen ik de sleutel in het slot stak, dacht ik plotseling aan Paul. Ik was er vrij zeker van dat hij, als hij thuis was, de deur niet zou hebben opengedaan voor de politie. Hij zou doodsbenauwd zijn geweest. Hij zat nu waarschijnlijk binnen. Ik draaide me om, aarzelde, en vroeg me af of ik er iets over moest zeggen. Als Danny was vertrokken, zoals de politie leek te denken, zou hij dan zijn broertje niet hebben meegenomen?

Terwijl ik stond te aarzelen bij de deur, volgden de gebeurtenissen aan de overkant elkaar in snel tempo op. Na een knikje van Vickers ging het groepje geüniformeerde politieagenten achter elkaar voor de voordeur staan. De voorste riep hard: 'Politie! Opendoen!' en zwaaide, zonder op een reactie te wachten, met een rode stormram tegen de deur. Die kromde zich en boog terug onder de aanval van de politieman, die hem herhaaldelijk raakte en mikte op de scharnieren. Uiteindelijk bezweek de deur en stapte de eerste politieagent opzij om de weg vrij te maken, zodat de mannen die achter hem hadden staan wachten het huis konden binnenvallen. Daarbij riepen ze zo hard ze konden: 'Politie!'

Ik liep het pad weer af naar mijn tuinhek, met mijn armen om mijn lichaam geslagen, want ik rilde een beetje, ondanks het zonnige weer. Vickers en Blake stonden buiten te wachten. Vanuit het huis kwamen luide bevelen en geluiden van hollende voeten, van deuren die werden opengesmeten. Toen werd het even stil. Iemand rammelde wat aan een van de ramen aan de voorkant, schoof het open en riep: 'We hebben moeite om een van de deuren open te krijgen, rechercheur.'

'Trap hem maar in,' riep Blake terug.

Er volgde nog meer gebonk. Ik stond even in dubio, maar nam toen een besluit en liep gedecideerd de straat over op Vickers af.

'Inspecteur, er is iets wat u moet weten,' zei ik, toen ik hem van achteren naderde. 'Danny heeft een jonger broertje...'

Terwijl ik dit zei, klonk er een kreet vanuit het huis. 'Bel een ambulance!'

'Blijf hier wachten,' zei Vickers, en hij sprintte achter Blake aan op de deur af. Ik stond daar maar en verplaatste mijn gewicht van de ene naar de andere voet terwijl ik de voorzijde van het huis in de gaten hield, om te zien of ik ergens uit kon opmaken wat er mis was. *Als Paul iets is overkomen...* dacht ik, maar ik kon de zin niet afmaken.

Het leek een eeuwigheid te duren voordat de ambulance kwam en de ziekenbroeders langs me heen renden, op aanwijzing van een van de agenten die op het geluid van de sirene naar de deur was gekomen. Toen ze naar binnen liepen, wrong Blake zich langs hen heen naar buiten; hij kwam recht op me af.

'Jij wist dus dat er een broer was? Zou je hem kunnen identificeren?'

'Wat is er gebeurd?' fluisterde ik; mijn keel zat van angst dichtgeknepen. 'Hij is toch niet…?'

'Dood? Nee. Althans, nog niet. Hoe ziet hij eruit?'

Ik slikte en dacht na. 'Donker haar, bruine ogen. Hij is twaalf, maar ziet er ouder uit.'

'Bouw?' vroeg Blake ongeduldig.

'Hij is fors. Of eigenlijk veel te dik.' Ik vond het vervelend dat ik dat had gezegd.

Hij zuchtte. 'Dat lijkt wel te kloppen. Twaalf? Jezus. Hoe krijg je het voor elkaar om in twaalf jaar tijd zo te worden. Daar moet je echt je best voor doen.'

'Hij heeft erg veel meegemaakt,' beet ik hem toe, uit een gevoel Paul te moeten beschermen. 'Volgens mij heeft hij weinig op met zichzelf.'

'Dat is vrij duidelijk. Hij heeft geprobeerd zich van het leven te beroven.'

'Hoe dan?' wist ik uit te brengen.

Een van de geüniformeerde agenten die net langsliep nam het op zich te antwoorden. 'Hij heeft zichzelf aan de deur opgehangen. Arme donder. Geen wonder dat we die niet openkregen.' Hij keek Blake aan. 'Kijk, we weten waarom het niet is gelukt. De waslijn is alleen maar uitgerekt. Het was er zo een met een plastic omhulsel, en de knoop die hij had gelegd is losgeschoven. Hij was er te zwaar voor, en dus werd het touw te lang en kwamen zijn voeten uiteindelijk op de vloer terecht. Te dik om te blijven hangen. Goeie genade, ik denk dat ik nu echt alles wel heb gezien.'

'Komt het goed met hem?' vroeg ik. Ik was woedend op de politieman, vanwege de nonchalante manier waarop hij over Paul praatte.

De man haalde zijn schouders op. 'Misschien wel. Ze zijn nu met hem bezig. Hij was helemaal van de wereld toen we hem vonden.'

Er klonk een reeks bonkende geluiden vanuit het huis en Blake zei: 'Ze brengen hem naar buiten.'

'Hou jouw kant eens omhoog,' zei een van de ambulancebroeders tegen zijn collega terwijl ze door de deuropening manoeuvreerden. Twee agenten hielpen hen met de brancard. Met Paul erop. Zijn gezicht ging schuil onder een zuurstofmasker, maar je herkende hem direct aan zijn enorme buik en aan de bos haar aan één kant van de brancard. Een dikke hand bungelde slap onder de deken uit.

'Wel je best doen, hoor,' hoorde ik achter me, waar de agent die met mij had gesproken grijnzend tegen zijn auto geleund stond.

'Help eens even,' zei een van de mannen aan de brancard.

'Met mijn zwakke rug? Echt niet. Mezelf zeker blijvende schade toebrengen.'

'Dit is toch niet iets om grapjes over te maken,' zei ik nogal vinnig tegen Blake. Ik wilde dat hij zou zeggen dat ze hun mond moesten houden. 'Hij is geen dier of zo. Er ligt een kind op die brancard.'

Blake negeerde me en gefrustreerd balde ik mijn handen tot vuisten.

De ambulancebroeders hadden de brancard op het pad gezet en lieten het onderstel met de wielen eraan zakken. Ze haastten zich langs me heen. Van dichtbij zag Paul er vreselijk uit. Zijn huid zag blauw, en ik vroeg me af hoe lang hij daar zo had gebungeld – en hoe lang hij daar zou zijn blijven hangen als de politie de deur niet had geforceerd. Wat had Danny bezield om hem zomaar achter te laten?

Blake liep achter hen aan en boog zich voorover tot in de ambulance toen Paul daar eenmaal in was overgebracht. Hij keek nors toen hij weer kwam aanlopen, maar wat hij zei, was geruststellend.

'Ze zeggen dat hij tegen hen heeft gesproken. Nu valt hij steeds weg. Ze denken dat het wel weer in orde komt, maar ze gaan er wel meteen vandoor.'

Terwijl hij dat zei, vertrok de ambulance met zwaailicht en sirene.

Blake wendde zich weer tot mij. 'Je kent Danny dus niet, maar Paul wel.'

Ik schrok van de toon van zijn stem. 'Niet goed, hoor. Ik heb hem maar één keer gesproken. Maar jullie hebben ook niet naar Paul gevraagd.'

'Ik wist niets van Paul af,' zei Blake zachtjes.

Ik haalde mijn schouders op. 'Ik heb hem gisteren voor het eerst ontmoet, oké? Ik was erheen gegaan…' Ik aarzelde even, maar legde toen uit waarom ik Danny had willen spreken, dat ik dacht dat hij me iets over Charlie zou kunnen vertellen. 'Paul is een heel leuke knul. Vriendelijk. En onderschat hem niet vanwege zijn dikte. Hij is erg slim. Ik durf te wedden dat hij meer over computers en techniek weet dan wij bij elkaar.' Ik vond het belangrijk dat Blake zou beseffen dat Paul een menselijk wezen was, meer dan een berg vlees.

Blake keek me uitdrukkingloos aan. 'Dus vóór gisteren ben je daar nooit in huis geweest.'

'Nee.'

'Je kreeg het ineens in je bol om uit te zoeken wat er met je broer is gebeurd.'

Ik knikte. 'Ik denk dat het door die hele toestand met Jenny weer naar boven is gekomen. Ik begon me ineens af te vragen wat hem toch kon zijn overkomen en dat liet me niet los. Normaal denk je er niet aan, als het leven z'n gangetje gaat. Je leeft eigenlijk gewoon met de gevolgen.'

Blake keek langs me heen en ik draaide me om en zag Vickers het huis uit sjokken; hij zag er nog grauwer en mistroostiger uit dan anders. Hij had iets in zijn rechterhand, iets van zilver met kwastjes eraan, en meer dan ooit kreeg ik het gevoel dat ik droomde, want ik snapte volstrekt niet hoe hij dat in zijn handen kon hebben.

'Dat is mijn tas!'

Het was de tas die ik drie avonden eerder bij me had gehad, de tas die mijn geheimzinnige overvaller me had afgenomen. Ik liep recht op Vickers af en stak mijn hand ernaar uit. Hij hield hem buiten mijn bereik en ik was me ervan bewust dat Blake achter me aan kwam.

'Die is van mij,' herhaalde ik. 'Waar hebt u die vandaan?'

Vickers keek vermoeid uit zijn ogen. 'Hij lag in de woonkamer, Sarah. Waar je hem hebt laten liggen.'

Ik schudde mijn hoofd. 'Nee. U begrijpt het niet. Ik ben deze tas kwijtgeraakt. Ik bedoel, ik ben hem niet kwijtgeraakt. Hij is van me gestolen.'

'Toch niet weer een verhaal?' zei Blake. 'Je hebt wel overal een antwoord op.'

'Het is echt waar,' zei ik waardig, en ik richtte me uitsluitend tot Vickers. 'Iemand heeft me dinsdagavond overvallen. Hij heeft me omver geduwd en mijn tas afgepakt. Daarom heb ik mijn auto steeds niet gebruikt – ik had geen sleutels meer. U hebt toch gezien dat ik overal lopend naartoe ga; u hebt me net nog een lift gegeven. Anders zou ik toch met de auto naar het ziekenhuis zijn gegaan, als dat had gekund?'

Vickers ritste de tas open en tuurde erin. Ik werd overvallen door een enorm ongepaste neiging om te giechelen. Op de een of andere manier was het een heel gek gezicht dat die grijze man in zijn grijze pak een zilverkleurige leren handtas doorzocht alsof die van hem was.

'Geen sleutels,' merkte hij ten slotte op, en ineens was mijn neiging om te lachen verdwenen.

'Wat? Ze moeten erin zitten. Hebt u in het vakje binnenin gekeken?'

Vickers keek me verwijtend aan. 'Daar heb ik het eerst gekeken. Daar stopt mijn vrouw haar sleutels namelijk ook altijd in.'

'Mag ik zelf even kijken?'

Hij gaf me zonder verder commentaar de tas aan en ik liep er met mijn vingers vlug doorheen, opgelaten door het feit dat beide mannen naar me keken. Ik liet de stukjes papier en de bonnetjes die zich hadden verzameld op de bodem van mijn tas door mijn handen gaan en probeerde mijn sleutels op te harken. Ik vond een oogpotlood en een lipbalsem, een balpen die het al lang niet meer deed, en wat paperclips, maar geen sleutels en verder ook niet al te veel. Uiteindelijk moest ik mijn nederlaag toegeven. 'Oké, maar de sleutels zaten er wel degelijk in toen mijn tas werd gestolen.' Ik probeerde te bedenken wat ik verder nog kwijt was.

'Kom maar mee,' zei Vickers, terwijl hij een stap opzij deed. 'Kijk zelf maar even.' Blake liep naar voren om me tegen te houden. 'Chef, de technische recherche, we kunnen toch niet...'

'Ze heeft al toegegeven dat ze daar in huis is geweest,' zei Vickers op milde toon. 'Ik denk toch niet dat de technische dienst bewijzen zal vinden. Maar voor de zekerheid zullen we haar niets laten aanraken.'

Blake beet op zijn lip, maar zei verder niets. Hij stapte achteruit om me door te laten.

Ik liep langs hem heen de gang in en keek om me heen. Er was sinds de dag ervoor niets veranderd, behalve de schade die de politie had veroorzaakt toen ze de deur hadden ingebeukt. Het versleten vloerkleed zat vol stukjes verf op de plek waar de deur tegen de muur was geslagen. Ik rook weer die lucht van zweetsokken, die me al eerder was opgevallen, en nog iets, iets prikkelends. Angst.

In tegenstelling tot de vorige keer stond de deur naar de woonkamer op een kier. 'Hebt u mijn tas daar gevonden?' vroeg ik. 'Mag ik naar binnen gaan om zelf even rond te kijken?'

'Ga je gang,' zei Vickers. 'Je zult gauw klaar zijn.'

Ik begreep wat hij bedoelde, zodra ik de deur had opengeduwd. De lichaamsgeur waarvan het huis was doortrokken was hier sterker, ranzig, en ik moest even licht kokhalzen. Ik probeerde oppervlakkig door mijn mond te ademen. Het was halfduister in de kamer; er hingen goedkope rolgordijnen voor het raam in de voorgevel. Totdat Vickers de schakelaar bij de deur omzette, kwam het enige licht van het beetje zon dat langs de randen van de dunne gordijnstof naar binnen kierde. Ik knipperde met mijn ogen door het plotselinge schelle licht van het kale peertje aan het plafond, en pas daarna zag ik de vieze bende die zichtbaar werd in het licht.

De kamer was vrijwel leeg. Een tweepersoonsbed met een bevlekt, vuil hoeslaken stond met het hoofdeinde tegen de muur tegenover me. Het hoofdeinde was bekleed met smoezelig vaalgroen velours en leek uit de jaren zeventig te stammen. Aan één kant van het bed stond een doos tissues op de vloer, en daaromheen verspreid lagen gebruikte tissues. Er lag een stapeltje beduimelde tijdschriften aan de andere kant – pornografie, besefte ik met walging. Een dun, bobbelig dekbed was over het voeteneind van het bed gegooid en lag deels slordig over de vloer, waarop tapijt lag met een donkerbruine pool, die glansde in het licht en een beetje piepte onder mijn voeten. Op de muren zat roomkleurig behang met een iets verheven parelmoeren patroon erop, een keurig behangetje dat niet paste bij de rest van de kamer. Uit een lange, vuile streep op een van de muren kon je opmaken dat er ooit iets groots tegenaan had gestaan, een bank misschien.

Ik wendde me tot Vickers. 'Maar dit huis heeft drie slaapkamers. Waarom gebruikten ze dit als slaapkamer, als ze hier maar met z'n tweeën woonden?'

Vickers reageerde niet direct, maar nam me verder mee de kamer in, zodat ik kon zien wat de deur tot dan toe aan het zicht had onttrokken. Het enige andere meubelstuk in de kamer was een kleine, beschadigde boekenkast, als je de videocamera op statief niet tot het meubilair rekende. Ik keek verbluft naar de camera, en wendde me tot Vickers voor een verklaring. In plaats daarvan wees hij naar de boekenkast.

'Je tas stond daar, op de onderste plank. Zie je verder nog iets wat je herkent?'

Ik stapte behoedzaam over het tapijt en wilde er niet bij stilstaan wat erin zou kunnen rondkruipen, of wanneer hier voor het laatst zou zijn gestofzuigd. Er ging een rilling door me heen toen ik zag wat er boven op de boekenkast stond.

'Dat zijn mijn foto's. Ze zaten in mijn tas.'

Iemand had ze netjes rechtop tegen de muur gezet. Het waren kleine footootjes, formaat pasfoto. Het voelde niet goed dat ze daar stonden. De twee rechercheurs keken over mijn schouder mee toen ik ze beurtelings aanwees. 'Charlie. Charlie en ik. Mijn vader en ik. Mijn vader en moeder.'

Mijn agenda lag open, met de bladzijden omlaag, en met een kreetje van verbijstering vanwege de gekreukte bladzijden stak ik mijn hand uit om hem te pakken. Blake pakte mijn hand om me daarvan te weerhouden. 'Raak nog even niets aan,' zei hij rustig.

'Oké. Nou, dat is mijn agenda.' Ik keek wat nauwkeuriger. 'En dat is mijn pen. Nou ja!'

'Wat is er?' vroeg Vickers snel.

'Niets bijzonders, het is alleen zo raar. Ik dacht dat ik hem had verloren. Maar hij moet al die tijd in mijn tas hebben gezeten.'

'Sinds wanneer ben je hem kwijt?'

'Maanden geleden al. Ik heb er overal naar gezocht. Hij is van mijn vader geweest.' De pen was van zilver en zijn initialen stonden er in de lengte op gegraveerd. Ook had hij een opvallend patroon, een kruisarcering, in het metaal gedreven. 'Ik dacht dat ik hem op school was kwijtgeraakt. Ik heb daar alles overhoop gehaald om hem te vinden. Ik kan niet geloven dat hij al die tijd in mijn tas heeft gezeten.'

De rechercheurs gaven geen commentaar, en ik bekeek de rest van de planken met daarop een verscheidenheid aan losse spullen: een steen met een gat erin; een versleten leren bandje met drie kraaltjes erop genaaid, de schedel van een heel klein beestje, een spitsmuis misschien. Er lagen wat muntjes en nog wat andere rommeltjes. Ik bekeek de hele boel systematisch en probeerde, zonder iets aan te raken, te zien wat er verder nog verborgen lag. Het uiteinde van het kettinkje aan mijn sleutelring stak net achter een rechtopstaande ansichtkaart uit Schotland vandaan, en ik wees Vickers erop, die met de punt van zijn pen de ansichtkaart iets opzij schoof en knikte toen hij de sleutels zelf ook had zien liggen. Op een van de lagere planken viel mijn oog op een haarclip die ik al zeker zes weken niet meer had gezien, en een goedkope armband die ik naar school had gedragen en halverwege de dag had afgedaan, omdat hij me in de weg zat en rinkelde als ik iets op het bord moest schrijven. 'Ik weet zeker dat ik deze armband het laatst op school nog had,' zei ik, terwijl ik me omdraaide naar Vickers. 'Hij zat beslist niet in mijn tas. Ik heb hem op mijn bureau in mijn lokaal laten liggen. Hoe is hij in godsnaam hier terechtgekomen?'

'Dat zouden wij ook graag willen weten,' zei Vickers rustig. 'Er lijken hier behoorlijk wat spullen te liggen die van jou zijn, als we in aanmerking nemen dat je naar eigen zeggen tot gisteren nooit contact hebt gehad met de bewoners van dit huis.'

'Ik heb er geen verklaring voor,' zei ik volkomen beduusd. 'Ik snap het niet. Wat ís dit voor een kamer?'

Blake wenkte me naar de videocamera en wees naar het oculair. 'Raak niets aan, maar kijk hier eens doorheen en vertel me dan wat je ziet.'

'Hij staat ingesteld op het bed.' Terwijl ik die woorden uitsprak, ging me een licht op. 'O... bedoel je dat ze hier video's maakten? Zelf pornofilms opnamen? Wat walgelijk, zeg.' Ineens was ik blij dat ik niets had mogen aanraken. 'En Paul moet dus thuis zijn geweest terwijl ze dat deden. Dat arme kind. Het is te hopen dat Danny hem niets heeft laten zien.' Ik keek naar Vickers. 'Maar waarom liggen al die spullen van mij hier? Wat is er toch allemaal aan de hand?'

Hij slaakte een zucht. 'Sarah, we zullen moeten aannemen dat jij hier tot op zekere hoogte een rol in speelt.'

'Wàt?' Ik kon niet geloven wat hij net had gezegd. 'Ik heb jullie toch verteld dat mijn tas was gestolen? Dit zijn mijn spullen, maar ik heb ze hier niet zelf laten liggen; ik heb geen idee hoe ze hier zijn terechtgekomen.'

Blake was naar de deur gelopen, waar hij op gedempte toon een gesprek voerde met een van de agenten die het huis doorzochten. Hij kwam weer terug. 'Chef, kan ik u even spreken?'

'Raak absoluut niets aan,' herhaalde Vickers nadrukkelijk. Hij wachtte tot ik had geknikt en volgde toen Blake de kamer uit. Er kwam een geüniformeerde agent binnen, die bij de deuropening bleef staan en mij in het oog hield. Ik stond daar maar te kijken naar die lege, treurige kamer en voelde me misselijk.

Toen ze ten slotte terugkwamen, vroeg ik: 'Wat is er toch allemaal aan de hand?'

De twee mannen keken nog grimmiger dan eerst. Vickers leunde tegen de muur en wekte de indruk dat zijn benen te slap waren om hem te dragen; hij liet Blake het woord doen.

'We zijn net even boven geweest, waar de agenten een grote hoeveelheid zelfgemaakte kinderporno hebben ontdekt. In een van de kamers hierboven staat een geavanceerde opstelling: computers, snelle breedband, zelf aangepaste videosoftware, stapels dvd's.' Hij wees naar de camera. 'Dat ding neemt direct op een disk op. Ze filmden hier en gingen dan naar boven om de films te uploaden naar een hostsite. Die dingen zijn behoorlijk lastig te traceren. De mensen die ze bijhouden zijn goed in het namaken van IP-adressen, door computers van anderen te hacken en hun gegevens te gebruiken. Voor ons is het daardoor moeilijk om ze na te trekken en erachter te komen wie die troep op het net gooit.'

'Maar waarom?' Ik begon te trillen.

'Geld,' zei Blake kort en bondig. 'Er gaat heel veel geld om in deze business. Als je een goed product aanbiedt, kun je ervoor rekenen wat je wilt. Dezelfde video's en beelden worden voortdurend onderling verhandeld. Die pedofielen worden het zat om steeds dezelfde kinderen en steeds dezelfde verkrachtingen en folteringen te zien. Er zijn heel wat klanten die graag betalen voor een nieuwe zending kindermishandeling. De betere leveranciers werken in opdracht. Je kunt ze de opdracht geven om je fantasie werkelijkheid te laten worden. Als je genoeg betaalt, kun je het zelfs zo krijgen dat het kind je naam gilt. Dan heb je het gevoel dat je er echt bij bent en niet alleen maar toekijkt via je computer.'

Ik kromp ineen, zo weerzinwekkend vond ik de grove manier waarop hij erover sprak.

'Dit is een professionele installatie.' Blake wuifde met zijn hand naar de kamer. 'Er bevindt zich hier niets waaraan je kunt zien waar de film wordt gemaakt. Deze kamer is leeggeruimd en er verschijnt niets persoonlijks in beeld. Alleen het bed en een kaal stukje wand. Geen enkel aanknopingspunt voor de politie, als we deze video's of foto's op internet aantreffen. Deze kamer kan zich vrijwel overal bevinden. Het enige wat wij kunnen doen is de klanten oppakken, de idioten die gewoon hun creditcard gebruiken om ervoor te betalen.'

'Ik kan het niet geloven,' zei ik. Ik schudde mijn hoofd. 'Hier? In dit huis? Midden in een doodlopend straatje in een rustige buitenwijk?'

Toen begon Vickers te spreken, ongeëmotioneerd, met een zachte, vlakke stem. 'Dit soort dingen kan inderdaad gebeuren zonder dat iemand ervan weet. Je staat ervan te kijken wat mensen niet zien, als ze niet weten waar ze op moeten letten. Neem Fred en Rose West. Geen mens aan Cromwell Street had enig idee wat die lieden uitspookten, omdat niemand zich kon voorstellen dat mensen zo slecht konden zijn. Brave burgers denken niet na over zulke dingen. Slecht volk kan aan niets anders denken.'

Hij sprak over goed en slecht met alle kracht en gestrengheid van een profeet uit het Oude Testament, en ik zag dat hij in het kwaad geloofde, het echte, ouderwetse kwaad, en niet in de smoesjes van de psycholoog over opvoeding en omstandigheden.

'Het is bijna creatief,' zei hij, voornamelijk tot zichzelf. 'Het is hun kunstvorm, zou je kunnen zeggen. Denk eens aan alle moeite die dit kost, de hele organisatie ervan.'

Opstandig wendde ik me weer tot Blake.

'We hebben boven even snel gekeken naar wat beelden, foto's uit films en een paar stukjes van de dvd's. Het zal een tijd duren voordat we alles hebben doorgenomen, maar in dit stadium lijkt het erop dat ze voor hun werk een soort thema hanteerden.'

'Wat bedoel je,' fluisterde ik.

'Eén slachtoffer, een paar verschillende daders.'

'Paul toch zeker niet?' vroeg ik, en mijn hart brak toen ik begon te begrijpen waardoor hij was geworden zoals hij was. Geen wonder dat hij niet kon leven met de wetenschap dat zijn geheim zou worden ontdekt.

Vickers schudde zijn hoofd. 'Nee. Paul niet. Jenny Shepherd.'

Ik keek beide mannen onthutst aan. 'Jénny? Maar hoe dan? Wat deed ze hier in huis?'

'Dat zouden wij ook wel willen weten,' zei Blake, en ik voelde me als Alice in Wonderland als ze omlaag valt in het konijnenhol; de grond leek onder mijn voeten te verdwijnen. Ik begreep er helemaal niets meer van, behalve dat ik eindelijk snapte hoe dat kinderlijke, lichamelijk nog niet ontwikkelde meisje aan wie ik Engels gaf, vier maanden zwanger kon zijn.

'En Paul dan?' vroeg ik uiteindelijk. 'Jullie kunnen toch niet denken dat hij er iets mee te maken had?'

Vickers keek bezorgd. 'Ik weet dat hij nog maar een kind is, Sarah, en dat het niet zo goed met hem gaat, maar het trieste is dat wij inderdaad denken dat hij er actief bij betrokken was.'

'Je zei zelf al dat hij veel computerkennis had,' legde Blake uit. 'Het ziet ernaar uit dat hij de technische kant deed. De computers stonden allemaal in zijn slaapkamer.'

Vickers zuchtte. 'Als je ook maar iets weet wat die jongen zou kunnen ontlasten of hem er juist bij zou kunnen betrekken, wil ik dat graag horen, nu of op het bureau.'

Ik staarde nietsziend voor me uit en zweeg. Ik had geen idee wat ik hierop moest zeggen. Ik had niet anders dan een gevoel dat Paul nooit vrijwillig een bijdrage zou hebben geleverd aan iets smerigs en slechts, maar de bewijzen stapelden zich tegen hem op.

'Ik weet het niet,' zei ik uiteindelijk. 'Ik kan jullie alleen maar vertellen dat hij aardig op me overkwam.'

Blake maakte een beweging. 'Heel veel mensen lijken aardig. Heel veel mensen lijken onschuldig. Soms hebben we er moeite mee direct degenen die schuldig zijn eruit te pikken, maar meestal slagen we er uiteindelijk wel in.' Hij gebaarde naar het stapeltje spullen dat ik als mijn eigendom had geïdentificeerd. 'Vind je niet dat je iets uit te leggen hebt?'

'Ík? Ben je gek? Ik heb hier niets mee van doen. Ik weet er niets van.' Zelfs in mijn eigen oren klonk dit als een leugen. Ik keek van de een naar de ander. 'Jullie moeten me geloven.'

'Je kende het meisje,' zei Vickers. 'Je woont in dezelfde straat. Jouw spullen liggen hier. Jij bent de verbindende schakel. Zoals steeds ben jij de verbindende schakel, Sarah.'

'Jullie kunnen toch niet serieus denken dat ik erbij betrokken ben?' Toch zag ik niets op hun gezicht wat me de indruk gaf dat ze me geloofden. De ogen van Vickers waren ijzig blauw en kil, en Blake had een grimmige uitdrukking op zijn gezicht. Er flitste pure paniek door me heen, die ik wist te onderdrukken. Ze speelden een of ander spelletje – maar ik kende de spelregels niet.

'Je kunt ons maar beter vertellen wat er is gebeurd, Sarah, voordat het nog erger wordt.'

'Er valt niets te vertellen. Ik kan jullie niet helpen. Bovendien is het een lange dag geweest; ik ben moe.' Ik klonk humeurig; dat kon me niets schelen. 'Ik ga naar huis. Als jullie nu eens gingen uitzoeken wat hier allemaal gebeurd is, en het mij laten weten als je eruit bent? Ik heb er namelijk niets mee te maken, en daarom tast ik net zozeer in het duister als jullie.'

Dat was geen slechte slotzin, en zonder op een antwoord te wachten draaide ik me om. Ik had niet meer dan twee stappen in de richting van de deur gezet, toen ik een stevige hand om mijn arm voelde, en ik werd teruggetrokken naar de plek waar ik eerder had gestaan.

'Laat me los!' Ik keek Blake strak aan.

'Nee, hoor.'

Vickers keek me vermoeid aan. 'Als je niet met ons wilt praten, Sarah, hebben we nog maar één optie.'

'Ik begrijp niet wat u bedoelt.'

'Ik bedoel dat we je dan moeten dwingen mee te gaan om met ons te praten.'

Toen duwde Vickers me opzij om de kamer te kunnen verlaten. Ik bleef achter en liet bezinken wat hij had gezegd. Ik hoorde hem in de hal zachtjes praten tegen iemand die ik niet kon zien.

'Je kunt toch niet echt denken dat ik erbij betrokken ben?' Ik probeerde de uitdrukking op Blakes gezicht te interpreteren en wachtte tot hij zou toegeven dat dit alles één grote grap was, dat ze het niet serieus hadden gemeend.

'Ik weet niet wat ik ervan moet denken,' zei hij, en zijn stem klonk vreemd, ongevoelig. Ik keek hem aan en herkende hem niet.

Voordat ik kon reageren, kwam Vickers terug met een andere man. Hij was kaal en te zwaar, een veertiger. Zelfs als hij niet naast Vickers had gestaan, zou ik vast direct hebben geweten dat hij van de politie was. Iets in zijn blik, een diepgewortelde gedesillusioneerdheid en wantrouwen, deed vermoeden dat hij al te veel leugens had gehoord. Hij begon te praten, vlak en eentonig, zonder stembuigingen, reeg de woorden aaneen, terwijl hij iets opzei wat hij al talloze malen eerder had uitgesproken.

'Sarah Finch, ik neem u in hechtenis op verdenking van de moord op Jenny Shepherd. U hoeft niets te zeggen, maar het kan uw verdediging schaden als u tijdens het verhoor iets verzwijgt waarop u later voor de rechtbank een beroep wilt doen. Alles wat u zegt, kan als bewijs worden gebruikt. Hebt u dit begrepen?'

Mijn mond viel open: de klassieke reactie op een hevige schok. Ik keek Vickers aan om zijn reactie te zien, maar hij had met succes zijn starende blik in de verte gericht. Blake keek naar zijn voeten en weigerde mijn blik op te vangen.

'Dit kunnen jullie niet maken,' zei ik. Ik kon niet geloven dat dit echt gebeurde. 'Jullie kunnen toch niet echt denken dat dit terecht is?'

Vickers zei, alsof ik niets had gezegd: 'Agent Smith, kan ik het aan u en agent Freeman overlaten mevrouw Finch naar het bureau over te brengen? Ik denk niet dat handboeien nodig zijn. We zien jullie daar wel.'

Smith knikte en wenkte me. 'Laten we maar voortmaken.'

'Jullie brengen me dus niet eens zelf weg?' vroeg ik aan Blake en Vickers, en ik deed geen moeite om de bittere klank uit mijn stem te houden.

Vickers schudde zijn hoofd. 'Van nu af aan heb je niet langer rechtstreeks met ons te maken. Wij kennen je, begrijp je? Mocht er een rechtszaak volgen, dan zouden we in de problemen kunnen komen bij inzage van de stukken.' Blake wendde zich abrupt af, en ik vroeg me af of Vickers had gemerkt dat er iets tussen ons speelde, of dat het werkelijk een kwestie van routine was. De inspecteur negeerde zijn brigadier en besloot met: 'Het is het beste als andere teamleden het vanaf hier overnemen.'

'Het beste voor wie?' vroeg ik, maar daarop kwam geen reactie.

Agent Smith legde een vlezige hand op mijn arm en trok me mee naar de gang, waar we moesten wachten tot er een lange rij politieagenten met dozen en zakken vol bewijsmateriaal langs ons heen was gelopen, naar de auto's die buiten stonden te wachten. Door de dikke, transparante plastic zakken heen waren harde schijven van computers, cd's, dvd-doosjes en een webcam te zien. Een van de agenten droeg iets langs en zwaars wat in papier verpakt zat – een golfclub? Een pook? Ik kon het niet zien. In het voorbijgaan wierp hij Vickers een betekenisvolle blik toe, en de inspecteur knikte even zonder iets te zeggen. Toen kwamen er nog meer zakken langs, persoonlijke zaken – kleding, speelgoed dat van Paul was geweest, foto's in lijstjes, documenten van allerlei aard. Het hele huis werd uitgekamd; als ze klaar waren, zou het helemaal leeg zijn.

En ze waren met mij waarschijnlijk hetzelfde van plan. Ik keek zijdelings naar Vickers. De harde lijnen in zijn gezicht vielen me op en zijn mond stond resoluut. Er was niets milds te bespeuren. Ik kon het hem niet kwalijk nemen. Wat er in dat huis was gebeurd, was te erg voor woorden. Het was me letterlijk onmogelijk om het me voor te stellen.

Ik stond daar maar, als een zombie, terwijl de politie om me heen druk bezig was, en luisterde nauwelijks naar hun gehaaste gesprekken. Ik moest hun nageven dat ze geen van allen opgewonden leken door wat ze ontdekten. Eerder bezorgd. Het was dan ook moeilijk, de wetenschap dat een kind verschrikkelijk had geleden in dit huis, en dat niemand haar had geholpen.

Zelf voelde ik me als verdoofd. Ik had mijn verantwoordelijkheden van me afgeschoven. Het leek geen zin meer te hebben te argumenteren. Ik begreep niets van wat er zojuist was gebeurd. Zelfs als ik het feit dat ik kennelijk grote problemen had met de politie buiten beschouwing liet, bleef de vraag waarom mijn eigendommen hier in huis hadden gelegen. Oké, Danny was dus degene geweest die mij had aangevallen en mijn tas had meegenomen. Dat verklaarde wel wíé me had overvallen, maar niet waaróm hij dat had gedaan. En die andere spullen, dingen waarvan ik zeker wist dat ze niet in mijn tas hadden gezeten, dingen die ik in de loop van de afgelopen weken en maanden had gemist. Hoe waren die hier terechtgekomen?

Blake was naar buiten gegaan, en toen hij terug was, gaf hij Vickers een knikje. 'Nog geen pers. Maar ik zou hier niet blijven hangen, nog even en ze hebben in de gaten wat ze mislopen.'

Wat ze mislopen. Ik kreeg een bittere smaak in mijn mond. Wat ze mislopen was een arrestatie. Een echte verdachte, die in levenden lijve werd opgebracht voor verhoor. Het begon tot me door te dringen dat ik vrijwel zeker in het huis stond waar Jenny gestorven was.

Smith wendde zich tot mij. 'Kom maar mee. Laten we voortmaken.'

Ik liep de halfduistere, bedompte gang uit en het vroege middagzonnetje in, zonder om te kijken of Blake en Vickers achter ons aan kwamen, en werd heel even verblind door het licht. Ik hoorde wat lawaai en toen ontstond er een vreemd gefluister, als wind in de bomen. Het geluid nam in volume toe en werd duidelijk menselijk. Aan het einde van de straat stond het grootste deel van de bewoners: kleine kinderen met hun moeder die hen beschermend bij de schouders hield, gepensioneerden die driemaal per dag op en neer liepen naar de buurtwinkels om even iemand anders te zien, vrouwen van middelbare leeftijd met een zure, gissende uitdrukking op hun gezicht. Ik weigerde oogcontact met hen te maken, hoewel ik voelde dat ze me aanstaarden met het soort belangstelling dat je wel bij koeien ziet. Van ergernis voelde ik een prikkeling langs mijn ruggengraat lopen. Ze hadden het eerste sensationele incident van die dag gemist, omdat die arme Geoff op zo'n ongezellig tijdstip van de dag was gevonden. Deze keer wilden ze niets missen. En de anderen ook niet. Nu er geen media aanwezig waren, rustte de zware verantwoordelijkheid om vast te leggen wat er gebeurde op de schouders van mijn buren, en ze vatten hun taak serieus op. Op het eerste gezicht begreep ik niet waarom een man of drie, vier van hen hun arm hoog hadden opgeheven, maar algauw besefte ik dat ze met hun mobiele telefoon aan het filmen waren, om vast te leggen dat ik het huis verliet en naar de auto liep met Smith voor me en een andere agent achter me. Zonder er echt bij na te denken, rechtte ik mijn rug. Ik droeg geen handboeien. Ik zou niet schichtig naar de auto lopen en proberen mijn gezicht te bedekken, als iemand die schuldig was. Ik zou fier rechtop blijven lopen, zodat niemand zou weten dat ik was gearresteerd. Ik had geen enkele reden om me te verstoppen. Maar het bloed steeg me naar het hoofd toen ik over het pad liep.

Smith opende de achterdeur van de onopvallende politieauto, die langs de stoep was neergezet. Hij bleef wachten tot ik was ingestapt, een parodie op een chauffeur. Ik keek hem niet aan toen ik instapte. De deur werd dichtgeslagen en voor het eerst voelde ik me een gevangene. De chauffeur was nog jong, had rood haar en een smal gezicht, waardoor hij wel wat van een vos weg had. Agent Freeman, nam ik aan, en ik zei niets tegen hem, hoewel hij me openlijk zat op te nemen. Terwijl we wachtten tot Smith op de passagiersstoel ging zitten, tuurde ik langs de jonge agent heen naar mijn huis. Daar was geen teken van leven te bekennen; van buitenaf was niet te zien hoe mijn moeder en ik leefden. Ik overwoog of ik hun zou vragen of ik haar mocht vertellen waar ik heen werd gebracht, maar toen ik naar de overkant keek, waar het huis stond te bakken in het zonnetje, werd ik overvallen door moedeloosheid. Ze had waarschijnlijk geen flauw idee van wat er aan de hand was. Maar dat kon ik haar eigenlijk niet verwijten. We waren kennelijk geen van beiden erg oplettend geweest. Hoe was het mogelijk dat ik niets had gemerkt van het misbruik waaraan een kwetsbaar kind meters van mijn eigen voordeur werd blootgesteld?

Ik had de neiging om uit de auto te springen, naar de voordeur te rennen en erop te blijven beuken tot mijn moeder de deur open zou doen, en haar dan stevig vast te pakken en nooit meer los te laten. Zij zou me tegen de politie kunnen beschermen en het voor me kunnen opnemen, zoals een goede moeder dat hoort te doen. God weet wat er was gebeurd als ik het had geprobeerd, aangenomen dat ze de moeite had genomen de deur open te doen. Ik probeerde nijdig mijn tranen weg te knipperen. Ik had heimwee naar een plek die niet bestond, miste een moeder die ik helemaal niet kende. Ik stond er alleen voor.

Toen Smith zijn portier zo hard dichttrok dat de auto begon te schommelen op zijn assen, wendde Freeman zich tot hem.

'Ze is niet zoals ik had verwacht.'

'Ze ziet er inderdaad niet naar uit,' beaamde Smith, 'maar dat wil nog niet zeggen dat ze het niet heeft gedaan.'

Mijn gezicht gloeide. 'Ik heb het toevallig ook niet gedaan. Dit is een vergissing.'

'Dat zeggen ze allemaal.' Smith sloeg zijn collega op de schouder. 'Laten we voortmaken.'

Hij startte de motor en ik leunde achterover. Eigenlijk verbaasde het me niet dat de agenten me niet geloofden. Dat kon ik ook niet verwachten, nadat ik Vickers en Blake, die me een stuk beter kenden dat deze twee, niet had weten te overtuigen.

'Jullie hebben het mis,' zei ik, toen we de hoofdstraat in reden, alleen maar om het laatste woord te hebben. Maar ondanks mijn bravoure moest ik toegeven dat ik bang was. Het enige wat ik nog ter verdediging had, was mijn onschuld, en ik had het gruwelijke gevoel dat dat niet genoeg zou zijn.

1996

Vier jaar vermist

'Oké, tijd om te beslissen. Welke smaak wil je?'

Ik doe net alsof ik nadenk. 'Mmm. Ik denk misschien… chocolade?'

'Chocolade? Wat ongebruikelijk,' zegt papa. 'Een beetje vreemde keuze, maar ik denk… ja, dat neem ik ook. Wat een goed idee, zeg.'

We nemen allebei altijd chocoladeijs. Dat is een soort gewoonte. Ook als ik weleens wat anders wil, doe ik dat niet, want dan zou papa ontzettend teleurgesteld zijn.

Hij haalt de ijsjes en dan lopen we naar de boulevard. Het is een heldere, warme dag midden in de zomer en de pier is afgeladen vol met dagjesmensen zoals wij. In de verte bespeur ik een bankje en ik ren erheen, om erop te gaan zitten voordat iemand anders het kan inpikken. Papa komt wat langzamer achter me aan. Hij likt systematisch aan zijn ijsje tot hij er een gladde punt aan heeft gemaakt.

'Schiet eens op,' roep ik naar hem, bang dat er iemand naast me zal willen gaan zitten, als ik de enige ben die erop zit. Daardoor lijkt hij eerder langzamer te gaan lopen. Hij loopt nu echt te treuzelen en ik kijk geërgerd weg. Soms schrik ik er gewoon van dat papa nog zo kinderachtig kan doen op zijn leeftijd. Onvolwassen, dat is het woord. Het is net alsof ik de volwassene ben en hij het kind.

'Goed zo,' zegt papa, als hij eindelijk naast me gaat zitten. 'Dit is fantastisch.'

Dat klopt. De zee is zilverblauw, het kiezelstrand wit in het zonnetje. Boven onze hoofden maken de meeuwen krijsend hun duikvluchten. Overal om ons heen zijn mensen, maar op ons bankje, met papa's arm om me heen, krijg ik het gevoel dat we in een luchtbel zitten. Niemand kan ons raken. Ik lik aan mijn ijsje en voel me weer helemaal blij, zo lekker zit ik tegen papa aan gekropen. Ik geniet van deze uitstapjes die we maken, wij saampjes. Ik zou het nooit tegen papa zeggen, maar ik ben blij dat mama dan niet meekomt. Ze zou alles verpesten. Ze zou zeker niet op een bankje een ijsje gaan zitten eten en dan lachen om twee dikke, natte honden die spelen in de golven.

We zitten hier net een paar minuutjes en ik knabbel al aan de wafel van mijn ijsje als papa zijn arm verlegt van mijn schouders naar de rugleuning van de bank en zegt: 'Apie... ik moet je iets vertellen.'

'Wat dan?' Ik verwacht dat het een stom grapje is of zoiets.

Papa slaakt een zucht en wrijft met zijn hand over zijn gezicht voordat hij verder praat. 'Je moeder en ik... tja, we kunnen al een poosje niet goed met elkaar overweg. En we hebben besloten dat we maar beter uit elkaar kunnen gaan.'

Ik staar hem aan. 'Uit elkaar gaan?'

'We gaan scheiden, Sarah.'

'Scheiden?' Ik moet ophouden met het laatste stukje van zijn zinnen te herhalen, denk ik niet erg toepasselijk. Maar ik kan niet bedenken wat ik wél moet zeggen.

'Het komt wel goed, echt waar. Ik zal je heel vaak zien, heel vaak. We kunnen gewoon dit soort uitstapjes blijven maken. Ik kom elk weekend als ik kan. En jij kunt mij komen opzoeken. Ik heb een nieuwe baan, in Bristol. Dat is een heerlijke stad. We zullen het er ontzettend gezellig hebben.'

'Wanneer ga je weg?'

'Over twee weken.'

Twee weken is te snel. 'Je weet dit al heel lang,' zeg ik beschuldigend.

'We wilden zeker weten dat alles goed geregeld was voordat we het jou zouden vertellen.' Papa heeft wel honderd rimpels in zijn voorhoofd getrokken. Hij ziet er heel gespannen uit.

Ik verwerk al deze informatie zo snel ik kan en probeer het te begrijpen. 'En waarom kan ik niet met jou meegaan?'

Papa kijkt uitdrukkingloos. 'In de eerste plaats moet je naar school.'

'Er zijn in Bristol ook scholen, hoor.'
'Zou je je vriendjes en vriendinnetjes dan niet missen?'
Ik haal mijn schouders op. Het antwoord daarop is nee, maar ik wil papa niet van streek maken. Hij vraagt altijd naar mijn vriendjes en vriendinnetjes. Ik doe dan alsof ik vrij populair ben en zal nooit toegeven dat ik de grote pauze meestal rustig lezend in de schoolbibliotheek doorbreng. Ik ben niet echt ónpopulair, alleen maar onzichtbaar. Wat ik ook het liefst ben.

'Ik zou in september op een nieuwe school kunnen beginnen. Dat zou een goed moment zijn om te veranderen.'

'Dat snap ik, Sarah, maar… nou ja, ik denk dat het beter voor je is om bij je moeder te blijven.'

'Maar je weet toch hoe ze is? Hoe kan het nu beter zijn om bij haar te blijven?'

'Sarah…'

'Je laat me dus bij haar achter? Jij mag weggaan en ik moet blijven.'

'Ze heeft je nodig, Sarah. Jij ziet dat misschien niet, maar ze houdt heel veel van je. Als je met me mee zou gaan… denk ik niet dat ze het redt. Ik wil haar zo niet in de steek laten. Dat zou niet eerlijk zijn.'

'Waarom ga je dan weg?' vraag ik, en ik begin te huilen. Er komt snot uit mijn neus en ik kan mijn vader bijna niet meer zien door de tranen heen. 'Als je je zoveel zorgen maakt om haar, waarom ga je dan weg?'

'Omdat ik wel moet,' zegt hij zachtjes. Hij ziet er doodongelukkig uit. 'Sarah, ik heb geen keus. Het is niet mijn idee om weg te gaan.'

'Ga dan tegen haar in! Zeg tegen haar dat je ons niet wilt verlaten. Ga niet zomaar weg,' schreeuw ik. De mensen kijken om, stoten elkaar aan, maar dat kan me niets schelen. 'Waarom doe je toch alles wat ze zegt, papa? Waarom laat je zo over je lopen?'

Hierop heeft hij geen antwoord, en ik huil te hard om de laatste vraag te kunnen stellen, de vraag die ik eigenlijk wil stellen.

Waarom houd je niet genoeg van mij om nee te zeggen?

13

Freeman nam een omweg naar het politiebureau, door straatjes en smalle steegjes in woonwijken, tot we bij het hek aan de achterzijde aankwamen. Geen van beide politieagenten zei iets tegen me tot de auto stilstond bij de slagboom, waar we moesten wachten tot hij omhoog ging. Smith schraapte zijn keel.

'Als je je afvraagt waarom het zo druk is op het terrein: ze hebben over de politieradio doorgegeven dat je wordt opgebracht. Iedereen wil even kijken. Je staat even in de volle belangstelling.'

Het was me nog niet opgevallen dat het erg druk was op het terrein, maar nu ik tussen de stoelen voorin door keek, zag ik overal kleine groepjes geüniformeerde agenten staan, en alle ogen waren gericht op de auto. Ze hadden ook allemaal een uniforme uitdrukking op hun gezicht: voornamelijk walging, vermengd met openlijke nieuwsgierigheid en een vleugje voldoening. Het werk zat erop. Ze hadden er een te pakken. Tussen de geüniformeerden in stonden collega's in burger, net zo zelfvoldaan. Marie-Antoinette kon bij haar laatste optreden niet met een harder oordelende menigte zijn geconfronteerd.

Freeman vloekte zachtjes, en ik merkte dat hij nerveus werd bij de gedachte het terrein te moeten op rijden onder het toeziend oog van zo'n groot publiek. Hij liet de motor loeien en draaide een open plek aan de achterkant van het bureau in, waarna hij net iets te hard op de rem ging staan.

'Rustig aan,' gromde Smith, waarna hij zich tot mij richtte. 'Gaat het, daar achterin? Klaar voor de confrontatie?'

Ik kon geen vriendelijk woord voor de rechercheur opbrengen. Iets aan het feit dat hij me opbracht voor iets wat ik niet had gedaan en van mijn leven nooit zou doen, maakte dat ik elke vorm van contact uit de weg ging. Ik zei niets terug; mijn handen balden zich samen op mijn schoot. Ik had het koud en voelde me eigenlijk wat onverschillig, alsof dit alles iemand anders overkwam.

Freeman wees naar de deur. 'Achter die deur zit de arrestantenbewaker. Volg agent Smith maar en blijf staan waar hij zegt dat je moet wachten.'

Ik knikte zwijgend en toen Smith het portier opende, stapte ik uit zoals me was verteld, waarna ik hem volgde over het glooiende toegangspad en naar een deur met ARRESTANTEN erop. Ik durfde niet naar links of rechts te kijken en hield mijn ogen maar gericht op zijn brede rug, terwijl ik probeerde zijn tempo bij te houden. Ergens achter me vandaan klonk schril en onverwacht een fluittoon, en ik maakte een schrikbeweging. Voor de bijna zwijgende menigte op het parkeerterrein leek het wel een startsein, want toen de deur zich achter me sloot klonk er een aanzwellend gejoel, vermengd met commentaar. Bij het passeren van een glazen binnendeur ving ik een glimp op van mijn spiegelbeeld, en ik keek met een licht gevoel van medelijden naar die jonge vrouw met het vlotte, gestreepte T-shirt en de gebleekte spijkerbroek, die jonge vrouw met lange blonde krullen tot op haar rug die te zwaar leken voor haar kleine hoofd, en een starre uitdrukking op haar bleke gezicht met de opengesperde ogen, die donker waren van angst.

Het eerste wat me opviel was de lucht die er hing. De zoetige stank van braaksel met daaroverheen de dennengeur van een desinfecterend middel. De vloer was enigszins plakkerig en bij het lopen voelde ik hoe mijn sandalen aan mijn voeten trokken. Ik was zo nerveus dat ik mijn benen nauwelijks voelde. Er zat een knoop in mijn maag.

Een lange balie domineerde de hal waar we nu waren aangekomen. Agent Smith liep er met zelfvoldane tred op af. Achter de balie stond een vrouwelijke brigadier, een moederlijk type met een frisgewassen uiterlijk. Ze keek naar mij en toen weer naar Smith. Op gelaten toon vroeg ze: 'En wat hebben we hier?'

'Oké, brigadier,' zei Smith met een knikje. Hij rechtte zijn rug iets, zoals een kind dat de catechismus gaat opzeggen. 'Ik ben agent Thomas Smith, arresterend ambtenaar, en dit is Sarah Finch. Ze is vanmiddag om 12.25 uur op instructie van inspecteur Vickers gearresteerd op het adres Curzon Close 7 op verdenking van moord op Jennifer Shepherd.'

Achter me hoorde ik een schuifelend geluid en opeens stond Vickers naast me. Ik keek langs hem heen en zag Blake tegen de muur geleund staan, met zijn handen in zijn zakken, terwijl hij in de lucht staarde. Ik kreeg de indruk dat hij heel goed wist dat ik naar hem keek, en dat niets hem ertoe zou kunnen bewegen mijn blik te beantwoorden. Ik richtte mijn aandacht op Vickers, die de omstandigheden van de arrestatie zojuist had bevestigd. Van míjn arrestatie.

De arrestantenbewaakster leunde over het bureau. 'Ik heb een paar vragen voor u, mevrouw.' Haar stem klonk formeel, zakelijk.

De vragen hadden allemaal te maken met mijn welzijn, en mijn antwoorden waren maar net verstaanbaar. Nee, ik beschouwde mezelf niet als kwetsbaar. Nee, ik had geen speciale behoeften. Nee, ik gebruikte geen medicijnen, en ik had niet de indruk dat ik een arts hoefde te consulteren.

'En wilt u een advocaat spreken?' vroeg de brigadier, op de manier van iemand die aan het eind van een afgezaagd verhaal is gekomen.

Ik aarzelde en schudde mijn hoofd. Advocaten zijn voor mensen die schuldig zijn en iets te verbergen hadden. Ik had niets verkeerds gedaan. Ik kon hier makkelijker vandaan komen door zelf mijn verhaal te doen – en waarschijnlijk ook sneller – als ik niet ook nog met een advocaat te maken zou krijgen.

'Dat betekent dus "nee",' zei ze, terwijl ze het aantekende op het formulier. 'Zet uw paraaf maar even op dit formulier, en uw handtekening in dat vakje.'

Ik pakte de pen die ze me aangaf en tekende op de plaatsen die ze had aangegeven. Alles volgens de voorschriften.

Ze haalden mijn zakken ter plaatse leeg, en vergaarden zo een oud, beduimeld betalingsbewijs, wat kleingeld en een knoop die ik al lang aan een blouse had willen naaien. Mijn tas en mijn ceintuur raakte ik ook kwijt. Ik had geen schoenveters of andere dingen bij me die ik kon gebruiken om mezelf iets aan te doen. Op de een of andere manier was het allerergste dat ik mijn eigendommen moest inleveren. Het was vernederend en ontluisterend. Ik stond voor hen met een hoofd als een boei en wilde alleen maar huilen.

De brigadier haalde een sleutelbos tevoorschijn en kwam afwezig neuriënd vanachter haar balie vandaan, afwezig voor zich uit neuriënd. 'Hierheen, alstublieft.'

Ik volgde haar door een gehavende deur die toegang gaf tot een rij cellen, waarvan sommige kennelijk bezet waren; van andere stond de zware deur open. De stank was ondraaglijk – oude urine, braaksel en daar bovenuit de verstikkende geur van menselijke uitwerpselen. Helemaal aan het eind van de gang, bleef de brigadier staan.

'Hier zit u,' zei ze en wees met haar vinger.

Ik keek door de open deur naar een volkomen lege cel, waarin alleen een betonnen blok met de vorm en de afmetingen van een bed en een toilet stonden, een toilet waarnaar ik niet eens wilde kijken, laat staan dat ik het wenste te gebruiken. Ik ging naar binnen, bleef midden in de cel staan en keek om me heen. Een kale vloer. Gebroken witte wanden. Een raam hoog in de muur. Een heleboel leegte. Achter me sloeg de deur met een gedempte dreun dicht. Het metalige geluid van de sleutel in het slot kraste langs mijn overgevoelige zenuwen. Ik keek rond en zag de turende blik van de brigadier door de smalle opening in de deur. Kennelijk was ze tevreden met wat ze zag, want zonder verder commentaar klikte ze de klep dicht, en zo bleef ik alleen achter.

Toen ze uren later terugkwamen, had ik het mezelf gemakkelijk gemaakt, voor zover dat mogelijk is op een stuk beton. Ik zat tegen de wand met mijn knieën opgetrokken tegen mijn borst. Het had wel even geduurd voordat ik mijn tegenzin om ook maar iets in deze cel aan te raken had overwonnen. Hoewel die zo op het oog schoon was en rook alsof hij grondig was gedesinfecteerd, moest ik onwillekeurig aan alle voormalige bewoners denken. Ik vermoedde dat, met als mogelijke uitzondering een bevalling, alle lichaamsfuncties wel waren uitgeoefend in deze cel.

Ze hadden me lang laten wachten. Elke keer dat de brigadier in de gang met haar sleutelbos rammelde, was mijn hart pijnlijk in mijn borstkas tekeergegaan, waarna de angst en de gespannen verwachting weer langzaam wegebden. Met uitzondering van het aanbod van een kop thee (afgewezen) of een glas water (aanvaard), was ik met rust gelaten sinds ik in mijn cel was opgesloten. Het water was lauw geweest en enigszins stroperig, en werd gebracht in een plastic bekertje. Het was lang niet genoeg geweest, maar ik durfde niet om meer te vragen.

Terwijl ik daar zat en probeerde niet in paniek te raken, begon ik te bedenken wat ik tijdens mijn verhoor zou zeggen. Vickers kende me. Ik kon een beroep op hem doen, en zelfs op Blake. Ik was een aardig mens, een goed mens, en ze hadden een afschuwelijke vergissing begaan. Ik zou hen toch zeker wel kunnen overtuigen?

Ik was nog niet zover dat ik de bakstenen van de muren ging tellen of liep te ijsberen, maar ik was het wel goed zat om opgesloten te zitten, toen de sleutel in het slot werd gestoken en de deur van mijn cel openzwaaide. Daar stond de brigadier, samen met een man die ik nooit eerder had gezien. Hij was klein van postuur en stond stijf rechtop. Hij had een treurig, somber gezicht, en droeg een onberispelijk donkerblauw kostuum met een zilvergrijze stropdas.

'Dit is rechercheur Grange,' zei de brigadier. 'Hij neemt u mee voor verhoor. Kom, schiet eens op. Laat ons niet wachten.'

Ik stond langzaam op van de bank; de adrenaline schoot door mijn aderen en mijn hart bonsde in mijn oren. Dichterbij gekomen bleek rechercheur Grange grijze strepen in zijn haar te hebben en ik schatte hem in als een veertiger. Zijn perfecte houding maakte dat hij langer leek dan hij was; ik was eraan gewend dat ik kleiner was dan echt iedereen die ik tegenkwam, maar hij torende minder hoog boven me uit dan de meeste mannen. De brigadier was zeker vijf centimeter langer dan hij.

'Hierheen,' zei Granger kortaf, en ik volgde hem door de deuropening aan het eind van de bedompte gang met cellen. Weer doemde er een groezelige gang op, waar hij snel doorheen liep, omkijkend om te zien of ik hem wel volgde, en aan het eind ervan hield hij een brandwerende deur voor me open. Zijn manier van doen was hoffelijk zonder warm te zijn, en ik was behoorlijk van streek toen we eenmaal bij een deur aankwamen waarop VERHOORKAMER 1 stond. Hij hield hem open en ik glipte langs hem heen naar binnen.

 Ik herkende de inrichting direct van elke politieserie en misdaaddocumentaire die ik had gezien. In het midden van de ruimte stond een tafel met aan beide zijden twee stoelen. De tafel was met één zijde tegen de muur geplaatst, en er stond een buitengewoon grote bandrecorder op, die met stalen beugels zowel aan de tafel als aan de muur was bevestigd, vermoedelijk om doorgedraaide verdachten ervan te weerhouden hem te smijten naar het hoofd van de rechercheurs die het verhoor afnamen. In twee hoeken van de kamer, vlak onder het plafond, hing een videocamera, beide op de tafel gericht. De verschillende hoeken stonden garant voor een volledig beeld van hetgeen zich in de kamer afspeelde. Er bevond zich nog iemand in de kamer; hij stond over de bandrecorder gebogen iets met de knopjes te doen. Hij keek op toen ik binnenkwam en nam me met een geoefende blik op. Hij was jonger dan Grange, rond de dertig, ongeveer een kop groter en twintig kilo zwaarder. Ik vond dat hij eruitzag als een rugbyspeler. Zijn overhemd zat strak om zijn gespierde schouders en zijn kraag sneed in zijn hals toen hij zijn hoofd omdraaide, waardoor er een bleke streep achterbleef op zijn gebruinde huid.

 'Dit is mijn collega Cooper,' zei Grange, en hij wees naar een kant van de tafel. 'Ga maar zitten, Sarah.'

 Ik aarzelde. 'Wacht eens even... Wie zijn jullie? Waar is inspecteur Vickers? Of rechercheur Blake? Of degenen die me hebben gearresteerd?' Ik was hun namen alweer vergeten.

 Grange ging op een van de stoelen zitten. Voordat hij antwoord gaf concentreerde hij zich op het rechtleggen van zijn blocnote en zijn pennen.

 'Wij zijn erbij gehaald om je te verhoren. We maken deel uit van het team van dit onderzoek en zijn gespecialiseerd in het afnemen van verhoren. Inspecteur Vickers heeft ons volledig ingelicht.' Hij keek even op en begon toen opnieuw zijn pennen met wiskundige precisie naast elkaar te leggen. 'Wees maar gerust. We weten alles van je af.'

 In het geheel niet gerustgesteld liet ik me zakken op de stoel die hij me had aangewezen. Cooper maakte af wat hij met de bandrecorder aan het doen was en ging naast de oudere rechercheur zitten, waarbij hij met zijn knie tegen een tafelpoot stootte. Het hele geval schudde ervan en hij mompelde een verontschuldiging toen de pennen van Grange uit het lid gleden. De mond van de oudere politieman verstrakte afkeurend, maar hij knikte Cooper toe, die de recorder aanzette en begon te praten. Hij had een zware, enigszins schorre stem, met daarbij een slis die volledig uit de toon viel. Dankbaar voor de afleiding zag ik dat dat kwam doordat er stukjes van zijn twee voortanden misten. Daardoor had zijn tong moeite met de sisklanken, toen hij met het oog op de bandopname een inleidend verhaaltje afstak: de tijd, de datum, de kamer waarin we zaten, het politiebureau waar het verhoor werd afgenomen, hun beider naam en rang. Toen hij aan het eind van zijn inleiding kwam, keek hij me aan. 'Dit verhoor wordt op band en op video opgenomen, oké?'

Ik schraapte mijn keel. 'Ja.'

'Wilt u alstublieft uw naam en geboortedatum noemen?'

'Sarah Anne Finch. 17 februari 1984.'

Cooper bladerde door de documenten die voor hem lagen, ergens naar op zoek. 'Oké,' zei hij. 'Ik zal u nu nogmaals op uw rechten wijzen.'

Hij las mijn rechten op van de bladzijde die voor hem lag en stopte steeds even om uit te leggen wat elke clausule inhield. Ik vond het moeilijk me erop te concentreren. Ik wilde dat het eigenlijke verhoor zou beginnen, zodat ik kon uitleggen dat ik volkomen onschuldig was en vervolgens spoorslags kon vertrekken. Dat dit voor de rechter zou komen, was onmogelijk. Ik kon toch geen proces aan mijn broek krijgen voor iets wat ik niet had gedaan? Dat was ondenkbaar. Ik luisterde nauwelijks en werd daarop betrapt toen Cooper me een vraag stelde.

'Sorry, wat zei u?'

'U hebt geen gebruik gemaakt van uw recht op juridische bijstand. Kunt u me vertellen waarom?'

Ik haalde mijn schouders op en begon te blozen toen hij naar de bandrecorder wees. 'O ja. Nou, ik had niet het idee dat ik rechtsbijstand nodig had.'

'Voelt u zich goed genoeg om verhoord te worden?'

Ik voelde me nerveus, vermoeid, een beetje misselijk en dorstig, maar ik had geen zin om de gang van zaken verder te rekken. 'Ja.'

'Ik wil nu graag de omstandigheden van uw arrestatie vastleggen. U bent vandaag, dat is 10 mei, gearresteerd op het adres Curzon Close 7, op verdenking van de moord op Jennifer Shepherd.'

'Inderdaad.'

'En u bent daar op uw rechten gewezen en u hebt toen niets gezegd.'

'Dat klopt.' Ik probeerde kalm over te komen, hief mijn kin op en keek de rechercheur in de ogen toen ik antwoord gaf.

Terwijl Cooper iets op een formulier invulde, boog Grange zich voorover.

'Weet je waarom je bent gearresteerd, Sarah?' Hij sprak rustig, nadrukkelijk, en ik was bang voor hem zonder te weten waarom.

'Ik denk dat er ergens iets fout is gegaan. Ik heb niets te maken met de dood van Jenny. Ik heb nooit iets te maken gehad met wat zich in dat huis heeft afgespeeld. Ik ben daar maar één keer eerder binnen geweest, en dat was twee dagen geleden.'

Grange knikte, maar ik had niet de indruk dat hij het geloofde – eerder dat ik had gezegd wat hij had verwacht te zullen horen. 'Je ziet dus niet in waarom we graag met je wilden praten.'

'Eigenlijk niet, nee. Ik kende Jenny wel, ik heb haar lesgegeven. En ik heb haar lichaam gevonden. Maar daarover heb ik het al met de politie gehad. Ik heb toen met inspecteur Vickers gesproken. Ik heb dat toen allemaal uitgelegd. En ik weet dat er spullen van mij in dat huis zijn gevonden, maar ik heb geen idee hoe die daar zijn terechtgekomen. Ik heb ze daar zéker niet achtergelaten.' Mijn stem klonk steeds hoger en sneller, en ik zei niets meer, verbijsterd dat ik zo verward klonk.

Grange hief zijn hand op. 'Daar hebben we het straks nog over, Sarah, als je het goedvindt. In de eerste plaats zou ik je een paar dingen willen voorleggen over ónze visie op jouw betrokkenheid, en dan kun jij me vertellen wat je daarvan vindt.'

'Wat ik ervan vind is dat jullie eerste fout is dat jullie denken dat ik ook maar enigszins bij deze zaak betrokken ben,' zei ik met vaste stem.

Grange sloeg een bladzijde van zijn notitieblok om, zonder te reageren op wat ik had gezegd. Hij zat te lezen en ik vermoedde dat hij nakeek wat er voor bewijs tegen mij bestond. Ik staarde naar hem, verhit van woede, en popelde om te horen hoe ze mij in vredesnaam in verband konden brengen met de dood van Jenny. Grange vertrok geen spier en dus draaide ik me om naar de andere politieman. Coopers ronde, iets uitpuilende ogen stonden strak op mij gericht en hij hield zijn pen vlak boven zijn notitieblok, klaar om al mijn reacties op wat ze te zeggen hadden, te noteren. Ik ging achterover zitten en sloeg mijn armen over elkaar. Ik voelde me vijandig, en dat mochten ze best weten.

'Het opsporingsteam verdenkt je al vanaf het begin,' zei Grange ten slotte, en ik voelde een fysieke schok door me heen gaan toen hij dat zei. Het opsporingsteam bestond uit de inspecteur, Valerie Wade en Andy Blake. Zij konden toch niet hebben gedacht dat ik er iets mee te maken had? Híj toch zeker niet?

'Bij een moordonderzoek worden er vaak vraagtekens gezet bij degene die het lichaam vindt, vooral als er een relatie met het slachtoffer bestaat. Zo'n vondst suggereert dat de vinder de plaats van het lichaam kende, met name als ernaar gezocht is. Bovendien is de aanwezigheid van forensisch bewijsmateriaal van de plaats delict op de vinder verklaarbaar: spoorelementen, vingerafdrukken, schoenafdrukken, dat soort dingen. Dat vertroebelt de zaak voor ons. Jouw aanwezigheid op de plaats delict in het bos heeft die plek voor ons vervuild, zodat we niet kunnen bewijzen dat je daar op een ander moment ook al bent geweest, bijvoorbeeld, toen je het lichaam daar dumpte.'

Ik onderbrak hem. 'Ik ben één meter zevenenvijftig en ik schat dat ik zo'n zeven kilo zwaarder ben dan Jenny was. Ik zou haar onmogelijk hebben kunnen dragen naar de plek waar ik haar heb gevonden. Het is een afgelegen plek, moeilijk terrein. Fysiek gezien zou ik dit nooit gedaan kunnen hebben.'

'Niet alleen, nee. We denken dat je erbij bent geholpen door iemand anders, en dat jij de verantwoordelijkheid op je hebt genomen om, nadat die ander is vertrokken, alles op te ruimen, in de wetenschap dat alle sporen die je zelf zou achterlaten, makkelijk te verklaren zouden zijn.'

'Welke andere persoon dan?'

'Daar kom ik nog op terug, als je het niet erg vindt,' zei Grange met een berispende blik naar mij. Hij had een protocol dat hij van plan was af te werken, en ik wilde te snel gaan. Ik hield me in. Ik wilde maar al te graag horen wat ze dachten dat ik had gedaan.

'Vanaf het moment van ontdekking van het lichaam bleef je de aandacht van de politie trekken. Je hebt je uiterste best gedaan om een rol te spelen bij het onderzoek; je hebt op eigen initiatief met Jennifers vriendinnen gepraat, nog voordat het team ze had verhoord. Je nieuwsgierigheid viel op en het team ging je sterker verdenken. Wij vermoeden dat je informatie over het onderzoek overbracht aan je medeplichtige, zodat hij in staat was weg te komen toen duidelijk werd dat hij het risico liep gearresteerd te worden.'

'Danny,' zei ik op fluistertoon.

'Daniel Keane, inderdaad,' zei hij met enige voldoening. 'Maar je hoeft je over hem geen zorgen te maken. We zijn goed over hem geïnformeerd. We gaan hem oppakken.'

'Dat hoop ik maar. Dan kan hij jullie vertellen dat dit grote verzinsels zijn. Ik heb hem in geen jaren gesproken, laat staan dat ik met hem heb samengezworen, of wat het ook is dat jullie insinueren.'

'Je moet er toch wel van geschrokken zijn,' zei Grange, op de tafel leunend, 'toen je besefte dat je niet zomaar een lift van de politie kreeg. Het betekende dat je geen tijd had om snel een sms'je naar Danny of Paul te sturen om ze te laten weten dat de politie eraan kwam met een doorzoekingsbevel. Geen tijd om de bestanden te wissen, de harde schijven te formatteren, het bewijs te vernietigen. Geen tijd om je persoonlijke bezittingen uit het huis te halen.'

'Ik weet niet hoe die spullen daar zijn terechtgekomen,' zei ik mat. 'Dat heb ik al gezegd. Ook tegen inspecteur Vickers.'

'Hij zei dat het een voorstelling was die een Oscar waard was,' klonk het commentaar van Cooper. 'Maar je hebt er niemand mee overtuigd.'

Grange nam het weer over. 'Vervolgens begon je Paul te verdedigen. Je vertelde tegen de agenten dat ze hem niet mochten verhoren, dat hij kwetsbaar was. Het was voor iedereen duidelijk dat je bang was dat Paul het verhaal dat je met hem had afgesproken toen je daar eergisteren in huis was, zou vergeten. Paul is nog maar een kind. Je kon er niet op vertrouwen dat hij je in bescherming zou nemen.'

'Dat is belachelijk...'

'O ja?' Grange leek wel een jagende haai die zijn prooi op de hielen zat. 'Want op ons komt het helemaal niet belachelijk over. Jij hebt alles te goed voor elkaar, Sarah. Je woont samen met je moeder, je geeft dag in dag uit les op die dure school, waar je al die dingen ziet die jij je niet kunt veroorloven. Het is allemaal zo makkelijk voor die meisjes, en ze beseffen het niet eens. We hebben je huis doorzocht, met je moeder gesproken. Een behoorlijk somber leven voor een jonge vrouw, vind je niet? Behoorlijk saai. Zonder veel pleziertjes.'

Ik had grote moeite met het feit dat ze het huis hadden doorzocht, door mijn kamer, mijn spullen waren heen gegaan. Mijn gezicht werd vuurrood bij de gedachte dat vreemden met hun handen aan mijn kleding hadden gezeten, aan mijn brieven en boeken. Zich een oordeel hadden gevormd. En erger nog: stel dat het helemaal geen vreemden waren geweest? In gedachten zag ik opeens Blake op de rand van mijn bed zitten, met op zijn gezicht een mengeling van minachting en medelijden. En medelijden was wel het laatste wat ik van hem wilde krijgen.

Met moeite haalde ik mezelf terug naar de werkelijkheid van het kleine, muffe kamertje. 'Als jullie met mijn moeder hebben gepraat, heeft ze jullie vast verteld dat ik er niet bij betrokken kan zijn geweest. Ik was bij haar toen Jenny verdween.'

Grange knipperde niet met zijn ogen. 'Helaas was ze niet in staat tot zoveel hulpvaardigheid. Als je op haar rekende voor je alibi, kun je beter iemand anders zoeken.'

Ik leunde achterover, me bewust van mijn netelige situatie. Natuurlijk was ze niet hulpvaardig geweest. Als getuige à décharge zou ze waardeloos zijn: vijandig jegens de politie en onduidelijk over data en tijden. Hoe had ik in vredesnaam kunnen denken dat zij me uit deze nachtmerrie zou kunnen verlossen?

Grange zette de jacht voort. 'Danny Keane en jij – jullie blijven over. Jullie hebben er allebei je leven lang hard aan moeten trekken om te overleven. Dat soort dingen brengt wel vaker twee mensen samen. Bonnie en Clyde, je kent het wel, alleen is het beroven van banken tegenwoordig niet meer in de mode; het is veel makkelijker om een klein meisje te ronselen, haar het hoofd op hol te brengen met vleierij en valse vriendschap, en haar dan te misbruiken voor de camera.'

Ik dook ineen op mijn stoel, toch geïntimideerd. Grange keek op zijn notitieblok en leunde toen weer voorover. 'We denken dat Daniel Keane en jij hebben samengezworen, in de eerste plaats om Jennifer Shepherd te misbruiken, en vervolgens om je van haar te ontdoen nadat jullie hadden ontdekt dat ze zwanger was.'

Ik schudde mijn hoofd. 'Nee. Nooit van mijn leven.'

'Jawel,' hield Grange vol. 'Je zag haar op school en besefte dat ze kwetsbaar was. Ze was enig kind. Ze vertrouwde volwassenen, nietwaar? Ze was gewend ze voortdurend om zich heen te hebben, en daarom was het ook makkelijk om haar van de rest af te zonderen en met haar bevriend te raken. Ze woonde niet ver van je vandaan, en daarom kon ze met een smoesje 's avonds en in het weekend langskomen. Ze loog tegen haar ouders, en jij hebt haar geholpen uitvluchten te verzinnen. Waar of niet? En Daniel Keane wond haar om zijn vinger tot ze niet meer wist wat goed of fout was, en voordat ze het in de gaten had, werd ze misbruikt door vreemden, keer op keer, zodat jullie eraan konden verdienen, en dan was ze jullie nog eens dankbaar ook dat zíj uitverkoren was.'

Grange draaide zich om en zonder dat hij erom hoefde te vragen overhandigde Cooper hem een dossier, dat hij snel doorbladerde voordat hij me weer aankeek.

'Deze beelden hebben we uit de computers in het huis gehaald. Misschien hebben we er meer als we klaar zijn met het onderzoek van de computers, maar hiermee hebben we voldoende bewijs om degenen die betrokken zijn bij het misbruik van dit meisje aan te klagen.'

Hij sloeg de map open en bladerde door de inhoud. Hij koos er iets uit. 'Wist je dat we een systeem hebben aan de hand waarvan we beelden met pedofiel materiaal inschalen? Het loopt van niveau één tot en met niveau vijf, waarbij niveau één het minst schokkend is. Dit is een beeld van niveau één.'

Hij schoof de foto over de tafel heen en toen ik ernaar keek zag ik Jenny over haar schouder naar de camera glimlachen. Ze droeg ondergoed, een hemdje en een broekje met roze bloemetjes erop, en zat geknield met één hand op haar heup. De stof van het hemdje zat strak tegen haar borst, waardoor je zag dat ze helemaal plat was, nog geen vrouwelijke vormen had. Ze had een haarclip met bloemetjes in haar haren en zag er erg jong en onschuldig uit.

'Niveau één is erotisch poseren,' zei Grange, en hij legde de volle nadruk op elke lettergreep. 'Niet noodzakelijkerwijs naakt. Er is verder niets aan de hand. Prikkelend, zou je kunnen zeggen.'

Ik voelde zo'n walging dat ik moest slikken. Ik kon er absoluut niet bij dat iemand dit plaatje erotisch zou kunnen vinden.

'Niveau twee.' Grange schoof nog een foto over de tafel. Het glanzende papier gleed piepend over het laminaat van de tafel. 'Solomasturbatie. Of seksuele handelingen tussen kinderen zonder penetratie. Maar in dit geval solomasturbatie.'

Ik keek een fractie van een seconde neer op de foto en wendde toen mijn blik af. Ik voelde mijn ogen volschieten. 'Hou op,' wist ik uit te brengen. Dit wilde ik niet zien. Ik wilde niet weten dat dit soort dingen bestond.

'Niveau drie.' Weer gleed er een foto over tafel. 'Seksuele handelingen tussen kinderen en volwassenen zonder penetratie.'

Ik had mijn ogen gesloten en mijn hoofd afgewend en snikte onbedaarlijk.

'Het gezicht van de man is gerasterd,' zei Grange peinzend, 'maar ik denk dat we toch wel kunnen zien dat het Daniel Keane is. Hij heeft toch een tatoeage op zijn rechterarm? Zo een? Een Keltisch motief?'

'Ik heb geen idee,' zei ik. Ik keek nog steeds niet naar de foto. Er waren dingen die ik niet hoefde te zien, dingen die ik nooit zou vergeten als ik ernaar zou kijken. Er liep vocht uit mijn neus en ik snoof wanhopig. 'Mag ik een tissue?'

'En dan hebben we hier niveau vier.' Grange negeerde me. 'Seksuele handelingen van allerlei aard met penetratie – kinderen met kinderen, kinderen met volwassenen. Zoals je kunt zien, zit daar ook orale seks bij.'

Nog twee foto's zoefden over tafel en een ervan gleed over de rand en landde aan de rand van mijn blikveld op de vloer. Ik zag hem voordat ik mijn ogen kon afwenden, en reageerde er onmiddellijk lichamelijk op. Ik boog voorover, hield mijn hoofd opzij en kotste de hele vloer onder. Grange schoof met een gesmoorde kreet zijn stoel naar achteren en sprong weg, niet helemaal op tijd. Spetters braaksel kwamen op zijn onberispelijke pantalon en schoenen terecht, maar ik voelde me zo beroerd dat het me niets deed.

'Chris, stop de opname,' beet Grange hem toe en Cooper mompelde snel: 'Verhoor onderbroken om 18.25 uur,' voordat hij de stopknop indrukte.

Ik was me er vaag van bewust dat Grange de kamer verliet en dat er een vrouwelijke agent in uniform binnenkwam. Tussen haar en Cooper werd ik naar een andere verhoorkamer gebracht, waar ze me een bekertje water gaven. Ik spoelde mijn mond en voelde me afschuwelijk. Mijn hoofd bonsde en mijn keel deed zeer van het kokhalzen. Ik had al urenlang niet gegeten, dus wat ik had uitgebraakt was bijna alleen maagzuur geweest.

Ze bleven een minuut of twintig weg voordat ze het verhoor hervatten. Toen Grange de kamer in kwam, kon ik niet nalaten naar zijn broekomslagen te kijken, waarbij ik de vochtplekken opmerkte, daar waar geprobeerd was de stof schoon te krijgen. Zijn kaaklijn stond strak gespannen, maar hij deed redelijk beleefd toen hij me aansprak.

'Voel je je goed genoeg om het verhoor te hervatten?'

'Jawel.' Mijn stem klonk schor; ik schraapte mijn keel en mijn gezicht vertrok van de pijn.

'Wil je misschien nog een glaasje water?' vroeg Cooper.

'Het gaat wel,' fluisterde ik.

Grange ging achterover in zijn stoel zitten. 'Goed, dan gaan we maar verder waar we gebleven waren.'

'Geen foto's meer,' zei ik snel. 'U hebt uw punt gemaakt.'

'We hebben niveau vijf nog. Wil je niet weten wat niveau vijf is?'

Ik balde mijn handen tot vuisten in een poging me te beheersen. De rechercheur leed overduidelijk aan het kleinemannetjessyndroom. Ik zou er niets mee opschieten als ik een grote mond tegen hem opzette, en daarmee zijn autoriteit zou ondermijnen. Ik moest het met beleefdheid proberen. 'Laat me alstublieft geen foto's meer zien.'

'Goed dan. We willen niet nog eens van verhoorkamer wisselen,' zei hij in een poging tot humor. Cooper lachte hoorbaar. Ik kon nog geen glimlachje opbrengen.

'Terugkomend op jou en Daniel Keane,' zei Grange, en zijn goede humeur was vervlogen. 'Ik ben geneigd te geloven dat je niet direct betrokken bent geweest bij het misbruik. Ik ben geneigd te geloven dat je nooit eerder dergelijke foto's hebt gezien. Maar ik ben er wel vrij zeker van dat je deel uitmaakte van de samenzwering om Jennifer Shepherd te misbruiken voor persoonlijk gewin.'

'Absoluut niet,' zei ik met klem.

Grange kneep zijn ogen tot spleetjes. 'Het moet rampzalig zijn geweest toen je merkte dat Jennifer zwanger was. Misschien wist je niet dat ze al menstrueerde. Ze zag er nog uit als een kind, maar toch menstrueerde ze al een paar maanden. Je wist dat alles zou uitkomen zodra haar ouders van haar zwangerschap wisten, en je wist dat je vervolgd zou gaan worden. Je zou een zeer zwaar vonnis krijgen voor het ronselen van een meisje met het doel haar te misbruiken, voor het geldelijke gewin dat dat misbruik je had opgeleverd, en als je uiteindelijk op vrije voeten zou komen – en het verblijf in de gevangenis zou geen aangename ervaring zijn geweest, zoals je je vast wel kunt voorstellen – zou het je verboden worden ooit nog met kinderen te werken. Je zou in feite nauwelijks meer aan de bak komen. Er stond heel veel op het spel voor jou. Zoveel dat je het gevoel kreeg dat je je maar beter kon ontdoen van een meisje dat toch niet veel langer van nut zou zijn; een meisje dat je had behandeld als een product dat kon worden geëxploiteerd voor je persoonlijk gewin.'

'Nee,' zei ik hoofdschuddend. 'Daar is niets van waar.'

'O, nee? En is het dan ook niet waar dat jij en Daniel Keane waren overeengekomen dat je, als je onopgemerkt weg kon komen met de moord op Jennifer Shepherd, een ander slachtoffer zou gaan zoeken zodra alle consternatie voorbij was? Het was een leuke bron van inkomsten voor jullie beiden, die te lucratief was om er helemaal mee te stoppen, vooral omdat jullie alles goed onder de knie hadden en de klanten om nieuw materiaal vroegen.'

'Dat is volkomen belachelijk.'

'Dus dit was niet de reden dat Daniel Keane het nodig vond om Geoff Turnbull aan te vallen?' Grange keek me scherp aan; hij zocht naar een reactie van mij op het noemen van Geoffs naam. 'Want Geoff bleef immers rondhangen? En je zat met de mensen die naar binnen en naar buiten wilden kunnen gaan – sorry dat ik het zo zeg –, de vaste klanten van jullie clubje. We hebben tot nu toe beelden van vier verschillende mannen gevonden die het misbruik hebben gepleegd, de meesten van hen wel iets ouder dan jij en Daniel Keane, dus waar hij ze vandaan heeft, weten we niet. Misschien kun jij ons helpen? Nee? Ze moeten het wel heel onaangenaam hebben gevonden dat er overdag of 's nachts telkens een leraar opdook, iemand die misschien in de gaten zou krijgen wat er gaande was, en die het slachtoffer zou kunnen herkennen als ze het pand binnenkwam of verliet.'

'Waarom denkt u dat Danny Geoff heeft aangevallen?' vroeg ik, want ik was blijven hangen bij het eerste deel van wat Grange had gezegd.

'We hebben tijdens de doorzoeking van het pand onder een van de bedden een ijzeren staaf in een zwarte vuilniszak gevonden. Hij was met bloed en andere materie bevlekt. Er zaten haren op die we visueel hebben herkend als afkomstig van Geoff Turnbull, hoewel er nog DNA-onderzoek zal volgen om dat te bevestigen. We zijn er vast van overtuigd dat dit het wapen is dat is gebruikt bij de aanval op de heer Turnbull.'

Ik leunde verbijsterd achterover. Geoff zou inderdaad in de weg hebben gelopen als Danny tegenover mijn huis kwalijke dingen deed. Maar dit was wel een erg extreme manier om geen last meer van hem te hebben. En, zoals Vickers had gezegd, leek het motief persoonlijk van aard. Ik borg het op onder 'om later over na te denken' en concentreerde me op wat Grange zei. Zijn stem klonk inmiddels milder.

'Sarah, we begrijpen dat je heel wat narigheid hebt meegemaakt in je leven, met de verdwijning van je broertje en het overlijden van je vader. We begrijpen best wat je zo aantrok in Daniel Keane, want hij is een van de weinige mensen op aarde die konden begrijpen hoe het voor je was om zo op te groeien. Misschien was dit allemaal zijn idee. Misschien heeft hij jou ook misbruikt. Wellicht heb je gedacht dat het anders zou lopen. Of begreep je pas waarin je verzeild was geraakt, toen het te laat was.'

Grange keek oprecht. Daar trapte ik geen seconde in.

'Op dit moment zit je diep in de problemen, maar als jij ons helpt, kunnen wij jou ook helpen. Als je ons kunt vertellen wat er precies met Jennifer is gebeurd – als je de open plekken kunt invullen – kunnen we een deal met je sluiten. Een minder ernstige aanklacht indienen. Zorgen dat je niet zo lang in de gevangenis hoeft te zitten; het misschien zelfs mogelijk maken dat je naar een open inrichting gaat.'

Ik was niet zo dom dat ik geloofde wat Grange zei, maar ik kon wel bedenken wat het inhield. Ze hadden heel wat ideeën, maar geen echt bewijs. Ze hadden mij nodig om mijn schuld toe te geven en in één moeite door te helpen de zaak tegen Danny rond te krijgen. Ik had er geen problemen mee dat Danny een langdurige gevangenisstraf zou krijgen – liefst levenslang –, nu ik de foto's van het misbruik van Jenny had gezien. Maar ik moest hun duidelijk maken dat ik niet eens had gemerkt wat er recht tegenover mijn huis aan de gang was, laat staan dat ik het brein was achter de hele organisatie.

'In feite komt het neer,' zei ik, mijn woorden zorgvuldig kiezend, 'op een combinatie van toeval en bepaalde omstandigheden. Ik begrijp best dat jullie mij verdacht vonden. Het is inderdaad vreemd dat ik steeds weer opdook; dat zie ik nu wel in. Maar de enige reden dat ik me met het onderzoek heb bemoeid, is dat ik dacht dat ik hulp kon bieden. Toen mijn broertje verdween heeft niemand ons geholpen. Ik wilde dat degene die dit heeft gedaan gepakt zou worden, en ik hoop ook echt dat jullie Danny Keane te pakken krijgen. Maar ik heb niets met dat misbruik te maken. Ik wist niet eens dat Jenny Danny kende.'

Ik zweeg even om op een rijtje te zetten wat ik moest gaan zeggen. 'Jullie zeggen dat mijn spullen in dat huis lagen. Dat klopt. Maar, zoals ik inspecteur Vickers al heb verteld, ben ik deze week slachtoffer van een beroving geweest. Inmiddels denk ik dat Danny Keane me heeft overvallen.'

Ik stond op en draaide me om, zodat ik met mijn rug naar de rechercheurs stond. Toen trok ik mijn T-shirt omhoog. De blauwe plek op mijn schouder was in de tussenliggende dagen verkleurd van zwart naar geelgroen, maar hij zat er nog steeds. Ik draaide me weer naar hen toe en rolde de broekspijp van mijn spijkerbroek zo ver op dat ze mijn knie konden zien. Die was dik en bont en blauw, en ik hoorde een meelevend sissen, afkomstig van Cooper.

'Mijn tas is toen gestolen. Daarom gebruik ik mijn auto niet – ik had geen sleutels.' Ik ging weer zitten. 'Als ik toegang tot dat huis had gehad, zou ik zeker mijn autosleutels hebben opgehaald. Rechercheur Blake heeft me gezien bij de herinneringsdienst voor Jenny. Hij kan bevestigen dat ik er lopend heen heb moeten gaan, ook al regende het die avond heel hard, en dat ik naderhand een lift naar huis nodig had.

Ik weet niet hoe Danny op Jenny is gekomen als potentieel slachtoffer, maar ik weet wel dat zij samen met Paul Keane op de basisschool heeft gezeten. Ik weet niet waarom Geoff is aangevallen. Ik weet niet waarom ik ben beroofd. Ik denk dat alleen Danny antwoord op die vragen kan geven. Ik verzeker jullie dat ik hem sinds mijn tienertijd niet meer heb gesproken.'

Grange verschoof op zijn stoel. 'Sorry, maar dat kan ik echt niet geloven. Je woont maar een paar meter bij hem vandaan.'

'Toch is het waar. We hebben ooit onenigheid gehad.' Ik kon me de omstandigheden heel duidelijk herinneren; ik hoopte van ganser harte dat de rechercheurs me niet zouden vragen wat er was voorgevallen. 'Ik ging van de week naar zijn huis om hem te vragen naar de tijd dat mijn broertje verdween, en zo maakte ik kennis met Paul. Ik was eerlijk gezegd helemaal vergeten dat hij bestond. Ik had hem al in geen jaren meer gezien.'

'Waarom wilde je hem juist nu spreken over je broer?'

Ik ging rusteloos verzitten op mijn stoel en probeerde te bedenken hoe ik dat kon uitleggen. 'Wat er met Jenny is gebeurd... daardoor kwam alles weer boven. Eerst gingen mijn gedachten uit naar de Shepherds en hoe ze zich moesten voelen, en daarna dacht ik aan mijn ouders, aan mijn vader in het bijzonder. Charlie kan niemand meer iets schelen, niemand, behalve mijn moeder, en zij is eraan onderdoor gegaan. Ik heb jarenlang geprobeerd te doen alsof Charlie nooit heeft bestaan. Ik heb geprobeerd weg te vluchten van hetgeen ons gezin is overkomen, maar ik kon het niet blijven negeren. Ik dacht dat ik misschien iets zou kunnen ontdekken. Ik dacht dat ze misschien nooit de juiste vragen hadden gesteld, of niet de juiste mensen hadden gesproken, ik dacht... ik dacht dat ik alles weer goed kon maken.' Het klonk onnozel, toen ik het eenmaal hardop had uitgesproken, en ik keek neer op mijn handen om de gezichtsuitdrukking van de rechercheurs niet te hoeven zien.

Er klonk een zacht klopje op de deur en Cooper zette de band uit toen Grange naar de deur liep. Hij ging de gang op en sloot de deur achter zich. Ik bleef zwijgend zitten en deed mijn best Cooper te negeren terwijl ik wachtte tot Grange terugkwam. Ik had gedaan wat ik kon. Ik had alles gezegd wat ik te zeggen had. Er zat niets anders op dan af te wachten, en dat deed ik dus maar.

1997

Vijf jaar vermist

De telefoon gaat. Ik lig op de bank en ik knip mijn gespleten haarpunten af met een nagelschaartje. Ik maak geen aanstalten de telefoon op te nemen, hoewel hij vlakbij staat.

Mama komt de keuken uit en ik hoor dat ze geïrriteerd is als ze de hoorn opneemt: ze klinkt vinnig.

Haar kant van het gesprek is kort en nauwelijks beleefd. Na een minuutje buigt ze zich om de deurpost heen. 'Sarah, je vader is aan de telefoon. Kom eens even met hem praten.'

Ik kom niet direct in beweging. Ik concentreer me op één laatste krul en houd het schaartje zorgvuldig schuin om nog een enkel haartje met drie afzonderlijke uiteinden die als rijsporen afstaan, af te knippen.

'Dat is walgelijk,' zegt mama. 'Houd daar direct mee op. Je vader wacht op je.'

Ik sta op van de bank en loop naar de plek waar ze staat. Ik neem de hoorn van haar over zonder iets te zeggen of naar haar te kijken.

'Hallo.'

'Hoi, apie. Hoe is het ermee?'

'Gaat wel.'

Papa klinkt opgewekt, iets te opgewekt.

'Hoe gaat het op school?'

'Gaat wel.'

'Doe je je best?'

In plaats van te antwoorden, slaak ik een diepe zucht in de hoorn. Ik wilde dat hij de uitdrukking op mijn gezicht kon zien. Het is lastig om zonder de feitelijke woorden uit te spreken 'het interesseert me geen ruk' over te brengen via de telefoon, en die woorden durf ik eigenlijk niet te zeggen.

'Hoor eens, Sarah, ik weet dat het moeilijk is, maar je moet het toch proberen, lieverd. School is belangrijk.'

'Ja, hoor,' zeg ik, terwijl ik langzaam maar nadrukkelijk tegen de plint schop. Ik heb zware laarzen aan, zwarte Caterpillars, met dikke zolen en stalen neuzen, die papa na veel aandringen voor me heeft gekocht. Ik voel het niet eens als mijn voet tegen de wand aan komt.

'Houd eens op,' zegt mama achter me. Ze staat in in de deuropening van de keuken en luistert mee. Ik wend me verder van haar af, klem de hoorn tussen mijn schouder en mijn oor en maak me klein. 'Papa, wanneer mag ik naar je toe komen?'

'Heel gauw al. De flat is bijna klaar. Ik heb net de tweede slaapkamer geschilderd. Zodra die is ingericht, kun je komen logeren.'

'Het is al zo lang geleden,' mompel ik in de hoorn.

'Ik weet het. Maar ik doe mijn best, Sarah. Je moet nog even geduld hebben.'

'Ik heb al zo lang geduld,' zeg ik. 'Ik ben het zat om geduld te moeten hebben.' Ik geef de plint nog een gemene trap en er dwarrelen wat schilfertjes verf van af. 'Papa, ik moet ophangen.'

'O. Oké.' Hij klinkt verbaasd, een beetje teleurgesteld. 'Heb je plannen?'

'Nee. Ik heb alleen verder niet zoveel meer tegen je te zeggen.' Het is een lekker gevoel om naar tegen hem te doen. Het voelt alsof hij dat verdient.

Het is even stil. 'Goed, dan.'

'Dag,' zeg ik, en ik leg de hoorn snel neer, zodat ik zijn antwoord niet kan horen.

Als ik me omdraai, staat mama nog steeds waar ze stond, met haar armen over elkaar en een half glimlachje om haar mond. Ik kan wel zien dat ze tevreden over me is, en heel even ben ik blij, voordat mijn schuldgevoel de kop opsteekt, en mijn wrevel. Het kan me helemaal niets schelen wat zij ervan vindt.

Ik loop de woonkamer in en laat me weer op de bank vallen, en ondertussen wens ik dat ik aardiger tegen papa had gedaan aan de telefoon, maar nu is het te laat. Hij is er niet meer.

14

Ze lieten me behoorlijk lang in de verhoorkamer zitten. Grange kwam terug om Cooper op te halen, maar tegen mij zei hij niets. Een vrouwelijke agent in uniform kwam onopvallend binnen, en ging zwijgend bij de deur staan, zich ogenschijnlijk niet bewust van mijn aanwezigheid. Ik volgde haar voorbeeld en ging, met mijn armen om mijn knieën geslagen, maar wat voor me uit zitten staren. Ik verwachtte dat ze me uiteindelijk weer terug naar de cellen zouden brengen. Het had er alles van weg dat het verhoor was afgelopen.

Toen de deur weer openging, was ik verbaasd Vickers daar te zien staan. Met een korte hoofdbeweging stuurde hij de geüniformeerde agente weg en toen kwam hij zelf binnen. Hij trok de stoel van Cooper om de tafel heen, zodat hij tegenover me kon gaan zitten zonder dat de tafel tussen ons in stond. Hij ging langzaam en voorzichtig op de stoel zitten, alsof hij last van zijn rug had, en slaakte een zucht voordat hij begon te praten.

'Hoe gaat het nu?'

Ik haalde één van mijn schouders op. *Wat denkt u zelf?*

'Je zult wel blij zijn te horen dat we in het ziekenhuis met Paul Keane hebben gesproken, en dat hij stellig ontkent dat jij deel uitmaakte van een samenzwering. Hij heeft alles bevestigd wat je ons hebt verteld. Vooralsnog, tenzij er bewijzen van betrokkenheid aan het licht komen, ben ik ervan overtuigd dat je niets te maken hebt met het complot om Jennifer Shepherd te misbruiken of te vermoorden.'

Het was niet bepaald een klinkende erkenning van mijn onschuld, maar ik accepteerde zijn uitlating voor wat ze was: in zekere zin een verontschuldiging en de geruststelling dat ze me niet langer zouden ondervragen.

'Jullie zullen verder geen bewijzen vinden. Ik heb u toch al gezegd dat ik er niet bij betrokken was.'

'Daar lijkt het wel op,' zei Vickers. Hij vouwde zijn handen voor zich uit en begon zijn knokkels te inspecteren alsof ze hem intens boeiden. Hij zei niets meer, en ik vroeg me af waarop hij zat te wachten.

'Mag ik gaan?'

'Hm. Ja, natuurlijk, als je wilt. Als je naar huis wilt, heb ik daar begrip voor. Je zult wel moe zijn en een beetje uit je doen.'

'Een beetje maar, hoor,' zei ik droog.

'Ja. Nou, zoals ik al zei, als je weg wilt, heb ik daar begrip voor.'

Er viel een korte stilte. Ik wist dat hij me nog iets wilde vragen. Ik vroeg me af of het al te onbeleefd zou zijn om al nee te zeggen voordat ik had gehoord waar het om ging. 'Maar?'

'Maar... tja, ik zei al dat we met Paul hebben gepraat, maar we zijn daar niet veel mee opgeschoten.' Hij wreef met een van zijn gerimpelde handen langs zijn nek. Ik wist dat hij de rol van vermoeide, oude man speelde om mijn medeleven te wekken, en wachtte onbewogen tot hij zou zeggen wat hij wilde.

'Het punt is dat hij ons niet veel wil vertellen, Sarah. Het enige wat we uit hem hebben weten te krijgen is dat jij er niet bij betrokken was. Het was steeds maar geen commentaar dit, geen commentaar dat; we konden hem aanvankelijk niet eens zover krijgen dat hij zijn naam en leeftijd wilde bevestigen. Pas toen we hem naar jou vroegen, deed hij zijn mond open. Je hebt grote indruk op hem gemaakt. Hij zei dat je aardig tegen hem was geweest.'

Ik had enorm met Paul te doen. Ik had alleen maar wat met hem gepraat; hem gewoon als een medemens behandeld. Hoe kon dat zo'n grote indruk op hem hebben gemaakt dat hij zijn zwijgzaamheid had doorbroken om voor me op te komen? Daar had hij vast moed voor nodig gehad. Ik mocht me dan ellendig hebben gevoeld omdat ik eerst was opgesloten en vervolgens was ondervraagd – verhoord –, ik was in elk geval volwassen en ik had op z'n minst enig be-

nul van mijn rechten. Bovendien wist ik dat ik onschuldig was.
'Jullie zouden hem helemaal niet moeten verhoren. Ik ben hem uiteraard dankbaar voor het feit dat hij heeft bevestigd wat ik jullie heb verteld. Maar hij is nog maar een kind. Hij is ontzettend kwetsbaar. Jezus, hij heeft net geprobeerd zelfmoord te plegen. En als u gelijk hebt over de rol die hij bij het misbruik van Jenny heeft gespeeld – en ik zeg niet dat het zo is; u had het wat mij betreft tenslotte ook bij het verkeerde eind – stel ik me zo voor dat hij zich gruwelijk schaamt, nu het uitgekomen is.'
'Daar heb je wel een punt,' zei Vickers. Hij deed zijn best berouwvol te kijken. Die ogenschijnlijk ongemakkelijke houding ging helemaal niet samen met wat ik van hem wist – eronder zat zuiver staal – en ik weigerde dan ook erop in te gaan en bleef hem aanstaren.
Vickers sloeg zijn ene dunne been over het andere en besteedde wat tijd aan het gladstrijken van de stof van zijn broekspijpen over de knieschijf van zijn bovenste been. Ten slotte keek hij naar me op. 'Ik vind het niet redelijk om je te vragen ons te helpen, Sarah, gezien alles wat we je hebben aangedaan, maar ik zit in een lastig parket. De kans dat we een goede verhouding met de jongen kunnen opbouwen is nul. Hij vertrouwt ons helemaal niet. Hij heeft vele jaren lang geen steun gehad van een betrouwbare volwassene, en daarom reageert hij niet erg goed op ons of op zijn voormalige docenten, en hij heeft verder geen familie. Er zat een maatschappelijk werker bij het gesprek, en ik weet dat ze over het algemeen goed werk doen, maar deze was even bruikbaar als een natte veter voor iemand met diarree – sorry voor die uitdrukking. Ik zal een beroep moeten doen op je goede wil en op je wens om het recht zijn loop te laten hebben.'
'Wat wilt u dat ik doe?'
'Dat je met me meegaat naar het ziekenhuis. Nu meteen.' Vickers had het beverige oudemannenstemmetje laten vallen en ook nu weer viel me op hoe doordringend zijn kille, blauwe ogen konden kijken. 'Hij vertrouwt je. Hij mag je graag. We hebben hem gevraagd of er iemand is met wie hij wel zou willen praten en jouw naam was de enige die een positieve reactie teweegbracht. Volgens hem ben jij een soort engel.'
'Hier kan ik met mijn verstand niet bij,' zei ik. Ik moest grote

moeite doen dit te bevatten. 'Hoe kunt u van de ene minuut op de andere omschakelen van mij te beschuldigen van moord naar mij te vragen om hulp?'

'We hadden redenen om te vermoeden dat je op de een of andere manier bij deze misdaad betrokken was,' zei Vickers verwijtend. 'Ons onderzoek heeft uitgewezen dat je er niets mee te maken had. Maar jou arresteren was wettelijk gezien de juiste handelwijze, en het gevolg ervan is dat je naam is gezuiverd.'

'Ik moet dus eigenlijk dankbaar zijn?' Ik beefde van woede.

'Dat zei ik niet.' Vickers ontdooide enigszins. 'Ik weet best dat het moeilijk voor je was, Sarah. En als ik een alternatief had, zou ik je nu naar huis laten gaan, zodat je rustig weer tot jezelf kunt komen. Maar ik heb niet veel keus. Ik moet er echt achter zien te komen wat Paul weet, en ik heb er de tijd niet voor om een relatie met hem op te bouwen. Jennifer Shepherds ouders hangen voortdurend aan de lijn om te vragen of er al nieuws is, de pers vraagt me het hemd van het lijf, ik probeer de jacht op Daniel Keane onder zeer hoge druk van mijn superieuren te coördineren, en ik wil iedereen alleen maar kunnen vertellen: ja, we zitten op het juiste spoor. We hebben hem nog wel niet, maar dat is slechts een kwestie van tijd, en hij is beslist degene die we zoeken.'

'Ik wil hier niet bij betrokken worden,' zei ik hoofdschuddend. 'Ik wil niet meedoen om informatie van dat arme kind los te peuteren die bezwarend is voor zijn broer.'

'Sarah, alsjeblieft. Je weet zelf hoe het is om in het ongewisse te blijven. Wil je ons omwille van de ouders niet toch helpen?'

Dat was het dan. Hij had me te pakken. Vickers vond uiteindelijk altijd de juiste ingang. De politie wilde ik niet helpen, maar ik had het hart niet om de onzekerheid van de Shepherds over de ware toedracht te laten voortduren.

Ik moet de inspecteur nageven dat hij erin slaagde niet triomfantelijk te klinken toen hij me de verhoorkamer uit leidde en via de gang meenam naar de voorzijde van het politiebureau. Hij bleef maar kletsen over de kamers die we voorbijliepen: 'En daar hebben we met je gepraat, weet je nog, op de avond dat Jennifer is gevonden, dat daar is mijn kantoor.' Het meeste liet ik langs me heen gaan; de blikken die de collega's van Vickers me toewierpen lieten me niet onberoerd. Het zou duidelijk even duren voordat het nieuws van mijn vrijlating overal zou zijn doorgedrongen. Terwijl Vickers me snel door de gang leidde, leek de algemene reactie nauwelijks verholen vijandigheid te zijn.

Toen we de receptie van het politiebureau betraden, het deel ervan dat opengesteld was voor het publiek, merkten we dat daar een eenmansrelletje aan de gang was. Verbijsterd bleven Vickers en ik gelijktijdig staan, naast elkaar. Een lange, breedgeschouderde man was in een worsteling verwikkeld met twee geüniformeerde politieagenten en een vrouw. De vrouw bleef zich uit alle macht aan zijn arm vastklemmen, en toen hij haar van zich probeerde af te schudden, wendde ze haar hoofd om en herkende ik Valerie. De man schreeuwde luidkeels en schold de receptioniste in burger uit. Ze stond als versteend achter haar bekraste en vergeelde scherm van plexiglas, en gelijk had ze. De man was furieus. Hem had ik ook herkend, en er liep een rilling over mijn rug. Michael Shepherd had de uiterste grens van zijn zelfbeheersing bereikt en het was niet te voorspellen waartoe hij in staat was. En als hij wist dat ik was gearresteerd – als hij wist dat de politie me had verdacht van betrokkenheid bij de dood van zijn dochter, in welke mate ook, dan wilde ik absoluut niet in dezelfde ruimte verkeren als hij, of we nu omgeven waren door politiemensen of niet.

'Ik wil de inspecteur spreken, en wel onmiddellijk!' eiste hij brullend van razernij.

'Als u nu eens even wat rustiger wordt...' hijgde Valerie, en ik bedacht dat die woorden en de afgemeten manier waarop ze ze uitsprak waarschijnlijk exact het tegenovergestelde effect zouden hebben.

'Hou je stomme bek toch,' blafte Shepherd. 'Bemoei je er niet mee, stom kutwijf.'

Ik had Vickers niet zien weglopen, maar opeens stond hij bij het groepje. Toen Shepherd hem in het oog kreeg, slaakte hij een diepe zucht en hield hij op zich te verzetten.

'Er is geen reden om ruzie te maken, meneer Shepherd. Het spijt me dat ik niet eerder beschikbaar was. Ik was helaas even druk bezig.'

'Ze hebben op het nieuws gezegd dat er iemand was gearresteerd. Klopt dat?' Michael Shepherd sprak de woorden gehaast uit.

'We volgen een heel gerichte lijn van onderzoek.'

Ik kromp ineen toen Shepherds vuist met een harde klap neerkwam op de balie voor hem.

'Dat blijven jullie maar zeggen, maar jullie vertellen me niets. Ik heb geen idee wat er gaande is. Ik kan gewoon… Ik kan niet…'

Shepherd schudde verbijsterd zijn hoofd; zijn woede ging over in verwarring en wanhoop. Vickers kon het niet nalaten een blik in mijn richting te werpen. Ik zag wel dat hij het prima vond dat ik de vader van Jenny in deze staat meemaakte. Hij besefte dat het me over de streep zou trekken – op de best mogelijke manier – om te doen wat hij vond dat nodig was. Ik was er woedend om, maar hij had gelijk.

Vickers had niet verwacht dat Michael Shepherd zich zo snel zou herstellen, en dat hij zo alert was op hetgeen er om hem heen gebeurde. Toen hij merkte dat Vickers zijn aandacht even had verlegd, draaide hij zich snel om om te zien waar de politieman naar keek. Ik deinsde terug toen zijn gitzwarte ogen mij vonden en hij zijn wenkbrauwen fronste.

'Jij,' zei hij, onregelmatig ademend, terwijl hij op me af kwam. 'Jij bent erbij betrokken. Jij bent degene die ze hebben gearresteerd.'

Op het paniekerige bevel van Vickers renden de twee geüniformeerde agenten naar voren om hem te onderscheppen en ze brachten hem tot stilstand toen hij ongeveer een meter van me af stond. Ik bleef staan en beantwoordde de felle blik van Michael Shepherd. Die was verzengend.

'Ik wilde u juist over mevrouw Finch gaan vertellen,' zei Vickers, toen hij dichterbij was gekomen en zich tussen ons in had geplaatst, niet bepaald een actie die erg effectief zou zijn als Michael Shepherd zich zou losrukken. Maar ik waardeerde zijn hoffelijkheid. 'We hebben geconstateerd dat ze geen rol heeft gespeeld bij de moord op uw dochter, meneer Shepherd. Ze heeft ons juist geholpen meer inzicht te krijgen in wat Jenny is overkomen voordat ze stierf, en blijft ons alle mogelijke assistentie verlenen.'

De ogen van Shepherd boorden zich nog steeds in de mijne, en ik wist dat hij me zou vermoorden als hij de kans kreeg, want hij was ervan overtuigd dat ik zijn dochter kwaad had gedaan.

'Weet u dat zeker?' vroeg hij nors.

'Absoluut. Ze had niets te maken met het misbruik van uw dochter en ook niet met haar dood.' Vickers klonk heel wat zekerder dan eerder in de verhoorkamer, maar hij moest Shepherd nu eenmaal overtuigen, en snel ook.

Na deze woorden wendde Shepherd zijn hoofd af, maar hij werd er niet rustiger door – integendeel. 'Het mísbruik?'

Slechts een fractie van een seconde trok er een onzekere uitdrukking over het gegroefde gelaat van Vickers. 'Volgens mij bent u daarvan op de hoogte gesteld. Rechercheur Wade heeft er vanmiddag met u en uw vrouw over gesproken.'

'Ze heeft ons leugens verteld,' siste Michael Shepherd. 'Het is niet waar. Er is niets van waar. Als u dat naar buiten brengt, sleep ik u voor de rechter.'

Vickers stak zijn hand uit en klopte er vaag mee in de lucht, alsof hij daarmee de man voor hem tot bedaren zou kunnen brengen. 'Ik weet dat het moeilijk te bevatten is, maar we moesten u wel vertellen wat zich heeft afgespeeld. We denken dat de… eh, molestatie rechtstreeks heeft geleid tot Jenny's dood, meneer Shepherd. Het is helaas waar, en er zijn heel wat bewijzen voor gevonden, die we gaan gebruiken om degenen die ervoor verantwoordelijk zijn, te vervolgen. Dat houdt in dat een deel ervan openbaar zal worden gemaakt. We kunnen dat onmogelijk buiten de media houden. We zijn niet van plan de foto's en de video's openbaar te maken, weest u daarvan verzekerd, maar een deel ervan zal worden getoond in de rechtszaal en daarvan zal verslag worden gedaan, hoewel zeker niet gedetailleerd.'

'Foto's,' herhaalde Michael Shepherd. Hij leek niet te bevatten wat Vickers zei. Hij wendde zich weer tot mij. 'Hebt u ze gezien? Hebt u mijn Jenny gezien?'

Ik hoefde niets te zeggen en ook niet te knikken, hij wist zo al dat ik haar had gezien. Ik wilde hem vertellen dat ik niet had willen kijken, dat ik mijn best zou doen te vergeten wat ik had gezien, als ik dat ooit zou kunnen, maar voordat ik iets kon zeggen, had hij zich alweer snel omgedraaid naar Vickers.

'U hebt het haar verteld? U hebt haar foto's laten zien? Hoeveel andere mensen hebben die beelden bekeken? Iedereen, zeker. En allemaal maar grapjes maken en lachen. Mijn dochter bespotten. Mijn kleine meisje, maar voor jullie is ze niets meer dan een slet, hè? Een sloerie dat haar verdiende loon heeft gekregen.' Zijn gezicht vertrok, zijn kin trilde. Valerie probeerde hem te bedaren, wat hij negeerde.

'Iedereen komt het te weten. Iedereen komt het te weten en ik kan er niets tegen doen.' Hij viel op zijn knieën en bedekte zijn gezicht met zijn handen; rauwe snikken wrongen zich naar buiten. De rest van ons stond daar maar, in stil afgrijzen, als verlamd door de totale ineenstorting van deze grote man.

'Val, neem meneer in godsnaam even mee naar achteren en geef hem een kop thee of zo,' zei Vickers. De spanning klonk door in zijn stem. 'Er ligt een fles whiskey in mijn la. Schenk maar een dubbele voor hem in, en breng hem dan naar huis. Zorg ervoor dat de pers hem zo niet ziet.'

Hij greep me bij de arm en duwde me langs het groepje heen naar buiten. 'Hier kunnen we niets doen, maar in het ziekenhuis kun jij des te meer doen,' zei hij, en toen ik aarzelde, trok hij me ongeduldig mee. 'Snap je nu waarom het zo belangrijk is? Die man gaat helemaal kapot als we dit niet snel tot een einde brengen.'

Diep in mijn hart mocht ik Vickers wel, en ik begreep wat hem dreef. Ik wilde hem niet zeggen dat het vinden van de moordenaar van Jenny misschien niet genoeg zou zijn om haar vader verlossing te brengen, maar het was wel wat ik dacht.

We verlieten het politiebureau door een zijdeur die uitkwam op het parkeerterrein. Ik was in de cel mijn gevoel voor tijd kwijtgeraakt en ik was dan ook verrast toen ik zag dat de zon al onderging. Eenmaal buiten bleef ik heel even staan om mijn longen vol lucht te zuigen; nooit had lucht zo heerlijk gesmaakt. Ik liet Vickers expres een meter of vijftig vooruitlopen om een moment voor mezelf te hebben. Toen ik aanstalten maakte om hem naar zijn auto te volgen, werd ik opgeschrikt door een lichtflits. Ik keek gedesoriënteerd om me heen en zag rechts van me een fotograaf staan, iets voorovergebogen en met een enorme camera in zijn handen. Op het moment dat ik me omdraaide en hem zo de door hem gewenste camerahoek bood, maakte hij zes of zeven foto's snel achter elkaar. De flitsen waren zo helder en genadeloos als stroboscooplicht. Ik hief direct mijn arm om me tegen de camera te beschermen en was me er vaag van bewust dat Vickers zich had omgedraaid en hard op ons toe liep. Ik begreep niet wat er was gebeurd – om te beginnen, hoe die fotograaf wist wie ik was –, maar ik besefte bitter en duidelijk dat ik iets kwijt was wat ik had bevochten. Eén foto zou voldoende zijn om te maken dat ik nooit meer anoniem zou zijn. De politie mocht dan schoorvoetend mijn onschuld hebben toegegeven, onschuld was geen basis voor een verhaal. Verdenkingen en speculaties waren dat wel, zoals ik maar al te goed wist.

Ik hoefde me niet al te lang af te vragen wie hiervoor verantwoordelijk was. Terwijl Vickers de fotograaf onder handen nam, stapte er iemand achter een auto vandaan in het zicht.

'Sarah, wil je me iets vertellen over je arrestatie? Waarom heeft de politie je meegenomen voor verhoor? In hoeverre ben je betrokken bij de dood van Jenny?'

Ik moest het haar wel nageven. Ze mocht dan een sneue verslaggever van een klein lokaal krantje zijn, Carol Shapley had er wel degelijk intuïtie voor om een verhaal te vinden waar de landelijke bladen een puntje aan konden zuigen.

'Wie heeft jou hierheen gestuurd?' vroeg Vickers grof over zijn schouder heen. Hij had de fotograaf tegen de muur gedrukt en duwde diens gezicht tegen het metselwerk, en ik merkte dat hij een beetje piepend ademhaalde. Maar de inspecteur was sterker dan hij eruitzag, en hoewel de man zich verzette, dacht ik niet dat hij kans maakte zich los te wringen.

Carol glimlachte. 'Ik heb overal mijn bronnen, inspecteur Vickers. Die houden me op de hoogte.'

'Nou, je bronnen hebben je verkeerd ingelicht. Hier is geen verhaal te vinden. En je bevindt je op het eigen terrein van de politie. Je mag daar niet eens staan.'

Ze negeerde hem. Haar ogen leken wel zoeklichten, zoals ze mij van top tot teen opnamen en niets over het hoofd zagen. Ik voelde me volkomen naakt. 'Sarah, we zouden een vervolg kunnen maken op het vorige artikel, en daarin uitleggen wat je vandaag is overkomen. We zouden je naam volledig kunnen zuiveren.'

'Ik dacht het niet.'

'Wil je dan niet dat bekend wordt dat je onschuldig bent?'

Wat ik wilde, was heel, heel ver bij haar uit de buurt blijven. Ik keek weg zonder iets te zeggen, in de wetenschap dat alles wat ik zou zeggen zou worden gebruikt om haar verhaal nog mooier te maken.

De deur achter me sloeg met een klap dicht toen er twee geüniformeerde agenten naar buiten kwamen. Ze lachten een beetje, hadden aanvankelijk geen idee wat zich hier afspeelde.

'Hierheen, mannen,' wist Vickers uit te brengen, en de twee reageerden hierop als goedgetrainde honden op een fluitje, zonder naar de reden te vragen. Ik had wel een beetje medelijden met de fotograaf, toen ze zijn armen op zijn rug draaiden en hem met forse kracht tegen de grond drukten. Vickers deed een stap naar achteren en haalde de rug van zijn hand langs zijn mond. Met zijn andere hand zwaaide hij met de riem waaraan de camera van de fotograaf bungelde.

'Laten we maar eens goed nakijken of hij niet is beschadigd. Het zou immers vreselijk zijn als hij kapot was?' Terwijl hij dit zei, spreidde hij zijn vingers en liet hij de camera op de grond vallen. 'Ach, jee. Wat dom van me.'

De fotograaf schopte naar de agenten die hem vasthielden, waarmee hij zich een knie in zijn ribben op de hals haalde. Vickers negeerde hem, pakte de camera en zette hem aan.

'Hij werkt nog,' zei hij opgewekt. 'Hè, gelukkig maar? Moderne technologie op zijn best.' Hij knielde neer naast de fotograaf. 'Mag ik de foto's die je net hebt gemaakt even zien?'

De man vloekte, zijn stem klonk zacht en verbitterd.

'Ietsje minder, graag, of ik neem je in hechtenis.'

'Je kunt me niet arresteren omdat ik je uitscheld,' zei de man buiten zichzelf van woede.

'Volgens paragraaf vijf van de wet op de openbare orde kan dat wel degelijk,' zei Vickers, terwijl hij aan het scrollen was. 'Vloek nog maar eens, dan zie je wel of ik het meen. Waarvoor is dit knopje? Wissen, zeker?'

Carol was naast Vickers komen staan. 'Dit kunt u niet doen. Dit is censuur. Mishandeling door de politie. Machtsmisbruik. Ik zal ervoor zorgen dat u zoveel problemen krijgt dat u nooit meer een baan bij de politie zult vinden.'

'Nee, beste meid, je zit er helemaal naast. Ik kan er juist voor zorgen dat jij nooit meer een woord voor de *Elmview Examiner* zult schrijven. Eddie Briggs is een goede vriend van me, en hij is geen fan van jou, mevrouw Shapley, ook al is hij je baas. En dan hebben we je auto nog – ik ben ervan overtuigd dat ik wel een paar dringende redenen kan vinden waarom hij in beslag genomen moet worden, als ik er eens goed naar ga kijken. Voor je eigen veiligheid uiteraard.' Hij glimlachte naar haar. 'Een adviesje: maak nooit ruzie met de politie. Wij winnen altijd.'

'Is dat een dreigement?'

'Jazeker,' zei Vickers alleen maar. 'En als je weet wat goed voor je is, vergeet je dat je dit ooit hebt gezien. Mevrouw Finch is volkomen onschuldig; daar ben ik absoluut van overtuigd. Ze is om praktische redenen naar het politiebureau gebracht om hier met ons te praten. Ze is zeer bereidwillig en begripvol geweest, en ze heeft recht op een beetje respect en op haar privacy.'

'Waarom doet u dit?' Carols lippen waren dun, en het leek wel alsof ze probeerde niet te gaan huilen. 'Waarom neemt u het voor haar op?'

Hij boog zich naar haar toe tot zijn gezicht nog maar een paar centimeter van het hare verwijderd was. 'Omdat ik niet van bullebakken houd, mevrouw Shapley, en omdat ik niets op heb met uw werkwijze. En ik houd u in de gaten. Er wordt geen informatie anoniem doorgegeven. Als ik ook maar één woord over mevrouw Finch in de kranten lees, of één lettergreep over haar in welk nieuwsbericht dan ook hoor, zal ik u daar persoonlijk voor verantwoordelijk houden. Dan zal ik zorgen dat u nooit meer een verhaal te horen krijgt van de politie van Surrey. Dan zal ik er bij iedereen die me nog een gunst verschuldigd is, op aandringen dat ze u het leven zuur maken. En geloof me maar, mevrouw Shapley, ik meen hier elk woord van.' Hij gooide de camera naar haar toe. 'Begrijpen we elkaar nu?'

Ze knikte chagrijnig.

'Laat hem maar opstaan, mannen.'

De geüniformeerde agenten gingen iets achteruit en lieten de man opkrabbelen. Zijn kleding was verfomfaaid en vuil, en zijn blik was een en al minachting.

'Geef me mijn camera.'

Carol overhandigde hem zijn camera en hij keek hem na. Hij liet er zijn handen over glijden en wreef over een beschadiging. 'Dit is duur spul. Als hij beschadigd is…'

'Als hij beschadigd is, stuurt u de rekening maar naar Carol. Nu wegwezen. Ik ben jullie aanblik zat.' Iets in de houding van Vickers zei dat hij niet in de stemming was voor verdere discussie. Ze liepen beiden weg, zonder nog een woord te zeggen, wat me heel verstandig leek. Carol nam de tijd om me een woedende blik toe te werpen en ik staarde onverschrokken terug, ook al ging de kille haat op haar gezicht me door merg en been.

Vickers knikte naar de twee agenten. 'Bedankt, mannen.'

'Geen punt,' zei een van hen met een diepe basstem. 'U zegt het maar. Kunnen we nog iets voor u doen?'

'Op dit moment niet. Jullie kunnen gaan.'

De twee agenten liepen weg over het parkeerterrein, zo ontspannen alsof de gebeurtenissen van even tevoren bij hun gewone dagelijkse werk hoorden, wat in hun geval natuurlijk ook zo was. Ik was enigszins verbaasd geweest over de effectieve manier waarop Vickers de fotograaf in de houdgreep had genomen, maar dat was natuurlijk ten onrechte. Hij zou vast ook bij de uniformdienst op straat hebben gewerkt, al was dat alweer tientallen jaren geleden.

Hij wendde zich weer tot mij. 'Gaat het een beetje?'

Ik besefte dat ik stond te beven en dat mijn handen vochtig waren. 'Ja, ik geloof het wel. Bedankt voor daarnet.'

Vickers schoot in de lach. 'Hoeft niet, hoor. Ik deed het met plezier. Dat mens van Shapley is een gemeen wijf, en ze heeft je al genoeg ellende bezorgd voor de rest van je leven.' Hij keek me zijdelings aan. 'Misschien compenseert het wat er vandaag is gebeurd?'

'Het zou niet eens gebeurd zijn, als jullie me niet hadden gearresteerd,' wees ik hem terecht.

'Daar heb je gelijk in. Oké, ik sta toch nog steeds bij je in het krijt, omdat je hebt toegezegd ons te helpen met Paul. Maak je geen zorgen, ik vergeet het heus niet.'

'Maakt u zich geen zorgen, ik ook niet.' Maar ik glimlachte toen ik dat zei. Ik kon me niet voorstellen hoe Vickers zijn schuld zou kunnen inlossen, maar daar ging het niet nu om. Wat hij eigenlijk had gezegd, was dat ik weer aan zijn kant stond, de kant van de goeien, en dat was heel prettig.

Ik zou de dag beëindigen op de plaats waar ik die was begonnen, bedacht ik, terwijl ik Vickers volgde door de gangen die naar de kinderafdeling van het St. Martin's Hospital leidden, waar Paul herstelde onder het toeziend oog van rechercheur Blake. Blake sprong overeind toen Vickers de deur openduwde. Ik stapte achter Vickers vandaan en zag het bed waar Paul met gesloten ogen opgekruld op zijn zij lag.

'Fijn dat je wilde komen, Sarah,' zei Blake. Hij stopte zijn handen diep in zijn zakken.

Ik negeerde hem en richtte mijn aandacht op Paul. Zijn ademhaling klonk hees, zijn wangen gloeiden en zijn haar zat vastgeplakt aan zijn voorhoofd van het zweet.

'Gaat het goed met hem?' vroeg ik met zachte stem.

'Hij valt de hele dag steeds weer in slaap. De artsen zijn tevreden over hem... zeggen dat hij goed opknapt, gezien de omstandigheden. Ze laten ons nooit erg lang met hem praten als hij wakker is, en we mogen hem helaas niet wakker maken, ook niet nu jij hier bent.'

'Dat zou ik ook niet goedvinden,' zei ik, verbaasd en niet weinig geërgerd. 'Ik vind het niet erg om te wachten. Voor mij staat het belang van Paul voorop.' Ik zei niet *anders dan voor jullie*, maar de woorden hingen in de lucht alsof ik ze wel had uitgesproken.

Vickers kwam tussenbeide voordat Blake kans zag te antwoorden. 'Over het belang van Paul gesproken, dit is Audrey Jones, de maatschappelijk werkster van Paul.' Hij gebaarde naar een hoek van de kamer, waar een vrouw van middelbare leeftijd zat, met haar armen gevouwen onder haar borsten die zo groot als kussens waren. 'Moederlijk' was het woord dat me te binnen schoot, wat dat ook mocht betekenen. Paul noch ik had ervaring met zo'n type moeder. Paul zou zich zijn eigen moeder waarschijnlijk niet eens herinneren, want hij was nog maar heel klein toen ze overleed. Audrey knikte me vriendelijk toe en bleef zitten. Dynamisch was ze zeker niet, en ook niet erg geïnteresseerd in de nieuwe bezoekster. Ik begreep wel waarom Vickers over het geheel genomen niet veel aan haar had gehad.

Er stonden maar twee stoelen in de kamer en Audrey nam een ervan in beslag. Blake had de andere vrijgemaakt, maar ik vond niet dat ik er aanspraak op kon maken. Ik was zo moe dat ik me licht in het hoofd voelde. Ik moest gaan zitten en had behoefte aan veel cafeïne.

'Denk je dat hij nog lang zal blijven slapen?'

'Waarschijnlijk nog een halfuur,' zei Blake, op zijn horloge kijkend. 'Hij dommelt steeds weer in, maar hij krijgt zo meteen wat te eten, en daar wordt hij vast wel wakker van.'

'Vindt u het goed dat ik even een kop koffie ga halen?' vroeg ik aan Vickers. Ik wist wel dat ik geen arrestant meer was, maar toch had ik het gevoel dat ik niet zonder zijn toestemming de kamer kon verlaten.

De inspecteur aarzelde een fractie van een seconde, maar stemde in met mijn verzoek. 'Neem Andy anders even mee,' opperde hij toen ik de deur had bereikt, bijna alsof het op dat moment pas bij hem opkwam. 'Ik pas wel even op Paul, en jij hebt zeker wel trek in een bakkie, Andy? De kantine is volgens mij in het souterrain.'

Zonder mijn antwoord af te wachten beende Blake naar de deur. De keuze was duidelijk niet aan mij. Ik wierp Vickers een blik toe die, naar ik hoopte, de boodschap *ik heb u wel door* overbracht, en kreeg de bekende glasheldere blik uit zijn babyblauwe ogen retour. Hij zou een riante carrière als misdadiger kunnen hebben als hij zijn leven een andere wending had gegeven, bedacht ik me. Geen mens zou gedacht hebben dat hij ook maar een vlieg kwaad kon doen. Althans, niet op het eerste gezicht.

'We zijn je echt dankbaar, hoor,' begon Blake, zodra de zware deur achter ons was dichtgevallen. 'Vooral na wat er vandaag is voorgevallen.'

'Je bedoelt het feit dat ik ervan werd beschuldigd een pedofiel en een moordenares te zijn? Ach, geeft niets. Dat gebeurt zo vaak.'

'Luister eens, ik heb geen moment gedacht dat het waar was.'

Ik stond direct stil, keek hem aan en liep vervolgens hoofdschuddend met grote passen door. Het was jammer dat Blakes benen zoveel langer waren dan de mijne. Hij had daarmee een oneerlijk voordeel in dit wedstrijdje elkaar bijhouden.

'We moesten je wel arresteren. We konden het niet op een andere manier doen. Niet toen je eenmaal had gezegd dat je niet langer wilde meewerken.'

'En het doorzoeken van mijn huis? In mijn spullen rondsnuffelen? Met mijn moeder praten? Dat konden jullie ook niet doen zonder mij te hebben gearresteerd, hè?'

Er spande zich een spiertje in zijn kaak. 'Dat was heus niet prettig.'

Hij was er dus bij geweest. Ik wendde me af, wilde mijn gezicht verbergen, bang dat hij er mijn gêne makkelijk van zou kunnen aflezen.

'Ik geloofde er niets van, Sarah. Maar wat kon ik ertegen inbrengen? "Ze kan het nooit gedaan hebben, want ik ben met haar naar bed geweest"? Ik ken je niet eens, niet echt tenminste. Ik had niets concreets in handen dat de bewijzen zou weerspreken. Intuïtie volstaat niet.' Dit had hij op luide toon uitgesproken, en ik keek hem fronsend aan. Toen pas besefte hij waar hij zich bevond, en hij keek links en rechts de gang in om te zien of iemand iets had opgevangen.

'Ik vind dit niet de tijd en de plaats om hierover te praten.' Ik duwde met mijn vinger hard op de knop voor de lift en fantaseerde dat het Andy Blakes oog was.

Hij stond tegen de muur geleund en sloeg zijn armen over elkaar. 'Ik wil niet dat je denkt dat ik me niet heb ingezet om jou daar vandaag weg te krijgen. Ik ben juist voor je opgekomen.'

Ik schoot in de lach. 'Volgens mij snap je er niets van. Het kan me niet schelen. Of jij al dan niet denkt dat ik het gedaan heb, interesseert me totaal niet. Het kan me niet schelen wat je toen dacht of wat je nu denkt. Ik ben hier niet voor jou, en ik ben hier ook niet omdat Vickers het me zo vriendelijk heeft gevraagd. Ik wil alleen Paul bijstaan, de Shepherds helpen en dan zo snel mogelijk wegwezen.'

'Goed hoor,' zei Blake verbeten. 'Laten we erover ophouden, oké?'

Ik reageerde niet. De lift was leeg bij aankomst en ik ging met mijn rug tegen een zijwand staan, zo ver mogelijk van Blake vandaan. Hij drukte op het knopje voor het souterrain, leunde tegen de andere wand en keek naar het lampje, dat steeds versprong terwijl de lift afdaalde.

Er was nog iets wat me dwarszat.

'Wat is er?' vroeg hij, zonder me aan te kijken, alsof ik het had uitgesproken.

'Was het echt nodig om dat daarnet te zeggen?'

'Wat te zeggen?'

'Over Paul, die wel wakker zou worden als zijn eten kwam. Stel dat hij je heeft gehoord, heb je enig idee hoe gekwetst hij dan moet zijn?'

'Jezus, dat bedoelde ik niet… Ik had het niet eens over Paul.' Blake slaakte een zucht. 'Om het uur komt de catering langs met een karretje. Ze rammen goddomme de deur haast in met dat ding. Het klinkt alsof het einde der tijden is aangebroken, en het zou me heel erg verbazen als hij daardoorheen slaapt.'

'O,' zei ik zwakjes, en meer wist ik niet te zeggen, tot we in de rij stonden voor een piepschuimen bekertje gevuld met dampende vloeistof. Blake nam iets grijs dat thee zou moeten zijn en ik had voor koffie gekozen. Het leek wel teer, zoals het heen en weer ging in het bekertje, en ik hoopte dat de koffie even sterk was als hij eruitzag. Hij liep voor me uit naar een tafeltje dat op voldoende afstand van de andere kantinebezoekers stond om ons een beetje privacy te verschaffen. We bevonden ons in het oorspronkelijke ziekenhuisgebouw en de ruimte was hol en donker, victoriaanse architectuur op zijn naargeestigst. De wanden waren van wit geschilderde baksteen, en ze waren verstevigd met bogen waarin zware, gietijzeren radiatoren waren gemonteerd die op volle toeren draaiden ondanks het milde weer. Langs de hele bovenkant van de ruimte, net boven het niveau van de begane grond, bevonden zich halvemaanvormige ramen, die een schamele hoeveelheid daglicht konden doorlaten. Op dit moment van de avond was al het licht echter kunstmatig, en de kantine baadde in het verblindende licht van energiebesparende lampen achter grote glazen kappen. De ruimte stond vol kleine, ronde tafeltjes met een gelamineerd blad en stapelbare plastic stoelen, die er maar broos uitzagen tegen de zwaar uitgevoerde achtergrond die een toonbeeld was van victoriaans bouwmeesterschap. Het was niet druk in de kantine en er waren maar een paar tafeltjes bezet, sommige door werknemers, andere door patiënten die er alleen of met hun bezoek aan zaten. De warme maaltijden zagen er beroerd uit, had ik geconstateerd toen we langs de toonbank liepen, alsof ze stoom uitbraakten onder de warmtelampen, en ik kon me nauwelijks voorstellen dat het de moeite waard loonde om voor het avondeten je bed uit te komen en naar de kantine te gaan.

Aan de andere kant van het tafeltje zat Blake intens geconcentreerd in zijn thee te roeren. Hij negeerde me. Misschien had Vickers hem toch niet meegestuurd om te zorgen dat ik niet zou ontsnappen. Misschien had hij inderdaad gedacht dat zijn ondergeschikte even een pauze had verdiend. De nietsontziende verlichting legde een akelige grauwsluier over Blakes huid. Hij zag er afgepeigerd uit.

'Gaat het wel goed met je?' vroeg ik, want ik wilde het ineens weten.

'Ja, hoor. Ik ben alleen moe.'

'Jullie zijn in elk geval een stuk verder gekomen.'

Hij huiverde even. 'Als we niet tenminste geen mensen arresteren die niets met de zaak te maken hebben.'

'Laat dat maar, serieus. Ik kom er wel overheen.'

Hij nam een slokje thee en trok een gezicht. 'Jezus. Hoe is je koffie?'

'Heet,' zei ik, terwijl ik toekeek hoe de damp opkringelde uit het bekertje dat voor me stond. Iets wat Grange tegen me had gezegd, kreeg ik maar niet uit mijn hoofd. 'Andy… Er is nog iets wat ik graag wil weten. Ze zeiden… ze zeiden dat het team mij al vanaf het begin als verdachte had beschouwd.'

Hij verschoof op zijn stoel. 'Dat is gewoon routine, Sarah.'

'Echt? Want ik zat te denken… toen jij langskwam en vroeg of ik mee ging lunchen, dat deed je erom, hè? Je probeerde gewoon wat meer over me te weten te komen. Waarschijnlijk heeft Vickers je toen gestuurd?'

Blake was zo fatsoenlijk om gêne te tonen. 'Dat was heus niet de ergste opdracht die ik ooit heb gekregen.'

Ik had de dagen ervoor echt geprobeerd niets zomaar aan te nemen over Andrew Blake. Ik had ervoor gewaakt verwachtingen te gaan koesteren. Ik had al helemaal geen gezamenlijke toekomst voor ogen gehad. Maar pas op dat moment wist ik zeker dat het nooit iets zou worden tussen ons. Ik slaagde erin een zwak lachje te produceren. 'Ik dacht dat je me wel leuk vond.'

'Dat was ook zo – is ook zo. Hoor eens, Sarah, alles wat er sindsdien is gebeurd, heeft niets met mijn werk te maken. Ik heb je – hoe lang? – zes dagen geleden pas ontmoet. En in het begin was ik er alleen maar op uit meer over je te weten te komen. Maar daarna is alles anders geworden.' Hij leunde over de tafel. 'Jij schijnt te denken dat het me niets doet wat er tussen ons is gebeurd, maar ik kan mijn baan verliezen als dat uitkomt. Het was riskant, Sarah, en dom, en ik heb er geen seconde spijt van.'

En dat risico maakte het waarschijnlijk extra spannend, dacht ik verdrietig. 'Je hebt dat vast heel vaak… dat vrouwen zich op je storten.'

'Omdat ik zo'n geweldige partij ben zeker,' zei Blake, en zijn stem droop van het sarcasme. 'Ach, het komt weleens voor… uiteraard komt het weleens voor.'

Ik dacht terug aan de politieagente op het bureau die me aanstaarde, aan de paniekerige vastberadenheid waarmee Valerie Wade me van Blake weg probeerde te houden, en ik schatte in dat het wel vaker dan 'weleens' voorkwam.

'Dat wil niet zeggen dat ik erop inga,' ging Blake door. 'Dat doe ik nooit als er een verband ligt met mijn werk. Tot jij langskwam.'

'Wat vleiend,' zei ik zwakjes, nog steeds in de verdediging. 'Maar toch heb je me gearresteerd. Je hebt me niet eens zelf ondervraagd.' De pijn klonk door in mijn stem, ondanks de moeite die ik deed om hem te onderdrukken.

'Routine,' zei Blake snel. 'Je moet niet geloven wat je op de tv ziet; de rechercheurs die het onderzoek leiden zijn nooit degenen die de verhoren afnemen. Grange en Cooper zijn daarvoor opgeleid. Zij zijn goed in wat ze doen.'

'Ik geloof je wel.' Toch had ik hun technieken niet bepaald gewaardeerd.

'Sarah, ik wist heus wel dat je er niet bij betrokken was, ook al geloof je me niet.'

'En als ik dat wel was geweest? Zoals je al zei: je kent me niet. Stel dat ze hadden bewezen dat ik er deel van had uitgemaakt? Zou het je dan iets hebben kunnen schelen?'

'Nou... waarschijnlijk niet.' Hij leunde achterover en haalde zijn schouders op. 'Als je een misdrijf als dit pleegt, moet je je straf accepteren. Als je die grens eenmaal hebt overschreden, houdt alles op.'

'En dan is er geen weg terug?'

'Voor mij niet. Daarom doe ik dit werk: omdat er mensen zijn die geen deel horen uit te maken van de gemeenschap. De manier waarop zij verkiezen te leven, brengt anderen schade toe, en mijn werk is ze tegen te houden. Zo simpel is het.'

'En Paul dan?'

'Wat bedoel je?'

'Hij is nog maar een kind. Hij is er waarschijnlijk toe gedwongen mee te werken. Ik vind het niet echt prettig hem ernaar te vragen. Ik wil niet degene zijn die hem ertoe aanzet belastende uitspraken over zichzelf te doen. Ik bedoel: wat zal er met hem gebeuren?'

'Die beslissing is aan de rechter, niet aan jou.' Blake keek me fronsend aan. 'Je moet inzien dat hij iets heel erg slechts heeft gedaan, Sarah. Hij heeft een ernstig misdrijf gepleegd, en, ongeacht de omstandigheden, verdient hij het gestraft te worden. Misdadigers – wie ze ook zijn – moeten zich verantwoorden voor wat ze hebben gedaan. Ik word er beroerd van te horen wat ze allemaal aandragen, als je ze voor de rechter hebt gebracht. Het ligt nooit aan henzelf. Ze hebben altijd wel een excuus, zelfs als ze voor de rechter toegeven schuldig te zijn. Maar voor zoiets als dit bestaan er geen excuses. Hij is oud genoeg om onderscheid te kunnen maken tussen goed en kwaad, en als er verzachtende omstandigheden zijn, zal de rechtbank daar rekening mee houden.'

'Het is dus allemaal zwart-wit?'

'Wat mij betreft wel, ja.' Opeens weer helemaal zakelijk haalde hij een opgevouwen velletje papier uit de achterzak van zijn spijkerbroek. 'Hier heb ik nog iets voor je; het is een lijst met vragen. We zouden het prettig vinden als je hem die vragen stelt. Er zijn wat dingen die we echt moeten weten voordat we met zijn broer gaan praten.'

'Als je hem te pakken krijgt.'

'We krijgen hem wel.' Hij klonk erg zeker van zichzelf. Maar ze hadden ook erg zeker van zichzelf geleken toen ze mij arresteerden. Ik vroeg me af of Vickers en zijn team wel goed wisten wat ze deden.

'Lees dat maar even door,' zei Blake met een hoofdknik naar het vel papier. Het lag nog opgevouwen voor me. 'Het gaat er alleen maar om dat je een beginpunt hebt. Je hoeft je niet precies aan die vragen en die volgorde te houden, maar probeer er wel voor te zorgen dat je de antwoorden krijgt die we nodig hebben.'

'Ik zal mijn best doen,' zei ik, me ineens nerveus afvragend of ik het er goed van af zou brengen. Hij merkte het en glimlachte.

'Het gaat je zeker lukken. Neem er gerust de tijd voor en probeer je zenuwen de baas te blijven. Wij zijn er ook bij, maar we zullen niet tussenbeide komen, tenzij je echt in moeilijkheden komt.'

'Het is gewoon een gesprek.'

'Je zou ervan opkijken als je wist hoe makkelijk je de belangrijkste vragen kunt vergeten, als je daar eenmaal binnen bent,' waarschuwde Blake. 'Het lijkt allemaal zo simpel, nu je hier zit, maar als je naar de antwoorden luistert en naar aanleiding daarvan weer vragen stelt, kan het zijn dat je op een zijspoor raakt en de juiste lijn niet meer terugvindt.'

'Ik snap het.'

'Hier.' Hij overhandigde me een pen. 'Dan kun je zo nodig wat aantekeningen maken.'

Ik draaide het dopje van de pen en vouwde het vel papier open. De lijst was korter dan ik had verwacht. Hoe Paul Jenny had leren kennen. Hoe ze op het idee waren gekomen haar te misbruiken. Wie het plan bedacht had. In hoeverre Paul erbij betrokken was. Waarom hij niet had ingegrepen.

'Ik vind het niet eerlijk hem dat te vragen,' zei ik, met mijn vinger bij de laatste vraag. 'Hij is nog maar een kind, en hij is volledig afhankelijk van zijn broer. Wat had je verwacht dat hij zou doen? De politie bellen?'

Blake zuchtte. 'Kijk, als hij je vertelt dat hij te bang was om er iets over te zeggen, of dat hij werd bedreigd, kan dat in zijn voordeel werken. Je hebt gelijk, waarschijnlijk kon hij niet anders dan meewerken, maar dat moeten we zeker weten voordat we met zijn broer gaan praten.'

'Oké.'

'Als je de kans krijgt: we willen ook weten hoe ze Jennifer zover hebben gekregen dat ze eraan meedeed en het verzweeg. Hebben ze haar bedreigd? Haar omgekocht met cadeautjes? We hebben niets ongewoons gevonden toen we het huis van de Shepherds doorzochten, geen elektronica die de ouders niet zelf hadden aangeschaft, geen sieraden. Haar drugstest was ook negatief.' Ik moet verbaasd hebben gekeken, want Blake legde uit: 'Als je ze verslaafd maakt aan drugs, zullen ze vrijwel alles doen voor een shot.'

Ik rilde, ondanks de benauwde atmosfeer in de kantine. 'Misschien hebben ze iets gebruikt waarop jullie niet hebben getest.'

'Erg onwaarschijnlijk,' zei Blake kortaf. 'Hoe dan ook, er moet iets zijn geweest waardoor ze steeds weer terugkwam en haar mond hield. We moeten erachter komen wat dat was.' Hij roerde in zijn thee. 'We willen ook dat je vraagt naar de anderen die misbruik pleegden. We moeten ze zo snel mogelijk identificeren, en tot nu toe hebben we nog niemand gevonden die ze herkent. De computerexperts proberen het raster voor hun gezicht weg te werken. Intussen laten we een paar van de niet-seksuele beelden waarop ze voorkomen rondgaan, om na te gaan of collega's van andere bureaus een tatoeage of een moedervlek herkennen, maar we hebben niet veel te bieden in dat opzicht.'

Ik knikte. Daar kon ik in meegaan. De mannen die Jenny hadden misbruikt, moesten hun verdiende loon krijgen.

Blake moest iets van mijn gezicht hebben afgelezen, want hij legde zijn hand over de tafel heen op de mijne. 'Hé, laat het je niet te veel in beslag nemen. Ik weet dat het moeilijk is.'

'Ik voel me prima,' zei ik, en probeerde het te menen.

'Tja, misschien voel je het wel zo. Maar we hebben je ertoe overgehaald iets te doen waarvoor je niet bent opgeleid, en het is een grote verantwoordelijkheid. Ik heb nog tegen mijn baas gezegd dat ik het een slecht idee vond.'

'Hoezo? Denk je dat ik niet in staat ben een paar vragen te stellen?'

Hij schudde zijn hoofd. 'Wat moeilijk voor je kan worden, is het verwerken van de antwoorden, Sarah. Je moet erop voorbereid zijn nare dingen te horen te krijgen.'

'Ach, ik heb vandaag al heel wat gehoord en gezien,' zei ik neutraal, en mijn gedachten gingen onwillekeurig naar de glanzende foto's die Grange me met zoveel genoegen had laten zien.

'Klopt, maar toen hoefde je je niet in te houden. Toen hoefde je niet in een vast tempo vragen te stellen. Toen nam je geen verhoor af dat niet opschoot.' Hij liet zich achterover zakken in zijn stoel en rekte zich uit. 'Ik weet dat je je voorstelt dat je naar binnen gaat en dat hij je dan zal vertellen wat er allemaal is gebeurd, inclusief de wijze waarop zijn broer Jennifer Shepherd heeft vermoord, maar ik kan je verzekeren dat het hoogstwaarschijnlijk niets oplevert. Hij heeft eigenlijk geen reden om je te vertrouwen. Hij heeft verdomd veel te verliezen als hij je eerlijk de waarheid vertelt. Je bent niet bepaald intimiderend; je hoeft me heus niet zo aan te kijken; ik word echt niet bang van je. Vat het niet persoonlijk op. Je hoort alleen misschien niet wat je verwacht te horen.'

Ik wist dat hij gelijk had, maar het was toch irritant dat me werd verteld dat ik zou falen. 'Moeten we al terug?'

Blake keek op zijn horloge. 'Ja. Drink je koffie maar op.'

Ik keek even naar het halfvolle bekertje dat er nog stond. Nu de koffie koud was, zag hij er nog onsmakelijker uit dan toen hij pas was gezet, als dat de juiste omschrijving was voor wat ze ermee hadden gedaan. 'Nee, dank je.'

'Gelijk heb je.'

De weg terug legden we zwijgend af. Toen de lift op de vierde verdieping aankwam, liep Blake met lange passen terug naar de kinderafdeling; ik kwam rustig achter hem aan en las ondertussen de vragen door. Ik voelde een prikkeling langs mijn ruggengraat en door mijn vingertoppen gaan. De woorden leken te dansen op het papier en ik merkte dat ik nog langzamer ging lopen, alsof ik lood in mijn schoenen had. Bij de deur naar Pauls kamer bleef ik staan en probeerde ik mijn ademhaling onder controle te krijgen. Blake keek om.

'Kom op. Hoe eerder je naar binnen gaat, hoe eerder het ook weer voorbij is.'

'Ik… bereid me alleen maar even voor.'

'Naar binnen, jij,' zei hij vriendelijk, en duwde de deur open. Ik haalde nog eenmaal diep adem, alsof ik in het diepe ging springen, en liep naar binnen.

1998

Vijf jaar en zeven maanden vermist

Mijn vader is laat. Heel laat. Ik lig in bed met mijn knuffel, mijn varkentje, in mijn armen. Ik kijk met gefronste wenkbrauwen naar de wekker op mijn nachtkastje. Het is bijna elf uur en hij heeft niet gebeld. Het is niets voor hem om zo laat te komen. Elke keer dat er een auto langs ons huis rijdt, wat niet vaak is, sta ik op om te gaan kijken of hij het is. Ik weet niet waarom het me iets kan schelen. Om de week komt hij, en om de week gaat het op precies dezelfde manier. Hij rijdt op vrijdagavond uit Bristol weg en komt dan bij ons langs om me gedag te zeggen. Dan wacht hij buiten in zijn auto, omdat mama hem niet wil binnenlaten. Die nacht en zaterdagnacht logeert hij dan in een Travelodge, en op zaterdag gaan we dan samen iets doen wat leuk hoort te zijn, zoals een wandeling in de natuur, of een tochtje naar een kasteel of een safaripark – iets saais, iets wat ik nooit zou uitkiezen als het niet om papa ging.

Hij laat me foto's van de flat in Bristol zien, van de kamer waarvan hij zegt dat die voor mij is, en de kast waarin ik al mijn kleren kan hangen. Ik ben er nog nooit geweest. Mama laat me niet gaan. Dus komt papa maar elke veertien dagen hierheen, en dan kijkt hij me aan als een bedelende hond, alsof hij weet dat het niet genoeg is, maar hoopt dat ik het niet erg vind.

Ik vind het wel erg. En ik ben nu oud genoeg om dat te laten merken.

De laatste tijd vraag ik me steeds af of ik tegen hem zou kunnen zeggen dat hij echt niet om de veertien dagen hoeft te komen; eens per maand is wat mij betreft genoeg. Maar ik weet dat het erg belangrijk voor hem is.

Of niet soms? Ik lig op mijn rug en kijk naar de schaduwen van de bomen op het plafond van mijn kamer. Ik zal de gordijnen moeten dichttrekken voordat ik ga slapen. Hij komt niet. Misschien is hij het wel zat om dat hele stuk te rijden voor twee overnachtingen in een lullig hotel, ook al is dit het weekend dat we mijn verjaardag zouden vieren. Misschien geeft hij gewoon niets meer om me.

Ik laat de tranen langs mijn wangen in mijn haar lopen. Na een poosje gaat mijn aandacht naar de tranen zelf. Ik probeer ze aan beide kanten precies gelijk te laten lopen. Om de een of andere reden is mijn rechteroog veel vochtiger dan het andere. Ik vergeet heel even waarom ik huil, en dan komt alles weer terug. Het is toch maar stom. Het kan me heus niets schelen.

Twee tellen later bewijs ik dat ik mezelf heb voorgelogen, want als er een auto voor de deur stopt, spring ik mijn bed uit om uit het raam te kijken. Maar het is papa's aftandse Rover niet. Het is een politiewagen. En ik sta bij het raam, niet in staat me te bewegen, en kijk naar de politieagenten, die uitstappen en hun pet opzetten, waarna ze langzaam het tuinpad oplopen. Ze haasten zich niet, en dat maakt me ongerust.

Als de agenten onder het afdak verdwijnen, loop ik mijn kamer uit en ga ik boven aan de trap zitten, uit het zicht maar binnen gehoorsafstand.

Mama doet de deur open en het eerste wat ze zegt is: 'Charlie!'

Wat dom, zeg. Ze zijn hier echt niet vanwege Charlie. Dat weet ik zelfs.

Mompel, mompel, mompel. Mevrouw Barnes. Mompel, mompel. Meneer Barnes reed op de snelweg. Heel donker. Mompel, mompel. Vrachtwagenchauffeur kon hem niet ontwijken...

'Hij had de tijd niet om weg te komen,' hoor ik opeens, luid en duidelijk, een van de agenten zeggen.

Ik ontkom er niet aan alle stukjes aaneen te rijgen. Ik wil niet weten wat ze zeggen. Toch kan ik er niet onderuit. Dit wil ik niet. Ik wil niet dat het zo is. Ik ben op blote voeten uit bed gestapt op een avond in februari, en daardoor zijn ze heel koud geworden, vooral omdat de voordeur wijd openstaat. Ik houd mijn handen zo stevig als ik kan om mijn voeten en ik krom mijn tenen en ik wil dat de politieagenten het huis uit gaan, het pad af lopen en in hun auto stappen, alsof ik ze kan terugdraaien en de rest van de dag ook. Ik draai terug en terug tot aan de laatste keer dat papa hier was, tot aan de voorlaatste keer, tot voor het moment van zijn vertrek. Dit is allemaal niet gebeurd. Dit is allemaal niet echt.

Ik ben er nog op tijd bij om alles te veranderen, zodat het goedkomt. Ik ben er nog op tijd bij om te zorgen dat alles oké wordt.

15

Deze keer stond de televisie aan in de ziekenhuiskamer, zat Paul rechtop in bed tegen de kussens aan en zapte hij in hoog tempo langs de zenders. Hij wendde zijn blik niet af van het scherm toen ik binnenkwam met Blake in mijn kielzog. Ik bleef aan het voeteneind van het bed staan en keek Vickers vragend aan, die onderuitgezakt op een van de stoelen zat, met de uitstraling van iemand wiens geduld volledig was opgebruikt.

'We hebben wat gegeten,' meldde hij met een hoofdbeweging die aangaf dat hij het over Paul had. 'Maar we hadden niet zoveel zin in praten.'

Paul knipperde met zijn ogen, maar hield zijn blik op de tv gericht. Het ziekenhuis had slechts vijf kanalen, waarop absoluut niets bezienswaardigs werd uitgezonden, maar dat leek hem niet te storen. Op een ervan was een nieuwsuitzending, en ik schrok toen de hoofdstraat in beeld kwam, achter de zoveelste verslaggever die de natie bijpraatte over de recentste ontwikkelingen in de jacht op de moordenaar van Jenny. Paul leek er niet op te reageren; hij bleef gewoon doorzappen. Ik vermoedde dat de tv een vertragingstactiek was, dat hij niet echt zat te kijken. De Paul die ik vrijdag had ontmoet – was dat echt nog maar een dag geleden? – was verre van inert geweest. Dit zinloze gezap was een rookgordijn.

Hij had rode ogen met dikke oogleden en blauwe kringen eronder. Nu hij rechtop zat, kon ik de schade aan zijn hals zien – een ontvelde, vuurrode streep die vanonder zijn kaak omhoog liep naar zijn oor. Geen kreet om hulp; dit was het echte werk. Als hij een ander soort touw had gebruikt... als de politie iets minder snel had gehandeld... ik moest er niet aan denken.

Ik voelde een duwtje tegen mijn onderrug: Blake, die me met een veelzeggende frons aankeek.

'Oké, oké,' vormde ik met mijn lippen, terwijl ik hem strak aankeek. Ik liep langzaam om het bed heen, tot ik tussen Paul en de tv stond.

'Hoi. Fijn je weer te zien, Paul. Hoe voel je je?'

Hij keek me een ogenblik aan, keek toen omlaag.

'Er zijn hier helaas niet genoeg stoelen – vind je het erg als ik op je bed kom zitten? En mag ik de tv uitzetten, zodat we even kunnen praten?'

Hij haalde zijn schouders op en ik ging zitten. Toen pakte ik de afstandsbediening uit zijn handen en drukte op de standby-knop. Nu de tv uitstond, was het heel stil in de kamer. Ik bleef even zitten luisteren naar de piepende ademhaling van Paul. Afgaande op zijn hals, moest zijn keel wel erg veel pijn doen.

'Wil je misschien iets drinken?'

'Ja, graag,' zei hij schor, en ik schonk een glas water voor hem in uit de kan op het nachtkastje naast het bed. Hij nam een klein slokje en zette vervolgens het glas met enige inspanning weer terug.

'Paul, de politie heeft me gevraagd even met je te praten, want ze denken dat je mij antwoord zult geven als ik je wat vragen stel.'

Hij keek even op en richtte zwijgend zijn blik weer op zijn handen.

'Ik weet dat je denkt dat je in de problemen zit, maar alles komt heus in orde,' zei ik. Ik klonk zelfverzekerd, maar was er vrij zeker van dat ik hem zat voor te liegen. 'We moeten alleen weten wat er is gebeurd. Paul, vertel me alsjeblieft de waarheid als je kunt. Als er iets is waarop je geen antwoord wilt geven, zeg je dat gewoon en dan ga ik door met iets anders, oké?'

Ik voelde meer dan dat ik hoorde dat Blake hierop reageerde, maar Vickers hief vermanend zijn hand op en knikte naar me toen ik hem aankeek. Ik zou de vragen stellen, maar Paul niet intimideren. En ik wist net zo goed als Vickers dat hij het meest zou verraden met de vragen waarop hij géén antwoord gaf.

Paul had niets teruggezegd en ik boog me dichter naar hem toe. 'Vind je dat goed?'

Hij knikte.

'Oké.' Ik hoefde niet op het papier in mijn hand te kijken om me de eerste vraag te kunnen herinneren. 'Hoe hebben je broer en jij Jenny leren kennen?'

'Dat heb ik je al verteld.' Paul sprak duidelijk, langzaam, afgemeten. Er trok een blos over zijn gezicht en ik wist dat hij boos was.

'Ja, dat weet ik,' zei ik op geruststellende toon. 'Ik weet dat nog wel, maar deze politiemensen weten het niet. Vertel het me nog maar eens, voor hen.'

'Van school,' zei Paul uiteindelijk, nadat hij me even had aangestaard.

'De basisschool,' zei ik ter verduidelijking.

'Ja. We gingen op school met elkaar om. Ik hielp haar met rekenen en zij... ze deed aardig tegen me.'

'En jullie hebben contact gehouden toen ze naar een andere school ging?'

Hij haalde zijn schouders op. 'Ze wist waar ik woonde... daar hadden we het over gehad, want wij waren de enigen van onze klas die in deze wijk woonden. Op een dag werd er op de deur geklopt en dat was zij. Ze had moeite met meetkunde – ze snapte er niks van – en ze vroeg of ik haar wilde helpen.'

'En dat heb je ook gedaan.'

'Ja.' Zijn stem klonk zacht en korzelig. Ook als je rekening hield met zijn schorre keel, klonk het alsof hij erg van streek was.

'Dus, Paul, Jenny en jij zaten weleens bij jou thuis. En haar ouders wisten daar niets van.'

'Haar vader mocht mij niet. Hij noemde me een dik gedrocht.' Heel even stonden Pauls ogen vol tranen; hij snifte en knipperde ze weg.

'Hoe kon ze dan zo vaak bij jou thuis komen?'

'Ze zei tegen ze dat ze naar een vriendinnetje ging. Ergens in de buurt woonde een meisje, en dan fietste ze zogenaamd naar haar toe. Ze had een mobieltje; haar vader vond dat ze er een moest hebben, zodat ze haar altijd konden bereiken, en dan zei ze tegen hen dat ze heel ergens anders was.' Paul moest even lachen bij de gedachte. 'Als ze haar belden, vroeg ze of ze misschien de moeder van haar vriendin wilden spreken, en ik zat erbij en deed het bijna in mijn broek. Dat was echt iets voor haar: altijd lol, altijd geintjes maken.'

Ik knikte en keek naar mijn vragenlijst. Ik had er moeite mee de woorden uit te spreken, maar ik kon er niet omheen blijven draaien.

'Paul, zoals je weet heeft de politie… dingen gevonden bij jou thuis. Foto's. Video's. Beelden van Jenny, die dingen doet. Had je… ik bedoel: was je… dacht je daar in het begin al aan?'

Hij keek diep gekwetst en schudde zijn hoofd, en zijn wangen trilden mee. 'Nee. Dat deden ze helemaal zelf… hij en zij samen.'

'Hij?'

'Danny. Ik heb tegen hem gezegd dat het niet hoorde. Hij had niet aan haar mogen komen, wát ze ook tegen hem zei. Hij is te oud voor haar.' Paul probeerde met moeite overeind te komen en schopte gefrustreerd met zijn benen. Ik stond snel op om geen trap te krijgen.

'Het is oké, Paul. Rustig maar. Neem nog een slokje water.'

De jongen haalde een paar keer bevend adem en dronk toen gehoorzaam wat water. Het water maakte bij het doorslikken een gorgelend geluid; niemand anders in de kamer gaf een kik. Ik voelde dat de rechercheurs me aanspoorden om Paul niet langer met zijden handschoenen aan te pakken.

'Op een gegeven moment moet er iets zijn voorgevallen,' zei ik rustig, terwijl ik weer ging zitten, 'want ze is immers iets met je broer begonnen?'

'Weet ik veel,' zei Paul. Hij zag knalrood.

'Heeft hij haar bang gemaakt?' Ik probeerde mijn stem zo vriendelijk mogelijk te houden. 'Bleef ze daarom terugkomen? Heeft hij haar bedreigd?'

'Echt niet!' zei Paul. 'Zo is het niet gegaan. Ze… ze vond hem leuk.'

'Dus wat haar betrof waren ze een stel.'

'Zoiets, ja. Maar wel stom, want hij is vet ouder dan zij,' verzuchtte Paul. 'Danny voelde niks voor haar. Niet echt. Maar zij… ze vond het geweldig om bij hem te zijn. Ze wilde echt alles voor hem doen.'

Dat 'alles' hield een wereld van vernedering in. Ik had een droge mond gekregen. Ik slikte en probeerde me te concentreren op de taak die me te doen stond. Blake had gedacht dat ik niet in staat zou zijn die te volbrengen. Ik wilde niet dat hij gelijk kreeg. Ik nam een paar seconden de tijd om mijn ademhaling te normaliseren, liet de beelden vervagen en ging weer verder.

'Was het jouw idee om die videobeelden en foto's van haar via internet te verkopen?'

Opnieuw schudde Paul zijn hoofd, maar haalde toen zijn schouders op. 'Nou ja, een beetje. Danny had het bedacht, maar ik moest uitzoeken hoe dat moest worden aangepakt: ons ip-adres verbergen, hostsites vinden voor de beelden, de websites bouwen.' Ondanks alles klonk in zijn stem trots door om wat hij had weten te bereiken. 'We verdienden er echt geld mee. Mensen over de hele wereld kochten onze spullen.'

Ik hield het niet langer uit. 'Maar Jenny moest lijden, zodat jullie die beelden konden maken.'

'Nou ja,' zei Paul, en hij trok een rimpel in zijn neus.

'Nee, niks "nou ja". Je praat erover alsof het een legitiem bedrijf was, maar Jenny werd misbruikt, Paul. Zeg nu niet dat je daar niets van afwist.'

Hij schoof ongemakkelijk heen en weer. 'Ik wist eigenlijk niet zoveel van het meeste wat er gebeurde. Ik moest van Danny altijd naar mijn kamer, als ze gingen... je weet wel.'

Ik kon het raden.

'Heb je de andere mannen die bij jullie thuis kwamen ook ontmoet?'

'Nee. Dan moest ik boven blijven.'

'Weet je wel wat ze bij jullie thuis kwamen doen?'

'Een feestje bouwen, zo klonk het tenminste.' Hij voelde zich beslist ongemakkelijk. Ik vroeg me af wat hij had gehoord. Ik vroeg me af hoe moeilijk Danny het had gevonden om zijn 'vriendinnetje' ertoe over te halen zich ter beschikking te stellen aan die mannen. Ik vroeg me af of ze weleens had gegild.

'Je hebt er dus nooit iets van gezien, als die foto's en video's werden gemaakt. Heb je naderhand wel naar de foto's of de beelden gekeken?'

'Nee.' Dat was een grove leugen; zijn oren waren knalrood, maar hij wendde zijn blik geen moment af van de mijne. 'Danny zei tegen me dat hij er helemaal mee zou stoppen als hij merkte dat ik ze bekeek. Hij zei dat hij me helemaal in elkaar zou rammen. Ik moest alleen alles instellen, zodat hij het kon uploaden.'

'Slaat hij je weleens?' Krankzinnig genoeg hoopte ik dat hij ja zou zeggen. Als Paul zelf mishandeld was, had hij een reden gehad om mee te doen met het plan.

'Nee, hoor. Hij heeft altijd een grote mond, maar meer niet. Ik vil je levend, ik sla je schedel in, ik trek je kop van je lijf, godsamme zus, godsamme zo...' Paul lachte. 'Hij draait altijd wel ergens van door. Meestal negeer ik hem gewoon.'

'Je zei net dat hij tegen je had gezegd dat hij ermee zou ophouden als je naar de beelden keek. Wilde je dan niet dat hij ermee ophield?'

'Echt niet. Het ging allemaal prima, hoor. Jenny zat altijd bij ons thuis. Ze was meestal heel gelukkig; af en toe een beetje janken, maar dat doen alle meisjes weleens, toch? En Danny was blij dat we niet meer blut waren. En ik kon meehelpen. Dat was fijn, dat ik ook wat kon verdienen. Ik deed het graag, voor Danny.'

Ik schraapte mijn keel. 'En werd Jenny betaald voor haar aandeel?'

Hij keek vaag. 'Volgens mij niet. Ik geloof niet dat ze er iets voor wilde hebben. Anders had ze het voor haar ouders moeten verstoppen, en dat was allemaal een beetje te ingewikkeld, geloof ik. Ze wilde alleen maar bij Danny zijn.'

Die arme, domme Jenny, verliefd op een man die bereid was haar te gebruiken om zijn eigen levensstijl te subsidiëren. Wat zonde dat ze op zo'n jonge leeftijd iemand als hij was tegengekomen. Nog erger was het dat Danny zo'n knappe vent was, met de bambi-ogen en de fijne gelaatstrekken die tienermeisjes zo aantrekkelijk vinden. En het allerergste was wel het feit dat hij bereid was haar te vermoorden toen hij eenmaal klaar met haar was.

'Vertel me nu eens hoe ze is gestorven.' Mijn stem klonk neutraal, alsof de vraag niet zo belangrijk was, maar mijn handpalmen waren kletsnat van het zweet. Ik veegde ze onopvallend af aan het beddengoed, me bewust van het feit dat Vickers en Blake zich met ingehouden adem voorover hadden gebogen, en wachtten op hetgeen Paul te vertellen had.

Hij fronste zijn wenkbrauwen. 'Daar weet ik niets van af. Echt niet. Dat heb ik toch zeker al tegen je gezegd, toen je bij me thuis was?'

Ik knikte; dat had hij inderdaad gezegd. Voor zover ik wist, had hij het ook gemeend. Danny was er dus in geslaagd Jenny te doden en zich van het lichaam te ontdoen, zonder dat Paul het had gemerkt. Ik nam aan dat er dingen waren waarvan zelfs Danny vond dat Paul ze niet mocht weten.

'Wanneer heb je haar voor het laatst gezien?'

Hij dacht een ogenblik na. 'Midden vorige week, na school. Ze sloot zichzelf met Danny op in de woonkamer, maar niet zo lang. Ze rende weg, zei me niet eens gedag. Ze was helemaal van streek door het een of ander, maar Danny wist niet waardoor.'

Ik was er volkomen van overtuigd dat Danny Keane heel goed had geweten waardoor. Ik zag het helemaal voor me. Jenny, verward en angstig, die naar de man van wie ze hield ging om hem te vertellen dat ze zwanger was, en Danny die erdoor in paniek raakte. Misschien had ze geweigerd een abortus te ondergaan. Misschien had hij dat niet eens voorgesteld. Het makkelijkste was twee levens in één keer te beëindigen, en het hele probleem voor eens en altijd uit de weg te ruimen. Maar hij had het probleem niet uit de weg geruimd. Hij had het juist bij zichzelf op de stoep neergelegd, en bij mij.

'En hoe heeft Danny zich sindsdien gedragen, sinds midden vorige week?'

'Dat ging op en neer. Hij was erg geschrokken toen hij hoorde dat Jenny was... je weet wel. Hij kwam vloekend en tierend binnen, zette de tv op Sky News en bleef er urenlang naar kijken. Hij kon niet geloven dat ze er niet meer was.'

Of hij had zich schuldig gevoeld over wat hij had gedaan. Of hij had de opwinding van de moord herbeleefd tijdens de uitgebreide verslaggeving door de opeenvolgende nieuwsprogramma's. Of hij keek om te zien of hij ergens aanwijzingen kon vinden dat de politie hem op het spoor was.

Paul vertelde verder, kinderlijk openhartig. 'Hij was er kapot van, en telkens als haar foto te zien was, moest hij een beetje huilen. Ik dacht dat hij door het lint zou gaan toen hij het eerste verslag zag. Hij schopte zomaar een poot van die stoel; je weet wel, die stoel die ik je heb laten zien.'

Ik herinnerde me die stoel heel goed. Ik kon me voorstellen hoe Danny aan tafel had gezeten en was opgesprongen uit angst en woede: woede, omdat ze was gevonden, angst om te worden gesnapt. Het was niet volgens plan verlopen en hij was heftig uitgevallen.

Ik weet niet wat er van mijn gezicht af te lezen was, maar Paul keek me bezorgd aan. 'Je gelooft me toch wel? Hij was echt overstuur. Alles was afgelopen. Alles waarvoor hij had gewerkt.'

'Alles waarvoor hij had gewerkt was illegaal. Alles waarvoor hij had gewerkt, heeft hij gekregen dankzij de ellende die je vriendinnetje heeft moeten ondergaan.'

'Er was niets met haar aan de hand,' zei Paul nukkig. 'Ze wilde zelf helpen. Ze had er zelf voor gekozen om daar te zijn.'

'Dat vind ik erg moeilijk te geloven,' wierp ik tegen, en het kon me niets schelen dat ik boos klonk. 'Trouwens, als het zo leuk was om te doen, zou het jullie vast geen moeite hebben gekost om een meisje te vinden die het van haar overnam. Danny had vast wel iemand kunnen overhalen.'

'Jawel, maar zij was gewoon perfect, Jenny; ze zag er precies goed uit, en ze kende jou. Zoveel mazzel zou hij nooit meer krijgen.'

Ik schrok. 'Wat bedoel je? Waarom was het belangrijk dat ze mij kende?'

'Danny is helemaal door jou geobsedeerd.' Paul lachte. 'Jenny moest van hem haar haren los laten hangen, omdat jij je haar zo had zitten toen je zo oud was als zij. Ze moest zich ook net zo kleden als jij. Dingen waarvan hij wist dat je ze toen droeg... topjes en zo. Hij ging vaak kleren voor Jenny kopen, en dan gaf hij ze aan haar cadeau om bij ons thuis te dragen. Ze kon ze niet mee naar huis nemen, want dan zouden haar ouders ze zien. Ze wist helemaal niet dat het vanwege jou was. Maar hij vroeg Jenny steeds of ze hem dingen over jou wilde vertellen: wat je op school had gezegd, in wat voor bui je was geweest. Hij kon er geen genoeg van krijgen. Ze werd er vaak nijdig om.'

'Waarom,' vroeg ik met enige moeite, 'was je broer zo met mij bezig? We hebben elkaar in geen jaren meer gesproken. Hij kent me niet eens.'

'Hij weet juist hartstikke veel,' zei Paul vol zelfvertrouwen. 'Hij hield je altijd in de gaten, als je thuiskwam of wegging en zo, zodat hij wist dat het goed met je ging. Hij wilde alles weten waar je ook maar íéts mee te maken had. Eigenlijk,' en hij begon te blozen, 'zegt hij dat hij verliefd op je is.' Die laatste zin sprak hij uit op een zachte, hese toon, en ik dacht heel even dat ik het niet goed had gehoord. Ik keek naar de twee politiemannen. Vickers knikte me toe, moedigde me aan door te gaan. Blake trok zijn wenkbrauwen op. Zij hadden het dus ook gehoord.

'Onmogelijk,' zei ik kortaf, terwijl ik me weer naar Paul wendde. 'Je kunt niet verliefd zijn op iemand die je niet kent.'

'Hij wel.' Paul klonk zeker van zijn zaak. 'Hij is het echt. Hij is al jaren verliefd op je.'

Ineens zag ik een beeld voor me. 'In de voorkamer hebben jullie planken aan de muur. En daarop liggen allerlei spullen, van alles, zoals sleutels, een pen, oude ansichtkaarten, eigenlijk gewoon rommel. Dingen die je normaal gesproken niet op een boekenplank legt.'

Paul knikte. 'Danny noemt het zijn trofeeënkastje. Daar ligt alles wat hij echt belangrijk vindt. Hij bewaart het daar omdat ik daar niet mag komen; hij denkt dat ik die dingen misschien kapotmaak of zo. Maar als hij naar zijn werk is, ga ik weleens kijken, en ik heb er nog nooit iets van kapotgemaakt.'

'Paul, heel wat van de spullen op die planken zijn van mij. Weet je misschien hoe ze daar zijn terechtgekomen?'

'Die heeft Jenny voor hem meegenomen.' Het klonk alsof hij het heel gewoon vond. 'Ze pakte op school zoveel mogelijk van je bureau of uit je tas. Ze probeerde altijd vóór alle anderen in de klas te zijn, en als ze daar dan alleen was, zocht ze naar dingen voor Danny.'

Ik herinnerde me dat ik eens tijdens de lunchpauze mijn klaslokaal binnenliep en Jenny daar aantrof, een halfuur te vroeg voor de Engelse les. Het stond me nog bij dat ik er een grapje over had gemaakt. Ik kreeg een bittere smaak in mijn mond. Ik dacht dat ze zo dol was op Engels, dat ze zo leergierig was. Ik dacht dat ze mijn lessen leuk vond. Weer iets wat ik verkeerd had ingeschat.

Toen ik niets zei, slaakte Paul een zucht. 'Het is nogal een kutzooi, hè? We waren allemaal dingen voor andere mensen aan het doen.

Jenny maakte die video's en jatte spullen omdat ze indruk wilde maken op Danny. Ik deed mee omdat het betekende dat ik haar heel vaak kon zien.' Hij keek me smekend aan. 'Als het alleen om mij was gegaan, was ze misschien nooit gekomen. Ik dacht dat ze dat niet had gedaan als Danny er niet was geweest. Maar het maakte me eigenlijk niet zoveel uit dat ze niet speciaal voor mij kwam.'

'Dus zij kwam voor Danny, en jij hielp mee vanwege haar.'

'Ze had alles voor hem over. En ik had alles voor háár over. En ik weet wel dat jij het niet snapt, maar Danny... Danny had er alles voor over om dichter bij jou te komen. Al het geld dat we hebben verdiend spaarde hij op, zodat hij een huis zou kunnen kopen. En een goede auto. Hij was van plan je mee uit te vragen. Hij praatte alleen maar over jou.'

Niemand zei een woord. Het werd opeens duidelijk waarom Paul me zo dolgraag had willen helpen, waarom hij genoeg vertrouwen in me had om me alles wat hij en zijn broer hadden gedaan te vertellen. Danny had me willen beschermen – *opnieuw*, dacht ik met een rilling, en ik drong een ongewenste herinnering terug naar de achterste regionen van mijn geheugen. Paul had zich, zoals altijd, gewoon ingezet voor zijn broer. Ik vroeg me af waarom het toch altijd zo heet moest zijn in ziekenhuizen. De lucht in de kamer was bedompt, bijna tastbaar, en ineens ondraaglijk.

Juist op dat moment werd er zachtjes op de deur geklopt. Blake liep er snel heen en deed hem open. Hij stond half om de deur gebogen en begon fluisterend met iemand te praten. Ik ving een glimp van een stierennek op; mijn oude bekende, die buiten de kamer van Geoff had gezeten. Ik voelde me lichtelijk schuldig bij de gedachte aan Geoff. Ik had de hele dag eigenlijk niet aan hem gedacht. Nou had ik zelf natuurlijk ook wat problemen gehad, dat wel.

Paul lag achterover in de kussens uit het raam te kijken. Vickers was opgestaan en trok langzaam en gedachteloos de band van zijn pantalon recht. Ik wist dat zijn aandacht geheel was gevestigd op het gesprek bij de deur, en dat hij zich waarschijnlijk niet meer van mijn aanwezigheid bewust was. De maatschappelijk werkster zat er nog steeds, met dezelfde goedmoedige uitdrukking op haar gezicht. Je zou denken dat ze niets van Pauls bekentenissen had gehoord. Ik vroeg me af hoe je zo zonder enige emotie kon zitten luisteren naar zo'n losjes verteld verhaal vol nare en ranzige details over de misdrijven van Pauls broer. Hoewel ik moest toegeven dat een blijk van verontwaardiging voor een maatschappelijk werkster geen ideale reactie zou zijn. Toch zou het prettig zijn geweest enige reactie te zien, hoe gering ook.

Blake liet de deur dichtvallen en zei tegen Vickers, alsof er verder niemand in de kamer was: 'Het is zover.'

Vickers produceerde een zacht keelgeluid: voldoening, als het snorren van een forse kat die zijn prooi te pakken heeft. Hij draaide zich om naar Paul. 'We zullen je met rust laten, jongeman. Zorg jij nu maar dat je beter wordt, en maak je maar niet druk over dit alles.'

De woorden waren gemeend en klonken vriendelijk, maar leken in het geheel geen indruk op Paul te maken. Hij deed zijn ogen dicht en sloot ons allen daarmee buiten. Ik kon er niets aan doen, maar ik moest Vickers ongelijk geven: Paul had redenen te over om zich zorgen te maken. Ik vroeg me af hoe ze deze zaak zouden afwikkelen, of hij zou worden vervolgd, of ze rekening zouden houden met zijn leeftijd en zijn bereidheid tot medewerking, en hem vervolgens bij jeugdzorg zouden onderbrengen. Er was niemand anders die voor hem kon zorgen. Hoe je het ook wendde of keerde, hij stond er alleen voor.

Ik zag dat ze me hier zouden achterlaten; ik sprong op en ging Vickers achterna, die vlak achter Blake de kamer uit liep.

Toen ik op de gang was aangekomen zag ik de drie rechercheurs in overleg bijeenstaan. Ik liet de zware deur zachtjes achter me dichtvallen en wachtte tot ze klaar waren. Stierennek kreeg instructies en knikte aandachtig terwijl Vickers hem zo zacht toesprak, dat ik niets kon opvangen. Na een paar minuten maakte de gedrongen agent zich los uit het groepje. Toen hij langs me heen Pauls kamer binnenglipte, mompelde hij: 'Sorry.' Een wisseling van de wacht, vermoedde ik, wat inhield dat Vickers en Blake elders iets beters te doen hadden.

'Hebben jullie hem gevonden?'

Ze keken verbaasd om en Blake vroeg Vickers met een blik of hij me mocht vertellen wat er gaande was. De oudere man knikte.

'Ze hebben Daniel Keane een uur geleden op het busstation bij Victoria Station opgepakt. Ze kregen hem in de gaten toen hij op de bus naar Amsterdam stapte. Op dit moment wordt hij overgebracht, en daarom gaan we nu naar het bureau.'

'Dat is fantastisch,' zei ik, en ik meende het. 'Doe hem de groeten van me, als jullie de kans krijgen.'

'Wees gerust, we zullen hem zeker ondervragen over jou. Hij heeft heel wat uit te leggen.'

Vickers maakte een rusteloze indruk. 'We moeten gaan, Andy. Sorry, Sarah, maar ik vind dat we echt weg moeten.'

'Prima. Dat begrijp ik.'

'Denk je dat je zelf kunt thuiskomen?' vroeg Blake. 'Bij de receptie hebben ze wel een nummer van een taxi voor je.'

'Maak je om mij geen zorgen. Ik denk dat ik nog even bij Geoff ga kijken, voordat ik ga.'

De twee mannen vielen stil. Ik keek van de een naar de ander en zag dezelfde uitdrukking op hun gezicht. 'Wat is er?'

'Sarah…' begon Blake, maar Vickers viel hem in de rede.

'Ik vind het naar om te zeggen, maar hij is er niet meer.'

'Is er niet meer?' herhaalde ik dommig, in de hoop dat ik het verkeerd had begrepen.

'Hij is even na twee uur vanmiddag overleden.' De stem van de inspecteur klonk vriendelijk. 'Hij is helaas niet meer bij bewustzijn geweest.'

'Maar… maar ze waren eerst helemaal niet zo bezorgd om hem.' Ik kon het maar moeilijk bevatten.

'Hij heeft een ernstige hersenbloeding gekregen, als gevolg van de verwondingen aan zijn hoofd die hij tijdens de overval had opgelopen.' Blake was overgeschakeld op procesverbaaltaal. 'Ze konden er niets aan doen. Sorry.'

'Nu zijn het er twee,' fluisterde ik.

'Twee?'

'Jenny en Geoff. Twee mensen die in leven zouden moeten zijn. Twee mensen die niet verdienden wat hun is overkomen.' Mijn stem klonk me vreemd in de oren, futloos, hard. 'Laat hem er niet mee wegkomen.'

'Absoluut niet,' zei Blake met overtuiging.

'Ga eerst eens even zitten,' stelde Vickers voor. 'Een paar minuten maar, en ga dan naar huis en neem wat rust. Wil je dat we iemand voor je bellen?'

Ik schudde mijn hoofd.

Hij haalde een dikke, bruinlederen portefeuille tevoorschijn, glanzend als een kastanje door jarenlang gebruik, en nam er een visitekaartje uit. 'Als je iets nodig hebt: mijn nummer staat erop.' Hij wees ernaar. 'Als je er behoefte aan hebt, bel me dan.'

'Dank u wel.'

'Ik meen het, hoor.' Hij stak zijn hand uit en klopte me zachtjes op mijn schouder.

'Oké.' Aandachtig borg ik het kaartje op in mijn handtas. 'Maakt u zich alstublieft geen zorgen om mij. Ik red me wel.'

'Goed zo,' zei Vickers. 'We nemen toch wel contact met je op. We zullen je laten weten wat hij zegt.'

Ik knikte en wist een beverig glimlachje op mijn gezicht te toveren, en dat leek hen gerust te stellen. Ze liepen met haastige tred weg in de richting van de liften. Ik bleef midden op de gang staan en liet mijn handen keer op keer langs de hengsels van mijn tas gaan, tot een klein meisje in pyjama me vroeg uit de weg te gaan. Ik sprong opzij en keek hoe ze moeizaam voorbijliep, en een infuus aan een standaard, die veel langer was dan zijzelf, met zich meetrok. Ze leek zich sterk bewust van de doelen in haar leven, waar ze ook heen ging. Ik leunde tegen de muur, totaal uitgeput, en ik vroeg me af hoe het zou voelen om een doel in je leven te hebben. Ik had me in mijn hele leven nog nooit zo nutteloos gevoeld.

De gang was geen ideale plek om te blijven staan, en nadat ik voor de derde keer voor iemand opzij was gegaan, slenterde ik naar een deur met het woord UITGANG erop. Toen ik hem openduwde, zag ik een trap, waarlangs ik moeizaam afdaalde tot aan de begane grond. Ik dwong mezelf de ene voet voor de andere te zetten, terwijl ik me vasthield aan de leuning. Beneden kwam ik uit bij een deur die iemand geopend had vastgezet, en ik wandelde naar buiten, een bestraat plaatsje met wat tuinbanken eromheen. Het leek de rookplek te zijn voor patiënten die voldoende mobiel waren om af en toe buiten een sigaret op te steken. Aan de zijkant van de banken zaten metalen bakjes met in elk daarvan een berg sigarettenpeuken; de lucht was doordrongen van de scherpe geur van verbrande tabak.

De plek was nu verlaten, want de avondlucht was een graad of twee lager dan aangenaam was. Ik ging zittten op de bank die het verst van de deur verwijderd was en sloeg mijn armen over elkaar. Ik was verkleumd tot op het bot, maar dat had niets te maken met de temperatuur van de buitenlucht.

Het was allemaal te veel. Dat was het zinnetje dat steeds weer in mijn hoofd opkwam. Te veel. Te veel lijden. Te veel geheimen. Ik was er nog lang niet aan toe het nieuws van de dood van Geoff te verwerken. Geoff was op het pad van een wervelstorm gaan staan, enkel en alleen door mijn afwijzing niet te willen accepteren. Geoff was door zijn ego in botsing gekomen met een man die aan een echte obsessie leed, die niets tussen hem en datgene wat hij wilde zou laten komen. En Danny Keane wilde mij, dat was duidelijk.

Ik trok mijn knieën op tegen mijn borst en sloeg mijn armen eromheen. Ik hield ze stevig vast en legde mijn voorhoofd op mijn knieschijven. Niets van dit alles was mijn schuld. Niets van dit alles kwam door iets wat ik had gedaan. Ik was niet apart, of opvallend. Danny had iets op me geprojecteerd wat ik niet was, had aangenomen dat ik bijzonder was, op een manier waarin ik mezelf totaal niet herkende. Ik was maar heel gewoon. Het enige afwijkende aan mij was het schuldgevoel dat me in mijn eentonige leventje gevangen hield, zoals een nachtvlinder gevangen zit op het prikbord van een verzamelaar. Toch had Danny Keane om mij bloederige vingerafdrukken achtergelaten in het leven van een aantal mensen: de Shepherds, Geoffs familie, die arme, dikke Paul. Ik begroef mijn nagels in mijn bovenarmen. Ik was ook een slachtoffer, net als de anderen van wie er kleine trofeeën op Danny Keanes boekenplanken lagen. Dit had ik nooit gewild.

'Ik hoop dat ze je bont en blauw slaan,' zei ik hardop, terwijl ik me Danny's gezicht voor de geest haalde, zijn glanzende ogen, de hoge jukbeenderen, waartegen maar weinig tienermeisjes bestand waren. Maar op het moment dat ik deze woorden uitsprak, dwaalden mijn gedachten al af. Er was iets waarop ik net geen vat kreeg. Ik concentreerde me en probeerde er greep op te krijgen, terug te gaan naar datgene wat mijn aandacht probeerde te vangen. Wat was het toch? Iets belangrijks... iets wat ik had gezien en niet had begrepen.

Trofeeën.

Ineens wist ik het weer, en met open mond en bonkend hart greep ik de rand van de bank vast. Met trillende handen graaide ik door mijn tas, onhandig zoekend naar mijn mobiel, stukjes papier opzij duwend, op zoek naar dat verdomde kaartje van Vickers. Waar was het toch? Dat niet... waarom sleepte ik toch zoveel rotzooi mee? Bonnetjes... boodschappenlijstje... Misschien had ik het boven op de kinderafdeling laten liggen. Of toch niet.

Met het kaartje in mijn hand alsof het een kostbaar en breekbaar voorwerp was, toetste ik het mobiele nummer in; ik checkte de cijfers nog eens extra en dwong mezelf wat rustiger te werk te gaan. Uiteraard stond hij op voicemail. Ik liet geen bericht achter, maar toetste direct het nummer van het politiebureau in.

De balieagente klonk alsof haar lange dienst bijna voorbij was.

'Hij is momenteel niet beschikbaar; mag ik u overzetten naar zijn voicemail?'

'Voor mij is hij zeker beschikbaar,' zei ik, en ik probeerde een beetje autoritair te klinken, maar bedacht ondertussen dat ik meer indruk zou maken als ik de beving uit mijn stem had weten te weren. 'Zeg maar tegen hem dat er iets is wat hij beslist moet weten voordat ze met Danny Keane gaan praten. Zeg maar dat het van levensbelang is dat hij mij te woord staat.'

Met een gedempt, geïrriteerd gemompel zette ze me in de wacht, en ik bleef aan de lijn, ongeduldig met mijn voet tegen de grond tikkend, terwijl een jengelende, vals klinkende instrumentale versie van 'Islands in the Stream' mijn gehoor pijnigde. Ik zou er mijn geld niet op hebben gezet dat ik zou worden doorverbonden, ondanks al mijn dramatische uitingen over leven-en-dood, en ik schrok dan ook bijna toen ik de stem van Vickers hoorde.

'Hallo, wat is er?'

'U moet hem vragen naar dat halsbandje,' zei ik zonder introductie. 'Dat op de boekenplank lag. Van leer, met kraaltjes eraan. Een leren riempje.'

'Wacht even,' zei Vickers kortaf. Er klonk een schuifelend geluid en ik zag voor me hoe hij door het dossier zat te bladeren. 'Ja, daar heb ik hier een foto van. Op de bovenste plank. Wat is daar zo belangrijk aan? Was hij van Jenny?'

'Nee,' zei ik grimmig. 'Hij was van mijn broer. En Danny Keane hoort hem absoluut niet in zijn bezit te hebben. De zomer dat Charlie verdween, deed hij hem nooit af. Zelfs niet in bad. Hij droeg hem toen ik hem voor het laatst zag, en ik was de laatste die hem heeft gezien voordat hij verdween, op zijn ontvoerder na.'

'Weet je dat zeker?' vroeg Vickers.

'Absoluut,' zei ik. 'Wilt u me bellen en me laten weten wat hij heeft gezegd?'

'Absoluut,' echode Vickers, waarna hij de hoorn neerlegde.

Ik bleef zitten luisteren naar de stilte, liet mijn mobieltje door mijn handen gaan. Niets verliep ooit zoals ik dacht dat het zou verlopen. Ik had jarenlang gedacht dat mijn moeder er ten onrechte van overtuigd was dat ik het geheim van Charlies verdwijning kon ontsluieren. Ik had haar haar onredelijkheid kwalijk genomen; daardoor was onze relatie verdord en lag er nu zout op de akker waar ze was gegroeid, waardoor er niets anders meer kon opkomen. En nu zag het ernaar uit dat ze gelijk had gehad, al vond ik het verschrikkelijk om dat te moeten toegeven.

Ik voelde me doodmoe, maar ik moest toch de energie opbrengen om op te staan. Het was tijd om naar huis te gaan.

1999

Zeven jaar vermist

Het park is 's avonds anders. Het is donker onder de bomen waar de straatlantaarns niet schijnen, en het enige wat ik kan zien is de rode gloed van het puntje van Marks sigaret. De kers, noemt hij het. Hij gloeit op en wordt weer zwakker als hij er een trekje van neemt, en ik kan de zijkant van zijn gezicht zien, zijn kaaklijn, de lange wimpers op zijn wangen. Soms denk ik dat hij me wel leuk vindt, maar andere keren ben ik daar toch niet zo zeker van. Hij is drie jaar ouder dan ik. Hij heeft net rijexamen gedaan en is meteen de eerste keer geslaagd. En hij is zo knap om te zien dat mensen hun hoofd omdraaien als hij door de hoofdstraat flaneert. Alle meisjes bij mij op school zijn helemaal gek op hem.

Er klinkt een schuifelend geluid: Stu gaat even anders liggen naast Mark. Ik schuif iets opzij, probeer minder ruimte in te nemen. Het is zachtjes gaan regenen, en ons kleine groepje kruipt dichter naar elkaar toe. Annettes elleboog ligt tegen mijn zij en als iedereen lacht om een grapje van Stu, geeft ze me een harde stomp. Dat doet ze expres. Ze mag me niet.

'Laten we gaan flesjedraaien,' zegt ze. Ze houdt de wodkafles omhoog en schudt hem, zodat het slokje dat er nog in zit begint te klotsen. Ik draai me om naar Mark in de hoop dat hij nee zal zeggen. Ik ben misselijk. Ik wil gewoon dat hij zijn arm om mijn schouders legt en op die grappige, rustige manier van hem tegen me gaat praten. Het gaat er eigenlijk niet om wat hij zegt. Het is meer het gevoel dat hij me daarmee geeft.

'Het is te donker,' zegt een ander meisje, en weer iemand anders

– Dave – pakt een fietslamp en knipt hem aan. Iedereen in de kring ziet er bezopen uit, met hangende oogleden en vochtige lippen. Ik heb niet zoveel gedronken als de anderen, en ik wil niet meedoen met flesjedraaien, niet met deze mensen, niet nu. Het is laat en ik ben moe, en ik controleer steeds of mijn sleutels wel in mijn zak zitten, zodat ik stilletjes het huis in kan, voordat mama merkt dat ik ben weggegaan.

Plotseling neem ik een besluit. Ik sta op en Annette lacht luid. 'Heb je er geen zin in, Sarah?'

'Ik ga naar huis.' Ik zoek mijn weg over allemaal benen heen en buk me om de takken opzij te schuiven, als ik de openlucht in stap. Achter me klinkt geschuifel en dan komt Mark ook naar buiten. Hij negeert het gejoel van zijn vrienden. Hij legt zijn arm om me heen en ik voel me warm, aardig gevonden, en ik verwacht dat hij me thuis zal brengen, maar hij neemt me mee van het pad af naar het hutje van de tuinman, een paar honderd meter van de groep vandaan.

'Ga nou niet weg,' mompelt hij in mijn haren. 'Ga nog niet naar huis.'

'Maar ik wil naar huis.' Ik trek me een beetje los, half lachend, en zijn greep om mijn arm wordt steviger. 'Au. Dat doet pijn.'

'Stil nou. Stil nou toch,' zegt hij, en hij trekt me mee tot achter de beschutting van de wand van de hut.

'Mark,' zeg ik protesterend, en hij duwt me hard tegen de muur, zodat mijn hoofd ertegenaan bonst. Dan voel ik overal zijn handen; ze graaien, voelen, duwen, en mijn adem stokt van schrik en pijn, en hij lacht zachtjes. Hij gaat maar door, duwt me alle kanten op, en dan hoor ik vlakbij een geluid, en ik kijk en het is Stu, en daar komt ook Dave naast hem staan. Ze hebben hun ogen opengesperd van nieuwsgierigheid. Ze staan daar om te zorgen dat ik niet weg kan rennen. Ze staan daar om toe te kijken.

'Je vindt het lekker, hè?' vraagt Mark, en zijn handen liggen op mijn schouders en duwen ze omlaag, zodat ik voor hem op mijn knieën val, en dan weet ik het, weet ik wat hij wil dat ik doe. Hij frommelt aan zijn spijkerbroek, zijn ademhaling gaat snel, en ik sluit mijn ogen, terwijl de tranen aan de binnenkant van mijn oogleden prikken. Ik wil naar huis. Ik ben te bang om te doen wat hij wil, en ik ben te bang om nee te zeggen.

'Doe je mond open,' zegt hij, en hij houdt zijn handen aan weerszijden van mijn gezicht, zodat ik hem moet aankijken, zodat ik wel moet zien wat hij daar heeft. 'Schiet op, trut. Als jij niet wilt, zijn er zat meisjes die het wel willen.'

Ik kan niet zien wat er gebeurt, maar plotseling schijnt er een helder licht, rood door mijn oogleden heen, en ik hoor Dave vloeken, met een schrille, angstige stem. De twee jongens rennen ervandoor, hun voeten glijden weg over het gras, en voordat Mark kan reageren klinkt er een hol geluid en dan wankelt hij, hij valt opzij en schopt met zijn benen. Ik spring op met mijn ogen tot spleetjes geknepen tegen het licht – de smalle lichtbundel van een zaklantaarn zie ik nu – en degene die hem vasthoudt wendt zich van mij af en laat het licht over het lichaam van Mark schijnen, over zijn onderlijf, naar zijn broek en zijn onderbroek, die in een prop om zijn enkels liggen.

'Jij kuttenkop,' zegt de persoon met de zaklantaarn, en eerst denk ik dat hij het tegen mij heeft. 'Kon je soms niemand van je eigen leeftijd vinden? Zo'n kind verleiden.'

Hij loopt naar voren en schopt Mark. Hij treft hem hard tegen zijn dijbeen en Mark kreunt. De zaklantaarn zwaait opzij en heel even zie ik een bekend gezicht: Danny Keane, Charlies vriend. Ik begrijp er niets van. Ik doe een stap naar achteren, en het licht van de zaklantaarn verdrijft de schaduwen, vindt mij, schiet langs mijn topje. Het voorpand is gescheurd, besef ik, en ik probeer onhandig de rafelige stukken bijeen te trekken.

Een seconde lang heerst er stilte, terwijl Danny me aanstaart, en ik terugkijk, met mijn ogen tot spleetjes geknepen, tegen het licht van de zaklantaarn.

'Ga maar naar huis, Sarah,' zegt Danny, en zijn stem klinkt doods. 'Ga naar huis en doe dit nooit weer. Je bent nog maar een kind. Wees dan ook een kind, in godsnaam. Dit is niets voor jou. Je moet echt naar huis gaan.'

Ik draai me om en begin te rennen, ik stuif over het gras alsof ik achternagezeten word, en achter me hoor ik een doffe klap, en nog een, en ik moet wel kijken, zien wat er gebeurt. Danny zit boven op Mark en hij slaat met de zware zaklantaarn langzaam en systematisch zijn voortanden uit zijn mond, terwijl Mark maar blijft schreeuwen.

Terwijl ik wegren, weet ik twee dingen zeker. Mark zal nooit meer met me willen praten. En zo lang ik leef, zal ik Danny Keane nooit meer onder ogen kunnen komen.

16

Niet voor het eerst zat ik naast mijn moeder op de bank zonder enig idee te hebben waar ze met haar gedachten zat. Ze leek geheel op te gaan in de televisie, waarop een quizprogramma aan de gang was dat ik nooit eerder had gezien en waarvan ik helemaal niets begreep. De felle kleuren van het decor en het gejoel van het publiek deden pijn aan mijn ogen en oren; ik had daar liever in stilte gezeten. Ik had een droge mond en de drang om iets omhanden te hebben was bijna niet te weerstaan; niets kon de rusteloosheid die ik voelde doen afnemen. Het pluche van de armleuning van onze oude bank had mijn stiekeme gepulk al moeten ondergaan. Dat was niet best voor de stof, maar het had mij wel een beetje opgelucht. Ik had mijn voeten onder me opgetrokken, zodat ze niet langer tegen de vloer tikten in hetzelfde versnelde ritme van mijn hartslag, en nu sliepen ze en voelde ik ze dreigend prikken. Ik had een knoop in mijn maag. Ik had al urenlang niet gegeten, maar zou ook geen hap door mijn keel kunnen krijgen. De enige gedachte die bij me opkwam en mijn hoofd meedogenloos deed tollen, was: wat heeft hij gezegd?

Het telefoontje was twintig minuten eerder gekomen, na een lange dag van wachten. Vickers, die keurig vroeg of mijn moeder ook aanwezig was, en of hij mocht langskomen om met ons beiden te praten, omdat hij iets te weten was gekomen waarvan hij dacht dat we het graag wilden horen. Vertel het me nu alvast, had ik bijna gesmeekt, maar ik wist dat hij dat niet zou doen. Er klonk niets dan beroepsmatige beleefdheid door in zijn stem. Hij had me, al dan niet opzettelijk, opnieuw buitengesloten. Ik bevond me weer aan de verkeerde kant van de scheidslijn tussen de politie en de burgermaatschappij.

Ik had mijn moeder direct na mijn gesprek met Vickers ingelicht. Ik had haar verteld dat de politie voor de tweede opeenvolgende dag bij ons thuis zou komen, en dat het iets te maken had met de verdwijning van Charlie. Ze had niet de indruk gewekt verbaasd te zijn. Haar hand was niet naar haar borst gegaan, ze had haar ogen niet opengesperd, haar bloeddruk was niet gestegen. Ze wachtte hier al lang op. Ik kon er alleen maar naar raden hoe vaak ze dit moment in gedachten had beleefd, vaker dan ik me kon voorstellen, en daarom was er niets aan dit bericht dat haar kon verbazen. Ze zat naast me, even ver weg en onpeilbaar als de sterren, en ik kon de juiste woorden niet vinden om haar te vragen hoe ze zich voelde. Ze had me zelfs niets verteld over de doorzoeking van ons huis door de politie de dag tevoren, over de vragen die haar waren gesteld. Ik had bij terugkomst uit het ziekenhuis lang in mijn kamer staan rondkijken, waarbij ik die door de ogen van Blake probeerde te zien, probeerde te zien wat er was opengemaakt en wat er was verplaatst. De kamer kwam vreemd op me over, alsof hij veranderd was of zo, en ik had me omgedraaid om ervandaan te lopen met een gevoel van claustrofobie, dat nog bij de schaamte kwam die niet was verdwenen sinds ik op de hoogte was gesteld van de huiszoeking.

En nu zat ik te wachten op een volgend bezoek van de politie, ditmaal vol ongeduld. Uiteindelijk zat ik niet eens in de zitkamer, toen ze aanbelden. Ik stond in de keuken te wachten tot het water kookte voor de thee waar we eigenlijk geen van beiden trek in hadden. Buiten het gezichtsveld van mijn moeder kon ik naar hartenlust ijsberen en frummelen. Het langdurige gesis van het water dat langzaam aan de kook raakte in de waterkoker, maakte dat ik geen enkel geluid uit de rest van het huis kon horen, en toen de waterkoker zich met een klik uitschakelde, verstijfde ik, want ik hoorde stemmen in de gang. Ik vergat de thee en vloog met bonzend hart de keuken uit.

'Dag, Sarah,' zei Vickers. Hij keek langs mijn moeder heen, die de deur had opengedaan. Naast hem stond een knappe vrouwelijke agent, die ik herkende van het politiebureau. Geen Blake. Nou ja, dat gaf niets.

'Kom binnen,' zei ik, met een gebaar naar de woonkamer. 'Gaat u zitten. Wilt u misschien een kopje thee? Ik ben het net aan het zetten.' Na al dat ongeduld, was ik nu aan het uitstellen. Nu ze hier eenmaal waren, wilde ik helemaal niet weten wat ze te zeggen hadden. Ik kon me er ook geen voorstelling van maken hoe mijn moeder erop zou reageren.

'Op dit moment hebben we geen behoefte aan thee,' zei Vickers, 'maar neem gerust zelf een kopje.'

Ik schudde woordloos mijn hoofd en liet me zakken op een harde stoel bij de deur. Mijn moeder ging waardig zitten in de oude leunstoel van mijn vader. De politie had al plaatsgenomen op de bank. De vrouwelijke agent bleef oncomfortabel rechtop aan de rand zitten. Vickers leunde voorover met zijn ellebogen op zijn knieën, en wreef onophoudelijk met de vingertoppen van zijn rechterhand over de knokkels van zijn linker. Aanvankelijk zei hij niets en keek hij alleen maar van mijn moeder naar mij en terug. Even kon ik niets van zijn gezicht aflezen. Was er helemaal geen nieuws? Misschien had ik het mis gehad wat het halsbandje betrof. Misschien had Danny tijd zitten rekken. Misschien had hij geweigerd vragen te beantwoorden. Ik wreef met mijn handen over mijn spijkerbroek en vroeg me af hoe ik moest beginnen.

'Hoe kunnen we u van dienst zijn, inspecteur?'

De woorden waren afkomstig van mijn moeder en ik knipperde verbaasd met mijn ogen toen ik haar aankeek. Ze zat daar zo rustig en beheerst als een koningin. Ik begon een ruwe schatting te maken van de hoeveelheid drank die ze in de loop van de dag achterover had geslagen, maar gaf het al snel op. Voldoende om haar rug te rechten, niet zoveel dat ze dit bezoek niet als een dame kon afhandelen. Haar handen lagen gevouwen in haar schoot; het verraderlijke beven was nauwelijks zichtbaar.

'Mevrouw Barnes, zoals u waarschijnlijk weet, zijn we bezig met het onderzoek naar de moord op een jong meisje uit deze buurt, die een paar dagen geleden heeft plaatsgevonden. Tijdens dat onderzoek zijn er een paar zaken aan het licht gekomen over de verdwijning van uw zoon. We hebben reden om aan te nemen, mevrouw Barnes, dat Charlie al snel na zijn verdwijning in 1992 is vermoord, en we weten wie daarvoor verantwoordelijk is geweest.'

Mama wachtte af, nog steeds beheerst. Mijn ademhaling stokte.

'Charlie was bevriend met een jongen genaamd Daniel Keane – Danny –, die op Curzon Close 7 woonde met zijn vader en moeder, Derek en Ada. Charlie bracht veel tijd door met Danny, en hij is dan ook ondervraagd na de verdwijning van Charlie. Toen ontkende hij ook maar iets te weten over de verblijfplaats van Charlie, en er was geen reden om aan te nemen dat hij loog. Hij is weer bij ons in beeld gekomen in verband met de moord op Jennifer Shepherd, het jonge meisje dat ik net noemde. We hebben hem nu onder arrest, en ook Charlies verdwijning aan hem voorgelegd. Ditmaal heeft hij ons beter geholpen. Hij heeft ons een aantal dingen verteld die ons voordien niet bekend waren.'

Vickers ging iets zachter praten. De haartjes op mijn armen werden overeind geblazen door een windvlaag die er niet was. Ik kon nauwelijks ademhalen.

'Wat we ten tijde van Charlies verdwijning niet wisten, was dat Derek Keane zeer frequent en agressief zedenmisdrijven pleegde. Hij opereerde in deze buurt, waar hij over een periode van vijftien tot twintig jaar vrouwen heeft gemolesteerd. In diezelfde tijd heeft hij zijn zoon en een aantal andere kinderen lichamelijk en seksueel misbruikt.'

'Maar Charlie niet,' zei mama hoofdschuddend.

'Aanvankelijk niet,' zei Vickers ernstig, meelevend. 'Daniel Keane zegt dat hij behoorlijk zijn best heeft gedaan om ervoor te zorgen dat zijn vader nooit alleen was met Charlie, en dat hij erin was geslaagd het misbruik dat hij zelf onderging, verborgen te houden voor uw zoon. Derek had het gemunt op jonge meisjes en jongens met een ongunstige achtergrond, voornamelijk kinderen die onder jeugdzorg vielen, en die hij tegenkwam via de jeugdclub van deze wijk. Ik geloof niet dat hij ooit op een eerlijke manier geld heeft verdiend, maar hij fungeerde als een soort klusjesman voor de club. Dat was voor hem de plek bij uitstek om kwetsbare jongelui te ontmoeten en hun vertrouwen te winnen, en die kansen heeft hij optimaal benut.'

De jongerenclub was tien of twaalf jaar eerder gesloten. Het gebouw, eigenlijk een loods van rode baksteen met hoge getraliede ramen, die in de jaren vijftig tot een club was verbouwd, was uiteindelijk gesloopt. Ik was er nooit geweest; te jong voordat Charlie verdween, te overdreven beschermd daarna. In mijn kinderlijke fantasie had de club een wonderland geleken, een plek waar de kinderen de baas waren en volwassenen hoogstens werden geduld. Ik had ontzettend graag toestemming willen hebben om erheen te gaan, had ernaar gehunkerd even binnen te kijken. De hoge ramen, die indertijd zo aantrekkelijk hadden geleken, kregen nu iets heel sinisters. Ze hadden meer verborgen dan onschuldig vermaak. Ik slikte krampachtig en dwong mezelf te luisteren naar wat Vickers vertelde.

'Derek was gewelddadig, zowel thuis als daarbuiten, en zat geregeld korte gevangenisstraffen uit. Volgens Danny waren zijn moeder en hijzelf altijd bang voor Derek, en werd hun leven gedicteerd door zijn buien. Ze hadden geleerd opgewekt te zijn als hij opgewekt was. Als hij boos, in zichzelf gekeerd of dronken was, probeerden ze bij hem uit de buurt te blijven.

In de zomer van 1992 was het een paar maanden lang redelijk stabiel en rustig in huize Keane. Derek was druk bezig met een plan om aan geld te komen – een of andere fraude met autoverzekeringen. Hij was veel weg met zijn vriendengroep; ze reden naar verschillende delen van het land om zogenaamde ongevallen te veroorzaken. Volgens eigen zeggen kon Danny zich in die periode ontspannen. Als Derek er niet was, kon Charlie gerust bij de familie Keane thuis komen. Ze kwamen liever daar dan hier bij elkaar, omdat Sarah dan niet hoefde mee te spelen.' Vickers keek me verontschuldigend aan voordat hij verder ging, maar het deed me niets; het kon wel kloppen.

'Op 2 juli in de namiddag ging Charlie op zeker moment van huis weg. Zoals u weet is niet vastgesteld dat hij door iemand is gezien, of dat iemand met hem heeft gesproken, na het moment waarop Sarah hem nog heeft gezien. We weten nu dat hij niet ver weg is gegaan. Hij liep rechtstreeks naar de overkant, naar zijn beste vriendje.'

Mama zat vooroverend door de dunne, strakgespannen huid van haar knokkels heen was wit bot te zien. Als haar handen niet ineengeklemd op haar schoot hadden gelegen, zou ik niet hebben geweten dat ze van streek was door de rustige opsomming van feiten door de rechercheur.

'Helaas was Danny niet thuis. Hij was met zijn moeder naar de supermarkt, ook omdat hij niet alleen met zijn vader thuis wilde blijven. Derek was thuisgekomen van een lange reis en haalde wat slaap in. Danny wilde het risico niet lopen hem per ongeluk wakker te maken.

We denken dat Derek de deur opendeed toen Charlie aanklopte. In plaats van hem weg te sturen, vroeg Derek hem binnen. Hij kon best vriendelijk zijn als hij daar zin in had, en Danny had het misbruik natuurlijk ook altijd verborgen gehouden voor Charlie. Charlie had geen enkele reden om bang te zijn.'

Vickers zweeg en schraapte zijn keel. Hij was al een poosje onafgebroken aan het woord, maar ik herkende het als een vertragingstactiek. Nu kwam het moeilijkste deel. *Maak het verhaal af,* probeerde ik met mijn gedachten over te brengen. *Zeg het maar gewoon.*

'We weten niet zeker wat er daar in huis is gebeurd, maar op grond van wat Derek zijn zoon heeft verteld, denken we dat Charlie iets is overkomen in de tijd dat ze samen waren. We kunnen aannemen, gezien Dereks gedrag in het verleden, dat hij de gelegenheid heeft benut, nu hij alleen thuis was, om Charlie te misbruiken. Maar Charlie was anders dan zijn gebruikelijke slachtoffers. Hij was dapper en intelligent en had een hechte band met zijn ouders. Hij wist dat het verkeerd was, wat er was gebeurd. Hij liet zich niet paaien, noch bedreigen om zijn mond te houden. Derek moet in paniek zijn geraakt, wetende dat hij de grootste problemen kon verwachten, als Charlie naar huis zou gaan en het aan zijn ouders zou vertellen. Toen Danny en zijn moeder thuiskwamen, was Charlie dood.'

Het laatste woord viel met een doffe klap in de stilte in de kamer. Mijn moeder liet zich achterover in haar stoel zakken, met haar hand tegen haar borst. Ze zag er doodsbleek uit. Ook al had ik dit verwacht – had ik het eigenlijk al jaren geweten –, toch golfde de schok van deze bevestiging door mijn lichaam.

'Derek was niet wat je noemt slim, maar hij was wel sluw en had een intuïtief gevoel voor zelfbescherming,' ging Vickers verder na een korte, respectvolle pauze. 'Hij wist dat u en uw echtgenoot, mevrouw Barnes, al snel alarm zouden slaan als Charlie niet thuiskwam. Hij verstopte Charlies lichaam in de kofferbak van de auto, wat overigens het riskantste deel van zijn plan was, omdat de auto op de oprit voor het huis stond. Geen garage bij deze huizen, dus geen privacy. Maar hij trof het, want niemand had hem in de gaten. Toen Danny en zijn moeder thuiskwamen, was de vreemde bui van Derek de enige aanwijzing dat er iets was voorgevallen. Hij was prikkelbaar en in gedachten verzonken. Hij stuurde Ada die avond naar een vriendin en zei dat ze absoluut niet mocht thuiskomen, voordat hij haar liet halen. Ze probeerde Danny nog mee te nemen, maar daar stak Derek een stokje voor. Hij zei dat zijn zoon hem ergens mee moest helpen. Als Ada later al mocht hebben vermoed dat haar man verantwoordelijk was voor de verdwijning van Charlie, dan heeft ze dat nooit tegen Danny of tegen iemand anders gezegd, voor zover we weten.'

Mijn moeder knikte herhaaldelijk en staarde voor zich uit. 'Maar ze moet het wel hebben vermoed. Ziet u, ik weet nog dat ze me bloemen gaf,' mompelde ze, voornamelijk tegen zichzelf. 'Roze anjers. Ze kon geen woord uitbrengen. Roze anjers.'

Wetende dat mijn moeder in staat was eindeloos zo door te gaan, viel ik haar in de rede. 'Maar Danny bleef thuis. Wanneer besefte hij wat er was gebeurd?'

'Toen zijn vader hem het lichaam van Charlie liet zien,' zei Vickers grimmig. 'Derek heeft het donker afgewacht, wat vrij enerverend moet zijn geweest, want in die tijd van het jaar moet de zon behoorlijk laat zijn ondergegaan. Toen dwong hij Danny bij hem in de auto te stappen. Ze reden een paar kilometer in de richting van Dorking, naar een plek ver buiten de bewoonde wereld, waar een steegje loopt, achter een terrein waar wat huizen stonden. Daar was een pad voor spoorwegwerkers, dat naar het spoor leidde. Derek had een vriend die bij het spoor werkte, en die had hem erover verteld. Vanuit de huizen had je er geen zicht op, want het talud van de spoorlijn is daar dichtbegroeid met bomen en struiken. De spoorlijn was een aftakking die in die periode niet werd gebruikt. Het was een prachtige plek om je van een lichaam te ontdoen.' Vickers zuchtte. 'Ik geloof niet dat Danny ooit de schok heeft verwerkt die hij kreeg toen de achterklep van zijn vaders Cavalier opening en hij het dode lichaam van zijn beste vriendje zag liggen. Derek had hem niet voorbereid, had hem alleen maar verteld dat hij de zaklantaarn en de schep moest vasthouden, terwijl hij Charlie naar het talud droeg.'

Ik kon mezelf er niet toe zetten het medelijden te voelen dat Vickers kennelijk verwachtte. Het was duidelijk dat het traumatisch was geweest voor Danny. Hij had een gruwelijke jeugd gehad. Dat wel. Maar hij had mijn ouders desondanks laten leven in de kwellende onzekerheid over wat er met hun zoon was gebeurd. Hij had zijn vaders geheim bewaard, tot hij lang en breed volwassen was. Pas toen hij in een hoek gedreven was, had hij de waarheid verteld. Als ik Charlies halsbandje niet had gezien, had Vickers nooit geweten dat er iets over te vragen viel, en was mijn moeder tegen beter weten in blijven hopen, en was ze elke dag een beetje meer doodgegaan. En dan was Jenny er nog. Hij had de lessen die zijn vader hem had geleerd, goed onthouden. De misbruikte jongen die zelf misbruiker wordt. De zoon van de moordenaar die zelf moordenaar is geworden. Ik kon niets anders dan walging voor hem voelen.

Mama verschoof in haar stoel. 'Hoe is Charlie gestorven? Dat hebt u niet verteld. Hoe heeft hij mijn zoon vermoord?'

Vickers leek niet op zijn gemak. 'Dat weten we helaas niet. We zullen het pas weten als we het lichaam hebben gevonden en een autopsie doen, en zelfs dan zullen we na al die tijd slechts skeletresten vinden. Botten,' verduidelijkte hij, want hij vatte de blik van afschuw op mijn gezicht verkeerd op. Ik begreep die uitdrukking heus wel, ik snapte alleen niet waarom hij dit zei waar mijn moeder bij was.

Maar in plaats van in te storten, zoals ik had verwacht, knikte mama. En toen ik dat zag, kreeg ik zeker geen flits van inzicht, maar wel een traag ontluikend vermoeden. Het was een heel vage ingeving dat de vrouw die ik meende te kennen, helemaal niet degene was die ik dacht dat ze was. Ze bezat kracht, kracht en vastberadenheid, ook al had ik die nooit eerder gezien of herkend.

Vickers bleef doorpraten, en schoof daarmee een gordijn open dat zestien jaar eerder was dichtgevallen. 'Het graven van het graf nam veel tijd in beslag. Danny vermoedt dat het zijn vader meer dan twee uur kostte. De grond moet hard zijn geweest en vol wortels hebben gezeten; het zal hoe dan ook niet makkelijk zijn geweest voldoende diep te graven. Maar hij was kennelijk vastbesloten, want het is hem goed afgegaan. De meeste van dergelijke graven zie je al van verre liggen. Er komen dieren op af. Ze ruiken de ontbinding, graven zo'n lichaam op – of delen ervan – en geven ons zo een aanwijzing dat er iets te onderzoeken valt. Of je ziet de uitgegraven aarde in een berg op het lichaam liggen en dan weet je wel dat er iets in de grond is gestopt; een grafheuvel is onmiskenbaar. Ik moet Derek Keane nageven dat hij een goede plek heeft gevonden waar niet veel mensen komen, en dat hij een gat van voldoende diepte heeft gegraven, en dat is waarschijnlijk de reden dat we Charlie nooit hebben gevonden.

Dan was er natuurlijk nog het feit dat zijn vrouw en kind veel te bang voor hem waren om iemand te vertellen dat hij ermee te maken had. Ook in dat opzicht is hij slim geweest, namelijk door Danny te betrekken bij het verbergen van het lichaam. Ada zou niet hebben gewild dat haar zoon in moeilijkheden kwam, hoe aantrekkelijk het misschien ook was een middel te hebben om haar man voor altijd achter slot en grendel te krijgen. Hij heeft haar bovendien van huis weggehouden, terwijl hij met het lichaam van Charlie bezig was, en dus kan ze geen zekerheid hebben gehad. Of ze nu vermoedens had of niet, ze heeft er in elk geval niets mee gedaan. En Derek heeft Danny doodsangst aangejaagd. De jongen heeft er nooit ook maar iets tegen anderen over losgelaten. Hij was ervan overtuigd dat hij zelf ook in de gevangenis zou belanden. Zijn vader maakte hem duidelijk dat Danny's aandeel in feite als erger zou worden beschouwd, omdat Derek zonder voorbedachten rade te werk was gegaan, terwijl Danny hem daarentegen in koelen bloede had geholpen het lichaam te begraven.'

'Arm kind,' zei mijn moeder, en ik keek haar verbaasd en niet weinig geschokt aan, tot ik besefte dat ze niets afwist van wat hij Jenny had aangedaan. Ik vond Danny slecht, inslecht, en hoe hij zo geworden was, boeide me niet erg.

'Waarom heeft hij u dit nu allemaal verteld?'

Vickers verschoof een stukje op de rand van de bank. Ik staarde hem smekend aan. Ik wilde niet dat mama te weten kwam dat ik er iets mee te maken had. Ik werd al duizelig bij de gedachte alles aan haar te moeten uitleggen.

'Tja... we kregen nieuwe informatie binnen, die aanleiding was de heer Keane te ondervragen. Om u de waarheid te zeggen, mevrouw Barnes, denk ik dat hij al hoopte dat deze vragen hem gesteld zouden worden. Eigenlijk begon hij alles vrijwel meteen te vertellen zodra Charlies naam tijdens het verhoor werd genoemd. We hebben het ook met hem over een andere zaak gehad, en ik moet zeggen dat hij toen niet zo bereidwillig was.' Hij wierp mij een veelzeggende blik toe, en ik onderdrukte een zucht. Uiteraard zou Danny de moord op Jenny niet toegeven. Er was immers niemand anders die hij de schuld kon geven?

'Hoe kunt u er zeker van zijn dat hij het niet allemaal uit zijn duim zuigt?' Mama sprak met vaste stem, maar haar ogen stonden vermoeid.

'We geloven dat hij ons de waarheid heeft verteld, mevrouw Barnes. Anders zou ik hier niet zijn,' zei Vickers vriendelijk. 'Hij heeft geen enkele reden om tegen ons te liegen over Charlie.'

Ik schraapte mijn keel en ze keken alle drie mijn kant op. De politieagente schrok, alsof ze was vergeten dat ik ook in de kamer was. 'Wat is er met Danny's moeder gebeurd? Derek heeft haar toch ook vermoord, een paar jaar na Charlie?'

Vickers zuchtte diep. 'Er is destijds in de buurt heel wat geroddeld over de jongste zoon, Paul. Men zei dat hij helemaal niet van Derek was, dat Ada zwanger was geraakt toen Derek in 1995 in de gevangenis zat. De data klopten niet, en het is onbestaanbaar dat Ada haar man ontrouw had durven zijn, ook al zat hij opgesloten in Pentonville. Maar de geruchten volstonden om Derek door het lint te laten gaan. Ada lag ten slotte met een gebroken nek onder aan de trap, en er waren sporen te over die erop wezen dat ze was mishandeld. Hij had moeten worden aangeklaagd voor moord, maar men dacht dat een aanklacht wegens doodslag zeker tot een veroordeling zou leiden.' Vickers schudde zijn hoofd. 'Jury's reageren soms eigenaardig als het om huiselijk geweld gaat. Je weet nooit welke kant het op gaat. Je hebt maar één schreeuwlelijk nodig die zijn eigen vrouw niet vertrouwt en het opneemt voor de verdachte, en dan kun je ze allemaal kwijtraken. Het zijn net schapen: er is één de leider en de anderen volgen, ook al gaat het tegen elke vorm van gezond verstand in. Hij heeft vijf jaar gekregen; na drie jaar stond hij weer buiten. En niet lang daarna was het over met zijn geluk.' Er klonk beslist voldoening door in de stem van Vickers. 'Hij was nog maar een maand of twee thuis, toen hij aan zijn einde kwam. Laat op de avond kwam hij thuis uit het café en is hij van de trap gevallen. Daarbij liep hij een schedelbreuk op. Hij is nooit meer wakker geworden.'

Het toeval kon Vickers niet zijn ontgaan. Ada was op dezelfde manier gestorven. Terwijl er een lichte rilling over mijn rug liep, vroeg ik me af of dat Danny's eerste moord was geweest. Maar afgaande op wat ik zojuist had gehoord, had Derek het verdiend, en niet zo'n beetje ook. Niemand zou de dood van Derek Keane hebben betreurd.

'Zo blijven dus de twee jongens achter. Danny was achttien toen zijn moeder overleed, en heeft Paul eigenlijk in zijn eentje opgevoed. Er is wel sprake van geweest dat Paul door jeugdzorg uit huis zou worden geplaatst, maar Danny slaagde erin hen ertoe over te halen hem thuis te laten. Goed of fout, in die tijd neigde men ertoe gezinnen zoveel mogelijk intact te laten.' Vickers haalde zijn schouders op. 'Je zou denken dat hij beter af was geweest in een pleeg- of adoptiegezin. Met zijn achtergrond was hij eigenlijk vrij kansloos.'

We bleven een poosje zwijgend zitten en overdachten het lot dat dit gezin had getroffen. Toen kwam mijn moeder in beweging. 'Wat gaat er nu gebeuren?'

Ik wierp haar een korte blik toe, keek nog eens, nu met verbazing. Haar gezicht was op de een of andere manier zachter geworden en de verkrampte gelaatsuitdrukking die ik zo verafschuwde, was verdwenen. Ik zag even een glimp van de vrouw die ik alleen kende van de foto's van voor de verdwijning van Charlie, een prachtige vrouw.

'Nu gaan we Charlie zoeken,' zei Vickers met vlakke stem. 'We hebben voorbereidingen getroffen om het gebied te doorzoeken dat Danny ons heeft beschreven, en we beginnen morgenochtend om zeven uur. We nemen hem mee, zodat hij ons kan laten zien waar zijn vader volgens hem heeft gegraven. Ze hebben samen een stukje gelopen vanaf het hek aan het begin van het pad. Ik hoop dat hij de plek herkent als hij hem ziet, zodat hij ons kan helpen het te onderzoeken gebied te beperken. Anders gaat het ons weken kosten.'

'Hebben jullie dan niet van die ultramoderne opsporingsapparaten, zoals op de tv?' vroeg ik.

'Die dingen werken nooit. Mijn ervaring heeft me geleerd dat je óf informatie krijgt van betrokkenen, óf struikelt over het lichaam. Maar we hebben Danny, en hij wil meewerken. We zullen Charlie beslist vinden. Maakt u zich daarover maar geen zorgen.'

Hij stond op en zijn gewrichten protesteerden met een salvo klikjes die klonken als schoten uit een handvuurwapen. Hij gaf mijn moeder een hand. 'Ik weet dat dit een verschrikkelijke schok voor u moet zijn, mevrouw Barnes. Wat zou u ervan vinden als mijn collega hier een kopje thee voor u zet?'

'Ik wil geen...' begon mijn moeder, maar hij viel haar vriendelijk in de rede.

'Ik zou graag even met Sarah willen praten voordat we weggaan, als u het goed vindt.'

De agente stond al naast mijn moeder en na een knikje van Vickers hielp ze haar uit de stoel. Ik zette me schrap voor haar tegenwerpingen, maar tot mijn verbazing volgde ze de vrouw gedwee naar de deur. Daar aangekomen, bleef ze toch even staan, met haar hand tegen de deurpost. Zocht ze een steuntje? Of was het uit effectbejag? Of een combinatie van beide?

'Ik ben u dank verschuldigd, inspecteur Vickers.'

'Nee, hoor. Echt niet.' Vickers stak zijn handen in zijn zakken en liet zijn hoofd zakken. 'Als u vragen hebt of iets wilt weten ter geruststelling, belt u me dan gerust. Sarah heeft mijn nummer. En we laten het u weten zodra we iets vinden.'

Toen mijn moeder eenmaal goed en wel achter de gesloten keukendeur was geïnstalleerd, liep Vickers naar de voordeur en ik volgde hem.

'De moord op Jenny heeft hij niet bekend, voor het geval je dat nog niet had begrepen.'

'Gek genoeg verbaast me dat niets.' Ik sloeg mijn armen stevig over elkaar en kromp ineen door de kou. Het was weer begonnen te regenen, om ons heen vielen waterdruppels ter grootte van muntstukken als hamerslagen tegen de grond.

'De seks was helemaal haar idee. Hij ging erin mee, omdat hij wat geld wilde verdienen; zijn baan levert niet genoeg op.' Vickers klonk verbitterd. 'Hij wierf de plegers onder de oude vrienden van zijn vader. Kennelijk hadden ze dat gemeenschappelijk, belangstelling voor kinderen.'

'Ik geloof dat ik verder niets meer wil horen,' zei ik, en ik begon te klappertanden.

'Wat hij ons heeft verteld, klopt met wat Paul zei: hij heeft het allemaal voor jou gedaan.'

'Jezus...'

'Blijkbaar is hij er steeds van overtuigd geweest dat hij je niet waard was. Hij heeft je op een flink voetstuk geplaatst. En dus is hij zijn fantasieën maar gaan uitleven op Jenny, die niet beter wist. Hij is onvolwassen. Onaangepast. Bang voor vrouwen. Kinderen zijn makkelijker te hanteren.'

'Ik snap het,' bracht ik uit. 'Bedankt voor de uitleg.'

Vickers knikte. 'Ik weet wel dat je liever had gehad dat ik het je niet had verteld, maar het is beter zo. Het bespreekbaar maken. Het zal in het nieuws komen, als de zaak straks voor de rechter komt, daar moet je op voorbereid zijn.'

'Zal ik moeten getuigen?' Ik kon niets ergers bedenken dan in de rechtszaal te staan en Danny te beschuldigen, en hem dan te moeten aankijken...

'Dat is aan de aanklagers en de advocaten, maar ik zou niet weten waarom. Je hebt toch eigenlijk niets relevants te zeggen? Niet nu Danny heeft bekend. Je hebt immers niet gezien dat zich daar vreemde dingen afspeelden?' Terwijl hij dit zei, knikte Vickers met zijn hoofd in de richting van nummer 7.

'Nee,' zei ik vlak. 'Ik heb er niets van gemerkt.' Ik was in mijn eigen tragedie verwikkeld geweest, was blind voor een nieuwe tragedie, die zich afspeelde aan de overkant van de straat. Ik had mijn blik omlaag gericht, mijn gezicht afgewend. Ik had geen van de signalen opgemerkt.

Vickers boog zich langs me heen en riep: 'Anna!'

De keukendeur ging open en zijn agente haastte zich, kennelijk opgelucht, naar buiten. Vickers draaide zich om en liep het pad af naar zijn auto. Ik liep achter hem aan en trok de mouwen van mijn trui over mijn handen.

'Inspecteur, ik wilde nog even zeggen… bedankt dat u in het bijzijn van mijn moeder niets over Danny en mij hebt gezegd.'

'Ze is een echte dame, hè? Een vrouw met waardigheid.'

'Zo kan ze inderdaad zijn,' zei ik, en ik dacht terug aan al die keren dat ze precies het omgekeerde was geweest. Maar inderdaad, ze had me in het bijzijn van de politie niet teleurgesteld.

Vickers had zich van me afgewend en maakte aanstalten in zijn auto te stappen. Ik liep erheen en bleef bij het portier staan.

'Inspecteur… zou ik morgen mee mogen?'

Hij bleef stokstijf stilstaan. 'Naar de plek waar we gaan graven? Hoezo?'

Ik trok een van mijn schouders op. 'Ik heb gewoon het gevoel dat er ook iemand van de familie aanwezig hoort te zijn.'

'Maar je weet dat Daniel Keane erbij is.'

Ik knikte. 'Ik beloof dat ik bij hem uit de buurt blijf. Ik heb echt geen zin om met hem praten.'

Vickers tilde zijn rechterbeen de auto in en reikte langs me heen naar de deurgreep. Ik hupte opzij. 'Je kunt erg overtuigend zijn, als je dat verkiest. Maar ik wil geen scènes. Dit is niet het moment om wraak te nemen.'

'Ik pieker er niet over. Ik zou alleen… ik wil graag meegaan. Omwille van Charlie.'

Hij slaakte een zucht. 'We proberen in dit soort gevallen de wensen van de familie te respecteren. Hoewel het me niet verstandig lijkt, zal ik Blake je morgenochtend laten ophalen. Zorg dat je om halfzeven klaarstaat.'

Ik straalde. 'Bedankt.'

'Bedank me maar niet. En trek rubberlaarzen aan, als je die hebt. Heb je het weerbericht gehoord? Als het niet snel ophoudt met regenen, zullen we een ark nodig hebben.' Hoofdschuddend sloeg Vickers de deur dicht. Ik keek hem na toen hij wegreed, en was vreemd genoeg blij dat hij degene was geweest die het ons had verteld van Charlie. Ik had geen idee hoe mijn moeder zou reageren als het nieuws echt tot haar was doorgedrongen, maar ze had het in elk geval beheerst aangehoord, en ze had het geloofd.

De regen begon wat regelmatiger maar steeds krachtiger te vallen.

Desondanks dwong ik mezelf om, voordat ik naar binnen ging, naar de overkant te kijken, naar nummer 7. De ramen waren donker, de gordijnen gesloten. Het huis zag er verlaten uit, en al die kleine defecten die me eerder waren opgevallen, zagen er nu ernstiger uit, alsof het aftakelingsproces en de rotting voor mijn ogen waren begonnen. 'Ik hoop dat je instort,' zei ik hardop. Ik haatte het, ik haatte alles waarvoor het stond. Het jarenlange wachten. Al die pijn.

Ik zag Danny Keane nog steeds als een monster, niet als een slachtoffer. Hij had verkozen zijn vader te volgen, hoewel hij beter wist dan wie ook hoeveel schade hij daarmee kon aanrichten. Het was moeilijk te accepteren dat er aan de overkant, nog geen vijftig meter van mijn voordeur vandaan, zo'n rampzalige afbraak van verbeeldingskracht, van zelfbewustzijn, van simpele menselijkheid had plaatsgevonden. Dat ik wist dat het gebeurd was, maakte het niet makkelijker voorstelbaar.

Mijn moeder had een glas in haar hand, toen ik de woonkamer weer in kwam, en dat verbaasde me niets. Maar de verandering in haar verschijning die me was opgevallen, was er nog steeds. Ze keek op toen ik binnenkwam.

'Zijn ze weg?'

Ik knikte.

'Keek je op van wat hij te zeggen had?'

Ik wist niet goed wat ik daarop moest zeggen. Had ze het over Danny? Of over het feit dat Charlie dood was? 'Ik wist niet dat Derek Keane zo slecht was,' zei ik uiteindelijk met vlakke stem.

'Ik heb hem nooit gemogen,' zei mama, en ze nam een flinke teug uit haar glas. Whisky, zo te zien. 'Ik heb het nooit prettig gevonden dat Charlie met Danny speelde. Je vader' – ik verstijfde, klaar om hem onmiddellijk te verdedigen – 'vond mij altijd een snob, omdat de familie Keane het niet breed had, en Danny er altijd nogal... eh... vies uitzag. Maar ik mocht Derek gewoon niet. Toen we hier pas woonden, kwam hij vragen of ik misschien klusjes voor hem had, je weet wel, doe-het-zelfkarweitjes. Eigenlijk was er heel veel wat gedaan moest worden, want het huis was behoorlijk verwaarloosd. Ongeveer even erg als nu,' zei ze met een kort lachje. Ze keek lichtelijk verbaasd om zich heen, alsof ze het al een jaar of tien niet meer had gezien. 'Maar er was iets met hem. Zijn ogen. Ze stonden... begerig. En ik was alleen in huis, alleen met jou. Jij was nog maar een baby. Ik zei nee, dat we het prima redden, en toen heb ik meteen de deur dichtgedaan; ik heb hem niet eens gedag gezegd. Erg onbeleefd eigenlijk. Normaal zou ik dat nooit hebben gedaan. Maar hij had iets waar ik bang van werd.' Ze zuchtte. 'Ik ben blij dat ik het weet, hoor. Van Charlie.'

'Je kunt het inderdaad beter weten.' Voor het eerst in jaren waren we het ergens over eens.

Ze dronk haar glas leeg en zette het neer. 'Ik ga naar bed.'

'Ik ben morgenochtend misschien al weg als je opstaat. Ik moet vroeg de deur uit.'

'Naar de plek waar ze gaan graven?'

Ik verzon snel tien verschillende leugentjes en gaf het toen op. 'Ja.'

'Dat zou ik ook doen als ik jou was.'

Ik stond perplex. Ik was er al helemaal klaar voor om haar al mijn redenen om erheen te gaan op te sommen, alle argumenten die haar ervan zouden kunnen overtuigen dat het goed was om te gaan. Het was heel gek dat het niet nodig was.

Ze stond op en kwam naar me toe. Na een aarzeling van een seconde, niet langer, sloeg ze haar armen om me heen en drukte ze me stevig tegen zich aan. 'Je bent een goede dochter, Sarah,' fluisterde ze. Voordat ik kon reageren liep ze langs me heen de trap op. En die goede dochter ging op de bank zitten en huilde tranen met tuiten, om haar moeder, om haar vader, om Charlie en Jenny en alle anderen, alle slachtoffers, langer dan ik wil toegeven.

2002

Tien jaar vermist

De slaapkamer is klein, te warm gestookt en zit vol mensen die ik niet ken, en ik zit op de vloer, met mijn knieën opgetrokken tegen mijn borst. Uit de stereo komt een pulserende dancetrack met zware bassen. Hij staat zo hard dat de bassen doortrillen in mijn borst. Twee meisjes liggen openlijk in een hoekje te zoenen, terwijl een groepje jongens hen van het bed af probeert te krijgen; ze zijn zowel geamuseerd, maar hebben ook ontzag voor hen. Ik heb een koffiebekertje vol wodka-bessen in mijn hand. Het is zo kleverig als hoestdrank en ziet er ongeveer even lekker uit.

Het is halfduister in de kamer; de enige verlichting komt van een bureaulamp, die omhoog is gedraaid, zodat hij tegen de muur schijnt. Ik weet niet van wie deze kamer is, of hoe ze erin zijn geslaagd hem in twee dagen tijd te verfraaien met kussens en posters en een vloerkleed, zodat hij niet die karakterloze strengheid van een instelling uitstraalt die mijn kamer, verderop in de gang, wel heeft. Mensen dansen, voeren luide gesprekken en leggen contacten. Ik probeer te bepalen wat voor gezicht ik zal trekken, en uiteindelijk wordt het een strak glimlachje. Ik ben verbijsterd. Ik zal hier nooit tussen passen. Het is verkeerd geweest deze universiteit te kiezen, deze studie, dit studentenhuis.

Een lange, atletische jongen baant zich een weg door de menigte en ziet me staan. Het is een tweedejaars die ik eerder die dag heb ontmoet tijdens een introductiesessie. In mijn ogen is hij griezelig volwassen en levenswijs. Hij steekt zijn arm naar me uit en pakt mijn hand, trekt me op tot ik sta.

'Kom maar mee,' schreeuwt hij in mijn oor.

'Waarheen dan?' vraag ik, maar dat hoort hij niet. Hij trekt me de kamer uit en neemt me mee door de gang naar het trappenhuis, waar een klein groepje staat. De meesten herken ik niet, maar een of twee volgen dezelfde studie als ik. In het trappenhuis is het koel en stil. Een meisje met een neuspiercing en een afwezige blik heeft het raam opengezet en staat tegen alle regels in te roken. Ze probeert halfhartig de rook het raam uit te wuiven, maar het meeste waait weer terug en kringelt om ons heen. Ik zou, geloof ik, best een sigaret willen. Ik zou graag iets omhanden hebben.

Ik zet het bekertje wodka tussen twee stijlen door op een onbezette tree, en neem plaats waar de anderen een plekje voor me hebben vrijgemaakt. De tweedejaars gaat naast me zitten en legt een arm om mijn schouders. Ik weet niet meer hoe hij heet. Ik kan onmogelijk naar zijn naam vragen. Hij stelt me aan iedereen voor. Ze hebben het over mensen die ik niet ken, over feestjes waar ze vorig jaar zijn geweest en over werk dat ze nog moeten doen voor volgende week, terwijl de andere eerstejaars elkaar verhalen vertellen en vragen stellen. De anderen lijken zo levendig, zo grappig. Af en toe wordt mij iets gevraagd en dan geef ik een kort antwoord, glimlachend tot mijn gezicht zeer doet. Sommigen zijn heel dronken. Anderen zijn heel erg dronken. Er is niemand nuchter behalve ik, en ik vind het hier saai en ik vind mezelf saai.

Ik weet niet wie er is begonnen, maar ineens gaat het gesprek over familie.

Een van de jongens die ik nog niet eerder had gezien, draait zich naar me om. 'En jij? Heb jij nog kleine zusjes die ik graag wil leren kennen?'

Iedereen lacht; hij heeft zichzelf de reputatie bezorgd graag het bed in te duiken met jongere zusjes die op bezoek zijn, vermoed ik.

'Kleine noch grote zussen. Sorry.'

Het meisje bij het raam steekt een nieuwe sigaret op. 'En broers?'

Het is zomaar een vraag. Ze bedoelt er niets mee. Nog voordat ik erbij nadenk, hoor ik mezelf zeggen: 'Nee. Ook geen broers.'

Dat was het. Dat is alles wat ik te zeggen heb. Niemand vraagt door. Niemand vermoedt iets. Het is zo makkelijk om te liegen, zo makkelijk om enig kind te zijn, iemand zonder verleden, iemand die je neemt zoals ze is, iemand die je gewoon aardig vindt. Ik heb de afgelopen tien jaar zomaar achter me gelaten. Ik voel iets klikken in mijn achterhoofd, iets waarvan ik denk dat het een gevoel van vrijheid is. Pas later, veel later, zal ik het weten te benoemen als verlies.

17

Lang voordat Blakes auto voor de deur stopte, stond ik al klaar om te vertrekken. Ik had opnieuw een rusteloze nacht achter de rug, en was uiteindelijk om halfvijf wakker geworden door een aanhoudend, zacht getik op het dak. Ik schoof het gordijn opzij om naar de regen te kijken, en raakte gehypnotiseerd door het enorme volume aan water dat langs de goten kolkte en over straat omlaag stroomde. De grond was al doorweekt; de gazons van de buren zagen er opgezwollen en drassig uit. Ik bleef een paar seconden staan kijken, tot ik met een schok besefte dat er misschien niet gegraven zou worden, als dit weer aanhield. Wie had er na al die jaren nog haast mee, behalve mijn moeder en ik? Ik beet op mijn lip; ik had het gevoel dat we niet nog langer konden wachten.

Ik was enorm opgelucht toen ik Blakes auto zag aankomen. Hij was meer dan op tijd: vijf minuten te vroeg. Ik had me stilletjes gedoucht en aangekleed, om mijn moeder niet te storen, en droeg een oude spijkerbroek die me te groot was, had ik gemerkt, want hij hing laag op mijn heupen. Ik keek in de spiegel. Mijn maagstreek was hol, mijn ribben waren hier en daar zichtbaar onder mijn slappe huid. Wanneer had ik eigenlijk voor het laatst in alle rust normaal gegeten? Ik kon het me niet herinneren. Die ochtend zou ik zeker niet rustig aan tafel een ontbijt kunnen eten; mijn keel trok samen bij de gedachte aan eten. Dus pakte ik maar een riem en bedekte ik de sluiting van mijn broek met een lang T-shirt en een jack met een capuchon. Niet bepaald modieus, maar het kon ermee door.

Voordat Blake de tijd had gehad de motor uit te zetten, rende ik al naar de auto, met de capuchon over mijn hoofd getrokken.

'Lekkere ochtend voor zoiets,' zei hij, en hij tuurde fronsend omlaag naar mijn voeten. 'Heb je wel aan laarzen gedacht? Met die sportschoenen red je het niet lang.'

'Waarom is iedereen zo obsessief bezig met wat ik aan mijn voeten heb?' Ik zwaaide het plastic tasje in mijn handen heen en weer. 'Mijn laarzen zitten hierin.'

'De plek waar we nu heen gaan is momenteel in feite een moeras. Dat het talud er nog staat, is een kwestie van geluk en wat boomwortels. Nog een paar uur van dit weer en alles zal omlaag spoelen tot op het pad.'

'Niet waar,' zei ik, alweer nerveus.

Hij schoot in de lach. 'Voor zover ik weet niet. Maar we zijn er gisteren even gaan kijken om te bepalen wat voor gereedschap we nodig hebben, en de condities waren dramatisch. Vickers heeft zijn schoenen verpest. Arme kerel, hij heeft maar twee paar.'

Ik glimlachte, te gespannen om hardop te lachen. Ik was ten prooi aan een vreemde mengeling van emoties: opwinding vermengd met angst, met daarbij het gevoel dat het van belang was niet al te opgewonden te raken, want dat ze misschien niets zouden vinden, dat Danny Keane misschien had gelogen.

'Hoe gaat het met je moeder?'

'Verbazingwekkend goed. Ze heeft het bericht eigenlijk prima opgenomen. Ik had verwacht... nou ja, ik had niet verwacht dat ze zo rustig zou blijven.'

Hij wierp een snelle blik in mijn richting. 'De baas was erg onder de indruk van haar. Ze is anders zeker nooit zo?'

'Nee,' zei ik openhartig. 'Ze kan heel moeilijk doen. Het is soms niet zo prettig om bij haar in de buurt te zijn.'

'Dat vermoedde ik al.' Ja, natuurlijk, Blake had haar ontmoet toen hij het huis doorzocht. Ik voelde me vreselijk opgelaten.

'En, wat gaat er nu gebeuren?' Hij lette op de weg en ik kon zijn gezicht niet goed genoeg zien om er de uitdrukking van te kunnen aflezen.

'Wat bedoel je?'

'Ik bedoel...' Hij brak zijn zin af en begon opnieuw. 'Je moet het zeggen als ik het mis heb, maar ik heb het idee dat je bij je moeder bent blijven wonen als een soort compensatie voor de gebeurtenissen rond Charlies verdwijning. Nu is dat allemaal achter de rug, aangenomen dat we hem vandaag vinden. Dit is het einde. Je moet gaan nadenken over waar je heen gaat, wat je gaat doen. Je wekt niet de indruk dat lesgeven voor jou het allermooiste is wat er bestaat.'

'Ligt dat er zo dik bovenop?'

'Dit is geen leven, Sarah. Je moet je eigen gevoel volgen, niet dat van een ander. Je bent jong genoeg om je leven om te gooien, op welke manier dan ook. Je moet alleen beslissen wat je wilt gaan doen.'

'Zo makkelijk is dat niet.'

'Zo makkelijk is dat wél. Echt, zo makkelijk is het.' De auto reed zoemend uit tot aan de verkeerslichten en hij keek me van opzij aan. 'Het is niets iets waarvoor je bang hoeft te zijn, hoor. Je zult er veel gelukkiger van worden.'

'Misschien.' Ik kon het me niet voorstellen. De problemen van mijn moeder waren begonnen met de verdwijning van Charlie, maar dat wilde niet zeggen dat ze in rook zouden opgaan zodra hij was gevonden. Ze zou me misschien zelfs meer en niet minder nodig hebben, nu ze de toedracht kende. We zouden zo doorgaan zo lang als nodig was. Dit leven was het enige wat ik kende.

De ruitenwissers gingen acht, negen keer slepend heen en weer voordat ik weer iets zei. 'Is Danny er vanochtend bij?'

Blake knipperde met zijn ogen bij deze verandering van onderwerp. 'Ja, en blijf vooral bij hem uit de buurt. Hij zal geboeid zijn en geëscorteerd worden door politieagenten, dus hij staat onder bewaking, maar toch wil ik niet dat je in zijn buurt komt.' Zonder me aan te kijken, zei hij: 'Hij is nu eenmaal totaal door je geobsedeerd.'

'Ik vind dat zo raar. Hij kent me niet eens.'

'Dat maakt het nog erger. Hij is verliefd op zijn beeld van jou. Hij kan van jou degene maken die hij wil,' zei Blake nuchter. 'En vergis je niet, hij is gevaarlijk.'

Dat woord veroorzaakte een klik in mijn hoofd, alsof er een sleutel in een slot werd omgedraaid. 'Heeft hij al bekend? De moord op Jenny, bedoel ik.'

'Nee, die niet. Maar we hebben in het holst van de nacht wel een bekentenis van hem gekregen over Geoff Turnbull. Ze hebben hem het vuur na aan de schenen gelegd, en uiteindelijk gaf hij het toe. Het fysieke bewijsmateriaal was overweldigend. De ijzeren staaf die we bij hem thuis hebben gevonden was inderdaad het wapen. Hij zei dat hij Geoff in de gaten had gehouden, hem had zien komen en gaan, en dat hij de manier waarop hij met je omging afkeurde. Op de bewuste avond ging hij gewoon door het lint.' Blake fronste kort zijn wenkbrauwen, concentreerde zich op de weg. 'Ik weet niet precies wat er die avond is gebeurd, maar door hetgeen Danny vanaf de overkant zag, besloot hij tussenbeide te komen. Geoff was een makkelijk doelwit. Danny kon niet eens aanvoeren dat het een eerlijke strijd was geweest, niet dat dat ook maar enigszins voor hem zou hebben gepleit. Het komt erop neer dat zijn enige excuus is dat hij jou wilde beschermen.' Blake wierp me een snelle blik toe. 'Maar dat wil uiteraard niet zeggen dat het jouw schuld is, begrijp me goed. Je hebt hem niet gevraagd dat te doen.'

Maar ik had wel degelijk gewenst dat Geoff zou verdwijnen, en het deed me eigenlijk niets, althans niet veel, toen ik erachter kwam dat hij in het ziekenhuis lag, en ik kon de tijd niet terugdraaien en het overdoen, opdat ik me niet hoefde te schamen. Dat schaamtegevoel zou ik blijven houden, wat Blake ook mocht zeggen.

'Wat Jenny betreft, geeft hij geen krimp. Om wat voor reden ook gaat hij daar niet op in. Over al het andere praat hij graag, bijna met trots; je krijgt er geen woord tussen als hij eenmaal op gang komt en vertelt hoe slim hij was om er nog geld mee te verdienen ook. Maar als het erop aankomt hoe ze is gestorven, zwijgt hij in alle talen. Ontkent hij alles. We zijn nog niets opgeschoten, maar dat komt nog wel.'

'Mooi,' zei ik vol overtuiging. Ik wilde dat hij alles zou bekennen, al zijn misdaden zou opbiechten. Hij had zijn vader moeten helpen om van Charlies lichaam af te komen, en ik snapte wel waarom hij Geoff had aangevallen, ook al betreurde ik dat. Maar de manier waarop hij met Jenny was omgegaan gaf mij het gevoel dat hij door en door slecht was. Haar te gebruiken en haar vervolgens weg te smijten toen hij klaar met haar was... Ik wendde mijn gezicht af en slikte iets weg in een poging me te beheersen.

De auto sloeg een smal paadje in met aan weerszijden vlinderstruiken, die wortel hadden geschoten bij verwaarloosde erven en bijgebouwen. De stevige bladeren veegden langs de zijkant van de auto toen Blake voorzichtig langs de rechts geparkeerde auto's kroop.

'Zijn we er al?' vroeg ik. Ik merkte dat mijn handen klam begonnen aan te voelen. 'Ik had geen idee van het bestaan hiervan.' Ik had me geen duidelijk beeld gevormd van de plek die Vickers had beschreven, en nu ik er was, realiseerde ik me verbaasd hoe dicht die bij ons eigen huis lag.

'Dit is echt zo'n plek die je alleen kent als je in deze buurt woont, of als je aan het spoor werkt. Normaal gesproken staan hier geen auto's; deze hebben allemaal met ons te maken.'

Het was dus een grote operatie, besefte ik, en ik voelde me opgelaten, wat zich vertaalde in een plotselinge siddering door mijn hele lichaam. Dit was al zo lang mijn eigen verdriet, dat het nogal egoïstisch aandeed dat al die mensen – dertig ongeveer? – naar een troosteloos achteraflaantje waren gestuurd. 'Bedankt hiervoor,' zei ik ten slotte.

Blake bromde wat. 'Niet nodig. Dit is mijn werk.'

'Tja. Maar ook bedankt voor al het andere.'

Hierop keek hij me zijdelings aan, waarna hij zijn aandacht weer richtte op het smalle pad dat voor ons lag. Een jonge agent verzette wat pylonen, zodat Blake kon doorrijden en aan het eind van het weggetje kon parkeren. Ik herkende de auto van Vickers, en Blake parkeerde zijn auto daarachter. Hij zette de motor af en we bleven heel even zitten. Het enige geluid was het geratel van de regen op het dak van de auto.

'Als dit achter de rug is...' begon hij.

'Ik vroeg me af...' zei ik op hetzelfde moment. Ik schoot in de lach. 'Jij eerst.'

'Ik zat net te denken dat we alles achterstevoren hebben gedaan, vind je ook niet? Als dit allemaal voorbij is, zou ik je graag beter willen leren kennen, Sarah. Erachter komen hoe je werkelijk bent.'

De regen gleed in stroompjes langs de voorruit omlaag. Ik zag de schaduwen over zijn gezicht trekken en voelde me zo gelukkig dat het bijna pijn deed. 'Dat lijkt me wel wat,' zei ik uiteindelijk.

Blake boog zich naar me toe en sloeg zijn armen om me heen. Ik kuste hem gretig en dankbaar, was me van niets anders dan zijn aanwezigheid bewust en vergat een paar ademloze momenten bijna waarvoor we daar waren, zo volkomen veilig voelde ik me, eindelijk. Ik voelde hoe hij zijn lippen tuitte en maakte mezelf los van hem. Ik zag hem naar me grijnzen.

'Oké, dan. Goed dat we dat hebben geregeld. Trek nu je laarzen maar aan.'

Terwijl hij foeterend op de regen de auto uit stapte, liet ik mijn voeten in mijn rubberlaarzen glijden; ik rilde door de vochtige kou die van de zolen opsteeg. Op benen die aanvoelden alsof ze van iemand anders waren, stapte ik uit en ik bleef met mijn capuchon over mijn hoofd even wachten tot Blake helemaal klaar was om te gaan. Er hing een zware geur van doorweekt gras en natte bladeren. Vanwaar ik stond kon ik wat treden zien, die leidden naar een lagergelegen, hoog metalen hek met bomen erachter.

'Hierheen,' zei Blake, en hij gebaarde naar het hek. Iets in mij wilde dat ik de benen zou nemen. Iets anders in me wilde erdoorheen rennen zonder op Blake te wachten, die bezig was met zijn mobiele telefoon. Ten slotte kwam hij eraan en leidde hij me door het hek met een 'Kijk uit waar je loopt'.

Rondom het hek groeiden dikke bossen brandnetels, maar iemand had ze platgetrapt, waardoor er een smal paadje was ontstaan, tussen de bomen door. De brandnetels waren glad van de regen en glibberig onder mijn voeten, en ik volgde Blakes voetstappen, met mijn blik op de grond gericht. Het paadje leidde naar rechts, parallel aan de spoorweg die net zichtbaar was tussen de bomen. Aan mijn linkerkant liep de grond steil omlaag, en ik moest af en toe moeite doen om te blijven staan; ik wist mijn evenwicht te bewaren door me vast te klampen aan boomstammen die daar gelukkig stonden. Na een paar honderd meter dook Blake naar links, waarna hij met enige inspanning de steile helling afklauterde. Hij keek achterom om te zien of ik hem wel volgde. Ik strompelde voorzichtig omlaag, bang om mijn evenwicht te verliezen en vervolgens in een wolk van bladeren en modder naar de voet van het talud te glijden. Voor ons uit hoorde ik stemmen, en toen we om een groepje jonge beuken heen liepen, kwam de plaats waar men aan het graven was, in zicht. Ze waren al een flink stuk gevorderd; er stond een witte tent van canvas over de plek waar de politie aan het werk was. Ze schepten aarde weg en zeefden die zorgvuldig, onder toezicht van, onder anderen, inspecteur Vickers.

Blake was aan de rand van de open plek blijven staan. Nu draaide hij zich naar mij om. 'Wil je nog wat dichterbij staan?'

'Ik vind het prima zo.' Er hing een zware, drukkende geur van omgespitte aarde in de lucht, en in de verte klonk het gefluit van een trein, een klaaglijke tweeklank. Het was een vredig, maar afgelegen plekje, en ik voelde me niet op mijn gemak.

'Waarom zou hij Jenny in het bos hebben neergelegd?'

'Wie, Danny?' Blake haalde zijn schouders op. 'Wie zal het zeggen?'

'Dit zou immers een betere plek zijn geweest? En hij herinnerde zich de plek maar al te goed; hij had eraan moeten denken. Ze zou nooit zijn gevonden als hij haar hier had begraven. Net als Charlie. En dan zou hij er nooit voor gepakt zijn.'

'Dan hebben we mazzel dat hij het niet heeft gedaan.' Blake legde even zijn hand op mijn arm. 'Gaat het wel?'

Ik zag de open plek in het bos weer voor me. 'Hij heeft haar niet eens begraven. Hij heeft niet eens geprobeerd haar te verbergen, niet echt. De manier waarop ze daar was neergelegd... Het was alsof hij wilde dat iemand haar zou vinden.'

'Misschien was hij wel trots op wat hij had gedaan.'

'Misschien wel.'

Vickers had ons in het oog gekregen en liep op ons af. 'Goedemorgen. Alles oké?'

Ik knikte. 'Hebben ze al iets gevonden?'

'Nog niet,' zei de inspecteur monter, 'maar dat komt alleen doordat ze er de tijd voor nemen. We zijn er vrij zeker van dat we op de juiste plek aan het graven zijn. Danny heeft aangegeven waar er volgens hem is gegraven, hoewel hij niet honderd procent zeker wist of het hier was of op één bepaalde andere plek. De forensische recherche heeft wat monsters genomen en ze denken dat hij hier ligt,' zei hij, en hij wees over zijn schouder naar de gravende mannen, 'en de kadaverhond ging ook op die plek af.'

'De kadaverhond?'

'Die zijn erop getraind lijken op te sporen. Je kunt een hond overal op trainen – drugs, voedsel, explosieven, geld, alles wat een voor hen herkenbare geur heeft,' legde Blake uit.

'Maar na al die jaren zal er toch geen enkel geurspoor meer zijn?'

Vickers haalde zijn schouders op. 'Voor ons niet, misschien, maar honden zijn veel gevoeliger voor geuren dan wij. En deze is er heel zeker van dat er daar tussen die bomen iets ligt wat de moeite van het onderzoeken waard is. We doen rustig aan om geen schade aan het lijk toe te brengen. We willen hem er geheel intact uithalen.'

'Hoe lang denkt u dat het zal gaan duren?' vroeg ik, maar Vickers werd geroepen door iemand in de tent, en liep weg zonder mijn vraag te beantwoorden.

'Dat kan nog wel even duren,' zei Blake. 'Sta je hier goed of wil je liever daar wachten?'

Hij wees langs me heen naar een grote, blauwe lap waterdicht zeildoek, die tussen twee bomen was gespannen, een stukje terug de helling op. Er stonden twee mensen onder het geïmproviseerde afdak naar de werkzaamheden te kijken; een van hen was de agent van de hondenbrigade met zijn wit met leverkleurige spaniël. Het zag er daar aantrekkelijk uit. Ik had gedacht dat ik hier onder de bomen beschut zou staan tegen de regen, maar de bladerkroon kon de hoeveelheid water niet aan, en af en toe vielen er gutsen regenwater naar beneden. Mijn anorak hing zwaar en koud af van mijn schouders door het water, dat eerder door de stof werd geabsorbeerd dan dat het erlangs omlaag liep. Ik keerde me weer om naar Blake.

'Ik loop daarheen. Laat het me maar weten als er iets gebeurt.'

'Dat merk je vanzelf wel. Er ontstaat altijd consternatie als ze vinden wat ze zoeken. Maar ik houd je op de hoogte.'

Hij liep op het groepje onder de witte tent af, en ik ploeterde naar het talud. Mijn voeten gleden weg in mijn laarzen. Ze waren nu zwaar van de modder, waardoor ik moeilijk vooruitkwam. Bij het blauwe zeil aangekomen, voelde ik me een beetje opgelaten toen de anderen moesten opschuiven om ruimte voor me te maken. Ik schoof mijn capuchon naar achter en knielde neer bij de spaniël. Hij zat kaarsrecht, alert op elk geluid en elke beweging om hem heen, en zijn chocoladebruine ogen straalden van belangstelling in zijn omgeving.

'Mag ik hem aaien?' vroeg ik aan zijn baas, die het goed vond, en ik streek met mijn hand over de hellende schedel van de hond. Ik aaide hem zachtjes over zijn oren. Hij stak zijn neus in de lucht en genoot van de aandacht. Het kostte me geen moeite om het gruwelijke werk dat hij deed te vergeten.

Ik keek niet op toen er nog meer mensen een plekje onder het zeil kwamen zoeken, maar schoof alleen iets opzij om plaats te maken. Er werd onderling wat gepraat, maar ik luisterde niet; ik was met mijn gedachten daar onder aan de helling, onder het witte canvas, toen iemand zei: 'Hallo, Sarah.' Ik draaide mijn hoofd schuin omhoog, niet verwachtend Danny Keane recht in het gezicht te kijken.

Hij stond niet meer dan een halve meter van me vandaan, en ik verstijfde in mijn geknielde houding, niet in staat me te bewegen. Hij had zijn blik strak op me gericht, knipperde niet met zijn ogen, en ik kon alleen maar terugdenken aan de uitdrukking op Blakes gezicht, toen hij het in de auto over hem had gehad. *Hij is nu eenmaal totaal door je geobsedeerd... en vergis je niet, hij is gevaarlijk...*

Het duurde een paar seconden voor ik besefte dat Danny werd geflankeerd door twee politieagenten, dat er om ons heen en onder aan de helling nog meer agenten waren, binnen gehoorsafstand als ik zou schreeuwen, en dat Danny, op grond van alles wat ik van hem wist en alles wat hij had gedaan, op dit moment in feite geen bedreiging voor me vormde. Ik stond langzaam op en stapte iets achteruit. Zijn kleren waren drijfnat en plakten aan zijn lichaam, dat zo mager als een windhond was en zo afgetraind als dat van een langeafstandloper. Zijn haar plakte tegen zijn voorhoofd en terwijl ik toekeek, hief hij beide handen op om het achterover te strijken. Zijn polsen werden bijeengehouden door handboeien, zag ik. Hij had een sigaret vast en nam gretig een trekje terwijl hij zag hoe ik mijn rug rechtte.

'Gaat het goed met je?'

Ik staarde hem aan. 'Wat zeg je?'

'Nou... dit moet best wel raar voor je zijn.' Hij gebaarde naar de afgraving. 'Om hier na al die tijd naar Charlie te zoeken.'

'Ja, dat is... vreemd.' Niet zo vreemd als te staan praten met een man van wie ik wist dat hij een gewelddadige, gewetenloze moordenaar was, maar inderdaad wel vreemd. Ik vroeg me ineens af of Danny Keane niet nerveus was. Hij liet zijn tong over zijn lippen gaan, alsof ze droog waren, en hij hield zijn hoofd iets van mij af gericht, zodat hij me zijdelings aankeek. Het was doodeng.

Ik had natuurlijk onder het afdak van zeil vandaan moeten gaan en langs de helling vandaan moeten lopen, uit de buurt van Danny. Maar toen ik daar stond, kwam ik op een idee. Hij was me een verklaring schuldig. Hij scheen dat allemaal omwille van mij gedaan te hebben. Dit was mijn enige kans om achter zijn beweegredenen te komen. Ik kon hem alleen zover krijgen dat hij met me zou praten, als hij dacht dat ik geen hekel aan hem had.

'Bedankt dat je hun hebt verteld waar ze moeten zoeken. Naar Charlie, bedoel ik.' Ik probeerde met vaste stem te praten en glimlachte een beetje. Het voelde aan als pure nep, maar hij glimlachte terug.

'Geen dank. Dat was wel het minste wat ik kon doen.'

Ik schraapte mijn keel. 'Eh... hoe wist je nog waar hij begraven lag?'

'Zoiets vergeet je niet.' Toen boog hij zich, half fluisterend, naar me toe: 'Ik dacht dat je wel bang voor me zou zijn.'

'Om wat je hebt gedaan? Of omdat je me hebt aangevallen?' Ik hoorde de trilling in mijn stem, maar hij misschien niet.

'Echt niet.' Hij schudde zijn hoofd. 'Dat heb je helemaal mis.'

'Jij hebt me overvallen,' hield ik vol. 'Je had al die spullen van mij bij je thuis liggen, en je genoot ervan dat je me zo bang had gemaakt.'

'Dat is niet waar. Ik wilde je helemaal niet laten schrikken. Daarom deed ik het niet.' Zijn gelaatstrekken werden zachter. 'Die avond, toen ik je vasthield... ik kon je hart horen kloppen, als dat van een klein vogeltje.' Zijn stem klonk vriendelijk. 'Waar was je eigenlijk zo lang? Ik heb uren staan wachten.'

Ik negeerde zijn vraag. Ik voelde een kille woede, ik beefde, maar uiterlijk wist ik me toch te beheersen. 'Als je me niet bang wilde maken, waar was je dan wel op uit?'

Hij wendde zich van me af en liet zijn hoofd eerst naar de ene, toen naar de andere schouder rollen voordat hij antwoord gaf, in een poging ontspannen over te komen, maar ik wist heus wel dat hij tijd aan het rekken was. Uiteindelijk zei hij: 'Ik zocht alleen een manier om je te benaderen, oké? Ik was van plan je je spullen weer terug te geven, zodat we de kans kregen een praatje te maken. Nu Jenny er niet meer was, wist ik niet hoe ik met jou in contact kon blijven.'

In contact blijven? Hij had geen idee dat iemand bespioneren – iemand bestelen – geen normaal menselijk contact was. Ik had bijna medelijden met hem gekregen. Bijna.

'Wij hadden helemaal geen contact met elkaar. Je kent me niet. Je hebt geen idee hoe ik ben.'

'Ik ken je mijn hele leven al,' zei hij alleen maar. 'En… en ik houd al die tijd al van je. Wat je ook deed, ik bleef van je houden. Ik wilde er alleen maar voor je zijn. Je beschermen.'

'Heb je daarom Geoff aangevallen?'

'Die eikel,' zei hij, en hij begon te lachen. 'Hij heeft zijn verdiende loon gekregen.'

'En Jenny? Wat verdiende zij dan wel?'

Voordat hij kon antwoorden, klonk er een kreet van beneden aan de heuvel. De hond schoot weg naar de witte tent, kwispelend van opwinding, terwijl zijn baas met hem mee rende, en Danny draaide zich om om naar hen te kijken. Ik zag nu voor het eerst zijn gezicht pas goed en mijn adem stokte in mijn keel. Het grauwe licht van een natte ochtend kon niet verbergen dat de kneuzing op zijn wang een juweel in haar soort was: dik en blauw aan de rand, naar het midden toe steeds donkerder tot aan het centrum, waar ze zo rood was als een biet. Ze hadden hem niet zachtzinnig behandeld, dat was wel duidelijk.

Ook al wist ik wat die geluiden daarbeneden inhielden, ik merkte dat ik er niet warm of koud van werd. Ik concentreerde me op Danny, en bleef op zijn antwoord wachten.

'Jenny?' Zijn blik was leeg. 'Waar heb je het over?'

'Denk je dat zij het verdiende te sterven?' Mijn stem trilde en ik slikte iets weg.

'Natuurlijk niet.' Hij keek me aan alsof ik gek was. 'Ze was nog maar een kind.'

'Dus het raakt je wel. Dat ze dood is, bedoel ik.'

'Zeker wel. Ik zal haar missen. Maar…' Hij zweeg even, en glimlachte toen. 'Ik zou haar minder erg missen als jij en ik vriendschap konden sluiten. Of zoiets.'

Mijn haren gingen rechtovereind staan. 'Waarom heb je haar dan vermoord, als je haar zo erg mist?'

Hij keek me gepijnigd aan. 'Hoe kun je me dat nu vragen? Jíj nog wel. Dat heb ik niet gedaan. Je moet me geloven, ik heb het echt niet gedaan.'

'Wie dan wel? Een van die mannen die je bij je thuis liet komen om haar te misbruiken?'

'Absoluut niet,' zei Danny vol overtuiging, terwijl hij zich omdraaide om zijn sigaret weg te schieten. Die raakte een eind verder beneden een boom in een fontein van vonken. 'Absoluut niet. Ze wisten helemaal niet wie ze was. Ik zorgde goed voor haar, hoor. Ik hield al die tijd een oogje op haar, zodat ze haar geen kwaad deden.'

Kwaad deden… Hij had geen flauw idee wat dat inhield. Ik werd er misselijk van en draaide me om, waardoor ik bijna tegen Blake opbotste, die stond te hijgen, alsof hij net tegen de helling op was gerend. Hij greep me bij mijn arm en ik struikelde toen hij me achter zich aan trok, bij Danny vandaan.

'Waar ben jij in godsnaam mee bezig, Miles?' Hij wierp de jonge agent die Danny onder zijn hoede had een strenge blik toe, waarna die met een ongeruste blik in zijn ogen naar ons toe strompelde. 'Ik had je toch zeker gezegd hem ver bij ons vandaan te houden?'

Danny's blik sprong van Blake naar mij en weer terug, en een lichte frons trok rimpels in zijn voorhoofd. Ik vroeg me af wat hij van Blakes gezicht had afgelezen. Voordat hij iets kon zeggen – voordat ik Miles stamelend kon horen uitleggen dat ze beschutting hadden moeten zoeken vanwege het slechte weer, en dat ze nergens anders heen konden – had ik Blakes hand van mijn arm gehaald en gleed ik de helling af, weg van het groepje, zonder dat het me uitmaakte waar ik terecht zou komen. Ik richtte mijn volle aandacht erop mijn weg te vinden tussen de bomen door, en zette mijn voeten voorzichtig tussen de wortels neer. Ik nam niet de moeite om mijn capuchon op te zetten. De regendruppels vielen op mijn hoofd en gleden omlaag door mijn haar. De grond glansde en de boomstammen leken wel gevernist door de nattigheid, en de regen viel vanaf de bladeren in dikke druppels om me heen. Eén druppel kwam tussen mijn kraag en mijn nek terecht. Ik voelde hoe hij langs mijn rug liep en werd geabsorbeerd door mijn T-shirt.

Achter me hoorde ik geluiden: ruisende bladeren en krakende takjes. Iemand die haast had, en ik was niet verbaasd toen Blake me vastpakte en omdraaide, zijn gezicht vertrokken van woede.

'Heb je nu je zin? Heb je gekregen wat je hebben wilde?'

'Ik heb het niet zo gepland. Hoe had dat ook gekund? Jij zei tegen me dat hij ver bij me vandaan zou blijven.'

'En ik heb ook tegen je gezegd dat je bij hém vandaan moest blijven. Waarom heb je je daar niets van aangetrokken?'

'Ik zou ook meteen weer weggaan...'

'Maar toen besloot je hem eerst maar eens wat vragen te stellen.'

'Ik dacht dat hij misschien wel tegen mij zou zeggen wat hij niet tegen jou wilde zeggen,' zei ik mat. 'Ik dacht dat hij me misschien de waarheid zou willen vertellen, omdat hij blijkbaar bepaalde gevoelens voor me koestert.'

'Nou, als we hadden gewild dat je dat zou doen, hadden we het vast wel gevraagd. En dan hadden we voor zo'n gesprek vast een betere plek hadden gevonden dan een spoordijk, waar een eventuele bekentenis niet kan worden opgenomen en het niet zeker is dat ze te verifiëren is.' Blake liep een paar stappen van me vandaan en bleef hoofdschuddend staan. Toen richtte hij zich weer tot mij. 'Er zijn bepaalde methoden om zoiets aan te pakken, Sarah. Met zomaar in het wilde weg vragen stellen krijgen we de zaak niet rond.'

'Je hebt helemaal gelijk,' zei ik, en ik voelde een golf van woede opkomen. 'En waarom ben je dan niet bezig de zaak rond te krijgen, als je zo deskundig bent? Waarom heb je hem niet zover gekregen dat hij de moord op Jenny bekent? Er moet toch enig bewijs zijn. Forensisch bewijs. DNA. Je moet toch een manier weten om hem er niet mee weg te laten komen? De moord op Geoff kan de Shepherds geen reet schelen. Zij willen gerechtigheid voor hun dochter.'

'Nou, dan zullen ze nog even moeten wachten. Het openbaar ministerie wil hem nog niet voorleiden. Ze zeggen dat de bewijzen te indirect zijn. Een beetje capabele advocaat zou de dag van zijn leven beleven in de rechtszaal met het materiaal dat we nu hebben. We hebben meer nodig, en geloof me maar: we doen onze uiterste best. We hebben hem al voor Geoff, voor verkrachting van Jenny, en voor het vervaardigen en verspreiden van kinderporno. Hij krijgt zijn portie wel in de rechtszaal. Het kan een tijdje duren – ze werken daar niet snel – maar ze zullen hem keihard aanpakken. Hij komt hier niet mee weg hoor, Sarah.'

Ik keek weg, gefrustreerd. 'Dat is niet genoeg.'

'Op dit moment hebben we niet meer.' Blake zweeg even, en toen hij weer sprak, klonk hij een stuk rustiger. 'Maar dat is hier niet aan de orde. Je had het misschien al begrepen, maar ik kwam je vertellen dat ze menselijke resten hebben gevonden.'

Het was dus zover. Ik had het al geweten zodra ik al die commotie hoorde, maar er ging nu toch een schok door mijn lijf.

'Weten ze zeker dat het Charlie is?' wist ik uit te brengen. Ik wankelde even.

'De forensisch antropoloog zegt dat de beenderen kloppen wat betreft de leeftijd van het slachtoffer en de tijd dat ze waarschijnlijk in de grond hebben gelegen. Maar van zo'n exacte wetenschapper krijg je nooit een nauwkeurig antwoord. Ze nemen ze mee naar het lab voor nader onderzoek. Ze zullen het over een paar dagen bevestigen aan de hand van gegevens van de tandarts en DNA-monsters. Tot nu toe komt alles overeen met wat Danny ons heeft verteld. Het zou enorm toevallig zijn dat dit Charlie niet is.'

'Fijn dat je het me hebt verteld,' zei ik, en ik meende het, maar mijn stem klonk mat.

'Wil je even kijken?'

'Nee. Liever niet; ik wil die beenderen niet zien. Kun je me naar huis brengen?'

'Uiteraard.' Ik merkte een lichte aarzeling op voordat hij dat zei – een zekere tegenzin – maar hij klonk voorkomend. Hij zocht in zijn zak naar zijn sleutels en hield ze me voor. 'Alleen moet ik Vickers wel even laten weten waar we naartoe gaan. Lukt het je om alleen naar de auto te gaan?'

Zonder iets te zeggen nam ik zijn sleutels aan en strompelde weg. De spoorlijn hield ik aan mijn rechterhand. Ik wist niet precies wat ik deed, hield mijn aandacht bij het zetten van de ene voet voor de andere, en keek af en toe op om te zien of het hek al in zicht kwam. Dat vond ik zonder al te veel moeite, deels door het statische gekraak uit de radio van de politieagent die daar was geposteerd. Ik liep zwijgend langs hem heen en sleepte me als een hoogbejaard vrouwtje de treden op. Toen ik bij de auto aankwam, besefte ik dat ik mijn hand krachtig om de sleutels had geklemd, met als gevolg een felrode plek in mijn handpalm. Ik ging op de passagiersplaats zitten wachten, zonder ergens aan te denken, en liet mijn vingertoppen onophoudelijk over de deuk in mijn huid gaan.

De terugweg leek veel korter dan de heenweg. Blake reed snel, remde hard bij de verkeerslichten en schold zachtjes op medeweggebruikers. Het verkeer op deze maandagochtend was erg druk geworden. Hij wilde snel weer terug naar de opgraving, voor het geval ze nog meer zouden vinden. Ze waren op zoek, zei hij, naar andere mensen die in de afgelopen vijfentwintig jaar waren verdwenen, in de periode waarvan ze wisten dat Derek Keane zich met criminele zaken had beziggehouden. De plek was te goed voor het dumpen van lijken om hem maar één keer te gebruiken, zei Blake. Ze vermoedden dat er wel meer gevonden zouden worden. Ik kon zijn opwinding niet delen. Ik begon een claustrofobisch gevoel te krijgen, alsof er iets tegen mijn neus en mijn mond werd gedrukt. De slechtheid van Derek Keane leek geen grenzen te kennen. Hij had ons leven besmeurd met zijn perversie, en zijn erfenis leefde door in zijn beschadigde, gevaarlijke zoon.

Thuis aangekomen nam ik snel afscheid van Blake. Hij gedroeg zich heel zakelijk, had zijn aandacht bij zijn werk. Toen ik het pad op liep, deed hij zijn raampje open en riep me na: 'Ik laat je over een dag of twee weten wat de bevindingen van de patholoog zijn.'

Ik zwaaide ter bevestiging, maar wist heel goed wat eruit zou komen. Danny had geen reden om te liegen. Het was overduidelijk wat er met Charlie was gebeurd. Zijn laatste ogenblikken moesten afschuwelijk zijn geweest; hij moest bang en boos zijn geweest, en pijn hebben geleden. Het beeld dat ik had van mijn broer was met zo'n dikke laag sentiment bedekt dat ik me niet kon voorstellen hoe hij zich had gedragen. De papieren held in mijn herinnering, die zo geweldig slim en vindingrijk was geweest, zou zich hevig hebben verzet. Maar het kind in die hopeloos angstige situatie zou daarentegen vast om zijn moeder hebben geroepen. En dat, vermoedde ik, terwijl ik de voordeur zachtjes achter me sloot en mijn modderige laarzen op de mat zette, was wat mijn moeder in de loop der jaren het meest verdriet had gedaan. Hoeveel ze ook van hem had gehouden – en ze had meer van hem gehouden dan van wie ook –, ze was niet in staat geweest hem te redden.

Het was stil in huis. Ik pakte de post van de mat en haalde er een dikke envelop met het handschrift van tante Lucy tussenuit. Mijn reservesleutels, eindelijk. Ik zou mijn auto gaan halen, of in elk geval de wegenwacht bellen, zodra ik hier klaar was. De post was bespikkeld met regendruppels en voelde vochtig aan, en ik legde alles maar op het tafeltje in de hal, want ik had er nog geen behoefte aan de enveloppen open te maken. In plaats daarvan liep ik naar de keuken. De keukenklok tikte als een doodskloppertje de seconden weg, en het geluid vermengde zich met het getik van de regen tegen de ruiten. Ik staarde vol ongeloof naar de klok. Het was pas negen uur. Ik had verwacht dat het op z'n minst al lunchtijd was.

Bij de gedachte aan een lunch, protesteerde mijn maag. Ik heb honger, zei ik tegen mezelf, terwijl ik mijn doorweekte anorak afstroopte en hem over de rugleuning van een keukenstoel hing. De definitie van waterproof van de fabrikant strookte niet met de mijne. De schouders van mijn T-shirt zagen donker van de regen en lagen kil op mijn huid.

In de koelkast vond ik een pakje bacon en een paar eieren die iets over de datum waren, maar ik durfde het risico wel te nemen. Ik pakte een koekenpan en begon het vetste en ongezondste ontbijt te maken dat ik me kon voorstellen. De gebakken eieren smolten samen met de opkrullende reepjes bacon in een plasje sissende olie. Het was precies waaraan ik behoefte had. Ook zette ik thee, roosterde ik wat brood en dekte ik de tafel, met een bordje voor mijn moeder voor het geval ze de geur zou opvangen en trek kreeg. De bacon in de pan vulde de keuken met een hemelse geur; wie weet zou die haar ertoe verleiden mee te komen eten. Ik haalde de koekenpan van het vuur en liet hem op het fornuis staan, zodat hij klaar voor gebruik was, mocht ze verschijnen.

Het was een heerlijk ontbijt. De donkergele eidooiers liepen prachtig uit over de geroosterde boterhammen en de bacon had zich tot zoute linten gedraaid met hier en daar witte vlekjes puur vet. Ik at alles met zorg op en werd lekker warm vanbinnen door het eten en de sterke thee. Ik zou mama moeten vertellen dat ze Charlie hadden gevonden, maar ik stond mezelf niet toe daaraan te denken terwijl ik nog zat te eten. Ik was er nog niet klaar voor. Ze hield zo intens veel van Charlie, zo waanzinnig veel, en ze had me vaak verteld dat ik dat pas zou begrijpen als ik zelf kinderen had. Ik rilde bij de gedachte. Als dat liefde was, dan hoefde het van mij niet.

Er was boven nog steeds geen enkel geluid te horen, toen ik de laatste restjes eidooier van mijn bord had geschraapt en de vaat in de gootsteen zette. Ik zou haar moeten gaan wekken. Ik schonk het laatste beetje thee in een schone beker. De thee was zo donker als jus, nu hij zo lang had gestaan, maar dat zou ze vast niet erg vinden. Ik liep even naar het tafeltje in de hal om de enveloppen te pakken en keek ze even snel door. Rekeningen en reclame, zoals gewoonlijk. Niets bijzonders. Ik klemde ze onder mijn arm en liep voorzichtig naar boven met twee handen om de beker. Haar kamerdeur zat stevig dicht, net als toen ik was weggegaan. Alles zag er volkomen normaal uit. Er was geen enkele aanleiding om zo te aarzelen, geen enkele reden om zo beverig te roepen: 'Mama?'

Stilte achter de deur. Ik klopte opnieuw, met mijn ogen strak gericht op de thee, die bij elke beweging die ik maakte, bijna over de rand van de beker klotste. 'Mag ik binnenkomen?'

Ik wist dat het mis was, zodra ik de deur opendeed. Ik wist al wat er was gebeurd zonder ook maar één stap over de drempel te zetten. Mama was beter georganiseerd te werk gegaan dan Paul; ze had geen enkele fout gemaakt. Een keurig rijtje medicijnflesjes op het nachtkastje, allemaal leeg en met de dop eraf. Op de vloer een fles whisky met nog ongeveer twee glazen erin; daarnaast een lege fles op z'n kant. In het bed het tengere lichaam van mijn moeder, netjes onder het beddengoed. Ze lag op haar rug, met haar armen langs haar zij, en haar gezicht was wasbleek in het schemerlicht dat door de kier tussen de gordijnen heen scheen. Er hing een zurige lucht in de kamer, die bij nader inzien afkomstig was van een vlek op haar hals en schouder en het matras; ze had op enig moment overgegeven, maar niet voldoende om in leven te blijven. Gedachteloos was ik doorgelopen tot ik naast haar stond. Ik boog vooroves en raakte zachtjes de rug van haar hand aan. Koud. Het was niet nodig om haar hartslag te controleren. Ze was er niet meer. Ze had genoeg gehoord om te weten dat Charlie niet meer zou terugkomen, en was ertussenuit geknepen toen ik even niet keek.

Ik zocht, aanvankelijk rustig, naar het briefje waarvan ik aannam dat het er zou liggen. Niet op het nachtkastje. Niet op de vloer. Niet in haar handen, of tussen de lakens. Niet op het ladekastje. Niets in de zak van de kleding die ze droeg. Niets. Niets. Niets. Ze had me verlaten, en ze had niet de moeite genomen afscheid te nemen.

De waarheid – ze was er niet meer, net als alle anderen – trof me als een mokerslag en ik rende als een speer de kamer uit, naar de badkamer. Al dat lekkere eten kolkte rond in mijn maag. Ik haalde het toilet voordat het door mijn slokdarm omhoog kwam. Ik gooide alles eruit wat ik die dag had gegeten, braakte tot ik alleen de brandende smaak van gal in mijn mond proefde, terwijl mijn maag zijn best deed zich om te keren. Toen het eenmaal achter de rug was, liet ik me tegen de muur van de badkamer vallen en trok ik mijn knieën op. Mijn ellebogen liet ik op mijn knieën balanceren. Ik drukte de muis van mijn handen tegen mijn oogkassen, en achter mijn oogleden draaiden en kronkelden felle lichtflitsen.

Na een poosje stond ik op en boog ik me over de wastafel. Ik spoelde mijn mond met koud water. Mijn handen trilden; ik keek ernaar alsof ze van een ander waren. In de badkamerspiegel zag ik mezelf: gespannen, met holle wangen en een bleke huid. Ineens zag ik hoe ik eruit zou zien als ik oud was.

Vanaf de gang keek ik door de deuropening mama's kamer in. Ik zag de bobbel van haar voeten onder het beddengoed. Ze zou nooit meer bewegen. Nooit meer. Nooit meer. Ik kon het niet bevatten. Het was alsof mijn brein weigerde te verwerken wat er was gebeurd. Misschien was het de schok, maar ik kon niet meer dan twee stappen vooruit denken.

Er waren mensen aan wie ik dit moest vertellen, wist ik. Er waren dingen die gedaan moesten worden. Maar ik deed ze niet, ik liep naar de plek waar ik het stapeltje enveloppen in de deuropening had laten vallen en viste er de kleine dikke uit, waarin mijn sleutels zaten. Ik had er nu behoefte aan dat iemand zijn armen om me heen zou slaan en me zou vertellen dat alles weer goed zou komen. Ik had er behoefte aan dat iemand voor mij het woord zou doen en op redelijke en rationele toon mijn familie zou vertellen wat er was gebeurd. De enige die in me opkwam die dat zou kunnen doen – de enige die ik dit zou durven vertellen, omdat hij zou weten wat er gedaan moest worden – was Blake.

Ik zou mijn auto gaan halen, zoals ik al van plan was geweest, en naar hem toe rijden en dan zou hij alles in orde maken.

Het komt voor dat mensen bij een brand omkomen omdat ze weigeren hun plannen bij te stellen. Het komt voor dat mensen met open ogen het gevaar tegemoet lopen, omdat ze bang zijn voor het onbekende.

Mijn leven was om me heen aan het afbranden, en het enige waartoe ik in staat was, was me afvragen of mijn auto nog steeds stond waar ik hem had achtergelaten.

2005

Dertien jaar vermist

Ik ga naar huis om de laatste spulletjes te pakken die ik wil meenemen en dan is het klaar. Verder is alles geregeld. Ben heeft een huis voor ons gevonden in Manchester, waarin we samen met vier andere vrienden van de universiteit gaan wonen. Ik heb een baan bij een reisbureau. Het salaris is niet geweldig, maar de secundaire arbeidsvoorwaarden zijn fantastisch: goedkope vluchten en accommodatie ver boven het niveau dat we ons anders hadden kunnen veroorloven. Ben en ik hebben al gepland waar we volgend jaar naartoe gaan: Marokko, Italië, Phuket met de kerst. Alles is nu geregeld.

Ik hoef alleen mijn moeder nog op de hoogte te stellen, mijn spullen te pakken en als de weerga te vertrekken.

Als ik erover nadenk, word ik misselijk. Ik schommel met de bewegingen van de trein mee en zie hoe de velden voorbijglijden. Alles in me schreeuwt dat ik er niet aan moet denken weer thuis te gaan wonen na het afronden van mijn studie, dat ik de juiste beslissing heb genomen. Dat deel van mijn leven is voorbij. Ik denk niet eens dat mama wil dat ik terugkom. Maar ik heb het nog niet aan haar verteld. Ik heb haar niet verteld over Ben, die al twee jaar mijn vriend is, die weet dat hij mijn moeder waarschijnlijk nooit zal ontmoeten, maar niet weet waarom. En ik heb Ben niet verteld over Charlie en papa, en al het andere wat mij heeft gemaakt tot wie ik ben. Te veel geheimen. Te veel achtergehouden informatie. Binnenkort zal ik me totaal moeten blootgeven, zodat hij te weten komt wie ik precies ben, de vrouw op wie hij verliefd is. Maar nu nog niet.

Eerst mama.

Het huis ziet er leeg uit als ik, mijn tas meezeulend, de straat in loop; de ramen zijn donker. Mama gaat nooit uit, maar het heeft geen zin aan te bellen. Ik ga op zoek naar mijn sleutels en laat mezelf binnen, waar ik me bewust word van een vreemde geur, die afkomstig kan zijn van rottende voedselresten, en nog iets anders.

Als ik het licht aandoe, zie ik haar direct in een rare houding onder aan de trap liggen. Ik merk niet eens dat ik in beweging kom, dat ik mijn tas neerzet, maar opeens sta ik naast haar en zeg ik: 'Mam! Hoor je me? Mammie?'

Zo heb ik haar al jaren niet genoemd.

Ze maakt een zacht geluidje en ik slaak een zucht van opluchting, maar ze voelt koud aan en ze heeft een akelige kleur. Haar been ligt onder een hoek onder haar lichaam en ik weet dat het gebroken is; ik weet ook dat ze daar al lange tijd ligt. Er zit een donkere vlek in het vloerkleed onder haar en het ruikt hier sterker: ammoniak.

'Ik bel een ziekenwagen,' zeg ik op duidelijke toon, en ik loop naar de telefoon, die al die tijd slechts enkele centimeters buiten haar bereik heeft gestaan. Met verbazingwekkende kracht sluit zich een hand om mijn enkel en ik slaak een zachte kreet. Ze probeert iets te zeggen, haar oogleden knipperen.

Ik buig me over haar heen en probeer niet te reageren op de stank van haar lichaam, van haar ademhaling. Ik voel afschuw en medelijden en schaamte. Het duurt een paar seconden voordat ze weer iets kan zeggen.

'Ik wil niet... alleen blijven.'

Ik slik met moeite in een poging de brok in mijn keel kwijt te raken. 'Ik laat je niet alleen, mama. Ik beloof het je.'

Ik bel de ziekenwagen en ga aan haar bed zitten, praat met de artsen en ruim thuis de rommel op. Ik bel Ben en vertel hem dat ik op andere gedachten ben gekomen. Ik laat hem in de waan dat ik nooit echt om hem heb gegeven. Ik laat hem in de waan dat ik hem heb voorgelogen. Ik neem mijn mobiel niet meer aan en negeer sms'jes van mijn vrienden. Ik verbrand alle schepen achter me. Ik snijd mezelf af.

En het komt niet bij me op – niet één keer – dat ik het bij het verkeerde eind heb, dat ik mijn moeder alweer niet goed heb begrepen.

Ik wil niet alleen blijven?
Niet precies wat ze zei.
Ik wil niet. Alleen blijven.
Ze wilde alleen blijven. Ze wilde dat ik haar zo achterliet.
Dat was een stuk waarschijnlijker.

18

De politieagent voor het huis van de Shepherds maakte een verveelde indruk. Hij had beschutting gezocht onder een kersenboom in de voortuin, maar toch stroomde de regen langs zijn reflecterende vest en van de punt van zijn pet. Het grootste deel van de pers was vertrokken om zich op interessanter zaken te richten. Hier en daar zat er iemand in een auto met beslagen ruiten, die het huis in de gaten hield.

Bij daglicht zag ik details die me de vorige keer niet waren opgevallen: de voeten van vele bezoekers hadden voren getrokken en kuilen gemaakt in het gazon. Ik bleef even over het hek staan kijken en liep toen weg naar mijn auto.

'Sarah!'

Ik wist direct wie het was, nog voordat ik omkeek en Valerie Wade in de deuropening van het huis van de Shepherds zag staan. Ze tuurde door de regen naar buiten. *O, jezus.* Ik was totaal vergeten dat ze daar zou zijn. Daar had ik echt behoefte aan: dat ze Vickers zou bellen om hem te vertellen dat ik bij het huis van de Shepherds stond. Ik had zo'n idee dat hij daar niet blij mee zou zijn.

'Ik dacht al dat jij het was,' zei ze triomfantelijk. 'Ik keek net uit het raam en zag jou daar staan. Kwam je ergens voor?'

Ik wilde bij haar vandaan rennen, instappen en voor altijd uit Elmview wegrijden, maar dat was niet handig, vooral omdat de wegenwacht naar mijn auto moest kijken, voordat hij in beweging zou komen. En mijn tegenzin om uit te leggen wat ik eigenlijk deed in de straat waar de Shepherds woonden, was groter dan ooit. Ik zou het vege lijf moeten redden met bluf. Bovendien wilde ik nog iets kwijt aan de Shepherds. Ik zou nooit meer een kans als deze krijgen. Het leek wel alsof het zo was voorbestemd.

Ik liep het tuinhek door en het pad op, me bewust van de politieagent, die me vanonder de boomtakken in de gaten hield.

'Ik vroeg me af of het mogelijk is om even met meneer en mevrouw Shepherd te praten? Ik heb nog niet echt de kans gehad om met ze te praten over wat er met Jenny is gebeurd, en... nou ja, ik zou dat eigenlijk wel prettig vinden.'

Achter Valerie zag ik iemand in het huis bewegen, en ik hoorde een gebrom dat zo zacht klonk dat ik niet in staat was de woorden te onderscheiden vanaf de plaats waar ik stond. Valerie stapte achteruit.

'Oké. Kom maar binnen, Sarah.'

In de gang voelde ik me opeens niet meer op mijn gemak, en daarom richtte ik me op het zoeken naar een plekje voor mijn druipende paraplu en het uittrekken van mijn jas. De gang was doordrongen van de zware, bedwelmende geur van lelies, maar een ondertoon van vijverwater deed vermoeden dat ze al op hun retour waren. Ik zag dat de geur afkomstig moest zijn van een groot boeket bij de telefoon. De stevige, witte bloemen hadden een bruin randje; ze waren bijna verrot en de bloemblaadjes lagen plat. Niemand had de moeite genomen het boeket te ontdoen van het cellofaan alvorens de bloemen in een vaas te proppen.

'Wil je misschien een kopje thee?' vroeg Valerie. Toen ik knikte, liep ze naar de keuken en ik bleef achter, zonder te weten wat de bedoeling was. Ik keek eens om me heen en verstijfde toen ik de trap zag. Op de een na onderste tree zat Michael Shepherd met zijn onderarmen rustend op zijn knieën. Hij draaide zijn handen om zodat hij zijn palmen kon zien, bekeek die een paar seconden en liet ze toen hangen. Toen hij naar mij opkeek, vielen mij opnieuw zijn koolzwarte ogen op. Ze hadden nog steeds die felle, intens meedogenloze blik, maar die had meer weg van de laatste opleving van een vuur dat bijna uitgebrand was. Hij zag er uitgeput uit, maar absoluut niet verzwakt; het zelfvertrouwen en de kracht die me eerder waren opgevallen, waren nu gedestilleerd tot pure vastberadenheid om dit alles het hoofd te bieden. Het deed me denken aan mijn eigen vader, en ik vroeg me af of hij even sterk was gebleven, of hij er net zo kapot van was geweest als de man hier voor me.

'Wat wilt u?' Zijn stem klonk schor, alsof hij hem de laatste tijd niet veel had gebruikt.

'Ik wilde eigenlijk even met u en mevrouw Shepherd praten,' wist ik uit te brengen. Ik probeerde de indruk te wekken kalm en beheerst te zijn. 'Ik... nou ja, ik begrijp misschien beter dan de meeste mensen wat u doormaakt. En er is iets wat ik u wil vertellen. Iets wat u volgens mij moet weten.'

'O ja?' Zijn stem klonk onverschillig, beledigend onverschillig, droop van het sarcasme. Het bloed steeg me naar de wangen en ik beet op mijn lip. Hij zuchtte, maar stond op. 'Kom dan maar en praat met ons.'

Ik volgde hem naar de zitkamer, waar overal de tekenen van een veilig, voorspoedig en welvarend leven dat wreed en onomkeerbaar was verwoest, te zien waren. Er stonden en hingen overal foto's van Jenny, foto's met pony's en tutu's en bikini's, alle kenmerken van het kind uit de middenklasse dat niet weet hoe het is om tekort te komen. Ze hadden haar het beste van het beste gegeven, elke denkbare kans die haar vriendinnetjes uit rijkere milieus ook hadden. Ik keek naar de foto's, naar Jenny met haar glimlach, en de gedachte kwam bij me op dat niemand van ons haar had gekend. Ondanks alles wat ik te weten was gekomen over haar geheime leven, was ik over haarzelf niets wijzer geworden. Ik wist wat ze had gedaan, maar ik had geen flauw idee waarom, en ik vermoedde dat niemand daarop een antwoord had. Het enige waar we nu op af konden gaan, waren de leugens van Danny Keane.

Het huis stond dan wel in een vrij eenvoudige woonwijk, toch had de drang tot statusverhoging ook hier vrij spel gekregen. Het was ooit uitgebouwd, en de benedenverdieping leek bijna twee keer zo groot als het huis waar ik al mijn leven lang woonde. De woonkamer en de eetkamer werden gescheiden door dubbele deuren, voorzien van glas. Eenzelfde stel deuren in de eetkamer gaf toegang tot de tuin, waar ik een patio zag met luxe tuinmeubelen en een gemetselde barbecue. De keuken, die zichtbaar was door een openstaande deur, was duur uitgerust met roomkleurige kastjes en zwartmarmeren aanrechtbladen. Een enorme televisie domineerde de woonkamer. Het scherm was zo groot dat het beeld vertekend werd. Het geluid stond uit, en een nieuwslezeres van Sky News zat heel ernstig en overdreven te articuleren, en haar gezicht stond strak van de inspanning om serieus en betrokken over te komen, terwijl ze haar tekst van de autocue aflas. Tegenover de tv stond een grote bank, en daarop zat mevrouw Shepherd, met haar armen om haar lichaam geslagen en haar blik wezenloos op het scherm gericht. Ze keek niet op toen ik binnenkwam, en ik had de tijd om de extreme verandering die ook bij haar had plaatsgevonden, op te merken. Haar huid was vlekkerig en beschadigd rondom haar neus en ogen. Evenals de vorige keer hingen haar haren slap en piekerig omlaag. Ze droeg een sweatshirt, een spijkerbroek en sportschoenen, en het elegante imago dat ze ooit had uitgestraald, was al lang verdwenen; haar kleding was functioneel en hing om haar lichaam heen. Michael Shepherd brandde van woede, maar zijn vrouw leek verkild van verdriet.

'Ga zitten,' beet Shepherd me toe, en hij wees naar een leunstoel die schuin naar de bank gericht stond. Hij ging naast zijn vrouw zitten, pakte haar hand en kneep er zo hard in dat zijn knokkels wit werden. Dit ontlokte haar een kreetje van protest, maar het doorbrak haar gemijmer wel.

'Diane, dit is… een van de leraressen van Jenny.' Hij keek me nietszeggend aan en wreef met zijn hand over zijn voorhoofd. 'Sorry, ik weet uw naam niet meer.'

'Sarah Finch. Ik gaf Jenny Engelse les.'

'En wat wilde u ons zo graag vertellen?' Hij klonk behoedzaam, bijna ontstemd. Diane Shepherd staarde me zonder enige hoop aan. Ik ging rechtop zitten en kneep mijn handen samen.

'Ik ben hierheen gekomen om met u te praten over… tja, daarover eigenlijk.' Ik wees naar het televisiescherm, waarop een verslaggever stond te praten tegen een achtergrond vol bomen. De rode band die onder het beeld liep, meldde schreeuwerig: 'Politie Surrey vindt lichaam bij spoorwegtalud, volgens bronnen mogelijk de schooljongen Charlie Barnes, vermist sinds 1992.' De live-beelden vervaagden en werden vervangen door de foto van Charlie die alle media standaard gebruikten; de schoolfoto waarop hij zo leuk naar de camera grijnsde, met die levendige blik in zijn ogen. Ik wendde me weer tot de Shepherds, die vol onbegrip naar het scherm zaten te kijken. 'Charlie is – was, bedoel ik – mijn broertje. Ik was acht toen hij vermist raakte. De politie heeft vanmorgen zijn lichaam gevonden.'

'Gecondoleerd met uw verlies.' Michael Shepherd klemde zijn kaken zo krachtig op elkaar, dat de woorden nauwelijks tussen zijn tanden door konden komen.

'Het punt is, dat hij is vermoord door de vader van Danny Keane.' Ik wist dat die naam hun voldoende zou schokken om hun aandacht te vangen. Nu kwam het moeilijkste. 'Toen Jenny verdween, kwam dit alles weer bij me boven. Ik was… ik was er eigenlijk direct vanaf het begin bij betrokken. Ik was degene die Jenny in het bos heeft gevonden… maar dat weet u misschien al.'

Ze staarden me beiden aan. Diane keek verbouwereerd en haar mond stond een klein stukje open. Haar man fronste zijn voorhoofd en ik kon niet zien waarom. 'Natuurlijk weet ik dat nog. U dook telkens weer op,' zei hij ten slotte.

'Thee!' Valerie kwam met een rammelend dienblad vol bekers vanuit de keuken de kamer in. 'Ik wist niet of je suiker wilde, Sarah, dus die staat op het blad en er is ook melk; je kunt het er zelf indoen. Van jullie weet ik het wel,' en ze giechelde een beetje onhandig, toen ze zich bukte, zodat de Shepherds hun bekers konden pakken. Er stonden er nog twee op het blad en ik besefte dat Valerie helaas van plan was bij ons te komen zitten. Het was Michael Shepherd ook opgevallen en hij greep in voordat ze kon gaan zitten.

'Ik geloof dat we dit gesprek beter met z'n drieën kunnen voeren, Val. Wil je ons een paar minuten geven?'

'Natuurlijk.' Er vloog een blos naar haar wangen. 'Mochten jullie me nodig hebben: ik zit in de keuken.' Ze kloste weer weg met haar beker in de hand en haar hoofd fier opgeheven. Ik mocht haar helemaal niet, absoluut niet, maar toch voelde ik een sprankje medelijden met haar; wat kon ze hier in vredesnaam voor goeds doen, behalve een eindeloze reeks koppen thee zetten? Ze zaten te wachten op het bericht dat er een bekentenis was afgelegd, wist ik, en dat kon elk moment binnenkomen, maar toch had ik de indruk dat de Shepherds er grote behoefte aan hadden alleen te zijn.

'Wat wilde u zeggen?' hielp Michael Shepherd me op weg. Ik wilde eigenlijk niet meer doorgaan.

'Het punt is… mijn ouders hebben er zwaar onder geleden dat Charlie was verdwenen. Ze konden niet leven met het gebeurde, en ze konden ook niet meer met elkaar leven, en uiteindelijk heeft het hen allebei verwoest. Ik wil niet dat u hetzelfde overkomt. Niemand verdient het om door te maken wat zij hebben doorgemaakt. Ik zou heel graag willen dat er iets goeds voortkomt uit wat zij hebben ondergaan.' Ik haalde diep adem. 'En dan is er nog iets.'

'Wat dan?'

'Danny Keane… wat hij heeft gedaan, is afschuwelijk. Afgrijselijk. Maar ik zou willen dat u begrijpt waaróm hij het heeft gedaan.' Ik zette me al schrap om te vertellen dat het mijn schuld was, dat ze zichzelf niets kwalijk moesten nemen. Wat maakte het uit of ze mij de schuld gaven?

Michael Shepherd veerde op. 'Heeft hij dan bekend? Keane?'

'Voor zover ik weet niet,' moest ik toegeven.

'Ik dacht dat u het misschien al had gehoord voordat wij waren ingelicht. U schijnt nogal op goede voet met de politie te staan.'

Zijn toon was onaangenaam en ik bloosde opnieuw. 'Ik heb ze leren kennen, meer niet. Zoals u al zei: ik dook telkens weer op.' Om tijd te rekken deed alsof ik van mijn thee nipte. De thee was veel te heet om te drinken. Ik keek rond naar een plek om mijn beker neer te zetten, want ik wilde hem niet zonder onderzettertje op de gepolitoerde tafel naast me zetten. Uiteindelijk boog ik me vooroever en zette hem op de vloer.

'Nou, wat ik u eigenlijk wilde komen zeggen…'

Er klonk getik van poten op plavuizen. Een kleine, vuile West Highland-terriër vloog vanuit de keuken de kamer binnen en sprong tegen me op, vriendelijk hijgend en met zijn kop schuin.

'Die rothond!' Michael Shepherd sprong op van de bank en torende hoog uit boven de hond, die tegen mijn voeten was aangekropen en hoopvol zat te kwispelen.

Diane kwam in beweging. 'Laat hem toch. Hij doet niemand kwaad.'

'Ik had hem eruit moeten gooien,' zei Michael over zijn schouder tegen zijn vrouw, terwijl hij de hond bij zijn halsband greep en hem naar de keuken sleurde. Hij sprong ruw met hem om, en het hondje piepte en probeerde bij hem weg te komen. Ik hield me vast aan de armleuning van mijn stoel, wilde ingrijpen, maar wist dat ik dat niet kon maken. Toen hij door de deuropening verdween, hoorde ik dat hij Valerie terechtwees. 'Ik heb je al gezegd dat hij het huis niet meer in mag. Hij blijft voortaan buiten.'

'Hij rende gewoon naar binnen toen ik de deur opendeed.'

'Dat kan me niets schelen, Valerie. Je moet echt beter opletten.'

Ik keek naar Diane, die haar ogen had gesloten. Haar lippen bewogen, alsof ze zat te bidden. Haar lippen zagen er droog uit en waren bedekt met flintertjes dode huid, en haar oogleden waren rood. Ze knipperde met haar ogen toen ik naar haar keek en richtte haar blik op mij.

'Is dat Jenny's hond?'

Het duurde even voordat ze reageerde. 'Archie. Mike kan hem niet uitstaan.'

Dat was wel duidelijk, gezien de manier waarop hij met hem was omgesprongen. 'Hij zal hem wel aan haar doen denken. Het moet verschrikkelijk zijn geweest dat Archie zonder haar thuiskwam.'

Ze begon zo heftig te beven dat ik het vanaf mijn plek kon zien, en ik had er direct spijt van dat ik haar aan dat moment had herinnerd. Haar ogen staarden nietsziend voor zich uit en ik voelde dat ze heel ver weg was, dat ze totaal was vergeten dat ik er was. Toen ze begon te praten, moest ik me inspannen om haar te verstaan.

'Zonder haar thuiskwam? Maar Archie is al die tijd hier geweest…' Toen haar stem wegstierf, leek het alsof ze bij haar positieven kwam. Ze ging iets meer rechtop zitten en schraapte haar keel. 'Ik bedoel, ja. Daar schrokken we van. We verwachtten Archie helemaal niet bij de voordeur, want hij had bij Jenny moeten zijn.'

Maar dat was niet wat ze zojuist had gezegd.

Ik zat als vastgenageld in mijn stoel, verstijfd van schrik. Ik had het gevoel dat alles wat ik tevoren had geweten en begrepen nu plotseling vijftien graden was gedraaid en een nieuwe en volstrekt gruwelijke realiteit liet zien. Ik moest het mis hebben, hield ik mezelf voor. Ik verkeerde nog steeds in shock door wat er eerder was gebeurd: mijn moeder, het lichaam van Charlie. Ik zag overal dood en verderf, in alles, en wat er nu bij me was opgekomen, was onmogelijk. Ondenkbaar.

Maar dat wilde niet zeggen dat het niet waar kon zijn.

Ze had haar hoofd afgewend en luisterde aandachtig naar de geluiden die vanachter het huis binnenkwamen. De stemmen werden zachter, alsof Valerie en Michael de achtertuin in waren gelopen. Ik had nog tijd, hield ik mezelf voor – niet veel, maar wel wat. Misschien genoeg.

'Diane,' zei ik behoedzaam. Ik liet mijn stem zacht en neutraal klinken. 'Het maakt niet uit als het niet precies zo is gebeurd als je aan de politie hebt verteld. Maar als er iets is – wat dan ook – waarvan je denkt dat ze het horen te weten, dan zou het goed zijn om het ze nu te vertellen.'

Ze boog haar hoofd en staarde naar haar handen, die stijf ineengeslagen in haar schoot lagen. Ze beefde van spanning. Ik zag hoe ze strijd leverde, hoe graag ze zich wilde uitspreken. Ik wachtte af en durfde nauwelijks met mijn ogen te knipperen.

'Hij zou me vermoorden.' Het was nauwelijks een zin en hij ontglipte haar tijdens een uitademing, en ik schrok van de angst in haar ogen toen ze naar me opkeek.

'Ze zullen je beschermen. Ze kunnen je helpen.' Ik moest echt aandringen, terwijl ik me ervan bewust was wat ik deed en ik mezelf erom haatte zei ik: 'Wil je de waarheid niet vertellen, Diane? Omwille van Jenny?'

'Alles wat we deden was voor haar.' Ze keek naar een foto op het tafeltje naast haar, een vakantiekiekje van een jongere Jenny in badpak met achter zich een blauwe hemel. Ze keek lachend in de camera. Er viel een stilte in de kamer en ik schrok bijna toen Diane weer begon te spreken. 'Het heeft geen zin, wel? Het heeft allemaal toch geen zin. Ik dacht dat het wel zo was. Ik weet niet waarom.'

'Ik begrijp goed dat je bang bent, Diane, maar als je nu eens…'

'Ik was inderdaad bang,' Ze onderbrak me en haar stem was nu krachtiger. 'Ik was bang en daarom deed ik wat hij wilde. Maar ik ga niet meer voor hem liegen. Hij denkt dat het goed was wat hij deed, maar hoe kon dat nu goed zijn? En ik kon hem niet tegenhouden. Ik kon niets doen om haar te redden, want alles moet perfect zijn voor Michael. Hij kan er niet tegen als alles niet gewoon… perfect is.'

'Zelfs Jenny?'

'Voorál Jenny. Ze wist dat hij het niet pikte als ze ongehoorzaam was. Ze had moeten weten dat het gevaarlijk was.'

Ik dacht terug aan Michael Shepherd op het politiebureau, aan de scène die hij had gemaakt toen hij zich had gerealiseerd dat het misbruik waarvan zijn dochter het slachtoffer was geworden, algemeen bekend zou worden. Op dat moment had ik gedacht dat hij haar wilde beschermen, ook nu ze dood was. Ik had het mis gehad. Hij wilde haar reputatie beschermen. Hij wilde zichzelf beschermen.

Diana was weer zachter gaan praten, zo zacht dat ik haar woorden maar net kon volgen. 'Hij was kapot van de baby.'

'Dat kan ik me voorstellen.'

'Nee. Nee, dat is onmogelijk. Weet u wat hij me liet doen? Hij dwong me haar daar achter te laten. Mijn schatje. In het donker, in de kou, en de regen, zonder iets om haar te beschermen, tot iemand – u – langskwam en haar vond. En ik heb dat toegelaten.'

Er stroomden tranen langs haar wangen. Ze veegde ze heftig weg en snoot haar neus in haar mouw. Ik hoefde niet meer aan te dringen; het verhaal kwam naar buiten als een waterval die ik niet had kunnen tegenhouden als ik het had geprobeerd. Het was alsof ze had gewacht op een kans om iemand te vertellen wat haar man had gedaan.

'Hij is erachter gekomen, weet u, dat ze een vriend had. Ach, het hele verhaal kende hij niet. We hadden geen idee dat er… anderen waren. We namen aan dat ze achter onze rug omging met Danny, omdat ze wist dat we dat nooit zouden goedvinden. Michael had tegen haar gezegd dat ze geen vriendje mocht hebben tot ze achttien was, ziet u, dus ook al was Danny van dezelfde leeftijd geweest, dan zouden we het nog niet hebben goedgevonden dat ze met elkaar omgingen.' Ze knipperde met haar ogen en haalde haar neus op. 'Ik vroeg me af of ze daarom met hem ging. Omdat ze perfect moest zijn – pappies kleine meisje – en het moeilijk voor haar was om aan dat beeld te voldoen. Maar misschien kwam het gewoon doordat ze gewend was te doen wat haar werd gezegd. Misschien heeft die man haar zo overgehaald om die dingen te doen. Ze zag er zo jong uit, vond u niet? Ze was eigenlijk nog maar zo'n ukkie, en toen ze me vertelde dat ze zwanger was, kon ik het gewoon niet geloven.' Nu keek Diane me aan, met een angstige blik in haar ogen. 'Ik had niets moeten zeggen. Ik had haar moeten helpen ervan af te komen. Dan hadden we de hele affaire kunnen vergeten. Ze zou me enorm dankbaar zijn geweest, want ze maakte zich zorgen; ze wist dat ze te jong was om een baby te krijgen, en ze wist dat haar vader geschokt zou zijn. Maar ik heb haar gerustgesteld. Ik heb gezegd dat het goed zou komen. Ik zei dat we voor haar zouden zorgen, zoals altijd. Ik had geen idee... Ik had geen idee...'

De laatste woorden schreeuwde ze bijna uit, en drukte toen de rug van haar hand tegen haar mond. Haar borstkas ging zwaar op en neer terwijl ze vocht om zichzelf weer onder controle te krijgen.

Ik wist al dat verdriet een bizarre uitwerking kon hebben op een mens. Ik wist al dat hysterie levendige hallucinaties met zich kon meebrengen; dat slaapgebrek en mentale druk ertoe kunnen leiden dat mensen geen onderscheid meer maken tussen werkelijkheid en fantasie. Ik wist al dat de meest verwoestende emotie schuldgevoel is, dat elke ouder die er niet in is geslaagd zijn kind te beschermen, zich verantwoordelijk voelt. Maar ik moest alles wat Jenny's moeder vertelde wel geloven. Ik keek naar buiten door de glazen deuren van de eetkamer, naar de plek in de achtertuin waar Shepherd stond. Het was opgehouden met regenen, maar de wolken hingen laag en waren staalgrijs van kleur. Hij had een sigaartje opgestoken. Slierten blauwe rook waaiden weg van hem, kringelden door de lucht. Ik moest meer te weten komen. Maar ik moest snel zijn.

'Hoe heeft hij haar gedood?'

Ze schudde het hoofd, met gesloten ogen, en zei opnieuw: 'Ik had geen idee.'

'Ik begrijp het, Diane. Je had het ook niet kunnen weten.' Ik probeerde het nog eens. 'Wat is er gebeurd?'

'Toen we het hem vertelden, slóég hij haar.' De schok die ze op dat moment had gevoeld, klonk door in haar stem. 'Hij kon niet verdragen dat ze hem had voorgelogen. Toen zei hij tegen haar dat ze vies was. Dat ze een bad moest nemen. Hij vroeg me te helpen haar in bad te doen. Ik zorgde dat ze zich uitkleedde... Ik dacht dat het zou helpen. Ik dacht dat hij zou kalmeren als ze niet langer in zijn buurt was. Want ik verwachtte niet dat hij haar er de schuld van zou geven…'

'En toen?'

Ze knipperde met haar ogen en fronste haar wenkbrauwen. 'Nou, ik bleef in de badkamer. Jenny was zo overstuur – erg overstuur – en ze wilde niet dat ik haar alleen zou laten. En toen hij binnenkwam, was hij ontzettend boos dat ik daar was. Hij noemde mij ook een slet, en de moeder van een hoer, en hij zei tegen me dat ik mocht toekijken als ik wilde. En toen legde hij zijn handen op haar schouders, zo…' Ze gebaarde naar haar sleutelbeenderen, waar ik de kneuzingen op Jenny's huid had gezien. 'Hij duwde haar omlaag tot haar hoofd onder water was, en hij hield haar daar tot ze ophield met spartelen. Het duurde niet lang. Hij is erg sterk. Ik heb geprobeerd hem tegen te houden, maar dat lukte me niet. Hij is heel erg sterk.

Toen nam hij haar mee en liet hij haar achter in het bos. Hij heeft haar niet eens bedekt. Ik heb hem gesmeekt haar ergens in te wikkelen, maar dat wilde hij niet. Ze had niets om warm te blijven…'

'Diane, je moet de politie vertellen wat er is gebeurd.'

Ze sperde haar ogen wijd open. 'Nee. Dan vermoordt hij me. Je moet me geloven. Hij vermoordt me.' Ze zag er echt doodsbang uit.

Ik haalde mijn mobieltje uit mijn tas en scrolde door het adresboek. 'Laat me inspecteur Vickers bellen. Hij zal het begrijpen, echt. Hij zal je helpen.'

Mijn handen beefden, mijn vingertoppen waren gevoelloos. Ik probeerde omwille van Diane zelfvertrouwen uit te stralen, maar ik kon de telefoon nauwelijks bedienen. Een geluid uit de keuken deed mijn hart in mijn keel schieten.

'Is alles oké?'

Valerie stond in de deuropening. Ik was nog nooit zo blij geweest haar te zien. Ik sprong uit mijn stoel, rende op haar af en duwde haar de keuken in. Ik wilde haar uit de buurt van Diane hebben, zodat ik vrijuit kon spreken. Ik moest haar laten inzien wat Michael Shepherd had gedaan. Zij zou wel weten wat ze moest doen.

Ze stribbelde niet tegen en stapte volgzaam achteruit, maar toen we eenmaal buiten gehoorsafstand van Diane waren, bleef ze stokstijf staan, als een muilezel.

'Wat is er aan de hand? We hebben jullie maar een paar minuten alleen gelaten.'

'Alleen even luisteren, Valerie. Ik moet je vertellen…'

'Als je Diane van streek hebt gemaakt…'

'Houd verdomme je mond eens even.'

We keken elkaar strak aan, beiden geïrriteerd, en ik veroorloofde mezelf de luxe een seconde lang te wensen dat nu elk willekeurig ander lid van het politiekorps voor me stond. Ik haalde diep adem. 'Sorry, Valerie. Dit is heel belangrijk. Luister naar me.'

Ik begon haar te vertellen wat Diane mij had verteld, struikelend over mijn woorden, veel te snel, zodat ik weer van voren af aan moest beginnen om het uit te leggen. Haar gezicht verbleekte zodra ze begreep wat ik zei.

'O, god. We moeten dit aan iemand vertellen.'

'Ik zou net inspecteur Vickers gaan bellen,' begon ik, maar Valeries lichtblauwe poppenogen keken over mijn schouder en werden groot van afgrijzen. Ik voelde angst over mijn ruggengraat prikkelen, draaide me met een ruk om, en toen ik zag wat Valerie had gezien, slaakte ik ongewild een kreet. Michael Shepherd stond in de deuropening en hield zijn vrouw vast bij haar nekvel. In zijn andere hand had hij een gemeen uitziende, zwarte kruisboog vast, van de ene tot de andere punt ongeveer veertig centimeter lang, die hij recht op ons gericht hield. Hij had al een pijl aangelegd, klaar om te schieten, en een tweede had hij achter zijn broekriem gestoken.

'Ik wil geen kik meer horen.'

Ik stapte intuïtief weg van Valerie om de trefkans te verkleinen. Van angst bewoog ik me onhandig. Ik was te traag geweest. Ik had tijd verspild met Valerie. Ik had het allemaal niet aan haar moeten uitleggen; ik had moeten wegrennen. Ik had, zoals gewoonlijk, te lang getreuzeld. Mijn woede was als een roodgloeiende draad die door de kille mist van doodsangst sneed en ik hield me er uit alle macht aan vast, wetende dat ik zo alert zou blijven, dat ik daardoor niet zou opgeven. Ik stapte behoedzaam achteruit tot ik de rand van het aanrecht voelde. Ik bleef staan en reikte met mijn hand achter me, en probeerde me ondertussen voor de geest te halen of er iets op het aanrecht had gelegen wat ik als wapen kon gebruiken. Shepherd keek naar Valerie en zijn gezicht was vertrokken van razernij.

'Handen,' gooide hij eruit en hij hief de kruisboog omhoog. 'In de lucht ermee, nu.'

'Rustig nou, Michael, rustig nou,' zei Valerie, terwijl ze probeerde te glimlachen. 'Ik weet dat je over je toeren bent, maar dit is niet de manier om de situatie op te lossen. Leg dat wapen toch neer, laat Diane gaan, en dan kunnen we erover praten.'

'Er ís geen manier om de situatie op te lossen. Dit kutwijf,' en hij schudde Diane krachtig heen en weer, 'kon haar bek niet houden. En nu weet jíj het en weet jíj het.' Hij wees met de kruisboog. Toen hij naar mij toe zwenkte, voelde ik hoe mijn maag tegen mijn ruggengraat werd gezogen. O, jezus. Ik hief mijn handen op, zodat ze op gelijke hoogte kwamen met mijn schouders, en was me er vaag van bewust dat ze onbeheerst trilden.

'Hier heb je niets aan, Michael. Zo kom je alleen maar dieper in de problemen; het lost niets op. We kunnen praten over wat er met Jenny is gebeurd. We kunnen naar een oplossing zoeken,' zei Valerie.

Ik had er nul vertrouwen in dat het kleuterjuftoontje van Valerie ook maar enige impact op Michael Shepherd zou hebben. Een paar meter van ons vandaan stond een politieagent; even voorbij hem verslaggevers van alle media. En tenzij iemand iets deed, zouden we in die keuken het loodje leggen zonder dat iemand iets in de gaten had. Valerie maakte het alleen maar erger. Diane leek wel een kapotte pop, zo slap hing haar hoofd opzij. Ik had niet de indruk dat ze zich bewust was van de situatie. Dan kwam het dus op mij aan. Ik liet mijn handen omlaag komen en stopte ze in mijn zakken, waarbij ik er ontspannen probeerde uit te zien.

'Luister eens, Michael, het spijt me dat ik te veel vragen heb gesteld. Ik denk… Ik denk dat ik Diane in de war heb gebracht. Ze wilde gewoon wat dingen met me bespreken. Ze zei maar wat. Ik denk niet dat iemand het serieus zou nemen.' *Dat zou heel wat geloofwaardiger klinken als je nu geen kruisboog op me gericht hield...*

Michael Shepherd lachte, een akelig, humorloos geluid. 'Leuk geprobeerd. Hou me niet voor de gek met dat verhaal dat je het niet gelooft.'

'Ik geloof niet dat je een van ons hoeft dood te schieten,' zei ik rustig. Ik putte zelfbeheersing uit de reserve die ik nog bezat en die ik had opgebouwd in de loop van de jaren waarin ik met mijn moeder was omgegaan als ze in een gevaarlijke bui was. Ik was doodsbang, maar paste ervoor dat te laten merken. 'Dat helpt jou, noch ons. Ik bedoel maar, wat zou je daarna gaan doen? Iedereen doodschieten die hierheen komt om te kijken waar we zijn gebleven? Geen best plan, hè?'

Zijn ogen glommen. 'O, maar ik heb heus wel een plan. Waar dat op neerkomt is me te ontdoen van mensen die me ergeren, zoals jij, nuffig kreng, zoals je hier komt om ons de les te lezen.'

'Ik dacht dat ik hulp kon bieden, maar ik had het mis. Dat spijt me.'

'Zo makkelijk is het niet. Mijn vrouw heeft tegen jou haar mond voorbijgepraat. Ze heeft laten zien dat ze niet te vertrouwen is. Ze was niet loyaal. Zodra ze de kans kreeg me te verraden, heeft ze die gegrepen. Niet. Acceptabel.' Bij de laatste twee woorden kneep hij haar hard in haar nek, en Diane maakte een zacht geluidje dat voortkwam uit pure angst. Ik hoorde een druppelend geluid en ik keek omlaag en zag bij haar voeten een groter wordend plasje urine. Shepherd zag het ook. 'Ik walg van je, trut,' fluisterde hij in haar oor. 'Je kunt je niet beheersen, hè? Zielig gewoon. Net je dochter. Ze had het van jou, hè? Hè?'

Diane stond nu openlijk te snikken, nog steeds met dichtgeknepen ogen; haar gezicht was vertrokken van pijn en angst, zodat het nauwelijks te herkennen was. Ik proefde de spanning in de lucht – metaalachtig, als bloed. Hij zou haar vermoorden. Ik zag het aan zijn gezicht.

'Hoe kom je aan die kruisboog?' gooide ik eruit, in een wanhopige poging zijn aandacht weer op mij te vestigen. 'Ik kan me niet voorstellen dat je er eentje had rondslingeren.'

Hij wierp een korte blik in mijn richting waar niets dan minachting in zat, maar een seconde later gaf hij antwoord. 'Van een vriend van de sportschool. Hij had hem via internet gekocht; dat soort dingen doet hij vaak. Ik heb gevraagd of ik hem kon lenen. Er kwamen allemaal pulpverslaggevers en paparazzi, die de tuin in liepen, tot aan de ramen zelfs, en die ons dag in dag uit bleven lastigvallen. Ik zei dat ik hem nodig had om ze af te schrikken. Maak je geen zorgen, Val, het ding is legaal. Mooi, hè?' Hij hield hem iets schuin om hem aan me te laten zien, en toen ik het dodelijke mechaniek van bedrading en metaal zag, voelde ik me nog beroerder. Op die korte afstand hadden we geen schijn van kans, ook als hij geen goede schutter was.

Terwijl Shepherd en ik stonden te praten, had Valerie van de gelegenheid gebruikgemaakt om naar de achterdeur te schuifelen. Ze was er nu twee stappen vandaan, draaide zich razendsnel om, tastte naar de deurknop en probeerde wanhopig de deur open te maken. Ik zag Michael Shepherd niet mikken en ik hoorde ook niet dat hij zijn pijl afschoot, maar ineens stak er een dunne staaf uit Valeries rug, tussen haar schouderbladen, en sloeg ze voorover, door de deur die ze open had weten te krijgen. Vanaf mijn plaats kon ik alleen haar voeten zien. Ze was op een vreemde manier gevallen, met de punt van haar schoen tegen de grond gedrukt, zodat die bijna van haar voet was geglipt, en haar andere voet lag onder een onnatuurlijke hoek. Het was onmogelijk dat iemand zo zou blijven liggen. Maar er was geen enkele beweging te zien.

Ik keek weer naar Michael Shepherd, die met een vreemde uitdrukking op zijn gezicht naar Valerie stond te staren. Hij keek deels met trots, deels met ontzag naar wat hij had bewerkstelligd. 'Eén schot,' zei hij, en hij liet zijn vrouw los, pakte de tweede pijl uit zijn riem en plaatste hem zorgvuldig in de kruisboog.

'Alsjeblieft, Mike.' Diane huilde zo hard dat de woorden vervormd werden. 'Doe het niet. Je moet hiermee ophouden.'

Het leek alsof hij zich ontspande, nu hij eenmaal had gezien hoe makkelijk het was om de pijlen af te schieten, hoe makkelijk het was om er iemand mee te doden. Zijn bewegingen waren ongehaast en volledig geconcentreerd. Ik vermoed dat hij niet eens hoorde wat ze tegen hem zei. Ik voelde paniek opkomen en probeerde die te onderdrukken; wat er nu ook zou gebeuren, paniek zou me niet helpen.

Diane probeerde het opnieuw. 'Je maakt alles alleen maar erger zo. Houd alsjeblieft op.'

Hij keek op toen hij dat hoorde. 'Erger? Hoe kan ik het nu erger maken? Hoe kan het nog erger worden, nadat jij en je dochter mij volstrekt belachelijk hebben gemaakt? Hoe kan het nog erger worden nadat jij opzettelijk mij de schuld hebt gegeven van wat er is gebeurd? Dat zou je goed uitkomen, hè? Als ik de gevangenis in draai, zou jij immers vrij zijn? Dan zou je kunnen vertrekken en ergens anders een nieuw leven opbouwen, en dit allemaal vergeten.' Hij prikte met de boog in haar richting. 'Nou, dat gaat dus niet gebeuren. Dat heb ik je eerder ook al gezegd. Ik heb je gezegd dat ik je eerder zou vermoorden dan je laten gaan, en dat meen ik. Het enige verschil is dat ik ervan zal genieten, want laat ik je dit vertellen, Diane, je krijgt precies wat je verdient.'

Nu was ze compleet hysterisch; ze schudde met haar hoofd en kon geen fatsoenlijk woord meer uitbrengen. Ik dacht wanhopig dat de politieagent die buiten stond haar toch zeker zou moeten horen, maar geen enkel geluid duidde erop dat er iemand door de voordeur naar binnen kwam. De wereld was samengebald tot één kamer, een kamer die stonk naar haat en ellende en bloed, en het was alsof wij de laatste mensen op aarde waren.

Nu hij klaar was met aanleggen, trok hij haar tegen zich aan en kuste hij de zijkant van haar hoofd, met zijn gezicht verborgen in haar haren. Hij had zijn ogen gesloten en een fractie van een seconde vroeg ik me af of dit mijn kans was, of dit de enige kans was die ik zou krijgen, maar ik was niet in staat me te bewegen. Ik liet mijn hand achter mijn rug verdwijnen en streek ermee over het aanrecht in steeds wijdere kringen, hopend op een wonder. Mijn vingertoppen streken ergens langs, maar duwden het juist verder weg, en bijna in tranen probeerde ik erbij te komen, zonder te weten wat het was. Hij had geen seconde geaarzeld een eind te maken aan het leven van Valerie. Hij zou hetzelfde met mij doen.

Wacht nog even, zei ik inwendig. *Wacht nog heel even.*

Ik reikte opnieuw naar achteren; mijn spieren spanden zich maximaal en mijn vingers raakten koud metaal.

'O, mijn liefste,' zei Michael Shepherd op gedempte toon. 'Ik hield zo onzettend veel van je. Ik zou voor je zijn gestorven. En jij hebt het allemaal weggegooid.' Hij gaf Diane een klein duwtje, zodat ze struikelend een paar stappen voor hem uit zette. Zodra ze haar evenwicht hervonden had, draaide ze zich traag en bedrukt om, zodat ze hem kon aankijken. Ze was niet meer in staat zich te verzetten.

Ik stond achter haar en kon haar gezicht niet zien, maar dat van Michael Shepherd wel. Heel even keek hij verslagen van verdriet en dacht ik: *hij kan het niet.*

Maar dit was een man van principes, een man die in staat was geweest een eind aan het leven van zijn dochter te maken, omdat ze hem had teleurgesteld, een man die volledig respect eiste, en hij kon het wel, en hij deed het ook. Deze keer hoorde ik een doffe klap, en Diane kromp ineen waar ze stond, geluidloos. Nog tijdens haar val voelde ik achter me en strekte ik mijn hand uit tot de laatste centimeter die nodig was om te pakken wat het ook was, daar op het aanrecht, en voordat haar hoofd ten slotte de tegelvloer raakte, had ik het al in mijn achterzak laten glijden. Ik had mezelf een voordeel bezorgd waar Michael Shepherd niets van afwist, maar als ik het niet goed aanpakte, zou ik het veel erger maken voor mezelf. Ik kon die gedachte niet toelaten. De waarheid over wat me zou overkomen, lag aan mijn voeten.

Hij had op haar gezicht gemikt, en de pijl was door haar rechteroog gegaan. Het zag er grotesk uit. Kwaadaardig. Na een seconde van ontzetting wist ik mijn blik los te maken. Ik drukte mijn hand tegen mijn mond, ervan overtuigd dat ik zou moeten overgeven, ervan overtuigd dat ik de volgende zou zijn. Het aanrecht deed zeer aan mijn rug en ik was blij met die pijn. Die zorgde ervoor dat ik mijn concentratie behield. Ik stond er nu alleen voor. Niemand zou me komen redden. Ik moest het zelf doen.

Michael Shepherd had even naar zijn vrouw staan staren. Nu hief hij de kruisboog weer op en keek er ongeïnteresseerd naar alvorens hem weg te leggen. 'Geen pijlen meer. Ik zal voor jou iets anders moeten bedenken.'

'Maar waarom?' *Houd hem aan de praat, Sarah, laat hem kletsen...*

Hij fronste zijn wenkbrauwen. 'Waar heb je het over? Ik kan niet toelaten dat jij naar de politie gaat en alles vertelt.'

'De politie weet alles al,' zei ik heel kalm. Tegenover zwakte voelde hij zich krachtig. De tijd was gekomen om eens te zien hoe hij zou omgaan met iemand die niet bang was, ook al stond ik te trillen op mijn benen. Ik hoopte maar dat hij het niet in de gaten had. 'Ze wachten alleen maar tot jij je blootgeeft. Twee lijken in je keuken: ik zou zo zeggen dat je al genoeg hebt gedaan om ervoor te zorgen dat je wordt gearresteerd.'

'Ze denken dat Danny Keane Jenny heeft vermoord. Dat heb je zelf gezegd.'

Ik lachte en keek om me heen. 'Ik denk dat je inmiddels wel hebt bewezen dat ze het in dat opzicht mis hadden. Hoe had je gedacht dit te laten doorgaan voor het werk van een ander?'

Hij haalde zijn schouders op. 'Nou en? Wat maakt het uit? Ik blijf hier echt niet rondhangen tot ze me arresteren. Ik maak jou af en dan ga ik ervandoor.'

'Het maakt mij niet uit of je wegkomt of niet. De enige reden dat ik hierheen ben gekomen is dat het me niet lekker zat van Danny Keane; ik voelde me verantwoordelijk voor zijn handelen, omdat hij het deed om indruk te maken op mij. Nu ik weet dat hij Jenny niet heeft vermoord, kan het me geen moer schelen wat er gebeurt. Je hoeft me heus niet te vermoorden, Michael, wat er ook met haar is gebeurd.' Ik wees naar het lichaam van zijn vrouw op de vloer.

'Zij heeft haar verdiende loon gekregen.'

'En Valerie ook?'

'Ze irriteerde me,' antwoordde hij kort.

'Mij ook.' *Sorry, Valerie, dat meen ik niet, maar ik moet hoe dan ook in leven blijven.* 'Maar daarom zou ik haar nog niet hebben doodgeschoten.'

Michael Shepherd keek me aan en begon te lachen, echt te lachen. 'Jij bent een kouwe, zeg.'

'Ik heb zoveel meegemaakt. Ik sta nergens meer van te kijken.' Ik glimlachte naar hem en mijn glimlach voelde aan als een grimas.

'O ja?' Hij rekte zich uit en geeuwde, zonder een hand voor zijn mond te houden, waardoor ik uitzicht had op een roze tong en spierwitte tanden. Zijn hals verdikte zich; de aderen en pezen lagen erbovenop, als op een anatomische tekening. Hij was enorm sterk en tweemaal zo groot als ik. Ik moest blijven praten. Ik liet mijn handen in de achterzakken van mijn spijkerbroek glijden, ogenschijnlijk ontspannen hoopte ik, en legde mijn hand om het ding dat ik daar had verborgen.

'Maar ik begrijp wel waarom je het gedaan hebt, hoor.'

'Zo?' Hij keek me sceptisch aan, met toegeknepen ogen.

'Uiteraard. Jenny heeft je zwaar teleurgesteld. Ze was zo bevoorrecht.' Ik keek bewonderend om me heen. 'Kijk alleen al naar dit huis. Je hebt haar alles gegeven en ze heeft zich gedragen alsof het niets voorstelde.'

Hij maakte een diep keelgeluid dat instemmend klonk. Ik ging behoedzaam af op mijn gevoel en probeerde me voor te stellen hoe hij zijn daad kon hebben gerechtvaardigd. De leugens die hij zichzelf zou hebben verteld zweefden door mijn brein. Diane had me voldoende laten weten over zijn denkwijze. Ik hoefde die alleen maar te volgen. Maar het was een gevaarlijke weg.

'Ík begrijp het wel,' ploegde ik voort, 'maar een jury misschien niet. Je moet hier echt weg zijn voordat de politie ontdekt wat je hebt gedaan. Je kunt best wegkomen – verberg je ergens of ga naar het buitenland of zoiets – als je nú vertrekt. Ik sta aan jouw kant, Michael. Ik wil niet dat je het slachtoffer wordt van andermans fouten. Ze hebben allemaal hun verdiende loon gekregen, maar jij verdient het niet om de gevangenis in te gaan. Ik blijf hier en doe een paar uur lang alsof alles oké is, dan heb jij genoeg tijd om te verdwijnen.' Terwijl ik deze woorden uitsprak voelde ik inwendig een woede opkomen die zich samenbalde tot een harde, hete steen achter mijn borstbeen die mijn ademhaling belemmerde.

Hij fronste zijn wenkbrauwen. 'Waarom zou jij me willen helpen?'

'Laten we zeggen dat mij heel veel onredelijke dingen zijn overkomen in mijn leven. Waarom zou ik je niet willen helpen? Je bent geen Danny Keane. Jij had goede redenen om te doen wat je hebt gedaan. Ik hoop dat ik de moed zal hebben om hetzelfde te doen, mocht ik ooit in een dergelijke situatie terechtkomen.'

Een seconde lang dacht ik dat ik te ver was gegaan, dat hij me zeker niet zou geloven, maar ik had terecht gedacht dat Michael Shepherd in zijn eigen onfeilbaarheid geloofde. Hij knikte. 'Oké. Ik ben er klaar voor om weg te gaan. Houd heel even je mond. Ik moet nadenken.'

Ik dacht ook na. Ik bedacht dat het nooit bij hem zou opkomen dat hij zelf zijn dochter had gemaakt tot wat ze was geweest. Hij had haar beroofd van haar zelfvertrouwen. Hij had haar gedwongen tot onderwerping. Hij had bij haar een verlangen naar liefde en goedkeuring gecreëerd dat Danny had opgemerkt en benut. Het was Michael Shepherds schuld, alles, en dat besef proefde ik bitter in mijn mond.

'Ik zou je kunnen vastbinden en hier laten zitten. Ik vertrouw er niet op dat je niet om hulp zou roepen, maar je kunt niet veel doen als je vastgebonden bent, wel?'

Ik schudde mijn hoofd.

'Ik moet iets vinden om je mee vast te binden. En iets voor je mond.' Hij draaide zich half van me af en wreef met zijn hand over zijn voorhoofd. In die fractie van een seconde, waarin hij zich niet met mij bezighield, zette ik me af tegen het aanrecht in zijn richting. Op hetzelfde moment hief ik de schaar die ik van het aanrecht had gepakt omhoog en liet ik de punten in de zijkant van zijn hals neerkomen. Ik draaide de schaar om voordat ik hem er weer uittrok. Ik denk niet dat hij me heeft zien bewegen of wist wat hem was overkomen, tot er een fontein warm, rood bloed uit zijn hals spoot en zijn hand naar zijn keel ging. Het was rampzalig wat ik hem had aangedaan, en het bloed werd in grote golven zijn lichaam uitgestuwd, waardoor zijn overhemd doorweekt raakte en het van kaki glanzend zwart werd. Ik was vlug achteruit gestapt, niet snel genoeg om buiten het bereik van de eerste golf te blijven, maar wel voldoende om ervoor te zorgen dat hij me niet meer kon vastgrijpen. Niet dat hij daarop uit was. Al zijn aandacht was op hemzelf gericht. Hij probeerde kreunend het bloeden te stelpen door zijn handen tegen zijn keel te drukken, maar het bloed sijpelde tussen zijn vingers door en omlaag langs zijn armen, waarna het op de witte tegels spatte. Hij zeeg neer tegen de keukenkastjes en gleed op één knie, met wijd open ogen van ontsteltenis. Het bloed vormde een plas om hem heen die zich uitbreidde over de vloer, het snelst over de voegen tussen de tegels. Het was ongelooflijk hoeveel ervan was, bedacht ik, en vond bijna direct de echo daarvan. *Wie had gedacht dat de oude man nog zoveel bloed in zich had?* Ik had het juiste gedaan. Het kon evenmin ongedaan worden gemaakt als Jenny weer tot leven gebracht kon worden.

'Alsjeblieft...'

Ik stapte nog verder naar achteren, met de schaar nog steeds in mijn handen en het bloed glibberig en plakkerig op mijn arm en in mijn haar. Ik keek hem in de ogen en dacht aan al die verschillende manieren waarop hij zijn gezin had verraden, en ik dacht aan mijn vader en realiseerde me dat ook hij me op zijn eigen wijze had verraden, en aan mijn moeder, die zoveel had genomen, met zo weinig respect voor mij, en toen was ik blij, blij dat ik de kans had gekregen om iemand ervoor te laten boeten, blij dat iemand kon lijden onder al het kwaad dat mij en de mensen om me heen was aangedaan, en blij dat hij het was. Jenny was in twee opzichten slachtoffer geweest. Ze had mogen verwachten dat hij haar zou beschermen, niet dat hij haar zou vermoorden.

Op dat moment haatte ik ze allemaal, al die mannen die dachten dat andere mensen er alleen maar waren om hun behoeften te bevredigen. Ik haatte Danny Keane en zijn inslechte vader; ik haatte de gezichtloze mannen die in de rij stonden om onschuldige kinderen te misbruiken. En ik haatte de man die voor me zat, de man die model stond voor alle anderen, de enige op wie ik vat had. Ik staarde hem in de ogen en wachtte tot hij zou sterven, en ik stak geen vinger uit om hem te helpen. Het duurde iets langer dan een minuut. Niet lang. Het leek alleen lang.

Pas toen hij de laatste centimeters weggleed en op de vloer uitgestrekt lag en zijn ogen braken, kwam ik in beweging. Ik legde de schaar op het aanrechtblad en liet rode vegen achter op alles wat ik aanraakte. Ik draaide de kraan open en liet het water in mijn mond lopen, spoelde en spuugde het uit. Ik moest kolhalzen van de metalige smaak in mijn mond. *Hier is de geur van het bloed nog...* Ik waste mijn handen en liet de zeep flink schuimen; de vlokken werden roze van Michael Shepherds bloed. Er zat bloed onder mijn nagels en ik deed ijverig mijn best om het weg te krijgen. Toen mijn handen eenmaal schoon waren, ging ik, opeens uitgeput, aan de keukentafel zitten. Ik haalde mijn mobiel tevoorschijn en staarde ernaar. Ik moest Vickers bellen. Ik moest hem vertellen wat er was gebeurd, want ik moest nu zorgen dat ik dit achter me liet. Voordat ik iemand belde – voordat iemand zag wat ik had gedaan –, moest ik een verhaal klaar hebben.

De volgende seconde vlogen alle gedachten aan een manier om mezelf hier uit te redden, weg. Achter me klonk een geluid en ik wist zonder om te kijken dat ik een ernstige misrekening had gemaakt.

Toen ik me omdraaide keek Valerie me recht aan. Ze had zich tot een zittende positie weten op te trekken en leunde tegen een van de keukenkastjes. De pijl uit de kruisboog stak nog steeds uit haar rug, maar ze leefde nog.

Ik stond op en liep naar haar toe. Haar ogen vlamden. Ik besefte dat ze bang was – van mij – en daarom bleef ik een paar stappen bij haar vandaan staan.

'Jezus, Valerie. Ik dacht dat je dood was. Gaat het wel?'

'Ik heb...' zei Valerie enigszins hijgend, '... alles gehoord. Je had hem niet hoeven doden. Hij zou je... hebben laten... gaan.'

'Dat weet je niet zeker.' Ik begon te beven.

'Ik hoorde hem toch.' Haar blik was kil. 'Ik ga ze... vertellen... wat je hebt gedaan. Je hebt... hem... vermoord.'

Ik keek op haar neer en haatte haar, haatte haar uit de grond van mijn hart.

'Nou en? Denk je dat het iemand zal kunnen schelen? Denk je echt dat hij het niet verdiende te sterven? Ik heb de mensheid een plezier gedaan, stomme trut.'

In plaats van te antwoorden, hief ze haar hand op en liet ze me haar mobiele telefoon zien. Haar eigen mobiel. En het schermpje was verlicht. 'Hebt u dat gehoord, chef...? In het huis van de Shepherds. Ja... Een ziekenwagen, ja. Het gaat... Het gaat redelijk...'

Ze zette de telefoon uit en liet hem op de vloer kletteren, alsof hij te zwaar voor haar was. 'Ook al had hij... het verdiend... was het nog niet aan jou... om de beslissing te nemen.'

Toen liep ik bij haar vandaan en ging aan de tafel zitten. Ik legde mijn handen plat voor me neer en zei geen woord meer tegen haar. Ik had zojuist iets opgestoken wat ik allang had moeten weten. Ik had nooit gedacht dat ik precies zou krijgen wat ik wilde, en dat het in mijn handen tot stof zou vergaan.

Van de voorzijde van het huis klonken geluiden. De radio van de politieagent ratelde maar door terwijl de agent op de voordeur bonsde en zich vervolgens een weg naar binnen baande. Ik was me vaag bewust van andere politiemensen in uniform die de keuken vulden en zich over de lichamen bogen, van het ambulancepersoneel dat met Valerie bezig was en even bij mij kwam staan om te informeren of ik ook gewond was. Ik schudde van nee. Ik wilde gewoon alleen gelaten worden. De ruimte was verduisterd door de vele mensen en gevuld met lawaai en ik wenste dat ze allemaal zouden weggaan.

Toen Blake kwam, hoorde ik eerst zijn stem, keek op en zag hoe hij me strak aankeek en met een bezorgd gezicht een collega opzij duwde. Hij knielde naast me neer en streek mijn haar uit mijn gezicht. 'Ik dacht dat ik je kwijt was. Ik dacht dat jij ook dood was. Gaat het wel? Heeft hij je verwond?'

Ik bleef maar zitten, verstijfd, niet in staat iets uit te brengen, terwijl hij me in zijn armen hield. Hij leek de nieuwsgierige blikken van de politie en het ambulancepersoneel om ons heen niet op te merken.

'Wat is er gebeurd? Wat het ook is, vertel het me rustig. Het is oké, Sarah. Alles komt goed.'

Hij zou me niet meer willen hebben als hij eenmaal alles wist. Dat was de keuze die ik had gemaakt. Daarmee zou ik moeten leren leven.

Over zijn schouder heen zag ik Vickers. Hij nam de situatie met één oogopslag op en stapte om het lichaam van Diane Shepherd heen. Toen boog hij zich voorover om met Valerie te praten. Ze hadden haar inmiddels op een brancard gelegd en stonden op het punt haar naar de ambulance te dragen. Ik kon hun gesprek niet volgen, maar toen Vickers weer rechtop stond, keek hij grimmig.

'Andy,' zei hij, terwijl hij Blake op zijn schouder tikte. 'Wil jij met Valerie meegaan naar de ambulance, alsjeblieft. Zoek even uit naar welk ziekenhuis ze gebracht wordt. Ik wil intussen met Sarah praten.'

Ik zag dat Blake nee wilde zeggen en wist een klein glimlachje te produceren en fluisterde: 'Ga maar.'

Daarop vertrok hij en ik keek hem na, en ik voelde dat mijn hart zou breken, want ik wist dat ze het hem zou vertellen, en ik wist hoe hij erover zou denken.

Na een seconde keek ik op naar Vickers. 'Dus hij was niet bij u. Hij heeft niet gehoord wat u hebt gehoord.'

De inspecteur schudde van nee. 'Ik heb hem gebeld en gezegd dat hij me hier moest ontmoeten. Maar hij komt er wel achter.'

Ik keek weg. 'Ja, natuurlijk.'

'Sarah, luister eens naar me,' zei Vickers. Hij trok een stoel bij en ging zitten. Hij boog zich voorover en pakte mijn handen, en sprak zo zachtjes dat niemand anders het kon horen. 'Luister gewoon even. Je bent een kwetsbare jonge vrouw.'

Ik schoot in de lach. 'Vertel dat maar aan Michael Shepherd.'

Hij kneep hard in mijn handen en ik keek hem verbaasd aan. Zijn gezicht stond ernstig en er klonk iets urgents door in zijn stem. 'Je bent maar half zo groot als Michael Shepherd. Hij had op Valerie geschoten, zijn vrouw voor je ogen vermoord, en ook nog eens bekend dat hij zijn dochter heeft gedood. Dat klopt toch?'

'Ja.'

'Je vreesde voor je leven.'

'Ja.'

'Hij heeft gedreigd je te vermoorden.'

'Ja.'

'En toen heeft hij je aangevallen.'

Ik keek Vickers aan en wist dat hij wilde dat ik loog.

'Je had geen andere keuze dan terug te vechten. Je wist een schaar te bemachtigen en je hebt daar blindelings mee uitgehaald.'

Ik knikte.

'Toen hij achteroverviel, wist je niet wat je moest doen. Je was verward en in shock. Hij is doodgegaan voordat je de kans had om hulp te halen. Je hebt je handen gewassen. Terwijl je daarmee bezig was, herstelde Valerie voldoende om mij te bellen. Ik heb politieteams hierheen gestuurd om zich ervan te overtuigen dat jij veilig was, en ze troffen je in shock aan. Pas toen ik arriveerde, voelde je je veilig genoeg om te vertellen wat er was gebeurd. Kun je dat allemaal onthouden?'

'Valerie...'

'Vergeet haar maar,' zei Vickers ernstig. 'Ze doet wel wat ik zeg.'

'Het maakt niet uit,' zei ik, en ik schrok zelf van de wanhoop die in mijn stem doorklonk. 'Híj komt het te weten. En hij zal het me nooit vergeven.'

'Andy? Hoe kom je daar nu bij? Hij begrijpt het heus wel, Sarah. Juist Andy zal het begrijpen. Hij zou het zelf hebben gedaan als jou iets was overkomen.' Nu sprak hij nog kalmer, en zijn woorden waren als een zilveren draad die door de duisternis liep die mij dreigde te overweldigen. 'Maak wat van je leven, Sarah. Laat dit achter je en maak wat van je leven.'

Ik wilde maar al te graag geloven dat dat mogelijk was, maar ik wist wel beter. 'Zo werkt het niet, inspecteur. Je betaalt altijd een prijs.'

Maar onwillekeurig hoopte ik dat ik het mis had. Onwillekeurig vond ik, zelfs op het moment dat ik die woorden uitsprak, dat ik wel genoeg betaald had. Zo onderhand had ik toch echt genoeg betaald.

Het huis is leeg. Het meubilair is weg: verkocht, naar de kringloopwinkel, naar het grofvuil. De vloerbedekking is losgetrokken en weggegooid; alleen de plankenvloer ligt er nog. De muren zijn kaal, met schaduwlijnen waar eerst schilderijen hingen. Ik loop nog eenmaal door het huis om te controleren of er niets is vergeten. De kamers lijken groter, de plafonds hoger. Niets verstoort de stilte. Er zijn geen geesten in mijn huis – niet meer.

Met mijn hand op de leuning loop ik de trap af. Ik hoor de echo van mijn voetstappen. In de keuken is de stilte volmaakt. De druppelende kraan is eindelijk gerepareerd. De klok is weg. De koelkast staat uit.

Ik hoor iets aan de voorzijde van het huis en ik loop terug naar het lege portaaltje. Daar staat hij, en hij kijkt naar de kartonnen doos die midden op de vloer staat.

'Is dit het laatste?'

Ik knik. 'Het allerlaatste.'

Hij knielt neer en tilt de flappen open om erin te kijken. Wat foto's. Een paar boeken. Een kinderbordje en een beker versierd met een aardbeien.

'Jij reist met weinig bagage, zo te zien.'

Ik glimlach naar hem en bedenk dat ik ruim voldoende meebreng, in allerlei opzichten, en hij ziet mijn glimlach en hij weet precies wat ik bedoel.

'Kom eens hier,' zegt hij, en ik doe wat hij zegt. Ik kruip in zijn armen en ik pas er precies in, alsof ik ervoor gemaakt ben. Hij kust me op mijn kruin. 'Ik breng die doos wel naar de auto. Laat het me maar weten als je klaar bent.'

Ik zie hem weggaan en loop dan de lege woonkamer in en weer uit. Ik weet niet wat ik zoek. Ik heb alles wat ik nodig heb.

Ik ga naar buiten en sluit de deur voor de laatste keer achter me. Ik loop weg en kijk niet om.

Dankwoord

Ik ben veel mensen dank verschuldigd die me hebben geholpen bij het schrijven van dit boek. Sommigen hebben dat bewust gedaan, anderen onbewust.

Frank Casey, Alison Casey, Philippa Charles en Kerry Holland hebben me steeds aangemoedigd; zonder hen zou ik heel wat minder snel zijn opgeschoten. Ik sta bij hen allen zwaar in het krijt. *Go raibh míle maith agaibh go léir.*

Anne Marie Ryan is een uitermate begaafde redacteur en vriendin, en was ijzersterk in het zien wat er uit de eerste versie moest worden geschrapt.

Rachel Petty heeft niet alleen een zwak punt in de plot gevonden, maar ook direct de perfecte oplossing daarvoor aangedragen, waarmee ze voorkomen heeft dat ik een zenuwinzinking kreeg.

Mijn geweldige agent, Simon Trewin, heeft me ontzettend geholpen; hij is onvermoeibaar en altijd prettig gezelschap. Zijn assistente Ariella Feiner is al net zo briljant, en haar enthousiasme heeft ervoor gezorgd dat ik deze weg ben gaan bewandelen; ik zal haar altijd dankbaar blijven. Ook Jessica Craig en Lettie Ransley ben ik ontzettend dankbaar, en alle anderen bij United Agents; ze hebben hard voor me gewerkt.

Gillian Green is de perfecte redacteur – begripvol, hulpvaardig en bemoedigend – en heeft dit boek tot leven gebracht. Justine Taylor en zij hebben geweldig werk verricht door mijn fouten, ongelukkige keuzes en inconsequenties eruit te halen; als er nog enkele in zitten, zijn die geheel en al mijzelf aan te rekenen. Ik heb het geluk gehad dat mijn werk wordt uitgegeven door Ebury Press en wil graag iedereen bedanken die met toewijding en deskundigheid aan de publicatie van mijn boek heeft meegewerkt.

Ten slotte wil ik graag mijn partners in crime bedanken: mijn kat Fred en mijn echtgenoot James. Fred heeft mij tijdens het schrijven van dit boek voortdurend gezelschap gehouden. Het is hem nooit echt gelukt de hele roman te wissen tijdens zijn aanvallen op het toetsenbord, maar hij heeft af en toe wel heel onderhoudende commentaren getypt.

Zonder James zou dit helemaal niet mogelijk zijn geweest; er is geen beginnen aan om de vele manieren waarop hij een bijdrage heeft geleverd op te noemen. Hij heeft mijn dank, en mijn hart.